第十二卷

中华经典藏书

北京出版社

史学经典（一）

北京出版社

本 卷 目 录

史学经典（一）

史学经典

（一）

史学经典目录

国　　语

　　　　　中华经典藏书

战 国 策

　　　　　　　　中华经典藏书

中华经典藏书

史　记

中华经典藏书

史　通

汉　书（选录）

后 汉 书（选录）

三 国 志（选录）

晋 书（选录）

周　书（选录）

隋　书（选录）

南　史（选录）

北　史（选录）

旧 唐 书（选录）

新 唐 书（选录）

旧五代史（选录）

新五代史（选录）

宋　史（选录）

辽　史（选录）

金　史（选录）

元　史（选录）

新元史（选录）

明 史（选录）

清 史 稿（选录）

国　语

卷一 周语上

1. 祭公谏征犬戎

穆王将征犬戎。祭公谋父谏曰:"不可!先王耀德不观兵①。夫兵戢而时动②,动则威,观则玩③,玩则无震。是故周文公之《颂》曰:'载戢干戈,载櫜弓矢④。我求懿德,肆于时夏,允王保之!'先王之于民也,懋正其德而厚其性⑤,阜其财求而利其器用⑥,明利害之乡,以文修之,使务利而避害,怀德而畏威,故能保世以滋大。"

"昔我先王世后稷,以服事虞夏。乃夏之衰也,弃稷不务。我先王不窋用失其官⑦,而自窜于戎、狄之间,不敢怠业。时序其德,纂修其绪⑧,修其训典,朝夕恪勤⑨,守以敦笃,奉以忠信,奕世载德⑩,不忝前人⑪。至于武王,昭前之光明而加之以慈和,事神保民,莫弗欣喜。商王帝辛,大恶于民。庶民不忍,欣戴武王,以致戎于商牧。是先王非务武也,勤恤民隐而除其害也⑫!"

"夫先王之制:邦内甸服⑬,邦外侯服,侯、卫宾服,夷、蛮要服,戎、狄荒服。甸服者祭,侯服者祀,宾服者享,要服者贡,荒服者王。日祭、月祀、时享、岁贡、终王,先王之训也。有不祭则修意⑭,有不祀则修言,有不享则修文,有不贡则修名,有不王则修德,序成而有不至则修刑。于是乎有刑不祭,伐不祀,征不享,让不贡,告不王;于是乎有刑罚之辟,有攻伐之兵,有征讨之备,有威让之令,有文告之辞。布令陈辞而又不至,则增修于德而无勤民于远。是以近无不听,远无不服。"

"今自大毕、伯士之终也,犬戎氏以其职来王,天子曰:'予必以不享征之,且观之兵,'其无乃废先王之训而王几顿乎!吾闻夫犬戎树惇,帅旧德而守终纯固,其有以御我矣。"

王不听,遂征之。得四白狼、四白鹿以归。自是荒服者不至。

---

①耀:显示。 观:显示。

②戢:收藏。

③玩:轻视。

④櫜(gāo,音高):收藏衣甲或弓矢的器具。

⑤懋(mào,音冒):勤勉。

⑥阜:盛、大。

⑦不窋(zhú,音竹):周的祖先弃的儿子。

⑧纂(zuǎn,音缵):通"缵",继续、继承。 绪:事业。

⑨恪:谨慎、恭敬。

⑩奕世:一代代。奕:累;重。

⑪忝(tiǎn,音舔):有愧于,辱没。

⑫隐:伤痛。

⑬甸服:离都城五百里以内的地区。

⑭意：思想。

2．密康公母论小丑备物

恭王游于泾上，密康公从，有三女奔之①。其母曰："必致之于王！夫兽三为群，人三为众，女三为粲。王田不取群，公行下众，王御不参一族②。夫粲，美之物也。众以美物归女③，而何德以堪之？王犹不堪，况尔小丑乎④？小丑备物，终必亡！"

康公不献。一年，王灭密。

---

①奔：私奔。

②御：侍奉。　参：同"叁"。

③女：同"汝"，你。

④丑：类。

3．召公谏厉王弭谤

厉王虐，国人谤王。召公告曰："民不堪命矣！"

王怒。得卫巫，使监谤者。以告，则杀之。国人莫敢言，道路以目①。

王喜，告召公曰："吾能弭谤矣②，乃不敢言！"

召公曰："是障之也。防民之口，甚于防川。川壅而溃，伤人必多，民亦如之。是故为川者决之使导，为民者宣之使言。故天子听政，使公卿至于列士献诗，瞽献曲，史献书，师箴，瞍赋③，矇诵④，百工谏，庶人传语，近臣尽规，亲戚补察，瞽、史教诲，耆、艾修之⑤，而后王斟酌焉。是以事行而不悖。民之有口，犹土之有山川也，财用于是乎出；犹其原隰之有衍沃也⑥，衣食于是乎生。口之宣言也，善败于是乎兴。行善而备败，其所以阜财用衣食者也⑦。夫民虑之于心而宣之于口，成而行之，胡可壅也？若壅其口，其与能几何！"

王不听。于是国莫敢出言。三年，乃流王于彘⑧。

---

①道路以目：在路上遇见只能用眼睛示意。

②弭（mǐ，音米）：消除。

③瞍（sǒu，音薮）：没有瞳仁的盲人。

④矇（mēng，音蒙）：有瞳仁却看不见的盲人。

⑤耆：六十岁的人。　艾：五十岁的人。

⑥原：宽而平的土地。　隰（xí，音习）：低而湿的土地。　衍：低而平的土地。　沃：有河流可供灌溉的土地。

⑦阜：盛，多。

⑧彘（zhì，音志）：地名。

4．芮良夫论专利

厉王说荣夷公①。芮良夫曰："王室其将卑乎！夫荣夷公好专利而不知大难。夫利，百物之所生也，天地之所载也。而或专之，其害多矣！天地百物，皆将取焉，胡可专也？所怒甚多而不备大难，以是教王；王能久乎？夫王人者，将导利而布之上下者也②，使神人、百物无不得其极③，犹日怵惕④，惧怨之来也。故《颂》曰：'思文后稷，克配彼天，立我蒸民⑤，莫匪尔极。'《大雅》曰：'陈锡载周。'是不布利而惧难乎？故能载周以至于今。今王学专利，其可乎？匹夫专利，犹谓之盗，王而行之，其归鲜矣。荣公若用，周必败。"

既，荣公为卿士，诸侯不享，王流于彘。

----

①说：同"悦"，喜欢。
②导：疏导，疏通。
③极：标准。
④怵惕（chù tì，音绌剃）：害怕，戒惧。
⑤蒸：众多。

5. 召公以于代宣王死

彘之乱，宣王在召公之宫，国人围之。召公曰："昔吾骤谏王，王不从，是以及此难。今杀王子，王其以我憝而怒乎①。夫事君者险而不憝，怨而不怒，况事王乎？"乃以其子代宣王，宣王长而立之。

----

①憝（duì，音对）：怨恨。

6：虢文公谏不籍千亩

宣王即位，不籍千亩①。虢文公谏曰："不可。夫民之大事在农，上帝之粢盛于是乎出②；民之蕃庶于是乎生；事之供给于是乎在；和协辑睦于是乎兴③；财用蕃殖于是乎始；敦庞纯固于是乎成。是故，稷为大官。"

"古者，太史顺时覛土④。阳瘅愤盈⑤，土气震发，农祥晨正⑥，日月底于天庙，土乃脉发。"

"先时九日，太史告稷曰：'自今至于初吉⑦，阳气俱蒸，土膏其动；弗震弗渝，脉其满眚⑧，谷乃不殖。'稷以告王曰：'史帅阳官以命我司事曰，距今九日，土其俱动，王其祗祓⑨，监农不易。'王乃使司徒咸戒公卿、百吏、庶民，司空除坛于籍⑩，命农大夫咸戒农用。"

"先时五日，瞽告有协风至。王即斋宫，百官御事，各即其斋三日。王乃淳濯飨醴⑪。及期，郁人荐鬯⑫，牺人荐醴。王裸鬯，飨醴乃行，百吏、庶民毕从。"

"及籍，后稷监之，膳夫、农正陈籍礼，太史赞王，王敬从之。王耕一坺⑬，班三之，庶民终于千亩。其后稷省功⑭，太史监之；司徒省民，太师监之；毕，宰夫陈飨，膳宰监之。膳夫赞王⑮，王歆大牢⑯，班尝之，庶人终食。"

"是日也，瞽帅、音官以风土。廪于籍东南，钟而藏之⑰，而时布之于农。稷则遍诫百姓，纪农协功⑱，曰：'阴阳分布，震雷出滞。土不备垦，辟在司寇。'乃命其旅曰：'徇！农师一之，农正再之，后稷三之，司空四之，司徒五之，太保六之，太师七之，太史八之，宗伯九之，王则大徇。'耨、获亦如之。民用莫不震动，恪恭于农，修其疆畔，日服其镈⑲，不解于时。财用不乏，民用和同。"

"是时也，王事唯农是务，无有求利于其官，以干农功，三时务农而一时讲武，故征则有威，守则有财。若是，乃能媚于神而和于民矣。则享祀时至而布施优裕也。"

"今天子欲修先王之绪，而弃其大功。匮神乏祀，而困民之财。将何以求福用民？"

王不听。三十九年，战于千亩，王师败绩于姜氏之戎。

---

①籍：古代的一种礼仪。春耕开始时，帝王亲耕于划定的田地，收获以奉祀宗庙，且寓劝农之意。

②粢（zī，音资）：古代供祭祀的谷物。

③辑睦：和睦。

④觅（mì，音觅）：察视、看。

⑤瘅（dàn，音旦）：通"燀"，炽热。

⑥农祥：星名，即二十八星宿之房星。晨正：辰中居于正中。晨：同"辰"，辰时。

⑦初吉：阴历初一，此处指二月初一。

⑧眚（shěng，音省）：灾祸。

⑨祇（zhī，音知）：恭敬。 祓（fú，音福）：古代为除灾求福而举行的活动。

⑩除：修整、修治。

⑪淳（zhūn，音谆）：浇灌。 濯：洗。 飨（xiǎng，音响）：饮。 醴：甜酒。

⑫鬯（chàng，音唱）：祭祀用的香酒。

⑬坺（bá，音拔）：翻耕起的土块。

⑭省：检查。

⑮赞：导引。

⑯歆：享用。

⑰钟：积聚。

⑱纪农协功：管理农事，协同工作。

⑲镈（bó，音驳）：锄一类的农具。

7.仲山父谏宣王立戏

鲁武公以括与戏见王，王立戏。

樊仲山父谏曰："不可立也！不顺必犯①，犯王命必诛，故出令不可不顺也。令之不行，政之不立，行而不顺，民将弃之。夫下事上，少事长，所以为顺也。今天子立诸侯而建其少，是教逆也。若鲁从之而诸侯效之，王命将有所壅；若不从而诛之，是自诛王命也。是事也，诛亦失，不诛亦失。天子其图之！"王卒立之。

鲁侯归而卒，及鲁人杀懿公而立伯御。

---

①顺：遵循礼法。 犯：违犯。

8.穆仲论鲁侯孝

三十二年春，宣王伐鲁，立孝公，诸侯从是而不睦。宣王欲得国子之能导训诸侯者。

樊穆仲曰："鲁侯孝。"

王曰："何以知之？"

对曰："肃恭明神①，而敬事耇老②；赋事行刑③，必问于遗训，而咨于故实；不干所问，不犯所咨。"

王曰："然则能训治其民矣。"

乃命鲁孝公于夷宫。

---

①肃：恭敬。

②耇（gǒu，音苟）：老。

③赋：征收。　事：役使。

9. 仲山父谏宣王料民

宣王既丧南国之师，乃料民于太原①。

仲山父谏曰："民不可料也！夫古者不料民而知其少多：司民协孤终②，司商协民姓，司徒协旅，司寇协奸③，牧协职，工协革，场协入，廪协出，是则少多、死生、出入、往来者皆可知也。于是乎又审之以事，王治农于籍，蒐于农隙④，耨获亦于籍，狝于既烝⑤，狩于毕时⑥，是皆习民数者也，又何料焉？不谓其少而大料之，是示少而恶事也。临政示少，诸侯避之；治民恶事，无以赋令。且无故而料民，天之所恶也，害于政而妨于后嗣。"

王卒料之，及幽王乃废灭。

---

①料：统计。

②协：合。　孤终：出生与死亡。

③奸：违法。

④蒐（sōu，音搜）：春天打猎。

⑤狝（xiǎn，音显）：秋天打猎。

⑥毕：用网捕取禽兽。

10. 伯阳父论川竭而国亡

幽王二年，西周三川皆震。

伯阳父曰："周将亡矣！夫天地之气，不失其序；若过其序，民乱之也！阳伏而不能出，阴迫而不能烝①，于是有地震。今三川实震，是阳失其所而镇阴也②。阳失而在阴，川源必塞。源塞，国必亡。夫水土演而民用也③。水土无所演，民乏财用，不亡何待？昔伊、洛竭而夏亡，河竭而商亡。今周德若二代之季矣，其川源又塞，塞必竭。夫国必依山川，山崩川竭，亡之征也。川竭，山必崩，若国亡，不过十年，数之纪也。夫天之所弃，不过其纪。"

是岁也，三川竭，岐山崩。十一年，幽王乃灭，周乃东迁。

---

①烝：上升。

②镇阴：为阴气所镇压。

③演：湿润，渗透。

11. 郑厉公与虢叔杀子颓

惠王三年，边伯、石速、芮国出王而立子颓①。王处于郑三年。

王子颓饮三大夫酒，子国为客，乐及遍儛。郑厉公见虢叔，曰："吾闻之：司寇行戮，君为之不举②。而况敢乐祸乎？今吾闻子颓歌舞不息，乐祸也！夫出王而代其位，祸孰大焉！临祸忘忧，是谓乐祸。祸必及之，盍纳王乎？"虢叔许诺。

郑伯将王自圉门入，虢叔自北门入，杀子颓及三大夫，王乃入也。

---

①出：驱逐。
②举：吃丰盛的饮食。

12. 内史过论神

十五年，有神降于莘。王问于内史过曰："是何故？固有之乎？"对曰："有之。国之将兴，其君齐明、衷正、精洁、惠和；其德足以昭其馨香；其惠足以同其民人①。神飨而民听②，民神无怨，故明神降之，观其德政而均布福焉。国之将亡，其君贪冒③、辟邪、淫佚、荒怠、粗秽、暴虐；其政腥臊，馨香不登；其刑矫诬④，百姓携贰⑤。明神不蠲而民有远志⑥，民神怨痛，无所依怀，故神亦往焉，观其苟慝而降之祸⑦。是以，或见神以兴，亦或以亡。昔夏之兴也，融降于崇山；其亡也，回禄信于聆遂⑧。商之兴也，梼杌次于丕山⑨；其亡也，夷羊在牧。周之兴也，鸑鷟鸣于岐山⑩；其衰也，杜伯射王于鄗⑪。是皆明神之志者也。"

王曰："今是何神也？"对曰："昔昭王娶于房，曰房后，实有爽德⑫，协于丹朱，丹朱凭身以仪之⑬，生穆公焉。是实临照周之子孙而祸福之。夫神壹⑭，不远徙迁。由是观之，其丹朱之神乎？"

王曰："其谁受之？"对曰；"在虢土。"

王曰："然则何为？"对曰："臣闻之：道而得神，是谓逢福；淫而得神，是谓贪祸。今虢少荒⑮，其亡乎？"

王曰："吾其若之何？"对曰："使太宰以祝、史帅狸姓⑯，奉牺牲、粢盛⑰、玉帛往献焉，无有祈也。"

王曰："虢其几何？"对曰："昔尧临民以五，今其胄见⑱，神之见也，不过其物。若由是观之，不过五年。"

王使太宰忌父帅傅氏及祝、史，奉牺牲、玉鬯往献焉⑲。内史过从至虢，虢公亦使祝、史请土焉。

内史过归，以告王曰："虢必亡矣，不禋于神而求福焉⑳，神必祸之；不亲于民而求用焉，人必违之。精意以享，禋也；慈保庶民，亲也。今虢公动匮百姓以逞其违㉑，离民怒神而求利焉，不亦难乎！"

十九年，晋取虢。

①同：使……同心。

②飨（xiǎng，音响）：同"享"，享受。

③贪冒：贪财。冒：贪。

④矫诬：假托上谕，进行诬陷。

⑤携贰：叛离。

⑥蠲（juān，音捐）：清洁。

⑦苛慝（tè，音特）：暴虐邪恶。

⑧信：连宿两夜。

⑨梼杌（táo wù，音逃务）：传说中的恶人、恶兽，或指鲧。　次：驻留，止歇。

⑩鸑鷟（yuè zhuó，音月浊）：凤的别名。

⑪鄗（hào，音浩）：鄗京，周朝初年的国都。

⑫爽：差，违背。

⑬仪：匹配。

⑭壹：专一。

⑮少荒：年少而放纵。

⑯狸姓：丹朱的后代。

⑰粢（zī，音资）盛：供祭祀用的谷物。

⑱胄：后代。　见：同"现"，出现。

⑲鬯（chàng，音畅）：祭祀用的香酒。

⑳禋（yīn，音阴）：洁祀。

㉑匮：不足。　违：邪恶。

13．内史过论晋惠公必无后

　　襄王使邵公过及内史过赐晋惠公命①。吕甥、郤芮相晋侯不敬，晋侯执玉卑，拜不稽首。

　　内史过归，以告王曰："晋不亡，其君必无后，且吕、郤将不免。"王曰："何故？"对曰："《夏书》有之曰：'众非元后②，何戴？后非众，无与守邦。'在《汤誓》曰：'余一人有罪，无以万夫③；万夫有罪，在余一人。'在《盘庚》曰：'国之臧，则惟女众；国之不臧，则惟余一人，是有逸罚④。'如是则长众使民⑤，不可不慎也。民之所急在大事⑥，先王知大事之必以众济也，是故祓除其心⑦，以和惠民。考中度衷以莅之⑧，昭明物则以训之⑨，制义庶孚以行之⑩。祓除其心，精也⑪；考中度衷，忠也；昭明物则，礼也；制义庶孚，信也。然则长众使民之道：非精不和，非忠不立，非礼不顺，非信不行。今晋侯即位而背外内之赂，虐其处者⑫，弃其信也；不敬王命，弃其礼也；施其所恶，弃其忠也；以恶实心，弃其精也。四者皆弃，则远不至而近不和矣，将何以守国？"

　　"古者，先王既有天下，又崇立上帝、明神而敬事之，于是乎有朝日、夕月以教民事君。诸侯春秋受职于王以临其民，大夫、士日恪位著以做其官⑬，庶人、工、商各守其业以共其上。犹恐其有坠失也，故为车服、旗章以旌之⑭，为贽币、瑞节以镇之⑮，为班爵、贵贱以列之⑯，为令闻、嘉誉以声之⑰。犹有散、迁、懈、慢而著在刑辟，流在裔土⑱，于是乎有蛮夷之国，有斧钺、刀墨之民，而况可以淫纵其身乎？"

　　"夫晋侯非嗣也，而得其位，鼍鼍怵惕⑲，保任戒惧⑳，犹曰未也。若将广其心而远其邻㉑，陵其民而卑其上，将何以固守？夫执玉卑，替其贽也㉓；拜不稽首，诬其王也㉔。替贽无镇㉕，诬王无民。夫天事恒象，任重享大者必速及。故晋侯诬王，人亦将诬；欲替其镇，人亦将替之。大臣享其禄，弗谏而阿之，亦必及焉。"

襄王三年而立晋侯，八年而陨于韩，十六年而晋人杀怀公。怀公无胄，秦人杀子金、子公。

---

①命：帝王赐命臣下职位、爵禄的文书，同时赐之以玉圭、冕服之类。

②元：善。　后：君。

③余一人有罪，无以万夫：我一个人有罪孽，不要牵连到百姓。余一人：天子自称。

④逸罚：过失。

⑤长（zhǎng，音掌）众使民：为众之长役使人民。

⑥大事：指祭祀和战争。

⑦祓（fú，音福）除其心：去除心中的邪念。祓，清除，消除。

⑧考中度衷以莅之：将心比心去对待百姓。

⑨昭明物则以训之：公开国家的政令去教导百姓。物则，事物的准则。

⑩制义庶孚以行之：制定礼仪使大家信服并实行它。庶，众。孚，信。

⑪精：纯洁。

⑫处者：国内的大臣，指大夫里克、丕郑。

⑬恪：谨慎，恭敬。　位著：此处是在朝为官之意。位，宫廷中廷左右两侧。著，门庭之间。

⑭旌：识别。

⑮贽币：古人相见时彼此赠送的礼物，等级不同执礼也不同。瑞节：古人用作朝聘的礼物，以示等级区别。

⑯班爵：班位爵次。

⑰令闻：好名声。　嘉誉：美好的名誉。声，宣扬。

⑱裔土：边远地区。

⑲亹（wěi，音伟）亹：勤勉。　怵惕：警惕。

⑳保任：保住自己的地位。任，职。

㉑广其心：放纵自己。

㉒陵其民：亏待有功于己之臣。陵，欺侮。　卑其上：指不敬天子。

㉓替其贽：废弃执贽之礼。替，废弃。

㉔诬：欺骗。

㉕无镇：无以自重。

14. 内史兴论晋文公必霸

襄王使太宰文公及内史兴赐晋文公命。上卿逆于境①，晋侯郊劳，馆诸宗庙，馈九牢②，设庭燎③。

及期，命于武宫，设桑主④，布几筵。太宰莅之，晋侯端委以入⑤。太宰以王命命冕服，内史赞之，三命而后即冕服。

既毕，宾、飨、赠、饯如公命侯伯之礼⑥，而加之以宴好。

内史兴归，以告王曰："晋，不可不善也！其君必霸，逆王命敬，奉礼义成⑦。敬王命，顺之道也；成礼义，德之则也。则德以导诸侯，诸侯必归之。且礼所以观忠、信、仁、义也。忠，所以分也⑧；仁，所以行也⑨；信，所以守也；义，所以节也。忠分则均，仁行则报，信守则固，义节则度。分均无怨，行报无匮，守固不偷⑩，节度不携⑪。若民不怨而财不匮，令不偷而动不携，其何事不济？中能应外，忠也；施三服义，仁也；守节不淫，信也；行礼不疚，义也。臣入晋境，四者不失，臣故曰：'晋侯其能礼矣，王其善之！'树于有礼，艾人必丰⑫。"

王从之，使于晋者，道相逮也⑬。及惠后之难，王出在郑，晋侯纳之。

襄王十六年，立晋文公。二十一年，以诸侯朝王于衡雍，且献楚捷，遂为践土之盟，于是乎始霸。

①逆：迎。

②馈：进物于尊者。　牢：太牢，牛、羊、猪各一为一太牢。

③庭燎（liào，音料）：庭院中用以照明的火炬。

④桑主：桑木作的牌位。主，为死去的人立的牌位。

⑤端：指玄端，黑色礼服。　委：指委貌，周代的一种黑色丝质礼。

⑥宾：迎宾之礼。　飨：宴饮之礼。　赠：致赠之礼。　饯：饯别之礼。

⑦成：适当。

⑧分：均分。

⑨行：指施恩惠的善行。

⑩偷：苟且。

⑪携：离。

⑫艾：报答。

⑬逮：及，即络绎不绝。

卷二　周语中

1. 富辰谏襄王

襄王十三年，郑人伐滑。王使游孙伯请滑，郑人执之。

王怒，将以狄伐郑。富辰谏曰："不可。古人有言曰：兄弟谗阋①，侮人百里。周文公之诗曰：'兄弟阋于墙，外御其侮。'若是则阋乃内侮，而虽阋不败亲也。郑在天子，兄弟也。郑武、庄有大勋力于平、桓；我周之东迁，晋、郑是依；子颓之乱，又郑之由定。今以小忿弃之，是以小怨置大德也，无乃不可乎！且夫兄弟之怨，不征于他，征于他，利乃外矣。章怨外利，不义；弃亲即狄，不祥；以怨报德，不仁。夫义所以生利也，祥所以事神也，仁所以保民也。不义则利不阜，不祥则福不降，不仁则民不至。古之明王不失此三德者，故能光有天下，而和宁百姓，令闻不忘。王其不可以弃之。"王不听。

十七年，王降狄师以伐郑。

王德狄人，将以其女为后。富辰谏曰："不可。夫婚姻，祸福之阶也。由之利内则福，利外则取祸。今王利外矣，其无乃阶祸乎？昔挚、畴之国也由大任，杞、缯由大姒，齐、许、申、吕由大姜，陈由大姬，是皆能内利亲者也；昔鄢之亡也由仲任②，密须由伯姞，郐由叔妘，聃由郑姬，息由陈妫③，邓由楚曼，罗由季姬，卢由荆妫，是皆利外离亲者也。"

王曰："利何如而内？何如而外？"对曰："尊贵、明贤、庸勋、长老、爱亲、礼新、亲旧。然则民莫不审固其心力以役上令，官不易方④，而财不匮竭，求无不至，动无不济。百姓兆民⑤，夫人奉利而归诸上，是利之内也；若七德离判，民乃携贰，各以利退，上求不暨，是其利外也。夫狄无列于王室，郑伯南也⑥，王而卑之，是不尊贵也；狄，豺狼之德也，郑未失周典，王而蔑之，是不明贤也；平、桓、庄、惠，皆受郑劳，王而弃之，是不庸勋也；郑伯捷之齿长矣，王而弱之，是不长老也；狄，隗姓也⑦，郑出自宣王，王而虐之，是不爱亲也；夫礼，新不间旧，王以狄女间姜、任，非礼且弃旧也。王一举而弃七德，臣故曰利外矣。《书》有之曰：'必有忍也，若能有济也。'王不忍小忿而弃郑，又登叔隗以阶狄。狄，封豕豺狼也⑧，不可猒也⑨。"王不听。

十八年，王黜狄后。狄人来，诛杀谭伯。富辰曰："昔吾骤谏王，王弗从，以及此难。若我不出，王其以我为怼乎！"乃以其属死之。

①阋（xì，音细）：争吵。
②隔（yān，音烟）：国名。
③妫（guī，音归）：姓。
④官不易方：官府不朝令夕改。方，规范。
⑤百姓：百官。兆民：黎民。兆，古十亿为兆。
⑥南：指男服。
⑦隗（wěi，音伟）：姓。
⑧封：大。封豕豺狼，比喻凶暴贪婪。
⑨猒（yàn，音厌）：同"餍"，满足。

2. 襄王拒晋文公请隧

初，惠后欲立王子带，故以其党启狄人。狄人遂入周，王乃出居于郑，晋文公纳之。

晋文公既定襄王于郏①，王劳之以地，辞，请隧焉②。

王不许，曰："昔我先王之有天下也，规方千里以为甸服，以供上帝山川百神之祀，以备百姓兆民之用，以待不庭不虞之患③。其余以均分公、侯、伯、子、男，使各有宁宇④，以顺及天地，无逢其灾害，先王岂有赖焉⑤。内官不过九御⑥，外官不过九品⑦，足以供给神祇而已，岂敢猒纵其耳目心腹以乱百度？亦唯是死生之服物采章⑧，以临长百姓而轻重布之⑨，王何异之有？今天降祸灾于周室，余一人仅亦守府⑩，又不佞以勤叔父，而班先王之大物以赏私德⑪，其叔父实应且憎，以非余一人，余一人岂敢有爱⑫？先民有言曰：改玉改行⑬。叔父若能光裕大德⑭，更姓改物，以创制天下，自显庸也，而缩取备物以镇抚百姓⑮，余一人其流辟旅于裔土，何辞之有与？若由是姬姓也，尚将列为公侯，以复先王之职，大物其未可改也。叔父其懋昭明德⑯，物将自至，余何敢以私劳变前之大章，以忝天下？其若先王与百姓何？何政令之为也？若不然，叔父有地而隧焉，余安能知之？"

文公遂不敢请，受地以还。

①定：指平定周室之乱，使襄王复位。郏（jiá，音夹）：周王城地名。
②隧：隧葬，王之葬礼也。
③不庭：不朝贡。庭：朝觐。不虞：意想不到的事。
④宁宇：安居。
⑤赖：利。
⑥内官：宫内的女官。九御：指九嫔。
⑦外官：朝中的官吏。九品：即九卿。

⑧服物：指使用的衣服、器物及礼仪。　采章：绘有彩色花纹的旌旗、车舆、服饰。

⑨临长：治理。　布：展示。

⑩府：指先王的府藏。

⑪班：分。　大物：指隧葬。

⑫爱：吝惜，舍不得。

⑬改玉改行：改变佩玉就必须改变行步。玉，佩玉。古代君臣尊卑不同，佩玉也不同。

⑭光裕：推广扩大。

⑮缩：取。　备物：指服物采章。

⑯懋（mào，音冒）：勉励。

3. 阳人不服晋侯

王至自郑，以阳樊赐晋文公。

阳人不服，晋侯闻之。仓葛呼曰："王以晋君为能德，故劳之以阳樊，阳樊怀我王德，是以未从于晋。谓君其何德之布以怀柔之，使无有远志①？今将大泯其宗祊②，而蔑杀其民人③，宜吾不敢服也！夫三军之所寻，将蛮、夷、戎、狄之骄逸不虔，于是乎致武。此嬴者阳也，未狎君政④，故未承命。君若惠及之，唯官是征⑤，其敢逆命？何足以辱师！君之武震，无乃玩而顿乎⑥？臣闻之曰：武不可觌⑦，文不可匿；觌武无烈，匿文不昭。阳不承获甸，而祗以觌武，臣是以惧。不然，其敢自爱也？且夫阳，岂有裔民哉⑧？夫亦皆天子之父兄甥舅也，若之何其虐之也？"

晋侯闻之，曰："是君子之言也。"乃出阳民。

---

①远志：离叛之心。

②泯：灭。　宗祊（bēng，音崩）：宗庙。

③蔑杀：灭杀。

④狎（xiá，音侠）：熟习。

⑤征：召。

⑥顿：轻慢。

⑦觌（dí，音敌）：显示。

⑧裔民：边远地区的人。指放逐到边远地区的恶人。

4. 襄王拒杀卫成公

温之会，晋人执卫成公归之于周。晋侯请杀之，王曰："不可。夫政自上下者也，上作政，而下行之不逆，故上下无怨。今叔父作政而不行，无乃不可乎？夫君臣无狱①，今元咺虽直②，不可听也。君臣皆狱，父子将狱，是无上下也。而叔父听之，一逆也；又为臣杀其君，其安庸刑？布刑而不庸，再逆矣！一合诸侯，而有再逆政，余惧其无后③。不然，余何私于卫侯？"晋人乃归卫侯。

---

①狱：诉讼。

②卫咺（xuǎn，音选）：卫国大夫。

③无后：指以后就不能用道义会合诸侯了。

5. 王孙满观秦师

二十四年，秦师将袭郑。过周北门，左右皆免胄而下拜，超乘者三百乘①。

王孙满观之，言于王曰："秦师必有谪②。"王曰："何故？"对曰："师轻而骄，轻则寡谋，骄则无礼。无礼则脱③，寡谋自陷。入险而脱，能无败乎？秦师无谪，是道废也。"

是行也，秦师还，晋人败诸崤，获其三帅——丙、术、视④。

①超乘：跳跃上车。
②谪：灾祸。
③脱：疏略，轻慢。
④丙：白乙丙。 术：西乞术。 视：孟明视。

6. 定王论不用全烝

晋侯使随会聘于周。定王享之肴烝①，原公相礼。范子私于原公，曰："吾闻王室之礼无毁折，今此何礼也？"王见其语，召原公而问之，原公以告。

王召士季，曰："子弗闻乎，禘郊之事②，则有全烝③；王公立饫④，则有房烝⑤；亲戚宴飨，则有肴烝。今女非他也，而叔父使士季实来修旧德，以奖王室⑥。唯是先王之宴礼，欲以贻女。余一人敢设饫禘焉，忠非亲礼⑦，而干旧职⑧，以乱前好？且唯戎、狄则有体荐⑨。夫戎、狄，冒没轻儳⑩，贪而不让。其血气不治，若禽兽焉。其适来班贡，不俟馨香嘉味，故坐诸门外，而使舌人体委与之⑪。女今我王室之一二兄弟，以时相见，将和协典礼，以示民训则。无亦择其柔嘉⑫，选其馨香，洁其酒醴，品其百笾⑬，修其簠簋⑭，奉其牺象⑮，出其樽彝⑯，陈其鼎俎，净其巾幂⑰，敬 其祓除⑱，体解节折而共饮食之。于是乎有折俎加豆⑲，酬币宴货⑳，以示容合好，胡有孑然其效戎、狄也㉑？"

"夫玉公诸侯之有饫也，将以讲事成章㉒，建大德、昭大物也，故立成礼烝而已。饫以显物，宴以合好，故岁饫不倦，时宴不淫，月会、旬修、日完不忘㉓。服物昭庸㉔，采饰显明，文章比象㉕，周旋序顺，容貌有崇，威仪有则，五味实气，五色精心，五声昭德，五义纪宜㉖，饮食可飨，和同可观，财用可嘉，则顺而德建。古之善礼者，将焉用全烝？"

武子遂不敢对而退。归，乃讲聚三代之典礼㉗，于是乎修执秩以为晋法㉘。

①肴烝：把牲体切块放于俎上，也叫折俎。
②禘（dì，音地）郊：在国都南郊祭天。禘，天子宗庙之祭。
③全烝：把整个牲体放在俎上。
④立饫（yù，音玉）：站着举行的宴会。
⑤房烝：把半个牲体放在俎中。
⑥奖：辅佐。
⑦忠：丰厚。
⑧旧职：老规矩。

⑨体荐：指房烝。

⑩冒没：冒昧不顾其他。　轻儳（chán，音谗）：轻狂不懂礼节。儳，不整齐。

⑪舌人：翻译。　体委：分解牲体委于地。

⑫柔嘉：指食物嫩而美好。

⑬笾（biān，音边）：古代祭祀宴享时用来盛果脯、干果等的竹器。

⑭修：备。　簠簋（fǔ guǐ，音府鬼）：古代祭祀宴享时用的青铜制食器。

⑮牺象：牺尊和象尊，酒器。

⑯樽彝：古代酒器、礼器的总称。

⑰巾幂：覆盖樽彝等礼器的巾帛。

⑱袚除：扫除。

⑲豆：豆器，盛食物的礼器。

⑳酬币：酬宾的礼物。　宴货：宴会时赠送的礼品。

㉑孑（jié，音节）然：整个的。

㉒讲事：讨论研究战争等国家大事。　章：章程、制度。

㉓日完：一天完成的事。

㉔庸：功。

㉕文章：花纹。　比象：比照物象。文章比象：指在礼服上绣绘的花纹图案以示等级差别。

㉖五义：指父义、母慈、兄友、弟恭、子孝五种封建伦理道德。

㉗三代：指夏、商、周三代。

㉘执秩：晋国制定的管理爵禄的法典。

7. 单襄公论陈必亡

定王使单襄公聘于宋。遂假道于陈，以聘于楚。火朝觌矣①，道茀不可行②，候不在疆③，司空不视途，泽不陂④，川不梁⑤，野有庾积⑥，场功未毕⑦，道无列树，垦田若艺⑧，膳宰不致饩⑨，司里不授馆⑩，国无寄寓，县无施舍⑪，民将筑台于夏氏。

及陈，陈灵公与孔宁、仪行父南冠以如夏氏⑫，留宾不见。

单子归，告王曰："陈侯不有大咎，国必亡。"

王曰："何故？"对曰："夫辰角见而雨毕⑬，天根见而水涸，本见而草木节解⑭，驷见而陨霜，火见而清风戒寒。故先王之教曰：'雨毕而除道，水涸而成梁，草木节解而备藏，陨霜而冬裘具，清风至而修城郭宫室。'故《夏令》曰：'九月除道，十月成梁。'其时儆曰：'收而场功，偫而畚梮⑮，营室之中，土功其始⑯。火之初见，期于司里。'此先王所以不用财贿，而广施德于天下者也。今陈国火朝觌矣，而道路若塞，野场若弃，泽不陂障，川无舟梁，是废先王之教也！"

"周制有之曰：'列树以表道，立鄙食以守路⑰。国有郊牧⑱，疆有寓望⑲，薮有圃草⑳，囿有林池，所以御灾也。其余无非谷土，民无悬耜㉑，野无奥草。不夺民时，不蔑民功。有优无匮，有逸无罢㉒。国有班事㉓，县有序民㉔。'今陈国道路不可知，田在草间，功成而不收，民罢于逸乐，是弃先王之法制也！"

"周之《秩官》有之曰：'敌国宾至㉕，关尹以告，行理以节逆之㉖，候人为导，卿出郊劳，门尹除门㉗，宗祝执祀，司里授馆，司徒具徒，司空视途，司寇诘奸，虞人入材，甸人积薪，火师监燎，水师监濯，膳宰致飧㉘，廪人献饩，司马陈刍㉙，工人展车㉚，百官以物至，宾入如归。是故大小莫不怀爱。其贵国之宾至，则以班加一等，益虔。至于王吏，则皆官正莅事，上卿监之。若王巡守，则君亲监之。'今虽朝也不才，有分族于周，承王命以为过宾于陈，而司事莫至，是蔑先王之官也！"

"先王之令有之曰：'天道赏善而罚淫，故凡我造国，无从非彝[31]，无即慆淫[32]，各守尔典，以承天休。'今陈侯不念胤续之常[33]，弃其伉俪妃嫔，而帅其卿佐以淫于夏氏，不亦渎姓亦乎[34]？陈，我大姬之后也，弃衮冕而南冠以出，不亦简彝乎？是又犯先王之令也！"

"昔先王之教，懋帅其德也，犹恐殒越，若废其教而弃其制，蔑其官而犯其令，将何以守国？居大国之间，而无此四者，其能久乎？"

六年，单子如楚。八年，陈侯杀于夏氏。九年，楚子入陈。

---

①火朝觌矣：火星早晨出现在东方。火，星名。　觌（dí，音敌）：见。

②弗（fú，音福）：草多塞路。

③候：候人，负责迎送宾客的官吏。

④泽：聚水的洼地，此处指塘堰。　陂（bēi，音卑）：堵水的堤岸。

⑤梁：桥梁。

⑥庾（yǔ，音语）积：露天堆积粮谷。

⑦场功：指收割庄稼。

⑧艺：茅草芽。

⑨馈宰：即膳夫。　饩（xì，音细）：赠送人的粮食或饲料。

⑩司里：掌管客馆的官吏。

⑪施舍：宾客休息的地方。

⑫南冠：楚地的帽子。

⑬辰角：星名。下文的"天根"、"本"、"驷"、"火"均为星辰名。

⑭节解：草木枯萎叶落。

⑮待（zhì，音至）：储备。　畚（běn，，音本）：盛物的器具。　梮（jū，音居）：抬土的器具。

⑯土功：建造房屋。

⑰鄙食：边邑大道每十里有庐屋，设有饮食。既分里程，可备传报。鄙，四境边邑。

⑱效牧：郊外放牧场。

⑲寓：客舍。　望：候望，指迎送宾客的人。

⑳薮：大泽。　圃草：丰茂的草。

㉑悬：挂。　耜（sì，音四）：一种类似锹的农具。

㉒罢（pí，音皮）：同"疲"。

㉓班：次，有条理。

㉔序民：百姓轮番服役或休息。

㉕敌国：地位相匹敌的国家。敌，匹敌。

㉖节：符节，使者用作凭证的信物。

㉗除门：扫除门庭。

㉘饔（yōng，音拥）：熟食。

㉙刍：喂牲口的草料。

㉚工人：工匠。　展：检查、察看。

㉛彝：常。此处指常规。

㉜慆（tāo，音滔）淫：怠惰纵乐。

㉝胤（yìn，音印）：后代。

㉞渎（dú，音毒）：亵渎。

8. 刘康公论鲁大夫俭与侈

定王八年，使刘康公聘于鲁①，发币于大夫②。季文子、孟献子皆俭，叔孙宣子、东门子家皆侈。

归，王问鲁大夫孰贤？对曰："季、孟其长处鲁乎！叔孙、东门其亡乎！若家不亡，身必不免。"

王曰："何故？"对曰："臣闻之：为臣必臣，为君必君。宽肃宣惠，君也；敬恪恭俭，臣也。宽所以保本也，肃所以济时也③，宣所以教施也④，惠所以和民也。本有保则必固，时动而济则无败功，教施而宣则遍，惠以和民则阜。若本固而功成，施遍而民阜，乃可以长保民矣，其何事不彻⑤？敬所以承命也，恪所以守业也，恭所以给事也⑥，俭所以足用也。以敬承命则不违，以恪守业则不懈，以恭给事则宽于死，以俭足用则远于忧。若承命不违，守业不懈，宽于死而远于忧，则可以上下无隙矣，其何任不堪？上任事而彻，下能堪其任，所以为令闻长世也。今夫二子者俭，其能足用矣，用足则族可以庇。二子者侈，侈则不恤匮，匮而不恤，忧必及之。若是，则必广其身⑦。且夫人臣而侈，国家弗堪，亡之道也。"

王曰："几何？"对曰："东门之位不若叔孙，而泰侈焉⑧，不可以事二君；叔孙之位不若季、孟，而小泰侈焉，不可以事三君。若皆蚤世犹可⑨，若登年以载其毒⑩，必亡。"

十六年，鲁宣公卒。赴者未及⑪，东门氏来告乱，子家奔齐。简王十一年，鲁叔孙宣伯亦奔齐，成公未殁二年。

---

①聘：天子对诸侯遣使访问。

②币：聘问时赠送的礼物。

③济时：按时完成。

④教施：表示恩惠。

⑤彻：通达。

⑥给事：供事，服务。

⑦广其身：搜刮百姓以肥自身。

⑧泰：过分，过度。

⑨蚤世：早离人世。蚤，通"早"。

⑩登年：活得时间长。登，增加。 载其毒：肆行祸害。载，施行。

⑪赴者：报丧的人。赴，报丧。

9．王孙说请勿赐叔孙侨如

简王八年，鲁成公来朝，使叔孙侨如先聘且告。见王孙说，与之语。说言于王曰："鲁叔孙之来也，必有异焉。其享觐之币薄而言谄，殆请之也；若请之，必欲赐也。鲁执政唯强，故不吹焉而后遣之；且其状方上而锐下，宜触冒人。王其勿赐！若贪陵之人来而盈其愿，是不赏善也，且财不给。故圣人之施舍也议之，其喜怒取与亦议之。是以不主宽惠，亦不主猛毅①，主德义而已。"王曰："诺。"使私问诸鲁，请之也。

王遂不赐，礼如行人。及鲁侯至，仲孙蔑为介②，王孙说与之语，说让③。说以语王，王厚贿之。

---

①猛：严。 毅：残酷。

②介：传达宾主之言的人。

③说（yuè，音月）让：好谦让。

10. 单襄公论郤至佻天之功

晋既克楚于鄢，使郤至告庆于周。未将事①，王叔简公饮之酒，交酬好货皆厚②，饮酒宴语相说也。

明日，王叔子誉诸朝。郤至见邵桓公，与之语。邵公以告单襄公曰："王叔子誉温季，以为必相晋国。相晋国，必大得诸侯，劝二三君子必先导焉③，可以树④。今夫子见我，以晋国之克也，为己实谋之，曰：'微我，晋不战矣！楚有五败，晋不知乘，我则强之。背宋之盟，一也；德薄而以地赂诸侯，二也；弃壮之良而用幼弱⑤，三也；建立卿士而不用其言，四也；夷、郑从之，三陈而不整，五也。罪不由晋；晋得其民；四军之帅，旅力方刚⑥；卒伍治整；诸侯与之。是有五胜也：有辞，一也；得民，二也；军帅强御，三也；行列治整，四也；诸侯辑睦，五也。有一胜犹足用也，有五胜以伐五败，而避之者，非人也。不可以不战。栾、范不欲，我则强之。战而胜，是吾力也。且夫战也微谋，吾有三伐：勇而有礼，反之以仁。吾三逐楚君之卒，勇也；见其君必下而趋，礼也；能获郑伯而赦之，仁也。若是而知晋国之政，楚、越必朝。'"

"吾曰：'子则贤矣。抑晋国之举也，不失其次，吾惧政之末及子也！'谓我曰：'夫何次之有？昔先大夫荀伯自下军之佐以政，赵宣子未有军行而以政，今栾伯自下军往。是三子也，吾又过于四之无不及⑦。若佐新军而升为政，不亦可乎？将必求之！'是其言也，君以为奚若？"

襄公曰："人有言曰：兵在其颈。其郤至之谓乎！君子不自称也，非以让也，恶其盖人也。夫人性，陵上者也，不可盖也。求盖人，其抑下滋甚，故圣人贵让。且谚曰：兽恶其网，民恶其上。《书》曰：'民可近也，而不可上也。'《诗》曰：'恺悌君子⑧，求福不回⑨。'在礼，敌必三让，是则圣人知民之不可加也。故王天下者必先诸民，然后庇焉，则能长利。今郤至在七人之下而欲上之，是求盖七人也，其亦有七怨。怨在小丑，犹不可堪，而况在侈卿乎？其何以待之？"

"晋之克也，天有恶于楚也，故儆之以晋。而郤至佻天之功以为己力⑩，不亦难乎？佻天不祥，乘人不义，不祥则天弃之，不义则民叛之。且郤至何三伐之有？夫仁、礼、勇，皆民之为也。以义死用谓之勇，奉义顺则谓之礼，畜义丰功谓之仁。奸仁为佻，奸礼为羞，奸勇为贼。夫战，尽敌为上，守和同顺义为上⑪。故制戎以果毅，制朝以序成。叛战而擅舍郑君，贼也；弃毅行容⑫，羞也；叛国即仇⑬，佻也。有三奸以求替其上，远于得政矣！以吾观之，兵在其颈，不可久也。虽吾王叔，未能违难。在《太誓》曰'民之所欲，天必从之。'王叔欲郤至，能勿从乎？"

郤至归，明年死难。及伯舆之狱⑭，王叔陈生奔晋。

---

①未将事：指举行告庆仪式之前。

②交酬好货：互赠表示友好的礼物。

③导：诱导，指诱导诸侯升郤至为上卿。

④树：树立，指周在晋国树立党羽。

⑤壮之良：年壮的良才，指申叔时。　幼弱：年幼软弱的人，指楚中军将司马子反。

⑥旅：众多。　刚：强壮。

⑦四：《公序》本作"三"，以为然。

⑧恺悌：平易近人。

⑨回：奸邪。

⑩佻（tiāo，音挑）：窃取。

⑪守和同：保持和平友好。

⑫弃毅行容：不坚决打击敌人却表示有礼节。容，礼仪。

⑬即仇：亲近敌人。

⑭伯舆之狱：指王叔和伯舆争政的诉讼。

卷三　周语下

1. 单襄公论晋将乱

　　柯陵之会，单襄公见晋厉公视远步高。晋郤锜见，其语犯①。郤犨见②，其语迂③。郤至见，其语伐④。齐国佐见，其语尽⑤。鲁成公见，言及晋难及郤犨之谮。

　　单子曰："君何患焉？晋将有乱，其君与三郤其当之乎！"鲁侯曰："寡人惧不免于晋。今君曰'将有乱'，敢问天道乎，抑人故也？"对曰："吾非瞽、史，焉知天道？吾见晋君之容，而听三郤之语矣，殆必祸者也。夫君子目以定体⑥，足以从之，是以观其容而知其心矣。目以处义⑦，足以步目，今晋侯视远而足高，目不在体，而足不步目，其心必异矣。目体不相从，何以能久？夫合诸侯，民之大事也，于是乎观存亡。故国将无咎，其君在会，步言视听，必皆无谪，则可以知德矣。视远，日绝其义；足高，日弃其德；言爽，日反其信；听淫，日离其名。夫目以处义，足以践德，口以庇信，耳以听名者也，故不可不慎也。偏丧有咎；既丧，则国从之。晋侯爽二，吾是以云。"

　　"夫郤氏，晋之宠人也，三卿而五大夫，可以戒惧矣。高位实疾颠⑧，厚味实腊毒⑨。今郤伯之语犯，叔迂，季伐，犯则陵人，迂则诬人，伐则掩人。有是宠也，而益之以三怨，其谁能忍之！虽齐国子亦将与焉。立于淫乱之国，而好尽言，以招人过，怨之本也。唯善人能受尽言，齐其有乎？吾闻之，国德而邻于不修，必受其福。今君逼于晋，而邻于齐，齐、晋有祸，可以取伯。无德之患，可忧于晋？且夫长翟之人利而不义，其利淫矣，流之若何？"

　　鲁侯归，乃逐叔孙侨如。简王十一年，诸侯会于柯陵。十二年，晋杀三郤。十三年，晋侯弑，于翼东门葬，以车一乘。齐人杀国武子。

①犯：凌犯，冲撞。

②犨（chōu，音抽）：人名。

③迂：不切实际。

④伐：矜夸，这里指自己夸功。

⑤尽：指说话尽其心意，善恶褒贬，无所顾忌。

⑥目以定体：靠眼睛决定手足的动作。

⑦目以处义：眼睛应盯在合适的位置上。义：通"宜"。

⑧疾：快。　颠：陨落。

⑨厚味：比喻丰厚的俸禄。　腊（xī，音西）：极。

2. 单襄公论晋周

晋孙谈之子周适周，事单襄公。立无跛①，视无还②，听无耸，言无远③。言敬必及天，言忠必及意，言信必及身，言仁必及人，言义必及利，言智必及事，言勇必及制④，言教必及辩⑤，言孝必及神，言惠必及和，言让必及敌。晋国有忧未尝不戚，有庆未尝不怡。

襄公有疾，召顷公而告之，曰："必善晋周，将得晋国。其行也文⑥，能文则得天地。天地所胙⑦，小而后国。夫敬，文之恭也；忠，文之实也；信，文之孚也；仁，文之爱也；义，文之制也；智，文之舆也；勇，文之帅也；教，文之施也；孝，文之本也；惠，文之慈也；让，文之材也。象天能敬，帅意能忠，思身能信，爱人能仁，利制能义，事建能智，帅义能勇，施辩能教，昭神能孝，慈和能惠，推敌能让。此十一者，夫子皆有焉！"

"天六地五⑧，数之常也。经之以大，纬之以地。经纬不爽，文之象也。文王质文，故天胙之以天下。夫子被之矣⑨，其昭穆又近⑩，可以得国。且夫立无跛，正也；视无还，端也；听无耸，成也；言无远，慎也。夫正。德之道也；端，德之信也；成，德之终也；慎，德之守也。守终纯固，道正事信，明令德矣⑪。慎成端正，德之相也！为晋休戚，不背本也！被文相德，非国何取？"

"成公之归也，吾闻晋之筮之也，遇《乾》之《否》⑫，曰：'配而不终，君三出焉。'一既往矣，后之不知，其次必此。且吾闻成公之生也，其母梦神规其臀以墨⑬，曰：'使有晋国，三而畀骧之孙⑭。'故名之曰'黑臀'，于今再矣。襄公曰骧，此其孙也。而令德孝恭，非此其谁？且其梦曰：'必骧之孙，实有晋国。'其卦曰：'必三取君于周。'其德又可以君国，三袭焉⑮。吾闻之《大誓》，故曰：'朕梦协朕卜，袭于休祥⑯，戎商必克，'以三袭也。晋仍无道而鲜胄，其将失之矣。必早善晋子，其当之也。"

顷公许诺。及厉公之乱，召周子而立之，是为悼公。

---

①跛（bì，音毕）：偏，站立时一脚倾斜。

②还：指眼睛看东西转来转去。

③远：指让远处听到。

④制：法制。

⑤辩：通"辨"，辨别是非。

⑥文：文德，指有经天纬地的德行。

⑦胙（zuò，音坐）：福佑。

⑧天六地五：天有阴、阳、风、雨、晦、明六气，地有金、木、水、火、土五行。

⑨被：承受。

⑩昭穆：宗庙左右的位次。在左为昭，居右为穆，以此分别宗族内的长幼、亲疏。

⑪令德：美德。

⑫遇《乾》之《否》：遇乾卦变为否卦。

⑬规：画。

⑭畀（bì，音毕）：给与。　骧：晋襄公的名。　孙：自孙子以下都称为孙，此处指曾孙。

⑮三袭：指德、梦、卦三合。袭：合。

⑯休：美善。

3. 太子晋谏壅谷水

灵王二十二年，谷、洛斗①，将毁王宫。王欲壅之，太子晋谏曰："不可。晋闻古之长民者，不堕山，不崇薮，不防川，不窦泽②。夫山，土之聚也；薮，物之归也；川，气之导也③，泽，水之钟也④。夫天地成而聚于高，归物于下。疏为川谷，以导其气。陂塘污庳⑤，以钟其美。是故聚不阤崩⑥，而物有所归；气不沉滞，而亦不散越。是以民生有财用，而死有所葬。然则无夭、昏、札、瘥之忧⑦，而无饥、寒、乏、匮之患。故上下能相固，以待不虞，古之圣王唯此之慎。"

"昔共工弃此道也，虞于湛乐⑧，淫失其身，欲壅防百川，堕高堙庳，以害天下。皇天弗福，庶民弗助，祸乱并兴，共工用灭。其在有虞⑨，有崇伯鲧，播其淫心，称遂共工之过，尧用殛之于羽山。其后伯禹念前之非度，厘改制量⑩，象物天地，比类百则，仪之于民⑪，而度之于群生，共之从孙四岳佐之，高高下下，疏川导滞，钟水丰物，封崇九山，决汩九川⑫，陂鄣九泽⑬，丰殖九薮，汩越九原⑭，宅居九隩⑮，合通四海。故天无伏阴，地无散阳，水无沉气，火无灾燀⑯，神无闲行，民无淫心，时无逆数，物无害生。帅象禹之功⑰，度之于轨仪。莫非嘉绩，克厌帝心。皇天嘉之，祚以天下，赐姓曰'姒'，氏曰'有夏'，谓其能以嘉祉殷富生物也⑱。祚四岳国，命以侯伯，赐姓曰'姜'，氏曰'有吕'，谓其能为禹股肱心膂，以养物丰民人也。"

"此一王四伯，岂繄多宠⑲？皆亡王之后也。唯能厘举嘉义，以有胤在下，守祀不替其典。有夏虽衰，杞、鄫犹在；申、吕虽衰，齐、许犹在。唯有嘉功，以命姓受祀，迄于天下。及其失之也，必有慆淫之心间之⑳。故亡其氏姓，踣毙不振㉑。绝后无主，湮替隶圉㉒。夫亡者岂繄无宠？皆黄、炎之后也。唯不帅天地之度，不顺四时之序，不度民神之义，不仪生物之则，以殄灭无胤，至于今不祀。及其得之也，必有忠信之心间之。度于天地而顺于时动，和于民神而仪于物则，故高朗令终，显融昭明，命姓受氏，而附之以令名。若启先王之遗训，省其典图刑法，而观其废兴者，皆可知也。其兴者，必有夏、吕之功焉；其废者，必有共、鲧之败焉。今吾执政无乃实有所避，而滑夫二川之神㉓，使至于争明，以妨王宫，王而饰之，无乃不可乎！"

"人有言曰：'无过乱人之门。'又曰：'佐饎者尝焉㉔，佐斗者伤焉。'又曰：'祸不好，不能为祸。'《诗》曰：'四牡骙骙㉕，旟旐有翩㉖，乱生不夷，靡国不泯。'又曰：'民之贪乱，宁为荼毒。'夫见乱而不惕，所残必多，其饰弥章。民有怨乱，犹不可遏，而况神乎？王将防斗川以饰宫，是饰乱而佐斗也。其无乃章祸且遇伤乎？自我先王厉、宣、幽、平而贪天祸，至于今未弭。我又章之，惧长及子孙，王室其愈卑乎？其若之何？"

"自后稷以来宁乱㉗，及文、武、成、康而仅克安民。自后稷之始基靖民㉘，十五王而文始平之，十八王而康克安之，其难也如是。厉始革典，十四王矣！基德十五而始平，基祸十五其不济乎！吾朝夕儆惧，曰：'其何德之修，而少光王室㉙，以逆天休㉚？'王又章辅祸乱，将可以堪之？王无亦鉴于黎、苗之王，下及夏、商之季，上不象天，而下不仪地，中不和民，而方不顺时，不共神祇，而蔑弃五则。是以人夷其宗庙，而火焚其彝器。子孙为隶，下夷于民，而亦未观夫前哲令德之则。则此五者而受天之丰福，飨民之勋力，子孙丰厚，令闻不忘，是皆天子之所知也。"

"天所崇之子孙，或在畎亩，由欲乱民也。畎亩之人，或在社稷，由欲靖民也。无有异焉！《诗》云：'殷鉴不远，在夏后之世。'将焉用饰宫？其以徼乱也。度之天神，则非祥也；比之地物，则非义也；类之民则，则非仁也；方之时动，则非顺也；咨之前训，则非正也。观之《诗》《书》，与民之宪言，则皆亡王之为也。上下议之，无所比度，王其图之！夫事大不从象，小不从文。上非天刑，下非地德，中非民则，方非时动而作之者，必不节矣。作又不节，害之道也。"

王卒壅之。及景王多宠人，乱于是乎始生。景王崩，王室大乱。及定王，王室遂卑。

---

①谷、洛斗：谷河和洛河争抢河道。

②窦：穿通，决开。

③气之导：古人认为河川是通导天地之气的。

④钟：聚。

⑤陂（bēi，音悲）塘：池塘。　污庳（wā bēi，音洼悲）：低洼的地方。庳，低下。

⑥阤（zhì，音至）：崩塌。

⑦札：疫病。　瘥（cuó，音痤）：病。

⑧虞：安。　湛乐：淫乐。

⑨有虞：即舜。

⑩厘：制理。　制量：制度。

⑪仪：准则，法度。

⑫决汩：疏通。

⑬陂障：堤防。

⑭汩越：扩展。

⑮九隩（ào，音奥）：九州中可以居住的地方。隩：通"墺"。

⑯焯（chǎn，音产）：火起的样子。

⑰帅：循。　象禹：大禹。

⑱祉：福。　殷：盛大。

⑲繄（yī，是医）：是。

⑳慆（tāo，音滔）淫：享乐过度。　间：代。

㉑踣（bó，音博）毙：倒毙。　振：救。

㉒湮：埋没。　圉：马伕。

㉓滑：乱。

㉔饔（yōng，音拥）：掌管烹煎的人。

㉕骙骙（kuí，音葵）：马强壮的样子。

㉖旟（yú，音鱼）：绘有鸟的旗。　旐（zhào，音兆）：绘有龟蛇的旗。

㉗宁乱：安定灾难。

㉘基：始。　靖：安。

㉙少：才。

㉚逆：迎。　休：福佑。

4. 羊舌肸聘于周

晋羊舌肸聘于周①，发币于大夫及单靖公。靖公享之，俭而敬。宾礼赠饯，视其上而从之。燕无私②，送不过郊。语说《昊天有成命》。

单之老送叔向③，叔向告之曰："异哉！吾闻之曰：'一姓不再兴。'今周其兴乎！其有单子也。昔史佚有言曰：'动莫若敬，居莫若俭，德莫若让，事莫若咨。'单子之贶我④，礼也，皆有焉。夫宫室不崇，器无彤镂，俭也；身耸除洁⑤，外内齐给，敬也；宴好享赐，不逾其上，让也；宾之礼事，放上而动⑥，咨也。如是，而加之以无私，重之以不谄，能避怨矣。居俭动敬，德让事咨，而能避怨，以为卿佐，其有不兴乎！"

"且其语说《昊天有成命》，颂之盛德也。其诗曰：'昊天有成命，二后受之，成王不敢康⑦。

夙夜基命宥密⑧，於！缉熙⑨！亶厥心⑩，肆其靖之。'是道成王之德也。成王能明文昭、能定武烈者也。夫道成命者，而称昊天，翼其上也。二后受之，让于德也。成王不敢康，敬百姓也。夙夜，恭也；基，始也。命，信也。宥，宽也。密，宁也。缉，明也。熙，广也。亶，厚也。肆，固也。靖，和也。其始也，翼上德让，而敬百姓；其中也，恭俭信宽，帅归于宁；其终也，广厚其心，以固和之。始于德让，中于信宽，终于固和，故曰成。单子俭敬让咨，以应成德。单若不兴，子孙必蕃，后世不忘。"

"《诗》曰：'其类维何⑪？室家之壶⑫。君子万年，永锡祚胤。'类也者，不忝前哲之谓也；壶也者，广裕民人之谓也；万年也者，令闻不忘之谓也；胤也者，子孙蕃育之谓也。单子朝夕不忘成王之德，可谓不忝前哲矣。膺保明德⑬，以佐王室，可谓广裕民人矣。若能类善物，以混厚民人者，必有章誉蕃育之祚，则单子必当之矣。单若有阙，必兹君之子孙实续之，不出于他矣。"

---

①胥（xǔ，音西）：晋大夫，宁叔向。

②燕无私：宴会时没有私加食品以超上位者。燕，通"宴"。

③老：室老，卿大夫中家臣之长。

④贶（kuàng，音况）：赐与。

⑤箟：同"悚"，戒惧。　除洁：修整使整洁。

⑥放：同"仿"，仿效，依据。

⑦康：安乐。

⑧夙夜：早晚。　基命：奉持天命。　宥（yòu，音又）密：宽仁宁静。

⑨缉熙：光明。

⑩亶（dǎn，音胆）：厚。　阙：其，指成王。

⑪类：族，家族。

⑫壶（kǔn，音捆）：广，推广。

⑬膺：前胸。此处作"以胸抱"解。

5. 单穆公谏铸大钱

景王二十一年，将铸大钱。单穆公曰："不可！古者，天灾降戾①，于是乎量资币，权轻重，以振救民。民患轻②，则为作重币以行之，于是乎有母权子而行③，民皆得焉。若不堪重，则多作轻而行之，亦不废重，于是乎有子权母而行，小大利之。"

"今王废轻而作重，民失其资，能无匮乎？若匮，王用将有所乏，乏则将厚取于民。民不给，将有远志，是离民也！且夫备有未至而设之，有至而后救之，是不相入也④。可先而不备，谓之怠；可后而先之，谓之召灾。周固羸国也，天未厌祸焉⑤，而又离民以佐灾，无乃不可乎？将民之与处而离之，将灾是备御而召之，则何以经国？国无经，何以出令？令之不从，上之患也，故圣人树德于民以除之。"

"《夏书》有之曰：'关石、和钧⑥，王府则有。'《诗》亦有之曰：'瞻彼旱麓⑦，榛楛济济⑧。恺悌君子，干禄恺悌⑨。'夫旱麓之榛楛殖，故君子得以易乐干禄焉。若夫山林匮竭，林麓散亡，薮泽肆既，民力凋尽，田畴荒芜，资用乏匮，君子将险哀之不暇，而何易乐之有焉？"

"且绝民用以实王府，犹塞川原而为潢污也⑩，其竭也无日矣。若民离而财匮，灾至而备亡，王其若之何？吾周官之于灾备也，其所怠弃者多矣。而又夺之资，以益其灾，是去其藏而翳其人也。王其图之！"

王弗听，卒铸大钱。

---

①戾：到。

②患轻：患币轻而物贵。

③母权子而行：以母钱来平衡子钱的不足，母钱子钱同时流通使用。母，重的钱币。权，衡。子，轻的钱币。

④不相入：不能相混淆。

⑤未厌祸：指灾祸不断。

⑥关：衡。　石：三十斤为钧，四钧为石。和：平。　钧：均。

⑦旱：山名。　麓：山脚。

⑧榛、楛（hù，音护）：树名。　济济：众多。

⑨干：求。　禄：福。　恺悌：和乐平易。

⑩潢污（huáng wā，音黄挖）：低洼积水的地方。大的叫潢，小的叫污。

6. 单穆公伶州鸠谏铸大钟

二十三年，王将铸无射①，而为之大林②。单穆公曰："不可。作重币以绝民资，又铸大钟以鲜其继③。若积聚既丧，又鲜其继，生何以殖？且夫钟不过以动声，若无射有林，耳弗及也。夫钟声以为耳也。耳所不及，非钟声也。犹目所不见，不可以为目也。夫目之察度也，不过步武尺寸之间④。其察色也，不过墨丈寻常之间。耳之察和也，在清浊之间；其察清浊也，不过一人之所胜。是故先王之制钟也，大不出钧，重不过石。律度量衡于是乎生，小大器用于是乎出⑤，故圣人慎之。今王作钟也，听之弗及，比之不度，钟声不可以知和，制度不可以出节，无益于乐，而鲜民财，将焉用之？"

"夫乐不过以听耳，而美不过以观目。若听乐而震，观美而眩，患莫甚焉。夫耳目，心之枢机也，故必听和而视正，听和则聪，视正则明。聪则言听，明则德昭。听言昭德，则能思虑纯固。以言德于民，民歆而德之，则归心焉。上得民心，以殖义方，是以作无不济，求无不获，然则能乐。夫耳内和声⑥，而口出美言，以为宪令，而布诸民，正之以度量，民以心力，从之不倦。成事不贰，乐之至也。口内味而耳内声，声味生气。气在口为言，在目为明。言以信名，明以时动。名以成政，动以殖生。政成生殖，乐之至也。若视听不和，而有震眩，则味入不精。不精则气佚，气佚则不和。于是乎有狂悖之言，有眩惑之明，有转易之名，有过慝之度⑦。出令不信，刑政放纷，动不顺时，民无据依，不知所力，各有离心。上失其民，作则不济，求则不获，其何以能乐？三年之中，而有离民之器二焉，国其危哉！"

王弗听，问之伶州鸠。对曰："臣之守官弗及也⑧！臣闻之，琴瑟尚宫⑨，钟尚羽，石尚角，匏竹利制⑩，大不逾宫，细不过羽。夫宫，音之主也，第以及羽。圣人保乐而爱财，财以备器，乐以殖财。故乐器重者从细，轻者从大。是以金尚羽，石尚角，瓦丝尚宫，匏竹尚议，革木一声。"

"夫政象乐，乐从和，和从平。声以和乐，律以平声。金石以动之，丝竹以行之，诗以道之，歌以咏之，匏以宣之，瓦以赞之，革木以节之。物得其常曰乐极，极之所集曰声，声应相保曰和，细大不逾曰平。如是，而铸之金，磨之石，系之丝木，越之匏竹，节之鼓而行之，以遂八风⑪。于是乎气无滞阴，亦无散阳，阴阳序次，风雨时至，嘉生繁祉，人民和利，物备而乐成，上下不罢，故曰乐正。今细过其主妨于正，用物过度妨于财，正害财匮妨于乐。细抑大陵，不容于耳，非和也。听声越远⑫，非平也。妨正匮财，声不和平，非宗官之所司也。"

"夫有和平之声，则有蕃殖之财。于是乎道之以中德，咏之以中音，德音不愆⑬，以合神人，神是以宁，民是以听。若夫匮财用，罢民力，以逞淫心，听之不和，比之不度，无益于教，而离民怒神，非臣民闻也。"

王不听，卒铸大钟。二十四年，钟成。伶人告和。王谓伶州鸠曰："钟果和矣。"对曰："未可知也！"王曰："何故？"对曰："上作器，民备乐之，则为和。今财亡民罢，莫不怨恨，臣不知其和也。且民所曹好⑭，鲜其不济也。其所曹恶，鲜其不废也。故谚曰：'众心成城，众口铄金。'三年之中，而害金再兴焉，惧一之废也。"王曰："尔老耄矣⑮！何知？"二十五年，王崩，钟不和。

---

①无射（yì，音义）：钟名。古音律中六律之一。

②人林：无射钟上的罩。

③鲜其继：使财物减少。

④步武尺寸：指距离短。步、武、尺、寸均为古长度单位。 下文的"墨丈寻常"亦为度量单位，比喻距离有限。

⑤小：指锱、铢、分、寸等小的计量单位。 大：指斤、钧、石、丈、尺等大计量单位。

⑥内：同"纳"。

⑦慝（tè，音特）：邪恶。

⑧臣之守官弗及：我的职务管不到这些。守官，官位的职守。

⑨宫：五音之一。 下文的"羽"、"角"均为五音之一。

⑩匏（páo，音咆）：笙。 竹：箫。

⑪八风：八方之风。

⑫越远：细微迂远。

⑬不愆：没有差失。

⑭曹：群，众人。

⑮尔老耄矣：你老糊涂了。 耄，八十岁为耄。

7. 景王问钟律

王将铸无射，问律于伶州鸠，对曰："律所以立均出度也①。古之神瞽考中声而量之以制②，度律均钟③，百官轨仪④，纪之以三⑤，平之以六⑥，成于十二⑦，天之道也。夫六，中之色也，故名之曰黄钟，所以宣养六气、九德也⑧。由是第之：二曰太蔟，所以金奏赞阳出滞也。三曰姑洗，所以修洁百物，考神纳宾也。四曰蕤宾，所以安靖神人，献酬交酢也。五曰夷则，所以咏歌九则，平民无贰也。六曰无射，所以宣布哲人之令德，示民轨仪也。为之六间⑨，以扬沉伏，而黜散越也⑩。元间大吕，助宣物也。二间夹钟，出四隙之细也。三间仲吕，宣中气也。四间林钟，和展百事，俾莫不任肃纯恪也⑪。五间南吕，赞阳秀也。六间应钟，均利器用，俾应复也。"

"律吕不易，无奸物也。细钧有钟无镈⑫，昭其大也。大钧有镈无钟，甚大无镈，鸣其细也。大昭小鸣，和之道也。和平则久，久固则纯，纯明则终；终复则乐，所以成政也，故先王贵之。"

王曰："七律者何？"对曰："昔武王伐殷，岁在鹑火⑬，月在天驷⑭，日在析木之津⑮，辰在斗柄⑯，星在天鼋⑰。星与日辰之位，皆在北维⑱。颛顼之所建也⑲，帝喾受之⑳。我姬氏出自天鼋，及析木者，有建星及牵牛焉，则我皇妣大姜之侄伯陵之后，逄公之所凭神也。岁之所在，则我有周之分野也。月之所在，辰马农祥也。我太祖后稷之所经纬也。王欲合是五位三所而用之㉑。自鹑及驷七列，南北之揆七同㉒。凡人神以数合之，以声昭之。数合声和，然后可同也。故以七同其数，而以律和其声，于是乎有七律。"

"王以二月癸亥夜陈㉓，未毕而雨。以夷则之上宫毕，当辰。辰在戌上，故长夷则之上宫，名之曰羽，所以藩屏民则也。王以黄钟之下宫，布戎于牧之野，故谓之厉，所以厉六师也。以太蔟之下宫，布令于商，昭显文德，底纣之多罪，故谓之宣，所以宣三王之德也。反及嬴内㉔，以无射之上宫，布宪施舍于百姓，故谓之嬴乱㉕，所以优柔容民也㉖。"

---

①均：均钟木，古乐器上的调律器。

②神瞽：传说中的乐官。 考：合。

③度律：度量十二律管的长短。 均：调节。

④百官：各种事物。 轨仪：法则。

⑤三：指天、地、人。

⑥六：指黄钟、太蔟、姑洗、蕤宾、夷则、无射六律。

⑦十二：六律（奇数六律为阳律）和六吕（偶数六律为阴律），合称十二律。

⑧六气：阴、阳、风、雨、晦、明。九德：水、火、金、木、土、谷、正德、利用、厚生等统治者的九种功德。

⑨六间：六吕在阳律之间，故又称六间。

⑩黜：去除。

⑪俾：使。 肃：速。 纯恪：大敬。

⑫细：细声，指角、徵、羽。 钟：大钟。 镈（bó，音博）：小钟。

⑬岁：岁星，即木星。 鹑火：星次名。

⑭天驷：星名，即房星。

⑮析木：星次名。 津：银河。

⑯辰：日月交会为辰。

⑰星：辰星，即水星。

⑱北维：北方水位。

⑲颛顼（zhuān xū，音专须）：传说中的五帝之一。

⑳帝喾（kù，音酷）：传说中的五帝之一，为尧之父，周的祖先。

㉑五位：指岁、月、日、辰、星。 三所：逢公所凭神、周分野所在、后稷所经纬。

㉒揆：测度。

㉓陈：同"阵"，战阵。

㉔反：同"返"。 嬴内：地名。

㉕乱：治。

㉖优柔：宽容。

8.宾孟见雄鸡自断其尾

景王既杀下门子。宾孟适郊，见雄鸡自断其尾。问之，侍者曰："惮其牺也①。"遂归，告王曰："吾见雄鸡自断其尾，而人曰'惮其牺也'，吾以为信畜矣！人牺实难②，己牺何害？抑其恶为人用也乎，则可也。人异于是。牺者，实用人也③。"

王弗应。田于巩，使公卿皆从，将杀单子，未克而崩。

---

①牺：祭祀用的牺牲（牲畜）。

②人牺：为人牺，给别人作牺牲。

③用人：治人。

9. 刘文公与苌弘欲城周

敬王十年，刘文公与苌弘欲城周①，为之告晋。魏献子为政，说苌弘而与之。将合诸侯。

卫彪傒适周，闻之，见单穆公曰："苌、刘其不殁乎？《周诗》有之曰：'天之所支，不可坏也。其所坏，亦不可支也。'昔武王克殷，而作此诗也，以为饫歌，名之曰《支》，以遗后之人，使永监焉。夫礼之立成者为饫，昭明大节而已，少典与焉②。是以为之日惕，其欲教民戒也。然则夫《支》之所道者，必尽知天地之为也。不然，不足以遗后之人。今苌、刘欲支天之所坏，不亦难乎？自幽王而天夺之明，使迷乱弃德，而即慆淫，以亡其百姓，其坏之也久矣。而又将补之，殆不可矣！水火之所犯，犹不可救，而况天乎？谚曰：'从善如登，从恶如崩。'昔孔甲乱夏，四世而陨。玄王勤商，十有四世而兴；帝甲乱之，七世而陨。后稷勤周，十有五世而兴；幽王乱之，十有四世矣，守府之谓多③，胡可兴也？夫周，高山、广川、大薮也，故能生是良材。而幽王荡以为魁陵、粪土、沟渎④，其有悛乎⑤？"

单子曰："其咎孰多？"曰："苌叔必速及，将天以道补者也！夫天道导可而省否⑥，苌叔反是，以诳刘子，必有三殃：违天，一也；反道，二也；诳人，三也。周若无咎，苌叔必为戮。虽晋魏子亦将及焉。若得天福，其当身乎？若刘氏，则必子孙实有祸。夫子而弃常法，以从其私欲，用巧变以崇天灾⑦，勤百姓以为己名，其殃大矣！"

是岁也，魏献子合诸侯之大夫于狄泉，遂田于大陆，焚而死。及范、中行之难，苌弘与之，晋人以为讨。二十八年，杀苌弘。及定王，刘氏亡。

---

①城周：使成周做周的王都。周，成周城。

②典：礼。　与：类。

③守府之谓多：守住宗庙社稷就已经是上天多赐福了。　府，指宗庙社稷。

④魁陵：小山丘。　沟渎：小水沟。

⑤悛（quān，音圈）：停止。

⑥天道导可而省否：天道支持可行的，而排斥不可行的。　省，去除。

⑦巧变：不诚实的机变，指学周平王东迁王都。

卷四　鲁语上

1. 曹刿问战

长勺之役，曹刿问所以战于庄公。公曰："余不爱衣食于民①，不爱牲玉于神。"对曰："夫惠本而后民归之志②，民和而后神降之福。若布德于民而平均其政事，君子务治而小人务力；动不违时，财不过用；财用不匮，莫不能使共祀③。是以用民无不听，求福无不丰。今将惠以小赐，祀以独恭。小赐不咸④，独恭不优⑤。不咸，民不归也；不优，神弗福也。将何以战？夫民求不匮于财，而神求优裕于享者也，故不可以不本。"公曰："余听狱虽不能察，必以情断之。"对曰："是则可矣！知夫苟中心图民⑥，智虽弗及，必将至焉。"

①爱：吝惜。
②本：根本，指民。
③莫不能使共祀：不只自己有财用供给祭祀，百姓也有。
④咸：全，普遍。
⑤优：优厚。
⑥图民：谋虑民事。

2. 曹刿谏如齐观社

庄公如齐观社①。曹刿谏曰："不可。夫礼，所以正民也。是故先王制诸侯，使五年四王、一相朝②。终则讲于会，以正班爵之义，帅长幼之序，训上下之则，制财用之节，其间无由荒怠。夫齐弃太公之法而观民于社，君为是举而往观之，非故业也，何以训民？土发而社，助时也；收捃而蒸③，纳要也④；今齐社而往观旅，非先王之训也。天子祀上帝，诸侯会之受命焉。诸侯祀先王、先公，卿大夫佐之受事焉。臣不闻诸侯相会祀也。祀又不法，君举必书，书而不法，后嗣何观？"

公不听，遂如齐。

①社：祭祀土地神。
②四王：朝聘天子四次。　一相朝：诸侯间互相聘问一次。
③捃（jùn，音俊）：拾取。　蒸：冬季的祭祀。
④纳要：敬献五谷。

3. 匠师庆谏丹楹刻桷

庄公丹桓宫之楹①，而刻其桷②。匠师庆言于公曰："臣闻圣王公之先封者，遗后之人法，使无陷于恶。其为后世昭前之令闻也，使长监于世，故能摄固不解以久③。今先君俭而君侈，令德替矣。"公曰："吾属欲美之④。"对曰："无益于君，而替前之令德，臣故曰庶可已矣！"公弗听。

①丹：动词，用红漆涂。
②桷（jué，音决）：房椽。
③摄：持。　解：同"懈"。
④吾属：我辈。属，辈。

4. 夏父展谏用币

哀姜至，公使大夫、宗妇觌用币①。宗人夏父展曰②："非故也。"公曰："君作故！"对曰：

"君作而顺则故之，逆则亦书其逆也。臣从有司，惧逆之书于后也，故不敢不告。夫妇贽不过枣、栗，以告虔也；男则玉、帛、禽、鸟，以章物也。今妇执币，是男女无别也。男女之别，国之大节也，不可无也。"公弗听。

①宗妇：同宗大夫的夫人。 觌（dí，音敌）：进见。 币：贽币，如玉、帛之类。
②宗人：官名。掌管男女贽币之礼。

5. 臧文仲如齐告籴

鲁饥，臧文仲言于庄公："夫为四邻之援，结诸侯之信，重之以婚姻，申之以盟誓，固国之艰急是为①。铸名器，藏宝财，固民之殄病是待②。今国病矣，君盍以名器请籴于齐?"公曰："谁使?"对曰："国有饥馑，卿出告籴，古之制也。辰也备卿，辰请如齐。"公使往。

从者曰："君不命吾子，吾子请之，其为选事乎?"文仲曰："贤者急病而让夷，居官者当事不避难，在位者恤民之患，是以国家无违。今我不如齐，非急病也。在上不恤下，居官而惰，非事君也。"

文仲以鬯圭与玉磬如齐告籴③，曰："天灾流行，戾于弊邑，饥馑荐降④，民赢几卒，大惧乏周公、太公之命祀，职贡业事之不共而获戾。不腆先君之币器，敢告滞积，以纾执事⑤，以救弊邑，使能共职。岂唯寡君与二三臣实受君赐，其周公、太公及百辟神祇实永飨而赖之⑥!"齐人归其玉而予之籴。

①国之艰急是为：为国家解救急难。
②殄（tiǎn，音舔）：断绝。 病：困乏。
③鬯（chàng 音畅）圭：祭祀时用的器具。
④荐：一再，频频。
⑤纾：缓解。 执事：指齐国管仓禀的官吏。
⑥百辟：指诸侯。辟，君。

6. 展禽使乙喜以膏沐犒师

齐孝公来伐鲁，臧文仲欲以辞告，病焉，问于展禽。对曰："获闻之，处大教小，处小事大，所以御乱也，不闻以辞。若为小而崇，以怒大国，使加己乱，乱在前矣，辞其何益?"文仲曰："国急矣! 百物唯其可者，将无不趋也。愿以子之辞行赂焉，其可赂乎?"

展禽使乙喜以膏沐犒师，曰："寡君不佞，不能事疆场之司，使君盛怒，以暴露于弊邑之野，敢犒舆师。"齐侯见使者曰："鲁国恐乎? 对曰："小人恐矣，君子则否。"公曰："室如悬磬①，野无青草，何恃而不恐?"对曰："恃二先君之所职业! 昔者，成王命我先君周公及先君太公曰：'女股肱周室②，以夹辅先王。赐女土地，质之以牺牲③，世世子孙无相害也。'君今来讨弊邑之罪，其亦使听从而释之，必不泯其社稷。岂其贪壤地，而弃先王之命? 其何以镇抚诸侯? 恃此以不恐。"齐侯乃许为平而还。

①室如悬磬：仓府空空，好象挂着的磬。

②股肱：比喻得力的助手。股，大腿。肱，胳膊由肘到肩的部位，泛指胳膊。

③质：盟誓以守信。

7. 臧文仲请免卫成公

温之会，晋人执卫成公归之于周。使医鸩之，不死，医亦不诛。

臧文仲言于僖公曰："夫卫君殆无罪矣。刑五而已，无有隐者①，隐乃讳也。大刑用甲兵②，其次用斧钺，中刑用刀锯③，其次用钻笮④，薄刑用鞭扑⑤，以威民也。故大者陈之原野，小者致之市朝，五刑三次，是无隐也。今晋人鸩卫侯不死，亦不讨其使者，讳而恶杀之也⑥。有诸侯之请，必免之。臣闻之：班相恤也⑦，故能有亲。夫诸侯之患，诸侯恤之，所以训民也。君盍请卫君以示亲于诸侯，且以动晋？夫晋新得诸侯，使亦曰：'鲁不弃其亲，其亦不可以恶。'"公说，行玉二十珏⑧，乃免卫侯。

自是晋聘于鲁，加于诸侯一等，爵同，厚其好货。卫侯闻其臧文仲之为也，使纳赂焉。辞，曰："外臣之言不越境，不敢及君。"

---

①隐：指用私刑。

②甲兵：指用武力诛杀。

③刀锯：指宫刑与肢解四肢之刑。

④钻笮（zuó，音昨）：指黥刑。

⑤扑：击。

⑥讳：忌讳，指密密地。

⑦班：等，同等。

⑧珏（jué，音决）：合在一起的两块玉。

8. 臧文仲请赏重馆人

晋文公解曹地以分诸侯①。僖公使臧文仲往，宿于重馆。重馆人告曰："晋始伯而欲固诸侯，故解有罪之以分诸侯。诸侯莫不望分而欲亲晋，皆将争先。晋不以固班②，亦必亲先者，吾子不可以不速行。鲁之班长而又先③，诸侯其谁望之？若少安，恐无及也。"从之，获地于诸侯为多。反，既复命，为之请曰："地之多也，重馆人之力也。臣闻之曰：'善有章④，虽贱赏也；恶有衅⑤，虽贵罚也。'今一言而辟境⑥，其章大矣，请赏之"乃出而爵之⑦。

---

①解：分割。

②班：次，指爵位班次。

③长：尊贵。

④章：彰明。

⑤衅：征兆，事端。

⑥辟境：扩大疆土。

⑦出：出隶籍。　爵：赏给爵位。

9.展禽论祀爰居非政之宜

海鸟曰："爰居"，止于鲁东门之外三日，臧文仲使国人祭之。展禽曰："越哉①，臧孙之为政也！夫祀，国之大节也；而节，政之所成也。故慎制祀以为国典。今无故而加典，非政之宜也。"

"夫圣王之制祀也，法施于民则祀之，以死勤事则祀之，劳定国则祀之，能御大灾则祀之，能扞大患则祀之②。非是族也，不在祀典。昔烈山氏之有天下也，其子曰柱，能殖百谷百蔬；夏之兴也，周弃继之，故祀以为稷。共工氏之伯九有也③，其子曰后土，能平九土，故祀以为社。黄帝能成命百物④，以明民共财⑤；颛顼能修之⑥。帝喾能序三辰以固民⑦，尧能单均刑法以仪民⑧，舜勤民事而野死，鲧鄣洪水而殛死⑨，禹能以德修鲧之功，契为司行而民辑，冥勤其官而水死，汤以宽治民而除其邪⑩，稷勤百谷而山死，文王以文昭，武王去民之秽⑪。故有虞氏禘黄帝而祖颛顼⑫，郊尧而宗舜⑬；夏后氏禘黄帝而祖颛顼，郊鲧而宗禹；商人禘舜而祖契，郊冥而宗汤；周人禘喾而郊稷，祖文王而宗武王；幕，能帅颛顼者也⑭，有虞氏报焉⑮；杼，能帅禹者也，夏后氏报焉；上甲微，能帅契者也，商人报焉；高圉、大王，能帅稷者也，周人报焉。凡禘、郊、祖、宗、报，此五者国之典祀也。"

"加之以社稷山川之神，皆有功烈于民者也。及前哲令德之人，所以为明质也⑯；及天之三辰，民所以瞻仰也；及地之五行，所以生殖也；及九州名山川泽，所以出财用也。非是不在祀典。"

"今海鸟至，己不知而祀之，以为国典，难以为仁且智矣！夫仁者讲功，而智者处物。无功而祀之，非仁也；不知而不能问，非智也。今兹海其有灾乎？夫广川之鸟兽，恒知避其灾也。"

是岁也，海多大风，冬暖。文仲闻柳下季之言，曰："信吾过也，季子之言不可不法也。"使书以为三筴⑰。

---

①越：迂阔。

②扞（hàn，音汉）：抵御。

③伯：同"霸"。　九有：九州。

④成命百物：给百物定名。命：名。

⑤明民：使人民明了。

⑥修：继承。

⑦序三辰以固民：按日、月、星定季节变化的顺序，以安抚百姓。三辰，日、月、星。固，安抚。

⑧单：同"殚"，尽，完全。　均：公正。　仪：准则。

⑨鄣：堵。　殛：诛。

⑩邪：邪恶的人，指夏桀。

⑪秽：邪恶的人，指商纣王。

⑫禘（dì，音帝）：对帝王诸侯的始祖祭祀。　祖：对开国之君的祭祀。

⑬郊：在郊祭天地时祭祀。　宗：庙祭。

⑭帅：循。

⑮报：报德的祭祀。

⑯明质：表示诚信。

⑰筴（cè，音册）：同"策"。

10. 文公欲弛宅

文公欲弛孟文子之宅①，使谓之曰："吾欲利子于外之宽者。"对曰："夫位，政之建也；署②，位之表也；车服，表之章也；宅，章之次也③；禄，次之食也。君议五者以建政④，为不易之故也。今有司来命易臣之署与其车服，而曰：'将易而次，为宽利也。'夫署，所以朝夕虔君命也。臣立先臣之署，服其车服，为利故而易其次，是辱君命也，不敢闻命。若罪也，则请纳禄与车服而违署，唯里人所命次。"公弗取。臧文仲闻之曰："孟孙善守矣，其可以盖穆伯而守其后于鲁乎！"

公欲弛郈敬子之宅，亦如之。对曰："先臣惠伯以命于司里，尝、禘、蒸、享之所致君胙者⑤，有数矣⑥；出入受事之币以致君命者，亦有数矣。今命臣更次于外，为有司之以班命事也，无乃违乎！请从司徒以班徙次。"公亦不取。

---

①弛：拆毁。
②署：官职。
③次：房屋。
④五者：指位、署、车服、宅、禄。
⑤尝：秋祭。　禘：夏祭。　蒸：冬祭。　享：春祭。　胙（zuò，音做）：祭祀用的肉。
⑥数：几代。

11. 夏父弗忌改常

夏父弗忌为宗①，蒸将跻僖公②。宗有司曰："非昭穆也③。"曰："我为宗伯，明者为昭，其次为穆。何常之有！"有司曰："夫宗庙之有昭穆也，以次世之长幼，而等胄之亲疏也。夫祀，昭孝也。各致齐敬于其皇祖，昭孝之至也。故工、史书世④，宗、祝书昭穆，犹恐其逾也。今将先明而后祖，自玄王以及主癸莫若汤，自稷以及王季莫若文、武，商、周之蒸也，未尝跻汤与文、武，为不逾也。鲁未若商、周而改其常，无乃不可乎？"弗听，遂跻之。

展禽曰："夏父弗忌必有殃。夫宗有司之言顺矣，僖又未有明焉。犯顺不祥，以逆训民亦不祥，易神之班亦不祥，不明而跻之亦不祥。犯鬼道二，犯人道二，能无殃乎？"侍者曰："若有殃焉在？抑刑戮也，其夭札也⑤？"曰："未可知也。若血气强固，将寿宠得没，虽寿而没，不为无殃。"

既其葬也，焚，烟彻于上⑥。

---

①宗：宗伯，掌管国家祭祀之礼。
②跻：升。
③昭穆：宗庙左右排列的次序。始祖居中，二、四、六世位于始祖的左侧，为昭；三、五、七世位于始祖的右侧，称穆。以此来区分宗族内部的长幼亲疏。
④世：世次先后。
⑤札：困瘟疫而死。
⑥彻：达。

12. 里革更书逐莒太子仆

　　莒太子仆弑纪公①，以其宝来奔。宣公使仆人以书命季文子曰②："夫莒太子不惮以吾故杀其君，而以其宝来，其爱我甚矣！为我予之邑。今日必授，无逆命矣！"里革遇之，而更其书曰："夫莒太子杀其君而窃其宝来，不识穷固又求自迩③。为我流之于夷。今日必通，无逆命矣。"

　　明日，有司复命。公诘之，仆人以里革对。公执之，曰："违君命者，女亦闻之乎？"对曰："臣以死奋笔，奚啻其闻之也④！臣闻之曰：'毁则者为贼，掩贼者为藏⑤，窃宝者为宄⑥，用宄之财者为奸。'使君为藏奸者，不可不去也。臣违君命者，亦不可不杀也。"公曰："寡人实贪，非子之罪。"乃舍之。

---

　　①弑：杀。古之臣杀君、子杀父母都称为弑。
　　②仆人：官名。
　　③穷固：穷凶极恶。　迩：近，亲近。
　　④奚啻（chì，音赤）：何止。
　　⑤藏：窝主。
　　⑥宄（guǐ，音鬼）：犯法作乱的人。

13. 里革继罟匡君

　　宣公夏滥于泗渊①，里革继其罟而弃之②，曰："古者大寒降，土蛰发③，水虞于是乎讲罛罶④，取名鱼⑤，登川禽⑥，而尝之寝庙⑦，行诸国，助宣气也；鸟兽孕，水虫成，兽虞于是乎禁罝罗⑧，矠鱼鳖以为夏犒⑨，助生阜也；鸟兽成，水虫孕，水虞于是禁罞䍡⑩，设阱鄂⑪，以实庙庖，畜功用也。且夫山不槎蘖⑫，泽不伐夭⑬，鱼禁鲲鲕⑭，兽长麑䴢⑮，鸟翼鷇卵⑯，虫舍蚳蝝⑰。蕃庶物也，古之训也。今鱼方别孕，不教鱼长，又行网罟，贪无艺也。"

　　公闻之曰："吾过而里革匡我⑱，不亦善乎！是良罟也，为我得法。使有司藏之，使吾无忘谂⑲。"师存侍，曰："藏罟不如置里革于侧之不忘也。"

---

　　①滥：沉浸，指把鱼网下到水里。　渊：深水。
　　②罟（gǔ，音古）：鱼网。
　　③蛰：动物冬眠，藏起来不食不动。　发：动。
　　④水虞：掌管川泽禁令的官。　罛（gū，音姑）：大鱼网。　罶（liǔ，音柳）：捕鱼用的竹篓。
　　⑤名鱼：大鱼。
　　⑥川禽：鳖蜃之类的水产品。
　　⑦尝：秋祭。　寝庙：宗庙。
　　⑧兽虞：掌管鸟兽禁令的官。　罝（jiē，音阶）：捕兽的网。　罗：捕鸟的网。
　　⑨矠（zé，音责）：用矛刺取。
　　⑩罞䍡（zhǔ lù，音主鹿）：小鱼网。
　　⑪阱：陷井。　鄂：捕兽器。
　　⑫槎（chá，音茶）：砍伐。　蘖（niè，音聂）：树木的嫩枝条。
　　⑬夭：指初生的草木。

⑭鲲（kún，音昆）：鱼子。　鮞（ér，音而）：小鱼。

⑮麑（ní，音泥）：小鹿。　麇夭（yǎo，音咬）：幼麋。

⑯鷇（kòu，音扣）：待哺的小鸟。

⑰蚔（chí，音迟）：蚁卵。　蝝（yuán，音原）：未长翅膀的蝗虫。

⑱匡：纠正。

⑲谂（shěn，音审）：劝告。

14. 子叔声伯辞邑

子叔声伯如晋谢季文子，郤犨欲予之邑①，弗受也。归，鲍国谓之曰："子何辞苦成叔之邑，欲信让耶？抑知其不可乎？"

对曰："吾闻之，不厚其栋，不能任重。重莫如国，栋莫如德。夫苦成叔家欲任两国而无大德，其不存也，亡无日矣！譬之如疾，余恐易焉。苦成氏有三亡：少德而多宠，位下而欲上政，无大攻而欲大禄，皆怨府也②。其君骄而多私③，胜敌而归，必立新家④。立新家，不因民不能去旧⑤；因民，非多怨民无所始。为怨三府，可谓多矣。其身之不能定，焉能予人之邑！"

鲍国曰："我信不若子，若鲍氏有衅，吾不图矣。今子图远以让邑，必常立矣。"

---

①郤犨（xì chōu，音细抽）：晋国下卿。

②怨府：怨恨集中的地方。

③私：受宠信的奸佞之臣。

④家：卿大夫统治的地方，这里指卿大夫。

⑤因：顺从。

15. 里革论君过

晋人杀厉公，边人以告①，成公在朝。公曰："臣杀其君，谁之过也？"大夫莫对，里革曰："君之过也。夫君人者，其威大矣；失威而至于杀，其过多矣。且夫君也者，将牧民而正其邪者也。若君纵私回而弃民事②，民旁有慝无由省之③，益邪多矣。若以邪临民，陷而不振，用善不肯专，则不能使，至于殄灭而莫之恤也，将安用之？桀奔南巢，纣踣于京，厉流于彘，幽灭于戏，皆是术也。夫君也者，民之川泽也。行而从之，美恶皆君之由，民何能为焉？"

---

①边人：驻守边关的官。

②回：邪恶。

③旁：普遍。　慝（tè，音特）：邪恶。

16. 季文子论妾马

季文子相宣、成，无衣帛之妾，无食粟之马。仲孙它谏曰："子为鲁上卿，相二君矣，妾不衣帛，马不食粟，人其以子为爱，且不华国乎①！"文子曰："吾亦愿之！然吾观国人，其父兄之食粗而衣恶者犹多矣，吾是以不敢。人之父兄食粗衣恶，而我美妾与马，无乃非相人者乎？且吾闻以德荣为国华，不闻以妾与马。"

文子以告孟献子，献子囚之七日。自是，子服之妾衣不过七升之布②，马饩不过稂莠③。文子闻之，曰："过而能改者，民之上也。"使为上大夫。

---

①不华国：国家也不光彩。华，光彩。

②七升之布：言粗布衣裳。古八十缕为一升。朝服用十五升，故七升虽已成布，却极粗陋了。

③饩（xì，音细）：马饲料。

卷五 鲁语下

1. 叔孙穆子聘于晋

叔孙穆子聘于晋，晋悼公飨之。乐及《鹿鸣》之三，而后拜乐三。晋侯使行人问焉①，曰："子以君命镇抚弊邑，不腆先君之礼②，以辱从者，不腆之乐以节之③，吾子舍其大而加礼于其细④，敢问何礼也？"

对曰："寡君使豹来继先君之好，君以诸侯之故，贶使臣以大礼⑤。夫先乐金奏《肆夏樊》、《遏》、《渠》⑥，天子所以飨元侯也；夫歌《文王》、《大明》、《绵》，则两君相见之乐也。皆昭令德以合好也，皆非使臣之所敢闻也。臣以为肄业及之⑦，故不敢拜。今伶箫咏歌及《鹿鸣》之三，君之所以贶使臣，臣敢不拜贶？夫《鹿鸣》，君之所以嘉先君之好也，敢不拜嘉？《四牡》，君之所以章使臣之勤也，敢不拜章？《皇皇者华》，君教使臣曰'每怀靡及⑧'，诹、谋、度、询⑨，必咨于周⑩，敢不拜教？臣闻之曰：'怀和为每怀⑪，咨才为诹，咨事为谋，咨义为度，咨亲为询，忠信为周。'君贶使臣以大礼，重之以六德⑫，敢不重拜？"

---

①行人：官名，掌管朝觐聘问之礼。

②腆：丰厚。

③腴：优美。

④大：大礼。细：小礼。

⑤贶（kuàng，音况）：赐。

⑥金奏：用钟镈等金属乐器演奏。

⑦肄业：练习技业。

⑧怀：怀有私念。

⑨诹（zōu，音邹）：询问。

⑩周：忠信。

⑪和：当为"私"。

⑫六德：指诹、谋、度、询、咨、周六种品德。

2. 叔孙穆子谏季武子

季武子为三军①，叔孙穆子曰："不可天子作师，公帅之，以征不德；元侯作师，卿帅之，以承天子②；诸侯有卿无军③，帅教卫以赞元侯；自伯、子、男有大夫无卿，帅赋以从诸侯④。是以上能征下，下无奸慝。今我小侯也，处大国之间，缮贡赋以共从者⑤，犹惧有讨。若为元侯之所，以怒大国，无乃不可乎！"

弗从，遂作中军。自是齐、楚代讨于鲁⑥，襄、昭皆如楚。

---

①为：建立。

②承：接受，在下的接受在上的命令或吩咐。

③军：三军。

④赋：指兵车、甲士。

⑤缮（shàn，音善）：整治。　共：同"供"。

⑥代：交替，轮流。

3. 诸侯伐秦

诸侯伐秦，及泾，莫济①。晋叔向见叔孙穆子曰："诸侯谓秦不恭而讨之，及泾而止，于秦何益？"穆子曰："豹之业②，及《匏有苦叶》矣，不知其他。"叔向退，召舟虞与司马，曰："夫苦匏不材于人，共济而已。鲁叔孙赋《匏有苦叶》，必将涉矣！具舟除隧③，不共有法④。"是行也，鲁人以莒人先济，诸侯从之。

---

①济：渡。

②业：事。

③除隧：修整道路。

④共：准备好。　法：军法。

4. 襄公如楚

襄公如楚，及汉，闻康王卒，欲还。叔仲昭伯曰："君之来也，非为一人也，为其名与其众也①。今王死，其名未改，其众未败，何为还？"诸大夫皆欲还。子服惠伯曰："不知所为，姑从君乎！"叔仲曰："子之来也，非欲安身也，为国家之利也，故不惮勤远而听于楚；非义楚也，为其名与众也。夫义人者，固庆其喜而吊其忧，况畏而服焉？闻畏而往，闻丧而还，苟芈姓实嗣②，其谁代之任丧？王太子又长矣，执政未改，予为先君来，死而去之，其谁曰不如先君？将为丧举，闻丧而还，其谁曰非侮也？事其君而任其政，其谁由己贰③？求说其侮④，而亵于前之人⑤，其仇不滋大乎？说侮不懦，执政不贰，帅大仇以惮小国，其谁云待之⑥？若从君而走患⑦，则不如违君以避难。且夫君子计成而后行，二三子计乎？有御楚之术而有守国之备，则可也；若未有，不如往也。"乃遂行。

反，及方城，闻季武子袭卞。公欲还，出楚师以伐鲁。荣成伯曰："不可。君之于臣，其威大矣。不能令于国，而恃诸侯，诸侯其谁昵之⑧？若得楚师以伐鲁，鲁既不违夙之取卞也，必用命焉，守必固矣。若楚之克鲁，诸姬不获窥焉⑨，而况君乎？彼无亦置其同类以服东夷⑩，而大攘诸夏⑪，将天下是王，而何德于君，其予君也？若不克鲁，君以蛮、夷伐之，而又求入焉⑫，必不获矣。不如予之！夙之事君也，不敢不悛⑬。醉而怒，醒而喜，庸何伤？君其入也！"乃归。

①名：指楚国有盟主之名。　众：指楚国地多兵众。

②芈（mǐ，音米）：楚姓。

③由己贰：由于自己执政而使诸侯对楚怀有二心。

④说：通"脱"，去除。

⑤亟：急切。

⑥待：指防御。

⑦走：趋向。

⑧昵（nì，音逆）：亲近。

⑨诸姬：指和周同姓的诸侯。

⑩无亦：也。　置：安置。　同类：同姓。

⑪攘：掠夺。　诸夏：指中原各国。

⑫入：指回鲁国。

⑬悛：改过。

5. 季冶致禄

襄公在楚，季武子取卞，使季冶逆①，追而予之玺书②，以告曰："卞人将畔③，臣讨之，既得之矣。"公未言。荣成子曰："子股肱鲁国，社稷之事，子实制之。唯子所利，何必卞？卞有罪而子征之，子之隶也④，又何谒焉？"子冶归，致禄而不出⑤，曰："使予欺君，谓予能也。能而欺其君，敢享其禄而立其朝乎？"

①逆：迎。

②玺书：信口上盖有印章的信。

③畔：通"叛"。

④隶：役，指分内的事务。

⑤致禄：归还俸禄，指辞官不做。

6. 叔孙穆子论楚公子围

虢之会，楚公子围二人执戈先焉①。蔡公孙归生与郑罕虎见叔孙穆子，穆子曰："楚公子甚美②，不大夫矣，抑君也③。"郑子皮曰："有执戈之前，吾惑之。"蔡子家曰："楚，大国也；公子围，其令尹也。有执戈之前，不亦可乎？"穆子曰："不然。天子有虎贲④，习武训也⑤，诸侯有旅贲⑥，御灾害也；大夫有贰车⑦，备承事也；士有陪乘⑧，告奔走也。今大夫而设诸侯之服，有其心矣⑨。若无其心，而敢设服以见诸侯之大夫乎？将不入矣⑩。夫服，心之文也。如龟焉，灼其中，必文于外。若楚公子不为君，必死，不合诸侯矣。"

公子围反，杀郏敖而代之。

---

①二人执戈先：两个卫兵持戈在前。此国君之排场也。

②美：指服饰华美。

③抑：或者，表示选择关系的连词。

④虎贲：官名，宫中卫戍部队的将领。

⑤习武训：演习武功。

⑥旅贲：护车的武士。

⑦贰车：副车，备用的车。

⑧陪乘：车上负责保卫安全的武士。

⑨有其心：指有篡位之心。

⑩入：指入大夫之列。

7. 叔孙穆子不以货私免

虢之会，诸侯之大夫寻盟未退。季武子伐莒取郓，莒人告于会。楚人将以叔孙穆子为戮。

晋乐王鲋求货于穆子①，曰："吾为子请于楚。"穆子不予。梁其胫谓穆子曰："有货，以卫身也。出货而可以免，子何爱焉？"穆子曰："非女所知也。承君命以会大事，而国有罪，我以货私免，是我会吾私也。苟如是，则又可以出货而成私欲乎？虽可以免，吾其若诸侯之事何？夫必将或循之②，曰：'诸侯之卿有然者故也'。则我求安身而为诸侯法矣。君子是以患作③。作而不衷，将或道之，是昭其不衷也。余非爱货，恶不衷也。且罪非我之由，为戮何害？"楚人乃赦之。

穆子归，武子劳之，日中不出。其人曰："可以出矣。"穆子曰："吾不难为戮，养吾栋也④。夫栋折而榱崩⑤，吾惧压焉。故曰虽死于外，而庇宗于内，可也。今既免大耻，而不忍小忿，可以为能乎？"乃出见之。

---

①求货：索取贿赂。

②循：指仿效。

③作：做事不正派。

④栋：栋梁，指季武子，其时为鲁国正卿。

⑤榱（cuī，音崔）：房椽。

8. 子服惠伯从季平子如晋

平丘之会，晋昭公使叔向辞昭公，弗与盟①。子服惠伯曰："晋信蛮、夷而弃兄弟，其执政贰也。贰心必失诸侯，岂唯鲁然？夫失其政者，必毒于人，鲁惧及焉，不可以不恭。必使上卿从之。"季平子曰："然则意如乎？若我往，晋必患我，谁为之贰②？"子服惠伯曰："椒既言之矣，敢逃难乎？椒请从！"

晋人执平子。子服惠伯见韩宣子，曰："夫盟，信之要也。晋为盟主，是主信也。若盟而弃鲁侯，信抑阙矣。昔栾氏之乱，齐人间晋之祸③，伐取朝歌。我先君襄公不敢宁处，使叔孙豹悉帅敝赋④，踦跂毕行⑤，无有处人，以从军吏。次于雍渝，与邯郸胜击齐之左⑥，掎止晏莱焉⑦。

齐师退,而后敢还。非以求远也,以鲁之密迩于齐⑧,而又小国也;齐朝驾则夕极于鲁国,不敢惮其患,而与晋共其忧,亦曰:'庶几有益于鲁国乎!'今信蛮、夷而弃之,夫诸侯之勉于君者⑨,将安劝矣?若弃鲁而苟固诸侯,群臣敢惮戮乎?诸侯之事晋者,鲁为勉矣。若以蛮夷之故弃之,其无乃得蛮、夷而失诸侯之信乎?子计其利者,小国共命⑩。"宣子说,乃归平子。

①弗与盟:不让他参加盟会。

②贰:副手。

③间:空隙,此处有乘隙而入之意。

④赋:战车与兵士。

⑤踦跂(qī qí,音期齐):腿脚有残疾的人。　踦:一只脚。　跂:多生出的脚趾。

⑥左:左军。

⑦掎(jǐ,音挤):牵制。　止:俘获。

⑧密迩:贴近。

⑨勉:尽力。

⑩共:通"恭",恭敬。

9. 季桓子穿井获羊

季桓子穿井①,获如土缶,其中有羊焉。使问之仲尼曰:"吾穿井获狗,何也?"对曰:"以丘之所闻,羊也。丘闻之:木石之怪曰夔、蝄蜽②,水之怪曰龙、罔象③,土之怪曰羵羊④。"

①穿井:打井。

②木石:指山林。　夔(kuí,音魁):传说中的山林精怪,似龙。　蝄蜽(wǎng liǎng,音网两):山精。

③罔象:食人的水中动物。

④羵(fén,音坟)羊:一种雌雄不分的土中怪羊。

10. 公父文伯之母对问

季康子问于公父文伯之母曰:"主亦有以语肥也①?"对曰:"吾能老而已②,何以语子?"康子曰:"虽然,肥愿有闻于主。"对曰:"吾闻之先姑曰:'君子能劳,后世有继。'"子夏闻之,曰:"善哉!商闻之曰:'古之嫁者,不及舅、姑③,谓之不幸。'夫妇,学于舅姑者也。"

①主:春秋时大夫称主,其妻也可称主。

②老:侍奉老人。

③不及:来不及侍奉。

11. 公父文伯被逐

公父文伯饮南宫敬叔酒,以露睹父为客①。羞鳖焉②,小。睹父怒,相延食鳖,辞曰:"将使鳖长而后食之!"遂出。

文伯之母闻之，怒曰："吾闻之先子曰[3]：'祭养尸[4]，飨养上宾。'鳖于何有？而使夫人怒也！"遂逐之。五日，鲁大夫辞而复之[5]。

①客：上客。
②羞：进献。
③先子：已故的公公。
④养：供养。　尸：神主，祭祀时代死者受祭的人。
⑤辞：请求。

12. 公父文伯之母如季氏

公父文伯之母如季氏，康子在其朝[1]，与之言，弗应；从之及寝门，弗应而入。康子辞于朝而入见，曰："肥也不得闻命，无乃罪乎？"曰："子弗闻乎？天子及诸侯合民事于外朝，合 神事于内朝[2]；自卿以下，合官职于外朝，合家事于内朝；寝门之内，妇人治其业焉。上下同之。夫外朝，子将业君之官职焉；内朝，子将庀季氏之政焉[3]，皆非吾所敢言也。"

①朝：官府的大堂。古时卿大夫议事办公的厅堂也叫朝。
②神事：指祭祀。
③庀（pǐ，音匹）：治理。

13. 公父文伯之母论劳逸

公父文伯退朝，朝其母，其母方绩[1]。文伯曰："以歜之家而主犹绩[2]，惧忓季孙之怒也[3]，其以歜为不能事主乎！"

其母叹曰："鲁其亡乎！使僮子备官而未之闻耶[4]？居，吾语女。昔圣王之处民也，择瘠土而处之，劳其民而用之，故长王天下。夫民劳则思，思则善心生；逸则淫，淫则忘善，忘善则恶心生。沃土之民不材，逸也；瘠土之民莫不向义，劳也。是故天子大采朝日[5]，与三公、九卿祖识地德[6]；日中考政，与百官之政事，师尹维旅、牧、相宣序民事[7]；少采夕月[8]，与太史、司载纠虔天刑[9]；日入监九御[10]，使洁奉禘、郊之粢盛，而后即安。诸侯朝修天子之业命，昼考其国职，夕省其典刑，夜儆百工，使无慆淫，而后即安。卿大夫朝考其职，昼讲其庶政，夕序其业，夜庀其家事，而后即安。士朝受业，昼而讲贯[11]，夕而习复，夜而计过无憾，而后即安。自庶人以下，明而动，晦而休，无日以怠。"

"王后亲织玄纮[12]，公侯之夫人加之以纮、綖[13]，卿之内子为大带[14]，命妇成祭服，列士之妻加之以朝服，自庶士以下，皆衣其夫。社而赋事[15]，蒸而献功[16]，男女效绩，愆则有辟[17]，古之制也！君子劳心，小人劳力，先王之训也！自上以下，谁敢淫心舍力？今我，寡也，尔又在下位，朝夕处事，犹恐忘先人之业。况有怠惰，其何以避辟！吾冀而朝夕修我曰：'必无废先人。'尔今曰：'胡不自安？'以是承君之官，余惧穆伯之绝嗣也！"

仲尼闻之曰："弟子志之，季氏之妇不淫矣。"

①绩：纺麻。

②歜（chù，音触）：公父文伯的名。

③忓（gān，音甘）：触犯。

④备官：做官，此处有"充数"之意。

⑤大采：五彩的礼服。 朝日：祭祀朝拜日神。

⑥祖：熟习。 地德：指农作物生长情况。

⑦师尹：大夫官。 维：和。 旅：众。 牧：地方官。 相：国相。 宣：普遍。

⑧少采：三彩的礼服。夕月：夜里祭祀月神。

⑨纠：恭敬。 天刑：天象中吉凶的征兆。

⑩九御：九嫔，宫中的女官。

⑪讲贯：讲解学习。

⑫玄纮（dǎn，音胆）：王冠上用来系填玉的黑色丝绳。

⑬纮（hóng，音红）：系于领下的帽带。 綖（yán，音延）：帽饰。

⑭内子：妻子。 大带：黑色丝质腰带。

⑮社：春分时祭祀土神。 赋事：安排农事。

⑯蒸：冬祭。 献功：献上五谷布帛之类的劳动果实。

⑰愆：过失。 辟：罪过。

14. 公父文伯之母别于男女之礼

公父文伯之母，季康子之从祖叔母也。康子往焉，闱门与之言①，皆不逾阈②。祭悼子，康子与焉，酢不受；彻俎不宴③；宗不具不绎④；绎不尽饫则退⑤。仲尼闻之，以为别于男女之礼矣。

①闱（wěi，音伟）：开。

②阈（yù，音玉）：门槛。

③彻俎：祭祀完撤下礼器。彻，同"撤"。

④宗：宗臣，主持祭祀的人。 绎：正祭的次日又祭。

⑤饫（yù，音玉）：宴饮。

15. 公父文伯之母欲室文伯

公父文伯之母欲室文伯①。飨其宗、老②，而为赋《绿衣》之三章。老请守龟卜室之族③。师亥闻之曰："善哉！男女之飨，不及宗臣；宗室之谋，不过宗人。谋而不犯，微而昭矣。诗所以合意，歌所以咏诗也。今诗以合室，歌以咏之，度于法矣。"

①室：妻，指娶妻。

②宗：宗臣。 老：家臣。

③守龟：占卜的人。 族：姓。

16. 公父文伯之母戒其妾

公父文伯卒，其母戒其妾曰："吾闻之：好内①，女死之；好外，士死之。今吾子夭死，吾恶其以好内^①闻也。二三妇之辱共先者祀^②，请无瘠色^③，无洵涕^④，无搯膺^⑤，无忧容，有降服^⑥，无加服^⑦。从礼而静，是昭吾子也！"仲尼闻之曰："女知莫若妇^⑧，男知莫若夫^⑨。公父氏之妇智也夫！欲明其子之令德。"

①好内：宠爱妻妾。
②辱：屈辱。
③瘠（jí，音吉）色：容貌毁损瘦削。
④洵涕：默默地流泪。
⑤搯（tāo，音涛）膺：捶胸。　搯：捶。
⑥降服：降低一等的丧服。
⑦加服：提升一等的丧服。
⑧女：未婚女子。　妇：已婚女子。
⑨男：未婚男子。　夫：已婚男子。

17. 公父文伯之母朝暮之哭

公父文伯之母朝哭穆伯，而暮哭文伯。仲尼闻之曰："委氏之妇可谓知礼矣。爱而无私，上下有章"。

18. 仲尼论大骨

吴伐越，堕会稽^①，获骨焉，节专车^②。吴子使来好聘^③，且问之仲尼，曰："无以吾命。"宾发币于大夫，及仲尼，仲尼爵之^④。

既彻俎而宴^⑤，客执骨而问曰："敢问骨何为大？"仲尼曰："丘闻之：昔禹致群神于会稽之山，防风氏后至，禹杀而戮之^⑥。其骨节专车，此为大矣。"客曰："敢问谁守为神？"仲尼曰："山川之灵，足以纪纲天下者^⑦，其守为神；社稷之守者，为公侯。皆属于王者。"客曰："防风何守也？"仲尼曰："汪芒氏之君也，守封、嵎之山者也，为漆姓。在虞、夏、商为汪芒氏，于周为长狄，今为大人。"客曰："人长之极几何？"仲尼曰："僬侥氏长三尺^⑧，短之至也。长者不过十之，数之极也。"

①堕：毁坏。
②节专车：一节骨就满载一车。专，独占。
③好聘：重修旧好的聘问。
④爵之：用爵盛酒酬谢宾客。
⑤彻俎：撤下祭祀用的礼器。彻，同"撤"。
⑥戮：陈尸示众。
⑦纪纲：治理。
⑧僬侥（jiāo yáo，音交尧）：古代传说中的矮人。

19. 仲尼论楛矢

仲尼在陈，有隼集于陈侯之庭而死。楛矢贯之，石砮^①，其长尺有咫^②。陈惠公使人以隼如仲尼之馆问之。

仲尼曰："隼之来也远矣！此肃慎氏之矢也。昔武王克商，通道于九夷、百蛮，使各以其方贿来贡③，使无忘职业。于是肃慎氏贡楛矢石砮，其长尺有咫。先王欲昭其令德之致远也④，以示后人，使永监焉⑤，故铭其栝曰'肃慎氏之贡矢⑥'。以分大姬，配虞胡公而封诸陈。古者，分同姓以珍玉，展亲也；分异姓以远方之职贡，使无忘服也，故分陈以肃慎氏之贡。君若使有司求诸故府⑦，其可得也。"

使求，得之金椟⑧，如之。

①砮（nǔ，音努）：石制的箭簇。
②咫（zhǐ，音只）：周制八寸。
③方贿：土特产。
④致远：使远方民族归服。
⑤监：视。
⑥栝（guā，音瓜）：箭尾扣弦处。
⑦故府：旧仓库。
⑧椟：柜子。

20. 闵马父笑对

齐闾丘来盟①。子服景伯戒宰人曰："陷而入于恭②。"闵马父笑，景伯问之，对曰："笑吾子之大也！昔正考父校商之《名颂》十二篇于周太师，以《那》为首，其辑之乱曰③：'自古在昔，先民有作。温恭朝夕，执事有恪。'先圣王之传恭，犹不敢专，称曰'自古'，古曰'在昔，'昔曰'先民。'今吾子之戒吏人曰'陷而入于恭'，其满之甚也！周恭王能庇昭、穆之阙而为'恭'④，楚恭王能知其过而为'恭'。今吾子之教官僚曰'陷而后恭'，道将何为？"

①盟：结盟。
②陷：过失。
③乱：乐曲的最后一章。
④阙：过失。

21. 仲尼非难

季康子欲以田赋①，使冉有访诸仲尼。仲尼不对，私于冉有曰："求来！女不闻乎？先王制土，籍田以力②，而砥其远迩③；赋里以入④，而量其有无⑤；任力以夫⑥，而议其老幼。于是乎有鳏、寡、孤、疾。有军旅之出，则征之；无则已。其岁，收田一井⑦，出稯禾、秉刍、缶米⑧，不是过也。先王以为足。若子季孙欲其法也，则有周公之籍矣；若欲犯法，则苟而赋，又何访焉？"

①以田赋：按田亩征收赋税。

②籍田以力：登记田亩入籍册是按劳动力的情况。　籍，登记名册。

③砥其远迩：平衡远近的差别。砥，平衡。

④赋里以入：根据商贾的收入而征收赋税。　里，商贾聚居的地方。

⑤量其有无：衡量资金的多少。

⑥力：徭役。　夫：男子。

⑦井：古代计算田亩的单位。

⑧稯（zōng，音宗）：计量谷物的单位，一稯等于六百四十斛。　秉：计量禾把的单位。　缶（fǒu，音否）：容量单位。

卷六　齐　语

1. 管仲对齐桓公

桓公自莒反于齐，使鲍叔为宰。辞曰："臣，君之庸臣也。君加惠于臣，使不冻馁，则是君之赐也。若必治国家者，则非臣之所能也；若必治国家者，则其管夷吾乎！臣之所不若夷吾者五：宽惠柔民①，弗若也；治国家不失其柄②，弗若也；忠信可结于百姓，弗若也；制礼义可法于四方，弗若也；执枹鼓立于军门③，使百姓皆加勇焉，弗若也。"桓公曰："夫管夷吾射寡人中钩，是以滨于死④。"鲍叔对曰："夫为其君动也⑤。君若宥而反之⑥，夫犹是也。"桓公曰："若何？"鲍子对曰："请诸鲁。"桓公曰："施伯，鲁君之谋臣也，夫知吾将用之，必不予我矣。若之何？"鲍子对曰："使人请诸鲁，曰：'寡君有不令之臣在君之国⑦，欲以戮之于群臣，故请之。'则予我矣。"

桓公使请诸鲁，如鲍叔之言。庄公以问施伯，施伯对曰："此非欲戮之也，欲用其政也。夫管子，天下之才也！所在之国，则必得志于天下。令彼在齐，则必长为鲁国忧矣。"庄公曰："若何？"施伯对曰："杀而以其尸授之。"

庄公将杀管仲，齐使者请曰："寡君欲亲以为戮，若不生得以戮于群臣，犹未得请也。请生之。"于是庄公使束缚以予齐使，齐使受之而退。

比至，三衅、三浴之⑧。桓公亲逆之于郊，而与之坐而问焉，曰："昔吾先君襄公筑台以为高位，田、狩、毕、弋⑨，不听国政，卑圣侮士，而唯女是崇：九妃、六嫔，陈妾数百，食必粱肉，衣必文绣；戎士冻馁，戎车待游车之裂⑩，戎士待陈妾之馀；优笑在前，贤材在后，是以国家不日引，不月长。恐宗庙之不扫除，社稷之不血食⑪，敢问为此若何？"

管子对曰："昔吾先王昭王、穆王，世法文、武远绩以成名，合群叟，比校民之有道者，设象以为民纪⑫，式权以相应⑬，比缀以度⑭，竘本肇末⑮，劝之以赏赐，纠之以刑罚，班序颠毛⑯，以为民纪统。"桓公曰："为之若何？"管子对曰："昔者圣王之治天下也，参其国而伍其鄙⑰，定民之居，成民之事，陵为之终，而慎用其六柄焉⑱。"

桓公曰："成民之事若何？"管子对曰："四民者，勿使杂处，杂处则其言哤⑲，其事易。"公曰："处士、农、工、商若何？"管子对曰："昔圣王之处士也，使就闲燕⑳；处工，就官府；处商，就市井；处农，就田野。"

"令夫士，群萃而州处㉑。闲燕则父与父言义，子与子言孝，其事君者言敬，其幼者言悌。

少而习焉，其心安焉，不见异物而迁焉，是故其父兄之教不肃而成，其子弟之学不劳而能。夫是，故士之子恒为士。"

"令夫工，群萃而州处。审其四时，辨其功苦②，权节其用，论比协材，旦暮从事，施于四方，以饬其子弟③。相语以事，相示以巧，相陈以功，少而习焉，其心安焉，不见异物而迁焉。是故其父兄之教不肃而成，其子弟之学不劳而能。夫是，故工之子恒为工"。

"令夫商，群萃而州处。察其四时，而监其乡之资，以知其市之贾，负、任、担、荷④，服牛、轺马⑤，以周四方。以其所有，易其所无，市贱鬻贵⑥，旦暮从事于此，以饬其子弟。相语以利，相示以赖⑦，相陈以知贾。少而习焉，其心安焉，不见异物而迁焉。是故其父兄之教不肃而成，其子弟之学不劳而能。夫是，故商之子恒为商。"

"令夫农，群萃而州处。察其四时，权节其用，耒、耜、枷、芟⑧，及寒，击草除田②，以待时耕；及耕，深耕而疾耰之③，以待时雨；时雨既至，挟其枪、刈、耨、镈③，以旦暮从事于田野。脱衣就功，首戴茅蒲，身衣袯襫②，沾体涂足，暴其发肤，尽其四支之敏，以从事于田野。少而习焉，其心安焉，不见异物而迁焉。是故其父兄之教不肃而成，其子弟之学不劳而能。是故农之子恒为农，野处而不昵③。其秀民之能为士者，必足赖也。有司见而不以告，其罪五④。有司已于事而竣。"

桓公曰："定民之居若何？"管子对曰："制国以为二十一乡。"桓公曰："善"。管子于是制国以为二十一乡：工商之乡六，士乡十五。公帅五乡焉，国子帅五乡焉，高子帅五乡焉。参国起案⑤，以为三官，臣立三宰，工立三族，市立三乡，泽立三虞，山立三衡。

桓公曰："吾欲从事于诸侯，其可乎？"管子对曰："未可。国未安。"桓公曰："安国若何？"管子对曰："修旧法，择其善者而业用之；遂滋民⑥，与无财，而敬百姓⑦，则国安矣。"桓公曰："诺。"遂修旧法，择其善者而业用之；遂滋民，与无财，而敬百姓。国既安矣，桓公曰："国安矣，其可乎？"管子对曰："未可。君若正卒伍，修甲兵，则大国亦将正卒伍，修甲兵，则难以速得志矣；君有攻伐之器，小国诸侯有守御之备，则难以速得之志矣。君若欲速得志于天下诸侯，则事可以隐令⑧，可以寄政⑨。"桓公曰："为之若何？"管子对曰："作内政而寄军令焉。"桓公曰："善。"

管子于是制国：五家为轨，轨为之长；十轨为里，里有司；四里为连；连为之长；十连为乡，乡有良人焉。以为军令⑩：五家为轨，故五人为伍，轨长帅之；十轨为里，故五十人为小戎，里有司帅之；四里为连，故二百人为卒，连长帅之；十连为乡，故二千人为旅，乡良人帅之；五乡一帅，故万人为一军，五乡之帅帅之；三军，故有中军之鼓，有国子之鼓，有高子之鼓。春以蒐振旅⑪，秋以狝治兵⑫。是故卒伍整于里，军旅整于郊。内教既成。令勿使迁徙。伍之人祭祀同福⑬，死丧同恤，祸灾共之。人与人相畴⑭，家与家相畴，世同居，少同游。故夜战声相闻，足以不乖⑮；昼战目相见，足以相识。其欢欣足以相死。居同乐，行同和，死同哀。是故守则同固，战则同强。君有此士也三万人，以方行于天下⑯，以诛无道，以屏周室，天下大国之君莫之能御。

---

① 柔：安抚。

② 柄：根本。

③ 枹（fú，音浮）：鼓槌。

④ 滨：接近。

⑤君：指管仲最初事奉的公子纠。　动：劳苦。

⑥宥（yòu，音又）：宽赦。

⑦不令：不听命令。

⑧衅：用香薰身。

⑨田：打猎。　狩：冬季打猎。　罼（bì，音毕）：打猎用的长柄的网。　弋：用带绳子的箭射。

⑩襃：同"襄"，残破。

⑪血食：受祭祀。

⑫设象：制定法律。象，象魏，古时悬布法令的阙门。

⑬式：使用。　　权：平均。

⑭比缀：比较人口的多少连接户口。

⑮竦（zhuǎn，音转）：均等。　肇：正。

⑯班序颠毛：按长幼排定次序。颠毛，头顶的毛发。

⑰参其国而伍其鄙：把国都划分为三个部分而把乡村划分为五个部分。参：同"叁"。
　国：国都。　伍：同"五"。　鄙：郊外。

⑱六柄：指生、杀、贫、富、贵、贱六种统治人民的权柄。

⑲瓬（máng，音忙）：杂乱。

⑳闲燕：清净。

㉑萃：聚集。　　州：聚居。

㉒功：精善。　　苦：粗恶。

㉓饬（chì，音斥）：教导。

㉔扦：怀抱。　担：肩挑。　荷：肩扛。

㉕服牛：用牛驾车。　轺（yáo，音摇）马：用马拉轻便小车。

㉖市：买。　鬻（yù，音玉）：卖。

㉗赖：赢利。

㉘耒（lěi，音磊）：木叉状的农具。　耜（sì，音似）：类似锹的农具。　枷（jiā，音加）：打谷用的农具。　　芟（shān，音山）：大镰刀。

㉙藁（gǎo，音槁）：枯草。

㉚耰（yōu，音优）：播种后用耰来平土，掩盖种子。

㉛枪、刈（yì，音义）、耨（nòu，音糯）、镈（bó，音博）：都是锄田去草的农具。

㉜襏襫（bó shì，音博士）：防雨的蓑衣。

㉝昵：亲近。

㉞罪五：罪在五刑。五刑：指墨、劓、刖、宫、大辟五种刑罚。

㉟参国起案：把国事分成三部分。案：界。

㊱遂：生育。　　滋：长。

㊲百姓：百官。

㊳隐令：隐匿军令。

㊴寄政：军令托于政令之中。

㊵以为军令：变成军事编制。

㊶以蒐（sōu，音搜）振旅：利用春猎整顿军队。　蒐：春天打猎。　振：整顿。

㊷狝（xiǎn，音显）：秋季打猎。

㊸福：祭神的酒肉。

㊹畴：同"俦"，交往。

㊺不乖：协调。乖：不协调。

㊻方行：横行。

2. 管仲佐政

正月之朝，乡长复事①。君亲问焉，曰："于子之乡，有居处好学、慈孝于父母、聪慧质仁、发闻于乡里者，有则以告；有而不以告，谓之蔽明，其罪五。"有司已于事而竣。桓公又问焉，曰："于子之乡，有拳勇股肱之力秀出于众者，有则以告；有而不以告，谓之蔽贤，其罪五。"有司已于事而竣。桓公又问焉，曰："于子之乡，有不慈孝于父母、不长悌于乡里、骄躁淫暴、不用上令者，有则以告；有而不以告，谓之下比②。其罪五。"有司已于事而竣。是故乡长退而修德进贤。桓公亲见之，遂使役官。

　　桓公令官长期而书伐③，以告且选，选其官之贤者而复用之，曰："有人居我官，有功休德，惟慎端悫以待时④，使民以劝，绥谤言⑤，足以补官之不善政。"桓公召而与之语，訾相其质⑥，足以比成事⑦，诚可立而授之。设之以国家之患而不疚⑧，退问之其乡，以观其所能而无大厉⑨，升以为上卿之赞，谓之三选。国子、高子退而修乡，乡退而修连，连退而修里，里退而修轨，轨退而修伍，伍退而修家。是故匹夫有善，可得而举也；匹夫有不善，可得而诛也。政既成，乡不越长⑩，朝不越爵⑪，罢士无伍⑫，罢女无家⑬。夫是，故民皆勉为善。与其为善于乡也，不如为善于里；与其为善于里也，不如为善于家。是故士莫敢言一朝之便，皆有终岁之计；莫敢以终岁之议，皆有终身之功。

　　桓公曰："伍鄙若何？"管子对曰："相地而衰征⑭，则民不移；政不旅旧，则民不偷⑮；山泽各致其时⑯，则民不苟⑰；陆、阜、陵、墐、井、田、畴均⑱，则民不憾⑲，无夺民时，则百姓富；牺牲不略⑳，则牛羊遂㉑。"

　　桓公曰："定民之居若何？"管子对曰："制鄙。三十家为邑，邑有司；十邑为卒，卒有卒帅；十卒为乡，乡有乡帅；三乡为县，县有县帅；十县为属，属有大夫。五属，故立五大夫，各使治一属焉。立五正，各使听一属焉。是故正之政听属，牧政听县，下政听乡。"桓公曰："各保治尔所，无或淫怠而不听治者。"

---

①复：禀报。

②下比：在下面相互勾结。比，相互勾结。

③期（jī，音基）：一年。　　伐：功。

④悫（què，音确）：诚实，谨慎。

⑤绥：止。

⑥訾（zī，音资）：衡量。　　相：审察。

⑦比：辅助。

⑧患：灾祸。　　疚：为难。

⑨厉：恶行。

⑩不越长：不逾越长幼顺序。

⑪爵：爵位。

⑫罢士无伍：无德无行的人没有人与他为伍。罢（pí，音皮），通"疲"，指无德行。

⑬罢女无家：无德无行的女子没有人娶她。家，夫家。

⑭相地而衰征：审察土地的好坏而逐层减少赋税。衰，减少。

⑮偷：苟且。

⑯山泽各致其时：管理山泽的官员按季节下达禁令。

⑰不苟：不随意砍柴打猎了。

⑱阜：土山。　　陵：大土山。　　墐（jìn，音尽）：沟上的路。　　田：种谷物的土地。　　畴：种麻的土地。

⑲憾：不满意。

⑳略：夺取。

㉑遂：生长。

3. 桓公为政

正月之朝，五属大夫复事。桓公择是寡功者而谪之①，曰："制地、分民如一，何故独寡功？教不善则政不治，一再则宥②，三则不赦。"

桓公又亲问焉，曰："于子之属，有居处为义好学、慈孝于父母、聪慧质仁、发闻于乡里者，有则以告；有而不以告，谓之蔽明，其罪五。"有司已于事而竣。桓公又问焉，曰："于子之属，有拳勇股肱之力秀出于众者，有则以告；有而不以告，谓之蔽贤，其罪五"。有司已于事而竣。桓公又问焉，曰："于子之属，有不慈孝于父母、不长悌于乡里、骄躁淫暴、不用上令者，有则以告；有而不以告，谓之下比，其罪五。"有司已于事而竣。

五属大夫于是退而修属，属退而修县，县退而修乡，乡退而修卒，卒退而修邑，邑退而修家。是故匹夫有善，可得而举也；匹夫有不善，可得而诛也。政既成矣，以守则固，以征则强。

---

①谪：谴责。
②宥（yòu，音又）：宽恕。

4. 管仲论亲邻国

桓公曰："吾欲从事于诸侯，其可乎？"管子对曰："未可。邻国未吾亲也！君欲从事于天下诸侯，则亲邻国。"桓公曰："若何？"管子对曰："审吾疆埸①，而反其侵地；正其封疆②，无受其资；而重为之皮币，以骤聘眺于诸侯③，以安四邻，则四邻之国亲我矣！为游士八十人，奉之以车马、衣裘，多其资币，使周游于四方，以号召天下之贤士。皮币玩好，使民鬻之四方，以监其上下之所好④，择其淫乱者而先征之。"

---

①疆埸：国界。
②封疆：边境线。
③骤：驰骤，指车马频繁往来。　眺：诸侯间互相派使节问候。人数少的叫聘，人数多的为眺。
④上下：指君臣。

5. 管仲论足甲兵

桓公问曰："夫军令则寄诸内政矣，齐国寡甲兵①，为之若何？"管子对曰："轻过而移诸甲兵②。"桓公曰："为之若何？"管子对曰："制重罪赎以犀甲一戟，轻罪赎以鞈盾一戟，小罪谪以金分③，宥间罪④。索讼者三禁而不可上下⑤，坐成以束矢⑥。美金以铸剑戟，试诸狗马；恶金以铸锄、夷、斤、斸⑦，试诸壤土。"甲兵大足。

---

①甲兵：铠甲和兵器。
②轻过而移诸甲兵：减轻对罪犯的处罚而以铠甲兵器赎罪。

③以金分：用金钱赎罪。

④间罪：有嫌疑而不确定的罪犯。

⑤三禁：拘禁三天。　不可上下：讼词坚定不移。

⑥坐：诉讼时双方对质。　以束矢：以一束箭作为诉讼金。

⑦夷、斤、斸（zhú，音竹）：均为农具。

6. 桓公帅诸侯而朝天子

　　桓公曰：“吾欲南伐，何主？①”管子对曰：“以鲁为主。反其侵地棠、潜，使海于有蔽，渠弭于有渚②，环山于有牢③。”桓公曰：“吾欲西伐，何主？”管子对曰：“以卫为主。反其侵地台、原、姑与漆里，使海于有蔽，渠弭于有渚，环山于有牢。”桓公曰：“吾欲北伐，何主？”管子对曰：“以燕为主。反其侵地柴夫、吠狗，使海于有蔽，渠弭于有渚，环山于有牢。”

　　四邻大亲。既反侵地，正封疆，地南至于饷阴④，西至于济，北至于河，东至于纪酅⑤，有单车八白乘。择大卜之甚淫乱者而先征之。

　　即位数年，东南多有淫乱者，莱、莒、徐夷、吴、越，一战帅服三十一国。遂南征伐楚。济汝，逾方城，望汶山，使贡丝于周而反。荆州诸侯莫敢不来服。遂北伐山戎，刜令支、斩孤竹而南归⑥。海滨诸侯莫敢不来服。与诸侯饰牲为载⑦，以约誓于上下庶神，与诸侯戮力同心。西征攘白狄之地⑧，至于西河，方舟设泭⑨，乘桴济河⑩，至于石枕。悬车束马，逾太行与辟耳之谿拘夏，西服流沙、西吴。南城于周⑪，反胙于绛⑫。岳滨诸侯莫敢不来服，而大朝诸侯于阳谷。兵车之属六⑬，乘车之会三，诸侯甲不解累⑭，兵不解翳⑮，弢无弓⑯，服无矢⑰。隐武事，行文道，帅诸侯而朝天子。

①主：主人，指供给军队给养的国家。

②渠弭：小海。　渚：水中的小块陆地。

③牢：饲养牲畜的栏圈。

④饷（táo，音陶）阴：地名。

⑤纪酅（xǐ，音西）：纪国的城。

⑥刜（fú，音俘）：刀砍。

⑦饰：陈列。　载：载书，即盟约。

⑧攘：侵夺。

⑨方：两船并行。　泭（fú，音俘）：木筏。

⑩桴：小木筏。

⑪城：筑城墙。

⑫反胙于绛：在绛城恢复晋侯的君位。反，恢复。胙，胙土，帝王赐给诸侯的土地，此处指君位。

⑬兵车之属六：带着兵车举行过六次盟会。

⑭累：装铠甲的器具。

⑮翳（yì，音义）：装武器的器具。

⑯弢：装弓的袋子。

⑰服：箭囊。

7. 葵丘之会

　　葵丘之会，天子使宰孔致胙于桓公①，曰：“余一人之命有事于文、武，使孔致胙。”且有后命曰："以尔自卑劳，实谓尔伯舅②，无下拜。"桓公召管子而谋，管子对曰："为君不君，为臣不臣，乱之本也。"桓公惧，出见客曰："天威不违颜咫尺③，小白余敢承天子之命曰'尔无下拜'，恐陨越于下④，以为天子羞。"遂下拜，升受命。赏服大辂⑤，龙旗九旒⑥，渠门赤旂⑦。诸侯称顺焉。

---

①胙：祭祀用的肉。

②伯舅：天子对异姓诸侯的称呼。

③违：离。　　颜：颜面。

④陨越：颠坠。

⑤大辂（lù，音路）：天子的车乘。

⑥龙旗九旒（liú，音流）：天子之旄。

⑦渠门：旗名，两旗交叉作为军门。　　赤旂（qí，音旗）：红色大旗。

8. 诸侯归桓公

　　桓公忧天下诸侯：鲁有夫人、庆父之乱，二君弑死，国绝无嗣。桓公闻之，使高子存之①。狄人攻邢，桓公筑夷仪以封之②，男女不淫，牛马选具。狄人攻卫，卫人出庐于曹③，桓公城楚丘以封之，其畜散而无育，桓公与之系马三百④。天下诸侯称仁焉。于是天下诸侯知桓公之非为己动也，是故诸侯归之。

　　桓公知诸侯之归己也，故使轻其币而重其礼。故天下诸侯罢马以为币，缕綦以为奉⑤，鹿皮四个；诸侯之使垂橐而入⑥，稛载而归⑦。故拘之以利，结之以信，示之以武，故天下小国诸侯既许桓公，莫之敢背：就其利而信其仁，畏其武。桓公知天下诸侯多与己，故又大施忠焉。可为动者为之动，可为谋者为之谋，军谭、遂而不有也⑧，诸侯称宽焉。通齐国之鱼盐于东莱，使关市几而不征⑨，以为诸侯利，诸侯称广焉。筑葵兹、晏、负夏，领釜丘，以御、狄之地，所以禁暴于诸侯也；筑五鹿、中牟、盖与、牡丘，以卫诸夏之地，所以示权于中国也。教大成，定三革⑩，隐五刃⑪，朝服以济河而无怵惕焉，文事胜矣。

　　是故大国惭愧，小国附协。唯能用管夷吾、宁戚、隰朋、宾胥无、鲍叔牙之属而伯功立。

---

①存之：指齐桓公立鲁僖公，而安定鲁国。

②封：指重划疆界。

③庐：寄居。

④系马：在厩里饲养的良种马。

⑤缕：麻线。　　綦（qí，音旗）：青黑色的带子。

⑥橐（tuó，音驼）：口袋。

⑦稛（kǔn，音捆）载：满载。　　稛：用绳索捆起来。

⑧有：私有。

⑨几：盘查。

⑩定：放置。　　三革：指甲、胄、盾。

⑪隐：收藏。　　五刃：指刀、剑、矛、戟、矢。

卷七 晋语一

1. 武公伐翼

武公伐翼，杀哀侯，止栾共子曰："苟无死，吾以子见天子，令子为上卿，制晋国之政。"

辞曰："成闻之①：'民生于三②，事之如一。'父生之，师教之，君食之。非父不生，非食不长，非教不知，生之族也。故壹事之③。唯其所在，则致死焉。报生以死，报赐以力，人之道也。臣敢以私利废人之道，君何以训矣？且君知成之从也，未知其待于曲沃也。从君而贰，君焉用之？"遂斗而死。

---

①成：人名，即栾共子共叔成。

②三：指父、师、君。

③壹事：事之如一。

2. 史苏占献公伐骊戎

献公卜伐骊戎，史苏占之，曰："胜而不吉。"公曰："何谓也？"对曰："遇兆，挟以衔骨，齿牙为猾，戎、夏交捽①。交捽是交胜也，臣故云。且惧有口，携民②，国移心焉。"公曰："何口之有！口在寡人，寡人弗受，谁敢兴之？"对曰："苟可以携，其入也必甘受，逞而不知，胡可壅也③？"公弗听，遂伐骊戎，克之。获骊姬以归，有宠，立以为夫人。公饮大夫酒，令司正实爵与史苏，曰："饮而无肴。夫骊戎之役，女曰：'胜而不吉'，故赏女以爵，罚女以无肴。克国得妃，其有吉孰大焉！"史苏卒爵，再拜稽首曰："兆有之，臣不敢蔽。蔽兆之纪，失臣之官，有二罪焉，何以事君？大罚将及，不唯无肴。抑君亦乐其吉而备其凶，凶之无有，备之何害？若有其凶，备之为廖④。臣之不信，国之福也，何敢惮罚。"

饮酒出，史苏告大夫，曰："有男戎必有女戎。若晋以男戎胜戎，而戎亦必以女戎胜晋。其若之何！"里克曰⑤："何如？"史苏曰："昔夏桀伐有施，有施人以妹喜女焉，妹喜有宠，于是乎与伊尹比而亡夏；殷辛伐有苏，有苏氏以妲己女焉，妲己有宠，于是乎与胶鬲比而亡殷；周幽王伐有褒，褒人以褒姒女焉，褒姒有宠，生伯服，于是乎与虢石甫比，逐太子宜臼而立伯服，太子出奔申，申人、鄫人召西戎以伐周，周于是乎亡。今晋寡德而安俘女，又增其宠，虽当三季之王⑥，不亦可乎？且其兆云：'挟以衔骨，齿牙为猾。'我卜伐骊，龟往离散以应我。夫若是，贼之兆也，非吾宅也，离则有之。不跨其国，可谓挟乎？不得其君，能衔骨乎？若跨其国，而得其君，虽逢齿牙，以猾其中，谁云不从？诸夏从戎，非败而何？从政者不可以不戒，亡无日矣！"

郭偃曰："夫三季王之亡也宜。民之主也，纵惑不疚⑦，肆侈不违⑧，流志而行，无所不疚，是以及亡而不获追鉴。今晋国之方，偏侯也。其土又小，大国在侧，虽欲纵惑，未获专也。大家、邻国将师保之，多而骤立，不其集亡。虽骤立，不过五矣。且夫口，三五之门也⑨。是以谗口之乱，不过三五。且夫挟，小鲠也。可以小戕⑩，而不能丧国。当之者戕焉，于晋何害？虽谓之挟，而猎以齿牙，口弗堪也，其与几何？晋国惧则甚矣，亡犹未也。商之衰也，其铭有之曰：'嗛嗛之德⑪，不足就也，不可以矜，而只取忧也；嗛嗛之食，不足狃⑫，不能为膏，而只罹咎也⑬。'虽骊之乱，其罹咎而已，其何能服？吾闻以乱得聚者，非谋不卒时，非人不免难，非礼不终年，非义不尽齿，非德不及世，非天不离数。今不据其安，不可谓能谋；行之以齿牙，不可谓得人；废国而向己，不可谓礼；不度而迁求，不可谓义；以宠贾怨，不可谓德；少族而多敌，不可谓天。德义不行，礼义不则，弃人失谋，天亦不赞。吾观君夫人也，若为乱，其犹隶农也，虽获沃田而勤易之，将不克飨，为人而已。"

士芛曰⑭："诚莫如豫，豫而后给。夫子诚之，抑二大夫之言，其皆有焉。"

既，骊姬不克，晋正于秦，五立而后平⑮。

---

①挟：夹持。　猎：弄。　捽：抵触、冲突。

②携民：离民。

③壅：堵塞。

④廖（chōu，音抽）；损失、损害。

⑤里克：晋国大夫。下文中的妹喜、伊尹、殷辛、妲己、胶鬲、褒姒、石甫、宜臼皆人名。

⑥三季之王：三个末代的君王，即夏桀、商纣、周幽王。季，末。

⑦疚：久病。

⑧肆：极。

⑨三：指三辰即日、月、星。　五：指五行即金、木、水、火、土。

⑩戕（qiāng，音枪）：杀害。

⑪嗛嗛（xián xián，音贤贤）：少的。

⑫狃（niǔ，音纽）：贪。

⑬罹：遭受不幸。　咎：灾祸。

⑭士芛（wěi，音伟）：晋国大夫。

⑮五立而后平：指晋献公死后，立了五个国君（奚齐、卓子、惠公、怀公和重耳）才开始太平。

3.史苏论骊姬必乱晋

献公伐骊戎，克之，灭骊子，获骊姬以归，立以为夫人，生奚齐。其娣生卓子。骊姬请使申生主曲沃以速悬①，重耳处蒲城，夷吾处屈，奚齐处绛，以儆无辱之故②。公许之。

史苏朝，告大夫，曰："二三大夫其戒之乎，乱本生矣！日，君以骊姬为夫人，民之疾心固皆至矣。昔者之伐也，兴百姓以为百姓也，是以民能欣之，故莫不尽忠极劳以致死也；今君起百姓以自封也③，民外不得其利，而内恶其贪，则上下既有判矣④。然而又生男，其天道也？天彊其毒⑤，民疾其态，其乱生哉！吾闻君之好好而恶恶，乐乐而安安，是以能有常。伐木不自其本，必复生；塞水不自其源，必复流；灭祸不自其基，必复乱。今君灭其父而畜其子，祸之基也。畜其子，又从其欲，子思报父之耻而信其欲⑥。虽好色，必恶心⑦，不可谓好。好其色，必授之情。彼得其情，以厚其欲，从其恶心，必败国且深乱。乱必自女戎，三代皆然。"

骊姬果作难，杀太子而逐二公子。君子曰："知难本矣。"

①悬：自缢、自杀。
②儆（jǐng，音井）：戒备、警备。
③封：富厚。
④判：通"叛"，离。
⑤彊：同"强"，加强：增强。
⑥信：通"伸"，伸展。
⑦虽好色，必恶心：虽然貌美，可心眼儿很坏。

4.献公将黜太子申生而立奚齐

骊姬生奚齐，其娣生卓子。公将黜太子申生而立奚齐①，里克、丕郑、荀息相见。里克曰："夫史苏之言将及矣。其若之何？"荀息曰："吾闻事君者，竭力以役事，不闻违命。君立臣从之，何贰之有？"丕郑曰："吾闻事君者，从其义，不阿其惑②。惑则误民，民误失德，是弃民也。民之有君，以治义也。义以生利，利以丰民，若之何其民之与处而弃之也？必立太子。"里克曰："我不佞③，虽不识义，亦不阿惑，吾其静也。"三大夫乃别。

蒸于武公④，公称疾不与，使奚齐莅事。猛足乃言于太子曰："伯氏不出，奚齐在庙，子盍图乎？"太子曰："吾闻羊舌大夫曰：'事君以敬，事父以孝。'受命不迁为敬，敬顺所安为孝。弃命不敬，作令不孝，又何图焉？且夫间父之爱而嘉其贶⑤，有不忠焉；废人以自成，有不贞焉。孝、敬、忠、贞、君父之所安也⑥。弃安而图，远于孝矣！吾其止也。"

①黜（chù，音触）：废。
②阿：曲从，迎合。
③佞：（nìng，音宁）：有才智、才能。
④蒸：冬季的祭祀。
⑤间：疏远。 嘉：赞许。 贶：赐。
⑥安：安心。这里指好的品德。

5.献公伐翟柤

献公田，见翟柤之氛①，归寝不寐。郤叔虎朝，公语之。对曰："床第之不安邪？抑骊姬之不存侧邪？"公辞焉。

出遇士蒍，曰："今夕君寝不寐，必为翟柤也。夫翟柤之君，好专利而不忌，其臣竞谄以求媚，其进者壅塞，其退者拒违②，其上贪以忍，其下偷以幸③。有纵君而无谏臣，有冒上而无忠下④。君臣上下各厽其私，以纵其回⑤。民各有心而无所据依。以是处国，不亦难乎！君若伐之，可克也。吾不言，子必言之。"士蒍以告，公悦，乃伐翟柤。

郤叔虎将乘城。其徒曰："弃政而役，非其任也。"郤叔虎曰："既无老谋，而又无壮事，何以事君？"被羽先升⑥，遂克之。

①田：田猎。 翟柤（zhā，音渣）：国名。 氛：预示吉凶的云气，这里指凶象。
②拒违：离去。

③偷：苟且。
④冒：贪。
⑤餍（yàn，音厌）：满足。　回：邪僻。
⑥被羽：背负鸟羽用作旌旗。被同"披"。

6. 优施教骊姬远太子

公之优曰施①，通于骊姬。骊姬问焉，曰："吾欲作大事，而难三公子之徒，如何？"对曰："早处之，使知其极。夫人知极，鲜有慢心。虽其慢，乃易残也。"骊姬曰："吾欲为难，安始而可？"优施曰："必于申生。其为人也，小心精洁，而大志重，又不忍人。精洁易辱，重偾可疾②，不忍人，必自忍也。辱之近行。"骊姬曰："重，无乃难迁乎？"优施曰："知辱可辱，可辱迁重；若不知辱，亦必不知固秉常矣。今子内固而外宠，且善否莫不信。若外殚善，而内辱之，无不迁矣。且吾闻之：甚精必愚。精为易辱，愚不知避难。虽欲无迁，其得之乎？"是故，先施谗于申生。

骊姬赂二五③，使言于公曰："夫曲沃，君之宗也；蒲与二屈，君之疆也，不可以无主。宗邑无主，则民不威；疆场无主，则启戎心。戎之生心，民慢其政，国之患也。若使太子主曲沃，而二公子主蒲与屈，乃可以威民而惧戎，且旌君伐。"使俱曰："狄之广莫，于晋为都。晋之启土④，不说宜乎？"公说，乃城曲沃，太子处焉；又城蒲，公子重耳处焉；又城二屈，公子夷吾处焉。骊姬既远太子，乃生之言⑤，太子由是得罪。

———

①优：优伶，宫廷中以舞乐戏谑为业的艺人。　施：人名。
②偾（fèn，音愤）：僵化，呆板。
③二五：晋献公的宠臣梁五与东关五。
④启土：开辟疆土。
⑤言：指谗言。

7. 献公伐霍

十六年，公作二军，公将上军，太子申生将下军以伐霍。

师未出，士蒍言于诸大夫曰："夫太子，君之贰也①。恭以俟嗣，何官之有？今君分之土而官之，是左之也②。吾将谏以观之。"乃言于公曰："夫太子，君之贰也。而帅下军，无乃不可乎？"公曰："下军，上军之贰也。寡人在上，申生在下，不亦可乎？"士蒍对曰："下不可以贰上。"对曰："何故？"公曰："贰若体焉③。上下左右，以相心目④，用而不倦，身之利也。上贰代举，下贰代履，周旋变动，以役心目，故能治事，以制百物。若下摄上⑤，与上摄下，周旋不动，以违心目，其反为物用也，何事能治？故古之为军也。军有左右，阙从补之，成而不知，是以寡败。若以下贰上，阙而不变，败弗能补也。变非声章⑥，弗能移也。声章过数则有衅，有衅则敌人，敌人而凶⑦，救败不暇，谁能退敌？敌之如志，国之忧也。可以陵小，难以征国⑧。君其图之。"公曰："寡人有子而制焉，非子之忧也。"对曰："太子，国之栋也。栋成乃制之，不亦危乎？"公曰："轻其所任，虽危何害？"

士蒍出语人曰："太子不得立矣。改其制而不患其难，轻其任而不忧其危。君有异心，又焉得立？行之克之，将以害之；若其不克，其因以罪之。虽克与否，无以避罪。与其勤而不入，不如逃之。君得其欲，太子远死，且有令名，为吴太伯，不亦可乎？"太子闻之，曰："子舆之为我谋，忠矣。然吾闻之：为人子者，患不从，不患无名；为人臣者，患不勤，不患无禄。今我不才而得勤与从，又何求焉？焉能及吴太伯乎？"太子遂行。克霍而反，谗言弥兴。

①贰：副职、副手。
②左：犹言外臣。
③体：指人体的四肢。
④相：辅助、帮助。
⑤摄：引持、牵制。
⑥声：指金鼓。　章：指旌旗。
⑦凶：恐惧，惊恐。
⑧陵：侵犯。　国：指大国。

8.优施教骊姬谮申生

优施教骊姬夜半而泣谓公曰："吾闻申生甚好仁而强，甚宽惠而慈于民，皆有所行之①。今谓君惑于我，必乱国，无乃以国故而行强于君。君未终命而不殁，君其若之何？盍杀我，无以一妾乱百姓。"

公曰："夫岂惠其民而不惠于其父乎？"骊姬曰："妾亦惧矣。吾闻之外人言曰：为仁与为国不同。为仁者，爱亲之谓仁；为国者，利国之谓仁。故长民者无亲②，众以为亲。苟利众而百姓和，岂能惮君？以众故不敢爱亲，众况厚之。彼将恶始而美终③，以晚盖者也④。凡民利是生，杀君而厚利众，众孰沮之？杀亲无恶于人，人孰去之？苟交利而得宠⑤，志行而众悦，欲其甚矣，孰不惑焉？虽欲爱君，惑不释也。今夫以君为纣，若纣有良子，而先丧纣，无章其恶而厚其败⑥。钧之死也⑦，无必假手于武王而其世不废，祀至于今，吾岂知纣之善否哉？君欲勿恤⑧，其可乎？若大难至，而恤之，其何及矣！"

公惧曰："若何而可？"骊姬曰："君盍老而授之政。彼得政而行其欲，得其所索，乃其释君。且君其图之。自桓叔以来，孰能爱亲？唯无亲，故能兼翼。"公曰："不可与政。我以武与威，是以临诸侯。未殁而亡政，不可谓武；有子而弗胜，不可谓威。我授之政，诸侯必绝。能绝于我，必能害我。失政而害国，不可忍也。尔勿忧，吾将图之。"

骊姬曰："以皋落狄之朝夕苟我边鄙⑨，使无日以牧田野，君之仓廪固不实，又恐削封疆。君盍使之伐狄，以观其果于众也，与众之信辑睦焉⑩。若不胜狄，虽济其罪，可也；若胜狄，则善用众矣，求必益广，乃可厚图也。且夫胜狄，诸侯惊惧，吾边鄙不儆，仓廪盈，四邻服，封疆信，君得其赖，又知可否，其利多矣。君其图之！"公说。

是故，使申生伐东山，衣之偏裻之衣⑪，佩之以金玦。仆人赞闻之，曰："太子殆哉！君赐之奇，奇生怪，怪生无常，无常生不立。使之出征，先以观之，故告之以离心，而示之以坚忍之权⑫，则必恶其心而害其身矣。恶其心必内险之，害其身必外危之。危自中起，难哉！且是衣也，狂夫阻之衣也⑬。其言曰：'尽敌而反。'虽而示之以坚忍之权，则必恶其心而害其身矣。恶其心，尽敌，其若内谗何！"

申生胜狄而反，谗言作于中。君子曰："知微。"

①皆有所行之：即皆有所为而行之，指这样做是有一定的目的。

②长民者：为民之长的人。

③恶始：指开始时有杀君杀父的恶名。

④晚：指以后的善行。

⑤交利：指杀亲者与众人皆得利。　　交：一起，俱。

⑥章：即彰，张扬，显露。　　厚：重，指加重。

⑦钧：同"均"，同，等。

⑧恤：忧虑。

⑨皋落狄：皋落氏狄，东山狄族的一支。　　苟：侵扰。

⑩众：指兵众。　　信：诚实。　　辑睦：和睦。

⑪偏裻（dǔ，音堵）之衣：衣背缝在中，左右异色的衣服。裻，衣背缝。

⑫坚忍：指金玦。

⑬狂夫：狂人，即今之精神病人。　　阻：著，穿。

9. 申生伐东山

　　十七年冬，公使太子伐东山。里克谏曰："臣闻皋落氏将战，君其释申生也①。"公曰："行也。"里克对曰："非故也②。君行，太子居，以监国也；君行，太子从，以抚军也。今君居，太子行，未有此也。"公曰："非子之所知也。寡人闻之，立太子之道三：身钧之年③，年同之爱，爱疑决之以卜、筮④。子无谋吾父子之间，吾以此观之。"公不说。

　　里克退，见太子。太子曰："君赐我以偏衣、金玦，何也？"里克曰："孺子惧乎？衣躬之偏，而握金玦，令不偷矣⑤。孺子何惧！夫为人子者，惧不孝，不惧不得。且吾闻之曰：'敬贤于请。'孺子勉之乎！君子曰："善处父子之间矣'"。

　　太子遂行，狐突御戎，先友为右，衣偏衣而佩金玦。出而告先友曰："君与我此，何也？"先友曰："中分而金玦之权，在此行也。孺子勉之乎！"狐突叹曰："以厖衣纯⑥，而玦之以金铣者⑦，寒之甚矣，胡可恃也？虽勉之，狄可尽乎？"先友曰："衣躬之偏，握兵之要，在此行也。勉之而已矣。偏躬无慝⑧，兵要过灾，亲以无灾，又何患焉？"

　　至于稷桑，狄人出逆⑨，申生欲战。狐突谏曰："不可！突闻之：国君好外⑩，大夫殆；好内，嫡子殆，社稷危。若惠于父而远于死⑪，惠于众而利社稷，其可以图之乎？况其危身于狄以起谗于内也？"申生曰："不可！君之使我，非欢也，抑欲测吾心也。是故赐我奇服，而告我权⑫，又有甘言焉！言之大甘，其中必苦。谮在中矣，君故生心。虽蝎谮⑬，焉避之？不若战也。不战而反，我罪滋厚。我战死，犹有令名焉！"果败狄于稷桑而反。谗言益起，狐突杜门不出。君子曰："善深谋也。"

①释：舍弃。

②故：以往的规矩。

③身钧：指德行相同。　钧，同"均"。

④爱疑：指分不清到底爱哪个。　卜、筮（shì，音世）：占卜。筮，用蓍（shī，音尸）草占卜。

⑤不偷：厚爱。偷，刻薄，不厚道。

⑥厖（máng，音忙）：杂色，杂乱。　纯：纯德，这里指太子。

⑦铣：（xǐ，音洗）：寒。

⑧慝（tè，音特）：邪恶，恶念。

⑨逆：迎。

⑩好外：喜欢嬖臣。

⑪惠：顺从。

⑫权：指兵权。

⑬蝎（hē，音荷）谮（zèn，音怎的去声）：比喻来自内部的谗言。蝎，树心虫。谮，诬陷、中伤。

卷八　晋语二

1. 骊姬谮杀太子申生

反自稷桑，处五年，骊姬谓公曰："吾闻申生之谋愈深。日，吾固告君曰得众，众不利，焉能胜狄？今矜狄之善，其志益广。狐突不顺，故不出。吾闻之，申生甚好信而强，又失言于众矣，虽欲有退，众将责焉。言不可食，众不可弭①，是以深谋。君若不图，难将至矣。"公曰："吾不忘也，抑未有以致罪焉②。"

骊姬告优施曰："君既许我杀太子而立奚齐矣。吾难里克，奈何？"优施曰："吾来里克，一日而已。子为我具特羊之飨③，吾以从之饮酒④。我优也，言无邮⑤。"骊姬许诺。乃具，使优施饮里克酒。中饮，优施起舞，谓里克妻曰："主孟啖我⑥，我教兹暇豫事君⑦。"乃歌曰："暇豫之吾吾⑧，不如鸟乌。人皆集于苑，已独集于枯。"里克笑曰："何谓苑？何谓枯？"优施曰："其母为夫人，其子为君，可不谓苑乎？其母既死，其子又有谤，可不谓枯乎？枯且有伤。"

优施出，里克辟奠⑨，不餐而寝。夜半，召优施，曰："曩而言戏乎？抑有所闻之乎？"曰："然！君既许骊姬杀太子而立奚齐，谋既成矣！"里克曰："吾秉君以杀太子，吾不忍。通复故交，吾不敢。中立，其免乎？"优施曰："免。"

且而里克见丕郑，曰："夫史苏之言将及矣！优施告我，君谋成矣，将立奚齐。"丕郑曰："子谓何？"曰："吾对以中立。"丕郑曰："惜也！不如曰不信以疏之，亦固太子以携之⑩，多为之故，以变其志，志少疏，乃可间也。今子曰中立，况固其谋也，彼有成矣，难以得间。"里克曰："往言不可及也，且人中心唯无忌之⑪，何可败也！子将何如？"丕郑曰："我无心。是故事君者，君为我心⑫，制不在我。"里克曰："杀君以为廉，长廉以骄心，因骄以制人家，吾不敢。抑挠志以从君⑬，为废人以自利也，利方以求成人⑭，吾不能。将伏也。"明日，称疾不朝。三旬，难乃成。

骊姬以君命命申生曰："今夕君梦齐姜，必速祠而归福⑮。"申生许诺，乃祭于曲沃，归福于绛。公田，骊姬受福，乃置鸩于酒，置堇于肉⑯。公至，召申生献，公祭之地，地坟⑰。申生恐而出。骊姬与犬肉，犬毙。饮小臣酒，亦毙。公命杀杜原款。申生奔新城。

杜原款将死，使小臣圉告于申生，曰："款也不才，寡智不敏，不能教导，以至于死。不能深知君之心度，弃宠求广土而窜伏焉⑱。小心狷介⑲，不敢行也。是以言至而无所讼之也⑳，故陷于大难，乃速于诐。然款也不敢爱死，唯与谗人钧是恶也。吾闻君子不去情㉑，不反谗，谗行身死可也，犹有令名焉。死不迁情，强也。守情说父，孝也。杀身以成志，仁也。死不忘君，敬也。孺子勉之！死必遗爱，死民之思，不亦可乎！"申生许诺。

　　人谓申生曰："非子之罪，何不去乎？"申生曰："不可！去而罪释，必归于君，是怨君也。章父之恶，取笑诸侯，吾谁乡而入㉒？内困于父母，外困于诸侯，是重困也。弃君去罪，是逃死也。吾闻之：'仁不怨君，智不重困，勇不逃死。'若罪不释，去而必重。去而罪重，不智；逃死而怨君，不仁；有罪不死，无勇。去而厚怨，恶不可重，死不可避，吾将伏以俟命！"

　　骊姬见申生而哭之，曰："有父忍之㉓，况国人乎？忍父而求好人，人孰好之？杀父以求利人，人孰利之？皆民之所恶也，难以长生！"骊姬退，申生乃雉经于新城之庙㉔。将死，乃使猛足言于狐突曰："申生有罪，不听伯氏，以至于死。申生不敢爱其死。虽然，吾君老矣，国家多难，伯氏不出，奈吾君何？伯氏苟出而图吾君，申生受赐以至于死，虽死何悔！"是以谥为共君。

　　骊姬既杀太子申生，又潛二公子曰："重耳、夷吾与知共君之事㉕。"公令阉楚刺重耳，重耳逃于狄；令贾华刺夷吾，夷吾逃于梁。尽逐群公子，乃立奚齐焉。始为令，国无公族焉。

---

①弭：止。

②抑：只不过。

③特羊：一只羊。特，牲一头。

④从：通"纵"。放纵。

⑤邮：通"尤"，过失。

⑥主孟：指里克之妻。啖：吃。

⑦兹：此，指里克。暇豫：优闲快乐。豫，快乐。

⑧吾吾（yú yú，音鱼鱼）：不敢亲近的样子。

⑨辟：放置。奠：酒菜。

⑩固：加强。携：分化。

⑪无忌：肆无忌惮。

⑫君为我心：君主的心就是我的心，即国君怎样我就怎样。

⑬挠志：违心。挠，通"桡"，弯曲。

⑭利方以求成人：只顾自己的利益去成全别人。方，道，指好处。人，指奚齐。

⑮祠：祭祠。归福：祭祀后献给生者的酒肉。归，同"馈"，馈赠。

⑯堇（jǐn，音紧）：一种有毒的草。

⑰坟：突起。

⑱弃宠：放弃太子地位。求广土：逃亡到外国。

⑲狷（juàn，音倦）：介：洁身自好。

⑳言：谗言。讼：申辩。

㉑不去情：不抛弃忠爱的感情。

㉒谁乡而入：投奔哪里。乡，通"向"。

㉓忍之：忍心杀他。

㉔雉经：自缢。

㉕与：参与。

2. 公子重耳出亡

　　二十二年，公子重耳出亡。及柏谷，卜适齐、楚。狐偃曰："无卜焉。夫齐、楚道远而望大①，不可以困往②。道远难通，望大难走③，困往多悔。困且多悔，不可以走望。若以偃之虑，其狄乎。夫狄近晋而不通，愚陋而多怨，走之易达。不通可以窜恶④，多怨可与共忧。今若休忧于狄，以观晋国，且以监诸侯之为，其无不成！"乃遂之狄。

处一年，公子夷吾亦出奔，曰："盍从吾兄窜于狄乎？"冀芮曰："不可！后出同走，不免于罪。且夫偕出偕入难，聚居异情恶⑤，不若走梁。梁近于秦，秦亲吾君。吾君老矣，子往，骊姬惧，必援于秦。以吾存也，且必告悔，是吾免也。"乃遂之梁。居二年，骊姬使奄楚以环释言。四年，复为君。

---

①望大：企望大，指企望诸侯朝贡，成为为诸侯之长。
②困：处于困境。
③走：回归晋国。
④窜：隐匿。
⑤恶：憎恨。

3. 舟之侨告其族

虢公梦在庙，有神人面、白毛、虎爪，执钺立于西阿①，公惧而走。神曰："无走！帝命曰：'使晋袭于尔门。'"公拜稽首。觉，召史嚚占之②，对曰："如君之言，则蓐收也③。天之刑神也。天事官成④。"公使囚之，且使国人贺梦。

舟之侨告诸其族曰："众谓虢亡不久，吾乃今知之。君不度而贺大国之袭，于己也何瘳⑤？吾闻之曰：'大国道，小国袭焉曰服；小国傲，大国袭焉曰诛。'民疾君之侈也，是以遂于逆命。今嘉其梦，侈必展，是天夺之鉴而益其疾也。民疾其态，天又诳之。大国来诛，出令而逆。宗国既卑，诸侯远己。内外无亲，其谁云救之？吾不忍俟也。"将行，以其族适晋。六年，虢乃亡。

---

①西阿：西面屋檐。阿，房檐。
②史嚚（yín，音吟）：虢国太史。
③蓐收：神名。
④天事官成：上天要降的福祸，是分别由各主管的神现出形象并执行的。
⑤瘳（chōu，音抽）：损害。

4. 宫之奇知虞将亡

伐虢之役，师出于虞。宫之奇谏而不听，出，谓其子，曰："虞将亡矣！唯忠信者能留外寇而不害。除暗以应外谓之忠①，定身以行谓之信。今君施其听恶于人，暗不除矣；以贿灭亲，身不定矣。夫国非忠不立，非信不固。既不忠信，而留外寇，寇知其衅而归图焉！已自拔其本矣，何以能久？吾不去，惧及焉！"以其孥适西山。

三月，虞乃亡。

---

①除暗：去除阴暗心理。

5. 献公问攻虢何月

献公问于卜偃曰："攻虢何月也？"对曰："童谣有之曰：'丙之晨①，龙尾伏辰②，均服振振③，取虢之旂。鹑之贲贲④，天策焞焞⑤，火中成军⑥，虢公其奔。'火中而旦，其九月十月之交乎？"

---

①丙：丙子日。

②龙尾：星宿名。　辰：日月交会的地方。

③均服：戎服。　振振：威武的样子。

④鹑（chún，音纯）：鹑火星。　贲贲（bēn bēn，音奔奔）：形容鹑火星象只飞奔的鹑鸟。

⑤天策：星名。　焞焞（tūn tūn，音吞吞）：星光暗弱不明。

⑥火中：鹑火星出现在南方天空。　中：晨中。　成军：成功的军事行动。

6. 宰周公论齐侯好示

葵丘之会，献公将如会，遇宰周公，曰："君可无会也。夫齐侯好示，务施与力而不务德①，故轻致诸侯而重遣之，使至者劝而叛者慕。怀之以典言②，薄其要结而厚德之③，以示之信；三属诸侯，存亡国三④，以示之施。是以北伐山戎，南伐楚，西为此会也。譬之如室，既镇其甍矣⑤，又何加焉？吾闻之，惠难遍也，施难报也。不遍不报，卒于怨仇。夫齐侯将施惠如出责⑥，是之不果奉，而暇是晋皇⑦？虽后之会，将在东矣！君无惧矣，其有勤也！"公乃还。

---

①施：施加恩惠。　力：功德。

②怀：安。　典言：典册上的法令。

③薄：减少。

④属：会盟。　存亡国三：保住三个将要灭亡的国家。

⑤甍：（méng，音萌）：屋脊。

⑥责：同债。

⑦暇：不暇。　皇：通"匡"，匡正。

7. 宰周公论晋侯将死

宰孔谓其御曰："晋侯将死矣。景霍以为城①，而汾、河、涑、浍以为渠②，戎、狄之民实环之。汪是土也③，苟违其违④，谁能惧之！今晋侯不量齐德之丰否，不度诸侯之势，释其闭修⑤，而轻于行道，失其心矣⑥。君子失心，鲜不夭昏⑦。"

是岁也，献公卒。八年，为淮之会。桓公在殡，宋人伐之。

---

①景霍：晋国山名。　城：城墙。

②渠：护城河。

③汪：广阔的样子。

④苟违其违：假如违离其道。

⑤闭：指守。　修：治。

⑥失其心：指失去自己内心的自制力。

⑦夭：夭亡。　昏：狂乱。

8. 里克杀奚齐

二十六年，献公卒。里克将杀奚齐。先告荀息曰："三公子之徒将杀孺子，子将如何？"荀息曰："死吾君而杀其孤，吾有死而已，吾蔑从之矣①！"里克曰："子死，孺子立，不亦可乎？子死，孺子废，焉用死？"荀息曰："昔君问臣事君于我，我对以忠贞。君曰：'何谓也？'我对曰：'可以利公室，力有所能，无不为，忠也；葬死者，养生者，死人复生不悔，生人不愧，贞也。'吾言既往矣，岂能欲行吾言而又爱吾身乎？虽死，焉避之？"

里克告丕郑曰："三公子之徒将杀孺子，子将何如？"丕郑曰："荀息谓何？"对曰："荀息曰'死之'。"丕郑曰："子勉之！夫二国士之所图，无不遂也。我为子行之。子帅七舆大夫以待我。我使狄以动之，援秦以摇之。立其薄者可以得重赂，厚者可使无入。国，谁之国也！"里克曰："不可。克闻之：夫义者，利之足也②；贪者，怨之本也。废义则利不立，厚贪则怨生。夫孺子岂获罪于民？将以骊姬之惑蛊君而诬国人，逐君公子而夺之利，使君迷乱，信而亡之，杀无罪以为诸侯笑，使百姓莫不有藏恶于其心中，恐其如壅大川，溃而不可救御也！是故将杀奚齐，而立公子之在外者，以定民弭忧，于诸侯且为援，庶几曰诸侯义而抚之，百姓欣而奉之，国可以固。今杀君而赖其富，贪且反义。贪，则民怨；反义，则富不为赖。赖富而民怨，乱国而身殆，惧为诸侯载③，不可常也。"丕郑许诺。于是杀奚齐、卓子及骊姬，而请君于秦。

既杀奚齐，荀息将死之。人曰："不如立其弟而辅之。"荀息立卓子。里克又杀卓子，荀息死之。君子曰："不食其言矣。

既杀奚齐、卓子，里克及丕郑使屠岸夷告公子重耳于狄，曰："国乱民扰，得国在乱，治民在扰，子盍入乎？吾请为子鈇④。"重耳告舅犯曰："里克欲纳我。"舅犯曰："不可。夫坚树在始⑤，始不固本，终必槁落。夫长国者，唯知哀乐喜怒之节，是以导民。不哀丧而求国，难；因乱以入，殆。以丧得国，则必乐丧，乐丧必哀生；因乱以入，则必喜乱，喜乱必怠德。是哀乐喜怒之节易也⑥，何以导民？民不我导，谁长？"重耳曰："非丧谁代？非乱谁纳我？"舅犯曰："偃也闻之，丧乱有小大。夫丧，大乱之剡也⑦，不可犯也。父母死为大丧，逐在兄弟为大乱。今适当之，是故难。"公子重耳出见使者，曰："子惠顾亡人重耳，父生不得供备洒扫之臣，死又不敢莅丧以重其罪，且辱大夫，敢辞。夫固国者，在亲众而善邻，在因民而顺之。苟众所利，邻国所立，大夫其从之，重耳不敢违。"

吕甥及郤称亦使蒲城午告公子夷吾于梁，曰："子厚赂秦人以求入，吾主子⑧。"夷吾告冀芮曰："吕甥欲纳我。"冀芮曰："子勉之！国乱民扰，大夫无常，不可失也。非乱何入？非危何安？幸苟君之子，唯其索之也。方乱以扰，孰适御我？大夫无常，苟众所置，孰能勿从？子盍尽国以赂外内，无爱虚以求入，既入而后图聚。"公子夷吾出见使者，再拜稽首许诺。

吕甥出告大夫曰："君死自立则不敢，久则恐诸侯之谋，径召君于外也，则民各有心，恐厚乱，盍请君于秦乎？"大夫许诺。乃使梁由靡告于秦穆公曰："天降祸于晋国，谗言繁兴，延及寡君之绍续昆裔⑨，隐悼播越⑩，托在草莽，未有所依。又重之以寡君之不禄⑪，丧乱并臻。以君之灵，鬼神降衷⑫，罪人克伏其辜⑬，群臣莫敢宁处，将待君命。君若惠顾社稷，不忘先君之好，辱收其逋迁裔胄而建立之⑭，以主其祭祀，且镇抚其国家及其民人，虽四邻诸侯之闻之也，其谁不儆惧于君之威，而欣喜于君之德？终君之重爱⑮，受君之重贶，而群臣受其大德，晋国其谁非君之群隶臣也？"

秦穆公许诺。反使者，乃召大夫子明及公孙枝，曰："夫晋国之乱，吾谁使先，若夫二公子而立之？以为朝夕之急。"大夫子明曰："君使縶也。縶敏且知礼，敬以知微。敏能窜谋，知礼可使；敬不坠命，微知可否。君其使之。"

乃使公子縶吊公子重耳于狄⑮。曰："寡君使縶吊公子之忧，又重之以丧。寡人闻之，得国常于丧，失国常于丧。时不可失，丧不可久，公子其图之！"重耳告舅犯。舅犯曰："不可！亡人无亲，信仁以为亲，是故置之者不殆。父死在堂而求利，人孰仁我？人实有之，我以侥幸，人孰信我？人孰信我？不仁不信，将何以长利？"公子重耳出见使者，曰："君惠吊亡臣，又重有命。重耳身亡，父死不得与于哭泣之位，又何敢有他志以辱君义？"再拜不稽首，起而器，退而不私⑰。

公子縶退，吊公子夷吾于梁，如吊公子重耳之命。夷吾告冀芮曰："秦人勤我矣！"⑱冀芮曰："公子勉之！亡人无狷洁⑲，狷洁不行。重赂配德，公子尽之，无爱财！人实有之，我以侥幸，不亦可乎？"公子夷吾出见使者，再拜稽首，起而不哭，退而私于公子縶曰："中大夫里克与我矣！吾命之以汾阳之田百万。丕郑与我矣，吾命之以负蔡之田七十万。君苟辅我，蔑天命矣！亡人苟入扫宗庙，定社稷，亡人何国之与有？君实有郡县，且入河外列城五。岂谓君无有？亦为君之东游津梁之上⑳，无有难急也。亡人之所怀挟缨襄㉑，以望君之尘垢者。黄金四十镒㉒，白玉之珩六双，不敢当公子，请纳之左右。"

公子縶反，致命穆公。穆公曰："吾与公子重耳，重耳仁。再拜不稽首，不没为后也㉓。起而哭，爱其父也。退而不私，不没于利也。"公子縶曰："君之言尽矣。君若求置晋君而载之，置仁不亦可乎？君若求置晋君以成名于天下，则不如置不仁以猾其中㉔，且可以进退。臣闻之曰：'仁有置，武有置。仁置德，武置服。'"是故先置公子夷吾，实为惠公。

---

①蔑：无。

②足：立足，此处作支撑解。

③载：记载，指被载入史籍。

④鉥（shù，音术）：引导。

⑤始：根本。

⑥易：改变，颠倒。

⑦剡（yǎn，音演）：锋芒。

⑧主子：主持接应你。

⑨绍续昆裔：继嗣后裔。绍，继续。

⑩隐悼播越：忧惧逃亡。隐，忧虑。悼，恐惧。播，分散。越，远。

⑪不禄：不再享俸禄，为士死的委婉说法。

⑫衷：福。

⑬辜：罪。

⑭逋迁裔胄：逃亡流浪的后裔。逋，逃亡。迁，流放。

⑮终君：指晋献公。

⑯吊：吊唁慰问。

⑰私：私下交谈。

⑱勤：尽力帮助。

⑲狷洁：自视清高。

⑳津：渡口。梁：桥梁。

㉑挟：持。缨：驾车时套在马脖子上的绳子。襄（xiāng，音香）：马肚带。

㉒镒（yì，音益）：古代重量单位，二十两为一镒，一说二十四两为一镒。

㉓没：贪。　后：君位继承人。
㉔猾：扰乱。

9. 冀芮答问

穆公问冀芮曰："公子谁恃于晋？"①对曰："臣闻之：亡人无党，有党必有仇。夷吾之少也，不好弄戏②，不过所复③，怒不及色，及其长也弗改。故出亡无怨于国，而众安之。不然，夷吾不佞，其谁能恃乎？"君子曰："善以微劝也。"

———

①恃（shì，音是）：依靠。　公子：指公子夷吾。
②弄戏：嬉戏、玩耍。
③复：等级，所处地位。

卷九　晋语三

1. 惠公背赂

惠公入，而背外内之赂。舆人诵之曰①："佞之见佞，果丧其田②；诈之见诈，果丧其赂。得之而狃③，终逢其咎。丧田不惩④，祸乱其兴。"

既，里、丕死；祸，公陨于韩⑤。郭偃曰："善哉！夫众口祸福之门。是以君子省众而动，监戒而谋，谋度而行，故无不济。内谋外度，考省不倦，日考而习，戒备毕矣！"

———

①舆人：众人。
②果：最终，终究。
③狃（niǔ，音扭）：贪。
④惩：引起警戒。
⑤陨：坠落，指被俘获。

2. 惠公改葬共世子

惠公即位，出共世子而改葬之①，臭达于外。国人诵之曰："贞之无报也②！孰是人斯，而有是臭也③？贞为不听，信为不诚。国斯无刑，偷居幸生④。不更厥贞⑤，大命其倾。威兮怀兮⑥，各聚尔有，以待所归兮。猗兮违兮⑦，心之哀兮。岁之二七⑧，其靡有征兮。若狄公子，吾是之依兮。镇抚国家，为王妃兮。"郭偃曰："甚哉，善之难也！君改葬共君以为荣也，而恶滋章。夫人美于中，必播于外，而越于民，民实戴之；恶亦如之。故行不可不慎也！必或知之，十四年，君之冢嗣其替乎⑨？其数告于民矣。公子重耳其入乎？其魄兆于民矣⑩。若入，必伯诸侯以见天子，其光耿于民矣⑪。数，言之纪也；魄，意之术也⑫；光，明之曜也。纪言以叙之，述意以导之，明曜以昭之。不至何待？欲先导者行乎，将至矣！"

---

①共世子：指太子申生，谥号为"恭"。共，同"恭"。　改葬：改用太子之礼安葬。

②贞：同"正"，指用太子的正礼。

③孰是人斯，而有是臭也：谁使太子有这样的臭味呢？斯，这，指太子申生。

④偷居幸生：偷窃君位的人侥幸生存。

⑤不更厥贞：不改变他的君位。贞，正，指君主的正位。

⑥威：畏惧。　怀：思念。

⑦猗（yī，音衣）：感叹词。　违：离开。

⑧岁之二七：十四年后。

⑨冢嗣：太子。　替：废弃。

⑩魄：形迹。　兆：显现。

⑪耿：光明。

⑫意：指民意。　术：道，即"导。"

3. 惠公悔杀里克

惠公既杀里克而悔之，曰："芮也，使寡人过杀我社稷之镇①。"郭偃闻之，曰："不谋而谏者，冀芮也；不图而杀者，君也。不谋而谏，不忠；不图而杀，不祥。不忠，受君之罚；不祥，罹天之祸。受君之罚，死戮；罹天之祸，无后。志道者勿忘②，将及矣！"及文公入，秦人杀冀芮而施之③。

---

①镇：重。

②志：记住。　道：规律。

③施：陈尸示众。

4. 惠公杀丕郑

惠公既即位，乃背秦赂。使丕郑聘于秦，且谢之①。而杀里克，曰："子杀二君与一大夫，为子君者，不亦难乎？"

丕郑如秦谢缓赂，乃谓穆公曰："君厚问以召吕甥、郤称、冀芮而止之②，以师奉公子重耳，臣之属内作，晋君必出。"穆公使泠至报问③，且召三大夫。郑也与客将行事，冀芮曰："郑之使薄而报厚，其言我于秦也④，必使诱我。弗杀，必作难！"是故杀丕郑及七舆大夫：共华、贾华、叔坚、骓歂、累虎、特宫、山祁，皆里、丕之党也。丕豹出奔秦。

丕郑之自秦反也，闻里克死，见共华曰："可以入乎？"共华曰："二三子皆在而不及，子使于秦，可哉！"丕郑入，君杀之。共赐谓共华曰："子行乎⑤？其及也！"共华曰："夫子之入，吾谋也，将待也。"赐曰："孰知之？"共华曰："不可。知而背之，不信；谋而困人，不智；困而不死，无勇。任大恶三，行将安入？子其行矣，我姑待死。"

丕郑之子曰豹，出奔秦，谓穆公曰："晋君大失其众，背君赂，杀里克，而忌处者⑥，众固不说。今又杀臣之父及七舆大夫，此其党半国矣！君若伐之，其君必出。"穆公曰："失众安能杀人？且夫祸唯无毙⑦，足者不处⑧，处者不足，胜败若化⑨。以祸为违⑩，孰能出君？尔俟我！"

①谢：致歉意。

②止：留。

③报：答。　问：聘问。

④言：说坏话。

⑤行：离去。

⑥处者：留在国内的大夫。

⑦祸唯无毙：罪不致死。

⑧足：罪大足以处死。

⑨化：转化。

⑩违：离去。

5. 秦晋乞籴

晋饥，乞籴于秦①。丕豹曰："晋君无礼于君，众莫不知。往年有难②，今又荐饥③。已失人，又失天，其有殃也多矣！君其伐之，勿予籴！"公曰："寡人其君是恶，其民何罪？天殃流行，国家代有④。补乏荐饥⑤，道也，不可以废道于天下。"谓公孙枝曰："予之乎？"公孙枝曰："君有施于晋君，晋君无施于其众。今旱而听于君，其天道也。君若弗予，而天予之。苟众不说其君之不报也，则有辞矣！不若予之，以说其众。众说，必咎于其君。其君不听，然后诛焉。虽欲御我，谁与？"是故泛舟于河⑥，归籴于晋。

秦饥，公令河上输之粟⑦。虢射曰："弗与赂地而予之籴，无损于怨而厚于寇⑧，不若勿予。"公曰："然。"庆郑曰："不可！已赖其地，而又爱其实，忘善而背德，虽我必击之。弗予，必出我。"公曰："非郑之所知也！"遂不予。

①乞籴：请求买粮食。

②有难：指杀里克、丕郑、七舆大夫等。

③荐饥：连续发生饥荒。荐，频频，一再。

④代有：交替发生。代，交替。

⑤荐：指救济。

⑥泛舟：指用船运粮。泛，漂浮。

⑦河上：指晋惠公以前所许诺的河外五城。

⑧厚：强。

6. 秦晋之战

六年，秦岁定①，帅师侵晋，至于韩。公谓庆郑曰："秦寇深矣②，奈何？"庆郑曰："吾深其怨，能浅其寇乎？非郑之所知也，君其讯射也。"公曰："舅所病也③。"卜右④，庆郑吉。公曰："郑也不逊。"以家仆徒为右，步扬御戎⑤；梁由靡御韩简，虢射为右，以承公⑥。

公御秦师，令韩简视师，曰："师少于我，斗士众。"公曰："何故？"简曰："以君之出也处己⑦，入也烦己，饥食其粲，三施而无报，故来。今又击之，秦莫不惧，晋莫不怠，斗士是故众。"公曰："然。今我不击，归必狃⑧。一夫不可狃，而况国乎！"公令韩简挑战，曰："昔君之惠也，寡人未之敢忘。寡人有众，能合之弗能离也。君若还，寡人之愿也；君若不还，寡人将无所避。"穆公衡雕戈出见使者⑨，曰："昔君之未入，寡人之忧也；君入而列未成⑩，寡人未敢忘；今君既定而列成，君其整列，寡人将亲见！"

客还，公孙枝进谏曰："昔君之不纳公子重耳而纳晋君，是君之不置德而置服也。置而不遂⑪，击而不胜，其若为诸侯笑何？君盍待之乎？"穆公曰："然。昔吾之不纳公子重耳而纳晋君，是吾不置德而置服也！然公子重耳实不肯，吾又奚言哉？杀其内主⑫，背其外赂，彼塞我施⑬，若无天乎？若有天，吾必胜之！"君揖，大夫就车。君鼓而进之。晋师溃，戎马泞而止⑭。公号庆郑曰⑮："载我！"庆郑曰："忘善而背德，又废吉卜，何我之载？郑之车不足以辱君避也！"梁由靡御韩简，辂秦公⑯，将止之⑰。庆郑曰："释，来救君！"亦不克救，遂止于秦。

穆公归，至于王城，合大夫而谋曰："杀晋君与逐出之，与以归之，与复之，孰利？"公子絷曰："杀之利。逐之，恐构诸侯⑱；以归，则国家多慝⑲；复之，则君臣合作，恐为君忧；不若杀之。"公孙枝曰："不可！耻大国之士于中原，又杀其君以重之，子思报父之仇，臣思报君之仇。虽微秦国，天下孰弗患？"公子絷曰："吾岂将徒杀之？吾将以公子重耳代之！晋君之无道莫不闻，公子重耳之仁莫不知。战胜大国，武也；杀无道而立有道，仁也；胜无后害，智也。"公孙枝曰："耻一国之士，又曰余纳有道以临女，无乃不可乎？若不可，必为诸侯笑。战而取笑诸侯，不可谓武；杀其弟而立其兄，兄德我而忘其亲，不可谓仁；若弗忘，是再施不遂也，不可谓智。"君曰："然则若何？"公孙枝曰："不若以归，以要晋国之成⑳，复其君而质其适子㉑，使子父代处秦，国可以无害。"是故归惠公而质子圉，秦始知河东之政㉒。

---

①岁：年成。

②寇：侵犯。

③舅所病也：虢射不善于谋划军事。舅，诸侯对异姓大夫的称谓，指虢射。

④卜右：占卜谁可以任惠公的车右。

⑤御戎：驾驶兵车。御，驾。

⑥以承公：跟在惠公的车后。承，次。

⑦己：指秦国。韩简以秦军将士的角度来说的，所以用"己"。

⑧狃（niǔ，音扭）：轻慢。

⑨衡：通"横"。

⑩列未成：君位未定。列，指君位。

⑪遂：顺利做到。

⑫内主：指里克、丕郑等。

⑬彼塞我施：他薄情寡义而我施恩于他。

⑭戎马泞而止：兵车陷入泥泞拔不出来。

⑮号：大声呼叫。

⑯辂（yà，音亚）：通"迓"，迎。

⑰止：俘获。

⑱构：构怨。

⑲慝（tè，音特）：灾害。

⑳要：求取。　　成：讲和。

㉑质：作人质。

②知：治理。

7. 吕甥逆惠公

公在秦三月，闻秦将成，乃使郤乞告吕甥。吕甥教之言，令国人于朝曰："君使乞告二三子曰：'秦将归寡人，寡人不足以辱社稷，二三子其改置以代圉也！'"且赏以悦众，众皆哭，焉作辕田①。

吕甥致众，而告之曰："吾君惭焉其亡之不恤②，而君臣是忧，不亦惠乎？君犹在外，若何？"众曰："何为而可？"吕甥曰："以韩之病③，兵甲尽矣！若征缮以辅孺子④，以为君援，虽四邻之闻之也，丧君有君，群臣辑睦，兵甲益多，好我者劝，恶我者惧，庶有益乎！"众皆说，焉作州兵⑤。

吕甥逆君于秦，穆公讯之曰："晋国和乎？"对曰："不和。"公曰："何故？"对曰："其小人不念其君之罪，而悼其父兄子弟之死丧者，不惮征缮以立孺子，曰：'必报仇，吾宁事齐、楚，齐、楚又交辅之。'其君子思其君，且知其罪，曰："事秦，有死无他⑥！"故不和。比其和之而来，故久。"公曰："而无来，吾固将归君。国谓君何？"对曰："小人曰不免，君子则否。"公曰："何故？"对曰："小人忌而不思，愿从其君而与报秦，是故云。其君子则否，曰：'吾君之入也，君之惠也。能纳之，能执之，则能释之。德莫厚焉，惠莫大焉。纳而不遂，废而不起，以德为怨，君其不然。'"秦君曰："然！"乃改馆晋君⑦，馈七牢焉⑧。

---

①作：变更。

②不恤：不自忧。

③韩之病：指韩原兵败。

④征：征收赋税。 缮：修理兵甲。

⑤作州兵：改变兵制，成立地方武装。

⑥有死无他：至死没有二心。

⑦改馆：改换宾馆。

⑧牢：太牢。牛、羊、猪各一。

8. 惠公斩庆郑

惠公未至，蛾析谓庆郑曰："君之止，子之罪也。今君将来，子何俟①？"庆郑曰："郑也闻之曰：'军败，死之；将止，死之。'二者不行，又重之以误人②，而丧其君，有大罪三，将安适？君若来，将待刑以快君志；君若不来，将独伐秦，不得君，必死之！此所以待也。臣得其志，而使君瞢③，是犯也④。君行犯，犹失其国，而况臣乎？"

公至于绛郊，闻庆郑止，使家仆徒召之，曰："郑也有罪，犹在乎？"庆郑曰："臣怨君始入而报德，不降；降而听谏，不战；战而用良⑤，不败。既败而诛，又失有罪⑥，不可以封国。臣是以待即刑，以成君政。"君曰："刑之！"庆郑曰："下有直言，臣之行也；上有直刑，君之明也。臣行君明，国之利也。君虽弗刑，必自杀也。"蛾析曰："臣闻奔刑之臣，不若赦之以报仇。君盍赦之，以报于秦？"梁由靡曰："不可！我能行之，秦岂不能？且战不胜，而报之以贼⑦，不武；出战不克，入处不安，不智；成而反之，不信；失刑乱政，不威。出不能用，入不能治，败国且杀孺子⑧，不若刑之。"君曰："斩郑，无使自杀！"家仆徒曰："有君不忌⑨，有臣死刑，其闻贤于刑之⑩。"梁由靡曰："夫君政刑⑪，是以治民。不闻命而擅进退，犯政也；快意而丧君，犯刑也。郑也，贼而乱国，不可失也！且战而自退，退而自杀；臣得其志，君失其刑，后不可用也！"君令司马说刑之。司马说进三军之士而数庆郑曰："夫韩之誓曰：'失次犯令，死；将止不面夷⑫，死；伪言误众，死。'今郑失次犯令，而罪一也；郑擅进退，而罪二也；女误梁由靡，使失秦公，而罪三也；君亲止，女不面夷，而罪四也：郑也就刑！"庆郑曰："说！三军之士皆在，有人能坐待刑，而不能面夷？趣行事乎⑬！"丁丑，斩庆郑，乃入绛。

　　十五年，惠公卒，怀公立，秦乃召重耳于楚而纳之。晋人杀怀公于高梁，而援重耳，实为文公。

---

①俟（sì，音四）：等待。

②误人：指使梁由靡失去俘获秦穆公的机会。

③瞢（méng，音盟）：惭愧。

④犯：违犯，指大逆不道。

⑤良：良卜。

⑥有罪：指庆郑。

⑦贼：偷袭。

⑧孺子：指太子圉。

⑨忌：顾忌私仇。

⑩闻：令闻，好名声。　贤：胜于。

⑪政刑：正刑。

⑫夷：伤。

⑬趣（cù，音促）：赶快。

卷十　晋语四

1. 重耳适齐

　　文公在狄十二年。狐偃曰："日①，吾来此也，非以狄为荣，可以成事也。吾曰：'奔而易达，困而有资，休以择利，可以戾也②。'今戾久矣，戾久将底③。底著滞淫④，谁能兴之？盍速行乎？吾不适齐、楚，避其远也。蓄力一纪⑤，可以远矣。齐侯长矣，而欲亲晋；管仲殁矣，多谗在侧。谋而无正，衷而思始。夫必追择前言，求善以终。履迹逐远⑥，远人入服，不为邮矣⑦。会其季年可也，兹可以亲。"皆以为然。

　　乃行。过五鹿，乞食于野人。野人举块以与之，公子怒，将鞭之。子犯曰："天赐也。民以土服，又何求焉？天事必象，十有二年，必获此土。二三子志之：岁在寿星及鹑尾⑧，其有此土乎！天以命矣，复于寿星，必获诸侯。天之道也，由是始之。有此，其以戊申乎！所以申土也⑨。"再拜稽首，受而载之。遂适齐。

①日：以前。

②戾（川，音立）：安定。

③底：停滞。

④滞淫：怠惰，荒废。

⑤纪：古记年单位，十二年为一纪。

⑥餍（yàn，音厌）：满足。　逐：追求。

⑦邮：通"尤"，罪过，过错。

⑧岁：岁星，即木星。　鹑：鹑星。

⑨申：同"伸"，扩展。　戊：天干第五位，合五行中的土，所以戊申又有"申土"之意。

2．齐姜劝重耳

齐侯妻之，甚善焉，有马二十乘①。将死于齐而已矣。曰："民生安乐，谁知其他？"

桓公卒，孝公即位，诸侯叛齐。子犯知齐之不可以动②，而知文公之安齐，而有终焉之志也。欲行，而患之，与从者谋于桑下。蚕妾在焉③，莫知其在也。妾告姜氏，姜氏杀之，而言于公子曰："从者将以子行，其闻之者，吾以除之矣。子必从之，不可以贰，贰无成命④。《诗》云：'上帝临女，无贰尔心。'先王其知之矣，贰将可乎？子去晋难而极于此。自子之行，晋无宁岁，民无成君。天未丧晋，无异公子，有晋国者，非子而谁？子其勉之！上帝临子，贰必有咎！"

公子曰："吾不动矣，必死于此。"姜曰："不然。《周诗》曰：'莘莘征夫，每怀靡及。'夙夜征行，不遑启处⑤，犹惧无及。况其顺身纵欲怀安，将何及矣！人不求及，其能及乎？日月不处⑥，人谁获安？西方之书有之曰⑦：'怀与安，实疚大事⑧。'《郑诗》云：'仲可怀也，人之多言，亦可畏也。'昔管敬仲有言，小姜闻之，曰：'畏威如疾，民之上也；从怀如流⑨，民之下也；见怀思威，民之中也。畏威如疾，乃能威民。威在民上，弗畏有刑。从怀如流，去威远矣，故谓之下。其在辟也⑩，吾从中也。《郑诗》之言，吾其从之。'此大夫管仲之所以纪纲齐国⑪，裨辅先君而成霸者也⑫。子而弃之，不亦难乎？齐国之政败矣，晋之无道久矣，从者之谋忠矣，时日及矣，公子几矣！君国可以济百姓，而释之者，非人也。败不可处，时不可失，忠不可弃，怀不可从，子必速行。吾闻晋之始封也，岁在大火，阏伯之星也⑬，实纪商人。商之飨国三十一王。瞽史之纪曰：'唐叔之世，将如商数。'今未半也。乱不长世，公子唯子，子必有晋。若何怀安？"公子弗听。

姜与子犯谋。醉，而载之以行。醒，以戈逐子犯，曰："若无所济，吾食舅氏之肉！其知餍乎！"舅犯走且对曰："若无所济，余未知死所，谁能与豺狼争食？若克有成，公子无亦晋之柔嘉⑭，是以甘食。偎之肉腥臊，将焉用之？"遂行。

①乘（shèng，音胜）：古时一车四马叫做"乘"。

②动：说服打动，指劝齐帮助重耳回晋国。

③蚕妾：采桑养蚕的女仆。

④成命：完成天命。

⑤遑（huáng，音皇）：闲暇。　启处：安居。

⑥处：停留。

⑦西方：指周朝。

⑧疚：病，指妨害。

⑨从怀如流：放纵自己的心意如流水一般。从，放纵。

⑩辟：同"譬"，譬喻。

⑪纪纲：治理。

⑫裨（bì，音必），辅：辅佐。

⑬阏（è，音饿）伯：星座名。

⑭柔嘉：指美好的食物。柔：脆。　嘉：美。

3. 卫文公不礼重耳

过卫，卫文公有邢、狄之虞，不能礼焉。宁庄子言于公曰："夫礼，国之纪也①；亲，民之结也②；善，德之建也③。国无纪不可以终，民无结不可以固，德无建不可以立。此三者，君之所慎也。今君弃之，无乃不可乎！晋公子，善人也，而卫亲也，君不礼焉，弃三德矣。臣故云：君其图之。康叔，文之昭也；唐叔，武之穆也。周之大功在武，天祚将在武族④。苟姬未绝周室，而俾守天聚者⑤，必武族也！武族唯晋实昌，晋胤公子实德⑥。晋仍无道，天祚有德，晋之守祀，必公子也！若复而修其德，镇抚其民，必获诸侯，以讨无礼。君弗蚤图，卫而在讨。小人是惧，敢不尽心？"公弗听。

①纪：准则，法度。

②亲：亲亲，亲近该亲近的人。　结：结交。

③善：善善，友善有德行的人。　建：立。

④祚（zuò，音坐）：福佑。

⑤俾：使。

⑥胤（yìn，音印）：后代。

4. 曹共公不礼重耳

自卫过曹，曹共公亦不礼焉。闻其骈胁①，欲观其状。止其舍，谍其将浴②，设微薄而观之③。僖负羁之妻言于负羁曰："吾观晋公子贤人也，其从者皆国相也④，以相一人，必得晋国。得晋国而讨无礼，曹其首诛也。子盍蚤自贰焉⑤？"僖负羁馈飧，置璧焉。公子受飧反璧。

负羁言于曹伯曰："夫晋公子在此，君之匹也，不亦礼焉？"曹伯曰："诸侯之亡公子其多矣，谁不过此？亡者皆无礼者也，余焉能尽礼焉！"对曰："臣闻之：'爱亲明贤，政之干也⑥；礼宾矜穷，礼之宗也⑦；礼以纪政，国之常也。'失常不立，君所知也。国君无亲，以国为亲。先君叔振，出自文王；晋祖唐叔，出自武王。文、武之功，实建诸姬。故二王之嗣，世不废亲。今君弃之，是不爱亲也。晋公子生十七年而亡，卿材三人从之，可谓贤矣，而君蔑之，是不明贤也。谓晋公子之亡，不可不怜也；比之宾客，不可不礼也。失此二者，是不礼宾，不怜穷也。守天之聚，将施于宜⑧。宜而不施，聚必有阙。玉帛酒食，犹粪土也，爱粪土以毁三常，失位而阙聚，是之不难，无乃不可乎？君其图之！"公弗听。

①骈（pián，音骈）：骨头并在一起。

②谍：侦查等候。

③微：隐蔽。　薄：迫近。

④相：辅助。

⑤蚤自贰焉：早做别的打算。蚤，同"早"。

⑥干：支柱。

⑦宗：主旨。

⑧宜：应该。

5. 宋襄公赠马

公子过宋，与司马公孙固相善，公孙固言于襄公曰："晋公子亡，长幼矣①，而好善不厌，父事狐偃②，师事赵衰，而长事贾佗。狐偃，其舅也，而惠以有谋；赵衰，其先君之戎御，赵夙之弟也，而文以忠贞；贾佗，公族也，而多识以恭敬。此三人者，实左右之③。公子居则下之，动则咨焉，成幼而不倦④，殆有礼矣。树于有礼，必有艾⑤。《商颂》曰：'汤降不迟⑥，圣敬日跻⑦。'降，有礼之谓也。君其图之！"襄公从之，赠以马二十乘。

①长幼：从幼至长。

②父事：以父礼对待。

③左右：帮助。

④成幼：从幼年到成年。

⑤艾：养育。这里指报答。

⑥降：下，指礼贤下士。

⑦跻（jī，音基）：升。

6. 郑文公不礼重耳

公子过郑，郑文公亦不礼焉。叔詹谏曰："臣闻之：亲有天①，用前训，礼兄弟，资穷困，天所福也。今晋公子有三祚焉②，天将启之。同姓不婚，恶不殖也③。狐氏出自唐叔，狐姬，伯行之子也，实生重耳。成而隽才，离违而得所④，久约而无衅，一也。同出九人，唯重耳在，离外之患，而晋国不靖，二也。晋侯日载其怨⑤，外内弃之；重耳日载其德，狐、赵谋之，三也。在《周颂》曰：'天作高山，大王荒之。'荒，大之也。大天所作，可谓亲有天矣。晋、郑，兄弟也。吾先君武公与晋文侯戮力一心，股肱周室，夹辅平王，平王劳而德之，而赐之盟质，曰：'世相起也⑥。'若亲有天，获三祚者，可谓大天；若用前训，文侯之功，武公之业，可谓前训；若礼兄弟，晋、郑之亲，王之遗命，可谓兄弟；若资穷困，亡在长幼，还轸诸侯⑦，可谓穷困。弃此四者，以徼天祸⑧，无乃不可乎？君其图之！"弗听。

叔詹曰："若不礼焉，则请杀之。谚曰：'黍稷无成，不能为荣。黍不为黍，不能蕃庑⑨。稷不为稷，不能蕃殖。所生不疑，唯德之基。'"公弗听。

①有天：有上天福佑的人。

②三祚：三种得天助的福分。祚，福。

③恶：害怕。 殖：繁殖。

④离违：逃难离国。 得所：举止得体。

⑤载：充满。

⑥起：扶持。

⑦还轸：驾车周历。还，同"环"。

⑧徼（yāo，音邀）：求取。

⑨蕃庑（wǔ，音午）：茂盛。

7. 楚成王以周礼享重耳

遂如楚，楚成王以周礼享之。九献①，庭实旅百②。公子欲辞，子犯曰："天命也，君其飨之。亡人而国荐之③，非敌而君设之④，非天，谁启之心？"既飨，楚子问于公子曰："子若克复晋国，何以报我？"公子再拜稽首，对曰："子女玉帛，则君有之；羽旄齿革⑤，则君地生焉。其波及晋国者，君之余也，又何以报？"王曰："虽然，不谷愿闻之。"对曰："若以君之灵⑥，得复晋国，晋、楚治兵，会于中原，其避君三舍⑦。若不获命⑧，其左执鞭弭⑨，右属櫜鞬⑩，以与君周旋⑪。"

令尹子玉曰："请杀晋公子！弗杀，而反晋国，必惧楚师。"王曰："不可！楚师之惧，我不修也。我之不德，杀之何为？天之祚楚，谁能惧之？楚不可祚，冀州之土，其无令君乎⑫？且晋公子敏而有文，约而不诌⑬，三材侍之，天祚之矣！天之所兴，谁能废之？"子玉曰："然则请止狐偃。"王曰："不可。《曹诗》曰：'彼己之子，不遂其媾。'邮之也⑭。夫邮而效之，邮又甚焉。效邮，非礼也。"

于是怀公自秦逃归。秦伯召公子于楚，楚子厚币以送公子于秦。

---

①九献：献酒九次，此指帝王宴请上公之礼。

②庭实：庭中的礼物。　旅：陈列。　百：数量多。

③国荐：以国君之礼进献。

④非敌：不是同等的地位。　敌：同等。　君设之：以国君之礼接待。

⑤羽：鸟羽。　旄（máo，音毛）：牦牛尾。　齿：象牙。　革：犀牛皮。

⑥以君之灵：托您的福。

⑦舍：古代行军三十里为一舍。

⑧获命：得到退兵的命令。

⑨鞭：马鞭。　弭：弓末的弯曲处，此处指弓。

⑩属：佩带。　櫜（gāo，音高）：箭囊。　鞬：弓袋。

⑪周旋：应酬，打交道。此处指交战。

⑫令君：贤德的国君。

⑬约：穷困。

⑭邮：通"尤"，过错。

8. 重耳逆怀嬴

秦伯归女五人①，怀嬴与焉。公子使奉匜沃盥②，既而挥之。嬴怒曰："秦、晋匹也，何以卑我！"公子惧，降服囚命③。秦伯见公子曰："寡人之适④，此为才。子圉之辱，备嫔嫱焉，欲以成婚，而惧离其恶名⑤。非此，则无故。不敢以礼致之，欢之故也。公子有辱，寡人之罪也，惟命是听。"

公子欲辞，司空季子曰："同姓为兄弟。黄帝之子二十五人，其同姓者二人而已：唯青阳与夷鼓皆为己姓。青阳，方雷氏之甥也；夷鼓，彤鱼氏之甥也。其同生而异姓者，四母之子别为十二姓。凡黄帝之子，二十五宗，其得姓者十四人。为十二姓：姬、酉、祁、己、滕、箴、任、荀、僖、姞、儇、依是也。唯青阳与苍林氏同于黄帝，故皆为姬姓，同德之难也如是。昔少典娶于有蟜氏⑥，生黄帝、炎帝。黄帝以姬水成，炎帝以姜水成。成而异德，故黄帝为姬，炎帝为姜，二帝用师以相济也，异德之故也。异姓则异德，异德则异类。异类虽近，男女相及⑦，以生民也⑧。同姓则同德，同德则同心，同心则同志。同志虽远，男女不相及，畏黩敬也⑨。黩则生怨，怨乱毓灾⑩，灾毓灭姓。是故娶妻避其同姓，畏乱灾也。故异德合姓，同德合义。义以导利，利以阜姓。姓利相更，成而不迁，乃能摄固⑪，保其土房⑫。今子于子圉，道路之人也，取其所弃，以济大事，不亦可乎？"

公子谓子犯曰："何如？"对曰："将夺其国，何有于妻？唯秦所命从也。"谓子馀曰："何如？"对曰："《礼志》有之曰：'将有请于人，必先有入焉。欲人之爱己也，必先爱人。欲人之从己也，必先从人。无德于人，而求用于人，罪也。'今将婚媾以从秦⑬，受好以爱之，听从以德之，惧其未可也，又何疑焉？"乃归女而纳币，且逆之。

①归：女子出嫁。

②奉：同"捧"。 匜（yí，音移）：古代洗手时盛水的器具。 沃：浇水。 盥：洗手。

③降服囚命：解去衣冠自囚请罪。

④适：女子出嫁。

⑤离：遭受。

⑥有蟜（jiǎo，音矫）：国名。

⑦相及：成婚。

⑧生民：繁衍后代。

⑨黩：亵渎。

⑩毓（yù，音玉）：产生。

⑪摄：维持。

⑫土房：土地和房舍。

⑬婚媾（gòu，音够）：婚姻。媾，结婚。

9. 秦伯享重耳以国君之礼

他日，秦伯将享公子，公子使子犯从。子犯曰："吾不如衰之文也，请使衰从。"乃使子馀余从。秦伯享公子如享国君之礼，子馀相如宾。卒事，秦伯谓其大夫曰："为礼而不终，耻也；中不胜貌①，耻也；华而不实，耻也；不度而施，耻也；施而不济，耻也。耻门不闭，不可以封②。非此，用师则无所矣。二三子敬乎！"

明日宴，秦伯赋《采菽》③，子余使公子降拜④，秦伯降辞。子馀曰："君以天子之命服命重耳，重耳敢有安志，敢不降拜？"成拜，卒登，子馀使公子赋《黍苗》⑤。子馀曰："重耳之仰君也，若黍苗之仰阴雨也。若君实庇荫膏泽之，使能成嘉谷，荐在宗庙⑥，君之力也。君若昭先君之荣，东行济河，整师以复强周室，重耳之望也。重耳若获集德而归载⑦，使主晋民，成封国，其何实不从？君若恣志以用重耳⑧，四方诸侯，其谁不惕惕以从命⑨！"秦伯叹曰："是子将有焉，岂专在寡人乎！"秦伯赋《鸠飞》⑩，公子赋《河水》⑪。秦伯赋《六月》⑫，子馀使公子降拜，秦伯降辞。子馀曰："君称所以佐天子、匡王国者以命重耳，重耳敢有惰心，敢不从德？"

---

①中不胜貌：心中的感情不及外在所表现的礼貌。胜，超过。

②封：封国，立国。

③《采菽》：《诗·小雅·采菽》，是天子赐诸侯命服时的乐歌。秦穆公赋此诗有愿意帮助重耳回国为君之意。

④降拜：下堂拜谢。

⑤《黍苗》：即《诗·小雅·黍苗》。重耳自比禾苗，把秦穆公比作雨水，表示自己的感激之情。

⑥荐在宗庙：奉献给宗庙。指主持宗庙祭祀，即当国君。

⑦载：祭祀。

⑧恣志：听任意志。

⑨惕惕：惶恐。

⑩《鸠飞》：《诗·小雅·小宛》的头二句。秦穆公赋此诗有感慨重耳多年流亡之意。

⑪《河水》：《诗》散佚的篇名。重耳赋此诗有返国为君后报效秦国之意。河，当为"沔"之误。

⑫《六月》：即《诗·小雅·六月》，秦穆公赋此诗意在勉励重耳，祝他回国为君，成就霸业。

10. 重耳亲筮得晋国

公子亲筮之①，曰："尚②，有晋国。"得贞《屯》、悔《豫》③，皆八也④。筮史占之，皆曰："不吉。闭而不通，爻无为也。"司空季子曰："吉。是在《周易》，皆利建侯⑤。不有晋国，以辅王室，安能建侯？我命筮曰'尚，有晋国'，筮告我曰'利建侯'，得国之务也⑥，吉孰大焉！《震》，车也；《坎》，水也；《坤》，土也；《屯》，厚也；《豫》，乐也。车班外内⑦，顺以训之⑧，泉原以资之，土厚而乐其实。不有晋国，何以当之？《震》，雷也，车也；《坎》，劳也，水也，众也。主雷与车，而尚水与众。车有震，武也。众而顺，文也。文武具，厚之至也。故曰《屯》。其繇曰：'元亨利贞⑨，勿用有攸往⑩，利建侯。'主震雷，长也，故曰元；众而顺，嘉也，故曰亨；内有震雷，故曰利贞；车上水下，必伯。小事不济，壅也，故曰勿用有攸往，一夫之行也。众顺而有武威，故曰利建侯。《坤》，母也；《震》，长男也。母老子强，故曰《豫》。其繇曰：'利建侯行师。'居乐、出威之谓也。是二者，得国之卦也。"

---

①筮（shì，音是）：用蓍草占卦。

②尚：同"上"，求上卦。

③贞：内卦，也叫下卦。　屯：卦名。　悔：外卦，也叫上卦。　豫：卦名。

④皆八：两阴爻不变，都不动为八。

⑤建侯：立为诸侯。

⑥务：追求。

⑦车班外内：车象遍及外卦内卦。车，指震卦。　班，遍。

⑧顺：指坤卦。　训：教导。

⑨元：大，大吉。　亨：通。　利贞：吉利的贞卜。

⑩勿用有攸往：指不利出门。　有攸往：有去的地方。

11. 秦伯纳重耳于晋

十月，惠公卒。十二月，秦伯纳公子。及河，子犯授公子载璧①，曰："臣从君还轸，巡于天下，怨其多矣！臣犹知之，而况君乎？不忍其死，请由此亡。"公子曰："所不与舅氏同心者，有如河水。"沉璧以质。

董因迎公于河，公问焉，曰："吾其济乎？"对曰："岁在大梁②，将集天行③，元年始受，实沈之星也。实沈之墟，晋人是居，所以兴也。今君当之，无不济矣！君之行也，岁在大火。大火，阏伯之星也，是谓大辰。辰以成善④，后稷是相，唐叔以封。瞽史记曰：'嗣续其祖，如谷之滋⑤，必有晋国。'臣筮之，得《泰》之八。曰：'是谓天地配享，小往大来⑥。'今及之矣，何不济之有！且以辰出而以参入，皆晋祥也，而天之大纪也。济且秉成⑦，必霸诸侯。子孙赖之，君无惧矣！"

公子济河，召令狐、曰衰、桑泉，皆降。晋人惧，怀公奔高梁。吕甥、冀芮帅师，甲午，军于庐柳⑧。秦伯使公子絷如师，师退，次于郇。辛丑，狐偃及秦、晋大夫盟于郇。壬寅，公入于晋师。甲辰，秦伯还。丙午，入于曲沃。丁未，入绛，即位于武宫。戊申，刺怀公于高梁。

①载璧：祭祀用的璧玉。载，祭祀。

②岁：岁星。 大梁：星次名。下文的"实沈"也是星次名。

③将集天行：与天道相符合。

④成善：成就功业的好时机。

⑤滋：滋长。

⑥小往大来：由小而大，由弱而强。比喻子圉与重耳之间实力的彼此消长。

⑦秉：执掌。

⑧军：军队驻扎。

12. 寺人勃鞮求见

初，献公使寺人勃鞮伐公于蒲城①，文公逾垣，勃鞮斩其袪②。及入，勃鞮求见，公辞焉，曰："骊姬之谗，尔射余于屏内③，困余于蒲城，斩余衣袪。又为惠公从余于渭滨，命曰三日，若宿而至④。若干二命，以求杀余。余于伯楚屡困，何旧怨？退而思之，异日见我！"对曰："吾以君为已知之矣，故人；犹未知之也，又将出矣！事君不贰是谓臣，好恶不易是谓君⑤。君君臣臣，是谓明训。明训能终，民之主也。二君之世，蒲人、狄人，余何有焉⑥？除君之恶，唯力所及，何贰之有？今君即位，其无蒲、狄乎⑦？伊尹放太甲而卒以为明王，管仲贼桓公而卒以为侯伯。乾时之役，申孙之矢集于桓钩⑧，钩近于袪，而无怨言，佐相以终，克成令名。今君之德宇⑨，何不宽裕也？恶其所好⑩，其能久矣？君实不能明训，而弃民主。余，罪戾之人也，又何患焉？且不见我，君其无悔乎！"

于是吕甥、冀芮畏逼⑪，悔纳文公。谋作乱，将以己丑焚公宫，公出救火而遂杀之。伯楚知之，故求见公。公惧，遽出见之，曰："岂不如女言，然是吾恶心也，吾请去之。"伯楚以吕、郤之谋告公。公惧，乘驲自下⑫，脱，会秦伯于王城，告之乱故。及己丑，公宫火，二子求公不获，遂如河上，秦伯诱而杀之。

①寺人：宦官。 勃鞮（dī，音低）：人名。

②袪：（qū，音驱）：袖口。

③屏内：指宫中。屏，对着门的小墙。

④若：你。　宿：一夜。

⑤好恶不易：不因对自己的好坏而改变态度。

⑥蒲人、狄人，余何有焉：你是蒲人、狄人，与我又有什么关系呢？

⑦其无蒲、狄乎：难道你就没有反对者吗？

⑧申孙：箭名。　桓钩：桓公的衣带钩。

⑨宇：风度，仪容。

⑩恶其所好：厌恶应该喜欢的。

⑪逼：迫害。

⑫驲（rì，音日）：古时驿站专用的马车。

13. 文公见竖头须

　　文公之出也，竖头须，守藏者也，不从。公入，乃求见，公辞焉以沐①。谓谒者曰："沐则心覆，心覆则图反，宜吾不得见也。从者为羁绁之仆②，居者为社稷之守，何必罪居者？国君而仇匹夫，惧者众矣！"谒者以告，公遽见之。

①沐：洗头。

②羁绁（xiè，音谢）：指马笼头、缰绳一类的东西。

14. 文公纳襄王

　　元年春，公及夫人嬴氏至自王城。秦伯纳卫三千人，实纪纲之仆①。公属百官②，赋职任功③；弃责薄敛④，施舍分寡；救乏振滞⑤，匡困资无；轻关易道⑥，通商宽农；懋穑劝分⑦，省用足财；利器明德，以厚民性；举善援能，官方定物⑧，正名育类⑨；昭旧族，爱亲戚，明贤良，尊贵宠，赏功劳，事耇老⑩，礼宾旅，友故旧；胥、籍、狐、箕、栾、郤柏、先、羊舌、董、韩，实掌近官⑪；诸姬之良，掌其中官⑫；异姓之能，掌其远官⑬；公食贡，大夫食邑，士食田，庶人食力，工商食官，皂隶食职，官宰食加⑭，政平民阜，财用不匮。

　　冬，襄王避昭叔之难，居于郑地氾。使来告难，亦使告于秦。子犯曰："民亲而未知义也，君盍纳王以教之义？若不纳，秦将纳之，则失周矣，何以求诸侯？不能修身，而又不能宗人⑮，人将焉依？继文之业，定武之功，启土安疆，于此乎在矣，君其务之！"公说，乃行赂于草中之戎与丽土之狄，以启东道。

①纪纲：治理。

②属：聚会。

③赋：授予。

④责：欠别人的钱财。

⑤振滞：起用有才能而未被任用的人。滞，指有才能而未被任用的人。

⑥轻关易道：减轻关税，整治道路。

⑦懋：勉励。　穑（sè，音色）：庄稼。　劝分：劝有分无。

⑧官方：做官的原则。

⑨正名：辨正上下尊卑的名分。　育类：培养好的德行。

⑩耇（gǒu，音苟）老：老年人。

⑪近官：朝廷里的官员。

⑫中官：宫里的官员。

⑬远官：地方官。

⑭加：加田，大夫的加田不征收赋税。

⑮宗人：使人尊崇。宗，尊崇。

15．文公出阳人

二年春，公以二军下，次于阳樊。右师取昭叔于温，杀之于隰城；左师迎王于郑。王入于成周，遂定之于郏。王飨醴，命公胙侑①。公请隧②，弗许。曰：“王章也③，不可以二王，无若政何？”赐公南阳阳樊、温、原、州、陉、絺、组、攒茅之田。阳人不服，公围之，将残其民，仓葛呼曰：“君补王阙，以顺礼也。阳人未狎君德④，而未敢承命。君将残之，无乃非礼乎！阳人有夏、商之嗣典，有周室之师旅，樊仲之官守焉，其非官守，则皆王之父兄甥舅也。君定王室而残其姻族，民将焉放⑤？敢私布于吏，唯君图之！”公曰：“是君子之言也。”乃出阳人。

---

①命：赐命服。　胙：祭祀用的肉。　侑（yòu，音又）：劝饮。

②隧：隧葬，天子之葬礼。

③章：规章，制度。

④狎：熟习。

⑤放：同“仿”，效仿。

16．文公伐原

文公伐原，令以三日之粮。三日而原不降，公令疏军而去之①。谍出，曰：“原不过一二日矣！”军吏以告，公曰：“得原而失信，何以使人？夫信，民之所庇也，不可失。”乃去之。及孟门，而原请降。

---

①疏军：撤军。疏，撤，散。

17．文公救宋败楚

文公立四年，楚成王伐宋，公率齐、秦伐曹、卫以救宋。宋人使门尹班告急于晋，公告大夫曰：“宋人告急，舍之则宋绝；告楚①，则不许我；我欲击楚，齐、秦不欲，其若之何？”先轸曰：“不若使齐、秦主楚怨。”公曰：“可乎？”先轸曰：“使宋舍我而赂齐、秦，藉之告楚②。我分曹、卫之地以赐宋人，楚爱曹、卫，必不许齐、秦。齐、秦不得其请，必属怨焉③。然后用之，蔑不欲矣。”公说，是故以曹田、卫田赐宋人。

令尹子玉使宛春来告曰：“请复卫侯而封曹④，臣亦释宋之围。”舅犯愠曰：“子玉无礼哉！君取一，臣取二，必击之。”先轸曰：“子与之。我不许曹、卫之请，是不许释宋也。宋众无乃强乎⑤！是楚一言而有三施⑥，子一言而有三怨⑦。怨已多矣，难以击人。不若私许复曹、卫以携之⑧，执宛春以怒楚，既战而后图之。"公说，是故拘宛春于卫。

子玉释宋围，从晋师。楚既陈⑨，晋师退舍，军吏请曰："以君避臣，辱也。且楚师老矣，必败。何故退？"子犯曰："二三子忘在楚乎？偃也闻之：战斗，直为壮，曲为老⑩。未报楚惠而抗宋⑪，我曲楚直，其众莫不生气，不可谓老。若我以君避臣，而不去，彼亦曲矣。"退三舍避楚。楚众欲止，子玉不肯。至于城濮，果战，楚众大败。君子曰"善以德劝。"

---

①告楚：指为宋请求楚国退兵。告，请求。

②藉，凭借，利用。

③属：结下。

④请复卫侯而封曹：请晋国恢复卫侯的地位并重建曹国。复，恢复。 封，建立。

⑤宋众无乃强乎：宋国投降，楚国的力量不就更强了吗？

⑥三施：指复卫、封曹、释宋，是楚施恩于三国。

⑦三怨：使卫、曹、宋对晋国不满。

⑧携：分离。

⑨陈：同"阵"，布阵。

⑩老：衰竭，疲怠。

⑪抗：救助。

18．郑叔詹疾号

文公诛观状以伐郑①，反其陴②。郑人以名宝行成，公弗许，曰："予我詹而师还。"詹请往，郑伯弗许。詹固请曰："一臣可以赦百姓而定社稷，君何爱于臣也？"

郑人以詹予晋，晋人将烹之③。詹曰："臣愿获尽辞而死，固所愿也。"公听其辞。詹曰："天降郑祸，使淫观状④，弃礼违亲。臣曰：'不可。夫晋公子贤明，其左右皆卿才。若复其国，而得志于诸侯，祸无赦矣。'今祸及矣。尊明胜患⑤，智也；杀身赎国，忠也。"乃就烹，据鼎耳而疾号曰："自今以往，知忠以事君者，与詹同！"乃命弗杀，厚为之礼而归之。郑人以詹伯为将军。

---

①观状：指曹共公借重耳沐浴观其骈肋之事。郑文公不礼重耳，与曹共公同罪。

②反其陴：拆除城上的矮墙。反，拆除。陴（pí，音皮），城上的矮墙。

③烹：古代一种酷刑，用鼎来煮杀人。

④淫：放纵。

⑤胜：遏止。

19．箕郑对问

晋饥，公问于箕郑曰："救饥何以？"对曰："信。"公曰："安信？"对曰："信于君心，信于名①，信于令，信于事②。"公曰："然则若何？"对曰："信于君心，则美恶不逾；信于名，则上下不干；信于令，则时无废功；信于事，则民从事有业③。于是乎民知君心，贫而不惧，藏出如入④，何匮之有？"公使为箕⑤。及清原之蒐，使佐新上军。

①名：名分。

②事：国家使用百姓从事劳役。

③业：次序。

④藏：储藏的财物。

⑤为：治理。即当箕地的大夫。

20. 赵衰三让贤

文公问元帅于赵衰，对曰："郤縠可①。行年五十矣，守学弥惇②。夫先王之法志，德义之府也；夫德义，生民之本也。能惇笃者，不忘百姓也。请使郤縠。"公从之。

公使赵衰为卿，辞曰："栾枝贞慎，先轸有谋，胥臣多闻，皆可以为辅佐，臣弗若也。"乃使栾枝将下军，先轸佐之。取五鹿，先轸之谋也。郤縠卒，使先轸代之，胥臣佐下军。

公使原季为卿，辞曰："夫三德者，偃之出也。以德纪民③，其章大矣，不可废也。"使狐偃为卿，辞曰："毛之智，贤于臣，其齿又长④。毛也不在位，不敢闻命。"乃使狐毛将上军，狐偃佐之。

狐毛卒，使赵衰代之，辞曰："城濮之役，先且居之佐军也善，军伐有赏⑤，善君有赏⑥，能其官有赏⑦。且居有三赏，不可废也。且臣之伦⑧，箕郑、胥婴、先都在⑨。"乃使先且居将上军。

公曰："赵衰三让。其所让，皆社稷之卫也。废让，是废德也。"以赵衰之故，蒐于清原⑩，作五军。使赵衰将新上军，箕郑佐之；胥婴将新下军，先都佐之。子犯卒，蒲城伯请佐，公曰："夫赵衰三让不失义。让，推贤也；义，广德也。德广贤至，又何患矣！请令衰也从子。"乃使赵衰佐新上军。

①郤縠（hú，音胡）：晋国大夫。

②弥：益。惇：敦厚。

③纪：治理。

④齿：年龄。

⑤军伐：军功。伐，功劳。

⑥善君：用道义辅佐君主。

⑦能其官：能够胜任职责，且不发生错误。

⑧伦：同辈。

⑨在：居于，处于。指都在大夫位。

⑩蒐（sōu，音搜）：阅兵。

21. 文公学读书

文公学读书于臼季，三日，曰："吾不能行也咫①，闻则多矣。"对曰："然而多闻以待能者，不犹愈也②？"

①咫：周制八寸，形容距离近。

②愈：胜过。

22. 郭偃论治国

文公问于郭偃曰："始也，吾以治国为易，今也难。"对曰："君以为易，其难也将至矣；君以为难，其易也将至焉。"

23. 胥臣论教诲

文公问于胥臣曰："吾欲使处阳父傅讙也①，而教诲之，其能善之乎？"对曰："是在讙也。蘧蒢不可使俯②，戚施不可使仰③，僬侥不可使举④，侏儒不可使援，矇瞍不可使视，嚚瘖不可使言⑤，聋聩不可使听，童昏不可使谋⑥。质将善而贤良赞之，则济可竢⑦；若有违质，教将不入，其何善之为？臣闻昔者大任娠文王不变，少溲于豕牢⑧，而得文王不加疾焉⑨。文王在母不忧，在傅弗勤⑩，处师弗烦，事王不怒，教友二虢⑪，而惠慈二蔡⑫，刑于大姒⑬，比于诸弟⑭。《诗》云：'刑于寡妻，至于兄弟，以御于家邦。'于是乎用四方之贤良。及其即位也，询于'八虞⑮'，而咨于'二虢'，度于闳夭而谋于南宫⑯，诹于蔡、原而访于辛、尹⑰，重之以周、邵、毕、荣，亿宁百神⑱，而柔和万民。故《诗》云：'惠于宗公⑲，神罔时恫⑳。'若是，则文王非专教诲之力也。"

公曰："然则教无益乎？"对曰："胡为文，益其质。故人生而学，非学不入。"公曰："奈夫八疾何？"对曰："官师之所材也㉑，戚施直镈㉒，蘧蒢蒙璆㉓，侏儒扶卢㉔，矇瞍修声，聋聩司火。童昏、嚚瘖、僬侥，官师之所不材也，以实裔土㉕。夫教者，因体能质而利之者也。若川然，有原㉖，以卬浦而后大㉗。"

---

①讙（huān，音欢）：晋文公之子。

②蘧蒢（qú chú，音渠除）：一种挺胸不能俯视的恶疾。

③戚施：驼背。

④僬侥（jiāo yáo，音交摇）：古代传说中的矮人国，这里指矮人。

⑤嚚（yín，音淫）：愚顽而嘴里说不出好话的人。　瘖（yīn，音音）：哑巴。

⑥童昏：愚昧无知而又糊涂不明事理的人。

⑦竢（sì，音四）：同'俟'，等待。

⑧少溲：小便。少：小。　豕牢：猪圈，此处指厕所。

⑨疾：病，指痛苦。

⑩勤：辛苦。

⑪友：友爱。　二虢：虢仲、虢叔，周文王的同母弟。

⑫惠：爱。　二蔡：管叔、蔡叔，文王的二个儿子。

⑬刑：同"型"，榜样。　大姒：文王之妻，武王之母。

⑭比：亲近。

⑮八虞：周代八个掌管山川的官员，他们都是有杰出才能的人。

⑯闳（hóng，音红）夭、南宫：周文王的谋臣。

⑰诹（zōu，音邹）：询问。

⑱亿：安。

⑲惠：孝顺。　宗：祖庙。

⑳罔：无，没有。 恫：恨。

㉑官：指身体各部分的官能。 师：长。

㉒直：同"值"，担任。 镈（bó，音博）：小钟。

㉓蒙：戴。 璆（qiú，音求）：玉磬。

㉔扶卢：一种杂技，以攀援矛戟的柄作为表演内容。

㉕实：充实。 裔土：边远地区。

㉖原：同"源"，源泉。

㉗卬：当为"迎"。 浦：江河入海处。

24．文公称霸

文公即位二年，欲用其民。子犯曰："民未知义，盍纳天子以示之义？"乃纳襄王于周。公曰："可矣乎！"对曰："民未知信，盍伐原以示之信？"乃伐原。曰："可矣乎！"对曰："民未知礼，盍大蒐备师尚礼以示之①？"乃大蒐于被庐，作三军。使郤縠将中军，以为大政②，郤溱佐之。子犯曰："可矣。"遂伐曹、卫，出谷戍，释宋围，贼楚师于城濮，于是乎遂伯。

---

①蒐（sōu，音搜）：阅兵。

②大政：指军政大权。

卷十一　晋语五

1．臼季举冀缺

臼季使，舍于冀野①。冀缺薅②，其妻馌之③。敬，相待如宾。从而问之，冀芮之子也，与之归。既复命，而进之曰："臣得贤人，敢以告。"文公曰："其父有罪，可乎？"对曰："国之良也，灭其前恶④。是故舜之刑也殛鲧，其举也兴禹。今君之所闻也：齐桓公亲举管敬子，其贼也⑤。"公曰："子何以知其贤也？"对曰："臣见其不忘敬也。夫敬，德之恪也。恪于德以临事，其何不济？"

公见之，使为下军大夫。

---

①舍：住一宿。 野：郊外。

②薅（hāo，音蒿）：除去田草。

③馌（yè，音业）：送饭到田里。

④灭其前恶：不应计较他先人的罪恶。

⑤贼：仇敌。

2. 宁嬴氏论阳处父

阳处父如卫，反，过宁，舍于逆旅宁嬴氏①。嬴谓其妻曰："吾求君子久矣，今乃得之。"举而从之。阳子道与之语，及山而还。其妻曰："子得所求而不从之，何其怀也②？"曰："吾见其貌而欲之，闻其言而恶之。夫貌，情之华也③；言，貌之机也④。身为情，成于中⑤。言，身之文也。言文而发之，合而后行，离则有衅。今阳子之貌济，其言匮，非其实也。若中不济，而外强之，其卒将复，中以外易矣；若内外类，而言反之，渎其信也。夫言以昭信，奉之如机，历时而发之，胡可渎也！今阳子之情谲矣⑥，以济盖也，且刚而主能⑦，不本而犯⑧，怨之所聚也。吾惧未获其利而及其难，是故去之。"

期年，乃有贾季之难，阳子死之。

①逆旅：宾馆。

②怀：眷恋。

③情之华：思想感情的华采。华，华采。

④机：关键。

⑤身为情，成于中：人产生思想感情，蕴含在心里。

⑥谲（huì，音惠）：辨察。

⑦主能：过高估计自己的才能。

⑧不本而犯：不本着仁义行事就会触犯别人。

3. 赵宣子论比党

赵宣子言韩献子于灵公，以为司马。河曲之役，赵孟使人以其乘车干行①，献子执而戮之。众咸曰："韩厥必不没矣②！其主朝升之，而暮戮其车，其谁安之？"宣子召而礼之，曰："吾闻事君比而不党③。夫周以举义④，比也；举以其私，党也。夫军事无犯，犯而不隐，义也。吾言女于君，惧女不能也。举而不能，党孰大焉！事君而党，吾何以从政？吾故以是观女，女勉之。苟从是行也，临长晋国者，非女其谁？"

皆告诸大夫曰："二三子可以贺我矣！吾举厥也而中，吾乃今知免于罪矣！"

①干行：干扰军队行列。

②不没：没有好结果。没，终。

③比：以义相交。　党：营私结党。

④周：结合。

4. 赵宣子请师伐宋

宋人弑昭公。赵宣子请师于灵公以伐宋，公曰："非晋国之急也。"对曰："大者天地，其次君臣，所以为明训也。今宋人弑其君，是反天地而逆民则也①，天必诛焉。晋为盟主，而不修天罚②，将惧及焉！"

公许之。乃发令于太庙，召军吏而戒乐正③，令三军之钟鼓必备。赵同曰："国有大役，不镇抚民而备钟鼓，何也？"宣子曰："大罪伐之，小罪惮之。袭侵之事，陵也④。是故伐备钟鼓，声其罪也；战以锌于、丁宁，儆其民也。袭侵密声，为蹔事也⑤。今宋人弑其君，罪莫大焉。明声之，犹恐其不闻也。吾备钟鼓，为君故也！"

乃使旁告于诸侯⑥。治兵振旅，鸣钟鼓，以至于宋。

---

①则：法则。
②不修天罚：不整治上天所惩罚的。修，整治，治理。
③乐正：乐官之长。
④陵：侵犯，指以大欺小。
⑤蹔（zàn，音暂），同"暂"，暂时。
⑥旁：广泛。

5. 灵公杀赵宣子

灵公虐，赵宣子骤谏①。公患之，使钼麑贼之②。晨往，则寝门辟矣，盛服将朝，早而假寐。麑退，叹而言曰："赵孟敬哉！夫不忘恭敬，社稷之镇也！贼国之镇不忠，受命而废之不信，享一名于此，不如死。"触庭之槐而死。灵公将杀赵盾，不克。赵穿攻公于桃园，逆公子黑臀而立之，实为成公。

---

①骤：多次。
②贼：暗杀。

6. 范武子告老

郤献子聘于齐，齐顷公使妇人观而笑之。郤献子怒。归，请伐齐。范武子退自朝，曰："燮乎，吾闻之：干人之怒①，必获毒焉。夫郤子之怒甚矣，不逞于齐②，必发诸晋国。不得政，何以逞怒？余将致政焉③，以成其怒，无以内易外也。尔勉从二三子，以承君命，唯敬。"乃老④。

---

①干：冒犯。
②逞：快心，称意。
③致政：辞官。
④老：告老退隐。

7. 范武子杖文子

范文子暮退于朝。武子曰："何暮也？"对曰："有秦客庾辞于朝①，大夫莫之能对也，吾知三焉。"武子怒曰："大夫非不能也，让父兄也！尔童子，而三掩人于朝。吾不在晋国，亡无日矣！"击之以杖，折委笄②。

①廋（sōu，音搜）辞：隐语，谜语。廋，隐藏。
②委：委貌，周时的一种礼帽。　笄（jī，音机）：簪子。

8.郤献子分谤

廯笄之役，韩献子将斩人。郤献子驾，将救之。至，则既斩之矣。郤献子请以徇①。其仆曰："子不将救之乎？"献子曰："敢不分谤乎②？"

①徇（xùn，音训）：示众。
②谤：过失。

9.张侯御郤献子

廯笄之役，郤献子伤，曰："余病喙①。"张侯御，曰："三军之心，在此车也。其耳目在于旗鼓。车无退表，鼓无退声，军事集焉②。吾子忍之，不可以言病。受命于庙，受脤于社③，甲胄而效死，戎之政也。病未若死，袛以解志④。"乃左并辔，右援枹而鼓之。马逸不能止⑤，三军从之。齐师大败，逐之，三周华不注之山。

①病：指伤势严重。　喙：气短。
②集：成功。
③脤（shèn，音慎）：祭祀用的生肉。　　社：祭祀土地神的殿宇。
④袛（zhǐ，音止）：通"只"。　解志：打消不该有的想法。解，打消。
⑤逸：奔跑。

10.范文子后入

廯笄之役，郤献子师胜而返，范文子后入。武子曰："燮乎，女亦知吾望尔也乎？"对曰："夫师，郤子之师也，其事臧①。若先，则恐国人之属耳目于我也②，故不敢。"武子曰："吾知免矣！"

①臧：好，指打胜仗。
②属（zhǔ，音主）：聚集。

11.三军推功

廯笄之役，郤献子见，公曰："子之力也夫①！"对曰："克也以君命命三军之士，三军之士用命，克也何力之有焉？"

范文子见，公曰："子之力也夫！"对曰："燮也受命于中军，以命上军之士，上军之士用命，燮也何力之有焉？"

栾武子见,公曰:"子之力也夫！"对曰:"书也受命于上军,以命下军之士,下军之士用命,书也何力之有焉?"

①力:功劳。

12. 郤献子耻国君

靡笄之役也,郤献子伐齐。齐侯来,献之以得殒命之礼①,曰:"寡君使克也不腆弊邑之礼,为君之辱,敢归诸下执政②,以愁御人③。"苗棼皇曰:"郤子勇而不知礼,矜其伐而耻国君,其与几何?"

①殒命:交战中俘获国君。
②归:通"馈",赠送。 执政:执事人员。
③愁(yìn,音印):愿意。 御人:宫中的妇人。

13. 车者论梁山崩

梁山崩,以传召伯宗①。遇大车当道而覆,立而避之,曰:"避传。"对曰:"传为速也,若俟吾避,则加迟矣！不如捷而行②。"

伯宗喜,问其居,曰:"绛人也。"伯宗曰:"何闻?"曰:"梁山崩,而以传召伯宗。"伯宗问曰:"乃将若何?"对曰:"山有朽壤而崩,将若何? 夫国主山川③,故川涸山崩,君为之降服、出次④、乘缦、不举⑤,策于上帝⑥,国三日哭,以礼焉。虽伯宗亦如是而已,其若之何?"

问其名,不告;请以见,不许。伯宗及绛,以告,而从之。

①传:传车,即驿车。
②捷:抄近路。
③主:主祭。
④降服:不穿华丽的衣服。 出次:离开寝宫,住在郊外。
⑤乘缦:乘坐没有彩饰的车子。 不举:不食荤、不奏乐。
⑥策于上帝:以简策之文祭告上天。

14. 伯宗妻之劝

伯宗朝,以喜归。其妻曰:"子貌有喜,何也?"曰:"吾言于朝,诸大夫皆谓我智似阳子。"对曰:"阳子华而不实,主言而无谋①,是以难及其身。子何喜焉?"伯宗曰:"吾饮诸大夫酒,而与之语,尔试听之。"曰:"诺。"既饮,其妻曰:"诸大夫莫子若也！然而民不能戴其上久矣②,难必及子乎,盍亟索士整庇州犁焉③?"得毕阳。

及栾弗忌之难,诸大夫害伯宗,将谋而杀之。毕阳实送州犁于荆。

①主言：擅于言辞。

②戴：拥护。

③整：调教。　庇：庇护。

卷十二　晋语六

1. 赵文子冠

赵文子冠①。见栾武子，武子曰："美哉！昔吾逮事庄主②，华则荣矣，实之不知，请务实乎！"

见中行宣子，宣子曰："美哉！惜也，吾老矣！"

见范文子，文子曰："而今可以戒矣！夫贤者宠至而益戒，不足者为宠骄。故兴王赏谏臣，逸王罚之。吾闻古之王者，政德既成，又听于民。于是乎使工诵谏于朝，在列者献诗，使勿兜，风听胪言于市③，辨妖祥于谣④，考百事于朝，问谤誉于路，有邪而正之，尽戒之术也。先王疾是骄也⑤。"

见郤驹伯，驹伯曰："美哉！然而壮不若老者多矣。"

见韩献子，献子曰："戒之，此谓成人。成人在始与善⑥。始与善，善进善，不善蔑由至矣⑦；始与不善，不善进不善，善亦蔑由至矣。如草木之产也，各以其物⑧。人之有冠，犹宫室之有墙屋也，粪除而已⑨，又何加焉？"

见智武子，武子曰："吾子勉之！成、宣之后而老为大夫，非耻乎？成子之文，宣子之忠，其可忘乎？夫成子导前志以佐先君⑩，导法而卒以政，可不谓文乎！夫宣子尽谏于襄、灵，以谏取恶，不惮死进，可不谓忠乎！吾子勉之，有宣子之忠，而纳之以成子之文，事君必济。"

见苦成叔子，叔子曰："抑年少而执官者众⑪，吾安容子？"

见温季子，季子曰："谁之不如，可以求之"。

见张老而语之，张老曰："善矣，从栾伯之言，可以滋；范叔之教，可以大⑫；韩子之戒，可以成。物备矣，志在子。若夫三郤，亡人之言也，何称述焉！智子之道善矣，是先主覆露子也⑬。"

---

①冠：行加冠礼，意指已经成年。

②逮：及，赶得上。　庄主：指赵文子的父亲赵朔，谥号为"庄"。

③胪（lú，音庐）言：传言。

④妖祥：恶善。　谣：歌谣。

⑤疾：痛恨。

⑥与善：结交好人。

⑦蔑：无，没有。

⑧各以其物：各以其类聚。物，类。

⑨粪除：扫除。

⑩导前志：遵循先人的典籍。

⑪执官：做官。执，掌握。

⑫大：增长见识。

⑬覆露：庇护滋润。

2. 范文子不欲伐郑

厉公将伐郑，范文子不欲。曰："若以吾意，诸侯皆叛，则晋可为也。唯有诸侯，故扰扰焉①。凡诸侯，难之本也。得郑，忧滋长，焉用郑？"郤至曰："然则王者多忧乎？"文子曰："我王者也乎哉？夫王者成其德，而远人以其方贿归之②，故无忧。今我寡德而求王者之功，故多忧。子见无土而欲富者，乐乎哉？"

①扰扰：纷乱的样子。

②方贿：地方土特产。

3. 晋败楚师于鄢陵

厉公六年，伐郑，且使苦成叔及栾黡兴齐、鲁之师①。楚恭王帅东夷救郑。

楚半阵，公使击之。栾书曰："君使黡也兴齐、鲁之师，请俟之。"郤至曰："不可！楚师将退，我击之，必以胜归。夫阵不违忌②，一间也③；夫南夷与楚来而不与阵④，二间也；夫楚与郑阵而不与整⑤，三间也；且其士卒在阵而哗，四间也；夫众闻哗则必惧，五间也。郑将顾楚，楚将顾夷，莫有斗心，不可失也！"公说。

于是败楚师于鄢陵，栾书是以怨郤至。

①栾黡（yǎn，音演）：栾书之子。　兴：发动，指请求出兵。

②违：避。

③间：指可乘之机。

④不与阵：不和他们一起布阵。

⑤不与整：不成一整体。

4. 郤至甲胄见客

鄢之战，郤至以韎韦之跗注①，三逐楚平王卒。见王必下奔退战。王使工尹襄问之以弓②，曰："方事之殷也③，有韎韦之跗注，君子也。属见不谷而下④，无乃伤乎？"郤至甲胄而见客，免胄而听命，曰："君之外臣至，以寡君之灵，间蒙甲胄⑤，不敢当拜君命之辱，为使者故，敢三肃之⑥。"

君子曰："勇以知礼。"

①韎（mèi，音妹）韦：赤黄色的牛皮。韎，赤黄色。　跗注：裤袜相连的军服。

②问：赠送。

③事：战事。　殷：盛。

④属见：望见。　不谷：君王的谦称。

⑤间：参与。

⑥肃：深深地作揖。

5.范文子不欲争郑

鄢之役，晋人欲争郑。范文子不欲，曰："吾闻之：为人臣者，能内睦而后图外。不睦内而图外，必有内争，盍姑谋睦乎？考讯其阜以出①，则怨靖②。"

----

①考讯：考察询问。　阜：众。　出：出兵。

②靖：平息。

6.范文子不欲与楚战

鄢之役，晋伐郑，荆救之①。大夫欲战，范文子不欲，曰："吾闻之：君人者刑其民②，成，而后振武于外，是以内和而外威。今吾司寇之刀锯日弊③，而斧钺不行④。内犹有不刑，而况外乎？夫战，刑也，刑之过也。过由大⑤，而怨由细⑥，故以惠诛怨⑦，以忍去过⑧。细无怨而大不过，而后可以武，刑外之不服者。今吾刑外乎大人⑨，而忍于小民，将谁行武？武不行而胜，幸也。幸以为政，必有内忧。且唯圣人能无外患，又无内忧。讵非圣人⑩，必偏而后可。偏而在外，犹可救也，疾自中起，是难！盍姑释荆与郑以为外患乎！"

----

①荆：楚国。

②刑其民：用刑罚整治百姓。

③刀锯：小刑具，指施于百姓的刑罚。　日弊：日渐破败，指用刑过滥。弊：破败。

④斧钺：大刑具，指施于朝臣的刑罚。　不行：不行刑于大臣。

⑤大：大臣。

⑥细：小，小民。

⑦诛：去除。

⑧忍：忍耐。

⑨外：排除在外。

⑩讵（jù，音巨）：如果。

7.范文子论胜楚必有内忧

鄢之役，晋伐郑，荆救之。栾武子将上军，范文子将下军。栾武子欲战，范文子不欲，曰："吾闻之：唯厚德者能受多福，无德而服者众，必自伤也。称晋之德①，诸侯皆叛，国可以少安。唯有诸侯，故扰扰焉②，凡诸侯，难之本也。且唯圣人能无外患，又无内忧。讵非圣人，不有外患，必有内忧，盍姑释荆与郑以为外患乎！诸臣之内相与，必将辑睦。今我战又胜荆与郑，吾君将伐智而多力③，怠教而重敛，大其私暱而益妇人田④，不夺诸大夫田，则焉取以益此？诸臣之委室而徒退者⑤，将与几人？战若不胜，则晋国之福也；战若胜，乱地之秩者也，其产将害大⑥，盍姑无战乎！"

栾武子曰："昔韩之役，惠公不复舍⑦；邲之役，三军不振旅；箕之役，先轸不复命⑧：晋国固有大耻三。今我任晋国之政，不毁晋耻，又以违蛮、夷重之⑨，虽有后患，非吾所知也！"

范文子曰："择福莫若重，择祸莫若轻。福无所用轻，祸无所用重，晋国故有大耻，与其君臣不相听以为诸侯笑也，盍姑以违蛮、夷为耻乎？"

栾武子不听，遂与荆人战于鄢陵，大胜之。于是乎君伐智而多力，怠教而重敛，大其私昵，杀三郤而尸诸朝，纳其室以分妇人。于是乎国人不蠲⑩，遂弑诸翼，葬于翼东门之外，以车一乘。厉公之所以死者，唯无德而功烈多，服者众也。

---

①称：衡量。

②扰扰：纷乱的样子。

③伐：夸耀。　力：功。

④私昵：亲近宠信的人。　妇人：妻妾。

⑤委室：不顾及家室爵邑。委：丢弃。

⑥其产：战争的后果。

⑦不复舍：不能再回到原来的驻地。

⑧不复命：不能回来复命，指死于战场。

⑨重：加重。

⑩蠲（juān，音涓）：洁。

8. 范文子论德为福之基

鄢之役，荆压晋军①。军吏患之②，将谋。范匄自公族趋过之③，曰："夷灶堙井④，非退而何？"范文子执戈逐之，曰："国之存亡，天命也。童子何知焉？且不及而言，奸也⑤！必为戮。"苗贲皇曰："善逃难哉！"

既退荆师于鄢，将谷⑥。范文子立于戎马之前，曰："君幼弱，诸臣不佞，吾何福以及此！吾闻之：'天道无亲，唯德是授。'吾庸知天之不授晋且以劝楚乎？君与二三臣其戒之！夫德，福之基也。无德而福隆，犹无基而厚墉也⑦，其坏也无日矣。"

---

①压：迫近。

②患：忧虑。

③范匄（gài，音丐）：士燮之子。　趋过之：快步越出班次。趋：快走。

④夷：平。　堙（yīn，音阴）：填塞。

⑤奸：干扰。

⑥谷：粮食，指住下吃饭。

⑦墉：墙。

9. 范文子论私难

反自鄢，范文子谓其宗、祝曰："君骄泰而有烈[1]，夫以德胜者犹惧失之，而况骄泰乎？君多私[2]，今以胜归，私必昭。昭私，难必作，吾恐及焉！凡吾宗、祝，为我祈死，先难为免[3]。"

七年夏，范文子卒。冬，难作，始于三郤，卒于公。

---

①骄泰：傲慢奢侈。　烈：显赫。
②私：宠信。
③先难为免：先于难而死为免祸。

10. 栾书罪郤至

既战，获王子发钩。栾书谓王子发钩曰："子告君曰：'郤至使人劝王战[1]，及齐、鲁之未至也。且夫战也，微郤至，王必不免。'吾归子。"

发钩告君，君告栾书。栾书曰："臣固闻之，郤至欲为难，使苦成叔缓齐、鲁之师，己劝君战。战败，将纳孙周；事不成，故免楚王。然战而擅舍国君，而受其问[2]，不亦大罪乎？且今君若使之于周，必见孙周。"君曰："诺。"

栾书使人谓孙周曰："郤至将往，必见之！"郤至聘于周，公使觇之[3]，见孙周。是故使胥之昧与夷羊五刺郤至、若成叔及郤锜。

郤锜谓郤至曰："君不道于我[4]，我欲以吾宗与吾党夹而攻之，虽死必败[5]，君必危，其可乎？"郤至曰："不可！至闻之：武人不乱，智人不诈，仁人不党。夫利君之富[6]，富以聚党，利党以危君，君之杀我也后矣。且众何罪？钧之死也[7]，不若听君之命。"是故皆自杀[8]。

既刺三郤，栾书弑厉公，乃纳孙周而立之，实为悼公。

---

①王：楚恭王。
②问：慰问。
③觇（chān，音搀）：窥视。
④不道：不行仁道。
⑤败：指国家衰败。
⑥利君之富：从君王那里得到好处才富贵起来。
⑦钧：同"均"，同样。
⑧自杀：指不抵抗而死。

11. 长鱼矫劝杀二子

长鱼矫既杀三郤，乃胁栾、中行，而言于公曰："不杀此二子者，忧必及君！"公曰："一旦而尸三卿[1]，不可益也！"对曰："臣闻之：乱在内为宄[2]，在外为奸，御宄以德，御奸以刑。今治政而内乱，不可谓德；除鲠而避强，不可谓刑。德刑不立，奸宄并至，臣脆弱，不能忍俟也。"乃奔狄。三月，厉公弑。

①尸：陈尸示众。
②宄（guǐ，音鬼）：犯法作乱的人。

12. 韩献子不从召

栾武子、中行献子围公于匠丽氏，乃召韩献子。献子辞曰："弑君以求威①，非吾所能为也！威行为不仁，事废为不智，享一利亦得一恶，非所务也。昔者吾畜于赵氏②，赵孟姬之谗，吾能违兵③。人有言曰：'杀老牛莫之敢尸④。'而况君乎？二三子不能事君，安用厥也？"

中行偃欲伐之，栾书曰："不可！其身果而辞顺。顺无不行，果无不彻，犯顺不祥，伐果不克。夫以果戾⑤，民不犯也，吾虽欲攻之，其能乎？"乃止。

①威：树立威望。
②畜：养育。
③违兵：违命而不出兵。
④尸：主，即作主。
⑤戾：帅。

卷十三　晋语七

1. 栾武子立悼公

既弑厉公，栾武子使智武子、彘恭子如周迎悼公。庚午，大夫逆于清原。公言于诸大夫曰："孤始愿不及此。孤之及此，天也！抑人之有元君①，将禀命焉②。若禀而弃之，是焚谷也；其禀而不材，是谷不成也。谷之不成，孤之咎也；成而焚之，二三子之虐也。孤欲长处其愿，出令将不敢不成，二三子为令之不从，故求元君而访焉③。孤之不元，废也，其谁怨？元而以虐奉之，二三子之制也④。若欲奉元以济大义，将在今日；若欲暴虐以离百姓，反易民常⑤，亦在今日。图之进退⑥，愿由今日。"大夫对曰："君镇抚群臣而大庇荫之，无乃不堪君训而陷于大戮，以烦刑、史⑦，辱君之允令⑧，敢不承业？"乃盟而入。

辛巳，朝于武宫。定百事，立百官；育门子⑨，选贤良；兴旧族，出滞赏⑩；毕故刑⑪，赦囚系，宥间罪；荐积德，逮鳏寡⑫，振废淹⑬；养老幼，恤孤疾，年过七十，公亲见之，称曰王父，敢不承⑭。

①元：善，好的。
②禀命：禀承天命。
③访：谋。
④制：专制。

⑤反易民常：违反改变人之常法。

⑥图之进退：谋虑自己的进退，即考虑如何对待国君。

⑦刑：刑官。　史：史官。

⑧允：信。

⑨门子：大夫的嫡子。

⑩滞赏：有功而未赏的。

⑪毕故刑：不再追究过去触犯过刑律的人。

⑫逮：及，惠及。

⑬振废淹：起用因小罪而长期不用的贤人。

⑭承：接受教诲。

2. 悼公即位

二月乙酉，公即位。使吕宣子将下军，曰："邲之役，吕锜佐智庄子于上军，获楚公子榖臣与连尹襄老，以免子羽；鄢之役，亲射楚王而败楚师，以定晋国，而无后①，其子孙不可不崇也。"使彘恭子将新军，曰："武子之季②，文子之母弟也。武子宣法以定晋国，至于今是用；文子勤身以定诸侯，至于今是赖③。夫二子之德，其可忘乎！"故以彘季屏其宗④。使令狐文子佐之，曰："昔克潞之役，秦来图败晋功，魏颗以其身却退秦师于辅氏，亲止杜回，其勋铭于景钟。至于今不育⑤，其子不可不兴也。"

君知士贞子之帅志博闻⑥，而宣惠于教也⑦，使为太傅。知右行辛之能以数宣物定功也⑧，使为元司空。知栾纠之能御以和于政也，使为戎御。知荀宾之有力而不暴也，使为戎右。

栾伯请公族大夫，公曰："荀家惇惠⑨，荀会文敏⑩，黡也果敢，无忌镇静，使兹四人者为之。夫膏粱之性难正也⑪，故使惇惠者教之，使文敏者导之，使果敢者谂之⑫，使镇静者修之。惇惠者教之，则遍而不倦；文敏者导之，则婉而入⑬；果敢者谂之，则过不隐；镇静者修之，则壹⑭。使兹四人者为公族大夫。"

公知祁奚之果而不淫也，使为元尉。知羊舌职之聪敏肃给也⑮，使佐之。知魏绛之勇而不乱也，使为元司马。知张老之智而不诈也，使为元候。知铎遏寇之恭敬而信强也，使为舆尉。知籍偃之惇帅旧职而恭给也，使为舆司马。知程郑端而不淫，且好谏而不隐也，使为赞仆。

①无后：没有子孙处于显位。

②季：小儿子。

③赖：依赖。

④屏：屏蔽。

⑤至于今不育：到现在还没有得到任用。

⑥帅：遵循。

⑦宣：广泛。

⑧数：计。

⑨惇惠：厚道仁爱。

⑩文敏：有文才而且机敏。

⑪膏粱：指富贵人家的子弟。膏，脂肪。粱，细粮。

⑫谂（shěn，音审）：规谏。

⑬婉：顺。

⑭壹：专一。

⑮肃：恭敬。

3. 悼公始合诸侯

始合诸侯于虚杅以救宋①，使张老延君誉于四方②，且观道逆者。吕宣子卒，公以赵文子为文也，而能恤大事③，使佐新军。三年，公始合诸侯。四年，诸侯会于鸡丘，于是乎布命、结援、修好、申盟而还。令狐文子卒，公以魏绛为不犯④，使佐新军。使张老为司马，使范献子为候奄。公誉达于戎。五年，诸戎来请服，使魏庄子盟之，于是乎始复霸。

四年，会诸侯于鸡丘。魏绛为中军司马，公子扬干乱行于曲梁，魏绛斩其仆。公谓羊舌赤曰："寡人属诸侯⑤，魏绛戮寡人之弟，为我勿失。"赤对曰："臣闻绛之志，有事不避难，有罪不避刑，其将来辞。"言终，魏绛至，授仆人书而伏剑⑥，士鲂、张老交止之⑦。仆人授公，公读书曰："臣诛于扬干⑧，不忘其死。日君乏使⑨，使臣狃中军之司马⑩。臣闻师众以顺为武，军事有死无犯为敬⑪。君合诸侯，臣敢不敬？君不说，请死之！"公跣而出⑫，曰："寡人之言，兄弟之礼也；子之诛，军旅之事也。请无重寡人之过。"反役，与之礼食⑬，令之佐新军。

----

①合：会合。

②延：宣扬。

③恤：处置。

④不犯：不可触犯军纪。

⑤属：聚集。

⑥伏剑：用剑自杀。

⑦交：一起。

⑧诛：惩罚。

⑨日：以前。

⑩狃（niǔ，音扭）：充当。

⑪有死无犯：既使死也不触犯军纪。

⑫跣：赤脚。

⑬礼食：国君设宴招待大夫。

4. 祁奚荐贤

祁奚辞于军尉。公问焉，曰："孰可？"对曰："臣之子午可。人有言曰：'择臣莫若君，择子莫若父。'午之少也，婉以从令①，游有乡②，处有所，好学而不戏；其壮也，强志而用命③，守业而不淫；其冠也，和安而好敬，柔惠小物④，而镇定大事，有直质而无流心⑤，非义不变，非上不举。若临大事，其可以贤于臣。臣请荐所能择而君比义焉。"公使祁午为军尉，殁平公，军无秕政⑥。

----

①婉：顺从。　从令：听长辈的话。

②乡：同"向"，去向。

③强志：坚定的信念。

④柔惠：仁爱。

⑤直：正直。　流心：放纵。

⑥秕（bǐ，音比）政：不好的政令。秕，不饱满的谷子。

5. 魏绛谏伐诸戎

　　五年，无终子嘉父使孟乐因魏庄子纳虎豹之皮以和诸戎①。公曰："戎、狄无亲而好得②，不若伐之。"魏绛曰："劳师于戎，而失诸华③，虽有功，犹得兽而失人也，安用之！且夫戎、狄荐处④，贵货而易土⑤，予之货而获其土，其利一也；连鄙耕农不儆⑥，其利二也；戎、狄事晋，四邻莫不震动，其利三也。君其图之！"公说，故使魏绛抚诸戎，于是乎遂伯⑦。

①子：对文化较落后之国的君主的称呼。

②无亲：没有亲疏。　好得：贪得。

③诸华：华夏各诸侯国。

④荐处：追逐水草而居。荐，草。

⑤贵货而易土：重视财物而轻视土地。贵，重视。易，轻视。

⑥儆：戒备。

⑦伯：通"霸"。

6. 悼公赏韩穆子

　　韩献子老①，使公族穆子受事于朝。辞曰："厉公之乱，无忌备公族②，不能死。臣闻之曰：'无功庸者③，不敢居高位。'今无忌智不能匡君，使至于难，仁不能救，勇不能死，敢辱君朝以忝韩宗？请退也！"固辞不立。悼公闻之，曰："难虽不能死君而能让，不可不赏也。"使掌公族大夫④。

①老：告老。

②备公族：做公族大夫。

③功庸：功劳。对国有功叫功，于民有功叫庸。

④掌：主管。

7. 悼公使魏绛佐新军

　　悼公使张老为卿，辞曰："臣不如魏绛。夫绛之智能治大官①，其仁，可以利公室不忘②；其勇，不疚于刑③；其学，不废其先人之职。若在卿位，外内必平。且鸡丘之会，其官不犯而辞顺，不可不赏也。"公五命之，固辞，乃使为司马。使魏绛佐新军。

①治：胜任。

②公室：国家。

③疚：病，指内心不安。

8.悼公赐魏绛女乐歌钟

十二年，公伐郑，军于萧鱼。郑伯嘉来纳女、工、妾三十人①，女乐二八②，歌钟二肆及宝镈③，辂、车十五乘④。公锡魏绛女乐一八⑤，歌钟一肆，曰："子教寡人和诸戎、狄而正诸华⑥，于今八年，七合诸侯，寡人无不得志，请与子共乐之！"

魏绛辞曰："夫和戎、狄，君之幸也；八年之中，七合诸侯，君之灵也⑦。二三子之劳也，臣焉得之？"公曰："微子，寡人无以待戎，无以济河，二三子何劳焉？子其受之！"君子曰："能志善也。"

---

①女：美女。　工：乐师。　妾：婢女。
②二八：十六人。
③肆：列。音调音阶完备的一列悬钟叫一肆。　镈：小钟。
④辂（ㄌㄨ，音路）：大车。　车：指钝车，用于屯守之车。
⑤锡：同"赐"。
⑥正：治理，整顿。
⑦灵：福。

9.司马侯荐叔向

悼公与司马侯升台而望曰："乐夫①！"对曰："临下之乐则乐矣，德义之乐则未也②。"公曰："何谓德义？"对曰："诸侯之为，日在君侧。以其善行，以其恶戒，可谓德义矣。"公曰："孰能"？对曰："羊舌肸习于《春秋》。"乃召叔向使傅太子彪。

---

①乐夫：高兴啊。
②德义：亲近该亲近的，憎恶该憎恶的。韦《注》："善善为德，恶恶为义。"

卷十四　晋语八

1. 平公灭栾氏

平公六年，箕遗及黄渊、嘉父作乱，不克而死。公遂逐群贼，谓阳毕曰："自穆侯以至于今，乱兵不辍，民志不厌，祸败无已。离民且速寇①，恐及吾身，若之何？"阳毕对曰："本根犹树②，枝叶益长，本根益茂，是以难已也。今若大其柯③，去其枝叶，绝其本根，可以少闲④。"

公曰："子实图之。"对曰："图在明训，明训在威权，威权在君。君抡贤人之后有常位于国者而立之⑤，亦抡逞志亏君以乱国者之后而去之⑥，是遂威而远权⑦。民畏其威而怀其德，莫能勿从。若从，则民心皆可畜。畜其心而知其欲恶，人孰偷生？若不偷生，则莫思乱矣。且夫栾氏之诬晋国久也⑧，栾书实覆宗⑨，弑厉公以厚其家。若灭栾氏，则民威矣；今吾若起瑕、原、韩、魏之后而赏立之，则民怀矣。威与怀各当其所，则国安矣。君治而国安，欲作乱者谁与？"

君曰："栾书立吾先君，栾盈不获罪⑩，如何？"阳毕曰："夫正国者，不可以昵于权⑪，行权不可以隐于私。昵于权，则民不导；行权隐于私，则政不行。政不行，何以导民？民之不导，亦无君也。则其为昵与隐也，复害矣，且勤身⑫。君其图之！若爱栾盈，则明逐群贼，而以国伦数而遣之，厚箴戒图以待之⑬。彼若求逞志而报于君，罪孰大焉，灭之犹少。彼若不敢而远逃，乃厚其外交而勉之⑭，以报其德，不亦可乎？"

公许诺。尽逐群贼，而使祁午及阳毕适曲沃逐栾盈，栾盈出奔楚。遂令于国人曰："自文公以来有力于先君而子孙不立者，将授立之，得之者赏。"

居三年，栾盈昼入，为贼于绛。范宣子以公入于襄公之宫，栾盈不克，出奔曲沃，遂刺栾盈，灭栾氏。是以没平公之身无内乱也。

---

① 离：离散。　速：招来。

② 本根：树根，指祸乱的根源。

③ 柯：斧柄。

④ 闲：安息。

⑤ 抡：选择。　常位于国：世代有功于国。

⑥ 逞志：肆意行事。

⑦ 遂：申张。　远权：长久地掌握权力。

⑧ 诬：做坏事而得到好处。

⑨ 覆：败坏。

⑩ 不获罪：没有犯罪。

⑪ 昵于权：只顾眼前的权力。昵，近。

⑫ 勤：劳苦。

⑬ 厚箴：严厉规劝。　戒图：防备图谋不轨。

⑭ 厚其外交：优待栾盈寄居的国家。

2. 公平遣辛俞

栾怀子之出，执政使栾氏之臣勿从，从栾氏者为大戮施①。栾氏之臣辛俞行，吏执之，献诸公。公曰："国有大令，何故犯之？"对曰："臣顺之也，岂敢犯之？执政曰'无从栾氏而从君'，是明令必从君也！臣闻之曰：'三世事家，君之②；再世以下，主之。'事君以死，事主以勤：君之明令也。自臣之祖，以无大援于晋国，世隶于栾氏③，于今三世矣，臣故不敢不君。今执政曰'不从君者为大戮'，臣敢忘其死而叛其君，以烦司寇？"

公说，固止之。不可，厚赂之。辞曰："臣尝陈辞矣，心以守志，辞以行之，所以事君也。若受君赐，是堕其前言④。君问而陈辞，未退而逆之⑤，何以事君？"君知其不可得也，乃遣之。

---

①大戮施：处死并陈尸示众。施，同"尸"。
②三世事家，君之：三代事奉大夫的家臣，事奉大夫如事奉国君。
③隶：属于。
④堕：坏。
⑤逆：反悔。

3. 叔鱼杨食我之生

叔鱼生，其母视之，曰："是虎目而豕喙，鸢肩而牛腹，溪壑可盈，是不可餍也①！必以贿死。"遂不视②。

杨食我生，叔向之母闻之，往。及堂，闻其号也，乃还，曰："其声，豺狼之声。终灭羊舌氏之宗者，必是子也！"

---

①餍：满足。
②视：看顾。

4. 叔孙穆子论死而不朽

鲁襄公使叔孙穆子来聘。范宣子问焉，曰："人有言曰'死而不朽'，何谓也？"穆子未对。宣子曰："昔匄之祖，自虞以上为陶唐氏；在夏为御龙氏；在商为豕韦氏；在周为唐、杜氏；周卑①，晋继之，为范氏。其此之谓也？"对曰："以豹所闻，此之谓世禄，非不朽也。鲁先大夫臧文仲，其身殁矣，其言立于后世，此之谓死而不朽。"

---

①卑：衰微。

5. 范宣子争田

范宣子与和大夫争田①，久而无成②。宣子欲攻之，问于伯华。伯华曰："外有军，内有事。

赤也，外事也，不敢侵官③。且吾子之心有出焉，可征讯也④。"问于孙林甫，孙林甫曰："旅人⑤，所以事子也，唯事是待。"问于张老，张老曰："老也，以军事承子，非戎，则非吾所知也。"问于祁奚，祁奚曰："公族之不恭，公室之有回⑥，内事之邪，大夫之贪，是吾罪也。若以君官从子之私，惧子之应且憎也。"问于籍偃，籍偃曰："偃也，以斧钺从于张孟⑦，日听命焉。若夫子之命也，何二之有？释夫子而举，是反吾子也。"问于叔鱼，叔鱼曰："待吾为子杀之。"

叔向闻之，见宣子曰："闻子与和未宁，遍问于大夫，又无决，盍访之訾祏⑧？訾祏实直而博，直能端辨之⑨，博能上下比之，且吾子之家老也。吾闻国家有大事，必顺于典刑，而访咨于耇老⑩，而后行之。"司马侯见，曰："闻吾子有和之怒，吾以为不信。诸侯皆有二心，是之不忧，而怒和大夫，非子之任也。"祁午见，曰："晋为诸侯盟主，子为正卿，若能靖端诸侯，使服听命于晋，晋国其谁不为子从，何必和？盍密和⑪，和大以平小乎！"

宣子问于訾祏，訾祏对曰："昔隰叔子违周难于晋国⑫，生子舆为理⑬，以正于朝，朝无奸官；为司空，以正于国，国无败绩。世及武子，佐文、襄为诸侯，诸侯无二心。及为卿，以辅成、景，军无败政。及为成师，居太傅，端刑法，缉训典⑭，国无奸民，后之人可则，是以受随、范。及文子成晋、荆之盟，丰兄弟之国，使无有间隙⑮，是以受郇、栎。今吾子嗣位，于朝无奸行，于国无邪民，于是无四方之患，而无外内之忧，赖三子之功而飨其禄位。今既无事矣，而非和，于是加宠，将何治为？"宣子说，乃益和田而与之和⑯。

---

①争田：争田界。

②成：平息。

③侵官：越职办事。

④征讯：召来讯问。

⑤旅人：客居之人。

⑥回：邪僻，不正当的行为。

⑦斧钺：刑具，指执法。

⑧訾祏（zī shí，音资石）：范宣子的家臣。

⑨端：正确。

⑩耇（gǒu，音狗）：老年人。

⑪密：亲近。

⑫违：避难。

⑬理：司法官。

⑭缉：收集编次。　训典：训导的法规。

⑮间隙：隔阂。

⑯益：增加。

6. 范宣子谓范献子

訾祏死，范宣子谓献子曰："鞅乎，昔者吾有訾祏也，吾朝夕顾焉①，以相晋国，且为吾家。今吾观女也，专则不能②，谋则无与也，将若之何？"对曰："鞅也，居处恭，不敢安易③，敬学而好仁，和于政而好其道，谋于众不以贾好④，私志虽衷⑤，不敢谓是也，必长者之由。"宣子曰："可以免身。"

①顾：问。

②专：独自办事。

③易：简单。

④贾：谋求。

⑤衷：善。

7. 师旷论乐

平公说新声①。师旷曰："公室其将卑乎！君之明兆于衰矣②！夫乐，以开山川之风也③，以耀德于广远也。风德以广之④，风山川以远之，风物以听之，修诗以咏之，修礼以节之。夫德广远而有时节⑤，是以远服而迩不迁。"

---

①说：同"悦"，喜欢。

②明：萌，萌发。

③开：通。 山川：指国家。 风：风化。

④风：宣扬。

⑤时节：指耕种要守农时，举止要符合礼节。

8. 叔向谏杀竖襄

平公射鴳，不死。使竖襄搏之①，失。公怒，拘将杀之。叔向闻之，夕，君告之。叔向曰："君必杀之！昔吾先君唐叔射兕于徒林②，殪③，以为大甲，以封于晋。今君嗣吾先君唐叔，射鴳不死，搏之不得，是扬吾君之耻者也！君其必速杀之，勿令远闻！"君忸怩④，乃趣赦之⑤。

---

①竖：宫内的小臣。 搏：捉。

②兕（sì，音四）：雌犀牛。

③殪（yì，音义）：一箭射死。

④忸怩：羞愧的样子。

⑤趣：同"促"，赶快。

9. 叔向论比别

叔向见司马侯之子，抚而泣之曰："自此其父之死，吾蔑与比而事君矣①！昔者此其父始之，我终之；我始之，夫子终之。无不可。"籍偃在侧曰："君子有比乎？"叔向曰："君子比而不别②。比德以赞事③，比也；引党以封己④，利己而忘君，别也。"

---

①蔑：无。 比：互相团结，也指互相勾结。

②比而不别：互相团结而不营私结党。

③赞：辅助。

④引：指拉拢关系。 封：厚。

10.叔向子朱不心竞而力争

秦景公使其弟铖来求成，叔向命召行人子员。行人子朱曰：“朱也在此。”叔向曰：“召子员！”子朱曰：“朱也当御①！”叔向曰：“肸也欲子员之对客也！”子朱怒曰：“皆君之臣也，班爵同②，何以黜朱也③？”抚剑就之④。叔向曰：“秦、晋不和久矣，今日之事幸而集⑤，子孙飨之；不集，三军之士暴骨⑥。夫子员导宾主之言无私⑦，子常易之。奸以事君者，吾所能御也！”拂衣从之。人救之。

平公闻之曰：“晋其庶乎⑧！吾臣之所争者大。”师旷侍，曰：“公室惧卑，其臣不心竞而力争。”

_____

①当御：当值。
②班爵：班次爵位相同。
③黜：废。
④就：靠近，趋向。
⑤集：成功。
⑥暴骨：暴露尸骨，指死于战场。
⑦导：沟通。
⑧庶：庶几，差不多。

11.叔向论忠信而本固

诸侯之大夫盟于宋，楚令尹子木欲袭晋军，曰：“若尽晋师而杀赵武，则晋可弱也。”文子闻之，谓叔向曰：“若之何？”叔向曰：“子何患焉！忠不可暴①，信不可犯，忠自中②，而信自身，其为德也深矣，其为本也固矣，故不可拐也③。今我以忠谋诸侯，而以信覆之，荆之逆诸侯也亦云④，是以在此。若袭我，是自背其信而塞其忠也。信反必毙，忠塞无用，安能害我？且夫合诸侯以为不信，诸侯何望焉！为此行也，荆败我，诸侯必叛之。子何爱于死？死而可以固晋国之盟主，何惧焉？”

是行也，以藩为军⑤，攀辇即利而舍⑥，候遮扞卫不行⑦，楚人不敢谋，畏晋之信也。自是没平公无楚患。

_____

①暴：欺凌。
②忠自中：忠诚出自内心。
③拐（yuè，音月）：动摇。
④亦云：也是这样说。
⑤以藩为军：设篱笆做军队的界限。藩，篱笆。
⑥攀辇：引车。 利：便利，指水草便利之处。
⑦候遮：隐蔽的瞭望哨。候，瞭望哨。 扞卫：警戒的岗哨。 不行：不设置。

12. 叔向论务德无争先

宋之盟，楚人固请先歃①。叔向谓赵文子曰：“夫霸王之势，在德不在先歃，子若能以忠信赞君，而裨诸侯之阙②，歃虽在后，诸侯将载之③，何争于先？若违于德而以贿成事，今虽先歃，诸侯将弃之，何欲于先？昔成王盟诸侯于岐阳，楚为荆蛮，置茅蕝④，设望表⑤，与鲜卑守燎⑥，故不与盟。今将与狎主诸侯之盟⑦，唯有德也。子务德，无争先。务德，所以服楚也。"乃先楚人。

---

①歃（shà，音煞）：歃血。古人举行盟会时杀牲饮血，以示诚意。

②裨：补。 阙：缺。

③载：拥戴。

④茅蕝（jué，音绝）：古人盟会时用来滤酒的茅束。

⑤望表：望祭山川时所立的木制牌位。

⑥燎：庭燎，在庭院中设置的火炬。

⑦狎：交替。

13. 赵文子请免叔孙穆子

虢之会，鲁人食言，楚令尹围将以鲁叔孙穆子为戮，乐王鲋求货焉，不予。赵文子谓叔孙曰："夫楚令尹有欲于楚①，少懦于诸侯②。诸侯之故③，求治之，不求致也。其为人也，刚而尚宠④，若及，必不避也。子盍逃之？不幸，必及于子。"对曰："豹也，受命于君，以从诸侯之盟，为社稷也。若鲁有罪，而受盟者逃，鲁必不免，是吾出而危之也。若为诸侯戮者，鲁诛尽矣，必不加师。请为戮也！夫戮出于身，实难。自他及之，何害？苟可以安君利国，美恶一心也⑤。"

文子将请之于楚。乐王鲋曰："诸侯有盟未退，而鲁背之，安用齐盟？纵不能讨，又免其受盟者，晋何以为盟主矣？必杀叔孙豹！"文子曰："有人不难以死安利其国，可无爱乎！若皆恤国如是，则大不丧威，而小不见陵矣。若是道也果⑥，可以教训，何败国之有！吾闻之曰：'善人在患，弗救不祥；恶人在位，不去亦不祥。'必免叔孙。"固请于楚而免之。

---

①有欲于楚：有野心为楚王。

②少懦：弱小而懦弱。

③故：故事，老规矩。

④尚宠：喜好自我尊宠。

⑤美恶：指生与死。

⑥果：实施。

14. 赵文子为室

赵文子为室，斫其椽而砻之①。张老夕焉而见之，不谒而归②。文子闻之，驾而往，曰："吾不善，子亦告我，何其速也？"对曰："天子之室，斫其椽而砻之，加密石焉③；诸侯砻之，大夫斫之，士首之④。备其物⑤，义也；从其等，礼也。今子贵而忘义，富而忘礼，吾惧不免，何敢以告？"文子归，令之勿砻也。匠人请皆斫之，文子曰："止！为后世之见之也，其斫者，仁者为之也；其砻者，不仁者为之也。"

15. 赵文子与叔向游

赵文子与叔向游于九原，曰："死者若可作也①，吾谁与归？"叔向曰："其阳子乎！"文子曰："夫阳子行廉直于晋国，不免其身，其知不足称也②。"叔向曰："其舅犯乎！"文子曰："夫舅犯见利而不顾其君，其仁不足称也。其随武子乎！纳谏不忘其师，言身不失其友，事君不援而进③，不阿而退。"

16. 秦后子谓赵孟将死

秦后子来奔。赵文子见之，问曰："秦君道乎？"对曰："不识。"文子曰："公子辱于敝邑，必避不道也！"对曰："有焉。"文子曰："犹可以久乎？"对曰："铖闻之，国无道而年谷和熟，鲜不五稔①。"文子视日曰："朝夕不相及，谁能俟五！"文子出，后子谓其徒曰②："赵孟将死矣。夫君子宽惠以恤后，犹恐不济。今赵孟相晋国，以主诸侯之盟，思长世之德，历远年之数，犹惧不终其身。今忨日而愒岁③，怠偷甚矣！非死逮之④，必有大咎。"

冬，赵文子卒。

17. 医和视疾

平公有疾，秦景公使医和视之。出曰："不可为也！是谓远男而近女，惑以生蛊①；非鬼非食，惑以丧志。良臣不生，天命不祐。若君不死，必失诸侯。"赵文子闻之曰："武从二三子以佐君为诸侯盟主，于今八年矣，内无苛慝②，诸侯不二，子胡曰'良臣不生，天命不祐'？"对曰："自今之谓。和闻之曰：'直不辅曲，明不规暗，拱木不生危③，松柏不生埤④。'吾子不能谏惑，使至于生疾，又不自退而宠其政⑤，八年之谓多矣，何以能久？"文子曰："医及国家乎？"对曰："上医医国，其次疾人，固医官也。"文子曰："子称蛊，何实生之？"对曰："蛊之慝⑥，谷之飞实生之⑦。物莫伏于蛊，莫嘉于谷，谷兴蛊伏而章明者也。故食谷者，昼选男德以象谷明⑧，宵静女德以伏蛊慝⑨。今君一之，是不飨谷而食蛊也，是不昭谷明而皿蛊也。夫文⑩，'虫'、'皿'为'蛊'，吾是以云。"文子曰："君其几何？"对曰："若诸侯服不过三年；不服，不过十年。过是，晋之殃也！"

是岁也，赵文子卒，诸侯叛晋。十年，平公薨。

---

①蛊：一种害人的毒虫。

②苛慝：暴虐邪恶。

③拱木：大树。拱，两手合抱。　危：高而险的地方。

④坤（bēi，音卑）：低湿的地方。

⑤宠其政：认为国政不错。宠，指过高评价。

⑥慝：邪恶。

⑦飞：飞虫。

⑧男德：有德行的男子。

⑨伏：去除。

⑩文：字。

18. 叔向均禄

秦后子来仕①，其车千乘。楚公子干来仕，其车五乘。叔向为太傅，实赋禄②，韩宣子问二公子之禄焉。对曰："大国之卿，一旅之田③；上大夫，一卒之田④。夫二公者，上大夫也，皆一卒可也。"宣子曰："秦公子富，若之何其钧之⑤？"对曰："夫爵以建事，禄以食爵，德以赋之，功庸以称之，若之何以富赋禄也？夫绛之富商，韦藩木楗以过于朝⑥，唯其功庸少也。而能金玉其车，文错其服，能行诸侯之贿，而无寻尺之禄⑦，无大绩于民故也。且秦、楚匹也，若之何其回于富也⑧！"乃均其禄。

---

①仕：做官。

②实赋禄：掌管俸禄。

③一旅之田：五百顷。旅，五百人。

④一卒之田：一百顷。卒，一百人。

⑤钧：同"均"，等同。

⑥韦藩：皮背心。　木楗：木扁担。

⑦寻尺：指非常少。寻，八尺。

⑧回：回护偏袒。

19. 郑子产来聘

郑简公使公孙成子来聘，平公有疾，韩宣子赞授客馆①。客问君疾，对曰："寡君之疾久矣，上下神祇无不遍谕②，而无除。今梦黄熊入于寝门，不知人杀乎，抑厉鬼邪？"子产曰："以君之明，子为大政，其何厉之有？侨闻之，昔者鲧违帝命，殛之于羽山③，化为黄熊，以入于羽渊④，实为夏郊⑤，三代举之。夫鬼神之所及，非其族类，则绍其同位⑥。是故天子祀上帝，公侯祀百辟⑦，自卿以下不过其族。今周室少卑，晋实继之，其或者未举夏郊邪？"

宣子以告，祀夏郊，董伯为尸⑧。五日，公见子产，赐之莒鼎。

---

①赞：引导。

②谕：指祭祀祷告。

③殛：杀。

④羽渊：羽山下的深潭。

⑤夏郊：夏代郊祭配享的神。

⑥绍：继承。

⑦百辟：诸侯。辟，君。

⑧尸：祭祀时代表死者受祭的活人。

20. 叔向贺贫

叔向见韩宣子，宣子忧贫，叔向贺之。宣子曰："吾有卿之名，而无其实①，无以从二三子，吾是以忧。子贺我，何故？"对曰："昔栾武子无一卒之田，其宫不备其宗器，宣其德行，顺其宪则，使越于诸侯②，诸侯亲之，戎、狄怀之③，以正晋国，行刑不疚，以免于难。及桓子骄泰奢侈，贪欲无艺④，略则行志⑤，假货居贿⑥，宜及于难，而赖武之德，以没其身。及怀子改桓之行，而修武之德，可以免于难，而离桓之罪⑦，以亡于楚。夫郤昭子，其富半公室，其家半三军，恃其富宠，以泰于国⑧，其身尸于朝，其宗灭于绛。不然，夫八郤，五大夫三卿，其宠大矣，一朝而灭，莫之哀也，唯无德也！今吾子有栾武子之贫，吾以为能其德矣，是以贺。若不忧德之不建，而患货之不足，将吊不暇，何贺之有？"

宣子拜稽首焉，曰："起也将亡，赖子存之，非起也敢专承之⑨，其自桓叔以下嘉吾子之赐⑩。"

---

①实：指财富。

②越：传播。

③怀：归附。

④艺：度。

⑤略：干犯。

⑥假货居贿：借贷谋利囤积财物。

⑦离：同"罹"，遭受。

⑧泰：指过分奢侈。

⑨专：独自。

⑩嘉：指感激。

卷十五 晋语九

1. 叔向断狱

士景伯如楚，叔鱼为赞理①。邢侯与雍子争田，雍子纳其女于叔鱼以求直②。及断狱之日，叔鱼抑邢侯，邢侯杀叔鱼与雍子于朝。韩宣子患之，叔向曰："三奸同罪，请杀其生者而戮其死者③。"宣子曰："若何？"对曰："鲋也鬻狱④，雍子贾之以其子⑤，刑侯非其官也而干之。夫以回鬻国之中⑥，与绝亲以买直，与非司寇而擅杀，其罪一也。"刑侯闻之，逃。遂施邢侯氏⑦，而尸叔鱼与雍子于市。

①赞：辅助。

②直：胜诉。

③戮：陈尸示众。

④鬻狱：指司法官因收受贿赂而出卖法律。鬻，卖。

⑤贾：收买。 子：女儿。

⑥回：邪曲。

⑦施：捕捉。

2. 中行穆子伐狄

中行穆子帅师伐狄，围鼓。鼓人或请以城叛①，穆子不受。军吏曰："可无劳师而得城，子何不为？"穆子曰："非事君之礼也。夫以城来者，心将求利于我。夫守而二心，奸之大者也；赏善罚奸，国之宪法也。许而弗予，失吾信也；若其予之，赏大奸也。奸而盈禄，善将若何？且夫狄之憾者以城来盈愿②，晋岂其无？是我以鼓教吾边鄙贰也③！夫事君者，量力而进，不能则退，不以安贾贰④。"令军吏呼城，傲将攻之，未傅而鼓降⑤。中行伯既克，以鼓子苑支来。令鼓人各复其所，非僚勿从⑥。

鼓子之臣曰夙沙釐，以其孥行⑦。军吏执之，辞曰："我君是事，非事土也。名曰君臣，岂曰土臣？今君实迁，臣何赖于鼓？"穆子召之，曰："鼓有君矣！尔心事君，吾定而禄爵⑧。"对曰："臣委质于狄之鼓⑨，未委质于晋之鼓也。臣闻之：委质为臣，无有二心。委质而策死⑩，古之法也。君有烈名，臣无叛质。敢即私利，以烦司寇而乱旧法，其若不虞何！"穆子叹而谓其左右曰："吾何德之务而有是臣也？"乃使行。既献⑪，言于公，与鼓子田于河阴，使夙沙釐相之。

①或：有的人。

②憾：恨。 盈愿：满足愿望。

③边鄙：边塞。　　贰：有二心。
④安：安逸，指不劳师而获城。　　贾：收买。
⑤傅：靠近。
⑥僚：官，这里指执役服事的人。
⑦孥（nú，音奴）：妻子儿女。
⑧而：同"尔"，你。
⑨委质：归顺。
⑩策死：古时人臣开始事君时，先将名字写在册上，发誓效忠于君。
⑪献：献功。

3.范献子聘于鲁

范献子聘于鲁，问具山、敖山，鲁人以其乡对。献子曰："不为具、敖乎？"对曰："先君献、武之讳也①。"献子归，遍戒其所知，曰："人不可以不学。吾适鲁而名其二讳，为笑焉，唯不学也！人之有学也，犹木之有枝叶也。木有枝叶，犹庇荫人，而况君子之学乎？"

----

①讳：避讳，指对君主或尊长的名守避开不直称。

4.董叔将娶于范氏

董叔将娶于范氏，叔向曰："范氏富，盍已乎①？"曰："欲为系援焉②。"

他日，董祁愬于范献子曰③："不吾敬也！"献子执而纺于庭之槐④。叔向过之，曰："子盍为我请乎？"叔向曰："求系，既系矣；求援，既援矣。欲而得之，又何请焉！"

----

①已：止。
②系：指联姻。　援：攀附。
③愬（sù，音诉）：同"诉"，告状。
④纺：即今之"绑"字，捆绑。

5.叔向对赵简子

赵简子曰："鲁孟献子有斗臣五人①，我无一，何也？"叔向曰："子不欲也。若欲之，肸也待交捽可也②！"

----

①斗臣：指勇士。
②交捽：角斗。捽，抵触。

6.阎没叔宽谏受贿

梗阳人有狱，将不胜，请纳赂于魏献子，献子将许之。阎没谓叔宽曰："与子谏乎！吾主以不贿闻于诸侯，今以梗阳之贿殃之①，不可。"二人朝，而不退。

献子将食，问谁于庭，曰："阎明、叔褒在。"召之，使佐食②。比已食，三叹。既饱，献子问焉，曰："人有言曰：'唯食可以忘忧。'吾子一食之间而三叹，何也?"同辞对曰："吾小人也，贪。馈之始至，惧其不足，故叹；中食而自咎也，曰：岂主之食而有不足? 是以再叹；主之既已食，愿以小人之腹，为君子之心，属餍而已③，是以三叹。"

献子曰："善。"乃辞梗阳人。

①殃：病，指玷污。
②佐食：陪同进餐。
③属：恰好。 餍：饱，引申为满足。

7. 董安于辞赏

下邑之役，董安于多①。赵简之赏之，辞。固赏之，对曰："方臣之少也，进秉笔②，赞为名命③，称于前世，立义于诸侯，而主弗志；及臣之壮也，耆其股肱以从司马④，苟懿不产；及臣之长也，端委韠带以随宰人⑤，民尤二心；今臣一旦为狂疾⑥，而曰'必赏女'，与余以狂疾赏也，不如亡。"趋而出，乃释之。

①多：战功多。
②秉笔：做文书工作。
③赞：助。 名命：文告命令。
④耆（zhǐ，音止）：致。 股肱：辅佐君主的得力之臣。
⑤端委：黑色礼帽。 韠（bì，音必）：皮制的蔽膝。 带：大带。 宰人：官名。
⑥狂疾：癫狂病，意指战争中互相残杀如人癫狂病发作一般。

8. 赵简子使尹铎为晋阳

赵简子使尹铎为晋阳①。请曰："以为茧丝乎②，抑为保鄣乎③?"简子曰："保鄣哉!"尹铎损其户数④。简子诫襄子曰："晋国有难，而无以尹铎为少，无以晋阳为远，必以为归。"

①为：治理。
②茧丝：指赋税。
③保鄣：障蔽。鄣，同"障"。
④损：减少。

9. 邮无正谏杀尹铎

赵简子使尹铎为晋阳，曰："必堕其垒培①。吾将往焉，若见垒培，是见寅与吉射也。"尹铎往而增之。简子如晋阳，见垒，怒曰："必杀铎也而后入!"大夫辞之②，不可，曰："是昭余仇也。”

邮无正进，曰：“昔先王文子少衅于难③，从姬氏于公宫，有孝德以出在公族，有恭德以升在位，有武德以羞为正卿④，有温德以成其名誉，失赵氏之典刑⑤，而去其师保⑥，基于其身，以克复其所⑦。及景子长于公宫，未及教训而嗣立矣，亦能纂修其身以受先业，无谤于国，顺德以学子⑧，择言以教子，择师保以相子。今吾子嗣位，有文之典刑，有景之教训，重之以师保，加之以父兄，子皆疏之，以及此难。夫尹铎曰：‘思乐而喜，思难而惧，人之道也。委土可以为师保⑨，吾何为不增？’是以修之，庶曰：‘可以鉴而鸠赵宗乎⑩！’若罚之，是罚善也！罚善必赏恶，臣何望矣！”

简子说，曰：“微子，吾几不为人矣！”以免难之赏赏尹铎。

初，伯乐与尹铎有怨，以其赏如伯乐氏，曰：“子免吾死，敢不归禄？”辞曰：“吾为主图，非为子也。怨若怨焉。”

①堕：毁坏。　　垒培：军营的围墙。
②辞：请。
③衅：灾祸。
④羞：晋升。
⑤典刑：常法。
⑥师保：担任教育贵族子弟职务的官员。
⑦其所：指其先人的事业。
⑧学：教育。
⑨委土：指增高围墙。
⑩鉴：镜子。　　鸠：安定。

10. 铁之战赵简子等三人夸功

铁之战，赵简子曰：“郑人击我，吾伏弢衉血①，鼓音不衰。今日之事，莫我若也！”卫庄公为右，曰：“吾九上九下，击人尽殪②。今日之事，莫我加也！”邮无正御，曰：“吾两靹将绝③，吾能止之。今日之事，我上之次也！”驾而乘材，两靹皆绝。

①弢：弓袋。　　衉（kè，音克）血：吐血。
②殪（yì，音义）：死。
③靹（bèi，音备）：鞍辔的统称。　　这里指马肚带。

11. 卫庄公祷

卫庄公祷，曰：“曾孙蒯聩以谆赵鞅之故①，敢昭告于皇祖文王、烈祖康叔、文祖襄公、昭考灵公，夷请无筋无骨②，无面伤，无败用③，无陨惧④，死不敢请。”简子曰：“志父寄也⑤。”

①谆：佐助。

②夷：伤。
③用：兵用，指战斗。
④陨：颠坠。 惧：可怕的惨状。
⑤寄：寄托请求。

12. 史黯谏田于蝼

赵简子田于蝼①，史黯闻之，以犬待于门。简子见之，曰："何为?"曰："有所得犬，欲试之兹囿。"简子曰："何为不告?"对曰："君行臣不从，不顺。主将适蝼而麓不闻②，臣敢烦当日③?"简子乃还。

①田：打猎。 蝼：晋国君的园林。
②麓：主管蝼苑的官员。
③当日：当值。

13. 少室周知贤而让

少室周为赵简子之右，闻牛谈有力，请与之戏①。弗胜，致右焉。简子许之，使少室周为宰，曰："知贤而让，可以训矣。"

①戏：角力。

14. 史黯论良臣

赵简子曰："吾愿得范、中行之良臣。"史黯侍，曰："将焉用之?"简子；"良臣，人之所愿也，又何问焉?"对曰："臣以为不良故也。夫事君者，谏过而赏善，荐可而替否①，献能而进贤，择材而荐之，朝夕诵善败而纳之。道之以文②，行之以顺，勤之以力，致之以死。听则进，否则退。今范、中行氏之臣不能匡相其君，使至于难；君出在外，又不能定，而弃之，则何良之为? 若弗弃，则主焉得之? 夫二子之良，将勤营其君③，复使立于外，死而后止，何日以来? 若来，乃非良臣也!"简子曰："善。吾言实过矣!"

①荐：引进。 替：去除。
②道：同"导"。
③勤营：辛勤地营谋。

15. 赵简子问贤

赵简子问于壮驰兹曰："东方之士孰愈①?"壮驰兹拜曰："敢贺!"简子曰："未应吾问，何贺?"对曰："臣闻之：国家之将兴也，君子自以为不足；其亡也，若有余。今主任晋国之政，而问及小人，又求贤人，吾是以贺！"

①愈：贤。

16. 窦犫谓君子哀无人

赵简子叹曰："雀人于海为蛤，雉人于淮为蜃。鼋鼍鱼鳖①，莫不能化，唯人不能。哀夫！"窦犫侍，曰："臣闻之：君子哀无人，不哀无贿；哀无德，不哀无宠；哀名之不令②，不哀年之不登③。夫范、中行氏不恤庶难，欲擅晋国④，今其子孙将耕于齐，宗庙之牺为畎亩之勤⑤，人之化也，何日之有？"

①鼋（yuán，音元）：鳖。　鼍（tuó，音鸵）：鳄鱼。
②令：美好。
③登：高。
④擅：专权。
⑤牺：宗庙祭祀用的毛色纯一的牲畜，这里指宗庙的主祭。　畎亩：田间，土地。

17. 赵襄子使新稚穆子伐狄

赵襄子使新稚穆子伐狄，胜左人、中人①。遽人来告②，襄子将食，寻饭有恐色③。侍者曰："狗之事大矣，而主之色不怡，何也？"襄子曰："吾闻之：德不纯而福禄并至，谓之幸④。夫幸非福，非德不当雍⑤，雍不为幸，吾是以惧！"

①左人、中人：狄国的两个城邑。
②遽人：驿卒。
③寻：当为"镡"，"抟"的古字。抟饭：把饭团成团儿。
④幸：侥幸。
⑤雍：和，和乐。

18. 智果对智宣子

智宣子将以瑶为后①，智果曰："不如宵也。"宣子曰："宵也很②。"对曰："宵之很在面，瑶之很在心。心很败国，面很不害。瑶之贤于人者五，其不逮者一也。美鬓长大则贤，射御足力则贤，伎艺毕给则贤③，巧文辩惠则贤④，强毅果敢则贤。如是而甚不仁。以其五贤陵人，而以不仁行之，其谁能待之⑤？若果立瑶也，智宗必灭！"弗听。

智果别族于太史⑥，为辅氏。及智氏之亡也，唯辅果在。

①后：后嗣，指嗣子。

②佷（hěn，音狠）：乖戾。
③伎艺毕给：擅长各种技艺。伎，通"技"。给，足。
④巧文辩惠：巧于文辞，聪慧善辩。惠通"慧"。
⑤待：对待，指容忍。
⑥别族：指与智氏宗族断绝关系，改为别族。

19. 智襄子室美

智襄子为室美，士茁夕焉。智伯曰："室美夫？"对曰："美则美矣，抑臣亦有惧也。"智伯曰："何惧？"对曰："臣以秉笔事君①。志有之曰：'高山峻原，不生草木。松柏之地，其土不肥。'今土木胜，臣惧其不安人也！"室成，三年而智氏亡。

————

①秉笔：作文书工作。

20. 智伯国谏智襄子

还自卫，三卿宴于蓝台，智襄子戏韩康子而侮段规。智伯国闻之，谏曰："主不备，难必至矣！"曰："难将由我，我不为难，谁敢兴之！"对曰："异于是。夫郤氏有车辕之难，赵有孟姬之谗，栾有叔祁之愬①，范、中行有亟治之难，皆主之所知也。《夏书》有之曰：'一人三失，怨岂在明？不见是图。'《周书》有之曰：'怨不在大，亦不在小。'夫君子能勤小物②，故无大患。今主一宴而耻人之君相，又弗备，曰'不敢兴难'，无乃不可乎？夫谁不可喜，而谁不可惧？蟓蚁蜂虿③，皆能害人，况君相乎？"弗听。

自是五年，乃有晋阳之难。段规反，首难，而杀智伯于师，遂灭智氏。

————

①愬（sù，音诉）：诽谤。
②能勤小物：能认真对待小事。
③蟓（ruì，音瑞）：蚊子一类的昆虫。　虿（chài，音瘥）：蝎子一类的毒虫。

21. 晋阳之围

晋阳之围，张谈曰："先主为重器也①，为国家之难也，盍姑无爱宝于诸侯乎？"襄子曰："吾无使也。"张谈曰："地也可。"襄子曰："吾不幸有疾②，不夷于先子③，不德而贿。夫地也，求饮吾欲，是养吾疾而干吾禄也。吾不与皆毙！"

襄子出，曰："吾何走乎？"从者曰："长子近，且城厚完④。"襄子曰："民罢力以完之⑤，又毙死以守之，其谁与我？"从者曰："邯郸之仓库实。"襄子曰："浚民之膏泽以实之⑥，又因而杀之，其谁与我？其晋阳乎！先主之所属也，尹铎之所宽也，民必和矣。"

乃走晋阳。晋师围而灌之，沉灶产蛙，民无叛意。

①重器：指传家的宝器，如圭璧钟鼎之类。

②疾：病，指个人德行上的阙失。

③不夷：不平，即不及。

④完：完整。

⑤罢：同"疲"。

⑥浚（jùn，音俊）：榨取。

卷十六　郑　语

1. 史伯论兴衰

桓公为司徒，甚得周众与东土之人。问于史伯曰："王室多故，余惧及焉，其何所可以逃死？"

史伯对曰："王室将卑，戎、狄必昌，不可逼也①。当成周者，南有荆蛮、申、吕、应、邓、陈、蔡、随、唐；北有卫、燕、狄、鲜虞、潞、洛、泉、徐、蒲；西有虞、虢、晋、隗、霍、杨、魏、芮；东有齐、鲁、曹、宋、滕、薛、邹、莒。是非王之支子母弟甥舅也②，则皆蛮、荆、戎、狄之人也。非亲则顽，不可入也。其济、洛、河、颍之间乎？是其子男之国，虢、郐为大。虢叔恃势，郐仲恃险，是皆有骄侈怠惰之心，而加之以贪冒③。君若以周难之故，寄孥与贿焉④，不敢不许。周乱而弊，是骄而贪，必将背君，君若以成周之众，奉辞伐罪，无不克矣。若克二邑，郐、弊、补、舟、依、𣽯、历、华，君之土也。若前华后河⑤，右洛左济，主芣、騩而食溱、洧⑥，修典刑以守之，是可以少固。"

公曰："南方不可乎？"对曰："夫荆子熊严生子四人：伯霜、仲雪、叔熊、季紃。叔熊逃难于濮而蛮⑦，季紃是立，薳氏将起之⑧，祸又不克。是天启之心也，又甚聪明和协，盖其先王。臣闻之：天之所启，十世不替。夫其子孙必光启土，不可逼也。且重、黎之后也，夫黎为高辛氏火正，以淳耀敦大⑨，天明地德，光照四海，故命之曰'祝融'，其功大矣。"

"夫成天地之大功者，其子孙未尝不章，虞、夏、商、周是也。虞幕能听协风，以成乐物生者也；夏禹能单平水土⑩，以品处庶类者也⑪；商契能和合五教⑫，以保于百姓者也；周弃能播殖百谷蔬，以衣食民人者也。其后皆为王公侯伯。祝融亦能昭显天地之光明，以生柔嘉材者也⑬，其后八姓于周，未有侯伯。佐制物于前代者，昆吾为夏伯矣⑭，大彭、豕韦为商伯矣，当周未有。己姓昆吾、苏、顾、温董，董姓鬷夷、豢龙⑮，则夏灭之矣；彭姓彭祖、豕韦、诸稽，则商灭之矣；秃姓舟人，则周灭之矣；妘姓邬、郐、路、逼阳，曹姓邹、莒，皆为采卫⑯，或在王室，或在夷、狄，莫之数也，而又无令闻，必不兴矣；斟姓无后。融之兴者，其在芈姓乎⑰？芈姓蘷越不足命也⑱。蛮芈蛮矣，唯荆实有昭德，若周衰，其必兴矣。姜、嬴、荆、芈，实与诸姬代相干也⑲。姜，伯夷之后也；嬴，伯翳之后也。伯夷能礼于神以佐尧者也，伯翳能议百物以佐舜者也。其后皆不失祀而未有兴者，周衰其将至矣。"

公曰："谢西之九州，何如？"对曰："其民沓贪而忍⑳，不可因也㉑。唯谢、郑之间，其冢君侈骄㉒，其民怠沓其君㉓，而未及周德㉔；若更君而周训之，是易取也，且可长用也。"

公曰："周其弊乎㉕?"对曰："殆于必弊者也。《泰誓》曰：'民之所欲，天必从之。'今王弃高明昭显㉖，而好谗慝暗昧㉗，恶角犀丰盈㉘，而近顽童穷固㉙。去和而取同㉚。夫和实生物，同则不继。以他平他谓之和㉛，故能丰长而物归之；若以同裨同㉜，尽乃弃矣。故先王以土与金木水火杂㉝，以成百物。是以和五味以调口，刚四支以卫体，和六律以聪耳，正七体以役心，平八索以成人㉞，建九纪以立纯德㉟，合十数以训百体㊱。出千品，具万方，计亿事，材兆物㊲，收经入，行姟极㊳。故王者居九畡之田㊴，收经入以食兆民，周训而能用之，和乐如一。夫如是，和之至也。于是乎先王聘后于异姓，求财于有方㊵，择臣取谏工而讲以多物，务和同也。声一无听，物一无文，味一无果㊶，物一不讲。王将弃是类也而与刣同㊷。天夺之明，欲无弊，得乎?"

"夫虢石父，谗谄巧从之人也㊸，而立以为卿士，与刣同也；弃聘后而立内妾，好穷固也；侏儒戚施，实御在侧，近顽童也；周法不昭，而妇言是行，用谗慝也；不建立卿士，而妖试幸措㊹，行暗昧也。是物也，不可以久。且宣王之时有童谣曰：'檿弧箕服㊺，实亡周国'。于是宣王闻之，有夫妇鬻是器者，王使执而戮之㊻。府之小妾生女而非王子也，惧而弃之。此人也，收以奔褒。天之命此久矣，其又何可为乎?《训语》有之曰：'夏之衰也，褒人之神化为二龙，以同于王庭，而言曰："余，褒之二君也。"夏后卜杀之，与去之，与止之，莫吉。卜请其漦而藏之㊼，吉。乃布币焉而策告之㊽，龙亡而漦在，椟而藏之㊾，传郊之㊿，'及殷、周，莫之发也。及厉王之末，发而观之，漦流于庭，不可除也。王使妇人不帏而噪之[51]，化为玄鼋，以入于王府。府之童妾未既龀而遭之[52]，既笄而孕[53]，当宣王时而生。不夫而育，故惧而弃之。为弧服者方戮在路，夫妇哀其夜号也，而取之以逸，逃于褒。褒人褒姁有狱[54]，而以为入于王，王遂置之[55]，而嬖是女也[56]，使至于为后，而生伯服。天之生此久矣，其为毒也大矣，将使候淫德而加之焉[57]。毒之酋腊者[58]，其杀也滋速。申、缯、西戎方强，王室方骚，将以纵欲，不亦难乎? 王欲杀太子以成伯服，必求之申，申人弗畀[59]，必伐之。若伐申，而缯与西戎会以伐周，周不守矣! 缯与西戎方将德申，申、吕方强，其隩爱太子亦必可知也[60]，王师若在，其救之亦必然矣。王心怒矣，虢公从矣，凡周存亡，不三稔矣[61]! 君若欲避其难，其速规所矣，时至而求用，恐无及也!"

公曰："若周衰，诸姬其孰兴?"对曰："臣闻之：武实昭文之功，文之祚尽[62]，武其嗣乎! 武王之子，应、韩不在，其在晋乎! 距险而邻于小，若加之以德，可以大启。"公曰："姜、嬴其孰兴?"对曰："夫国大而有德者近兴，秦仲、齐侯，姜、嬴之俊也，且大，其将兴乎?"

公说，乃东寄帑与贿，虢、郐受之，十邑皆有寄地。

---

①逼：迫近。

②支子：嫡长子及继承先祖的嗣子为支子，其余的儿子为宗子。　　母弟：同母或异母弟。　　甥舅：指各姓诸侯国。

③贪冒：贪图财利。　　冒：贪。

④孥：妻子儿女。贿：财物。

⑤华：据上文，当为"颍"之误。

⑥主：主祭。　食：饮。

⑦蛮：从蛮俗。

⑧蒍（wěi，音伟）氏：楚国大夫。

⑨淳耀：光明美盛。　敦大：敦厚宽大。

⑩单：尽。

⑪品：等级。　庶：众。

⑫五教：指父义、母慈、兄友、弟恭、子孝五种伦理观念。

⑬柔嘉：柔和而美好。

⑭昆吾：祝融的后代，封在昆吾。

⑮�（zōng，音宗）夷、�龙：国名。

⑯采：采服，离王都两千五百里的地区。　卫，卫服，离王都三千里的地区。

⑰芈（mǐ，音米）：楚国祖先的族姓。

⑱夔（kuí，音魁）越：芈姓别封国。

⑲代：更替。　干：犯。

⑳沓贪：贪得无厌。　忍：残忍。

㉑因：亲近。

㉒冢君：国君。冢，大。

㉓怠沓：怠慢。

㉔周：忠信。

㉕弊：衰败。

㉖高明昭显：有光明德行的人。

㉗谗慝暗昧：奸邪的臣子。

㉘角犀：额角入发处隆起。　丰盈：指面颊丰满。古时迷信认为，有这种容貌的人都是忠臣。

㉙顽童穷固：愚昧而不懂礼义的人。

㉚和：同善相济。　同：同恶相济。

㉛平：调和。

㉜裨：补助，弥补。

㉝杂：掺杂。

㉞平：正。　八索：指人体的八个主要部位，以应和八卦，即首、腹、足、股、目、口、耳、手。

㉟建：立。　九纪：即九脏，指心、肝、肺、脾、肾、胃、膀胱、肠、胆。

㊱合十数以训百体：用十个等级来训导百官。百体：百官。

㊲材：通"裁"。

㊳姟（gāi，音该）：数名，万万兆为一姟，古时最大的数。　极：极限。

㊴九畡（gāi，音该）：九州。

㊵有方：有方物进贡的地方。

㊶果：美味。

㊷剸：同"专"，专断。

㊸巧从：巧言而顺从。

㊹试：用。　措：安置。

㊺柘（yǎn，音演）弧：山桑木所做的弓。柘，山桑木。　箕服：箕草做的箭囊。

㊻戮：羞辱。

㊼漦（chí，音迟）：龙的涎沫。

㊽布：陈设。　币：玉帛。　策：写在简策上的祭词。

㊾椟：柜。

㊿郊：郊祭。

(51)帏：下裳的正幅。

(52)齔（chèn，音趁）：儿童换牙。

(53)笄（jī，音机）：女子十五行笄礼，表示已经成年。

(54)褒姁（xǔ，音许）：褒国国君。

(55)置：赦罪。

(56)嬖（bì，音币）：宠爱。

(57)加：遗。　之：指褒姒。

(58)酋腊（xī，音西）：毒性最大的酒。酋，陈酒。　腊：极，很。

(59)畀（bì，音必）：给与。

⑩隩（ào，音奥）：通"奥"，深。

⑪稔（rěn，音忍）：年。

⑫祚：福。

2. 平王之末

　　幽王八年而桓公为司徒，九年而王室始骚，十一年而毙。及平王之末，而秦、晋、齐、楚代兴，秦景、襄于是乎取周土，晋文侯于是乎定天子，齐庄、僖于是乎小伯①，楚蚡冒于是乎始启濮②。

---

①伯：通"霸"。

②蚡（fén，音坟）冒：楚王季绌之孙。　启：开拓。

卷十七　楚语上

1. 申叔时论傅太子

　　庄王使士亹傅太子箴①，辞曰："臣不才，无能益焉。"王曰："赖子之善善之也。"对曰："夫善在太子，太子欲善，善人将至；若不欲善，善则不用。故尧有丹朱，舜有商均，启有五观，汤有太甲，文王有管、蔡。是五王者，皆有元德也，而有奸子。夫岂不欲其善？不能故也。若民烦②，可教训。蛮、夷、戎、狄，其不宾也久矣③，中国所不能用也。"王卒使傅之。

　　问于申叔时，叔时曰："教之春秋④，而为之耸善而抑恶焉⑤，以戒劝其心；教之世⑥，而为之昭明德而废幽昏焉，以休惧其动⑦；教之《诗》，而为之导广显德，以耀明其志；教之礼，使知上下之则；教之乐，以疏其秽而镇其浮⑧；教之令，使访物官⑨；教之语⑩，使明其德，而知先王之务用明德于民也；教之故志⑪，使知废兴者而戒惧焉；教之训典⑫，使知族类⑬，行比义焉⑭。"

　　"若是而不从，动而不悛⑮，则文咏物以行之⑯，求贤良以翼之；悛而不摄⑰，则身勤之，多训典刑纳之，务慎惇笃以固之；摄而不彻⑱，则明施舍以导之忠，明久长以导之信，明度量以导之义，明等级以导之礼，明恭俭以导之孝，明敬戒以导之事，明慈爱以导之仁，明昭利以导之文，明除害以导之武，明精义以导之罚，明正德以导之赏，明齐肃以耀之临⑲。若是而不济，不可为也。"

　　"且夫诵《诗》以辅相之，威仪以先后之⑳，体貌以左右之㉑，明行以宣翼之㉒，制节义以动行之，恭敬以临监之，勤勉以劝之，孝顺以纳之，忠信以发之，德音以扬之。教备而不从者，非人也。其可兴乎？夫子践位则退㉓，自退则敬，否则赧㉔。"

①士亹（wěi，音伟）：楚国大夫。

②烦：乱。

③宾：服从。

④春秋：指天时和人事。

⑤耸：鼓励，劝勉。　抑：贬。

⑥世：世系谱牒。

⑦休：嘉美。　动：行动。

⑧浮：轻浮。

⑨访：议。　物：事业。　官：百官。

⑩语：指治国的名言警句。

⑪故志：记载前人兴衰成败的书。

⑫训典：指先王的书。

⑬族类：同族亲属。

⑭比：合乎。

⑮悛：悔改。

⑯文：文辞。

⑰摄：固。

⑱彻：通达。

⑲齐：一。　　临：处事。

⑳先后：指教导。

㉑左右：指影响。

㉒宣：周遍。　翼：维护。

㉓退：引退。

㉔赧（nǎn，音腩）：忧惧。

2. 子囊议谥

　　恭王有疾，召大夫曰："不谷不德，失先君之业①，覆楚国之师②，不谷之罪也。若得保其首领以殁，唯是春秋所以从先君者③，请为'灵'若'厉'④。"大夫许诺。

　　王卒，及葬，子囊议谥。大夫曰："王有命矣。"子囊曰："不可！夫事君者，先其善不从其过。赫赫楚国，而君临之，抚征南海，训及诸夏⑤，其宠大矣！有是宠也，而知其过，可不谓'恭'乎⑥？若先君善，则请为'恭'。"大夫从之。

---

①业：指霸业。

②覆：败。

③春秋：指一年四季的祭祀。

④为'灵'若'厉'：谥为'灵'或'厉'。谥法云："乱而不损曰灵，戮杀无辜为厉。"

⑤训：教。

⑥恭：根据谥法，过而能改曰恭。

3. 屈建祭父

　　屈到嗜芰①。有疾，召其宗老而属之，曰："祭我必以芰。"及祥②，宗老将荐芰，屈建命去之。宗老曰："夫子属之。"子木曰："不然。夫子承楚国之政③，其法刑在民心而藏在王府，上之可以比先王，下之可以训后世，虽微楚国，诸侯莫不誉。其祭典有之曰：'国君有牛享，大夫有羊馈④，士有豚犬之奠，庶人有鱼炙之荐，笾豆、脯醢则上下共之⑤。不羞珍异⑥，不陈庶侈⑦。'夫子不以其私欲干国之典。"遂不用。

---

①芰（jì，音计）：菱角。
②祥：一种祭祥。古代在父母死后十三个月而祭叫小祥，二十五个月而祭叫大祥。大祥表示丧服期已满。
③承：主持。
④馈：馈赠，这里指享祭。
⑤笾（biān，音边）豆：祭礼用的礼器。 醢（hǎi，音海）：肉酱。
⑥羞：进献。
⑦庶侈：众多。

4. 蔡声子论楚材晋用

椒举娶于申公子牟，子牟有罪有而亡，康王以为椒举遣之，椒举奔郑，将遂奔晋。蔡声子将如晋，遇之于郑，飨之以璧侑①，曰："子尚良食②，二先子其皆相子，尚能事晋君以为诸侯主。"辞曰："非所愿也！若得归骨于楚，死且不朽。"声子曰："子尚良食，吾归子。"椒举降三拜，纳其乘马③，声子受之。

还，见令尹子木，子木与之语，曰："子虽兄弟于晋，然蔡，吾甥也，二国孰贤？"对曰："晋卿不若楚，其大夫则贤，其大夫皆卿材也。若杞梓、皮革焉，楚实遗之。虽楚有材，不能用也。"子木曰："彼有公族甥、舅，若之何其遗之材也？"对曰："昔令尹子元之难，或谮王孙启于成王④。王弗是，王孙启奔晋，晋人用之。及城濮之役，晋将遁矣⑤，王孙启与于军事，谓先轸曰：'是师也，唯子玉欲之，与王心违，故唯东宫与西广实来。诸侯之从者，叛者半矣，若敖氏离矣，楚师必败，何故去之？'先轸从之，大败楚师，则王孙启之为也。"

"昔庄王方弱⑥，申公子仪父为师，王子燮为傅，使师崇、子孔帅师以伐舒。燮及仪父施二帅而分其室⑦。师还至，则以王如庐，庐戢黎杀二子而复王。或谮析公臣于王，王弗是，析公奔晋，晋人用之。实谗败楚，使不规东夏⑧，则析公之为也。"

"昔雍子之父兄谮雍子于恭王，王弗是，雍子奔晋，晋人用之。及鄢之役，晋将遁矣，雍子与于军事，谓栾书曰：'楚师可料也⑨，在中军王族而已。若易中下，楚必歆之⑩。若合而臽吾中⑪，吾上下必败其左右⑫，则三萃以攻其王族⑬，必大败之。'栾书从之，大败楚师，王亲面伤，则雍子之为也。"

"昔陈公子夏为御叔娶于郑穆公，生子南。子南之母乱陈而亡之，使子南戮于诸侯。庄王既以夏氏之室赐申公巫臣，则又畀之子反⑭，卒于襄老。襄老死于邲，二子争之，未有成。恭王使巫臣聘于齐，以夏姬行，遂奔晋。晋人用之，实通吴、晋。使其子狐庸为行人于吴，而教之射御，导之伐楚。至于今为患，则申公巫臣之为也。"

"今椒举娶于子牟，子牟得罪而亡，执政弗是，谓椒举曰：'女实遣之。'彼惧而奔郑，缅然引领南望⑮，曰：'庶几赦吾罪'。又不图也，乃遂奔晋，晋人又用之矣。彼若谋楚，其亦必有丰败也哉⑯！"

子木愀然⑰，曰："夫子何如？召之，其来乎？"对曰："亡人得生，又何不来为？"子木曰："不来，则若之何？"对曰："夫子不居矣⑱，春秋相事⑲，以还轸于诸侯⑳。若资东阳之盗使杀之，其可乎？不然，不来矣。"子木曰："不可！我为楚卿，而赂盗以贼一夫于晋㉑，非义也。子为我召之，吾倍其室。"乃使椒鸣召其父而复之。

---

①侑（yòu，音又）：通"宥"，劝食。

②良食：好好吃饭，指多吃些饭，好好保重身体。

③乘马：四匹马。

④谮（zèn，怎的去声）：诬陷。

⑤通：撤军。

⑥弱：年轻。

⑦施：施加，指施加罪名。

⑧规：占有。

⑨料：预测。

⑩欲：贪图。

⑪臽：陷入。　　中：中军。

⑫上下：指晋的上军与下军。　　左右：指楚军的左翼与右翼。

⑬萃：集中。

⑭畀（bì，音必）：给予。

⑮缅然：想念的样子。

⑯丰败：大败。

⑰愀（qiǎo，音巧）然：焦愁的样子。

⑱不居：不能安居。

⑲春秋：指四季。

⑳还轸：周游。还，通"环"。

㉑贼：杀。

5. 灵王为章华之台

灵王为章华之台，与伍举升焉，曰："台美夫！"对曰："臣闻国君服宠以为美①，安民以为乐，听德以为聪②，致远以为明③。不闻其以土木之崇高、彤镂为美，而以金石匏竹之昌大、嚣庶为乐④；不闻其以观大、视侈、淫色以为明，而以察清浊为聪。"

"先君庄王为匏居之台，高不过望国氛⑤，大不过容宴豆⑥，木不妨守备，用不烦官府，民不废时务，官不易朝常。问谁宴焉，则宋公、郑伯；问谁相礼，则华元、驷騑；问谁赞事，则陈侯、蔡侯、许男、顿子，其大夫侍之。先君以是除乱克敌，而无恶于诸侯。今君为此台也，国民罢焉，财用尽焉，年谷败焉⑦，百官烦焉，举国留之⑧，数年乃成。愿得诸侯与始升焉，诸侯皆距无有至者⑨。而后使太宰启疆请于鲁侯，惧之以蜀之役，而仅得以来。使富都那竖赞焉⑩，而使长鬣之士相焉⑪，臣不知其美也！"

"夫美也者，上下、内外、小大、远近皆无害焉，故曰美。若于目观则美，缩于财用则匮⑫，是聚民利以自封而瘠民也⑬，胡美之为？夫君国者，将民之与处，民实瘠矣，君安得肥？且夫私欲弘侈，则德义鲜少；德义不行，则迩者骚离而远者距违⑭。天子之贵也，唯其以公侯为官正⑮，而以伯子男为师旅。其有美名也，唯其施令德于远近，而小大安之也。若敛民利以成其私欲，使民蒿焉⑯，忘其安乐，而有远心，其为恶也甚矣，安用目观？"

"故先王之为台榭也，榭不过讲军实⑰，台不过望氛祥⑱。故榭度于大卒之居⑲，台度于临观之高。其所不夺稽地，其为不匮财用，其事不烦官业，其日不废时务。瘠硗之地㉑，于是乎为之；城守之木㉑，于是乎用之；官僚之暇，于是乎临之；四时之隙，于是乎成之。故《周诗》曰：'经始灵台，经之营之。庶民攻之，不日成之。经始勿亟㉒，庶民子来。王在灵囿，麀鹿攸伏㉓。'夫为台榭，将以教民利也，不知其以匮之也。若君谓此台美而为之正，楚其殆矣！"

---

①服宠：指国君因贤德而受天子赐禄。服，接受。 宠：禄。

②听德：任用有德行的人。

③致远：使远方的人归服。

④金石匏（páo，音袍）竹：指钟磬笙第一类的乐器。金，钟；石，磬；匏，笙；竹，箫管。 嚣：喧哗。 庶：众多。

⑤国氛：指预示国家吉凶的云气。

⑥宴：宴会。 豆：盛食物的高脚盘。

⑦败：妨碍。

⑧留：修建。

⑨距：同"拒"，拒绝。

⑩富：指貌美。 都：姿态优雅。 那：美好。 竖：未成年的男子。

⑪鬛（liè，音列）：胡须。

⑫缩：敛取。

⑬封：富厚。

⑭迩者：指国内。迩，近。 骚：忧愁。 离：叛离。

⑮官正：官吏之长。

⑯蒿：消耗。

⑰军实：军事。

⑱氛祥：凶气曰氛，吉气曰祥。

⑲大卒：君王的士卒。

⑳硗（qiāo，音敲）：地坚硬不肥沃。

㉑城守之木：城守防备剩余的木材。木，当为"末"之误。

㉒经：规划。 始：通"治"，建造。 亟：急。

㉓麀（yōu，音优）：母鹿。

6. 范无宇论城

灵王城陈、蔡、不羹①，使仆夫子晳问于范无宇，曰："吾不服诸夏而独事晋，何也？唯晋近我远也。今吾城三国，赋皆千乘，亦当晋矣。又加之以楚，诸侯其来乎？"对曰："其在志也②，国为大城，未有利者。昔郑有京、栎，卫有蒲、戚，宋有萧、蒙，鲁有弁、费，齐有渠丘，晋有曲沃，秦有徵、衙。叔段以京患庄公，郑几不克；栎人实使郑子不得其位；卫蒲、戚实出献公；宋萧、蒙实弑昭公；鲁弁、费实弱襄公；齐渠丘实杀无知；晋曲沃实纳齐师；秦徵、衙实难桓、景。皆志于诸侯，此其不利者也。"

"且夫制城邑若体性焉，有首领股肱，至于手拇毛脉，大能掉小③，故变而不勤。地有高下，天有晦明，民有君臣，国有都鄙，古之制也。先王惧其不帅④，故制之以义，旌之以服，行之以礼，辩之以名，书之以文，道之以言。既其失也，易物之由。夫边境者，国之尾也，譬之如牛马，处暑之既至，虻蚋之既多⑤，而不能掉其尾，臣亦惧之。不然，是三城也，岂不使诸侯之心惕惕焉⑥！"

子晳复命。王曰："是知天咫⑦，安知民则？是言诞也。"右尹子革侍，曰："民，天之生也。

知天，必知民矣。是其言可以惧哉！"

三年，陈、蔡及不羹人纳弃疾而弑灵王。

---

①城：修城墙。

②志：史书。

③掉：指挥。

④帅：遵循。

⑤虻蝝（wéi，音维）：牛虻。大的叫虻，小的叫蝝。

⑥惕惕：戒惧。

⑦天咫：天道的一小部分。咫：周制八尺，言极小。

7. 左史倚相儆申公子亹

左史倚相廷见申公子亹，子亹不出。左史谤之，举伯以告。子亹怒而出，曰："女无亦谓我老耄而舍我①，而又谤我！"

左史倚相曰："唯子老耄，故欲见以交儆子②。若子方壮，能经营百事，倚相将奔走承序，于是不给③，而何暇得见？昔卫武公年数九十有五矣，犹箴儆于国④，曰：'自卿以下至于师长士，苟在朝者，无谓我老耄而舍我，必恭恪于朝，朝夕以交戒我。闻一二之言，必诵志而纳之，以训导我'。在舆有旅贲之规⑤，位宁有官师之典⑥，倚几有诵训之谏，居寝有亵御之箴⑦，临事有瞽史之导，宴居有师工之诵。史不失书，矇不失诵，以训御之，于是乎作《懿》戒，以自儆也。及其殁也，谓之睿圣武公。子实不睿圣，于倚相何害？《周书》曰：'文王至于日中昃⑧，不皇暇食⑨。惠于小民，唯政之恭。'文王犹不敢骄，今子老楚国而欲自安也，以御数者，王将何为？若常如此，楚其难哉！"

子亹惧，曰："老之过也！"乃骤见左史。

---

①耄（mào，音冒）：八十岁。

②交：通"教"。儆：告诫。

③给：供给。

④箴：告诫。

⑤旅贲：君主出行时车上负责护卫的勇士。　规：规谏。

⑥位宁：指朝廷。位，宫廷朝堂的左右两侧。　宁（zhù，音柱）：宫室的门屏之间。

⑦亵：亲近。

⑧昃（zè，音仄）：太阳西斜。

⑨皇：通"遑"闲暇。

8. 白公子张讽灵王纳谏

灵王虐，白公子张骤谏①。王患之，谓史老曰："吾欲已子张之谏，若何？"对曰："用之实难，已之易矣！若谏，君则曰：'余左执鬼中②，右执殇宫③，凡百箴谏，吾尽闻之矣，宁闻他言？'"

白公又谏，王如史老之言。对曰："昔殷武丁能耸其德④，至于神明，以入于河，自河徂亳⑤。于是乎三年，默以思道。卿士患之，曰：'王言以出令也。若不言，是无所禀令也。'武丁于是作书，曰：'以余正四方，余恐德之不类⑥，兹故不言。'如是而又使以象梦旁求四方之贤⑦，得傅说以来，升以为公，而使朝夕规谏，曰：'若金，用女作砺；若津水⑧，用女作舟；若天旱，用女作霖雨。启乃心，沃朕心。若药不瞑眩⑨，厥疾不瘳⑩；若跣不视地⑪，厥足用伤。'若武丁之神明也，其圣之睿广也，其智之不疚也，犹自谓未乂⑫，故三年默以思道。既得道，犹不敢专制，使以象旁求圣人。既得以为辅，又恐其荒失遗忘，故使朝夕规诲箴谏，曰：'必交修余⑬，无余弃也。'今君或者未及武丁，而恶规谏者，不亦难乎！"

"齐桓、晋文，皆非嗣也，还轸诸侯，不敢淫逸，心类德音⑭，以德有国。近臣谏，远臣谤，舆人诵，以自诰也⑮。是以其入也，四封不备一同⑯，而至于是有畿田⑰，以属诸侯⑱，至于今为令君。桓、文皆然，君不度忧于二令君，而欲自逸也，无乃不可乎？《周诗》有之曰：'弗躬弗亲，庶民弗信。'臣惧民之不信君也，故不敢不言。不然，何急其以言取罪也？"

王病之⑲，曰："子复语！不谷虽不能用，吾慭置之于耳⑳。"对曰："赖君用之也，故言。不然，巴浦之犀、牦、兕、象㉑，其可尽乎，其又以规为瑱也㉒？"

遂趋而退，归，杜门不出。七月，乃有乾溪乱，灵王死之。

---

①骤：多次。

②鬼中：鬼身。中，身。

③殇宫：夭死的人。宫，同"躬"，身。

④耸：敬重。

⑤徂：往，去。

⑥类：善。

⑦旁：遍，广泛。

⑧津：渡。

⑨瞑眩：头昏眼花。

⑩瘳（chōu，音抽）：病愈。

⑪跣：赤足。

⑫乂（yì，音义）：治理。

⑬交：通"教"。 修：告诫。

⑭德音：善言。

⑮诰：劝勉。

⑯四封：四面的疆界。 备：满。 同：地方百里。

⑰畿：地方千里。

⑱属：会合。

⑲病：憎恨。

⑳慭（yìn，音印）：愿意。

㉑兕（sì，音四）：雌犀牛。

㉒瑱（tiàn，音天的去声）：塞耳的玉石。

9. 左史倚相论唯道是从

司马子其欲以妾为内子①，访之左史倚相，曰："吾有妾而愿②，欲笄之③，其可乎？"

对曰："昔先大夫子囊违王之命谥；子夕嗜芰④，子木有羊馈而无芰荐。君子曰：违而道。谷阳竖爱子反之劳也，而献饮焉，以毙于鄢；芋尹申亥从灵王之欲，以陨于乾溪。君子曰：从而逆。君子之行，欲其道也，故进退周旋，唯道是从。夫子木能违若敖之欲，以之道而去芰荐。吾子经营楚国，而欲荐芰以干之，其可乎？"子期乃止。

---

①内子：卿的正妻。

②愿：朴实善良。

③笄（jī，音基）：笄礼，女子十五行笄礼，意为成年。此处指行笄礼后聘娶为正妻。

④芰（jì，音记）：菱角。

卷十八　楚语下

1. 观射父论绝地天通

昭王问于观射父，曰："《周书》所谓重、黎实使天地不通者①，何也？若无然，民将能登天乎？"

对曰："非此之谓也。古者民神不杂②。民之精爽不携贰者③，而又能齐肃衷正，其智能上下比义④，其圣能光远宣朗，其明能光照之，其聪能听彻之，如是则明神降之，在男曰觋⑤，在女曰巫。是使制神之处位次主⑥，而为之牲器时服，而后使先圣之后之有光烈，而能知山川之号、高祖之主、宗庙之事、昭穆之世、齐敬之勤、礼节之宜、威仪之则、容貌之崇⑦、忠信之质、禋洁之服⑧，而敬恭明神者，以为之祝。使名姓之后，能知四时之生、牺牲之物、玉帛之类、采服之仪、彝器之量⑨、次主之度、屏摄之位⑩、坛场之所、上下之神⑪、氏姓之出，而心率旧典者⑫，为之宗。于是乎有天地神民类物之官，是谓五官。各司其序，不相乱也。民是以能有忠信，神是以能有明德，民神异业，敬而不渎。故神降之嘉生⑬，民以物享，祸灾不至，求用不匮。"

"及少皞之衰也，九黎乱德⑭，民神杂糅⑮，不可方物。夫人作享⑯，家为巫史，无有要质⑰。民匮于祀，而不知其福；烝享无度，民神同位；民渎齐盟，无有严威；神狎民则，不蠲其为⑱；嘉生不降，无物以享；祸灾荐臻⑲，莫尽其气。颛顼受之，乃命南正重司天以属神，命火正黎司地以属民，使复旧常，无相侵渎，是谓绝地天通。"

"其后，三苗复九黎之德，尧复育重、黎之后，不忘旧者，使复典之⑳。以至于夏、商，故重、黎氏世叙天地，而别其分主者也。其在周，程伯休父其后也。当宣王时，失其官守，而为司马氏。宠神其祖㉑，以取威于民，曰：'重实上天，黎实下地。'遭世之乱，而莫之能御也。不然，夫天地成而不变，何比之有㉒？"

---

①使天地不通：断绝地民与天神相通。

②民神不杂：司民和司神的官不相混杂。

③精爽：精明。

④比：合乎。

⑤觋（xí，音习）：男巫。

⑥位：祭位。　　　　次主：指先后尊卑。

⑦崇：装饰。

⑧禋（yīn，音音）洁：洁净的祭祀。

⑨彝器：青铜制的祭器。

⑩屏摄之位：用屏摄来分隔以表明尊卑的祭祀的位置。

⑪上下之神：各路神灵。　　上：指天及日月星辰。　　下：指山川林泽。

⑫率：遵循。

⑬嘉生：生长茂盛的谷物。

⑭九黎：南方的部落。

⑮糅（róu，音柔）：错杂。

⑯享：祭祀。

⑰质：诚。

⑱蠲（juān，音涓）：同"涓"，洁。

⑲荐：重复。　　臻：至。

⑳典：从事

㉑宠：尊崇。

㉒比：近。

2. 观射父论祀牲

子期祀平王，祭以牛俎于王，王问于观射父，曰："祀牲何及？"对曰："祀加于举①。天子举以大牢②，祀以会③；诸侯举以特牛④，祀以太牢；卿举以少牢⑤，祀以特牛；大夫举以特牲⑥，祀以少牢；士食鱼炙，祀以特牲；庶人食菜，祀以鱼。上下有序，则民不慢。"

王曰："其小大何如？"对曰："郊禘不过茧栗⑦，烝尝不过把握⑧。"王曰："何其小也？"对曰："夫神以精明临民者也，故求备物，不求丰大。是以行王之祀也，以一纯、二精、三牲、四时、五色、六律、七事、八种⑨、九祭⑩、十日⑪、十二辰以致之⑫，百姓、千品、万官、亿丑、兆民经人畡数以奉之⑬，明德以昭之，和声以听之，以告遍至，则无不受休⑭。毛以示物，血以告杀，接诚拔取以献具，为齐敬也。敬不可久，民力不堪，故齐肃以承之。"

王曰："刍豢几何⑮？"对曰："远不过三月，近不过浃日⑯。"王曰："祀不可已乎？"对曰："祀所以昭孝、息民⑰、抚国家、定百姓也，不可以已。夫民气纵则底⑱，底则滞，滞久而不振，生乃不殖。其用不从，其生不殖，不可以封⑲。是以古者先王日祭、月享、时类、岁祀，诸侯舍日，卿、大夫舍月，士、庶人舍时。天子遍祀群神品物⑳，诸侯祀天地、三辰，及其土之山川，卿、大夫祀其礼，士、庶人不过其祖。日月会于龙㉑，土气含收，天明昌作，百嘉备舍，群神频行。国于是乎蒸尝，家于是乎尝祀，百姓夫妇择其令辰，奉其牺牲，敬其粢盛，洁其粪除，慎其采服，禋其酒醴㉒，帅其子姓，从其时享，虔其宗祝，道其顺辞，以昭祀其先祖，肃肃济济，如或临之。于是乎合其州乡朋友婚姻，比尔兄弟亲戚。于是乎弭其百苛㉓，殄其谗慝㉔，合其嘉好，结其亲暱，亿其上下㉕，以申固其姓。上所以教民虔也，下所以昭事上也。天子禘郊之事，必自射其牲，王后必自舂其粢；诸侯宗庙之事，必自射牛、刲羊㉖、击豕，夫人必自舂其盛。况其下之人，其谁敢不战战兢兢，以事百神？天子亲舂禘郊之盛，王后亲缲其服㉗，自公以下至于庶人，其谁敢不齐肃敬致力于神？民所以摄固者也，若之何其舍之也？"

王曰："所谓一纯、二精、七事者，何也？"对曰："圣王正端冕㉘，以其不违心，帅其群臣精物以临监享祀，无有苛慝于神者，谓之一纯。玉、帛为二精。天、地、民及四时之务为七事。"王曰："三事者，何也？"对曰："天事武，地事文，民事忠信。"王曰："所谓百姓、千品、万官、亿丑、兆民经入畡数者，何也？"对曰："民之彻官百。王公之子弟之质能言能听彻其官者，而物赐之姓，以监其官，是为百姓。姓有彻品，十于王谓之千品。五物之官㉔，陪属万为万官。官有十丑，为亿丑。天子之田九畡以食兆民㉚，王取经入焉，以食万官。"

---

①加：增多。　举：初一和十五为神、祖上供的丰盛供品。

②大牢：牛、羊、猪各一为大牢。

③会：三大牢。

④特：牲一头。

⑤少牢：羊一只。

⑥特牲：猪一头。

⑦郊禘：祭祀名，祭天的祭礼。　茧栗：兽角初生时如蚕茧、栗子。

⑧烝：冬祭。　尝：秋祭。

⑨八种：即金、石、土、革、丝、木、匏、竹八音。

⑩九祭：九州助祭。

⑪十日：即十天干所配的日子。

⑫十二辰：即十二地支所记的时辰。

⑬兆：十亿。　经：十兆。　畡：通"垓"，十经。

⑭休：喜庆。

⑮刍豢：指祭祀用的牲。　刍：吃草的牲。　豢：吃粮谷的牲。

⑯浃（jiā，音加）日：十天。

⑰息：繁殖生息。

⑱底：停滞不流通。

⑲封：指立功封国。

⑳品：众多

㉑貑（dòu，音豆）：星宿名。

㉒禋（yīn，音阴）：祭祀。

㉓弭：止。　百苟：各种矛盾。

㉔殄：灭。　谗慝：口舌是非。

㉕亿：安。

㉖刲（kuī，音亏）：刺杀。

㉗缲（sāo，音搔）：同"缫"，抽理蚕丝。

㉘端冕：黑色的祭服。

㉙五物：指天、地、神、民、类物。

㉚九畡：天子所辖的九州之地。

3. 斗且廷见令尹子常

斗且廷见令君子常，子常与之语，问蓄货聚马。归以语其弟，曰："楚其亡乎！不然，令尹其不免乎。吾见令尹，令尹问蓄聚积实，如饿豺狼焉，殆必亡者也。"

"夫古者聚货不妨民衣食之利，聚马不害民之财用。国马足以行军①，公马足以称赋②，不是过也；公货足以宾献③，家货足以共用，不是过也。夫货、马邮则阙于民④，民多阙则有离叛之心，将何以封矣？"

"昔斗子文三舍令尹，无一日之积，恤民之故也。成王闻子文之朝不及夕也，于是乎每朝设脯一束、糗一筐⑤，以羞子文⑥。至于今秩之⑦。成王每出子文之禄⑧，必逃，王止而后复。人谓子文曰：'人生求富，而子逃之，何也？'对曰：'夫从政者，以庇民也。民多旷者⑨，而我取富焉，是勤民以自封也，死无日矣。我逃死，非逃富也。'故庄王之世，灭若敖氏，唯子文之后在，至于今处郧，为楚良臣。是不先恤民而后己之富乎？"

今子常，先大夫之后也，而相楚君无令名于四方。民之羸馁，日已甚矣。四境盈垒⑩，道殣相望⑪，盗贼司目⑫，民无所放⑬。是之不恤，而蓄聚不厌，其速怨，于民多矣⑭。积货滋多，蓄怨滋厚，不亡何待？"

"夫民心之愠也，若防大川焉，溃而所犯必大矣。子常其能贤于成、灵乎？成不礼于穆，愿食熊蹯⑮，不获而死；灵不顾于民，一国弃之，如遗迹焉。子常为政，而无礼不顾，甚于成、灵，其独何力以待之！"

期年，乃有柏举之战，子常奔郑，昭王奔随。

---

①国马：国家征用的马。

②公马：公卿家畜养的马。　　赋：兵赋。

③宾献：馈赠贡献。

④邮：过。

⑤糗（qiǔ，音秋的上声）：干粮。

⑥羞：进献。

⑦秩：惯例。

⑧出：超过，指增加俸禄。

⑨旷：空，指贫困。

⑩盈垒：布满了堡垒。

⑪殣（jìn，音仅）：饿死的人。

⑫司：同"伺"。

⑬放：依靠。

⑭速：招致。

⑮熊蹯（fán，音凡）：熊掌。

4. 昭王出奔

吴人入楚，昭王出奔，济于成臼，见蓝尹亹载其帑。王曰："载予！"对曰："自先王莫坠其国①，当君而亡之，君之过也。"遂去王。

王归，又求见。王欲执之，子西曰："请听其辞，夫其有故。"王使谓之曰："成臼之役，而弃不谷，今而敢来，何也？"对曰："昔瓦唯长旧怨②，以败于柏举，故君及此。今又效之，无乃不可乎？臣避于成臼，以儆君也，庶俊而更乎③？今之敢见，观君之德也，曰：庶忆惧而鉴前恶乎？君若不鉴而长之，君实有国而不爱，臣何有于死，死在司败矣④！惟君图之！"

子西曰："使复其位，以无忘前败。"王乃见之。

①坠：失。

②长：积。

③悛：悔改。

④司败：楚国称司寇为司败。

5. 昭王奔郧

吴人入楚，昭王奔郧。郧公之弟怀将弑王，郧公辛止之。怀曰："平王杀吾父，在国则君，在外则仇也。见仇弗杀，非人也！"郧公曰："夫事君者，不为外内行①，不为丰约举②。苟君之，卑尊一也。且夫自敌以下则有仇③，非是不仇。下虐上为弑，上虐下为讨，而况君乎？君而讨臣，何仇之为？若皆仇君，则何上下有乎！吾先人以善事君，成名于诸侯，自斗伯比以来，未之失也。今尔以是殃之④，不可！"怀弗听，曰："吾思父，不能顾矣！"郧公以王奔随。

王归而赏及郧、怀，子西谏曰："君有二臣，或可赏也，或可戮也。君王均之⑤，群臣惧矣！"王曰："夫子期之二子耶？吾知之矣！或礼于君，或礼于父，均之，不亦可乎？"

①外：改变态度。

②丰约：盛衰。　举：举动。

③敌：匹敌，指地位相等。

④殃：祸害。

⑤均：同样。

6. 蓝尹亹论吴将毙

子西叹于朝，蓝尹亹曰："吾闻君子唯独居念思前世之崇替①，与哀殡丧，于是有叹，其则否。君子临政思义，饮食思礼，同宴思乐，在乐思善，无有叹焉。今吾子临政而叹，何也？"子西曰："阖庐能败吾师。阖庐即世，吾闻其嗣又甚焉，吾是以叹。"

对曰："子患政德之不修，无患吴矣。阖庐口不贪嘉味，耳不乐逸声②，目不淫于色，身不怀于安，朝夕勤志，恤民之羸③，以济其志。今吾闻夫差好罢民力以成私好，纵过而翳谏④。一夕之宿，台榭陂池必成⑤，六畜玩好必从。夫差先自败也已，焉能败人？子修德以待吴，吴将毙矣。"

①崇替：兴盛衰亡。　崇：兴盛。　替：衰亡。

②逸声：淫佚的音乐。

③羸：疲困。

④翳（yì，音义）：障蔽，掩盖。

⑤陂（bēi，音碑）：池塘。

7. 王孙圉论楚宝

王孙圉聘于晋，定公飨之，赵简子鸣玉以相①，问于王孙圉曰："楚之白珩犹在乎②？"对曰：

"然。"简子曰："其为宝也，几何矣？"

曰："未尝为宝。楚之所宝者，曰观射父，能作训辞③，以行事于诸侯，使无以寡君为口实。又有左史倚相，能道训典，以叙百物，以朝夕献善败于寡君，使寡君无忘先王之业；又能上下说于鬼神，顺道其欲恶，使神无有怨痛于楚国。又有薮曰云连徒洲④，金木竹箭之所生也⑤。龟、珠、角、齿、皮、革、羽、毛⑥，所以备赋，以戒不虞者也⑦；所以共币帛，以宾享于诸侯者也。若诸侯之好币具，而导之以训辞，有不虞之备，而皇神相之，寡君其可以免罪于诸侯，而国民保焉。此楚国之宝也。若夫白珩，先王之玩也，何宝之焉？"

"围闻国之宝六而已：明王圣人，能制议百物，以辅相国家，则宝之；玉，足以庇荫嘉谷，使无水旱之灾，则宝之；龟，足以宪藏否⑧，则宝之；珠，足以御火灾，则宝之；金，足以御兵乱，则宝之；山林薮泽，足以备财用，则宝之。若夫哗嚣之美⑨，楚虽蛮夷，不能宝也。"

①鸣玉：指佩玉在人走动时碰撞发出的鸣响。

②白珩（héng，音横）：楚国的名玉。

③训辞：外交辞令。

④薮：大湖泊。

⑤箭：箭竹。

⑥龟：龟甲，用以占卜吉凶。　　珠：珍珠，古人认为珍珠可以防御火灾。　　角：兽角，可以做弓弩。　　齿：象牙，可以装饰弓。　　羽：鸟羽。　　毛：旄牛尾。羽和毛可以装饰旗子。

⑦不虞：没有预料到的祸患。

⑧宪：显示。　　藏否：吉凶。

⑨哗嚣：喧哗，这里指佩玉发出的鸣响。

8. 惠王以梁与鲁阳文子

惠王以梁与鲁阳文子①，文子辞，曰："梁险而在境，惧子孙之有贰者也。夫事君无憾②，憾则惧逼，逼则惧贰。夫盈而不逼，憾而不贰者，臣能自寿③，不知其他。纵臣而得以其首领以没，惧子孙之以梁之险，而乏臣之祀也。"王曰："子之仁，不忘子孙，施及楚国，敢不从子？"与之鲁阳。

①与：赐予。

②憾：恨。

③寿：保。

9. 子高杀白公胜

子西使人召王孙胜。沈诸梁闻之，见子西曰："闻子召王孙胜，信乎？"曰："然。"子高曰："将焉用之？"曰："吾闻之，胜直而刚，欲置之境①。"

子高曰："不可！其为人也，展而不信②，爱而不仁，诈而不智，毅而不勇③，直而不衷，周而不淑④。复言而不谋身⑤，展也；爱而不谋长，不仁也；以谋盖人，诈也；强忍犯义，毅也；直而不顾，不衷也；周言弃德，不淑也。是六德者，皆有其华而不实者也，将焉用之？"

"彼其父为戮于楚，其心又猖而不洁⑥。若其猖也，不忘旧怨，而不以洁悛德，思报怨而已。则其爱也足以得人，其展也足以复之，其诈也足以谋之，其直也足以帅之，其周也足以盖之，其不洁也足以行之，而加之以不仁，奉之以不义，蔑不克矣！"

"夫造胜之怨者，皆不在矣。若来而无宠，速其怒也⑦；若其宠之，毅贪无厌，既能得入，而耀之以大利，不仁以长之，思旧怨以修其心，苟国有衅，必不居矣。非子职之⑧，其谁乎？彼将思旧怨而欲大宠，动而得人，怨而有术，若果用之，害可待也！余爱子与司马，故不敢不言。"

子西曰："德其忘怨乎！余善之，夫乃其宁。"子高曰："不然。吾闻之，唯仁者可好也，可恶也，可高也，可下也。好之不逼，恶之不怨，高之不骄，下之不惧。不仁者则不然。人好之则逼，恶之则怨，高之则骄，下之则惧。骄有欲焉，惧有恶焉，欲恶怨逼，所以生诈谋也。子将若何？若召而下之，将戚而惧；为之上者，将怒而怨。诈谋之心，无所靖矣！有一不义，犹败国家，今壹五六，而必欲用之，不亦难乎？吾闻国家将败，必用奸人，而嗜其疾味⑨，其子之谓乎？"

"夫谁无疾眚⑩？能者早除之。旧怨灭宗，国之疾眚也，为之关籥蕃篱而远备闲之⑪，犹恐其至也，是之为日惕。若召而近之，死无日矣。人有言曰'狼子野心，怨贼之人也'，其又何善乎？若子不我信，盍求若敖氏与子干、子皙之族而近之？安用胜也？其能几何！"

"昔齐驺马繻以胡公入于具水⑫，邴歜、阎职戕懿公于囷竹⑬，晋长鱼矫杀三郤于榭，鲁圉人荦杀子般于次⑭，夫是谁之故也？非唯旧怨乎！是皆子之所闻也。人求多闻善败，以监戒也。今子闻而弃之，犹蒙耳也。吾语子何益？吾知逃也已。"

子西笑曰："子之尚胜也。"不从，遂使为白公。子高以疾闲居于蔡。

及白公之乱，子西、子期死。叶公闻之，曰："吾怨其弃吾言，而德其治楚国，楚国之能平均以复先王之业者，夫子也。以小怨置大德，吾不义也。将入杀之。"帅方城之外以入，杀白公而定王室，葬二子之族。

---

①境：边境。

②展：诚恳。

③毅：果断。

④周：周密。　　淑：善良。

⑤复言：实现诺言。

⑥猖（juàn，音倦）：心胸狭窄。　　洁：纯洁。

⑦速：招致。

⑧职：主，指承担。

⑨疾味：可以致病的美味。

⑩眚（shěng，音省）：灾害，病患。

⑪关：关卡。　　籥（yuè，音月）：锁钥。　　闲：防御。

⑫驺（zōu，音邹）马繻（xū，音需）：齐国大夫。

⑬邴歜（bǐng chù，音丙触）：齐国大夫。

⑭荦（luò，音洛）：圉人的名。

卷十九　吴　语

1. 诸稽郢行成于吴

　　吴王夫差起师伐越，越王句践起师逆之。大夫种乃献谋曰："夫吴之与越，唯天所授，王其无庸战。夫申胥、华登简服吴国之士于甲兵①，而未尝有所挫也。夫一人善射，百夫决拾②，胜未可成也。夫谋必素见成事焉③，而后履之，不可以授命④。王不如设戎，约辞行成⑤，以喜其民，以广侈吴王之心⑥。吾以卜之于天，天若弃吴，必许吾成，而不吾足也，将必宽然有伯诸侯之心焉。既罢弊其民，而天夺之食，安受其烬⑦，乃无有命矣！"

　　越王许诺。乃命诸稽郢行成于吴，曰："寡君句践使下臣郢，不敢显然布币行礼，敢私告于下执事曰：昔者越国见祸，得罪于天王。天王亲趋玉趾⑧，以心孤句践⑨，而又宥赦之。君王之于越也，繄起死人而肉白骨也⑩。孤不敢忘天灾，其敢忘君王之大赐乎？今句践申祸无良⑪，草鄙之人，敢忘天王之大德，而思边垂之小怨，以重得罪于下执事？句践用帅二三之老，亲委重罪⑫，顿颡于边⑬。"

　　"今君王不察，盛怒属兵⑭，将残伐越国。越国固贡献之邑也，君王不以鞭箠使之⑮，而辱军士使寇令焉。句践请盟：'一介嫡女⑯，执箕箒以眩姓于王宫⑰；一介嫡男，奉盘匜以随诸御⑱，春秋贡献，不解于王府。'天王岂辱裁之？亦征诸侯之礼也。"

　　"夫谚曰：'狐埋之而狐搰之⑲，是以无成功。'今天王既封植越国，以明闻于天下，而又刈亡之⑳，是天王之无成劳也。虽四方之诸侯，则何实以事吴㉑？敢使下臣尽辞，唯天王秉利度义焉。"

---

①简：挑选。　　服：操练。

②决：射箭用的扳指。　　拾：用皮革做的护臂。

③素：预先。

④授命：送命。

⑤约辞：卑下的言辞。　　行成：求和。

⑥广侈：扩张。

⑦烬：灰烬，这里指残局。

⑧亲趋玉趾：指吴王亲率兵马伐越。玉趾，尊贵的脚。

⑨心孤句践：指不准句践求和。孤，弃。

⑩繄（yī，音衣）：句首语助词。　　起死人而肉白骨：使死人复生，使白骨长肉，比喻恩同再造。

⑪申祸：再次遭到灾祸，指两次被吴国讨伐。申，重。　　无良：不善。

⑫委：承担。

⑬顿颡（sǎng，音嗓）：叩头。颡，前额。

⑭属：聚集。

⑮箠（chuí，音垂）：鞭子。

⑯一介：一个。

⑰晐（gāi，音该）姓：纳女给天子叫备百姓。晐，备。

⑱匜（yí，音移）：古时洗手注水的用具。

⑲揖（hú，音胡）：掘。

⑳刈（yì，音义）：割。

㉑实：事实。　　　事：臣事。

2. 吴越荒成不盟

吴王夫差乃告诸大夫曰："孤将有大志于齐，吾将许越成，而无拂吾虑。若越既改，吾又何求？若其不改，反行，吾振旅焉。"

申胥谏曰："不可许也！夫越，非实忠心好吴也，又非慑畏吾兵甲之强也。大夫种勇而善谋，将还玩吾国于股掌之上①，以得其志。夫固知君王之盖威以好胜也，故婉约其辞，以从逸王志，使淫乐于诸夏之国，以自伤也。使吾甲兵钝弊，民人离落，而日以憔悴，然后安受吾烬。夫越王好信以爱民，四方归之，年谷时熟，日长炎炎②。及吾犹可以战也。为虺弗摧③，为蛇将若何？"

吴王曰："大夫奚隆于越，越曾足以为大虞乎？若无越，则吾何以春秋曜吾军士④？"乃许之成。

将盟，越王又使诸稽郢辞曰："以盟为有益乎？前盟口血未干，足以结信矣。以盟为无益乎？君王舍甲兵之威以临使之，而胡重于鬼神而自轻也？"吴王乃许之，荒成不盟⑤。

---

①还：通"环"。　　玩：玩弄。

②炎炎：兴盛的样子。

③虺（huǐ，音毁）：小蛇。

④曜（yào，音耀）：炫耀，显示。

⑤荒成不盟：凭空答应了越国的求和而没有歃血为盟。　　荒：空。

3. 夫差伐齐

吴王夫差既许越成，乃大戒师徒①，将以伐齐。申胥进谏曰："昔天以越赐吴，而王弗受。夫天命有反，今越王勾践恐惧而改其谋，舍其愆令②，轻其征赋，施民所善，去民所恶，身自约也，裕其众庶，其民殷众，以多甲兵。越之在吴，犹人之有腹心之疾也。夫越王之不忘败吴，于其心也怵然③，服士以伺吾间④。今王非越是图，而齐、鲁以为忧。夫齐、鲁譬诸疾，疥癣也，岂能涉江、淮而与我争此地哉？将必越实有吴土。"

"王其盍亦鉴于人，无鉴于水。昔楚灵王不君，其臣箴谏以不入。乃筑台于章华之上，阙为石郭⑤，陂汉⑥，以象帝舜。罢弊楚国，以间陈、蔡。不修方城之内，逾诸夏而图东国，三岁于沮、汾以服吴、越。其民不忍饥劳之殃，三军叛王于乾溪。王亲独行，屏营仿偟于山林之中⑦，三日乃见其涓人畴⑧。王呼之曰：'余不食三日矣！'畴趋而进，王枕其股以寝于地。王寐，畴枕王以璞而去之⑨。王觉而无见也，乃匍匐将入于棘闱，棘闱不纳，乃入芋尹申亥氏焉。王缢，申亥负王以归，而土埋之其室。此志也，岂遽忘于诸侯之耳乎？"

"今王既变鲧、禹之功，而高高下下⑩，以罢民于姑苏。天夺吾食，都鄙荐饥。今王将很天而伐齐⑪，夫吴民离矣，体有所倾⑫，譬如群兽然，一个负矢，将百群皆奔，王其无方收也。越人必来袭我，王虽悔之，其犹有及乎？"

王弗听。十二年，遂伐齐。齐人与战于艾陵，齐师败绩，吴人有功。

---

①戒：告知。
②愆令：错误的政令。
③忕（chì，音赤）然：警惕，恐惧。
④服士：训练士卒。
⑤阙：通"掘"，挖掘。
⑥陂：壅塞。
⑦屏（bǐng，音兵）营：惶恐的样子。
⑧涓人：宫中的侍从。
⑨墣：土块。
⑩高高下下：使高处更高，低处更低，指建台榭，挖池塘。
⑪很：违背，不听从。
⑫倾：受伤。

4. 奚斯释言于齐

吴王夫差既胜齐人于艾陵，乃使行人奚斯释言于齐①，曰："寡人帅不腆吴国之役②，遵汝之上，不敢左右，唯好之故。今大夫国子兴其众庶，以犯猎吴国之师徒③。天若不知有罪，则何以使下国胜！"

---

①释言：用言词自我解脱。
②腆：丰厚，这里指多。　役：兵。
③犯猎：侵犯践踏。

5. 申胥自杀

吴王还自伐齐，乃讯申胥曰："昔吾先王体德明圣，达于上帝。譬如农夫作耦①，以刈杀四方之蓬蒿，以立名于荆，此则大夫之力也。今大夫老，而又不自安恬逸，而处以念恶②，出则罪吾众，挠乱百度，以妖孽吴国。今天降衷于吴，齐师受服。孤岂敢自多，先王之钟鼓，寔式灵之。敢告于大夫！"

申胥释剑而对曰："昔吾先王世有辅弼之臣，以能遂疑计恶③，以不陷于大难。今王播弃黎老④，而孩童焉比谋，曰：'余令而不违。'夫不违，乃违也；夫不违，亡之阶也。夫天之所弃，必骤近其小喜，而远其大忧。王若不得志于齐，而以觉寤王心，而吴国犹世⑤。吾先君得之也，必有以取之；其亡之也，亦有以弃之。用能援持盈以没⑥，而骤救倾以时。今王无以取之，而天禄亟至⑦，是吴命之短也！员不忍称疾辟易⑧，以见王之亲为越之擒也。员请先死。"遂自杀。将死，曰："以悬吾目于东门，以见越之入，吴国之亡也！"王愠，曰："孤不使大夫得有见也。"乃使取申胥之尸，盛以鸱夷⑨，而投之于江。

①耦：两人并肩耕种，用来比喻申胥辅佐阖庐。

②处以念恶：闲居无事就想败坏吴国。处：居住。

③遂：决断。　　计：考虑。

④黎老：老人。

⑤世：世代延续。

⑥用能援持盈以没：因此才能保持住强盛的局面直至去世。援持：继续保持。　　盈：满，指强盛的局面。

⑦亟：屡次。

⑧辟易：退避。

⑨鸱鹔（chī，yí，音吃移）：皮口袋。

6. 勾践袭吴

　　吴王夫差既杀申胥，不稔于岁①，乃起师北征。阙为深沟②，通于商、鲁之间，北属之沂③，西属之济，以会晋公午于黄池。

　　于是越王勾践乃命范蠡、舌庸率师沿海溯淮以绝吴路，败王子友于姑熊夷。越王勾践乃率中军溯江以袭吴，入其郛，焚其姑苏，徙其大舟④。

　　吴、晋争长未成，边遽乃至⑤，以越乱告。吴王惧，乃合大夫而谋曰：“越为不道，背其齐盟⑥。今吾道路修远，无会而归，与会而先晋⑦，孰利？”王孙雒曰：“夫危事不齿⑧，雒敢先对。二者莫利。无会而归，越闻章矣，民惧而走，远无正就⑨。齐、宋、徐、夷曰：‘吴既败矣！’将夹沟而庱我⑩，我无生命矣！会而先晋，晋既执诸侯之柄以临我，将成其志以见天子。吾须之不能⑪，去之不忍。若越闻愈章，吾民恐叛。必会而先之！”

　　王乃步就王孙雒曰：“先之，图之将若何？”王孙雒曰：“王其无疑！吾道路悠远，必无有二命焉，可以济事。”王孙雒进，顾揖诸大夫曰：“危事不可以为安，死事不可以为生，则无为贵智矣。民以恶死而欲贵富以长没也，与我同。虽然，彼近其国，有迁⑫；我绝虑，无迁。彼岂能与我行此危事也哉？事君勇谋，于此用之。今夕必挑战，以广民心。请王励士，以奋其朋势⑬。劝之以高位重畜⑭，备刑戮以辱其不励者，令各轻其死。彼将不战而先我，我既执诸侯之柄，以岁之不获也，无有诛焉，而先罢之，诸侯必说。既而皆入其地，王安挺志⑮，一日惕⑯，一日留⑰，以安步王志。必设以此民也，封于江、淮之间，乃能至于吴。”吴王许诺。

①稔（rěn，音忍）：谷物成熟。

②阙：通“掘”，挖掘。

③属：连接。

④徙：获取。

⑤遽：驿站的车。

⑥齐：同。

⑦先晋：让晋国先歃血。

⑧不齿：不分年龄长幼。齿，年龄。

⑨正：合适。

⑩庱（chǐ，音尺）：夹击。

⑪须：等待。

⑫迁：转退。

⑬朋：群。

⑭重畜：指财宝。

⑮挺志：放宽心。

⑯惕：疾速。

⑰留：徐缓。

7. 吴欲为盟主

吴王昏乃戒，令秣马食士。夜中，乃令服兵擐甲①，系马舌，出火灶，陈士卒百人，以为彻行百行②。行头皆官师，拥铎拱稽③，建肥胡④，奉文犀之渠⑤；十行一嬖大夫⑥，建旌提鼓，挟经秉枹⑦；十旌一将军，载常建鼓⑧，挟经秉枹。万人以为方阵，皆白裳、白旗、素甲、白羽之矰⑨，望之如荼。王亲秉钺，载白旗以中陈而立。左军亦如之，皆赤裳、赤旗、丹甲、朱羽之矰，望之如火。右军亦如之，皆玄裳、玄旗、黑甲、乌羽之矰，望之如墨。为带甲三万，以势攻，鸡鸣乃定。既陈，去晋军一里。昧明，王乃秉枹，亲就鸣钟鼓、丁宁、錞于振铎⑩，勇怯尽应，三军皆哗釦以振旅⑪，其声动天地。

晋师大骇不出，周军饰垒⑫，乃令董褐请事，曰："两君偃兵接好⑬，日中为期。今大国越录⑭，而造于弊邑之军垒，敢请乱故。"

吴王亲对之曰："天子有命，周室卑约，贡献莫入，上帝鬼神而不可以告。无姬姓之振也，徒遽来告。孤日夜相继，匍匐就君。君今非王室不平安是忧，亿负晋众庶⑮，不式诸戎、狄、楚、秦⑯；将不长弟，以力征一二兄弟之国。孤欲守吾先君之班爵，进则不敢，退则不可。今会日薄矣⑰，恐事之不集⑱，以为诸侯笑。孤之事君在今日，不得事君亦在今日。为使者之无远也，孤用亲听命于藩篱之外。"

董褐将还，王称左畸⑲，曰："摄少司马兹与王士五人，坐于王前。"乃皆进，自刭于客前以酬客⑳。

董褐既致命，乃告赵鞅曰："臣观吴王之色，类有大忧，小则嬖妾、嫡子死，不则国有大难；大则越入吴。将毒㉑，不可与战。主其许之先，无以待危，然而不可徒许也。"赵鞅许诺。

晋乃令董褐复命曰："寡君未敢观兵身见，使褐复命曰：'曩君之言㉒，周室既卑，诸侯失礼于天子，请贞于阳卜，收文、武之诸侯。孤以下密迩于天子，无所逃罪，讯让日至㉓，曰："昔吴伯父不失，春秋必率诸侯以顾在余一人。今伯父有蛮、荆之虞，礼世不续，用命孤礼佐周公，以见我一二兄弟之国，以休君忧。今君掩王东海，以淫名闻于天子㉔，君有短垣，而自逾之，况蛮、荆则何有于周室？夫命圭有命，固曰'吴伯'，不曰'吴王'。诸侯是以敢辞。夫诸侯无二君，而周无二王。君若无卑天子，以干其不祥，而曰'吴公'，孤敢不顺从君命长弟！'许诺。"

吴王许诺，乃退就幕而会。吴公先歃，晋侯亚之。吴王既会，越闻愈章，恐齐、宋之为己害也，乃命王孙雒先与勇获帅徒师，以为过宾于宋，以焚其北郭焉以过之。

①服：执。　擐（huàn，音换）甲：穿上铠甲。擐，贯。

②彻：通。

③铎；金铎，金属制的大铃。　稽：枝戟，油漆的木戟。

④肥胡：一种窄长的旗帜。

⑤文犀之渠：有纹理的牛皮做的盾。

⑥嬖大夫：下大夫。

⑦经：兵书。　枹（fú，音浮）：鼓槌。

⑧常：绣有日月的旗帜。

⑨矰（zēng，音曾）：短箭。

⑩丁宁：小铜钲。　　镎于：军乐器，与鼓声相和。

⑪哗钊：大声欢呼。

⑫周：绕。　　饬（chì，音赤）：整治。

⑬接好：合好。

⑭录：次第。

⑮亿：安。　　负：依仗。

⑯式：因此。

⑰薄：迫近。

⑱集：成功。

⑲左畸：军队的左部。

⑳刭（yā，音鸦）：用刀割颈。

㉑毒：荼毒。

㉒曩（nǎng，音攮）：过去，先前。

㉓讯让：责问。

㉔淫名：超越名次。

8. 夫差退于黄池

吴王夫差既退于黄池，乃使王孙苟告劳于周①，曰："昔者楚人为不道，不承共王事，以远我一二兄弟之国。吾先君阖庐不贳不忍②，被甲带剑，挺铍搢铎③，以与楚昭王毒逐于中原柏举。天舍其衷④，楚师败绩，王去其国，遂至于郢。王总其百执事，以奉其社稷之祭。其父子、昆弟不相能，夫概王作乱，是以复归于吴。今齐侯壬不鉴于楚，又不承共王命，以远我一二兄弟之国。夫差不贳不忍，被甲带剑，挺铍搢铎，遵汝伐博，簦笠相望于艾陵⑤。天舍其衷，齐师还。夫差岂敢自多，文、武实舍其衷。归不稔于岁，余沿江溯淮，阙沟深水，出于商、鲁之间，以彻于兄弟之国。夫差克有成事，敢使苟告于下执事。"

周王答曰："苟，伯父令女来，明绍享余一人，若余嘉之。昔周室逢天之降祸，遭民之不祥，余心岂忘忧恤，不唯下土之不康靖。今伯父曰：'戮力同德。'伯父若能然，余一人兼受而介福⑥。伯父多历年以没元身，伯父秉德已侈大哉⑦！"

①劳：功。

②贳（shì，音是）：赦，宽免。

③铍（pī，音披）：长矛。　　搢（jìn，音晋）：摇动。

④舍：施舍。

⑤簦（dēng，音登）笠：一种有长柄的笠。

⑥介福：大福。

⑦侈：广。

9. 勾践灭吴

吴王夫差还自黄池，息民不戒。越大夫种乃唱谋曰①："吾谓吴王将遂涉吾地，今罢师而不戒以忘我，我不可以怠。日臣尝卜于天，今吴民既罢，而大荒荐饥，市无赤米②，而囷鹿空虚③，其民必移就蒲赢于东海之滨④。天占既兆，人事又见，我蓂卜筮矣。王若今起师以会，夺之利，无使夫俊。夫吴之边鄙远者，罢而未至，吴王将耻不战，必不须至之会也，而以中国之师与我战。若事幸而从我，我遂践其地，其至者亦将不能之会也已，吾用御儿临之。吴王若惕而又战，奔遂可出⑤。若不战而结成，王安厚取名而去之。"越王曰："善哉！"乃大戒师，将伐吴。

楚申包胥使于越，越王勾践问焉，曰："吴国为不道，求残我社稷宗庙，以为平原，弗使血食。吾欲与之徼天之衷⑥，唯是车马、兵甲、卒伍既具，无以行之。请问战奚以而可？"包胥辞曰："不知。"王固问焉，乃对曰："夫吴，良国也，能博取于诸侯。敢问君王之所以与之战者？"王曰："在孤之侧者，觞酒、豆肉、箪食，未尝敢不分也。饮食不致味，听乐不尽声，求以报吴。愿以此战。"包胥曰："善则善矣，未可以战也。"王曰："越国之中，疾者吾问之，死者吾葬之，老其老，慈其幼，长其孤⑦，问其病，求以报吴。愿以此战。"包胥曰："善则善矣，未可以战也。"王曰："越国之中，吾宽民以子之，忠惠以善之。吾修令宽刑，施民所欲，去民所恶，称其善，掩其恶，求以报吴。愿以此战。"包胥曰："善则善矣，未可以战也。"王曰："越国之中，富者吾安之，贫者吾与之，救其不足，裁其有余，使贫富皆利之，求以报吴。愿以此战。"包胥曰："善则善矣，未可以战也。"王曰："越国南则楚，西则晋，北则齐，春秋皮币、玉帛、子女以宾服焉，未尝敢绝，求以报吴。愿以此战。"包胥曰："善哉，蔑以加焉！然犹未可以战也。夫战，智为始，仁次之，勇次之。不智，则不知民之极⑧，无以铨度天下之众寡⑨；不仁，则不能与三军共饥劳之殃；不勇，则不能断疑以发大计。"越王曰："诺。"

越王勾践乃召五大夫，曰："吴为不道，求残吾社稷宗庙，以为平原，不使血食。吾欲与之徼天之衷，唯是车马、兵甲、卒伍既具，无以行之。吾问于王孙包胥，既命孤矣。敢访诸大夫，问战奚以而可？勾践愿诸大夫言之，皆以情告，无阿孤，孤将以举大事。"大夫舌庸乃进对曰："审赏则可以战乎？"王曰："圣⑩。"大夫苦成进对曰："审罚则可以战乎⑪？"王曰："猛。"大夫种进对曰："审物则可以战乎？"王曰："辩。"大夫蠡进对曰："审备则可以战乎？"王曰："巧。"大夫皋如进对曰："审声则可以战乎⑫？"王曰："可矣！"王乃命有司大令于国曰："苟在戎者，皆造于国门之外⑬。"王乃命于国曰："国人欲告者来告，告孤不审，将为戮不利。及王日必审之，过五日，道将不行。"

王乃入命夫人。王背屏而立，夫人向屏，王曰："自今日以后，内政无出，外政无入。内有辱，是子也；外有辱，是我也。吾见子于此止矣！"王遂出，夫人送王，不出屏，乃阖左阖⑭，填之以土，去笄侧席而坐，不扫。王背檐而立，大夫向檐，王命大夫曰："食土不均，土地之不修，内有辱于国，是子也；军士不死⑮，外有辱，是我也。自今日以后，内政无出，外政无入，吾见子于此止矣！"王遂出，大夫送王不出檐，乃阖左阖，填之以土，侧席而坐，不扫。

王乃之坛列⑯，鼓而行之，至于军，斩有罪者以徇⑰，曰："莫如此以环瑱通相问也⑱。"明日徙舍，斩有罪者以徇，曰："莫如此不从其伍之令。"明日徙舍，斩有罪者以徇，曰："莫如此不用王命。"明日徙舍，至于御儿，斩有罪者以徇，曰："莫如此淫逸不可禁也。"

王乃命有司大徇于军，曰："有父母耆老而无昆弟者，以告。"王亲命之曰："我有大事，子有父母耆老，而子为我死，子之父母将转于沟壑，子为我礼已重矣。子归，殁而父母之世。后若有事，吾与子图之。"明日徇于军，曰："有兄弟四五人皆在此者，以告。"王亲命之曰："我有大事，子有昆弟四五人皆在此，事若不捷，则是尽也。择子之所欲归者一人。"明日徇于军，曰："有眩瞀之疾者⑲，以告。"王亲命之曰："我有大事，子有眩瞀之疾，其归若已。后若有事，吾与子图之。"明日徇于军，曰："筋力不足以胜甲兵，志行不足以听命者归，莫告。"明日，迁军接和，斩有罪者以徇，曰："莫如此志行不果。"于是人有致死之心，王乃命有司大徇于军，曰：

"谓二三子归而不归，处而不处，进而不进，退而不退，左而不左，右而不右，身斩，妻子鬻。"

于是吴王起师，军于江北，越王军于江南。越王乃中分其师以为左右军，以其私卒君子六千人为中军⑳。明日将舟战于江。及昏，乃令左军衔枚溯江五里以须，亦令右军衔枚逾江五里以须。夜中，乃命左军、右军涉江鸣鼓中水以须。吴师闻之，大骇，曰："越人分为二师，将以夹攻我师。"乃不待旦，亦中分其师，将以御越。越王乃令其中军衔枚潜涉，不鼓不噪以袭攻之，吴师大北。越之左军、右军乃遂涉江从之，又大败之于没，又郊败之，三战三北，乃至于吴。越师遂入吴国，围王台。

吴王惧，使人行成，曰："昔不谷先委制于越君，君告孤请成，男女服从。孤无奈越之先君何，畏天之不祥，不敢绝祀，许君成，以至于今。今孤不道，得罪于君王，君王以亲辱于弊邑。孤敢请成，男女服为臣御。"越王曰："昔天以越赐吴，而吴不受；今天以吴赐越，孤敢不听天之命，而听君之令乎？"乃不许成。因使人告于吴王曰："天以吴赐越，孤不敢不受。以民生之不长㉑，王其无死！民生于地上，寓也，其与几何？寡人其达王于甬句东，夫妇三百，唯王所安，以没王年。"夫差辞曰："天既降祸于吴国，不在前后，当孤之身，实失宗庙社稷。凡吴土地人民，越既有之矣，孤何以视于天下！"夫差将死，使人说于子胥曰："使死者无知，则已矣；若其有知，吾何面目以见员也！"遂自杀。

越灭吴，上征上国，宋、郑、鲁、卫、陈、蔡执玉之君皆入朝。夫唯能下其群臣，以集其谋故也。

---

①唱：倡议。

②赤米：发红的米，指陈米。

③困鹿：粮仓。

④蒲：生长在水边的植物。　　赢（luǒ，音螺）：蛤蚌一类的小海物。

⑤奔：应为"幸"。

⑥徼：通"邀"，要求。

⑦长：抚养长大。

⑧极：中，指民心、民意。

⑨铨：衡量。

⑩圣：通。

⑪物：色，指旌旗徽帜的颜色。古人作战以旗指挥进退，不同颜色代表不同的军令。

⑫声：用以指挥军队进退的钲、鼓、铎、枹的声音。

⑬造：到……去。

⑭阖左阖：关闭左侧的门。第一个"阖"，关闭。　　第二个"阖"，门扇。

⑮死：拚死杀敌。

⑯坛列：用于发布命令、誓师的土筑高台。

⑰徇：示众。

⑱通：行贿而泄漏军情。　　问：馈赠，这里指行贿。

⑲眊瞀（mào，音冒）：眼睛昏花视物不清。

⑳私卒君子：指越王所亲近而又誓死报国的人。

㉑民生：人生。

卷二十　越语上

1. 勾践行成于吴

越王勾践栖于会稽之上，乃号令于三军曰："凡我父兄、昆弟及国子姓，有能助寡人谋而退吴者，吾与之共知越国政。"

大夫种进对曰："臣闻之：贾人夏则资皮，冬则资绨①，旱则资舟，水则资车，以待乏也。夫虽无四方之忧，然谋臣与爪牙之士，不可不养而择也。譬如蓑笠，时雨既至，必求之。今君王既栖于会稽之上，然后乃求谋臣，无乃后乎？"

勾践曰："苟得闻子大夫之言，何后之有？"执其手而与之谋。

遂使之行成于吴②，曰："寡君勾践乏无所使，使其下臣种，不敢彻声闻于天王，私于下执事，曰："寡君之师徒，不足以辱君矣；愿以金玉、子女赂君之辱。请勾践女女于王③，人夫女女于大夫，士女女于士；越国之宝器毕从；寡君帅越国之众以从君之师徒，唯君左右之！若以越国之罪为不可赦也，将焚宗庙，系妻孥④，沉金玉于江。有带甲五千人将以致死，乃必有偶⑤，是以带甲万人事君也。无乃即伤君王之所爱乎？与其杀是人也，宁其得此国也，其孰利乎？'"

夫差将欲听，与之成。子胥谏曰："不可！夫吴之与越也，仇雠敌战之国也⑥。三江环之，民无所移。有吴则无越，有越则无吴，将不可改于是矣！员闻之：陆人居陆，水人居水。夫上党之国⑦，我攻而胜之，吾不能居其地，不能乘其车；夫越国，吾攻而胜之，吾能居其地，吾能乘其舟。此其利也，不可失也已。君必灭之！失此利也，虽悔之，必无及已。"

越人饰美女八人，纳之太宰嚭，曰："子苟赦越国之罪，又有美于此者将进之。"

太宰嚭谏曰："嚭闻古之伐国者，服之而已。今已服矣，又何求焉？"夫差与之成而去之。

勾践说于国人曰："寡人不知其力之不足也，而又与大国执雠，以暴露百姓之骨于中原，此则寡人之罪也。寡人请更！"于是葬死者，问伤者，养生者；吊有忧，贺有喜；送往者，迎来者；去民之所恶，补民之不足。然后卑事夫差，宦士三百人于吴，其身亲为夫差前马⑧。

---

①绨（chī，音吃）：细葛布，可做夏衣。
②行成：求和。
③女女：第一个"女"，名词，女儿。　第二个"女"，音 nǜ，动词，作婢妾。
④孥（nú）：儿子。
⑤偶：对，加倍。此处有一人当两人之意。
⑥仇雠：(qiú chóu，音求愁)：仇敌。
⑦上党之国：居于高处的国家。上，高。党，处所。
⑧前马：即前驱，马前开道者。

2. 勾践雪耻

勾践之地，南至于句无，北至于御儿，东至于鄞，西至于姑蔑，广运百里①。乃致其父母昆弟而誓之曰：“寡人闻古之贤君，四方之民归之，若水之归下也。今寡人不能，将帅二三子夫妇以蕃②。”令壮者无取老妇，令老者无取壮妻。女子十七不嫁，其父母有罪；丈夫二十不娶，其父母有罪。将免者以告③，公令医守之。生丈夫，二壶酒，一犬；生女子，二壶酒，一豚。生三人，公与之母④；生二人，公与之饩。当室者死⑤，三年释其政；支子死，三月释其政。必哭泣葬埋之，如其子。令孤子、寡妇、疾疹、贫病者，纳宦其子。其达士⑥，洁其居，美其服，饱其食，而摩厉之于义⑦。四方之士来者，必庙礼之。勾践载稻与脂于舟以行，国之孺子之游者，无不铺也，无不歠也⑧，必问其名。非其身之所种则不食，非其夫人之所织则不衣，十年不收于国，民俱有三年之食。

国之父兄请曰：“昔者夫差耻吾君于诸侯之国，今越国亦节矣⑨，请报之！”勾践辞曰：“昔者之战也，非二三子之罪也，寡人之罪也。如寡人者，安与知耻？请姑无庸战。”父兄又请曰：“越四封之内，亲吾君也，犹父母也。子而思报父母之仇，臣而思报君之雠，其有敢不尽力者乎？请复战！”勾践既许之，乃致其众而誓之曰：“寡人闻古之贤君，不患其众之不足也，而患其志行之少耻也。今夫差衣水犀之甲者亿有三千，不患其志行之少耻也，而患其众之不足也。今寡人将助天灭之。吾不欲匹夫之勇也，欲其旅进旅退⑩。进则思赏，退则思刑，如此则有常赏；进不用命，退则无耻，如此则有常刑。”果行，国人皆劝，父勉其子，兄勉其弟，妇勉其夫，曰：“孰是君也，而可无死乎？”是故败吴于囿，又败之于没，又郊败之。

夫差行成，曰：“寡人之师徒，不足以辱君矣。请以金玉、子女赂君之辱。”勾践对曰：“昔天以越予吴，而吴不受命；今天以吴予越，越可以无听天之命，而听君之令乎？吾请达王甬句东，吾与君为二君乎。”夫差对曰：“寡人礼先壹饭矣⑪，君若不忘周室，而为弊邑宸宇，亦寡人之愿也。君若曰：‘吾将残汝社稷，灭汝宗庙。’寡人请死，余何面目以视于天下乎！越君其次也⑫！”遂灭吴。

①广运百里：方圆百里。东西为广，南北为运。

②蕃：繁殖人口。

③免：同“娩”，分娩。

④母：乳母。

⑤当室者：嫡长子。

⑥达士：知名人士。

⑦摩厉：同“磨砺”，切磋。

⑧歠（chuò，音啜）：给水喝。

⑨节：有节度，即已具规模。

⑩旅：共同。

⑪壹饭：引伸为小恩惠。指会禾之事。

⑫次：驻扎。

卷二十一 越语下

1. 范蠡谏勾践伐吴

越王勾践即位三年而欲伐吴。范蠡进谏曰："夫国家之事，有持盈，有定倾，有节事。"

王曰："为三者奈何？"

范蠡对曰："持盈者与天，定倾者与人，节事者与地。王不问，蠡不敢言。天道盈而不溢，盛而不骄，劳而不矜其功。夫圣人随时以行，是谓守时。天时不作，弗为人客①；人事不起，弗为之始②。今君王未盈而溢，未盛而骄，不劳而矜其功；天时不作而为人客，人事不起而创为之始，此逆于天而不和于人。王若行之，将妨于国家，靡王躬身③。"王弗听。

范蠡进谏曰："夫勇者，逆德也；兵者，凶器也；争者，事之末也。阴谋逆德，好用凶器，始于人者，人之所卒也。淫佚之事④，上帝之禁也。先行此者不利！"

王曰："无！是贰言也。吾已断之矣！"

果兴师而伐吴，战于五湖。不胜，栖于会稽。

---

①客：作客，此处作攻打别人解。
②始：首先挑起战争。
③靡：危害。
④淫佚：过分。

2. 范蠡定倾节事

王召范蠡而问焉，曰："吾不用子之言，以至于此，为之奈何？"范蠡对曰："君王其忘之乎？持盈者与天，定倾者与人，节事者与地。"

王曰："与人奈何？"范蠡对曰："卑辞尊礼，玩好女乐，尊之以名。如此不已，又身与之市①。"王曰："诺。"

乃令大夫种行成于吴，曰："请士女女于士，大夫女女于大夫，随之以国家之重器。"吴人不许。大夫种来而复往，曰："请委管籥②，属国家，以身随之，君王制之！"吴人许诺。

王曰："蠡为我守于国。"对曰："四封之内，百姓之事，蠡不如仲也。四封之外，敌国之制，立断之事，种亦不如蠡也。"王曰："诺。"令大夫种守于国，与范蠡入宦于吴③。

三年，而吴人遣之归。及至于国，王问于范蠡曰："节事奈何？"对曰："节事者与地。唯地能包万物以为一，其事不失。生万物，容畜禽兽，然后受其名而兼其利。美恶皆成，以养其生。时不至，不可强生；事不究，不可强成。自若以处，以度天下，待其来者而正之，因时之所宜而定之。同男女之功④，除民之害，以避天殃；田野开辟，府仓实，民众殷；无旷其众，以为乱梯⑤。时将有反，事将有间，必有以知天地之恒制，乃可以有天下之成利；事无间，时无反，则抚民保教以须之。"

王曰："不谷之国家，蠡之国家也。蠡其图之！"对曰："四封之内，百姓之事，时节三乐⑥，不乱民功，不逆天时，五谷睦熟⑦，民乃蕃滋⑧，君臣上下交得其志⑨，蠡不如种也。四封之外，敌国之制，立断之事，因阴阳之恒，顺天地之常——柔而不屈，强而不刚，德虐之行，因以为常；死生因天地之刑，天因人，圣人因天；人自生之，天地形之，圣人因而成之。是故战胜而不报，取地而不反，兵胜于外，福生于内，用力甚少，而名声章明，种亦不如蠡也。"王曰："诺。"令大夫种为之。

---

①市：出卖货物。

②管籥（yuè，音月）：钥匙。管，钥匙。籥，通"钥"，锁。

③宦：做贵族的奴仆。

④男女之功：男耕女织之事。功，事情。

⑤以为乱梯：会成为导致叛乱的阶梯。

⑥时节三乐：指春、夏、秋农忙三季都能感到安乐。

⑦睦熟：得时气之和而成熟。睦：和。

⑧蕃滋：繁衍生息。

⑨交得其志：彼此都感到满意。志，心意。

3. 范蠡劝勾践无蚤图吴

四年，王召范蠡而问焉，曰："先人就世，不谷即位。吾年既少，未有恒常。出则禽荒①，入则酒荒；吾百姓之不图，唯舟与车。上天降祸于越，委制于吴；吴人之那不谷②，亦有甚焉！吾欲与子谋之，其可乎？"

对曰："未可也。蠡闻之：上帝不考③，时反是守，强索者不祥。得时不成，反受其殃。失德灭名，流走死亡。有夺，有予，有不予，王无蚤图！夫吴，君王之吴也；王若蚤图之，其事又将未可知也。"王曰："诺！"

又一年，王召范蠡而问焉，曰："吾与子谋吴，子曰：'未可也。'今吴王淫与乐，而忘其百姓；乱民功，逆天时；信谗喜优，憎辅远弼，圣人不出，忠臣解骨④，皆曲相御，莫适相非。上下相偷⑤，其可乎？"

对曰："人事至矣，天应未也。王姑待之！"王曰："诺！"

又一年，王召范蠡而问焉，曰："吾与子谋吴，子曰：'未可也。'今申胥骤谏其王，王怒而杀之，其可乎？"

对曰："逆节萌生。天地未形，而先为之征，其事是以不成，杂受其刑。王姑待之！"王曰："诺！"

又一年，王召范蠡而问焉，曰："吾与子谋吴，子曰：'未可也。'今其稻蟹不遗种⑥。其可乎？"

对曰："天应到矣，人事未尽也。王姑待之！"王怒曰："道固然乎？妄欺不穀邪？吾与子言人事，子应我以天时；今天应至矣，子应我以人事。何也？"范蠡对曰："王姑勿怪。夫人事必将与天地相参，然后乃可以成功。今其祸新民恐，其君臣上下，皆知其资财之不足以支长久也；彼将同其力，致其死。犹尚殆⑦！王其且驰骋弋猎，无至禽荒；宫中之乐，无至酒荒；肆与大夫觞饮⑧，无忘国常。彼此上将薄其德，民将尽其力，又使之望而不得食，乃可以致天地之殛⑨。王姑待之！"

①禽荒：沉迷于射猎。荒，沉迷，放纵。

②那：对于。

③考：作"成"解，引申为成全、支持。

④解骨：解体。

⑤偷：苟且偷安。

⑥稻蟹不遗种：稻和蟹都无所剩。

⑦殆：危。

⑧肆：尽量地。

⑨殛：诛杀。

4. 范蠡佐勾践灭吴

至于玄月，王召范蠡而问焉，曰："谚有之曰：觥饭不及壶飧①。今岁晚矣，子将奈何？"对曰："微君王之言，臣固将谒之。臣闻从时者，犹救火、追亡人也；蹶而趋之②，唯恐弗及。"王曰："诺！"遂兴师伐吴，至于五湖。

吴人闻之，出而挑战，一日五反。王弗忍，欲许之。范蠡进谏曰："夫谋之廊庙③，失之中原，其可乎？王姑勿许也。臣闻之：得时无怠，时不再来；天予不取，反为之灾。赢缩转化④，后将悔之。天节固然，唯谋不迁！"王曰："诺！"弗许。

范蠡曰："臣闻古之善用兵者，赢缩以为常，四时以为纪⑤，无过天极，究数而止。天道皇皇⑥，日月以为常——明者以为法，微者则是行。阳至而阴，阴至而阳；日困而还，月盈而匡。古之善用兵者，因天地之常，与之俱行——后则用阴，先则用阳；近则用柔，远则用刚；后无阴蔽，先天阳察，用人无艺⑦。往从其所，刚强以御，阳节不尽，不死其野。彼来从我，固守勿与。若将与之，必因天地之灾，又观其民之饥饱劳逸以参之，尽其阳节，盈吾阴节而夺之。宜为人客，刚强而力疾；阳节不尽，轻而不可取。宜为人主，安徐而重固；阴节不尽，柔而不可迫。凡陈之道⑧，设右以为牝，益左以为牡。蚤晏无失，必须天道，周旋无究。今其来也，刚强而力疾，王姑待之。"王曰："诺！"弗与战。

居军三年，吴师自溃。吴王帅其贤良与其重禄，以上姑苏。使王孙雒行成于越，曰："昔者上天降祸于吴，得罪于会稽；今君王其图不谷，不谷请复会稽之和。"王弗忍，欲许之。范蠡进谏曰："臣闻之：圣人之功，时为之庸⑨。得时弗成，天有还形。天节不远，五年复反。小凶则近，大凶则远。先人有言曰：'伐柯者其则不远'⑩。今君王不断，其忘会稽之事乎？"王曰："诺！"不许。

使者往而复来。辞愈卑，礼愈尊，王又欲许之。范蠡谏曰："孰使我蚤朝而晏罢者？非吴乎？与我争三江五湖之利者，非吴耶？夫十年谋之，一朝而弃之，其可乎？王姑勿许，其事将易冀已⑪！"王曰："吾欲勿许，而难对其使者。子其对之。"

范蠡乃左提鼓，右援枹⑫，以应使者曰："昔者上天降祸于越，委制于吴，而吴不受；今将反此义以报此祸，吾王敢无听天之命，而听君王之命乎？"王孙雒曰："子范子，先人有言曰：

'无助天为虐，助天虐者不祥。'今吾稻蟹不遗种，子将助天为虐，不忌其不祥乎？"范蠡曰："王孙子，昔吾先君，固周室之不成子也！故滨于东海之陂，鼋鼍鱼鳖之与处⑬，而蛙黾之与同渚⑭。余虽觍然而人面哉⑮，吾犹禽兽也，又安知是谀谀者乎⑯？"王孙雒曰："子范子将助天为虐，助天为虐不祥。雒请反辞于王⑰。"范蠡曰："君王已委制于执事之人矣。子往矣，无使执事之人得罪于子。"使者辞反⑱。

范蠡不报于王，击鼓兴师以随使者，至于姑苏之宫，不伤越民，遂灭吴。

---

①觥（gōng，音公）饭：丰盛的佳肴。　壶飧（sūn，音孙）：少而简的饭食。飧，用水泡饭。

②蹶（guì，音贵）：急忙的样子。

③廊庙：朝廷。

④赢缩：进退。

⑤纪：法度、准则。

⑥皇皇：盛美鲜明的样子。

⑦无艺：无常。

⑧陈：同"阵"。

⑨庸：同"用"。

⑩柯：斧柄。

⑪冀：希望。

⑫枹（fú，音浮）：鼓槌。

⑬鼋（yuán，音元）：大鳖。　鼍（tuó，音驼）：鳄鱼。

⑭黾（měng，音猛）：青蛙。　渚（zhǔ，音主）：水中的小块陆地。

⑮觍（tiǎn，音舔）：惭愧。

⑯谀谀（jiàn，jiàn，音建建）：能言善辩。

⑰反辞于王：回禀越王。

⑱使者辞反：使者回吴复命。

5. 范蠡辞于越王

反至五湖，范蠡辞于王曰："君王勉之！臣不复入于越国矣！"王曰："不穀疑子之所谓者何也？"对曰："臣闻之：为人臣者，君忧臣劳，君辱臣死。昔者君王辱于会稽，臣所以不死者，为此事也。今事已济矣，蠡请从会稽之罚。"王曰："所不掩子之恶，扬子之美者，使其身无终没于越国！子听吾言，与子分国；不听吾言，身死！妻子为戮！"范蠡对曰："臣闻命矣！君行制，臣行意！"遂乘轻舟以浮于五湖，莫知其所终极①。

王命工以良金写范蠡之状②，而朝礼之。浃日③，而令大夫朝之。环会稽三百里者以为范蠡地。曰："后世子孙，有敢侵蠡之地者，使无终没于越国，皇天后土、四乡地主正之。"

---

①终极：下落。

②良金：好金属。

③浃（jiā，音佳）日：从甲日到癸日，其周期是十天。

战 国 策

卷一　东　周

秦兴师临周而求九鼎

　　秦兴师临周而求九鼎，周君患之，以告颜率。颜率曰："大王勿忧，臣请东借救于齐①。"颜率至齐，谓齐王曰："夫秦之为无道也，欲兴兵临周而求九鼎。周之君臣内自尽计②：与秦，不若归之大国。夫存危国，美名也；得九鼎，厚宝也。愿大王图之。"齐王大悦，发师五万人，使陈臣思将以救周，而秦兵罢。

　　齐将求九鼎，周君又患之。颜率曰："大王勿忧。臣请东解之③。"颜率至齐，谓齐王曰："周赖大国之义，得君臣父子相保也，愿献九鼎，不识大国何涂之从而致之齐④?"齐王曰："寡人将寄径于梁⑤。"颜率曰："不可。夫梁之君臣，欲得九鼎，谋之晖台之下，少海之上，其日久矣。鼎入梁，必不出。"齐王曰："寡人将寄径于楚。"对曰："不可。楚之君臣，欲得九鼎，谋之于叶庭之中，其日久矣。若入楚，鼎必不出。"王曰："寡人终何涂之从而致之齐?"颜率曰："弊邑固窃为大王患之。夫鼎者，非效醯壶酱甀耳⑥，可怀挟提挈以至齐者⑦；非效鸟集乌飞，兔兴马逝⑧，漓然止于齐者⑨。昔周之伐殷，得九鼎，凡一鼎而九万人挽之，九九八十一万人，士卒师徒，器械被具，所以备者称此⑩。今大王纵有其人，何涂之从而出? 臣窃为大王私忧之。"齐王曰："子之数来者，犹无与耳⑪。"颜率曰："不敢欺大国，疾定所从出，弊邑迁鼎以待命。"齐王乃止。

---

①东借救于齐：往东向齐国借救兵。

②尽：竭尽心思。

③东解之：东到齐国解除这次危机。

④何涂（tú，通"途"）之从而致之齐：从什么样的途径可以到达齐国。

⑤寄径：借道。

⑥醯（xī，音希）：醋。　　甀（zhuì，音坠）：小口瓮。

⑦挈（qiè，音怯）：提。

⑧兔兴马逝：比喻如兔和马一样的轻疾。

⑨漓（lí，音离）：薄。

⑩称此：彼此均等。

⑪犹无与耳：指表面上许诺而实际上却不给。

秦　攻　宜　阳

　　秦攻宜阳，周君谓赵累曰："子以为何如?"对曰："宜阳必拔也。"君曰："宜阳城方八里，材士十万①，粟支数年②，公仲之军二十万，景翠以楚之众，临山而救之，秦必无功。"对曰："甘茂，羁旅也③。攻宜阳而有功，则周公旦也④；无功，则削迹于秦⑤。秦王不听群臣父兄之义⑥而攻宜阳，宜阳不拔，秦王耻之。臣故曰拔。"君曰："子为寡人谋，且奈何？"对曰："君谓景翠曰：'公爵为执圭⑦，官为柱国。战而胜，则无加焉矣；不胜，则死。不如背秦，援宜阳。公进兵，秦恐公之乘其弊也，必以宝事公；公中慕公之为己乘秦也，亦必尽其宝。'"

秦拔宜阳，景翠果进兵。秦惧，遽效煮枣⑧。韩氏果亦效重宝。景翠得城于秦，受宝于韩，而德东周。

---

①材士：有材武之士。

②粟支数年：粮草可以应付数年时间。

③羁（jī，音基）旅：作客他乡。

④则周公旦也：指可以象周公旦一样留名青史。

⑤削迹：销声匿迹。

⑥义：议。

⑦公爵：指景翠。　　执圭：贵族，当权者。

⑧遽（jù，音据）效煮枣：急忙献出煮枣之地。

东周与西周战

东周与西周战，韩救西周。为东周谓韩王曰："西周者，故天子之国也，多名器重宝。案兵而勿出①，可以德东周，西周之宝可尽矣。"

---

①案：通"按"。

东周与西周争

东周与西周争，西周欲和于楚、韩。齐明谓东周君曰："臣恐西周之与楚、韩宝，令之为己求地于东周也。不如谓楚、韩曰：'西周之欲入宝持二端，今东周之兵不急西周，西周之宝不入楚、韩。'楚、韩欲得宝，即且趣我攻西周①。西周宝出，是我为楚、韩取宝以德之也。西周弱矣。"

---

①即且：将。　　趣：催促。　　我：指东周。

东周欲为稻

东周欲为稻①，西周不下水②，东周患之。苏子谓东周君曰："臣请使西周下水，可乎？"乃往见西周之君曰："君之谋过矣。今不下水，所以富东周也。今其民皆种麦，无他种矣。君若欲害之，不若一为下水，以病其所种③。下水，东周必复种稻，种稻而复夺之。若是，则东周之民，可令一仰西周，而受命于君矣。"西周君曰："善。"遂下水。苏子亦得两国之金也。

①为稻：种稻。
②下水：从上游往下放水。
③病：使……得病。

昭献在阳翟

　　昭献在阳翟，周君将令相国往，相国将不欲。苏厉为之谓周君曰："楚王与魏王遇也，主君令陈封之楚，令向公之魏。楚、韩之遇也，主君令许公之楚，令向公之韩。今昭献，非人主也，而主君令相国往。若其王在阳翟，主君将令谁往？"周君曰："善。"乃止其行。

秦假道于周以伐韩

　　秦假道于周以伐韩。周恐假之而恶于韩，不假而恶于秦。史厌谓周君曰①："君何不令人谓韩公叔曰：'秦敢绝塞而伐韩者②，信东周也。公何不与周地，发重使③，使之楚？秦必疑，不信周。是韩不伐也。'又谓秦王曰：'韩强与周地，将以疑周于秦，寡人不敢弗受。'秦必无辞而令周弗受。是得地于韩，而听于秦也。"

---

①厌（yǎn，音掩）。
②绝塞：横跨阻塞。
③重使：衔有重要使命的使者。

楚攻雍氏

　　楚攻雍氏，周粻秦、韩①。楚王怒周，周之君患之。为周谓楚王曰："以王之强而怒周，周恐，必以国合于所与粟之国，则是劲王之敌也②。故王不如速解周恐，彼前得罪，而后得解，必厚事王矣。"

---

①粻（zhāng，音章）：食粮。
②劲王之敌也：使大王的敌人得到加强。

周最谓石礼

　　周最谓石礼曰："子何不以秦攻齐①？臣请令齐相子，子以齐事秦，必无处矣。子因令周最居魏以共之，是天下制于子也。子东重于齐，西贵于秦，秦、齐合，则子常重矣。"

---

①以秦：凭借秦国的力量。

周相吕仓见客于周君

　　周相吕仓见客于周君。前相工师藉恐客之伤己也，因令人谓周君曰："客者，辩士也。然而所以不可者①，好毁人②。"

---

①不可：意为不可听用。
②毁：诽谤。

周文君免士工师藉

周文君免士工师藉①，相吕仓，国人不说也。君有闵闵之心。

谓周文君曰："国必有诽誉。忠臣令诽在己，誉在上。宋君夺民时以为台，而民非之，无忠臣以掩盖之也。子罕释相为司空，民非子罕，而善其君。齐桓公宫中七市，女闾七百②，国人非之。管仲故为三归之家③，以掩桓公，非自伤于民也。《春秋》记臣弑君者以百数④，皆大臣见誉者也。故大臣得誉，非国家之美也。故众庶成强，增积成山。"周君遂不免。

---

①士：衍字。
②女闾：指在宫中为市，使女子居之。
③归：妇女出嫁。　　三归：指娶三姓之女。
④弑（shì，音式）：古时称臣杀君、子杀父母为"弑"。

温 人 之 周

温人之周，周不纳。客即对曰："主人也。"问其巷而不知也。吏因囚之。君使人问之曰："子非周人，而自谓非客。何也？"对曰："臣少而诵《诗》，《诗》曰：'普天之下，莫非王土。率土之滨，莫非王臣。'今周君天下①，则我天子之臣，而又为客哉？故曰'主人'。"君乃使吏出之。

---

①君天下：君临天下。

或 为 周 最 谓 金 投

或为周最谓金投曰："秦以周最之齐，疑天下；而又知赵之难子齐人战，恐齐、韩之合，必先合于秦。秦、齐合，则公之国虚矣。公不如救齐，因佐秦而伐韩、魏，上党、长子，赵之有已。公东收宝于秦，南取地于韩，魏因以困。徐为之东①，则有合矣。"

---

①为：谋画。　　东：指齐国。

周 最 谓 金 投

周最谓金投曰："公负令秦与强齐战①。战胜，秦且收齐而封之，使无多割，而听天下之战；

不胜，国大伤，不得不听秦。秦尽韩、魏之上党太原，西止秦之有已。秦地，天下之半也，制齐、楚、三晋之命。复国且身危②，是何计之道也。"

①负：失误。　　令：字当作"合"。
②复：覆。

石行秦谓大梁造

石行秦谓大梁造曰："欲决霸王之名，不如备两周辩知之士。"谓周君曰："君不如令辩知之士，为君争于秦。"

谓　薛　公

谓薛公曰："周最于齐王厚也，而逐之。听祝弗，相吕礼者，欲取秦。秦、齐合，弗与礼重矣。有齐，秦必轻君。君弗如急北兵，趋赵以秦、魏①，收周最以为后行②。且反齐王之信，又禁天下之率③。齐兀秦，天下果④，弗必走，齐王谁与为其国？"

①趋：促。
②行：犹举。
③禁天下之率：不让天下听从齐国。
④天下果："果"字为"集"字之误，意为天下之兵集于齐国。

齐听祝弗

齐听祝弗，外周最。谓齐王曰："逐周最、听祝弗、相吕礼者，欲深取秦也①。秦得天下，则伐齐深矣。夫齐合，则赵恐伐，故急兵以示秦②。秦以赵攻，与之齐伐赵，其实同理，必不处矣③。故用祝弗，即天下之理也。"

①取秦：取得秦国的信任。
②急兵：指出兵攻齐。
③必不处矣：指齐赵相伐，秦国必然不会置身其中。

苏厉为周最谓苏秦

苏厉为周最谓苏秦曰："君不如令王听最，以地合于魏、赵，故必怒合于齐。是君以合齐与强楚吏产子①。君若欲因最之事，则合齐者，君也；割地者，最也。"

①产子：指可使国运延长。

谓周最曰仇赫之相宋

谓周最曰："仇赫之相宋，将以观秦之应赵、宋，败三国①。三国不败，将兴赵、宋合于东方②，以孤秦。亦将观韩、魏之于齐也。不固，则将与宋败三国，则卖赵、宋于三国③。公何不令人谓韩、魏之王曰：'欲秦、赵之相卖乎？何不合周最兼相④？视之不可离，则秦、赵必相卖，以合于王也。'"

①三国：指韩、魏、齐。
②东方：指三国。
③卖：欺骗。
④兼相：指让韩魏都拜周最为相。

为周最谓魏王

为周最谓魏王曰："秦知赵之难与齐战也，将恐齐、赵之合也，必阴劲之①。赵不敢战，恐秦不己收也②，先合于齐。秦、赵争齐，而王无人焉，不可。王不去周最，合与收齐，而以兵之急，则伐齐，无因事也③。"

①阴劲之：暗中相助赵国。
②不己收：不能帮助自己。
③无因事也：没有可以依靠的事。

谓周最曰魏王以国与先生

谓周最曰："魏王以国与先生，贵合于秦以伐齐。薛公故主，轻忘其薛，不顾其先君之丘墓。而公独修虚信为茂行①，明群臣据故主，不与伐齐者②，产以忿强秦③，不可。公不如谓魏王、薛公曰：'请为王入齐，天下不能伤齐。而有变，臣请为救之；无变，王遂伐之。且臣为齐奴也，如累王之交于天下，不可。王为臣赐厚矣，臣入齐，则王亦无齐之累也。'"

①茂：盛美。
②不与：不许。
③产：旁生枝节。 忿强秦：使秦国感到忿怒。

赵取周之祭地

赵取周之祭地。周君患之，告于郑朝。郑朝曰："君勿患也，臣请以三十金复取之。"周君予之。郑朝献之赵太卜，因告以祭地事。及王病，使卜之。太卜谴之曰："周之祭地为祟。"赵乃还之。

杜赫欲重景翠于周

　　杜赫欲重景翠于周，谓周君曰："君之国小，尽君之重宝珠玉以事诸侯，不可不察也。譬之如张罗者，张于无鸟之所，则终日无所得矣；张于多鸟处，则又骇鸟矣；必张于有鸟无鸟之际，然后能多得鸟矣。今君将施于大人①，大人轻君；施于小人，小人无可以求，又费财焉；君必施于今之穷士，不必且为大人者②，故能得欲矣。"

----

①大人：指当权者。
②且：将要。

周共太子死

　　周共太子死，有五庶子，皆爱之，而无适立也①。司马翦谓楚王曰："何不封公子咎，而为之请太了②？"左成谓司马翦曰："周君不听，是公之知困而交绝于周也。不如谓周君曰：'孰欲立也？微告翦，翦令楚王资之以地。'公若欲为太子，因令人谓相国御展子、廧夫空曰③：'王类欲令若为之④。'此健士也，居中不便于相国⑤。'"相国令之为太子。

----

①无适立也：没有适合立为太子者。
②请太子：请周王立为太子。
③御：驾车者。　　廧（qiáng，音墙）夫：楚国的小臣。
④类：似乎。
⑤中：国中。

三 国 隘 秦

　　三国隘秦①，周令其相之秦，以秦之轻也②，留其行③。有人谓相国曰："秦之轻重，未可知也。秦欲知三国之情，公不如遂见秦王曰：'请为王听东方之处④。'秦必重公。是公重周，重周以取秦也⑤。齐重故有周，而已取齐。是周常不失重国之交也。"

----

①隘（è，音饿）：通"厄"，隔绝。
②以秦之轻也：因为秦受到三国的隔绝。
③留其行：阻拦其前行。
④听：侦讯。　　东方：指三国。　　处：举动。
⑤取秦：有所得于秦。

昌他亡西周

　　昌他亡西周①，之东周，尽输西周之情于东周。东周大喜，西周大怒。冯且曰："臣能杀之。"君予金三十斤。冯且使人操金与书，间遗昌他②。书曰："告昌他：事可成，勉成之；不可成，亟亡来。事久且泄，自令身死。"因使人告东周之候曰③："今夕有奸人当入者矣。"候得而献东周，东周立杀昌他。

---

①亡西周：从西周逃亡。

②间：离间。

③候：指侦察之吏。

昭翦与东周恶

昭翦与东周恶。或谓昭翦曰："为公画阴计①。"昭翦曰："何也？""西周甚憎东周，尝欲东周与楚恶②。西周必令贼贼公，因宣言东周也③，以西周之于王也。"昭翦曰："善。吾又恐东周之贼己，而以轻西周恶之于楚。"遽和东周。

---

①阴计：阴谋。

②尝：常。

③宣：宣扬。

严 氏 为 贼

严氏为贼①，而阳竖与焉。道周②，周君留之十四日，载以乘车驷马而遣之③。韩使人让周④，周君患之。客谓周君曰："正语之曰：'寡人知严氏之为贼，而阳竖与之，故留之十四日，以待命也。小国不足以容贼，君之使又不至，是以遣之也。'"

---

①贼：指无道而杀人。

②道周：路过东周。

③乘（shèng，音胜）：四马为乘。　　驷（sì，音四）：一车套四马。

④让：责问。

卷二 西 周

薛公以齐为韩魏攻楚

薛公以齐为韩、魏攻楚，又与韩、魏攻秦，而藉兵乞食于西周①。韩庆为西周谓薛公曰："君以齐为韩、魏攻楚，九年而取宛、叶以北，以强韩、魏，今又攻秦以益之。韩、魏南无楚忧，西无秦患，则地广而益重，齐必轻矣。夫本末更盛②，虚实有时，窃为君危之。君不如令弊邑阴合于秦而君无攻，又无藉兵乞食。君临函谷而无攻，令弊邑以君之情谓秦王曰：'薛公必破秦以张韩、魏③。所以进兵者，欲王令楚割东国以与齐也。'秦王出楚王，以为和。君令弊邑以此忠秦，秦得无破，而以楚之东国自免也，必欲之。楚王出，必德齐。齐得东国而益强，而薛世世无患。秦不大弱，而外之三晋之西，三晋必重齐。"薛公曰："善。"因令韩庆入秦，而使二国无攻秦，而使不藉兵乞食于西周。

①藉：借。
②更：更迭。
③张：扩张。

秦攻魏将犀武军于伊阙

秦攻魏将犀武军于伊阙，进兵而攻周。为周最谓李兑曰："君不如禁秦之攻周①。赵之上计，莫如令秦、魏复战。今秦攻周而得之，则众必多伤矣。秦欲待周之得，必不攻魏；秦若攻周而不得，前有胜魏之劳，后有攻周之败，又必不攻魏。今君禁之，而秦未与魏讲也②，而全赵令其止，必不敢不听，是君却秦而定周也③。秦去周，必复攻魏，魏不能支，必因君而讲，则君重矣。若魏不讲而疾支之，是君存周而战秦、魏也，重亦尽在赵。"

①禁：阻止。
②讲：和解。
③却秦：使秦兵退却。

秦令樗里疾以车百乘入周

秦令樗里疾以车百乘入周，周君迎之以卒①，甚敬。楚王怒，让周②，以其重秦客。游腾谓楚王曰："昔智伯欲伐厹由③，遗之大钟，载以广车④，因随入以兵。厹由卒亡⑤，无备故也。桓公伐蔡也，号言伐楚⑥，其实袭蔡。今秦者，虎狼之国也，兼有吞周之意，使樗里疾以车百乘入周，周君惧焉。以蔡、孞由戒之，故使长兵在前，强弩在后，名曰卫疾，而实囚之也。周君岂能无爱国哉？恐一日之亡国而忧大王。"楚王乃悦。

①卒：百人为卒。
②让：责让。
③孞（qiú，音求）由：人名。
④广车：大车。
⑤卒（cù，音促）：同"猝"。突然。
⑥号：声称。

雍氏之役

雍氏之役，韩征甲与粟于周①。周君患之，告苏代。苏代曰："何患焉？代能为君令韩不征甲与粟于周，又能为君得高都。"周君大悦，曰："子苟能，寡人请以国听。"苏代遂往见韩相国公中，曰："公不闻楚计乎？昭应谓楚王曰：'韩氏罢于兵②，仓廪空，无以守城，吾收之以饥，不过一月，必拔之。'今围雍氏五月不能拔，是楚病也③。楚王始不信昭应之计矣。今公乃征甲及粟于周，此告楚病也。昭应闻此，必劝楚王益兵守雍氏，雍氏必拔。"公中曰："善。然吾使者已行矣。"代曰："公何不以高都与周？"公中怒曰："吾无征甲与粟于周，亦已多矣。何为与高都？"代曰："与之高都，则周必折而入于韩。秦闻之，必大怒而焚周之节④，不通其使。是公以弊高都得完周也，何不与也？"公中曰："善。"不征甲与粟于周而与高都。楚卒不拔雍氏而去⑤。

①征甲与粟于周：向周征兵粮。
②罢：同"疲"。
③病：困。
④节：符信。
⑤卒：终于。

周君之秦

周君之秦。谓周最曰："不如誉秦王之孝也，因以应为太后养地，秦王、太后必喜，是公有秦也。交善①，周君必以为公功；交恶，劝周君入秦者，必有罪矣。"

①交：周、秦之交。

苏厉谓周君

苏厉谓周君曰："败韩、魏，杀犀武，攻赵，取蔺、离石、祁者①，皆白起。是攻用兵，又有天命也。今攻梁，梁必破。破则周危，君不若止之。谓白起曰：'楚有养由基者，善射，去柳叶者百步而射之，百发百中。左右皆曰"善"。有一人过，曰："善射，可教射也矣。"养由基曰：

"人皆曰善，子乃曰可教射。子何不代我射之也？"客曰："我不能教子支左屈右。夫射柳叶者，百发百中而不已善息②，少焉气力倦，弓拨矢钩③，一发不中，前功尽矣。"今公破韩、魏，杀犀武；而北攻赵，取蔺、离石、祁者，公也。公之功甚多。今公又以秦兵出塞，过两周④，践韩而以攻梁⑤。一攻而不得，前功尽灭。公不若称病不出也。'"

---

①蔺（lìn，音吝）：地名。

②善息：好好休息。

③钩：弯曲。

④两周：指东周和西周。

⑤践：践踏。

楚兵在山南

楚兵在山南，吾得将为楚王属怒于周①。或谓周君曰："不如令太子将军正迎吾得于境②，而君自郊迎，令天下皆知君之重吾得也。因泄之楚，曰：'周君所以事吾得者，器③，必名曰谋楚。'王必求之，而吾得无效也④，王必罪之。"

---

①属：连结。　　怒：有人认为当作"怨"。

②将军：领兵。

③器：周人祭祀时所用之器具。

④无效：拿不出。

楚请道于二周之间

楚请道于二周之间，以临韩、魏。周君患之，苏秦谓周君曰："除道属之于河，韩、魏必恶之。齐、秦恐楚之取九鼎也，必救韩、魏而攻楚。楚不能守方城之外，安能道二周之间①？若四国弗恶，君虽不欲与也，楚必将自取之矣。"

---

①道：借道。

司寇布为周最谓周君

司寇布为周最谓周君曰："君使人告齐王，以周最不肯为太子也，臣为君不取也。函冶氏为齐太公买良剑，公不知善，归其剑而责之金。越人请买之千金，折而不卖。将死，而属其子曰①：'必无独知②。'今君之使最为太子，独知之契也，天下未有信之者也。臣恐齐王之为君实立果而让之于最，以嫁之齐也③。君为多巧，最为多诈。君何不买信货哉？奉养无有爱于最也④，使天下见之。"

① 属：同"嘱"。
② 必无独知：意为自知其良而不告诉别人。
③ 嫁：出卖。
④ 奉养：指立太子。

秦召周君

秦召周君，周君难往①。或为周君谓魏王曰："秦召周君，将以使攻魏之南阳。王何不出于河南？周君闻之，将以为辞于秦而不往。周君不入秦，秦必不敢越河而攻南阳。"

---

① 难往：不愿意前往。

犀武败于伊阙

犀武败于伊阙，周君之魏求救，魏王以上党之急辞之。周君反，见梁囿而乐之也。綦母恢谓周君曰①："温囿不下此②，而又近，臣能为君取之。"反见魏王，王曰："周君怨寡人乎？"对曰："不怨，且谁怨王？臣为王有患也。周君，谋主也③，而设以国为王捍秦，而王无之捍也④。臣见其必以国事秦也，秦悉塞外之兵，与周之众，以攻南阳，而两上党绝矣。"魏王曰："然则奈何？"綦母恢曰："周君形不小利，事秦而好小利。今王许戍三万人与温囿⑤，周君得以为辞于父兄百姓，而利温囿以为乐，必不合于秦。臣尝闻温囿之利，岁八十金，周君得温囿，其以事王者岁百二十金。是上党无患而赢四十金。"魏王因使孟卯致温囿于周君而许之成也。

---

① 綦（qí，音其）母：人名。
② 不下此：不在此之下。
③ 谋主：天子。
④ 王无之捍：意为魏对周没有什么捍御之处。
⑤ 成：为周卫戍边境。

韩魏易地

韩、魏易地，西周弗利。樊馀谓楚王曰："周必亡矣。韩、魏之易地，韩得二县，魏亡二县。所以为之者，尽包二周，多于二县，九鼎存焉。且魏有南阳、郑地、三川而包二周，则楚方城之外危；韩兼两上党以临赵，即赵羊肠以上危。故易成之日，楚、赵皆轻。"楚王恐，因赵以止易也。

秦欲攻周

秦欲攻周，周最谓秦王曰："为王之国计者，不攻周。攻周，实不足以利国，而声畏天下。天下以声畏秦，必东合于齐。兵弊于周①，而合天下于齐，则秦孤而不王矣。是天下欲罢秦②，故劝王攻周。秦与天下俱罢，则令不横行于周矣。"

---

①弊：疲。
②罢：同"疲"。

宫他谓周君

宫他谓周君曰："宛恃秦而轻晋，秦饥而宛亡。郑恃魏而轻韩，魏攻蔡而郑亡。邾、莒亡于齐①，陈、蔡亡于楚。此皆恃援国而轻近敌也。今君恃韩、魏而轻秦，国恐伤矣。君不如使周最阴合于赵，以备秦，则不毁。"

---

①邾（zhū，音朱）：古国名。

谓齐王曰

谓齐王曰："王何不以地赍周最以为太子也①?"齐王令司马悍以赂进周最于周。左尚谓司马悍曰："周不听，是公之知困而交绝于周也。公不如谓周君曰：'何欲置? 令人微告悍，悍请令王进之以地。'"左尚以此得事②。

---

①赍：进。
②得事：得到尊宠之位。

三国攻秦反

三国攻秦反①，西周恐魏之借道也。为西周谓魏王曰："楚、宋不利秦之德三国也，彼且攻王之聚以利秦②。"魏王惧，令军设舍速东③。

---

①反：同"返"。
②聚：城池。
③速东：急速东返。

犀武败

犀武败，周使周足之秦。或谓周足曰："何不谓周君曰：'臣之秦，秦、周之交必恶。主君之臣①，又秦重而欲相者，且恶臣于秦，而臣为不能使矣。臣愿免而行，君因相之。彼得相，不恶周于秦矣。'君重秦，故使相往。行而免，且轻秦也，公必不免。公言是而行，交善于秦，且公之成事也；交恶于秦，不善于公，且诛矣。"

①主君：是对周君的称呼。

卷三　秦　一

卫鞅亡魏入秦

　　卫鞅亡魏入秦，孝公以为相，封之于商，号曰商君。商君治秦，法令至行①，公平无私，罚不讳强大，赏不私亲近。法及太子，黥劓其傅②。期年之后，道不拾遗，民不妄取，兵革大强③，诸侯畏惧。然刻深寡恩④，特以强服之耳。

　　孝公行之八年，疾且不起，欲传商君⑤，辞不受。孝公已死，惠王代后，莅政有顷⑥，商君告归。人说惠王曰："大臣太重者，国危；左右太亲者，身危。今秦妇人婴儿皆言商君之法，莫言大王之法，是商君反为主，大王更为臣也。且夫商君，固大王仇雠也⑦，愿大王图之。"商君归还，惠王车裂之⑧，而秦人不怜。

---

①至行：大行。

②黥（qíng，音擎）：古代的一种肉刑，即墨刑，用刀刺刻额颊等处，再涂上墨。　　劓（yì，音艺）：割去鼻子的刑罚，古代五刑之一。

③兵革：兵甲。

④刻：苛严。

⑤传：传位。

⑥莅（lì，音利）：临。

⑦雠（chóu，音仇）：仇。

⑧车裂：古代肢裂身体的酷刑。

苏秦始将连横

　　苏秦始将连横，说秦惠王曰："大王之国，西有巴、蜀、汉中之利，北有胡貉、代马之用，南有巫山、黔中之限，东有崤、函之固。田肥美，民殷富，战车万乘，奋击百万①，沃野千里，蓄积饶多，地势形便，此所谓天府，天下之雄国也。以大王之贤，士民之众，车骑之用，兵法之教，可以并诸侯，吞天下，称帝而治。愿大王留意，臣请奏其效②。"

　　秦王曰："寡人闻之：毛羽不丰满者，不可以高飞；文章不成者，不可以诛罚；道德不厚者，不可以使民；政教不顺者，不可以烦大臣。今先生俨然不远千里而庭教之③，愿以异日。"

　　苏秦曰："臣固疑大王之不能用也。昔者神农伐补遂，黄帝伐涿鹿而禽蚩尤，尧伐骧兜，舜伐三苗，禹伐共工，汤伐有夏，文王伐崇，武王伐纣，齐桓任战而伯天下④。由此观之，恶有不战者乎？古者使车毂击驰⑤，言语相结⑥，天下为一；约从连横，兵革不藏；文士并饬⑦，诸侯乱惑；万端俱起，不可胜理；科条既备，民多伪态；书策稠浊⑧，百姓不足；上下相愁，民无所聊⑨；明言章理⑩，兵甲愈起；辩言伟服，战攻不息；繁称文辞，天下不治；舌弊耳聋，不见成功；行义约信，天下不亲。于是，乃废文任武，厚养死士，缀甲厉兵⑪，效胜于战场⑫。夫徒处而致利，安坐而广地，虽古五帝、三王、五伯、明主贤君，常欲坐而致之。其势不能⑬，故以战续之。宽则两军相攻，迫则杖戟相橦⑭，然后可建大功。是故兵胜于外，义强于内，威立于上，民服于下。今欲并天下，凌万乘，诎敌国⑮，制海内，子元元⑯，臣诸侯，非兵不可。今之嗣主，忽于至道，皆惛于教⑰，乱于治，迷于言，惑于语，沈于辩，溺于辞。以此论之，王固不能行也。"

说秦王书十上，而说不行，黑貂之裘弊⑱，黄金百斤尽。资用乏绝，去秦而归。羸縢履蹻⑲，负书担橐⑳，形容枯槁㉑，面目犁黑，状有愧色。归至家，妻不下纴㉒，嫂不为炊，父母不与言。苏秦喟叹曰㉓："妻不以我为夫，嫂不以我为叔，父母不以我为子，是皆秦之罪也。"乃夜发书，陈箧数十㉔，得《太公阴符》之谋，伏而诵之，简练以为揣摩。读书欲睡，引锥自刺其股，血流至足，曰："安有说人主，不能出其金玉锦绣，取卿相之尊者乎？"期年，揣摩成，曰："此真可以说当世之君矣。"

于是乃摩燕乌集阙㉕，见说赵王于华屋之下㉖，抵掌而谈㉗。赵王大悦，封为武安君，受相印。革车百乘，绵绣千纯㉘，白璧百双，黄金万溢㉙，以随其后；约从散横，以抑强秦。

故苏秦相于赵而关不通。当此之时，天下之大，万民之众，王侯之威，谋臣之权，皆欲决苏秦之策。不费斗粮，未烦一兵，未战一士，未绝一弦，未折一矢，诸侯相亲，贤于兄弟㉚。夫贤人在而天下服，一人用而天下从。故曰：式于政㉛，不式于勇；式于廊庙之内，不式于四境之外。当秦之隆，黄金万溢为用，转毂连骑，炫熿于道㉜，山东之国，从风而服，使赵大重。且夫苏秦特穷巷掘门、桑户棬枢之士耳㉝，伏轼撙衔㉞，横历天下，廷说诸侯之王，杜左右之口㉟，天下莫之能伉㊱。

将说楚王，路过洛阳。父母闻之，清宫除道，张乐设饮，郊迎三十里。妻侧目而视，倾耳而听；嫂蛇行匍伏，四拜自跪而谢。苏秦曰："嫂何前倨而后卑也㊲？"嫂曰："以季子之位尊而多金。"苏秦曰："嗟乎！贫穷则父母不子，富贵而亲戚畏惧。人生世上，势位富贵，盖可忽乎哉。"

①奋击：指精锐善战的士卒。
②效：功。
③俨（yǎn，音眼）然：庄严的样子。
④任：用。
⑤毂（gǔ，音谷）：车轮中心的圆木。
⑥相结：相协。
⑦文士：辩士。　饬：同"饰"。
⑧稠浊：多而混乱。
⑨聊：依赖。
⑩明言章理：道理法度越来越明。
⑪缀：连。　厉：同"砺"。磨砺。
⑫效胜：决胜。
⑬势：力。
⑭迫：近。　橦：即"撞"的假借字。
⑮诎（qū，音屈）：使……屈服。
⑯元元：指人民百姓。

⑰愔：同"惛（hūn，音昏）"。不明了；糊涂。

⑱弊：穿坏。

⑲羸（léi，音雷）：通"累"。束缚缠绕。　　縢（téng，音滕）：绑腿布。　　蹻（juē；音决）：通"屩"。草鞋。

⑳橐（tuó，音陀）：袋子。

㉑枯槁（gǎo，音搞）：贫困憔悴。

㉒纴（rèn，音认）：纺织。

㉓喟：叹息。

㉔箧（qiè，音怯）：小箱子。此处指书箱。

㉕摩：追近。

㉖华屋：高大华丽的宫殿。

㉗抵：相触。

㉘纯：束。

㉙溢：即"镒"。二十两或二十四两为一镒。

㉚贤：胜。

㉛式：用。

㉜炫熿：光耀。

㉝掘门：掘墙垣为门。　　棬（quān，音全，阴平）枢：用枝条环成的门枢，形容房屋简陋。

㉞轼：车前的横木。　　搏（zǔn，音尊，上声）：勒住。　　衔：横在马口中备抽勒的铁。

㉟横历：横行。

㊱杜：塞。

㊲伉：通"抗"。当。

㊳倨：倨傲。

秦惠王谓寒泉子

　　秦惠王谓寒泉子曰："苏秦欺寡人①，欲以一人之智，反覆东山之君，从以欺秦。赵固负其众②，故先使苏秦以币帛约乎诸侯。诸侯不可一，犹连鸡之不能俱止于栖，亦明矣。寡人忿然，含怒日久，吾欲使武安子起，往喻意焉③。"寒泉子曰："不可。夫攻城堕邑，请使武安子；善我国家④，使诸侯，请使客卿张仪。"秦惠王曰："受命。"

---

①欺：欺负。

②负：恃。

③喻：同"谕"。告。

④善：称誉。

泠向谓秦王

　　泠向谓秦王曰："向欲以齐事王，使攻宋也。宋破，晋国危，安邑王之有也。燕、赵恶齐、秦之合，必割地以交于王矣。齐必重于王。则向之攻宋也，且以恐齐而重王。王何恶向之攻宋乎？向以王之明，为先知之，故不言。"

张仪说秦王

　　张仪说秦王曰："臣闻之：'弗知而言为不智，知而不言为不忠。'为人臣，不忠当死，言不审亦当死①。虽然，臣愿悉言所闻，大王裁其罪②。臣闻天下阴燕阳魏，连荆固齐，收馀韩成从，将西南以与秦为难③。臣窃笑之，世有三亡，而天下得之，其此之谓乎？臣闻之曰：'以乱攻治者亡，以邪攻正者亡，以逆攻顺者亡。'今天下之府库不盈，囷仓空虚④，悉其士民，张军数千百万，白刃在前，斧质在后⑤，而皆去走，不能死。罪其百姓不能死也，其上不能杀也。言赏则不与，言罚则不行。赏罚不行，故民不死也⑥。

"今秦出号令而行赏罚，不攻无攻相事也⑦。出其父母怀衽之中⑧，生未尝见寇也，闻战，顿足徒裼⑨，犯白刃，蹈煨炭⑩，断死于前者比是也。夫断死与断生也不同，而民为之者，是贵奋也⑪。一可以胜十，十可以胜百，百可以胜千，千可以胜万，万可以胜天下矣。今秦地形，断长续短，方数千里，名师数百万；秦之号令赏罚，地形利害，天下莫如也。以此与天下⑫，天下不足兼而有也。是知秦战未尝不胜，攻未尝不取，所当未尝不破也⑬。开地数千里，此甚大功也。然而甲兵顿⑭，士民病，蓄积索⑮，田畴荒⑯，囷仓虚，四邻诸侯不服，伯王之名不成，此无异故，谋臣皆不尽其忠也。

"臣敢言往昔。昔者，齐南破荆，中破宋，西服秦，北破燕，中使韩魏之君，地广而兵强，战胜攻取，诏令天下，济清河浊，足以为限⑰，长城巨坊，足以为塞。齐，五战之国也，一战不胜而无齐。故由此观之，夫战者，万乘之存亡也。

"且臣闻之曰：'削株掘根，无与祸邻，祸乃不存。'秦与荆人战，大破荆，袭郢，取洞庭、五都、江南。荆王亡奔走，东伏于陈。当是之时，随荆以兵，则荆可举。举荆，则其民足贪也，地足利也。东以强齐、燕，中陵三晋⑱。然则是一举而伯王之名可成也，四邻诸侯可朝也。而谋臣不为，引军而退，与荆人和。今荆人收亡国，聚散民，立社主，置宗庙，令帅天下，西面以与秦为难。此固已无伯王之道，一矣。天下有比志而军华下⑲，大王以诈破之，兵至梁郭⑳。围梁数旬，则梁可拔。拔梁，则魏可举。举魏，则荆、赵之志绝。荆、赵之志绝，则赵危。赵危，而荆孤。东以强齐、燕，中陵三晋。然则是一举而伯王之名可成也，四邻诸侯可朝也。而谋臣不为，引军而退，与魏氏和。令魏氏收亡国，聚散民，立社主，置宗庙，此固已无伯王之道，二矣。前者穰侯之治秦也，用一国之兵，而欲以成两国之功，是故兵终身暴露于外，士民潞病于内㉑，伯王之名不成。此固已无伯王之道，三矣。

"赵氏，中央之国也，杂民之所居也。其民轻而难用，号令不治，赏罚不信，地形不便，上非能尽其民力。彼固亡国之形也，而不忧民氓㉒，悉其士民，军于长平之下，以争韩之上党。大王以诈破之，拔武安。当是时，赵氏上下不相亲也，贵贱不相信，然则是邯郸不守。拔邯郸，完河间㉓，引军而去，西攻修武，逾羊肠，降代、上党。代三十六县，上党十七县，不用一领甲，不苦一民，皆秦之有也。代、上党，不战而已为秦矣；东阳河外，不战而已反为齐矣；中呼池以北，不战而已为燕矣。然则是举赵则韩必亡，韩亡则荆、魏不能独立。荆、魏不能独立，则是一举而坏韩，蠹魏，挟荆，以东弱齐、燕，决白马之口，以流魏氏㉔。一举而三晋亡，从者败，大王拱手以须㉕，天下遍随而伏㉖，伯王之名可成也。而谋臣不为，引军而退，与赵氏为和。以大王之明，秦兵之强，伯王之业，地尊不可得，乃取欺于亡国㉗，是谋臣之拙也。且夫赵当亡不亡，秦当伯不伯，天下固量秦之谋臣，一矣。乃复悉卒以攻邯郸，不能拔也，弃甲兵怒，战栗而却，天下固量秦力，二矣。军乃引退，并于李下，大王又并军而至与战。非能厚胜之也㉘，又交罢却㉙，天下固量秦力，三矣。内者量吾谋臣，外者极吾兵力㉚。由是观之，臣以天下之从，岂其难矣？内者吾甲兵顿，士民病，蓄积索，田畴荒，囷仓虚；外者天下比志甚固。愿大王有以虑之也。

"且臣闻之：'战战栗栗，日慎一日。'苟慎其道，天下可有也。何以知其然也？昔者纣为天子，帅天下将甲百万，左饮于淇谷，右饮于洹水，淇水竭而洹水不流，以与周武为难。武王将素甲三千领，战一日，破纣之国，禽其身，据其地而有其民，天下莫伤。智伯帅三国之众，以攻赵襄主于晋阳，决水灌之，三年，城且拔矣。襄主错龟㉜，数策占兆，以视利害，何国可降㉝，而使张孟谈。于是潜行而出，反智伯之约，得两国之众，以攻智伯之国，禽其身，以成襄子之功。今秦地断长续短，方数千里，名师数百万，秦国号令赏罚，地形利害，天下莫如也。以此与天下，天下可兼而有也。

"臣昧死望见大王，言所以举破天下之从，举赵亡韩，臣荆、魏，亲齐、燕，以成伯王之名，朝四邻诸侯之道。大王试听其说，一举而天下之从不破，赵不举，韩不亡，荆、魏不臣，齐、燕不亲，伯王之名不成，四邻诸侯不朝，大王斩臣以徇于国㉞，以主为谋不忠者。"

---

①审：审慎。

②裁：削减；免除。

③难：敌。

④囷（qūn，音逡）仓：贮藏粮食的仓库。圆形的叫"囷"，方形的叫"仓"。

⑤斧质：指持斧督战者。

⑥民不死也：百姓不为其效命。

⑦不攻无攻相事也：指秦不攻则没有互相攻伐者。

⑧衽：衣襟。

⑨裼（xǐ，音希）：露臂。

⑩煨（wēi，音威）：文火。

⑪奋：奋勇不顾死。

⑫与天下：与天下争战。

⑬当：同"挡"。抵挡。

⑭顿：劳顿。

⑮索：尽。

⑯畴（chóu，音筹）：已耕作的田地。

⑰限：屏障。

⑱陵：同"凌"。欺凌。

⑲比志：志向相同。

⑳梁郭：指魏都大梁。

㉑潞：同"露"。

㉒氓（méng，音萌）：居于郊野之民。

㉓完：保全。

㉔蠹（dù，音妒）：蛀蚀。引申为蚕食。

㉕流：灌。

㉖须：同"胥"。待。

㉗伏：臣伏。

㉘取欺：受欺。　　亡国：失败之国。

㉙厚：大。

㉚交罢却：交相罢兵退却。

㉛极：度测。

㉜错：同"措"。置。

㉝可降：意为可以使为反间。

㉞徇于国：在国中游行示众。

⑤主：指以为首恶之意。

张仪欲假秦兵以救魏

张仪欲假秦兵以救魏。左成谓甘茂曰："子不如予之。魏不反秦兵，张子不反秦；魏若反秦兵，张子得志于魏，不敢反于秦矣。张子不去秦，张子必高子。"

司马错与张仪争论于秦惠王前

司马错与张仪争论于秦惠王前。司马错欲伐蜀，张仪曰："不如伐韩。"王曰："请闻其说。"

对曰："亲魏善楚，下兵三川，塞轘辕、缑氏之口①，当屯留之道②，魏绝南阳，楚临南郑，秦攻新城、宜阳，以临二周之郊，诛周主之罪③，侵楚、魏之地。周自知不救，九鼎宝器必出。据九鼎，按图籍，挟天子以令天下，天下莫敢不听，此王业也。今夫蜀，西辟之国④，而戎狄之长也。弊兵劳众，不足以成名；得其地，不足以为利。臣闻：'争名者于朝，争利者于市。'今三川、周室，天下之市朝也，而王不争焉，顾争于戎狄⑤，去王业远矣。"

司马错曰："不然。臣闻之：'欲富国者，务广其地；欲强兵者，务富其民；欲王者；务博其德。三资者备，而王随之矣⑥。'今王之地小民贫，故臣愿从事于易。夫蜀，西辟之国也，而戎狄之长也，而有桀纣之乱。以秦攻之，譬如使豺狼逐群羊也。取其地足以广国也，得其财足以富民，缮兵不伤众⑦，而彼已服矣。故拔一国，而天下不以为暴；利尽西海，诸侯不以为贪。是我一举而名实两附，而又有禁暴正乱之名。今攻韩劫天子，劫天子，恶名也，而未必利也。又有不义之名，而攻天下之所不欲，危。臣请谒其故⑧。周，天下之宗室也；齐，韩、周之与国也。周自知失九鼎，韩自知亡三川，则必将二国并力合谋，以因于齐、赵，而求解乎楚、魏。以鼎与楚，以地与魏，王不能禁。此臣所谓'危'。不如伐蜀之完也⑨。"惠王曰："善，寡人听子。"

卒起兵伐蜀，十月取之，遂定蜀。蜀主更号为侯，而使陈庄相蜀。蜀既属⑩，秦益强富厚，轻诸侯。

---

①塞：阻断。

②当：同"挡"。

③诛：讨伐。

④辟：偏僻。

⑤顾：反而。

⑥而王随之矣：随后就可以称王了。

⑦缮：整治。

⑧谒：说。

⑨完：完美。

⑩属：归附。

张仪之残樗里疾

张仪之残樗里疾也①，重而使之楚，因令楚王为之请相于秦。张子谓秦王曰："重樗里疾而使之者，将以为国交也。今身在楚，楚王因为请相于秦。臣闻其言曰：'王欲穷仪于秦乎？臣请助王.' 楚王以为然，故为请相也。今王诚听之，彼必以国事楚王。"秦王大怒，樗里疾出走。

---

①残：害。　　樗（chū，音初）里疾：人名。

张仪欲以汉中与楚

张仪欲以汉中与楚，请秦王曰："有汉中，蠹①。种树不处者②，人必害之；家有不宜之财，则伤本；汉中南边为楚利，此国累也③。"甘茂谓王曰："地大者，固多忧乎。天下有变，王割汉中以为和楚，楚必畔天下而与王④。王今以汉中与楚，即天下有变，王何以市楚也？"

---

①蠹：指有害于国。
②不处：不适合的地方。
③国累：国家的负担。
④畔天下：背叛天下。

楚攻魏张仪谓秦王

楚攻魏。张仪谓秦王曰："不如与魏以劲之①。魏战胜，复听于秦，必入西河之外；不胜，魏不能守，王必取之。"

王用仪言，取皮氏卒万人，车百乘，以与魏。犀首战胜威王，魏兵罢弊②，恐畏秦，果献西河之外。

---

①与：帮助；资助。
②罢：同"疲"。

田莘之为陈轸说秦惠王

田莘之为陈轸说秦惠王曰："臣恐王之如郭君。夫晋献公欲伐郭，而惮舟之侨存①。荀息曰：'《周书》有言，美女破舌。'乃遗之女乐，以乱其政。舟之侨谏而不听，遂去。因而伐郭，遂破之。又欲伐虞，而惮宫之奇存。荀息曰：'《周书》有言，美男破老。'乃遗之美男，教之恶宫之奇。宫之奇以谏而不听，遂亡。因而伐虞，遂取之。今秦自以为王，能害王者之国者，楚也。楚知横君之善用兵，与陈轸之智，故骄张仪以五国。来，必恶是二人，愿王勿听也。"张仪果来辞，因言轸也，王怒而不听。

---

①惮（dàn，音但）：怕；畏惧。　　存：在。

张仪又恶陈轸于秦王

张仪又恶陈轸于秦王，曰："轸驰楚、秦之间，今楚不加善秦而善轸，然则是轸自为而不为国也。且轸欲去秦而之楚，王何不听乎？"

王谓陈轸曰："吾闻子欲去秦而之楚，信乎？"陈轸曰："然。"王曰："仪之言果信也。"曰："非独仪知之也，行道之人皆知之。曰：'孝己爱其亲，天下欲以为子；子胥忠乎其君，天下欲以为臣；卖仆妾售乎闾巷者，良仆妾也；出妇嫁乡曲者，良妇也。'吾不忠于君，楚亦何以轸为忠乎？忠且见弃，吾不之楚，何适乎？"秦王曰："善。"乃止之也。

陈轸去楚之秦

陈轸去楚之秦。张仪谓秦王曰："陈轸为王臣，常以国情输楚。仪不能与从事，愿王逐之。即复之楚，愿王杀之。"王曰："轸安敢之楚也？"

王召陈轸，告之曰："吾能听子言，子欲何之？请为子车约①。"对曰："臣愿之楚。"王曰："仪以子为之楚，吾又自知子之楚，子非楚。且安之也？"轸曰："臣出，必故之楚，以顺王与仪之策，而明臣之楚与不也②。楚人有两妻者，人逃其长者③，詈之④；逃其少者，少者许之。居无几何，有两妻者死，客谓逃者曰：'汝取长者乎？少者乎？''取长者。'客曰：'长者詈汝，少者和汝，汝何为取长者？'曰'居彼人之所，则欲其许我也；今为我妻，则欲其为我詈人也。'今楚王，明主也；而昭阳，贤相也。轸为人臣，而常以国输楚王，王必不留臣，昭阳将不与臣从事矣。以此明臣之楚与不。"

轸出，张仪入，问王曰："陈轸果安之？"王曰："夫轸，天下之辩士也，孰视寡人曰⑤：'轸必之楚。'寡人遂无奈何也。寡人因问曰：'子必之楚也，则仪之言果信矣。'轸曰：'非独仪之言也，行道之人皆知之。昔者，子胥忠其君，天下皆欲以为臣；孝己爱其亲，天下皆欲以为子。故卖仆妾不出里巷而取者，良仆妾也；出妇嫁于乡里者，善妇也。臣不忠于王，楚何以轸为？忠尚见弃，轸不之楚而何之乎？'"王以为然，遂善待之。

---

①车约：车具。

②不：同"否"。

③逃（tiǎo，音条，上声）：逗引；诱惑。

④詈（lì，音利）：骂。

⑤孰：通"熟"。

卷四 秦 二

齐助楚攻秦

齐助楚攻秦，取曲沃。其后，秦欲伐齐，齐、楚之交善，惠王患之，谓张仪曰："吾欲伐齐，齐、楚方欢，子为寡人虑之，奈何？"张仪曰："王其为臣约车并币①，臣请试之。"

张仪南见楚王，曰："弊邑之王所说甚者②，无大大王③；唯仪之所甚愿为臣者，亦无大大王。弊邑之王所甚憎者，亦无大齐王；唯仪之甚憎者，亦无大齐王。今齐王之罪，其于弊邑之王甚厚④。弊邑欲伐之，而大国与之欢，是以弊邑之王不得事令⑤，而仪不得为臣也。大王苟能闭关绝齐，臣请使秦王献商于於地方六百里。若此，齐必弱；齐弱，则必为王役矣⑥。则是北弱齐，西德于秦，而私商於之地以为利也。则此一计而三利俱至。"

　　楚王大说，宣言之于朝廷，曰："不谷得商於之田⑦，方六百里。"群臣闻见者毕贺。陈轸后见，独不贺。楚王曰："不谷不烦一兵，不伤一人，而得商於之地六百里，寡人自以为智矣。诸士大夫皆贺，子独不贺，何也？"陈轸对曰："臣见商於之地不可得，而患必至也，故不敢妄贺。"王曰："何也？"对曰："夫秦所以重王者，以王有齐也。今地未可得，而齐先绝，是楚孤也。秦又何重孤国？且先出地绝齐，秦计必弗为也。先绝齐，后责地，且必受欺于张仪。受欺于张仪，王必惋之⑧。是西生秦患，北绝齐交，则两国兵必至矣。"楚王不听，曰："吾事善矣。子其弭口无言⑨，以待吾事。"楚王使人绝齐。使者未来，又重绝之。

　　张仪反，秦使人使齐，齐、秦之交阴合。楚因使一将军受地于秦。张仪至，称病不朝。楚王曰："张子以寡人不绝齐乎？"乃使勇士往詈齐王。张仪知楚绝齐也，乃出见使者，曰："从某至某，广从六里⑩。"使者曰："臣闻六百里，不闻六里。"仪曰："仪固以小人⑪，安得六百里？"使者反报楚王，楚王大怒，欲兴师伐秦。陈轸曰："臣可以言乎？"王曰："可矣。"轸曰："伐秦，非计也，王不如因而赂之一名都⑫，与之伐齐。是我亡于秦而取偿于齐也。楚国不尚全事⑬。王今已绝齐，而责欺于秦，是吾合齐秦之交也。固必大伤。"

　　楚王不听，遂举兵伐秦。秦与齐合，韩氏从之，楚兵大败于杜陵。故楚之土壤士民非削弱，仅以救亡者，计失于陈轸，过听于张仪⑭。

---

①并：和。

②说：同"悦"。尊敬。

③无大大王：没有超过大王的。

④厚：重。

⑤事令：善事于楚王。

⑥役：驱使。

⑦不谷：不花代价。

⑧惋：恨。

⑨弭（mǐ，音米）口：闭嘴。

⑩广从：横为"广"，直为"纵"。

⑪小人：贫穷之人。

⑫名都：大城。

⑬不尚全事：意为没有什么损失。

⑭过：误。

楚绝齐齐举兵伐楚

　　楚绝齐，齐举兵伐楚。陈轸谓楚王曰："王不如以地东解于齐，西讲于秦。"

　　楚王使陈轸之秦。秦王谓轸曰："子秦人也，寡人与子故也。寡人不佞①，不能亲国事也②，故子弃寡人，事楚王。今齐、楚相伐，或谓救之便，或谓救之不便。子独不可以忠为子主计③，以其余为寡人乎？"陈轸曰："王独不闻吴人之游楚者乎？楚王甚爱之，病，故使人问之，曰：

'诚病乎？意亦思乎？'左右曰：'臣不知其思与不思，诚思，则将吴吟。'今轸将为王'吴吟'。王不闻夫管与之说乎？有两虎诤人而斗者④，管庄子将刺之，管与止之曰：'虎者，戾虫⑤；人者，甘饵也。今两虎诤人而斗，小者必死，大者必伤。子待伤虎而刺之，则是一举而兼两虎也。无刺一虎之劳，而有刺两虎之名。'齐、楚今战，战必败⑥。败，王起兵救之，有救齐之利，而无伐楚之害。计听知覆逆者⑦，唯王可也。计者，事之本也；听者，存亡之机。计失而听过，能有国者，寡也。故曰：'计有一二者'难悖也；听无失本末者，难惑。"

①佞（ning，音泞）：才；有才能。

②亲国事：亲理国事。

③子主：指楚王。

④诤：通"争"。

⑤戾（lì，音利）：贪；暴戾。

⑥必败：必有一败。

⑦覆：反复。　逆：逆料。

秦惠王死公孙衍欲穷张仪

秦惠王死，公孙衍欲穷张仪①。李雠谓公孙衍曰："不如召甘茂于魏，召公孙显于韩，起樗里子于国。三人者，皆张仪之仇也。公用之，则诸侯必见张仪之无秦矣②。"

①穷：困。

②无秦：在秦国没有权势。

义渠君之魏

义渠君之魏，公孙衍谓义渠君曰："道远，臣不得复过矣。请谒事情①。"义渠君曰："愿闻之。"对曰："中国无事于秦，则秦且烧焫②获君之国；中国为有事于秦，则秦且轻使重币而事君之国也。"义渠君曰："谨闻令。"

居无几何，五国伐秦。陈轸谓秦王曰："义渠君者，蛮夷之贤君，王不如赂之以抚其心。"秦王曰："善。"因以文绣千匹，好女百人，遗义渠君。

义渠君致群臣而谋曰③："此乃公孙衍之所谓也。"因起兵袭秦，大败秦人于李帛之下。

①谒：告诉。

②焫（ruò，又读 rè）：同"爇"，烧。

③致：招。

医扁鹊见秦武王

医扁鹊见秦武王，武王示之病，扁鹊请除①。左右曰："君之病，在耳之前，目之下，除之未必已也，将使耳不聪，目不明。"君以告扁鹊。扁鹊怒而投其石："君与知之者谋之，而与不知者败之。使此知秦国之政也，则君一举而亡国矣。"

秦武王谓甘茂

秦武王谓甘茂曰："寡人欲车通三川，以窥周室①，而寡人死不朽乎？"甘茂对曰："请之魏，约伐韩。"王令向寿辅行。

甘茂至魏，谓向寿："子归告王曰：'魏听臣矣。然愿王勿攻也。'事成，尽以为子功。"向寿归以告王，王迎甘茂于息壤。

甘茂至，王问其故，对曰："宜阳，大县也；上党、南阳，积之久矣；名为县，其实郡也。今王倍数险②，行千里而攻之，难矣。臣闻张仪西并巴蜀之地，北取西河之外，南取上庸，天下不以为多张仪而贤先王。魏文侯令乐羊将，攻中山，三年而拔之。乐羊反而语功，文侯示之谤书一箧，乐羊再拜稽首曰：'此非臣之功，主君之力也。'今臣，羁旅之臣也③；樗里疾、公孙衍二人者，挟韩而议，王必听之。是王欺魏，而臣受公仲侈之怨也。昔者，曾子处费，费人有与曾子同名族者而杀人。人告曾子母曰：'曾参杀人。'曾子之母曰：'吾子不杀人。'织自若。有顷焉，人又曰：'曾参杀人。'其母尚织自若也。顷之，一人又告之曰：'曾参杀人。'其母惧，投杼逾墙而走④。夫以曾参之贤与母之信也，而三人疑之，则慈母不能信也。今臣之贤不及曾子，而王之信臣，又未若曾子之母也，疑臣者不适三人⑤，臣恐王为臣之投杼也。"王曰："寡人不听也，请与子盟。"于是与之盟于息壤。

果攻宜阳，五月而不能拔也。樗里疾、公孙衍二人在，争之王，王将听之，召甘茂而告之。甘茂对曰："息壤在彼。"王曰："有之。"因悉起兵，复使甘茂攻之，遂拔宜阳。

宜阳之役冯章谓秦王

宜阳之役，冯章谓秦王曰："不拔宜阳，韩、楚乘吾弊，国必危矣。不如许楚汉中，以欢之。楚欢而不进，韩必孤，无奈秦何矣。"王曰："善。"果使冯章许楚汉中，而拔宜阳。楚王以其言责汉中于冯章。冯章谓秦王曰："王遂亡臣①。固谓楚王曰：'寡人固无地而许楚王。'"

甘茂攻宜阳

　　甘茂攻宜阳，三鼓之而卒不上。秦之右将有尉对曰①："公不论兵②，必大困。"甘茂曰："我羁旅而得相秦者，我以宜阳饵王③。今攻宜阳而不拔，公孙衍、樗里疾挫我于内④，而公中以韩穷我于外⑤，是无伐之日已。请明日鼓之，而不可下，因以宜阳之郭为墓。"于是出私金以益公赏⑥。明日鼓之，宜阳拔。

①尉：军尉。
②论兵：以兵法带兵。
③饵：献礼。
④挫：毁。
⑤穷：困。
⑥益：增加。

宜阳未得

　　宜阳未得，秦死伤者众，甘茂欲息兵。左成谓甘茂曰："公内攻于樗里疾、公孙衍①；而外与韩侈为怨。今公用兵无功，公必穷矣。公不如进兵攻宜阳，宜阳拔，则公之功多矣。是樗里疾、公孙衍无事也②，秦众尽怨之深矣。"

①攻：受攻击。
②无事：没有可攻击之事。

宜阳之役楚畔秦而合于韩

　　宜阳之役，楚畔秦而合于韩①。秦王惧，甘茂曰："楚虽合韩，不为韩氏先战，韩亦恐战而楚有变其后，韩楚必相御也②。楚言与韩③，而不余怨于秦④，臣是以知其御也。"

①畔：通"叛"。
②御：防备。
③言与：口头上结盟。
④余怨：多怨。

秦王谓甘茂

　　秦王谓甘茂曰："楚客来使者多健①，与寡人争辞，寡人数穷焉②。为之奈何？"甘茂对曰："王勿患也。其健者来使者，则王勿听其事；其需弱者来使③，则王必听之。然则需弱者用，而健者不用矣，王因而制之。"

①多健：多强辩者。

②穷：辞穷。

③需（nuò，音诺）：通"懦"。

甘茂亡秦且之齐

甘茂亡秦，且之齐。出关，遇苏子，曰："君闻夫江上之处女乎？"苏子曰："不闻。"曰："夫江上之处女，有家贫而无烛者，处女相与语，欲去之。家贫无烛者将去矣，谓处女曰：'妾以无烛故，常先至扫室布席。何爱余明之照四壁者？幸以赐妾，何妨于处女？妾自以有益于处女，何为去我？'处女相语以为然，而留之。今臣不肖，弃逐于秦而出关，愿为足下扫室布席，幸无我逐也①。"苏子曰："善。请重公于齐。"

乃西说秦王曰："甘茂，贤人，非恒士也②。其居秦累世，重矣。自殽塞、谿谷，地形险易，尽知之。彼若以齐约韩、魏，反以谋秦，是非秦之利也。"秦王曰："然则奈何？"苏代曰："不如重其贽③、厚其禄以迎之。彼来，则置之槐谷，终身勿出。天下何从图秦？"秦王曰："善。"与之上卿，以相迎之齐。

甘茂辞不往，苏秦伪谓王曰："甘茂，贤人也。今秦与之上卿，以相迎；茂德王之赐，故不往，愿为王臣。今王何以礼之？王若不留，必不德王。彼以甘茂之贤，得擅用强秦之众，则难图也。"齐王曰："善。"赐之上卿，命而处之。

①我逐：逐走我。

②恒：平常。

③贽（zhì，音至）：礼物。

甘 茂 相 秦

甘茂相秦。秦王爱公孙衍，与之间有所立，因自谓之曰："寡人且相子。"甘茂之吏道而闻之①，以告甘茂。甘茂因入见王，曰："王得贤相，敢再拜贺。"王曰："寡人托国于子，焉更得贤相？"对曰："王且相犀首。"王曰："子焉闻之？"对曰："犀首告臣。"王怒于犀首之泄也，乃逐之。

①道而闻之：闻之于道。

甘茂约秦魏而攻楚

甘茂约秦、魏而攻楚①。楚之相秦者屈盖，为楚和于秦。秦启关而听楚使。甘茂谓秦王曰："怵于楚而不使魏制和②，楚必曰：'秦鬻魏③。'不悦而合于楚，楚、魏为一，国恐伤矣④。王不如使魏制和。魏制和，必悦。王不恶于魏，则寄地必多矣⑤。"

①约秦、魏：使秦、魏结盟。
②怵（chù，音触）：害怕；恐惧。制和：主和。
③鬻（yù，音育）：出卖。
④伤：有损害。
⑤寄地：得到割地。

陉 山 之 事

陉山之事，赵且与秦伐齐。齐惧，令田章以阳武合于赵①，而以顺子为质。赵王喜，乃案兵②，告于秦曰："齐以阳武赐弊邑，而纳顺子，欲以解伐，敢告下吏。"

秦王使公子他之赵，谓赵王曰："齐与大国救魏而倍约③，不可信恃。大国不义，以告弊邑，而赐之二社之地④，以奉祭祀。今又案兵，且欲合齐而受其地，非使臣之所知也！请益甲四万，大国裁之。"

苏代为齐献书穰侯，曰："臣闻往来之者言曰：'秦且益赵甲四万人以伐齐。'臣窃必之弊邑之王曰：'秦王明而熟于计，穰侯智而习于事，必不益赵甲四万人以伐齐。'是何也？夫三晋相结，秦之深仇也。三晋百背秦，百欺秦，不为不信！不为无行！今破齐以肥赵，赵，秦之深雠，不利于秦。一也。秦之谋者必曰：'破齐弊晋，而后制晋、楚之胜。'夫齐，罢国也⑤，以天下击之，譬犹以千钧之弩溃痈也⑥。秦王安能制晋、楚哉？二也。秦少出兵，则晋、楚不信；多出兵，则晋、楚为制于秦；齐恐，则必不走于秦，且走晋楚。三也。齐割地以实晋、楚，则晋、楚安；齐举兵而为之顿剑，则秦反受兵。四也。是晋、楚以秦破齐，以齐破秦，何晋、楚之智而齐、秦之愚？五也。秦得安邑，善齐以安之，亦必无患矣。秦有安邑，则韩、魏必无上党哉。夫取三晋之肠胃，与出兵而惧其不反也，孰利？故臣窃必之弊邑之王曰：'秦王明而熟于计，穰侯智而习于事，必不益赵甲四万人以伐齐矣。'"

①合：同"和"。
②案：通"按"。 案兵：止住兵马。
③倍：同"背"。
④二社：两座城池。
⑤罢：同"疲"。
⑥痈（yōng，音拥）：皮肤化脓性炎症。

秦宣太后爱魏丑夫

秦宣太后爱魏丑夫。太后病，将死，出令曰："为我葬，必以魏子为殉。"魏子患之。庸芮为魏子说太后曰："以死者为有知乎？"太后曰："无知也。"曰："若太后之神灵，明知死者之无知矣，何为空以生所爱，葬于无知之死人哉？若死者有知，先王积怒之日久矣，太后救过不赡①，何暇乃私魏丑夫乎？"太后曰："善。"乃止。

①赡：足够。

卷五　秦　三

薛公为魏谓魏冉

薛公为魏谓魏冉曰："文闻秦王欲以吕礼收齐①，以济天下，君必轻矣。齐、秦相聚以临三晋，礼必并相之，是君收齐以重吕礼也。齐免于天下之兵，其仇君必深。君不如劝秦王，令弊邑卒攻齐之事。齐破，文请以所得封君。齐破晋强，秦王畏晋之强也，必重君以取晋。齐予晋弊邑，而不能支秦，晋必重君以事秦。是君破齐以为功，操晋以为重也②。破齐定封，而秦、晋皆重君；若齐不破，吕礼复用，子必大穷矣。"

①收：取。
②操：挟。

秦客卿造谓穰侯

秦客卿造谓穰侯曰："秦封君以陶，藉君天下数年矣①。攻齐之事成，陶为万乘，长小国②，率以朝天子，天下必听，五伯之事也；攻齐不成，陶为邻恤③，而莫之据也④。故攻齐之于陶也，存亡之机也。

"君欲成之，何不使人谓燕相国曰：'圣人不能为时，时至而弗失。舜虽贤，不遇尧也，不得为天子；汤、武虽贤，不当桀、纣，不王。故以舜、汤、武之贤，不遭时不得帝王。今攻齐，此君之大时也已。因天下之力⑤，伐仇国之齐，报惠王之耻，成昭王之功，除万世之害，此燕之长利，而君之大名也。《书》云：'树德莫如滋，除害莫如尽。'吴不亡越，越故亡吴；齐不亡燕，燕故亡齐。齐亡于燕，吴亡于越，此除疾不尽也。以非此时也，成君之功，除君之害。秦卒有他事而从齐⑥，齐、赵合，其仇君必深矣。挟君之仇以诛于燕，后虽悔之，不可得也已。君悉燕兵而疾攻之，天下之从君也，若报父子之仇。诚能亡齐，封君于河南，为万乘，达途于中国，南与陶为邻，世世无患。愿君之专志于攻齐，而无他虑也。'"

①藉君天下：借君以制天下之权。
②长（zhǎng，音掌）小国：为小国之长。
③恤：忧虑。
④莫之据：没有可以依靠的援应。
⑤因：凭借。
⑥卒：同"猝"。突然。

魏谓魏冉

魏谓魏冉曰："公闻东方之语乎?"曰："弗闻也。"曰："辛、张阳、毋泽说魏王、薛公、公叔也，曰：'臣战，载主契国①，以与王约，必无患矣。若有败之者，臣请挈领②。然而臣有患也。夫楚王之以其国依冉也，而事臣之主③，此臣之甚患也。'今公东而因言于楚，是令张仪之言为禹，而务败公之事也。公不如反公国，德楚，而观薛公之为公也。观三国之所求于秦而不能得者，请以号三国以自信也④。观张仪与泽之所不能得于薛公者也，而公请之以自重也。"

①主：军中祷告用的木主。　契：结盟。
②挈领：砍头。
③事：征伐。　主：指韩、魏、齐。
④号：宣言。

谓魏冉曰和不成

谓魏冉曰："和不成，兵必出。白起者，且复将①。战胜，必穷公；不胜，必事赵从公。公又轻，公不若毋多②，则疾到。

①将：领兵。
②毋多：不要多事。

谓穰侯曰

谓穰侯曰："为君虑封①，若于除宋罪②，重齐怒③；须残伐乱宋④，德强齐，定身封。此亦百世之时也已。"

①虑封：考虑分封的事。
②除：解除。
③重：加重。
④须残伐：必须讨伐。

谓魏冉曰楚破秦

谓魏冉曰："楚破秦，不能与齐县衡矣①。秦三世积节于韩、魏②，而齐之德新加与。齐、秦交争，韩、魏东听，则秦伐矣。齐有东国之地，方千里。楚苞九夷③，又方千里，南有符离之塞，北有甘鱼之口。权县宋、卫④，宋、卫乃当阿、甄耳。利有千里者二，富擅越隶⑤，秦乌能与齐县衡韩、魏，支分方城膏腴之地以薄郑⑥？兵休复起，足以伤秦，不必待齐。"

①县：同"悬"。　　县衡：抗衡。
②积节：一直有战伐之事。
③苞：通"包"。并吞。
④权县宋、卫：轻重悬于宋、卫。
⑤擅：独揽。　　越隶：越的隶属之地。
⑥膏腴：肥沃。　　薄：迫。

五国罢成皋

五国罢成皋①，秦王欲为成阳君求相韩、魏，韩、魏弗听。秦太后为魏冉谓秦王曰："成阳君以王之故，穷而居于齐。今王见其达而收之，亦能翕其心乎②？"王曰："未也。"太后曰："穷而不收，达而报之，恐不为王用。且收成阳君，失韩、魏之道也。"

———————

①成皋（yì，音易）：地名。
②翕（xì，音戏）：收。

范子因王稽入秦

范子因王稽入秦，献书昭王曰："臣闻明主莅正①，有功者不得不赏，有能者不得不官，劳大者其禄厚，功多者其爵尊，能治众者其官大。故不能者不敢当其职焉，能者亦不得蔽隐。使以臣之言为可，则行而益利其道；若将弗行，则久留臣无为也。语曰：'人主赏所爱，而罚所恶；明主则不然，赏必加于有功，刑必断于有罪。'今臣之胸不足以当椹质②，要不足以待斧钺③，岂敢以疑事尝试于王乎？虽以臣为贱而轻辱臣，独不重任臣者后无反覆于王前耶？

"臣闻周有砥厄，宋有结绿，梁有悬黎，楚有和璞。此四宝者，工之所失也，而为天下名器。然则圣王之所弃者，独不足以厚国家乎？

"臣闻善厚家者，取之于国；善厚国者，取之于诸侯。天下有明主，则诸侯不得擅厚矣。是何故也？为其凋荣也④。良医知病人之死生，圣主明于成败之事，利则行之，害则舍之，疑则少尝之。虽尧、舜、禹、汤复生，弗能改已。语之至者，臣不敢载之于书；其浅者，又不足听也。意者，臣愚而不阖于王心耶⑤？已其言臣者，将贱而不足听耶？非若是也，则臣之志，愿少赐游观之间⑥，望见足下而入之。"

书上，秦王说之，因谢王稽，使人持车召之。

———————

①莅正：临政。
②椹（zhēn，音斟）质：指斩斫锤锻所用的砧板。亦指腰斩时所用的垫板。
③要：同"腰"。
④凋荣：有凋就有荣。
⑤阖：合。
⑥间：时间。

范睢至秦

范睢至秦，王庭迎，谓范睢曰："寡人宜以身受令久矣。今者义渠之事急，寡人日自请太后。

今义渠之事已^①，寡人乃得以身受命。躬窃闵然不敏^②，敬执宾主之礼。"范雎辞让。

是日见范雎，见者无不变色易容者。秦王屏左右，宫中虚无人。秦王跪而请曰："先生何以幸教寡人？"范雎曰："唯唯。"有间，秦王复请，范雎曰："唯唯。"若是者三。

秦王跽曰："先生不幸教寡人乎？"

范雎谢曰："非敢然也。臣闻始时吕尚之遇文王也，身为渔父而钓于渭阳之滨耳，若是者，交疏也。已一说而立为太师^③，载与俱归者，其言深也。故文王果收功于吕尚，卒擅天下而身立为帝王^④。即使文王疏吕望，而弗与深言，是周无天子之德，而文、武无与成其王也。今臣，羁旅之臣也，交疏于王，而所愿陈者，皆匡君之事^⑤。处人骨肉之间^⑥，愿以陈臣之陋忠，而未知王心也，所以王三问而不对者是也。臣非有所畏而不敢言也，知今日言之于前，而明日伏诛于后。然臣弗敢畏也，大王信行臣之言，死不足以为臣患，亡不足以为臣忧，漆身而为厉^⑦，被发而为狂，不足以为臣耻。五帝之圣而死，三王之仁而死，五伯之贤而死，乌获之力而死，奔、育之勇焉而死。死者，人之所必不免也。处必然之势，可以少有补于秦，此臣之所大愿也，臣何患乎？伍子胥橐载而出昭关^⑧，夜行而昼伏，至于蔆水，无以饵其口^⑨，坐行蒲服^⑩，乞食于吴市，卒兴吴国，阖庐为霸。使臣得进谋如伍子胥，加之以幽囚，终身不复见，是臣说之行也，臣何忧乎？箕子、接舆，漆身而为厉，被发而为狂，无益于殷、楚；使臣得同行于箕子、接舆，漆身可以补所贤之主，是臣之大荣也，臣又何耻乎？臣之所恐者，独恐臣死之后，天下见臣尽忠而身蹶也^⑪，是以杜口裹足^⑫，莫肯即秦耳^⑬。足下上畏太后之严，下惑奸臣之态；居深宫之中，不离保傅之手^⑭；终身暗惑^⑮，无与照奸^⑯；大者宗庙灭覆，小者身以孤危。此臣之所恐耳。若夫穷辱之事，死亡之患，臣弗敢畏也。臣死而秦治，贤于生也。"

秦王跽曰^⑰："先生是何言也。夫秦国僻远，寡人愚不肖，先生乃幸至此，此天以寡人恩先生^⑱，而存先王之庙也。寡人得受命于先生，此天所以幸先王，而不弃其孤也。先生奈何而言若此？事无大小，上及太后，下至大臣，愿先生悉以教寡人，无疑寡人也？"范雎再拜，秦王亦再拜。

范雎曰："大王之国，北有甘泉、谷口，南带泾、渭，右陇、蜀，左关、阪，战车千乘，奋击百万。以秦卒之勇，车骑之多，以当诸侯，譬若驰韩卢而逐蹇兔也^⑲，霸王之业可致。今反闭而不敢窥兵于山东者，是穰侯为国谋不忠，而大王之计有所失也。"

王曰："愿闻所失计。"

雎曰："大王越韩、魏而攻强齐，非计也。少出师，则不足以伤齐；多之，则害于秦。臣意王之计，欲少出师^⑳，而悉韩、魏之兵，则不义矣。今见与国之不可亲^㉑，越人之国而攻，可乎？疏于计矣。昔者，齐人伐楚，战胜，破军杀将，再辟千里，肤寸之地无得者。岂齐不欲地哉？形弗能有也。诸侯见齐之罢露^㉒，君臣之不亲，举兵而伐之，主辱军破，为天下笑。所以然者，以其伐楚而肥韩、魏也。此所谓借贼兵而赍盗食者也。王不如远交而近攻，得寸则王之寸；得尺亦王之尺也。今舍此而远攻，不亦缪乎？且昔者，中山之地方五百里，赵独擅之，功成、名立、利附，则天下莫能害。今韩、魏，中国之处，而天下之枢也。王若欲霸，必亲中国，而以为天下枢，以威楚、赵。赵强则楚附，楚强则赵附。楚、赵附，则齐必惧。惧，必卑辞重币以事秦。齐附而韩、魏可虚也^㉓。"

王曰："寡人欲亲魏，魏多变之国也，寡人不能亲。请问亲魏奈何？"范雎曰："卑辞重币以事之。不可，削地而赂之。不可，举兵而伐之。"于是举兵而攻邢丘，邢丘拔而魏请附。

曰："秦、韩之地形，相错如绣。秦之有韩，若木之有蠹，人之病心腹。天下有变，为秦害者，莫大于韩。王不如收韩。"王曰："寡人欲收韩，不听，为之奈何？"

范雎曰："举兵而攻荥阳，则成皋之路不通；北斩太行之道，则上党之兵不下；一举而攻荥阳，则其国断而为三。魏、韩见必亡，焉得不听？韩听，而霸事可成也。"王曰："善。"

范雎曰："臣居山东，闻齐之内有田单，不闻其王；闻秦之有太后、穰侯、泾阳、华阳，不闻其有王。夫擅国之谓王，能专利害之谓王，制杀生之威之谓王。今太后擅行不顾㉔，穰侯出使不报，泾阳、华阳击断无讳㉕。四贵备而国不危者，未之有也。为此四者，下乃所谓无王已。然则权焉得不倾，而令焉得从王出乎？臣闻：'善为国者，内固其威，而外重其权。'穰侯使者操王之重，决裂诸侯，剖符于天下，征敌伐国，莫敢不听。战胜攻取，则利归于陶，国弊，御于诸侯㉖；战败，则怨结于百姓，而祸归社稷。《诗》曰：'木实繁者披其枝，披其枝者伤其心。大其都者危其国，尊其臣者卑其主。'淖齿管齐之权㉗，缩闵王之筋，县之庙梁㉘，宿昔而死㉙。李兑用赵，减食主父，百日而饿死。今秦，太后、穰侯用事，高陵、泾阳佐之，卒无秦王，此亦淖齿、李兑之类已。臣今见王独立于庙朝矣，且臣将恐后世之有秦国者，非王之子孙也。"

秦王惧，于是乃废太后，逐穰侯，出高陵，走泾阳于关外。

昭王谓范雎曰："昔者齐公得管仲，时以为'仲父'。今吾得子，亦以为父。"

---

①已：结束。

②闵：糊涂。

③已：同"以"。

④擅：据有。

⑤匡：正。

⑥骨肉：指宣太后与秦王。

⑦漆身：涂漆于身。厉：通"疠"。染疫病。

⑧橐（tuó，音沱）载：背着包裹。

⑨无以饵其口：没有饭吃。

⑩蒲服：同"匍匐"。

⑪蹶（jué，音决）：倒。　　身蹶：指被杀。

⑫杜口裹足：闭口止步。

⑬即：到。

⑭保傅：指宫女。

⑮暗惑：愚昧不明。

⑯照：察看。

⑰跽（jì，音忌）：长跪。双膝着地，上身挺直。

⑱愍（hùn，音混）：打扰；烦劳。

⑲蹇（jiǎn，音简）：跛足。

⑳意：同"臆"。猜测。

㉑与国：盟国。

㉒罢露：疲态显露。

㉓虚：通"墟"。使变成废墟。

㉔擅行：独断专行。

㉕击断：刑罚犯人。

㉖御于诸侯：受制于诸侯。

㉗管：掌管。

㉘县：同"悬"。

㉙宿：夜。　　昔：通"夕"。

应侯谓昭王

应侯谓昭王曰："亦闻恒思有神丛与①？恒思有悍少年，请与丛博，曰：'吾胜丛，丛籍我神三日②；不胜丛，丛困我。'乃左手为丛投，右手自为投，胜丛。丛籍其神。三日，丛往求之，遂弗归。五日而丛枯，七日而丛亡。今国者，王之丛；势者，王之神。籍人以此，得无危乎？臣未尝闻指大于臂，臂大于股。若有此，则病必甚矣。百人舆瓢而趋③，不如一人持而走疾；百人诚舆瓢④，瓢必裂。今秦国，华阳用之，穰侯用之，太后用之，王亦用之。不称瓢为器，则已；已称瓢为器，国必裂矣。臣闻之也：'木实繁者枝必披，枝之披者伤其心。都大者危其国，臣强者危其主。'其令邑中自斗食以上⑤，至尉、内史及王左右，有非相国之人者乎？国无事，则已；国有事，臣必闻见王独立于庭也。臣窃为王恐，恐万世之后有国者，非王子孙也。

"臣闻古之善为政也，其威内扶⑥，其辅外布，四治政不乱不逆，使者直道而行，不敢为非。今太后使者，分裂诸侯，而符布天下，操大国之势，强征兵，伐诸侯。战胜攻取，利尽归于陶；国之币帛，竭入太后之家⑦；竟内之利⑧，分移华阳。古之所谓'危主灭国之道'，必从此起。三贵竭国以自安，然则令何得从王出？权何得毋分？是我王果处三分之一也。"

---

① 神丛：有神灵的灌木。

② 籍：通"藉"。借。　　神：神灵。

③ 舆：载。　　趋：快走。

④ 诚舆瓢：争着拿瓢。

⑤ 斗食：一种俸禄。

⑥ 扶：不能颠仆。

⑦ 竭：全部。

⑧ 竟：通"境"。

秦攻韩围陉

秦攻韩，围陉。范雎谓秦昭王曰："有攻人者，有攻地者。穰侯十攻魏，而不得伤者，非秦弱而魏强也，其所攻者，地也。地者，人主所甚爱也。人主者，人臣之所乐为死也。攻人主之所爱，与乐死者斗，故十攻而弗能胜也。今王将攻韩围陉，臣愿王之毋独攻其地，而攻其人也。王攻韩围陉，以张仪为言。张仪之力多，且削地而以自赎于王，几割地而韩不尽。张仪之力少，则王逐张仪，而更与不如张仪者市。则王之所求于韩者，言可得也。"

应侯曰郑人谓玉未理者璞

应侯曰："郑人谓玉未理者，璞；周人谓鼠未腊者，朴。周人怀朴过郑贾，曰：'欲买朴乎？'郑贾曰：'欲之。'出其朴。视之，乃鼠也，因谢不取。今平原君自以贤，显名于天下，然降其主父沙丘而臣之①，天下之王尚犹尊之。是天下之王，不如郑贾之智也，眩于名，不知其实也。"

①降：贬抑。　　臣之：使其为臣。

天下之士合从相聚于赵

天下之士合从，相聚于赵，而欲攻秦。秦相应侯曰："王勿忧也，请令废之。秦于天下之士，非有怨也，相聚而攻秦者，以己欲富贵耳。王见大王之狗，卧者卧，起者起，行者行，止者止，毋相与斗者；投之一骨，轻起相牙者①，何则？有争意也。"于是唐雎载音乐，予之五千金，居武安，高会相与饮②。谓："邯郸人谁来取者？"于是，其谋者固未可得予也，其可得与者，与之昆弟矣。

"公与秦计功者，不问金之所之，金尽者功多矣。今令人复载五千金随公。"唐雎行，行至武安，散不能三千金③，天下之士，大相与斗矣。

---

①轻：忽然。　　相牙，相互噬咬。
②高：大。
③不能：不到。

谓应侯曰君禽马服乎

谓应侯曰："君禽马服乎①？"曰："然。""又即围邯郸乎？"曰："然。""赵亡，秦王王矣，武安君为三公。武安君所以为秦战胜攻取者，七十余城，南亡鄢、郢、汉中，禽马服之军，不亡一甲，虽周吕望之功，亦不过此矣。赵亡，秦王王，武安君为三公，君能为之下乎？虽欲无为之下，固不得之矣。秦尝攻韩邢，困于上党，上党之民皆返为赵。天下之民，不乐为秦民之日固久矣。今攻赵，北地入燕，东地入齐，南地入楚、魏，则秦所得不一几何②。故不如因而割之，因以为武安功。"

---

①禽：通"擒"。
②不一几何：没有多少。

应侯失韩之汝南

应侯失韩之汝南。秦昭王谓应侯曰："君亡国①，其忧乎？"应侯曰："臣不忧。"王曰："何也？"曰："梁人有东门吴者，其子死而不忧。其相室曰②：'公之爱子也，天下无有，今子死不忧，何也？'东门吴曰：'吾尝无子，无子之时不忧；今子死，乃即与无子时同也。臣奚忧焉？'臣亦尝为子，为子时不忧；今亡汝南，乃与即为梁余子同也，臣何为忧？"

秦王以为不然，以告蒙傲曰："今也，寡人一城围，食不甘味，卧不便席。今应侯亡地而言不忧，此其情也③？"蒙傲曰："臣请得其情。"

蒙傲乃往见应侯，曰："傲欲死。"应侯曰："何谓也？"曰："秦王师君，天下莫不闻，而况于秦国乎？今傲势得秦王将，将兵，臣以韩之细也，显逆诛，夺君地，傲尚奚生？不若死。"应侯拜蒙傲曰："愿委之卿。"蒙傲以报于昭王。

自是之后，应侯每言韩事者，秦王弗听也，以其为汝南虏也。

秦攻邯郸

秦攻邯郸，十七月不下。庄谓王稽曰："君何不赐军吏乎？"王稽曰："吾与王也，不用人言。"庄曰："不然。父之于子也，令有必行者，必不行者。曰'去贵妻，卖爱妾'，此令必行者也；因曰'毋敢思也'，此令必不行者也。守闾妪曰：'其夕，某懦子内某士①。贵妻已去，爱妾已卖，而心不有。欲教之者，人心固有。今君虽幸于王，不过父子之亲；军吏虽贱，不卑于守闾妪；且君擅主轻下之日久矣。闻'三人成虎，十夫楺椎②，众口所移，毋翼而飞'。故曰：不如赐军吏而礼之。"王稽不听。军吏穷，果恶王稽、杜挚以反。

秦王大怒，而欲兼诛范雎。范雎曰："臣，东鄙之贱人也，开罪于楚、魏，遁逃来奔。臣无诸侯之援，亲习之故③，土举臣于羁旅之中，使职事，大卜皆闻臣之身与王之举也。今遇惑，或与罪人同心，而王明诛之，是王过举显于天下④，而为诸侯所议也。臣愿请药赐死，而恩以相葬臣⑤，王必不失臣之罪，而无过举之名。"王曰："有之。"遂弗杀而善遇之。

蔡泽见逐于赵

蔡泽见逐于赵，而入韩、魏，遇夺釜鬲于涂①。闻应侯任郑安平、王稽，皆负重罪，应侯内惭。乃西入秦，将见昭王，使人宣言以感怒应侯，曰："燕客蔡泽，天下骏雄弘辩之士也。彼一见秦王，秦王必相之而夺君位。"

应侯闻之，使人召蔡泽。蔡泽入，则揖应侯。应侯固不快，及见之，又倨②。应侯因让之，曰："子常宣言代我相秦，岂有此乎？"对曰："然。"应侯曰："请闻其说。"蔡泽曰："吁。何君见之晚也？夫四时之序，成功者去。夫人生手足坚强，耳目聪明圣知，岂非士之所愿与？"应侯曰："然。"蔡泽曰："质仁秉义，行道施德于天下，天下怀乐敬爱，愿以为君王，岂不辩智之期与③？"应侯曰："然。"蔡泽复曰："富贵显荣，成理万物④，万物各得其所；生命寿长，终其年而不夭伤⑤；天下继其统，守其业，传之无穷，名实纯粹，泽流千世，称之而毋绝，与天下终⑥。岂非道之符，而圣人所谓'吉祥善事'与？"应侯曰："然。"泽曰："若秦之商君，楚之吴起，越之大夫种，其卒亦可愿矣。"应侯知蔡泽之欲困已以说，复曰："何为不可？夫公孙鞅事孝公，极身毋二⑦，尽公不还私，信赏罚以致治，竭智能，示情素⑧，蒙怨咎，欺旧交，虏魏公子卬，卒为秦禽将，破敌军，攘地千里。吴起事悼王，使私不害公，谗不蔽忠，言不取苟合，行不取苟容，行义不顾毁誉，必有伯主强国，不辞祸凶。大夫种事越王，主离困辱⑨，悉忠而不解⑩，主虽亡绝，尽能而不离，多功而不矜，贵富不骄怠。若此三子者，义之至，忠之节也。故君子杀身以成名，义之所在，身虽死，无憾悔。何为不可哉？"蔡泽曰："主圣臣贤，天下之福也；君明臣忠，国之福也；父慈子孝，夫信妇贞，家之福也。故比干忠，不能存殷；子胥知⑪，不能存吴；申生孝，而晋惑乱。是有忠臣孝子，国家灭乱，何也？无明君贤父以听之。故天下以其君父为戮辱，怜其臣子。夫待死而后可以立忠成名，是微子不足仁，孔子不足圣，管仲不足大也。"于是应侯称善。

蔡泽得少间⑫，因曰："商君、吴起、大夫种，其为人臣，尽忠致功，则可愿矣。闳夭事文王⑬，周公辅成王也，岂不亦忠乎？以君臣论之，商君、吴起、大夫种，其可愿孰与闳夭、周公哉？"应侯曰："商君、吴起、大夫种不若也。"蔡泽曰："然则君之主，慈仁任忠，不欺旧故，孰与秦孝公、楚悼王、越王乎？"应侯曰："未知何如也。"蔡泽曰："主固亲忠臣，不过秦孝、越王、楚悼。君之为主，正乱、批患、折难⑭，广地殖谷，富国、足家、强主，威盖海内，功章万里之外，不过商君、吴起、大夫种。而君之禄位贵盛，私家之富过于三子，而身不退，窃为君危之。语曰：'日中则移，月满则亏。'物盛则衰，天之常数也。进退、盈缩、变化，圣人之常道也。昔者，齐桓公九合诸侯，一匡天下，至葵丘之会，有骄矜之色，畔者九国⑮。吴王夫差无适于天下⑯，轻诸侯，凌齐、晋，遂以杀身亡国。夏育、太史启，叱呼骇三军，然而身死于庸夫。此皆乘至盛不及道理也。夫商君为孝公平权衡，正度量，调轻重，决裂阡陌，教民耕战。是以兵动而地广，兵休而国富，故秦无敌于天下，立威诸侯。功已成，遂以车裂。楚地持戟百万，白起率数万之师，以与楚战，一战举鄢、郢，再战烧夷陵，南并蜀、汉，又越韩、魏攻强赵，北坑马服，诛屠四十余万之众，流血成川，沸声若雷，使秦业帝⑰。自是之后，赵、楚慑服，不敢攻秦者，白起之势也。身所服者，七十余城。功已成矣，赐死于杜邮。吴起为楚悼罢无能，废无用，损不急之官，塞私门之请，一楚国之俗⑱，南攻杨越，北并陈、蔡，破横散从⑲，使驰说之士无所开其口。功已成矣，卒支解。大夫种为越王垦草创邑，辟地殖谷，率四方士，上下之力，以禽劲吴，成霸功。句践终棓而杀之⑳。此四子者，成功而不去，祸至于此，此所谓信而不能诎㉑，往而不能反者也。范蠡知之㉒，超然避世，长为陶朱。君独不观博者乎？或欲大投㉓，或欲分功，此皆君之所明知也。今君相秦，计不下席，谋不出廊庙，坐制诸侯，利施三川，以实宜阳，决羊肠之险，塞太行之口，又斩范、中行之途㉔，栈道千里于蜀、汉，使天下皆畏秦。秦之欲，得矣；君之功，极矣。此亦秦之分功之时也。如是不退，则商君、白公、吴起、大夫种是也。君何不以此时归相印，让贤者授之㉕，必有伯夷之廉。长为应侯，世世称孤，而有乔、松之寿。孰与以祸终哉？此则君何居焉？"应侯曰："善。"乃延入坐为上客。

后数日，入朝，言于秦昭王曰："客新有从山东来者蔡泽，其人辩士。臣之见人甚众，莫有及者。臣不如也。"秦昭王召见，与语，大说之，拜为客卿。

应侯因谢病，请归相印。昭王强起应侯，应侯遂称笃㉖，因免相。昭王新说蔡泽计画，遂拜力秦相，东收周室。

蔡泽相秦王数月，人或恶之，惧诛，乃谢病归相印，号为刚成君。居秦十余年，昭王、孝文王、庄襄王、卒事始皇帝。为秦使于燕，三年而燕使太子丹入质于秦。

---

①釜：炊器。　　鬲（ｌ，音利）：炊器。　　涂：通"途"。

②倨：倨傲；傲慢。

③期：期望；愿望。

④理：治。

⑤夭：早逝。

⑥与天下终：与天地同寿。

⑦极身：竭尽自己之所能。

⑧素：通"愫"。诚。

⑨离：同"罹"。遭遇不幸的事。

⑩解：同"懈"。

⑪知：同"智"。

⑫间：指有隙可乘。

⑬闳（hóng，音宏）。

⑭批：排除。　折：除。

⑮畔：通"叛"。

⑯无适：无敌。

⑰业帝：有帝王之业。

⑱一：使……统一。

⑲从：通"纵"。

⑳棓（bàng，音磅）：同"棒"。棍击。

㉑诎（qū，音屈）：通"屈"。

㉒蠡（lí，音离）。

㉓大投：全胜。

㉔斩：绝；断。

㉕授：同"受"。

㉖笃（dǔ，音赌）：病重。

卷六　秦　四

秦取楚汉中

　　秦取楚汉中，再战于蓝田，大败楚军。韩、魏闻楚之困，乃南袭至邓，楚王引归。后三国谋攻楚，恐秦之救也，或说薛公："可发使告楚曰：'今三国之兵且去楚①，楚能应而共攻秦，虽蓝田岂难得哉！况于楚之故地？'楚疑于秦之未必救己也，而今三国之辞去，则楚之应之也必劝②，是楚与三国谋出秦兵矣。秦为知之，必不救也。三国疾攻楚，楚必走秦以急③，秦愈不敢出，则是我离秦而攻楚也，兵必有功。"

　　薛公曰："善。"遂发重使之楚，楚之应之果劝。于是三国并力攻楚，楚果告急于秦，秦遂不敢出兵。大胜有功。

---

①去：离开。

②劝：乐于跟从。

③急：告急。

薛公入魏而出齐女

薛公入魏而出齐女①。韩春谓秦王曰："何不取为妻，以齐、秦劫魏②，则上党，秦之有也。齐、秦合而立负刍，负刍立，其母在秦，则魏，秦之县也已。岷欲以齐、秦劫魏而困薛公，佐欲定其弟，臣请为王因岷与佐也③。魏惧而复之④，负刍必以魏殁世事秦⑤。齐女入魏而怨薛公，终以齐奉事王矣。"

---

①出：逐。　　齐女：魏公子负刍之母。

②劫：威胁。

③因岷与佐：借岷与佐两人之力。

④复之：让齐女回来。

⑤殁世：一辈子。

三国攻秦入函谷

三国攻秦，入函谷。秦王谓楼缓曰："三国之兵深矣，寡人欲割河东而讲①。"对曰："割河东，大费也；免于国患，大利也。此父兄之任也。王何不召公子池而问焉？"

王召公子池而问焉，对曰："讲亦悔，不讲亦悔。"王曰："何也？"对曰："王割河东而讲，三国虽去，王必曰：'惜矣。三国且去，吾特以三城从之。'此讲之悔也。王不讲，三国入函谷，咸阳必危，王又曰：'惜矣。吾爱三城而不讲。'此又不讲之悔也。"王曰："钧吾悔也②，宁亡三城而悔，无危咸阳而悔也。寡人决讲矣。"卒使公子池以三城讲于三国，三国之兵乃退。

---

①讲：同"媾"。媾和。

②钧：通"均"。衡量。

秦昭王谓左右

秦昭王谓左右曰："今日韩、魏，孰与始强①？"对曰："弗如也。"王曰："今之如耳、魏齐，孰与孟尝、芒卯之贤？"对曰："弗如也。"王曰："以孟尝、芒卯之贤，帅强韩、魏之兵以伐秦，犹无奈寡人何也。今以无能之如耳、魏齐，帅弱韩、魏以攻秦，其无奈寡人何，亦明矣。"左右皆曰："甚然。"

中期推琴对曰："王之料天下，过矣。昔者六晋之时，智氏最强，灭破范、中行，帅韩、魏以围赵襄子于晋阳。决晋水以灌晋阳，城不沈者三板耳②。智伯出行水③，韩康子御，魏桓子骖乘④。智伯曰：'始，吾不知水之可亡人之国也，乃今知之。汾水利以灌安邑，绛水利以灌平阳。'魏桓子肘韩康子，康子履魏桓子，蹑其踵⑤。肘足接于车上，而智氏分矣。身死国亡，为天下笑。今秦之强，不能过智伯；韩、魏虽弱，尚贤在晋阳之下也⑥。此乃方其用肘足时也，愿王之勿易也⑦。"

①孰与始强：指韩、魏是开始时强大，还是现在强大。

②沈：淹没。　　板：高三尺。

③行：巡视。

④骖（cān，音餐）乘（shèng，音胜）：古代乘车在车右陪乘的人。

⑤蹴：踩。　　踵：脚跟。

⑥尚贤在晋阳之下：还胜于赵襄子被围于晋阳之时。

⑦易：轻敌。

楚魏战于陉山

楚、魏战于陉山。魏许秦以上洛，以绝秦于楚。魏战胜，楚败于南阳。秦责赂于魏，魏不与。营浅谓秦王曰："王何不谓楚王曰：'魏许寡人以地，今战胜，魏王倍寡人也①。王何不与寡人遇？魏畏秦、楚之合，必与秦地矣。是魏胜楚而亡地于秦也；是王以魏地德寡人，秦之楚者多贤矣②。魏弱，若不出地，则王攻其南，寡人绝其西，魏必危。'"秦王曰："善。"以是告楚。楚王扬言与秦遇，魏王闻之恐，效上洛于秦。

①倍：通"背"。

②之：至。　　资：钱物。

楚使者景鲤在秦

楚使者景鲤在秦，从秦王与魏王遇于境。楚怒秦合，周最为楚王曰："魏请无与楚遇而合于秦，是以鲤与之遇也。弊邑之于与遇善之，故齐不合也。"楚王因不罪景鲤而德周、秦。

楚王使景鲤如秦

楚王使景鲤如秦①。客谓秦王曰："景鲤，楚王所甚爱，王不如留之以市地②。楚王听，则不用兵而得地；楚王不听，则杀景鲤，更与不如景鲤者。是便计也。"秦王乃留景鲤。

景鲤使人说秦王曰："臣见王之权轻天下③，而地不可得也。臣之来使也，闻齐、魏皆且割地以事秦。所以然者，以秦与楚为昆弟国。今大王留臣，是示天下无楚也，齐、魏有何重于孤国也？楚知秦之孤，不与地，而外结交诸侯以图，则社稷必危。不如出臣。"秦王乃出之。

①如：往；去。

②市：交换。

③权：势力。

秦王欲见顿弱

秦王欲见顿弱，顿弱曰："臣之义不参拜，王能使臣无拜，即可矣。不，即不见也。"秦王许之。于是顿子曰："天下有其实而无其名者，有无其实而有其名者，有无其名又无其实者。王知之乎？"王曰："弗知。"顿子曰："有其实而无其名者，商人是也。无把铫推耨之势①，而有积粟之实，此有其实而无其名者也。无其实而有其名者，农夫是也。解冻而耕，暴背而耨②，无积粟之实，此无其实而有其名者也。无其名又无其实者，王乃是也。已立为万乘，无孝之名；以千里养，无孝之实。"秦王悖然而怒。

顿弱曰："山东战国有六，威不掩于山东，而掩于母，臣窃为大王不取也。"秦王曰："山东之建国可兼与？"顿子曰："韩，天下之咽喉；魏，天下之胸腹。王资臣万金而游，听之韩、魏，入其社稷之臣于秦，即韩、魏从。韩、魏从，而天下可图也。"秦王曰："寡人之国贫，恐不能给也。"顿子曰："天下未尝无事也，非从即横也。横成，则秦帝；从成，即楚王。秦帝，即以天下恭养。楚王，即王虽有万金，弗得私也。"秦王曰："善。"乃资万金。使东游韩、魏，入其将相；北游于燕、赵，而杀李牧。齐王入朝，四国必从，顿子之说也。

---

①铫：锹。　　耨：小手锄。　　势：样子。
②暴：露。

顷襄王二十年

顷襄王二十年，秦白起拔楚西陵，或拔鄢、郢、夷陵，烧先王之墓。王徙东北，保于陈城，楚遂削弱，为秦所轻。于是白起又将兵来伐。

楚人有黄歇者，游学博闻，襄王以为辩，故使于秦，说昭王曰："天下莫强于秦、楚。今闻大王欲伐楚，此犹两虎相斗而驽犬受其弊①，不如善楚。臣请言其说。臣闻之：'物至而反，冬夏是也。致至而危②，累棋是也。'今大国之地半天下，有二垂③，此从生民以来，万乘之地未尝有也。先帝文王、庄王，王之身，三世而不接地于齐，以绝从亲之要④。今王三使成桥守事于韩⑤，成桥以北入燕⑥。是王不用甲，不伸威，而出百里之地，王可谓能矣！王又举甲兵而攻魏，杜大梁之门⑦，举河内，拔燕、酸枣、虚、桃人，楚、燕之兵云翔不敢校⑧，王之功亦多矣！王申息众二年，然后复之，又取蒲、衍、首垣，以临仁、平兵，小黄、济阳婴城⑨，而魏氏服矣。王又割濮、磨之北，属之燕，断齐、秦之要⑩，绝楚、魏之脊。天下五合六聚而不敢救也，王之威亦惮矣⑪！王若能持功守威，省攻伐之心而肥仁义之诚，使无复后患，三王不足四，五伯不足六也。

"王若负人徒之众，恃兵甲之强，一毁魏氏之威，而欲以力臣天下之主⑫，臣恐有后患。《诗》云：'靡不有初，鲜克有终。'《易》曰：'狐濡其尾⑬。'此言始之易、终之难也。何以知其然也？智氏见伐赵之利，而不知榆次之祸；吴见伐齐之便，而不知干隧之败也。此二国者，非无大功也，没利于前⑭，而易患于后也。吴之信越也，从而伐齐⑮，既胜齐人于艾陵，还为越王禽于三江之浦。智氏信韩、魏，从而伐赵，攻晋阳之城，胜有日矣⑯，韩、魏反之，杀智伯瑶于凿台之上。今王妒楚之不毁也，而忘毁楚之强魏也，臣为大王虑而不取。《诗》云：'大武远宅不涉⑰。'从此观之，楚国，援也；邻国，敌也。《诗》云：'他人有心，予忖度之，跃跃毚兔⑱，遇犬获之。'今王中道而信韩、魏之善王也，此正吴信越也。臣闻'敌不可易，时不可失'。臣恐韩、魏之卑辞虑患，而实欺大国也。此何也？王既无重世之德于韩、魏⑲，而有累世之怨矣。韩、魏父子兄弟接踵而死于秦者，百世矣。本国残，社稷坏，宗庙隳⑳，刳腹折颐㉑，首身分离，暴骨草泽，头颅僵仆，相望于境；父子、老弱系虏，相随于路，鬼神狐祥无所食㉒，百姓不聊生，族类离散，流亡为臣妾，满海内矣。韩、魏之不亡，秦社稷之忧也。今王之攻楚，不亦失乎？是王攻楚之日，则恶出兵㉓？王将藉路于仇雠之韩、魏乎？兵出之日，而王忧其不反也，是王以兵资于仇雠之韩、魏。王若不藉路于仇雠之韩、魏，必攻阳、右壤。随阳、右壤，此皆广川大水，山林溪谷不食之地，王虽有之，不为得地。是王有毁楚之名，无得地之实也。

"且王攻楚之日，四国必悉起应王。秦、楚之构而不离㉔，魏氏将出兵而攻留、方与、铚、胡陵、砀、萧、相，故宋必尽㉕。齐人南面，泗北必举。此皆平原四达，膏腴之地也，而王使之独攻。王破楚于以肥韩、魏，于中国而劲齐，韩、魏之强，足以校于秦矣㉖。齐南以泗为境，东负海，北倚河，而无后患，天下之国，莫强于齐。齐、魏得地葆利㉗，而详事下吏㉘，一年之后，为帝若未能，于以禁王之为帝有余㉙。夫以王壤土之博，人徒之众，兵革之强，一举众而注地于楚，诎令韩、魏㉚，归帝重于齐，是王失计也。

"臣为王虑，莫若善楚。秦、楚合而为一，临以韩，韩必授首。王襟以山东之险，带以河曲之利，韩必为关中之侯。若是，王以十成郑，梁氏寒心，许、鄢陵婴城，上蔡、召陵不往来也。如此，而魏亦关内侯矣。王一善楚，而关内二万乘之主注地于齐㉛，齐之右壤可拱手而取也。是王之地一任两海㉜，要绝天下也㉝。是燕、赵无齐、楚，无燕、赵也。然后危动燕、赵，持齐、楚㉞，此四国者，不待痛而服矣。"

---

①驽犬：劣犬。

②致：物与物相叠加。　　至：极点。

③垂：边陲。

④以绝从亲之要：以使合纵者们的要约断绝。

⑤守：待。

⑥以北入燕：使北面的燕国人朝于秦。

⑦杜：堵塞。

⑧云翔：四散奔逃。　　校：较量；对敌。

⑨婴城：意为据城而守。

⑩要：约。

⑪惮：通"怛"。震憾。

⑫臣：臣服。

⑬濡（rú，音如）：延迟；等待。

⑭没利：得利。

⑮从：使……跟从。

⑯有日：指日可待。

⑰大武远宅不涉：威武之大者不涉足于僻远的地方。

⑱毚：狡。

⑲重：多。

⑳隳（huī，音灰）：毁坏。

㉑刳（kū，音枯）：剖开而挖空。　　颐：下巴。

㉒狐祥：妖狐。

㉓安：如何。

㉔构：交战。

㉕故宋必尽：前面提到的七个地方都是原来宋国的城池，战国时宋为楚所灭，所以说"宋必尽"。

㉖校于秦：和秦相对抗。

㉗葆：同"保"。

㉘事：治。

㉙禁：止；阻止。

㉚诎令韩、魏：令不能行于韩、魏。

㉛注地于齐：向齐进攻，割取土地。

㉜一任两海：横跨西海和东海之间。

㉝要：取。

㉞持：劫。

或为六国说秦王

或为六国说秦王曰："土广不足以为安，人众不足以为强。若土广者安，人众者强，则桀、纣之后将存。昔者，赵氏亦尝强矣。曰赵强何若？举左案齐，举右案魏。厌案万乘之国①，二国②，千乘之宋也。筑刚平，卫无东野，刍牧薪采③，莫敢窥东门。当是时，卫危于累卵。天下之士相从谋曰：'吾将还其委质，而朝于邯郸之君乎？'于是天下有称伐邯郸者，莫令朝行④。魏伐邯郸，因退为逢泽之遇，乘夏车，称'夏王'，朝为天子，天下皆从。齐太公闻之，举兵伐魏，壤地两分，国家大危，梁王身抱质执璧⑤，请为陈侯臣，天下乃释梁。郯威王闻之，寝不寐，食不饱，帅天下百姓，以与申缚遇于泗水之上，而大败申缚。赵人闻之至枝桑；燕人闻之至格道。格道不通，平际绝。齐战败不胜，谋则不得，使陈毛释剑撖⑥，委南听罪⑦，西说赵，北说燕，内喻其百姓，而天下乃齐释。于是夫积薄而为厚，聚少而为多，以同言郯威王于侧纣之间⑧。臣岂以郯威王为政衰谋乱以至于此哉？郯为强，临天下诸侯，故天下乐伐之也。"

---

①厌（yā，音鸭）：通"压"。抑制。

②二国：分裂国家。

③刍牧薪采：割草伐木之人。

④莫：同"暮"。

⑤质：同"贽"。玉帛之类的礼物。

⑥撖（zōu，音邹）：巡夜打更。　　释夜撖：放弃守备。

⑦委南：放弃南面的尊严。

⑧纣：有人认为当作"脯"。

卷七 秦 五

谓 秦 王

谓秦王曰："臣窃惑王之轻齐易楚，而卑畜韩也。臣闻：'王兵胜而不骄，伯主约而不忿。'胜而不骄，故能服世；约而不忿，故能从邻①。今王广德魏、赵而轻失齐，骄也；战胜宜阳，不恤楚交②，忿也。骄忿非伯主之业也，臣窃为大王虑之而不取也。

"《诗》云：'靡不有初，鲜克有终③。'故先王之所重者，唯始与终。何以知其然？昔智伯瑶残范、中行④，围逼晋阳，卒为三家笑；吴王夫差栖越于会稽，胜齐于艾陵，为黄池之遇，无礼于宋，遂与句践禽⑤，死于干隧；梁君伐楚胜齐，制赵、韩之兵，驱十二诸侯以朝天子于孟津，后子死，身布冠而拘于秦⑥。三者非无功也，能始而不能终也。

"今王破宜阳，残三川，而使天下之士不敢言；雍天下之国⑦，徙两周之疆⑧，而世主不敢交阳侯之塞⑨；取黄棘，而韩、楚之兵不敢进。王若能为此尾，则三王不足四，五伯不足六。王若不能为此尾，而有后患，则臣恐诸侯之君，河、济之士，以王为吴、智之事也⑩。

"《诗》云：'行百里者，半于九十。'此言末路之难。今大王皆有骄色，以臣之心观之，天下之事，依世主之心，非楚受兵，必秦也。何以知其然也？秦人援魏以拒楚，楚人援韩以拒秦，四国之兵敌，而未能复战也。齐、宋在绳墨之外以为权⑪。故曰：'先得齐、宋者伐秦。'秦先得齐、宋，则韩氏铄⑫；韩氏铄，则楚孤而受兵也。楚先得齐，则魏氏铄，魏氏铄，则秦孤而受兵矣。若随此计而行之，则两国者必为天下笑矣。"

---

①从邻：使邻国服从。

②不恤楚交：不注意与楚国结交。

③靡不有初，鲜克有终：意为无始则无终。

④残：灭。

⑤禽：通"擒"。

⑥身布冠：穿着丧服。

⑦雍：通"拥"。

⑧徙两周之疆：指蚕食攻略两周的土地。

⑨世主：诸侯。 交：会。

⑩吴、智：指吴王夫差和智伯。

⑪权：指能起到轻重的作用。

⑫铄（shuò，音朔）：削弱。

秦王与中期争论

秦王与中期争论，不胜，秦王大怒。中期徐行而去。或为中期说秦王曰："悍人也①。中期适遇明君故也，向者遇桀、纣，必杀之矣。"秦王因不罪。

---

①悍人：蛮横之人。

献则谓公孙消

献则谓公孙消曰："公，大臣之尊者也，数伐有功①。所以不为相者，太后不善公也。辛戎者，太后之所亲也，今亡于楚②，在东周。公何不以秦、楚之重，资而相之于周乎③？楚必便之矣。是辛戎有秦、楚之重，太后必悦公，公相必矣。"

---

①数伐：屡次征伐。
②亡于楚：从楚国逃亡。
③资：资助。　　相之：使辛戎为相。

楼啎约秦魏

楼啎约秦、魏①，魏太子为质。纷强欲败之②，谓太后曰："国与还者也③，败秦而利魏，魏必负之。负秦之日，太子为粪矣④。"太后坐王而泣⑤。王因疑于太子⑥，令之留于酸枣。楼子患之。昭衍为周之梁，楼子告之。昭衍见梁王，梁王曰："何闻？"曰："闻秦且伐魏。"王曰："为期与我约矣⑦。"曰："秦疑于王之约，以太子之留酸枣而不之秦。秦王之计曰：'魏不与我约，必攻我。我与其处而待之见攻，不如先伐之。'以秦强折节而下与国，臣恐其害于东周。"

---

①啎（wú，音吴）。
②败之：使其计划失败。
③国与还者也：意指两国间的好恶循环不定。
④为粪：被抛弃。
⑤坐王：坐于魏王之前。
⑥疑于太子：不准备让太子到秦国为质。
⑦为期与我约矣：意谓秦既然与我结约，为什么又要来伐呢？

濮阳人吕不韦贾于邯郸

濮阳人吕不韦贾于邯郸①，见秦质子异人。归而谓父曰："耕田之利几倍？"曰："十倍。""珠玉之赢几倍？"曰："百倍。""立国家之主赢几倍？"曰："无数。"曰："今力田疾作②，不得暖衣余食。今建国立君，泽可以遗世③，愿往事之。"

秦子异人质于赵，处于𫼯城。故往说之，曰："子傒有承国之业，又有母在中。今子无母于中，外托于不可知之国，一日倍约④，身为粪土。今子听吾计事，求归，可以有秦国。吾为子使秦，必来请子。"

乃说秦王后弟阳泉君曰："君之罪至死，君知之乎？君之门下无不居高尊位，太子门下无贵者。君之府藏珍珠宝玉，君之骏马盈外厩⑤，美女充后庭。王之春秋高，一日山陵崩，太子用事，君危于累卵，而不寿于朝生⑥。说有可以一切，而使君富贵千万岁，其宁于太山四维⑦，必无危亡之患矣。"阳泉君避席⑧："请闻其说。"不韦曰："王年高矣，王后无子。子傒有承国之业，士仓又辅之，王一日山陵崩，子傒立，士仓用事，王后之门，必生蓬蒿⑨。子异人，贤材也，弃在于赵，无母于内，引领西望，而愿一得归。王后诚请而立之⑩，是子异人无国而有国，王后无子而有子也。"阳泉君曰："然。"入说王后。王后乃请赵而归之。

赵未之遣。不韦说赵曰："子异人，秦之宠子也，无母于中，王后欲取而子之。使秦而欲屠赵，不顾一子以留计，是抱空质也。若使子异人归而得立，赵厚送遣之，是不敢倍德畔施，是自为德讲⑪。秦王老矣，一日晏驾，虽有子异人，不足以结秦。"赵乃遣之。

异人至，不韦使楚服而见⑫。王后悦其状，高其知，曰："吾楚人也。"而自子之⑬，乃变其名曰楚。王使子诵，子曰："少弃捐在外，尝无师傅所教学，不习于诵。"王罢之，乃留止。间曰："陛下尝軔车于赵矣⑭；赵之豪桀，得知名者不少，今大王反国，皆西面而望。大王无一介之使以存之⑮，臣恐其皆有怨心。使边境早闭晚开。"王以为然，奇其计。王后劝立之。王乃召相，令之曰："寡人子莫若楚，立以为太子。"

子楚立，以不韦为相，号曰文信侯，食蓝田十二县。王后为华阳太后，诸侯皆致秦邑。

---

①濮：(pú，音菩)。 贾（gǔ，音谷）：做买卖。

②疾：艰难。

③遗世：留芳后世。

④倍：通"背"。

⑤厩（jiù，音旧）。

⑥朝（zhāo，音召）生：指木堇，其花朝开夕谢。

⑦四维：指东南、西南、西北、东北四角。

⑧避席：离开坐席。

⑨蓬蒿："茼蒿"的异称。菊科，一、二年生草木。

⑩诚：如果。

⑪是自为德讲：意为秦必然以恩泽与赵讲好。

⑫楚服：穿楚人的服饰。

⑬自子之：以之为己子。

⑭陛下尝軔车于赵矣：指孝文王曾经在赵为人质。

⑮存：问候。

文信侯欲攻赵以广河间

文信侯欲攻赵以广河间，使刚成君蔡泽事燕三年，而燕太子质于秦。文信侯因请张唐相燕，欲与燕共伐赵，以广河间之地。张唐辞曰："燕者，必径于赵，赵人得唐者，受百里之地。"文信侯去而不快。少庶子甘罗曰："君侯何不快甚也？"文信侯曰："吾令刚成君蔡泽事燕三年，而燕太子已入质矣。今吾自请张卿相燕，而不肯行。"甘罗曰："臣行之。"文信君叱去曰："我自行之而不肯，汝安能行之也？"甘罗曰："夫项橐生七岁而为孔子师①，今臣生十二岁于兹矣。君其试臣，奚以遽言叱也②？"

甘罗见张唐曰："卿之功，孰与武安君？"唐曰："武安君战胜攻取，不知其数；攻城堕邑，不知其数。臣之功不如武安君也。"甘罗曰："卿明知功之不如武安君欤？"曰："知之。""应侯之用秦也，孰与文信侯专③？"曰："应侯不如文信侯专。"曰："卿明知为不如文信侯专欤？"曰："知之。"甘罗曰："应侯欲伐赵，武安君难之，去咸阳七里，绞而杀之。今文信侯自请卿相燕，而卿不肯行，臣不知卿所死之处矣。"唐曰："请因孺子而行④。"令库具车，厩具马，府具币，行有日矣。甘罗谓文信侯曰："借臣车五乘，请为张唐先报赵。"

　　见赵王，赵王郊迎。谓赵王曰："闻燕太子丹之入秦与？"曰："闻之。""闻张唐之相燕与？"曰："闻之。""燕太子入秦者，燕不欺秦也。张唐相燕者，秦不欺燕也。秦、燕不相欺，则伐赵，危矣。燕、秦所以不相欺者，无异故⑤，欲攻赵而广河间也。今王赍臣五城以广河间⑥，请归燕太子，与强赵攻弱燕。"赵王立割五城以广河间，归燕太子。赵攻燕，得上谷三十六县，与秦什一。

---

①橐（tuó，音沱）。
②欤：为什么。　　遽（jù，音据）：急。
③专：权势重。
④孺子：小孩。此处指甘罗。
⑤无异故：没有奇怪的原因。
·⑥赍（lài，音赖）：赏赐、赠送。

文信侯出走

　　文信侯出走。与司空马之赵①，赵以为守相。秦下甲而攻赵②。

　　司空马说赵王曰："文信侯相秦，臣事之，为尚书，习秦事。今大王使守小官，习赵事。请为大王设秦、赵之战，而亲观其孰胜。赵孰与秦大？"曰："不如。""民孰与之众？"曰："不如。""金钱粟孰与之富？"曰："弗如。""国孰与之治？"曰："不如。""相孰与之贤？"曰："不如。""将孰与之武？"曰："不如。""律令孰与之明？"曰："不如。"司空马曰："然则大王之国，百举而无及秦者，大王之国亡。"赵王曰："卿不远赵，而悉教以国事，愿于因计③。"司空马曰："大王裂赵之半以赂秦，秦不接刃而得赵之半，秦必悦。内恶赵之守，外恐诸侯之救，秦必受之。秦受地而郄兵④，赵守半国以自存。秦衔赂以自强，山东必恐；亡赵自危，诸侯必惧。惧而相救，则从事可成⑤。臣请大王约从⑥。从事成，则是大王名亡赵之半，实得山东以敌秦，秦不足亡。"赵王曰："前日秦下甲攻赵，赵赂以河间十二县，地削兵弱，卒不免秦患。今又割赵之半以强秦，力不能自存，因以亡矣。愿卿之更计⑦。"司空马曰："臣少为秦刀笔⑧，以官长而守小官，未尝为兵首⑨，请为大王悉赵兵以遇。"赵王不能将。司空马曰："臣效愚计，大王不用，是臣无以事大王，愿自请。"

　　司空马去赵，渡平原。平原津令郭遗劳而问："秦兵下赵，上客从赵来，赵事何如？"司空马言其为赵王计而弗用，赵必亡。平原令曰："以上客料之，赵何时亡？"司空马曰："赵将武安君⑩，期年而亡；若杀武安君，不过半年。赵王之臣有韩仓者，以曲合于赵王，其交甚亲，其为人疾贤妒功臣。今国危亡，王必用其言，武安君必死。"

　　韩仓果恶之，王使人代⑪。武安君至，使韩仓数之，曰："将军战胜，王觞将军⑫，将军为寿于前而捍匕首，当死。"武安君曰："繓病钩⑬，身大臂短，不能及地，起居不敬，恐惧死罪于前，故使工人为木材以接手。上若不信，繓请以出示。"出之袖中，以示韩仓，状如振捆，缠之以布，"愿公入明之。"韩仓曰："受命于王，赐将军死，不赦。臣不敢言。"武安君北面再拜赐死，缩剑将自诛⑭，乃曰："人臣不得自杀宫中。"遇司空马门，趣甚疾⑮。出诹门也⑯，右举剑将自诛，臂短不能及，衔剑征之于柱以自刺⑰。武安君死，五月赵亡。

平原令见诸公，必为言之曰："嗟嗞乎，司空马。"又以为司空马逐于秦，非不知也⑱；去赵，非不肖也。赵去司空马而国亡。国亡者，非无贤人，不能用也。

---

①与：属于衍字。

②甲：兵。

③因：依据。

④郄兵：退兵。郄，通"却"。

⑤从事：合纵之事。

⑥约从：结合纵之盟。

⑦更计：更换计谋。

⑧刀笔：提刀弄笔之官，即尚书。

⑨兵首：带兵的将领。

⑩将：以……为将。

⑪使人代，指派人代武安君为将。

⑫觞（shāng，音伤）：向人敬酒。

⑬缦：武安君李牧之名。　　病钩：短臂。

⑭缩：取。

⑮趣甚疾：走得很快。

⑯诹（chù，音触）。

⑰衔剑征之于柱：口中衔剑而撞柱子。

⑱知：通"智"。

四国为一

四国为一，将以攻秦。秦王召群臣宾客六十人而问焉，曰："四国为一，将以图秦。寡人屈于内①，而百姓靡于外②，为之奈何？"群臣莫对。姚贾对曰："贾愿出使四国，必绝其谋而安其兵③。"乃资车百乘，金千斤，衣以其衣，冠舞以其剑④。姚贾辞行，绝其谋，止其兵，与之为交。以报秦，秦王大悦，封贾千户，以为上卿。

韩非短之，曰："贾以珍珠重宝，南使荆、吴，北使燕、代之间三年，四国之交未必合也，而珍珠重宝尽于内。是贾以王之权、国之宝，外自交于诸侯，愿王察之。且梁监门子，尝盗于梁，臣于赵而逐。取世监门子、梁之大盗、赵之逐臣，与同知社稷之计，非所以厉群臣也⑤。"

王召姚贾而问曰："吾闻子以寡人财交于诸侯，有诸？"对曰："有。"王曰："有何面目复见寡人？"对曰："曾参孝其亲，天下愿以为子；子胥忠于君，天下愿以为臣；贞女工巧，天下愿以为妃。今贾忠王而王不知也。贾不归四国，尚焉之？使贾不忠于君，四国之王尚焉用贾之身？桀听谗而诛其良将，纣闻谗而杀其忠臣，至身死国亡。今王听谗，则无忠臣矣。"

王曰："子监门子，梁之大盗，赵之逐臣。"姚贾曰："太公望，齐之逐夫，朝歌之废屠，子良之逐臣，棘津之雠不庸⑥，文王用之而王。管仲，其鄙人之贾人也⑦，南阳之弊幽⑧，鲁之免囚，桓公用之而伯。百里奚，虞之乞人，传卖以五羊之皮，穆公相之而朝西戎⑨。文公用中山盗，而胜于城濮。此四士者，皆有诟丑，大诽天下⑩，明主用之，知其可与立功。使若卞随、务光、申屠狄，人主岂得其用哉？胡明主不取其污，不听其非，察其为己用。故可以存社稷者，虽有外诽者不听；虽有高世之名，无咫尺之功者不赏。是以群臣莫敢以虚愿望于上。”

秦王曰：“然。”乃复使姚贾而诛韩非。

---

①屈于内：指财力困乏。

②靡（mǐ，音米）：奢侈。

③绝：断。

④衣以其衣，冠舞以其剑：指秦王将自己的衣服和佩剑赐给姚贾。

⑤厉：通“励”，劝勉之意。

⑥雠（chóu，音稠）：售。　庸：任用。

⑦鄙人：地名。

⑧南阳之弊幽：在南阳困顿隐没。

⑨朝西戎：使西戎来朝。

⑩大诽天下：受到天下人的诽毁。

卷八　齐　一

楚威王战胜于徐州

楚威王战胜于徐州，欲逐婴子于齐。婴子恐。张丑谓楚王曰：“王战胜于徐州也，盼子不用也。盼子有功于国，百姓为之用。婴子不善[①]，而用申缚。申缚者，大臣与百姓弗为用，故王胜之也。今婴子逐，盼子必用，复整其士卒以与王遇，必不便于王也。”楚王因弗逐。

---

①不善：指不善待盼子。

齐将封田婴于薛

齐将封田婴于薛。楚王闻之，大怒，将伐齐。齐王有辍志[①]。公孙闬曰：“封之成与不，非在齐也，又将在楚。闬说楚王，令其欲封公也，又甚于齐。”婴子曰：“愿委之于子。”

公孙闬为谓楚王曰：“鲁、宋事楚而齐不事者，齐大而鲁、宋小。王独利鲁、宋之小，不恶齐大，何也？夫齐削地而封田婴[③]，是其所以弱也。愿勿止。”楚王曰：“善。”因不止。

---

①辍志：停止的想法。

②闬（hàn，音旱）。

③削：分。

靖郭君将城薛

靖郭君将城薛，客多以谏。靖郭君谓谒者："无为客通①。"齐人有请者，曰："臣请三言而已矣。益一言，臣请烹②。"靖郭君因见之。客趋而进，曰："海大鱼。"因反走③。君曰："客有于此。"客曰："鄙臣不敢以死为戏。"君曰："亡④，更言之。"对曰："君不闻大鱼乎？网不能止，钩不能牵，荡而失水⑤，则蝼蚁得意焉。今夫齐，亦君之水也。君长有齐，奚以薛为？夫齐，虽隆薛之城到于天，犹之无益也。"君曰："善。"乃辍城薛。

①无为客通：不要为来访的谏客通报。
②烹：煮。指用鼎镬煮杀人的酷刑。
③反走：往回走。
④亡：意为没关系。
⑤荡：放肆。寓意得意忘形。

靖郭君谓齐王

靖郭君谓齐王曰："五官之计①，不可不日听也而数览。"王曰："日说五官，吾厌之。"令与靖郭君。

①五官：司徒、司空、司马、司士、司寇。　计：记事的书册。

靖郭君善齐貌辨

靖郭君善齐貌辨。齐貌辨之为人也，多疵①，门人弗说。士尉以证靖郭君②，靖郭君不听，士尉辞而去。孟尝君又窃以谏，靖郭君大怒，曰："划而类③，破吾家。苟可慊齐貌辨者④，吾无辞为之。"于是舍之上舍，令长子御⑤，旦暮进食。

数年，威王薨⑥，宣王立。靖郭君之交，大不善于宣王，辞而之薛，与齐貌辨俱留。无几何，齐貌辨辞而行，请见宣王。靖郭君曰："王之不说婴甚，公往必得死焉。"齐貌辨曰："固不求生也，请必行。"靖郭君不能止。

齐貌辨行至齐，宣王闻之，藏怒以待之⑦。齐貌辨见宣王，王曰："子，靖郭君之所听爱夫⑧？"齐貌辨曰："爱则有之，听则无有。王之方为太子之时，辨谓靖郭君曰：'太子相不仁，过颐豕视⑨，若是者信反⑩。不若废太子，更立卫姬婴儿郊师。'靖郭君泣而曰：'不可。吾不忍也。'若听辨而为之，必无今日之患也。此为一。至于薛，昭阳请以数倍之地易薛。辨又曰：'必听之。'靖郭君曰：'受薛于先王，虽恶于后王，吾独谓先王何乎⑪？且先王之庙在薛，吾岂可以先王之庙与楚乎？'又不肯听辨。此为二。"宣王大息，动于颜色，曰："靖郭君之于寡人一至此乎。寡人少，殊不知此。客肯为寡人来靖郭君乎？"齐貌辨对曰："敬诺。"

靖郭君衣威王之衣，冠舞其剑。宣王自迎靖郭君于郊，望之而泣。靖郭君至，因请相之。靖郭君辞，不得已而受。七日，谢病强辞，不得。三日而听⑫。当是时，靖郭君可谓能自知人矣。

能自知人，故人非之不为沮⑬。此齐貌辨之所以外生乐患趣难者也⑭。

---

①疵：缺点或过失。

②证：劝谏。

③划（chǎn，音产）：灭。　　类：族类。

④慊（qiè，音怯）：满意。

⑤御：伺候。

⑥薨（hōng，音轰）：周代诸侯死之称。

⑦藏：怀。

⑧听爱：爱而听用其言。

⑨颐：下巴。　　豕（shǐ，音始）视：古人认为猪眼反视，故以此比喻邪目偷视。

⑩信反：意为信用非人。

⑪谓先王何乎：意为无言以告于先王。

⑫听：指齐宣王接受靖郭君所辞相印。

⑬沮：败坏。

⑭外生：不惧死。　　乐患：乐于为人解忧患。　　趣：赴。

邯 郸 之 难

邯郸之难，赵求救于齐。田侯召大臣而谋曰①："救赵孰与勿救？"邹子曰："不如勿救。"段干纶曰："弗救，则我不利。"田侯曰："何哉？""夫魏氏兼邯郸，其于齐何利哉？"田侯曰："善。"乃起兵，曰："军于邯郸之郊。"段干纶曰："臣之求利且不利者，非此也。夫救邯郸，军于其郊，是赵不拔而魏全也。故不如南攻襄陵以弊魏②。邯郸拔而承魏之弊③，是赵破而魏弱也。"田侯曰："善。"乃起兵南攻襄陵。七月，邯郸拔。齐因承魏之弊，大破之桂陵。

---

①田侯：指齐宣王。田氏代齐，故称田侯。

②弊魏：使魏国疲困。

③乘：趁。

南 梁 之 难

南梁之难，韩氏请救于齐。田侯召大臣而谋曰："早救之，孰与晚救之便？"张丐对曰："晚救之，韩且折而入于魏①，不如早救之。"田臣思曰："不可。夫韩、魏之兵未弊，而我救之，我代韩而受魏之兵，顾反听命于韩也。且夫魏有破韩之志，韩见且亡，必东诉于齐。我因阴结韩之亲，而晚承魏之弊，则国可重，利可得，名可尊矣。"田侯曰："善。"乃阴告韩使者而遣之。

韩自以有齐国，五战五不胜。东愬于齐，齐因起兵击魏，大破之马陵。魏破韩弱，韩、魏之君因田婴北面而朝田侯。

---

①折：被征服。

成侯邹忌为齐相

成侯邹忌为齐相，田忌为将，不相说。公孙闬谓邹忌曰："公何不为王谋伐魏？胜，则是君之谋也，君可以有功；战不胜，田忌不进，战而不死，曲挠而诛①。"邹忌以为然，乃说王而使田忌伐魏。

田忌三战三胜，邹忌以告公孙闬。公孙闬乃使人操十金而往卜于市，曰："我，田忌之人也，吾三战而三胜，声威天下，欲为大事，亦吉否？"卜者出，因令人捕为人卜者，亦验其辞于王前。田忌遂走。

---

①挠：扰乱。

田忌为齐将

田忌为齐将，系梁太子申，禽庞涓。孙子谓田忌曰："将军可以为大事乎？"田忌曰："奈何？"孙子曰："将军无解兵而入齐①。使彼罢弊于老弱守于主。主者，循轶之途也②，锯击摩车而相过③。使彼罢弊老弱守于主，必一而当十，十而当百，百而当千。然后背太山，左济，右天唐，军重踦高宛④，使轻车锐骑冲雍门。若是，则齐君可正，而成侯可走。不然，则将军不得入于齐矣。"田忌不听，果不入齐。

---

①入：还。
②循轶之途：险狭之路。
③锯（xiá，音匣）：同"辖"。车轴头上用以防止车轮脱落的小铜键或者铁键。　摩车：车子紧紧相连。
④重：辎重。　踦：至。

田忌亡齐而之楚

田忌亡齐而之楚，邹忌代之相。齐恐田忌欲以楚权复于齐①。杜赫曰："臣请为留楚。"

谓楚王曰："邹忌所以不善楚者，恐田忌之以楚权复于齐也。王不如封田忌于江南，以示田忌之不返齐也。邹忌以齐厚事楚。田忌，亡人也，而得封，必德王②。若复于齐，必以齐事楚。此用二忌之道也。"楚果封之于江南。

---

①权：势力。
②德王：感恩德于王。

邹忌事宣王

邹忌事宣王，仕人众①，宣王不悦。晏首贵而仕人寡，王悦之。邹忌谓宣王曰："忌闻以为有一子之孝，不如有五子之孝。今首之所进仕者，以几何人？"宣王因以晏首壅塞之②。

①仕人：举荐为官者。
②壅塞之：意为不举荐可用之人。

邹忌修八尺有余

邹忌修八尺有余①，身体昳丽②。朝服衣冠窥镜，谓其妻曰："我孰与城北徐公美？"其妻曰："君美甚，徐公何能及公也。"城北徐公，齐国之美丽者也。忌不自信，而复问其妾，曰："吾孰与徐公美？"妾曰："徐公何能及君也。"旦日，客从外来，与坐谈，问之客曰："吾与徐公孰美？"客曰："徐公不若君之美也。"

明日，徐公来，孰视之③，自以为不如；窥镜而自视，又弗如远甚。暮，寝而思之曰："吾妻之美我者，私我也；妾之美我者，畏我也；客之美我者，欲有求于我也。"

于是入朝，见威王曰："臣诚知不如徐公美，臣之妻私臣，臣之妾畏臣，臣之客欲有求于臣，皆以美于徐公。今齐地方千里，百二十城，宫妇左右，莫不私王；朝廷之臣，莫不畏王；四境之内，莫不有求于王。由此观之，王之蔽甚矣④。"王曰："善。"乃下令："群臣吏民，能面刺寡人之过者⑤，受上赏；上书谏寡人者，受中赏；能谤议于市朝，闻寡人之耳者，受下赏。"

令初下，群臣进谏，门庭若市。数月之后，时时而间进。期年之后，虽欲言，无可进者。燕、赵、韩、魏闻之，皆朝于齐。此所谓战胜于朝廷。

①修：身高。
②昳（yì，音义）丽：神采焕发，容貌美丽。
③孰：通"熟"。
④蔽：受到的蒙蔽。
⑤面刺：当面举出。

秦假道韩魏以攻齐

秦假道韩、魏以攻齐，齐威王使章子将而应之。与秦交和而舍①，使者数相往来，章子为变其徽章②，以杂秦军。候者言章子以齐入秦③，威王不应。顷之间④，候者复言章子以齐兵降秦，威王不应。而此者三。有司请曰："言章子之败者，异人而同辞。王何不发将而击之？"王曰："此不叛寡人明矣，曷为击之⑤？"

顷间，言齐兵大胜，秦军大败。于是秦王称西藩之臣而谢于齐⑥。左右曰："何以知之？"曰："章子之母启，得罪其父，其父杀之而埋马栈之下。吾使章子将也，勉之曰：'夫子之强，全兵而还，必更葬将军之母。'对曰：'臣非不能更葬先妾也。臣之母启得罪臣之父，臣之父未教而死。夫不得父之教而更葬母，是欺死父也。故不敢。'夫为人子而不欺死父，岂为人臣欺生君哉？"

①交和：两军相对　舍：安营扎寨。

②徽：旗帜。

③候者：密探。

④顷之间：不久。

⑤曷：何。

⑥谢：谢罪。

楚将伐齐

楚将伐齐，鲁亲之，齐王患之。张丐曰："臣请令鲁中立。"乃为齐见鲁君。鲁君曰："齐王惧乎？"曰："非臣所知也，臣来吊足下。"鲁君曰："何吊？"曰："君之谋过矣。君不与胜者而与不胜者，何故也？"鲁君曰："子以齐、楚为孰胜哉？"对曰："鬼且不知也。""然则子何以吊寡人？"曰："齐、楚之权敌也①，不用有鲁与无鲁。足下岂如全众而合二国之后哉？楚大胜齐，其良士选卒必殪②，其余兵足以待天下；齐为胜，其良士选卒亦殪。而君以鲁众合战胜后，此其为德也亦大矣，其见恩德亦其大也。"鲁君以为然，身退师。

①权敌：势均力敌。

②殪（yì，音意）：死。

秦伐魏

秦伐魏，陈轸合三晋而东谓齐王曰："古之王者之伐也，欲以正天下而立功名，以为后世也。今齐、楚、燕、赵、韩、梁六国之递甚也①，不足以立功名，适足以强秦而自弱也，非山东之上计也。能危山东者，强秦也。不忧强秦，而递相罢弱②，而两归其国于秦，此臣之所以为山东之患③。天下为秦相割，秦曾不出力；天下为秦相烹，秦曾不出薪。何秦之智而山东之愚耶？愿大王之察也。

"古之五帝三王五伯之伐也，伐不道者。今秦之伐天下不然，必欲反之，主必死辱④，民必死虏。今韩、梁之目未尝干⑤，而齐民独不也，非齐亲而韩、梁疏也，齐远秦而韩、梁近。今齐将近矣。今秦欲攻梁绛、安邑。秦得绛、安邑以东下河，必表里河而东攻齐。举齐属之海⑥，南面而孤楚、韩、梁，北向而孤燕、赵，齐无所出其计矣。愿王熟虑之。

"今三晋已合矣，复为兄弟约，而出锐师以戍梁绛、安邑，此万世之计也。齐非急以锐师合三晋，必有后忧。三晋合，秦必不敢攻梁，必南攻楚。楚、秦构难⑦，三晋怒齐不与己也，必东攻齐。此臣之所谓齐必有大忧。不如急以兵合于三晋。"

齐王敬诺，果以兵合于三晋。

①递：相互间的攻伐。

②罢：同"疲"。

③患：担扰。

④死辱：受辱而死。

⑤目未尝干：指因战事频繁而悲泣，泪不曾断。

⑥举齐属之海：将齐人赶到海边。

⑦构：结。

苏秦为赵合从说齐宣王

苏秦为赵合从，说齐宣王曰："齐南有太山，东有琅邪，西有清河，北有渤海，此所谓四塞之国也。齐地方二千里，带甲数十万，粟如丘山。齐车之良，五家之兵，疾如锥矢，战如雷电，解如风雨。即有军役，未尝倍太山、绝清河、涉渤海也。临淄之中七万户，臣窃度之，下户三男子，三七二十一万，不待发于远县，而临淄之卒，固以二十一万矣。临淄甚富而实，其民无不吹竽、鼓瑟、击筑、弹琴、斗鸡、走犬、六博、蹹踘者①；临淄之途，车毂击②，人肩摩，连衽成帷③，举袂成幕④，挥汗成雨；家敦而富，志高而扬。夫以大王之贤与齐之强，天下不能当。今乃西面事秦，窃为大王羞之。

"且夫韩、魏之所以畏秦者，以与秦接界也。兵出而相当，不至十日，而战胜存亡之机决矣。韩、魏战而胜秦，则兵半折，四境不守；战而不胜，以亡随其后。是故韩、魏之所以重与秦战，而轻为之臣也。

"今秦攻齐则不然，倍韩、魏之地⑤，至卫阳晋之道，径亢父之险，车不得方轨⑥，马不得并行，百人守险，千人不能过也。秦虽欲深入，则狼顾⑦，恐韩、魏之议其后也。是故恫疑虚猲⑧，高跃而不敢进。则秦不能害齐，亦已明矣。夫不深料秦之不奈我何也，而欲西面事秦，是群臣之计过也。今无臣事秦之名，而有强国之实，臣固愿大王之少留计。"

齐王曰："寡人不敏⑨，今主君以赵王之教诏之⑩，敬奉社稷以从。"

---

①蹹：同"蹋（tà，音榻）"，踢。　踘（jū，音鞠）：球。

②毂：即"毂（gǔ，音谷）"字，车轮中心的圆木。

③衽（rèn，音认）：衣襟。

④袂（mèi，音妹）：衣袖。

⑤倍：背。

⑥方轨：并行。

⑦狼顾：比喻左顾右盼、惊恐不定的样子。

⑧恫（dòng，音冻）：恐惧。　猲（hè，音贺）：通"喝"。吓唬。

⑨敏：明。

⑩诏：告。

张仪为秦连横说齐王

张仪为秦连横，说齐王曰："天下强国无过齐者，大臣父兄殷众富乐，无过齐者。然而为大王计者，皆为一时说，而不顾万世之利。从人说大王者①，必谓'齐西有强赵，南有韩、魏，负海之国也，地广人众，兵强士勇，虽有百秦，将无奈我何。'大王览其说，而不察其至实。

"夫从人朋党比周，莫不以从为可。臣闻之，齐与鲁三战，而鲁三胜，国以危，亡随其后，虽有胜名而有亡之实。是何故也？齐大而鲁小。今赵之与秦也，犹齐之于鲁也。秦、赵战于河漳之上，再战而再胜秦；战于番吾之下，再战而再胜秦。四战之后，赵亡卒数十万，邯郸仅存。虽有胜秦之名，而国破矣。是何故也？秦强而赵弱也。今秦、楚嫁子取妇，为昆弟之国。韩献宜阳，魏效河外，赵入朝黾池，割河间以事秦。大王不事秦，秦驱韩、魏攻齐之南地，悉赵涉河关，指博关，临淄、即墨非王之有也。国一日被攻，虽欲事秦，不可得也。是故愿大王熟计之。"

齐王曰："齐僻陋隐居，托于东海之上②，未尝闻社稷之长利。今大客幸而教之，请奉社稷以事秦。"献鱼盐之地三百里于秦也。

①从（zòng，音纵）人：主张合纵之人。从，通"纵"。
②托：附。

卷九　齐　二

韩齐为与国

韩、齐为与国①。张仪以秦、魏伐韩，齐王曰："韩，吾与国也。秦伐之，吾将救之。"田臣思曰："王之谋过矣，不如听之②。子哙与子之国③，百姓不戴，诸侯弗与。秦伐韩，楚、赵必救之，是天下以燕赐我也。"王曰："善。"乃许韩使者而遣之。

韩自以得交于齐，遂与秦战。楚、赵果遽起兵而救韩。齐因起兵攻燕，三十日而举燕国④。

①与：患难时相互救助之意。
②听之：听任秦伐韩。
③哙（kuài，音快）。
④举：攻克；占领。

张仪事秦惠王

张仪事秦惠王。惠王死，武王立。左右恶张仪，曰："仪事先王不忠。"言未已①，齐让又至②。

张仪闻之，谓武王曰："仪有愚计，愿效之王。"王曰："奈何？"曰："为社稷计者，东方有大变，然后王可以多割地。今齐王甚憎仪，仪之所在，必举兵而伐之。故仪愿乞不肖身而之梁，齐必举兵而伐之。齐、梁之兵连于城下，不能相去。王以其间伐韩，入三川，出兵函谷而无伐，以临周，祭器必出。挟天子，案图籍，此王业也。"王曰："善。"乃具革车三十乘，纳之梁。

齐果举兵伐之。梁王大恐。张仪曰："王勿患，请令罢齐兵。"乃使其舍人冯喜之楚，藉使之齐。齐、楚之事已毕，因谓齐王："王甚憎张仪，虽然，厚矣王之托仪于秦王也。"齐王曰："寡人甚憎仪，仪之所在，必举兵伐之，何以托仪也？"对曰："是乃王之托仪也。仪之出秦，因与秦王约曰：'为王计者，东方有大变，然后王可以多割地。齐王甚憎仪，仪之所在，必举兵伐之。故仪愿乞不肖身而之梁，齐必举兵伐梁。梁、齐之兵连于城下不能去，王以其间伐韩，入三川，出兵函谷而无伐，以临周，祭器必出。挟天子，案图籍，是王业也。'秦王以为然，与革车三十乘而纳仪于梁。而果伐之，是王内自罢而伐与国③，广邻敌以自临④，而信仪于秦王也。此臣之所谓托仪也。"王曰："善。"乃止。

----

①已：结束。

②让：责难。

③罢：通"疲"。指齐王兴兵劳师而言。

④广：增加。

犀首以梁为齐战于承匡而不胜

犀首以梁为齐战于承匡而不胜。张仪谓梁王："不用臣言以危国。"梁王因相仪。仪以秦、梁之齐，合横亲。犀首欲败①，谓卫君曰："衍非有怨于仪也，值所以为国者不同耳②。君必解衍。"卫君为告仪，仪许诺。因与之参坐于卫君之前③，犀首跪行，为仪千秋之祝。明日，张子行，犀首送之至于齐疆。齐王闻之，怒于仪，曰："衍也，吾仇，而仪与之俱，是必与衍鬻吾国矣④。"遂不听。

----

①败：破坏。

②值：逢着。

③参坐：三人合坐。

④鬻（yù，音育）：卖。

昭阳为楚伐魏

昭阳为楚伐魏，覆军杀将得八城①，移兵而攻齐。陈轸为齐王使，见昭阳，再拜贺战胜，起而问："楚之法，覆军杀将，其官爵何也？"昭阳曰："官为上柱国，爵为上执珪。"陈轸曰："异贵于此者，何也？"曰："唯令尹耳。"陈轸曰："令尹贵矣。王非置两令尹也，臣窃为公譬②，可也。楚有祠者，赐其舍人卮酒③。舍人相谓曰：'数人饮之不足，一人饮之有余，请画地为蛇，先成者饮酒。'一人蛇先成，引酒且饮之，乃左手持卮，右手画蛇，曰：'吾能为之足。'未成，一人之蛇成，夺其卮，曰：'蛇固无足，子安能为之足？'遂饮其酒。为蛇足者，终亡其酒。今君相楚而攻魏，破军杀将，得八城，不弱兵④。欲攻齐，齐畏公甚，公以是为名足矣，官之上非可重也。战无不胜而不知止者，身且死，爵且后归，犹为蛇足也。"昭阳以为然，解军而去。

----

①覆军：使魏军覆没。

②譬：通晓。

③卮（zhī，音支）：古代盛酒的一种器皿。

④不弱兵：兵力没有削弱。

秦 攻 赵

　　秦攻赵，赵令楼缓以五城求讲于秦①，而与之伐齐。齐王恐，因使人以十城求讲于秦。楼子恐，因以上党二十四县许秦王。赵足之齐，谓齐王曰："王欲秦、赵之解乎？不如从合于赵，赵必倍秦。倍秦则齐无患矣。"

――――――――――――――

　　①求讲：求和。

权 之 难

　　权之难①，齐、燕战。秦使魏冉之赵，出兵助燕击齐。薛公使魏处之赵，谓李向曰："君助燕击齐，齐必急。急必以地和于燕，而身与赵战矣。然则是君自为燕束兵②，为燕取地也。故为君计者，不如按兵勿出。齐必缓，缓必复与燕战。战而胜，兵罢弊，赵可取唐、曲逆；战而不胜，命悬于赵。然则吾中立，而割穷齐与疲燕也，两国之权，归于君矣。"

――――――――――――――

　　①权：地名。　　权之难：齐、燕战于权，故云"权之难"。
　　②束兵：收兵。

秦 攻 赵 长 平

　　秦攻赵长平，齐、楚救之。秦计曰："齐、楚救赵，亲，则将退兵；不亲，则且遂攻之。"
　　赵无以食，请粟于齐，而齐不听。苏秦谓齐王曰："不如听之，以却秦兵。不听，则秦兵不却，是秦之计中①，而齐、燕之计过矣。且赵之于燕、齐，隐蔽也②。齿之有唇也，唇亡则齿寒。今日亡赵，则明日及齐、楚矣。且夫救赵之务，宜若奉漏瓮、沃焦釜③。夫救赵，高义也；却秦兵，显名也。义救亡赵，威却强秦兵，不务为此，而务爱粟，则为国计者，过矣。"

――――――――――――――

　　①计中：计谋达到。
　　②隐蔽：屏障。
　　③奉漏瓮、沃焦釜：比喻急迫性。

或 谓 齐 王

　　或谓齐王曰："周、韩西有强秦，东有赵、魏。秦伐周、韩之西，赵、魏不伐①，周、韩为割，韩却周害也②。及韩却周割之，赵、魏亦不免与秦为患矣③。今齐、秦伐赵、魏，则亦不果于赵、魏之应秦，而伐周、韩。令齐人于秦而伐赵、魏④，赵、魏亡之后，秦东面而伐齐，齐安得救天下乎？"

①不伐：不从秦伐周、韩。

②韩却周害：韩国退兵而周有秦兵之害。

③赵、魏亦不免与秦为患矣：意为赵、魏也免不了有秦兵征伐的隐患。

④令：即使。

卷十　齐　三

楚　王　死

楚王死，太子在齐质。苏秦谓薛公曰："君何不留楚太子，以市其下东国①？"薛公曰："不可。我留太子，郢中立王②，然则是我抱空质，而行不义于天下也。"苏秦曰："不然。郢中立王，君因谓其新王曰：'与我下东国，吾为王杀太子。不然，吾将与三国共立之。'然则下东国必可得也。"

苏秦之事③，可以请行；可以令楚王亟入下东国；可以益割于楚④；可以忠太子而使楚益入地；可以为楚王走太子；可以忠太子使之亟去；可以恶苏秦于薛公；可以为苏秦请封于楚；可以使薛公以善苏子；可以使苏子自解于薛公。

苏秦谓薛公曰："臣闻谋泄者，事无功；计不决者，名不成。今君留太子者，以市下东国也。非亟得下东国者，则楚之计变。变，则是君抱空质，而负名于天下也。"薛公曰："善。为之奈何？"对曰："臣请为君之楚，使亟入下东国之地。楚得成，则君无败矣。"薛公曰："善。"因遣之。

谓楚王曰："齐欲奉太子而立之。臣观薛公之留太子者，以市下东国也。今王不亟入下东国，则太子且倍王之割⑤，而使齐奉己。"楚王曰："谨受命。"因献下东国。故曰可以使楚亟入地也。

谓薛公曰："楚之势可多割也。"薛公曰："奈何？""请告太子其故，使太子谒之君，以忠太子⑥。使楚王闻之，可以益入地。"故曰可以益割于楚。

谓太子曰："齐奉太子而立之，楚王请割地以留太子，齐少其地。太子何不倍楚之割地而资齐？齐必奉太子。"太子曰："善。"倍楚之割而延齐。楚王闻之，恐，益割地而献之，尚恐事不成。故曰可以使楚益入地也。

谓楚王曰："齐之所以敢多割地者，挟太子也。今已得地而求不止者，以太子权王也⑦。故臣能去太子。太子去，齐无辞，必不倍于王也⑧。王因驰强齐而为交⑨，齐辞必听王⑩。然则是王去仇，而得齐交也。"楚王大悦，曰："请以国因⑪。"故曰可以为楚王使太子亟去也。

谓太子曰："夫剬楚者⑫，王也；以空名市者，太子也。齐未必信太子之言也，而楚功见矣。楚交成，太子必危矣。太子其图之。"太子曰："谨受命。"乃约车而暮去。故曰可以使太子急去也。

苏秦使人请薛公曰："夫劝留太子者，苏秦也。苏秦非诚以为君也，且以便楚也。苏秦恐君之知之，故多割楚以灭迹也。今劝太子者，又苏秦也。而君弗知，臣窃为君疑之。"薛公大怒于苏秦。故曰可使人恶苏秦于薛公也。

又使人谓楚王曰："夫使薛公留太子者，苏秦也；奉王而代立楚太子者，又苏秦也；割地固约者，又苏秦也；忠王而走太子者，又苏秦也。今人恶苏秦于薛公，以其为齐薄而为楚厚也。愿王之知之。"楚王曰："谨受命。"因封苏秦为武贞君。故曰可以为苏秦请封于楚也。

又使景鲤请薛公曰："君之所以重于天下者，以能得天下之士而有齐权也。今苏秦，天下之辩士也，世与少有。君因不善苏秦，则是围塞天下士，而不利说途也。夫不善君者且奉苏秦，而于君之事殆矣。今苏秦善于楚王，而君不蚤亲⑬，则是身与楚为仇也。故君不如因而亲之，贵而重之，是君有楚也。"薛公因善苏秦。故曰可以为苏秦说薛公以善苏秦。

①市：求取。
②郢（yǐng，音影）：楚国的都城。
③事：计谋之事。
④益割：多割取土地城池。
⑤倍：超出。
⑥忠：使……忠。
⑦权王：对楚王有轻重作用。
⑧不倍于王：不向楚王要求更多的割地。
⑨驰：连往。
⑩辞：言辞。
⑪因：因计而行。
⑫剬（tuán，音团）：同"刓"，截断。
⑬蚤：通"早"。

齐王夫人死

齐王夫人死，有七孺子皆近①。薛公欲知王所欲立，乃献七珥，美其一。明日，视美珥所在，劝王立为夫人。

①孺子：年轻貌美的女子。　　近：得到宠幸。

孟尝君将入秦

孟尝君将入秦，止者千数而弗听。苏秦欲止之，孟尝曰："人事者，吾已尽知之矣；吾所未闻者，独鬼事耳。"苏秦曰："臣之来也，固不敢言人事也，固且以鬼事见君。"

孟尝君见之。谓孟尝君曰："今者臣来，过于淄上，有土偶人与桃梗相与语。桃梗谓土偶人曰：'子，西岸之土也，挺子以为人①。至岁八月，降雨下，淄水至，则汝残矣。'土偶曰：'不然。吾西岸之土也，土则复西岸耳。今子，东国之桃梗也，刻削子以为人。降雨下，淄水至，流子而去，则子漂漂者，将何如耳②？'今秦四塞之国③，譬若虎口，而君入之，则臣不知君所出矣。"孟尝君乃止。

①挺：制作。

②何如：往何处去。

③四塞：四面皆有险关。

孟尝君在薛

孟尝君在薛，荆人攻之①。淳于髡为齐使于荆②，还反对薛。而孟尝令人礼貌而亲郊迎之，谓淳于髡曰："荆人攻薛，夫子弗忧，文无以复侍矣。"淳于髡曰："敬闻命。"

至于齐，毕报。王曰："何见于荆？"对曰："荆甚固③，而薛亦不量其力。"王曰："何谓也？"对曰："薛不量其力，而为先王立清庙。荆固而攻之，清庙必危。故曰'薛不量力而荆亦甚固。'"齐王和其颜色④，曰："谇⑤。先君之庙在焉。"疾兴兵救之。

颠蹶之请⑥，望拜之谒，虽得则薄矣⑦。善说者，陈其势，言其方，人之急也，若自在隘窘之中，岂用强力哉！

①荆人：即楚人。

②髡（kūn，音坤）。

③固：顽固。

④和其颜色：面色和缓下来。

⑤谇（xī，音希）：同"嘻"。叹词，表示赞叹。

⑥颠蹶（jué，音决）：颠倒。形容惊慌失措的样子。

⑦薄：不多。

孟尝君奉夏侯章

孟尝君奉夏侯章，以四马百人之食①，遇之甚欢。夏侯章每言未尝不毁孟尝君也。或以告孟尝君，孟尝君曰："文有以事夏侯公矣，勿言，董之。"繁菁以问夏侯公，夏侯公曰："孟尝君重非诸侯也②，而奉我四马百人之食，我无分寸之功而得此。然吾毁之以为之也③。君所以得为长者，以吾毁之者也。吾以身为孟尝君，岂得持言也？"

①以四马百人之食：形容款待之隆重。

②重：尊。

③为之：为分寸之功。

孟尝君燕坐

孟尝君燕坐①，谓三先生曰："愿闻先生有以补之阙者。"一人曰："訾天下之主②，有侵君者，臣请以臣之血湔其衽③。"田瞀曰④："车轶之所能至，请掩足下之短者，诵足下之长；千乘之君与万乘之相，其欲有君也，如使而弗及也。"胜瞀曰⑤："臣愿以足下之府库财物，收天下之士，能为君决疑应卒，若魏文侯之有田子方、段干木也。此臣之所为君取矣。"

①燕：通"宴"。安闲；休息。

②訾（zǐ，音紫）：毁谤非议。

③湔（jiān，音煎）：洗。

④瞀（mào，音冒）。

孟尝君舍人有与君之夫人相爱者

孟尝君舍人有与君之夫人相爱者。或以问孟尝君，曰："为君舍人，而内与夫人相爱，亦甚不义矣，君其杀之。"君曰："睹貌而相悦者，人之情也。其错之勿言也①。"

居期年，君召爱夫人者而谓之曰："子与文游久矣，大官未可得，小官公又弗欲，卫君与文布衣交，请具车马皮币，愿君以此从卫君游。"于卫甚重。

齐、卫之交恶，卫君甚欲约天下之兵以攻齐。是人谓卫君曰："孟尝君不知臣不肖，以臣欺君。且臣闻齐、卫先君，刑马压羊②，盟曰：'齐、卫后世，无相攻伐，有相攻伐者，令其命如此。'今君约天下之兵以攻齐，是足下倍先君盟约而欺孟尝君也。愿君勿以齐为心。君听臣则可；不听臣，若臣不肖也，臣辄以颈血湔足下衿③。"卫君乃止。

齐人闻之曰："孟尝君可谓善为事矣，转祸为功。"

①错：搁置。

②刑：杀。　　压：杀。

③衿（jīn，音今）：同"襟"。古代衣服的交领。

孟尝君有舍人而弗悦

孟尝君有舍人而弗悦，欲逐之。鲁连谓孟尝君曰："猿狝猴错木据水①，则不若鱼鳖；历险乘危，则骐骥不如狐狸。曹沫之奋三尺之剑②，一军不能当。使曹沫释其三尺之剑而操铫耨③，与农夫居垅亩之中，则不若农夫。故物舍其所长，之其所短④，尧亦有所不及矣。今使人而不能，则谓之不肖；教人而不能，则谓之拙。拙则罢之，不肖则弃之。使人有弃逐，不相与处，而来害相报者，岂非世之立教首也哉⑤？"孟尝君曰："善。"乃弗逐。

①错木：置于木上。　　据水：处于水上。

②奋：挥。

③释：放下。　　铫（yáo，音姚）：大锄。　　耨：除草的农具。

④之：取。

⑤首：引以为鉴。

孟尝君出行国至楚

孟尝君出行国，至楚，献象床①。郢之登徒直使送之②，不欲行。见孟尝君门人公孙戌，曰："臣，郢之登徒也，直送象床。象床之直千金，伤此若发漂③，卖妻子不足偿之。足下能使仆无行，先人有宝剑，愿得献之。"公孙曰："诺。"

　　入见孟尝君曰："君岂受楚象床哉？"孟尝君曰："然。"公孙戍曰："臣愿君勿受。"孟尝君曰："何哉？"公孙戍曰："小国所以皆致相印于君者，闻君于齐能振达贫穷④，有存亡继绝之义。小国英桀之士，皆以国事累君⑤，诚说君之义，慕君之廉也。今君到楚而受象床，所未至之国，将何以待君？臣戍愿君勿受。"孟尝君曰："诺。"

　　公孙戍趋而去。未出，至中闺⑥，君召而返之，曰："子教文无受象床，甚善！今何举足之高，志之扬也？"公孙戍曰："臣有大喜三，重之宝剑一⑦。"孟尝君曰："何谓也？"公孙戍曰："门下百数，莫敢入谏，臣独入谏，臣一喜；谏而得听，臣二喜；谏而止君之过，臣三喜。输象床，郢之登徒不欲行，许戍以先人之宝剑。"孟尝君："善。受之乎？"公孙戍曰："未敢。"曰："急受之。"因书门版曰："有能扬文之名、止文之过、私得宝于外者，疾入谏。"

---

　　①献象床：指楚向孟尝君献象牙床。

　　②直：通"值"。当值。

　　③伤此若发漂：意为有丝毫细微的损伤。

　　④振：救济。

　　⑤累：烦劳；麻烦。

　　⑥闺（guī，音规）：宫中的小门。

　　⑦重：指三喜之外另有一事。

淳于髡一日而见七人于宣王

　　淳于髡一日而见七人于宣王。王曰："子来，寡人闻之，千里而一士，是比肩则立①；百世而一圣，若随踵而至也②。今子一朝而见七士，则士不亦众乎？"淳于髡曰："不然。夫鸟同翼者而聚居，兽同足者而俱行。今求柴葫、桔梗于沮泽③，则累世不得一焉。及之睪黍、梁父之阴，则郄车而载耳。夫物各有畴④，今髡，贤者之畴也。王求士于髡，譬若挹水于河⑤，而取火于燧也⑥。髡将复见之，岂特七士也。"

---

　　①比肩：并肩。

　　②踵：脚。

　　③柴葫、桔梗：生于山地的植物。　　沮（jù，音句）泽：水草所聚之处。

　　④畴（chóu，音筹）：种类。

　　⑤挹（yì，音邑）：舀；汲取。

　　⑥燧（suì，音遂）：古代的取火器。

齐欲伐魏

　　齐欲伐魏。淳于髡谓齐王曰："韩子卢者，天下之疾犬也；东郭逡者，海内之狡兔也。韩子卢逐东郭逡，环山者三，腾山者五，兔极于前，犬废于后，犬兔俱罢，各死其处。田父见之，无劳倦之苦，而擅其功①。今齐、魏久相持，以顿其兵②，弊其众，臣恐强秦、大楚承其后，有田父之功。"齐王惧，谢将休士也③。

①擅：据有。

②顿：困顿。

③谢将休士：指罢兵休战。

国子曰秦破马服君之师

国子曰："秦破马服君之师①，围邯郸。齐、魏亦佐秦伐邯郸，齐取淄鼠，魏取伊是。公子无忌为天下循便计②，杀晋鄙，率魏兵以救邯郸之围，使秦弗有而失天下。是齐入于魏而救邯郸之功也。安邑者，魏之柱国也③；晋阳者，赵之柱国也；鄢郢者，楚之柱国也。故三国与秦壤界，秦伐魏取安邑，伐赵取晋阳，伐楚取鄢郢矣。逼三国之君，兼二周之地，举韩氏取其地，且天下之半④。今又劫赵、魏，疏中国⑤，封卫之东野⑥，兼魏之河南，绝赵之东阳，则赵、魏亦危矣。赵、魏危，则非齐之利也。韩、魏、赵、楚之志，恐秦兼天下而臣其君，故专兵一志以逆秦⑦。三国之与秦壤界而患急，齐不与秦壤界而患缓。是以天下之势，不得不事齐也。故秦得齐，则权重于中国；赵、魏、楚得齐，则足以敌秦。故秦、赵、魏，得齐者重，失齐者轻。齐有此势，不能以重于天下者，何也？其用者过也。"

①破：击破。　马服君：赵括。

②循便计：行便宜之计。

③柱国：对于国家起到柱石的作用。

④且：几乎。

⑤疏：离间。　中国：指齐、楚、赵、魏、韩、燕等国。

⑥封：割取。

⑦逆：抗拒。

卷十一　齐　四

齐人有冯谖者

齐人有冯谖者①，贫乏不能自存，使人属孟尝君②，愿寄食门下。孟尝君曰："客何好？"曰："客无好也。"曰："客何能？"曰："客无能也。"孟尝君笑而受之曰："诺。"左右以君贱之也，食以草具。

居有顷，倚柱弹其剑，歌曰："长铗归来乎③！食无鱼。"左右以告，孟尝君曰："食之，比门下之客。"居有顷，复弹其铗，歌曰："长铗归来乎！出无车。"左右皆笑之，以告，孟尝君曰："为之驾，比门下之车客。"于是乘其车，揭其剑，过其友曰："孟尝君客我④。"后有顷，复弹其剑铗，歌曰："长铗归来乎！无以为家。"左右皆恶之，以为贪而不知足。孟尝君问："冯公有亲乎？"对曰："有老母。"孟尝君使人给其食用，无使乏。于是冯谖不复歌。

后孟尝君出记⑤，问门下诸客："谁习计会⑥，能为文收责于薛者乎⑦？"冯谖署曰⑧："能。"孟尝君怪之，曰："此谁也？"左右曰："乃歌夫'长铗归来'者也。"孟尝君笑曰："客果有能也，吾负之，未尝见也。"请而见之，谢曰："文倦于事，愦于忧⑨，而性懧愚⑩，沉于国家之事，开罪于先生。先生不羞⑪，乃有意欲为收责于薛乎？"冯谖曰："愿之。"于是约车治装，载券契而行，辞曰："责毕收，以何市而反⑫？"孟尝君曰："视吾家所寡有者。"

驱而之薛，使吏召诸民当偿者，悉来合券。券遍合，起，矫命⑬："以责赐诸民。"因烧其券，民称万岁。

长驱到齐⑭，晨而求见。孟尝君怪其疾也，衣冠而见之，曰："责毕收乎？来何疾也。"曰："收毕矣。""以何市而反？"冯谖曰："君云'视吾家所寡有者'。臣窃计，君宫中积珍宝，狗马实外厩，美人充下陈，君家所寡有者，以义耳！窃以为君市义。"孟尝君曰："市义奈何？"曰："今君有区区之薛，不拊爱子其民⑮，因而贾利之。臣窃矫君命：'以责赐诸民。'因烧其券，民称万岁。乃臣所以为君市义也。"孟尝君不说，曰："诺，先生休矣。"

后期年，齐王谓孟尝君曰："寡人不敢以先王之臣为臣。"孟尝君就国于薛。未至百里，民扶老携幼，迎君道中。孟尝君顾谓冯谖："先生所为文市义者，乃今日见之。"冯谖曰："狡兔有三窟，仅得免其死耳，今君有一窟，未得高枕而卧也。请为君复凿二窟。"孟尝君予车五十乘，金五百斤，西游于梁。谓惠王曰："齐放其大臣孟尝君于诸侯，诸侯先迎之者，富而兵强。"于是梁王虚上位，以故相为上将军，遣使者，黄金千斤、车百乘，往聘孟尝君。冯谖先驱诫孟尝君曰："千斤，重币也；百乘，显使也。齐其闻之矣。"梁使三反，孟尝君固辞不往也。

齐王闻之，君臣恐惧，遣太傅赍黄金千斤，文车二驷，服剑一，封书谢孟尝君曰："寡人不祥，被于宗庙之祟，沉于谄谀之臣⑯，开罪于君。寡人不足为也，愿君顾先王之宗庙，姑反国统万人乎？"冯谖诫孟尝君曰："愿请先王之祭器，立宗庙于薛。"庙成，还报孟尝君曰："三窟已就，君姑高枕为乐矣。"

孟尝君为相数十年，无纤介之祸者⑰，冯谖之计也。

---

①谖（xuān，音宣）。

②属：通"嘱"。意为游说。

③铗（jiá，音浃）：剑。

④客我：待我的客。

⑤记：少。

⑥计会：结算帐目。

⑦责：通"债"。

⑧署：书。

⑨愦（kuì，音溃）：昏乱；胡涂。

⑩懧（nuò，音诺）：同"懦"。

⑪不羞：对平时的疏远不以为羞。

⑫以何市而反：买些什么东西回来。

⑬矫：假托；诈称。

⑭长驱：马不停蹄。

⑮拊（fǔ，音府）：同"抚"。保护；抚慰。

⑯谄（chǎn，音产）：巴结奉承。　谀（yú，音于）：谄媚。

⑰纤介：形容微小、细微。

孟尝君为从

孟尝君为从①。公孙弘谓孟尝君曰："君不以使人先观秦王？意者秦王帝王之主也，君恐不得为臣，奚暇从以难之②？意者秦王不肖之主也，君从以难之，未晚。"孟尝君曰："善！愿因请公往矣。"

公孙弘敬诺，以车十乘之秦。昭王闻之，而欲愧之以辞。公孙弘见，昭王曰："薛公之地，大小几何？"公孙弘对曰："百里。"昭王笑而曰："寡人地数千里，犹未敢以有难也。今孟尝君之地方百里，而因欲难寡人，犹可乎？"公孙弘对曰："孟尝君好人③，大王不好人。"昭王曰："孟尝君之好人也，奚如？"公孙弘曰："义不臣乎天子，不友乎诸侯，得志不惭为人主，不得志不肯为人臣，如此者三人；而治可为管、商之师④，说义听行，能致其主霸王，如此者五人；万乘之严主也，辱其使者，退而自刭，必以其血洿其衣⑤，如臣者十人。"昭王笑而谢之，曰："客胡为若此？寡人直与客论耳。寡人善孟尝君，欲客之，必谕寡人之志也⑥。"公孙弘曰："敬诺。"

公孙弘可谓不侵矣⑦。昭王，大国也。孟尝，千乘也。立千乘之义而不可陵⑧，可谓足使矣。

①为从：为合纵之事。
②从：合纵。
③好（hào，音号）人：喜欢贤人。
④管、商：管仲、商鞅。
⑤洿：（wū，音乌）：涂染。
⑥谕：说明。
⑦不侵：不可侵辱。
⑧陵：欺侮。

鲁仲连谓孟尝

鲁仲连谓孟尝："君，好士也。雍门养椒亦，阳得子养，饮食、衣裘与之同，皆得其死。今君之家富于二公，而士未有为君尽游者也。"君曰："文不得是二人故也，使文得二人者，岂独不得尽？"对曰："君之厩马百乘，无不被绣衣而食菽粟者，岂有骐麟騄耳哉①？后宫十妃，皆衣缟纻②，食粱肉③，岂有毛嫱、西施哉④？色与马取于今之世，士何必待古哉？故曰君之好士，未也。"

①騄（lù，音录）耳：马名，周穆王八骏之一。
②缟（gǎo，音搞）纻（zhù，音住）：绢麻。
③粱：精致。
④嫱：（qiáng，音墙）。

孟尝君逐于齐而复反

孟尝君逐于齐而复反。谭拾子迎之于境，谓孟尝君曰："君得无有所怨齐士大夫？"孟尝君曰：“有。”“君满意杀之乎？”孟尝君曰：“然。”谭拾子曰：“事有必至，理有固然，君知之乎？”孟尝君曰：“不知。”谭拾子曰：“事之必至者，死也；理之固然者，富贵则就之，贫贱则去之。此事之必至，理之固然者。请以市谕。市，朝则满，夕则虚。非朝爱市而夕憎之也，求存故往①，亡故去。愿君勿怨。”孟尝君乃取所怨五百牒，削去之②，不敢以为言。

---

①求存：所求之物在。
②牒：书札。

齐宣王见颜斶

齐宣王见颜斶①，曰：“斶前。”斶亦曰：“王前。”宣王不悦。左右曰：“王，人君也；斶，人臣也。王曰‘斶前’，亦曰‘王前’，可乎？”斶对曰：“夫斶前为慕势，王前为趋士，与使斶为趋势，不如使王为趋士。”王忿然作色，曰：“王者贵乎？士贵乎？”对曰：“士贵耳，王者不贵。”王曰：“有说乎？”斶曰：“有。昔者秦攻齐，令曰：‘有敢去柳下季垄五十步而樵采者②，死不赦。’令曰：‘有能得齐王头者，封万户侯，赐金千镒③。’由是观之，生王之头，曾不若死士之垄也。”宣王默然不悦。

左右皆曰：“斶来！斶来！大王据千乘之地，而建千石钟，万石簴④；天下之士，仁义皆来役处⑤；辩知并进，莫不来语；东西南北，莫敢不服。求万物不备具，而百姓无不亲附。今夫士之高者，乃称匹夫，徒步而处农亩；下则鄙野、监门、闾里。士之贱也，亦甚矣。”

斶对曰：“不然。斶闻古大禹之时，诸侯万国。何则？德厚之道，得贵士之力也。故舜起农亩，出于野鄙，而为天子。及汤之时，诸侯三千。当今之世，南面称寡者，乃二十四。由此观之，非得失之策与⑥？稍稍诛灭，灭亡无族之时，欲为监门、闾里，安可得而有乎哉？是故《易传》不云乎：‘居上位，未得其实，以喜其为名者，必以骄奢为行。据慢骄奢⑦，则凶从之。’是故，无其实而喜其名者，削；无德而望其福者，约⑧；无功而受其禄者，辱，祸必握⑨。故曰：‘矜功不立，虚愿不至。’此皆幸乐其名，华而无其实德者也。是以尧有九佐，舜有七友，禹有五丞，汤有三辅，自古及今而能虚成名于天下者，无有。是以君王无羞亟问⑩，不愧下学。是故成其道德而扬功名于后世者，尧、舜、禹、汤、周文王是也。故曰：‘无形者，形之君也。无端者，事之本也。’夫上见其原，下通其流，至圣人明学，何不吉之有哉？《老子》曰：‘虽贵，必以贱为本；虽高，必以下为基。是以侯王称孤寡不谷。是其贱之本也？’非夫孤寡者，人之困贱下位也，而侯王以自谓，岂非下人而尊贵士与⑪？夫尧传舜，舜传禹，周成王任周公旦，而世世称曰明主。是以明乎士之贵也。”

宣王曰：“嗟乎！君子焉可侮哉？寡人自取病耳。及今闻君子之言，乃今闻细人之行⑫，愿请受为弟子。且颜先生与寡人游，食必太牢⑬，出必乘车，妻子衣服丽都⑭。”

颜斶辞去曰：“夫玉生于山，制则破焉⑮，非弗宝贵矣，然夫璞不完；士生乎鄙野，推选则禄焉，非不得尊遂也⑯，然而形神不全。斶愿得归，晚食以当肉⑰，安步以当车，无罪以当贵，清静贞正以自虞⑱。制言者，王也；尽忠直言者，斶也。言要道已备矣，愿得赐归，安行而反臣之邑屋。”则再拜而辞去也。

斶知足矣，归真反璞⑲，则终身不辱也。

①厐躅（chù，音触）。

②垄：冢墓。　樵（qiáo）采：打柴。

③镒（yì，音逸）：古代重量单位，二十两或二十四两，一镒为一金。

④簏：鼓。

⑤役：效劳。

⑥得失之策：过去诸侯多，是由于得策；现在诸侯因攻伐而少，是由于失策。

⑦据：通"倨"。傲慢。

⑧约：穷。

⑨握：跟随不去。

⑩亟（qì，音汽）：屡次。

⑪下人：平易近人。

⑫细人：见识短浅或地位低微的人。

⑬太牢：牛、羊、猪，三牲全备的祭祀。

⑭丽都：漂亮美丽。

⑮制：裁截。

⑯尊遂：尊贵显达。

⑰晚食：饥饿而食。　当肉：味美和吃肉一样。

⑱虞：同"娱"。

⑲归真反璞：去其外饰，还其本意。

先生王斗造门而欲见齐宣王

　　先生王斗造门而欲见齐宣王，宣王使谒者延入①。王斗曰："斗趋见王为好势，王趋见斗为好士，于王何如？"使者复还报，王曰："先生徐之，寡人请从。"宣王因趋而迎之于门，与入。曰："寡人奉先君之宗庙，守社稷，闻先生直言正谏不讳。"王斗对曰："王闻之过②。斗生于乱世，事乱君，焉敢直言正谏？"宣王忿然作色，不说。

　　有间，王斗曰："昔先君桓公所好者，九合诸侯，一匡天下，天子受籍③，立为大伯。今王有四焉。"宣王说，曰："寡人愚陋，守齐国，唯恐失抎之④，焉能有四焉？"王斗曰："否。先君好马，王亦好马；先君好狗，王亦好狗；先君好酒，王亦好酒；先君好色，王亦好色；先君好士，是王不好士。"宣王曰："当今之世无士，寡人何好？"王斗曰："世无骐驎騄耳，王驷已备矣。世无东郭俊、卢氏之狗，王之走狗已具矣；世无毛嫱、西施，王宫已充矣。王亦不好士也，何患无士？"王曰："寡人忧国爱民，固愿得士以治之。"王斗曰："王之忧国爱民，不若王爱尺縠也⑤。"王曰："何谓也？"王斗曰："王使人为冠，不使左右便辟⑥，而使工者何也？为能之也。今王治齐，非左右便辟无使也。臣故曰不如爱尺縠也。"

　　宣王谢曰："寡人有罪国家。"于是举士五人任官，齐国大治。

①延：引。

②过：不如所闻。

③受：同"授"。　籍：有关记录土地人民的图籍。

④抎（yǔn，音允）：失；坠。

⑤縠（hú，音斛）：绉纱一样的丝织品。

⑥便：顺其所好。　辟：避其所恶。

卷十二　齐　五

苏秦说齐闵王

苏秦说齐闵王曰："臣闻：用兵而喜先天下者，忧；约结而喜主怨者，孤。夫后起者，藉也[1]；而远怨者，时也[2]。是以圣人从事，必藉于权而务兴于时。夫权藉者，万物之率也；而时势者，百事之长也。故无权藉，倍时势而能事成者[3]，寡矣。

"今虽干将、莫邪，非得人力，则不能割刿矣[4]。坚箭利金，不得弦机之利，则不能远杀矣。矢非不铦[5]，而剑非不利也，何则？权藉不在焉。何以知其然也？昔者赵氏袭卫，车舍人不休传[6]，卫国城割平[7]。卫八门土而二门堕矣，此亡国之形也。卫君跣行[8]，告遡于魏[9]。魏王身被甲底剑[10]，挑赵索战。邯郸之中骛[11]，河、山之间乱。卫得是藉也[12]，亦收余甲而北面，残刚平[13]，堕中牟之郭[14]。卫非强于赵也，譬之卫矢而魏弦机也，藉力魏而有河东之地。赵氏惧，楚人救赵而伐魏，战于州西，出梁门，军舍林中，马饮于大河。赵得是藉也，亦袭魏之河北，烧棘沟，坠黄城。故刚平之残也，中牟之堕也，黄城之坠也，棘沟之烧也，此皆非赵、魏之欲。然二国劝行之者，何也？卫明于时权之藉也。今世之为国者，不然矣。兵弱而好敌强[15]，国罢而好众怨[16]，事败而好鞠之[17]，兵弱而憎下人也，地狭而好敌大，事败而好长诈[18]。行此六者而求伯，则远矣。

"臣闻善为国者，顺民之意而料兵之能，然后从于天下[19]。故约，不为人主怨；伐，不为人挫强。如此，则兵不费，权不轻，地可广，欲可成也。昔者，齐之与韩、魏伐秦、楚也，战非甚疾也，分地又非多韩、魏也，然而天下独归咎于齐者，何也？以其为韩、魏主怨也。且天下遍用兵矣，齐、燕战，而赵氏兼中山；秦、楚战韩、魏不休，而宋、越专用其兵。此十国者，皆以相敌为意，而独举心于齐者，何也？约而好主怨，伐而好挫强也。

"且夫强大之祸，常以王人为意也[20]；夫弱小之殃，常以谋人为利也。是以大国危，小国灭也。大国之计，莫若后起而重伐不义。夫后起之藉，与多而兵劲[21]，则是以众强适罢寡也[22]，兵必立也。事不塞天下之心，则利必附矣。大国行此，则名号不攘而至[23]，伯王不为而立矣。小国之情，莫如谨静而寡信诸侯。谨静，则四邻不反；寡信诸侯，则天下不卖。外不卖，内不反，则槟祸朽腐而不用，币帛矫蠹而不服矣[24]。小国道此，则不祠而福矣，不贷而见足矣。故曰：'祖仁者王，立义者伯，用兵穷者亡。'何以知其然也？昔吴王夫差以强大为天下先，强袭郢而栖越，身从诸侯之君[25]，而卒身死国亡，为天下戮者，何也？此夫差平居而谋王[26]，强大而喜先天下之祸也。昔者莱、莒好谋，陈、蔡好诈，莒恃越而灭，蔡恃晋而亡。此皆内长诈、外信诸侯之殃也。由此观之，则强弱大小之祸，可见于前事矣。

"语曰：'麒骥之衰也，驽马先之；孟贲之倦也[27]，女子胜之。'夫驽马、女子，筋骨力劲，非贤于骐骥、孟贲也，何则？后起之藉也。今天下之相与也不并灭[28]，有而案兵而后起[29]，寄怨而诛不直[30]，微用兵而寄于义，则亡天下可局足而须也[31]。明于诸侯之故，察于地形之理者，不约亲，不相质而固[32]，不趋而疾，众事而不反[33]，交割而不相憎[34]，俱强而加以亲。何则？形同忧而兵趋利也。何以知其然也？昔者齐、燕战于桓之曲㉟，燕不胜，十万之众尽。胡人袭燕楼烦数县，取其牛马。夫胡之与齐非素亲也，而用兵又非约质而谋燕也，然而甚于相趋者，何也？则形同忧而兵趋利也。由此观之，约于同形则利长，后起则诸侯可趋役也㊱。

“故明主察相，诚欲以伯王也为志，则战攻非所先。战者，国之残也㊲，而都县之费也㊳。残费已先，而能从诸侯者㊴，寡矣。彼战者之为残也，士闻战则输私财而富军市，输饮食而待死士，令折辕而炊之㊵，杀牛而觞士，则是路君之道也㊶。中人祷祝㊷，君翳酿㊸，通都小县置社㊹，有市之邑莫不止事而奉王，则此虚中之计也。夫战之明日，尸死扶伤，虽若有功也，军出费，中哭泣，则伤主心矣。死者破家而葬，夷伤者空财而共药㊺，完者内酺而华乐㊻，故其费与死伤者钧㊼。故民之所费也，十年之田而不偿也㊽。军之所出，矛戟折，镮弦绝㊾，伤弩，破车，罢马，亡矢之大半。甲兵之具，官之所私出也，士大夫之所匿，厮养士之所窃㊿，十年之田而不偿也。天下有此再费者，而能从诸侯，寡矣。攻城之费，百姓理襜蔽㊿，举冲橹，家杂总，身窟穴，中罢于刀金，而士困于土功，将不释甲，期数而能拔城者为亟耳。上倦于教，士断于兵，故三下城而能胜敌者，寡矣。故曰：‘彼战攻者，非所先也。’何以知其然也？昔智伯瑶攻范、中行氏，杀其君，灭其国，又西围晋阳，吞兼二国而忧一主，此用兵之盛也。然而智伯卒身死国亡，为天下笑者，何谓也？兵先战攻而灭二子，患也。昔者，中山悉起而迎燕、赵，南战于长子，败赵氏；北战于中山，克燕军，杀其将。夫中山，千乘之国也，而敌万乘之国二，再战比胜，此用兵之上节也。然而国遂亡，君臣于齐者，何也？不啬于战攻之患也。由此观之，则战攻之败，可见于前事。

“今世之所谓善用兵者，终战比胜而守不可拔，天下称为善。一国得而保之，则非国之利也。臣闻战大胜者，其士多死而兵益弱；守而不可拔者，其百姓罢而城郭露。夫士死于外，民残于内，而城郭露于境，则非王之乐也。今夫鹄的非咎罪于人也，便弓引弩而射之，中者则善，不中则愧，少长贵贱，则同心于贯之者，何也？恶其示人以难也。今穷战比胜，而守必不拔，则是非徒示人以难也，又且害人者也，然则天下仇之必矣。夫罢士露国，而多与天下为仇，则明君不居也；素用强兵而弱之，则察相不事。彼明君察相者，则五兵不动而诸侯从，辞让而重赂至矣。故明君之攻战也，甲兵不出于军而敌国胜，冲橹不施而边城降，士民不知而王业至矣。彼明君之从事也，用财少，旷日远而为利长者。故曰：‘兵后起，则诸侯可趋役也。’

“臣之所闻，攻战之道非师者，虽有百万之军，北之堂上；虽有阖闾、吴起之将，禽之户内；千丈之城，拔之尊俎之间；百尺之冲，折之衽席之上。故钟鼓竽瑟之音不绝，地可广而欲可成；和乐倡优侏儒之笑不之，诸侯可同日而致也。故名配天地不为尊，利制海内不为厚。故夫善为王业者，在劳天下而自佚，乱天下而自安。诸侯无成谋，则其国无宿忧也。何以知其然？佚治在我，劳乱在天下，则王之道。锐兵来则拒之，患至则趋之，使诸侯无成谋，则其国无宿忧矣。何以知其然矣？昔者魏王拥土千里，带甲三十六万，其强而拔邯郸，西围定阳，又从十二诸侯朝天子，以西谋秦。秦王恐之，寝不安席，食不甘味，令于境内，尽蝶中为战具，竟为守备，为死士置将，以待魏氏。卫鞅谋于秦王曰：‘夫魏氏，其功大而令行于天下，有十二诸侯而朝天子，其与必众。故以一秦而敌大魏，恐不如。王何不使臣见魏王，则臣请必北魏矣。’秦王许诺。卫鞅见魏王曰：‘大王之功大矣，令行于天下矣。今大王之所从十二诸侯，非宋、卫也，则邹、鲁、陈、蔡，此固大王之所以鞭棰使也，不足以王天下。大王不若北取燕，东伐齐，则赵必从矣；西取秦，南伐楚，则韩必从矣。大王有伐齐、楚心，而从天下之志，则王业见矣。大王不如先行王服，然后图齐、楚。’魏王说于卫鞅之言也，故身广公宫，制丹衣柱，建九斿，从七星之旟。此天子之位也，而魏王处之。于是齐、楚怒，诸侯奔齐，齐人伐魏，杀其太子，覆其十万之军。魏王大恐，跣行按兵于国，而东次于齐，然后天下乃舍之。当是时，秦王垂拱受西河之外⑦，而不以德魏王。故卫鞅之始与秦王计也，谋约不下席，言于尊俎之间，谋成于堂上，而魏将以禽于齐矣⑩；冲橹未施，而西河之外入于秦矣。此臣之所谓'比之堂上，禽将户内，拔城于尊俎之间，折冲席上'者也。"

---

①藉（jiè，音借）：有所凭借。

②时：得其时。

③倍：背。

④刖（guì，音贵）：刺伤；割伤。

⑤铦（xiān，音先）：锋利。

⑥车舍人：驾车者。　传（zhuàn，音转）：古代设于驿站的房间。

⑦城割平：割让城池以媾和。

⑧跣（xiǎn，音显）：赤脚。

⑨溯：通"愬"。诉说。

⑩底：同"砥"。磨。

⑪骛（wù，音务）：乱驰。形容乱作一团。

⑫藉：空隙。

⑬残：伤害；毁坏。引申为攻占。

⑭堕（huī，音灰）：毁坏。

⑮敌：抗拒。

⑯罢：通"疲"。

⑰鞠：穷极。

⑱长：增长。

⑲从：跟从。

⑳王人：君临别人。

㉑与多：盟友多。

㉒适：通"敌"。　罢：同"疲"。

㉓攘：侵夺。

㉔蠹（dù，音妒）：蛀蚀。

㉕从：使……跟从。

㉖王：称王。

㉗孟贲：战国时的勇士。

㉘相与：相恃。

㉙有而：有能够。

㉚寄：假手于人。

㉛局：弯曲。　局足：不伸脚。　须：等待。

㉜不相质：不互相质子。

㉝众事：共事。

㉞交割：互相割地。

㉟曲：弯曲的地方。

㊱趋役：趋附役使。

㊲国之残也：有害于国家。

㊳费：耗费。

㊴从诸侯：使诸侯跟从。

㊵辕：驾车用的直木或曲木，压在车轴上。

㊶路：败。　　君：有人认为是“军”字之误。
㊷中人：国中之人。
㊸翳（yì，音缢）：用羽毛做的华盖。
㊹社：祭祀社神之所。
㊺夷：伤。　　共：同“供”。
㊻酺（pū，音葡）：聚饮，特指命令所特许的大聚饮。
㊼钧：同“均”。
㊽十年之田：十年种田之所出。
㊾镮：同“环”。刀环。
㊿厮：古代服贱役的人。
(51)襜（chān，音搀）：系在衣服前面的围裙。
(52)冲橹：古时专门用作冲锋陷阵的车。
(53)家杂总：全家一同劳作。
(54)窟穴：地道。
(55)刀金：兵器。
(56)期数：为期数月。
(57)一主：指赵襄子。
(58)比胜：相次而胜。
(59)啬：吝啬。
(60)终：穷兵。守不可拔：守城而期望不被攻陷。
(61)罢：同“疲”。
(62)鹄（gǔ，音古）的：箭靶的中心。
(63)便弓：拉弓。
(64)察相：贤相。
(65)非师：不用军队。
(66)北：败。
(67)衽席：卧榻。
(68)倡优：古代以歌舞戏谑为业的艺人。　　侏儒：古代身体短小者多以戏谑为业。
(69)佚：悠闲。
(70)堞：城上的女墙。
(71)竟：同“境”。
(72)与：盟友。
(73)北魏：使魏国失败。
(74)棰：马鞭。
(75)王服：穿王者之服。意为称王。
(76)斿（liú，音流）：同“旒”。古代旗旌的下垂物。
(77)旟（yú，音于）：古代旗的一种，上画鸟隼，进兵时所用。
(78)垂拱：垂衣拱手。
(79)以禽：被擒。

卷十三　齐　六

齐负郭之民有孤狐咺者

齐负郭之民有孤狐咺者①，正议闵王，斫之檀衢②，百姓不附。齐孙室子陈举直言，杀之东闾，宗族离心。司马穰苴为政者也③，杀之，大臣不亲。以故燕举兵，使昌国君将而击之。齐使向子将而应之。齐军破，向子以舆一乘亡。达子收余卒，复振，与燕战，求所以偿者。闵王不肯与，军破走。

王奔莒。淖齿数之曰："夫千乘、博昌之间，方数百里，雨血沾衣，王知之乎？"王曰："不知。""嬴、博之间，地坼至泉④，王知之乎？"王曰："不知。""人有当阙而哭者⑤，求之则不得，去之则闻其声，王知之乎？"王曰："不知。"淖齿曰："天雨血沾衣者，天以告也；地坼至泉者，地以告也；人有当阙而哭者，人以告也。天地人皆以告矣，而王不知戒焉，何得无诛乎？"于是杀闵王于鼓里。

太子乃解衣免服，逃太史之家为溉园⑥。君王后，太史氏女，知其贵人，善事之。田单以即墨之城，破亡余卒⑦，破燕兵，绐骑劫⑧，遂以复齐。遽迎太子于莒，立之以为王。襄王即位，君王后以为后，生齐王建。

①咺（xuān，音喧）。
②斫（zhuó，音酌）：斩；砍。
③穰（ráng，音攘）。　苴（jū，音居）。
④坼（chè，音彻）：分裂；裂开。
⑤阙：宫门。
⑥为溉园：做浇园子的苦役。
⑦破亡余卒：残兵败将。
⑧绐（dài，音怠）：欺骗。

王孙贾年十五事闵王

王孙贾年十五，事闵王。王出走，失王之处。其母曰："女朝出而晚来①，则吾倚门而望；女暮出而不还，则吾倚闾而望。女今事王，王出走，女不知其处，女尚何归？"

王孙贾乃入市中，曰："淖齿乱齐国，杀闵王，欲与我诛者，袒右②。"市人从者四百人，与之诛淖齿，刺而杀之。

①女：通"汝"。

②袒右：袒露右肩。

燕攻齐取七十余城

燕攻齐，取七十余城，唯莒、即墨不下。齐田单以即墨破燕，杀骑劫。

初，燕将攻下聊城，人或谗之。燕将惧诛，遂保守聊城，不敢归。田单攻之岁余，士卒多死，而聊城不下。

鲁连乃书，约之矢以射城中①，遗燕将曰："吾闻之，智者不倍时而弃利②，勇士不怯死而灭名，忠臣不先身而后君。今公行一朝之忿，不顾燕王之无臣，非忠也；杀身亡聊城，而威不信于齐，非勇也；功废名灭，后世无称，非知也。故知者不再计，勇士不怯死。今死生荣辱，尊卑贵贱，此其一时也。愿公之详计而无与俗同也。且楚攻南阳，魏攻平陆，齐无南面之心③，以为亡南阳之害，不若得济北之利，故定计而坚守之。今秦人下兵，魏不敢东面，横秦之势合④，则楚国之形危。且弃南阳，断右壤⑤，存济北，计必为之。今楚、魏交退⑥，燕救不至，齐无天下之规⑦，与聊城共据期年之弊，即臣见公之不能得也。齐必决之于聊城，公无再计。彼燕国大乱，君臣过计⑧，上下迷惑，栗腹以百万之众，五折于外，万乘之国，被围于赵，壤削主困，为天下戮，公闻之乎？今燕王方寒心独立，大臣不足恃，国弊祸多，民心无所归。今公又以弊聊之民，距全齐之兵⑨，期年不解，是墨翟之守也；食人炊骨，士无反北之心⑩，是孙膑、吴起之兵也。能以见于天下矣。

"故为公计者，不如罢兵休士，全车甲，归报燕王，燕王必喜。士民见公，如见父母，交游攘臂而议于世⑪，功业可明矣。上辅孤主，以制群臣；下养百姓，以资说士⑫。矫国革俗于天下⑬，功名可立也。意者⑭，亦捐燕弃世⑮，东游于齐乎？请裂地定封，富比陶、卫，世世称孤寡，与齐久存，此亦一计也。二者显名厚实也，愿公熟计而审处一也。

"且吾闻，效小节者不能行大威，恶小耻者不能立荣名。昔管仲射桓公中钩，篡也；遗公子纠而不能死⑯，怯也；束缚桎梏⑰，辱身也。此三行者，乡里不通也，世主不臣也。使管仲终穷抑，幽囚而不出，惭耻而不见，穷年没寿，不免为辱人贱行矣。然而管子并三行之过，据齐国之政，一匡天下⑱，九合诸侯，为伍伯首，名高天下，光照邻国。曹沫为鲁君将，三战三北，而丧地千里。使曹子之足不离陈，计不顾后，出必死而不生，则不免为败军禽将。曹子以败军禽将，非勇也；功废名灭，后世无称，非知也⑲。故去三北之耻，退而与鲁君计也。曹子以为遭⑳。齐桓公有天下，朝诸侯㉑，曹子以一剑之任，劫桓公于坛位之上，颜色不变，而辞气不悖㉒。三战之所丧，一朝而反之，天下震动惊骇，威信吴、楚，传名后世。若此二公者，非不能行小节，死小耻也，以为杀身绝世，功名不立，非知也。故去忿恚之心㉓，而成终身之名；除感忿之耻，而立累世之功。故业与三王争流，名与天壤相敝也。公其图之。"

燕将曰："敬闻命矣。"因罢兵到读而去㉔。故解齐国之围，救百姓之死，仲连之说也。

---

①约之矢：缠书于箭矢之上。

②倍：背。

③无南面之心：没有和南面的楚、魏相争的意图。

④横秦：齐与秦结盟成为连横。

⑤右壤：指平陆。

⑥交退：交相退兵。

⑦规：谋。　　　齐无天下之规：天下没有谋齐国者。

⑧过计：失计。

⑨距：通"拒"。

⑩反：通"返"。

⑪攘臂：捋袖伸臂，振奋或发怒的样子。

⑫资：资助。　　　说士：游说之士。

⑬矫国革俗：改变国家的风俗。

⑭意：通"抑"。　　　意者：或者。

⑮捐：弃。

⑯遗：忘。　　　不能死：不能尽忠而死。

⑰桎梏：脚镣手铐，古代用来拘系罪人手脚的刑具。

⑱匡：匡服；匡正。

⑲知：通"智"。

⑳遭：知遇。

㉑朝诸侯：使诸侯来朝。

㉒悖（bèi，音背）：变。

㉓恚（hèi，音会）：愤怒；怨恨。

㉔到：通"倒"。　　　读：有人认为指弓衣。

燕攻齐齐破

燕攻齐，齐破。闵王奔莒，淖齿杀闵王。田单守即墨之城，破燕兵，复齐墟。襄王为太子征。齐以破燕，田单之立疑①，齐国之众，皆以田单为自立也。襄王立，田单相之。

过菑水，有老人涉菑而寒，出不能行，坐于沙中。田单见其寒，欲使后车分衣②，无可以分者，单解裘而衣之。襄王恶之，曰："田单之施，将欲以取我国乎？不早图，恐后之。"左右顾无人，岩下有贯珠者，襄王呼而问之，曰："女闻吾言乎？"对曰："闻之。"王曰："女以为何若？"对曰："王不如因以为己善。王嘉单之善，下令曰：'寡人忧民之饥也，单收而食之；寡人忧民之寒也，单解裘而衣之；寡人忧劳百姓，而单亦忧之，称寡人之意。'单有是善而王嘉之，善单之善，亦王之善已。"王曰："善。"乃赐单牛酒，嘉其行。

后数日，贯珠者复见王曰："王至朝日，宜召田单而揖之于庭，口劳之。乃布令求百姓之饥寒者，收谷之③。"乃使人听于闾里，闻丈夫之相□与语，举□□□□曰："田单之爱人。嗟，乃王之教泽也。"

---

①田单之立疑：人们对田单开始产生怀疑。

②后车：随从。

③谷：养。

貂勃常恶田单

貂勃常恶田单，曰："安平君，小人也。"安平君闻之，故为酒而召貂勃，曰："单何以得罪于先生，故常见誉于朝？"貂勃曰："跖之狗吠尧①，非贵跖而贱尧也，狗固吠非其主也。且今使公孙子贤，而徐子不肖，然而使公孙子与徐子斗，徐子之狗，犹时攫公孙子之腓而噬之也②；若乃得去不肖者，而为贤者狗，岂特攫其腓而噬之耳哉。"安平君曰："敬闻命。"明日，任之于王。

王有所幸臣九人之属，欲伤安平君，相与语于王曰："燕之伐齐之时，楚王使将军将万人而佐齐。今国已定，而社稷已安矣，何不使使者谢于楚王？"王曰："左右孰可？"九人之属曰："貂勃可。"貂勃使楚，楚王受而觞之。数日不反，九人之属相与语于王曰："夫一人身，而牵留万乘者，岂不以据势也哉？且安平君之于王也，君臣无礼，而上下无别。且其志欲为不善，内牧百姓，循抚其心，振穷补不足③，布德于民；外怀戎翟、天下之贤士④，阴结诸侯之雄俊豪英，其志欲有为也。愿王之察之。"异日，而王曰："召相单来。"田单免冠徒跣肉袒而进⑤，退而请死罪。五日，而王曰："子无罪于寡人，子为子之臣礼，吾为吾之王礼而已矣。"

貂勃从楚来，王赐诸前，酒酣，王曰："召相田单而来。"貂勃避席稽首曰⑥："王恶得此亡国之言乎？王上者孰与周文王？"王曰："吾不若也。"貂勃曰："然，臣固知王不若也。下者孰与齐桓公？"王曰："吾不若也。"貂勃曰："然，臣固知王不若也。然则周文王得吕尚以为太公，齐桓公得管夷吾以为仲父，今王得安平君而独曰'单'。且自天地之辟，民人之治，为人臣之功者，谁有厚于安平君者哉？而王曰'单'、'单'。恶得此亡国之言乎？且王不能守先王之社稷，燕人兴师而袭齐墟，王走而之城阳之山中。安平君以惴惴之即墨⑦，三里之城，五里之郭，敝卒七千，禽其司马，而反千里之齐。安平君之功也。当是时也，阖城阳而王⑧，城阳、天下莫之能止。然而计之于道，归之于义，以为不可，故为栈道木阁，而迎王与后于城阳山中。王乃得反，于临百姓。今国已定，民已安矣，王乃曰'单'。且婴儿之计不为此。王不亟杀此九子者，以谢安平君？不然，国危矣！"王乃杀九子而逐其家，益封安平君以夜邑万户⑨。

①跖（zhí，音直）。
②腓（féi，音肥）：胫肉，即小腿肚子。
③振：救济。
④怀：安抚。
⑤徒跣：赤脚。　　肉袒：去衣露体。古时在祭祀或谢罪时表示恭敬或惶恐。
⑥稽（qǐ，音启）首：古时的一种跪拜礼，叩头至地，是九拜中最恭敬的。
⑦惴惴（zhuì，音缀）：恐惧、戒惧的样子。
⑧阖：舍弃。
⑨益封：加封。

田单将攻狄

田单将攻狄，往见鲁仲子。仲子曰："将军攻狄，不能下也。"田单曰："臣以五里之城，七里之郭，破亡余卒，破万乘之燕，复齐墟。攻狄而不下，何也？"上车弗谢而去。遂攻狄，三月而不克之也。

齐婴儿谣曰："大冠若箕①，修剑拄颐②；攻狄不能，下垒枯丘。"田单乃惧，问鲁仲子曰："先生谓单不能下狄，请闻其说。"鲁仲子曰："将军之在即墨，坐而织蒉③，立则丈插④，为士卒倡曰：'可往矣！宗庙亡矣！云曰尚矣！归于何党矣⑤！'当此之时，将军有死之心，而士卒无生之气，闻若言，莫不挥泣奋臂而欲战，此所以破燕也。当今将军东有夜邑之奉，西有菑上之虞，黄金横带，而驰乎淄、渑之间，有生之乐，无死之心，所以不胜者也。"田单曰："单有心，先生志之矣。"明日，乃厉气循城⑥，立于矢石之所，乃援枹鼓之⑦，狄人乃下。

①箕：扬米去糠的器具；簸箕。
②颐（yí，音夷）：下巴。　　　修剑拄颐：意为剑长可以用来撑住下巴。
③蒉（kuì，音愧）：草编的筐子。
④丈：同"仗"。　　插：同"锸"。即锹。
⑤党：处所。
⑥厉：激励。循城：攻城。
⑦枹（fú，音浮）：同"桴"。鼓槌。

濮上之事

　　濮上之事，赘子死，章子走。盼子谓齐王曰："不如易余粮于宋①，宋王必说②，梁氏不敢过宋伐齐。齐固弱，是以余粮收宋也。齐国复强，虽复责之宋，可；不偿，因以为辞而攻之，亦可。"

①易：给予。
②说：通"悦"。

齐闵王之遇杀

　　齐闵王之遇杀，其子法章变姓名，为莒太史家庸夫①。太史敫女②，奇法章之状貌，以为非常人，怜而常窃衣食之，与私焉③。莒中及齐亡臣相聚，求闵王子，欲立之。法章乃自言于莒。共立法章为襄王。襄王立，以太史氏女为王后，生子建。太史敫曰："女无谋而嫁者④，非吾种也。污吾世矣。"终身不睹。君王后贤，不以不睹之故，失人子之礼也。

　　襄王卒，子建立为齐王。君王后事秦谨，与诸侯信，以故建立四十有余年不受兵。

　　秦始皇尝使使者遗君王后玉连环，曰："齐多知⑤，而解此环不？"君王后以示群臣，群臣不知解。君王后引椎，椎破之，谢秦使曰："谨以解矣。"

　　及君王后病，且卒，诫建曰："群臣之可用者某。"建曰："请书之。"君王后曰："善。"取笔牍受言，君王后曰："老妇已亡矣。"

　　君王后死，后后胜相齐，多受秦间金玉，使宾客入秦，皆为变辞⑥，劝王朝秦，不修攻战之备。

①庸：同"佣"。
②敫（jiǎo，音脚）。
③与私焉：与其产生私情。
④谋：同"媒"。
⑤多知：多智者。
⑥变辞：变诈之辞。

齐王建入朝

　　齐王建入朝于秦，雍门司马前曰："所为立王者，为社稷耶？为王立王耶？"王曰："为社稷。"司马曰："为社稷立王，王何以去社稷而入秦？"齐王还车而反。

即墨大夫与雍门司马谏而听之，则以为可以为谋，即入见齐王，曰："齐地方数千里，带甲数百万。夫三晋大夫皆不便秦，而在阿、鄄之间者百数，王收而与之百万之众，使收三晋之故地，即临晋之关可以入矣；鄢、郢大夫不欲为秦，而在城南下者百数，王收而与之百万之师，使收楚故地，即武关可以入矣。如此，则齐威可立，秦国可亡。夫舍南面之称制①，乃西面而事秦，为大王不取也。"齐王不听。

秦使陈驰诱齐王内之②，约与五百里之地。齐王不听即墨大夫而听陈驰，遂入秦。处之共松柏之间，饿而死。先是齐为之歌曰："松邪！柏邪！住建共者，客耶。"

---

①南面：古代以面向南为尊位，帝王之位南向，故称居帝位为"南面"。
②内之：向内去秦国。

齐以淖君之乱

齐以淖君之乱秦①。其后秦欲取齐，故使苏涓之楚，令任固之齐。齐明谓楚王曰："秦王欲楚，不若其欲齐之甚也。其使涓来，以示齐之有楚，以贤固于齐。齐见楚，必受固。是土之听涓也，适为固驱以合齐、秦也②。齐、秦合，非楚之利也。且夫涓来之辞，必非固之所以之齐之辞也。王不如令人以涓来之辞，谩固于齐③，齐、秦必不合。齐、秦不合，则王重矣。王欲收齐以攻秦，汉中可得也。王即欲以秦攻齐，淮、泗之间亦可得也。"

---

①秦："秦"字之前文字有缺脱。
②驱：驱使。
③谩：欺。

卷十四　楚　一

齐楚构难

齐、楚构难，宋请中立。齐急宋①，宋许之。子象为楚谓宋王曰："楚以缓失宋，将法齐之急也②。齐以急得宋，后将常急矣。是从齐而攻楚，未必利也。齐战胜楚，势必危宋；不胜，是以弱宋干强楚也③。而令两万乘之国，常以急求所欲，国必危矣。"

---

①齐急宋：齐向宋告急。
②法：效法。

③干：冒犯。

五国约以伐齐

五国约以伐齐。昭阳谓楚王曰："五国以破齐、秦，必南图楚。"王曰："然则奈何？"对曰："韩氏，辅国也①，好利而恶难。好利，可营也②；恶难，可惧也。我厚赂之以利，其心必营；我悉兵以临之，其心必惧我。彼惧吾兵而营我利，五国之事必可败也。约绝之后，虽勿与地，可。"

楚王曰："善。"乃命大公事之韩。见公仲，曰："夫牛阑之事，马陵之难，亲王之所见也。王苟无以五国用兵，请效列城五③，请悉楚国之众也，以墙于齐④。"

齐之反赵、魏之后，而楚果弗与地，则五国之事困也。

----

①辅国也：意为可使其成为楚国的辅助。
②营：通"营"。惑乱。
③效：献上。
④墙（qiáng，音强）：同"墙"。　以墙于齐：来阻挡齐人的进攻。

荆宣王问群臣

荆宣王问群臣曰："吾闻北方之畏昭奚恤也，果诚何如？"群臣莫对。江乙对曰："虎求百兽而食之，得狐。狐曰：'子无敢食我也。天帝使我长百兽①。今子食我，是逆天帝命也。子以我为不信，吾为子先行，子随我后，观百兽之见我而敢不走乎？'虎以为然，故遂与之行。兽见之，皆走。虎不知兽畏己而走也，以为畏狐也。今王之地方五千里，带甲百万，而专属之昭奚恤，故北方之畏奚恤也，其实畏王之甲兵也，犹百兽之畏虎也。"

----

①长（zhǎng，音掌）百兽：为百兽之首。

昭奚恤与彭城君议于王前

昭奚恤与彭城君议于王前，王召江乙而问焉。江乙曰："二人之言皆善也，臣不敢言其后。此谓虑贤也①。"

----

①虑：疑。

邯郸之难昭奚恤谓楚王

邯郸之难，昭奚恤谓楚王曰："王不如无救赵而以强魏。魏强，其割赵必深矣①；赵不能听，则必坚守。是两弊也②。"

景舍曰："不然。昭奚恤不知也。夫魏之攻赵也，恐楚之攻其后。今不救赵，赵有亡形，而魏无楚忧，是楚、魏共赵也③，害必深矣。何以两弊也？且魏令兵以深割赵，赵见亡形，而有楚之不救己也，必与魏合，而以谋楚。故王不如少出兵，以为赵援。赵恃楚劲，必与魏战；魏怒于赵之劲，而见楚救之不足畏也，必不释赵。赵、魏相弊，而齐、秦应楚，则魏可破也。"

楚因使景舍起兵救赵。邯郸拔，楚取睢、涉之间④。

①其割赵必深矣：其对赵必然要求很多的割地。
②两弊：对双方都有弊处。
③共赵：共同打击赵国。
④涉（wèi，音畏）。

江尹欲恶昭奚恤于楚王

江尹欲恶昭奚恤于楚王，而力不能，故为梁山阳君请封于楚。楚王曰："诺。"昭奚恤曰："山阳君无功于楚国，不当封。"江尹因得山阳君，与之共恶昭奚恤。

魏氏恶昭奚恤于楚王

魏氏恶昭奚恤于楚王。楚王告昭子，昭子曰："臣朝夕以事听命，而魏人吾君臣之间，臣大惧。臣非畏魏也，夫泄吾君臣之交，而天下信之，是其为人也近苦矣①。夫苟不难为之外②，岂忘为之内乎？臣之得罪无日矣③。"王曰："寡人知之，大夫何患？"

①苦：恶。
②为之外：为其泄露于外。
③无日矣：没有多少日子了。

江乙恶昭奚恤

江乙恶昭奚恤，谓楚王曰："人有以其狗为有执而爱之①。其狗尝溺井，其邻人见狗之溺井也，欲入言之。狗恶之，当门而噬之②。邻之惮之，遂不得人言。邯郸之难，楚进兵大梁，取矣。昭奚恤取魏之宝器，以臣居魏，知之，故昭奚恤常恶臣之见王。"

①有执：能够驾驭。
②噬（shì，音逝）：咬。

江乙欲恶昭奚恤于楚

江乙欲恶昭奚恤于楚，谓楚王曰："下比周①，则上危；下分争②，则上安。王亦知之乎？愿王勿忘也。且人有好扬人之善者，于王何如？"王曰："此君子也，近之。"江乙曰："有人好扬人之恶者，于王何如？"王曰："此小人也，远之。"江乙曰："然则且有子杀其父，臣弑其主者，而王终已不知者，何也？以王好闻人之美，而恶闻人之恶也。"王曰："善。寡人愿两闻之。"

---

①比周：亲密无间之意。

②分：同"纷"。

江乙说于安陵君

江乙说于安陵君曰："君无咫尺之地，骨肉之亲，处尊位，受厚禄，一国之众，见君莫不敛衽而拜，抚委而服①，何以也？"曰："王过举而已。不然，无以至此。"

江乙曰："以财交者，财尽而交绝；以色交者，华落而爱渝②。是以嬖女不敝席③，宠臣不避轩④。今君擅楚国之势，而无以深自结于王，窃为君危之。"安陵君曰："然则奈何？""愿君必请从死，以身为殉。如是，必长得重于楚国。"曰："谨受令。"

三年而弗言。江乙复见曰："臣所为君道，至今未效⑤。君不用臣之计，臣请不敢复见矣。"安陵君曰："不敢忘先生之言，未得间也⑥。"

于是，楚王游于云梦，结驷千乘⑦，旌旗蔽日，野火之起也若云霓⑧，兕虎嗥之声若雷霆。有狂兕⑨，牂车依轮而至⑩，王亲引弓而射，一发而殪⑪。王抽旃旄而抑兕者⑫，仰天而笑曰："乐矣，今日之游也。寡人万岁千秋之后，谁与乐此矣？"安陵君泣数行而进曰："臣入则编席⑬，出则陪乘。大王万岁千秋之后，愿得以身试黄泉，蓐蝼蚁⑭。又何如得此乐而乐之！"王大说，乃封坛为安陵君。

君子闻之，曰："江乙可谓善谋，安陵君可谓知时矣。"

---

①抚委：弯下身子。

②渝：变。

③嬖（bì，音闭）女：婢妾等身份低下而被宠爱者。　　不敝席：意为席子没坏宠爱就没有了。

④不避轩：意为车子未坏即失宠。

⑤效：实行。

⑥间：时机。

⑦结：连。

⑧霓：虹。

⑨兕（sì，音寺）：古代犀牛一类的兽名。

⑩牂：其义不详。有人认为作"跸"，急行。

⑪殪（yì，音意）：致之于死。

⑫旃（zhān，音毡）：纯赤色的曲柄旗。

⑬编席：意为陪坐。

⑭蓐（rù，音褥）：草席。　　蓐蝼蚁：编草席以御蝼蚁。

江乙为魏使于楚

江乙为魏使于楚，谓楚王曰："臣入竟①，闻楚之俗，不蔽人之善，不言人之恶。诚有之乎？"王曰："诚有之。"江乙曰："然则白公之乱，得无遂乎②？诚如是，臣等之罪免矣。"楚王曰："何也？"江乙曰："州侯相楚，贵甚矣而主断③，左右俱曰'无有④'，如出一口矣。"

---

①竟：同"境"。
②遂：成功。
③主断：专断。
④无有：世上没有像他这样的了。

郢人有狱三年不决者

郢人有狱三年不决者，故令请其宅，以卜其罪。客因为之谓昭奚恤曰："郢人某氏之宅，臣愿之。"昭奚恤曰："郢人某氏，不当服罪，故其宅不得。"

客辞而去。昭奚恤已而悔之，因谓客曰："奚恤得事公，公何为以故与奚恤①？"客曰："非用故也。"曰："谓而不得，有说色，非故如何也？"

---

①以故与奚恤：找借口来探询我的意见。

城浑出周

城浑出周，三人偶行①，南游于楚，至于新城。

城浑说其令曰："郑、魏者，楚之㪣国②；而秦，楚之强敌也。郑、魏之弱，而楚以上梁应之；宜阳之大也，楚以弱新城围之。蒲反、平阳，相去百里，秦人一夜而袭之，安邑不知；新城、上梁，相去五百里，秦人一夜而袭之，上梁亦不知也。今边邑之所恃者，非江南泗上也。故楚王何不以新城为主郡也③，边邑甚利之。"

新城公大说，乃为具驷马乘车五百金之楚。城浑得之，遂南交于楚。楚王果以新城为主郡。

---

①偶行：同行。
②㪣（ruǎn，音软）：软弱。
③主郡：有守备的要城。

韩公叔有齐魏

韩公叔有齐、魏，而太子有楚、秦以争国。郑申为楚使于韩，矫以新城、阳人予太子①。楚王怒，将罪之。对曰："臣矫予之，以为国也。臣为太子得新城、阳人，以与公叔争国而得之。齐、魏必伐韩。韩氏急，必悬命于楚，又何新城、阳人之敢求？太子不胜，然而不死，今将倒冠而至②，又安敢言地？"楚王曰："善。"乃不罪也。

①矫：诈称。
②将倒冠而至：意为将很快地回到楚国。

楚杜赫说楚王以取赵

　　楚赵赫说楚王以取赵，王且予之五大夫而令私行。

　　陈轸谓楚王曰："赫不能得赵，五大夫不可收也，得赏无功也。得赵而王无加焉，是无善也。王不如以十乘行之，事成，予之五大夫。"王曰："善。"乃以十乘行之。

　　杜赫怒而不行。陈轸谓王曰："是不能得赵也。"

楚王问于范环

　　楚王问于范环曰："寡人欲置相于秦，孰可？"对曰："臣不足以知之。"王曰："吾相甘茂可乎？"范环对曰："不可。"王曰："何也？"曰："夫史举，上蔡之监门也，大不知事君，小不知处室，以苟廉闻于世。甘茂事之顺焉。故惠王之明，武王之察，张仪之好谮①，甘茂事之，取十官而无罪。茂诚贤者也，然而不可相秦。秦之有贤相也，非楚国之利也。且王尝用滑于越而纳句章，昧之难，越乱，故楚南察濑胡而野江东②。计王之功所以能如此者，越乱而楚治也。今王以用之于越矣，而忘之于秦，臣以为王巨速忘矣③。王若欲置相于秦乎？若公孙郝者可。夫公孙郝之于秦王，亲也。少与之同衣，长与之同车，被王衣以听事④，真大王之相已。王相之，楚国之大利也。"

①谮：进谗言；说别人坏话。
②察：治。　　野江东：据有江东。
③巨：通"讵（jù，音炬）"。岂。
④被：穿着。

苏秦为赵合从说楚威王

　　苏秦为赵合从，说楚威王曰："楚，天下之强国也；大王，天下之贤王也；楚地西有黔中、巫郡，东有夏州、海阳，南有洞庭、苍梧，北有汾陉之塞、郇阳①；地方五千里，带甲百万，车千乘，骑万匹，粟支十年。此霸王之资也。夫以楚之强与大王之贤，天下莫能当也。今乃欲西面而事秦，则诸侯莫不南面而朝于章台之下矣。秦之所害于天下，莫如楚，楚强则秦弱，楚弱则秦强，此其势不两立。故为大王计，莫如从亲以孤秦。大王不从亲，秦必起两军：一军出武关，一军下黔中。若此，则鄢、郢动矣。臣闻治之其未乱，为之其未有也。患至而后忧之，则无及已。故愿大王之早计之。

　　"大王诚能听臣，臣请令山东之国，奉四时之献，以承大王之明制；委社稷宗庙，练士厉兵，在大王之所用之。大王诚能听臣之愚计，则韩、魏、齐、燕、赵、卫之妙音美人，必充后宫矣；赵、代良马橐他②，必实于外厩。故从合则楚王，横成则秦帝。今释霸王之业③，而有事人之名，臣窃为大王不取也。

　　"夫秦，虎狼之国也，有吞天下之心。秦，天下之仇雠也，横人皆欲割诸侯之地以事秦④。

此所谓养仇而奉仇者也。夫为人臣而割其主之地，以外交强虎狼之秦，以侵天下，卒有秦患，不顾其祸。夫外挟强秦之威，以内劫其主，以求割地，大逆不忠，无过此者。故从亲，则诸侯割地以事楚；横合，则楚割地以事秦。此两策者，相去远矣，有亿兆之数。两者大王何居焉？故弊邑赵王，使臣效愚计，奉明约，在大王命之。"

楚王曰："寡人之国，西与秦接境。秦有举巴、蜀，并汉中之心。秦，虎狼之国，不可亲也。而韩、魏迫于秦患，不可与深谋，恐反人以入于秦，故谋未发而国已危矣。寡人自料，以楚当秦，未见胜焉。内与群臣谋，不足恃也。寡人卧不安席，食不甘味，心摇摇如悬旌而无所终薄⑤。今君欲一天下，安诸侯，存危国，寡人谨奉社稷以从。"

①郇（xún，音旬）。

②橐他：即"橐驼"。骆驼。

③释：放弃。

④横人：连横之人。

⑤薄：同"泊"。

张仪为秦破从连横

张仪为秦破从连横，说楚王曰："秦地半天下，兵敌四国①，被山带河，四塞以为固。虎贲之士百余万②，车千乘，骑万匹，粟如丘山。法令既明，士卒安难乐死。主严以明，将知以武。虽无出兵甲，席卷常山之险，折天下之脊，天下后服者先亡。且夫为从者，无以异于驱群羊而攻猛虎也。夫虎之与羊，不格明矣。今大王不与猛虎，而与群羊，窃以为大王之计，过矣。

"凡天下强国，非秦而楚，非楚而秦。两国敌侔交争③，其势不两立。而大王不与秦，秦下甲兵，据宜阳，韩之上地不通；下河东，取成皋，韩必入臣于秦。韩入臣，魏则从风而动。秦攻楚之西，韩、魏攻其北，社稷岂得无危哉？

"且夫约从者，聚群弱而攻至强也。夫以弱攻强，不料敌而轻战，国贫而骤举兵，此危亡之术也。臣闻之：'兵不如者，勿与挑战；粟不如者，勿与持久。'夫从人者，饰辩虚辞，高主之节行，言其利而不言其害，卒有楚祸④，无及为已。是故，愿大王之熟计之也。

"秦西有巴、蜀，方船积粟，起于汶山，循江而下，至郢三千余里。舫船载卒，一舫载五十人，与三月之粮，下水而浮，一日行三百余里。里数虽多，不费马汗之劳，不至十日而距扞关⑤。扞关惊，则从竟陵已东，尽城守矣；黔中、巫郡，非王之有已。秦举甲出之武关，南面而攻，则北地绝。秦兵之攻楚也，危难在三月之内。而楚恃诸侯之救，在半岁之外，此其势不相及也。夫恃弱国之救，而忘强秦之祸，此臣之所以为大王之患也。且大王尝与吴人五战三胜而亡之，陈卒尽矣⑥；有偏守新城，而居民苦矣。臣闻之，攻大者易危，而民弊者怨于上。夫守易危之功，而逆强秦之心，臣窃为大王危之。

"且夫秦之所以不出甲于函谷关十五年以攻诸侯者，阴谋有吞天下之心也。楚尝与秦构难，战于汉中，楚人不胜，通侯、执珪死者七十余人，遂亡汉中。楚王大怒，兴师袭秦，战于蓝田，又却。此所谓两虎相搏者也。夫秦、楚相弊，而韩、魏以全制其后，计无过于此者矣。是故愿大王熟计之也。

"秦下兵攻卫、阳晋，必开扃天下之匈⑦。大王悉起兵以攻宋，不至数月而宋可举。举宋而东指，则泗上十二诸侯，尽王之有已。

"凡天下所信约从亲坚者苏秦，封为武安君而相燕，即阴与燕王谋破齐，共分其地。乃佯有罪，出走入齐，齐王因受而相之。居二年而觉，齐王大怒，车裂苏秦于市。夫以一诈伪反覆之苏秦，而欲经营天下，混一诸侯，其不可成也，亦明矣。

"今秦之与楚也，接境壤界，固形亲之国也。大王诚能听臣，臣请秦太子入质于楚，楚太子入质于秦；请以秦女为大王箕帚之妾，效万家之都，以为汤沐之邑；长为昆弟之国，终身无相攻击。臣以为计无便于此者。故敝邑秦王，使使臣献书大王之从车下风，须以决事。"

楚王曰："楚国僻陋，托东海之上；寡人年幼，不习国家之长计。今上客幸教以明制，寡人闻之，敬以国从。"乃遣使车百乘，献鸡骇之犀、夜光之璧于秦王。

---

①四国：四方之国。

②虎贲：通士之称。

③佯（móu，音谋）：齐等。

④楚祸：楚受伐之祸。

⑤距：至。　扞（hàn，音汗）。

⑥陈：古"阵"字。　陈卒：士兵。

⑦扃：门窗箱柜上的插关。　匈：同"胸"。

张仪相秦谓昭雎

张仪相秦，谓昭雎曰："楚无鄢、郢、汉中，有所更得乎①？"曰："无有。"曰："无昭过、陈轸，有所更得乎？"曰："无所更得。"张仪曰："为仪谓楚王逐昭过、陈轸，请复鄢、郢、汉中。"昭雎归报楚王，楚王说之。

有人谓昭过曰："甚矣，楚王不察于争名者也。韩求相工陈籍而周不听，魏求相綦母恢而周不听。何以也？周是列县畜我也②。今楚，万乘之强国也；大王，天下之贤主也。今仪曰'逐君与陈轸'，而王听之，是楚自行不如周，而仪重于韩、魏之王也。且仪之所行，有功名者秦也，所欲贵富贵魏也。欲为攻于魏，必南伐楚。故攻有道，外绝其交，内逐其谋臣。陈轸，夏人也③，习于三晋之事，故逐之，则楚无谋臣矣。今君能用楚之众，故亦逐之，则楚众不用矣。此所谓内攻之者也，而王不知察。今君何不见臣于王，请为王使齐交不绝。齐交不绝，仪闻之，其效鄢、郢、汉中必缓矣。是昭雎之言不信也，王必薄之。"

---

①有所更得乎：有比那些地方更重要的吗？

②列县畜我：待我如县吏。

③夏人：中原之人。

威王问于莫敖子华

威王问于莫敖子华曰："自从先君文王以至不谷之身，亦有不为爵劝、不为禄勉，以忧社稷者乎？"莫敖子华对曰："如华不足知之矣。"王曰："不于大夫，无所闻也？"莫敖子华对曰："君王将何问者也？彼有廉其爵，贫其身，以忧社稷者，有崇其爵，丰其禄，以忧社稷者；有断脰决腹①，一瞑而万世不视②，不知所益③，以忧社稷者；有劳其身，愁其志，以忧社稷者；亦有不为爵劝，不为禄勉，以忧社稷者。"王曰："大夫此言，将何谓也？"

莫敖子华对曰："昔令尹子文，缁帛之衣以朝④，鹿裘以处；未明而立于朝，日晦而归食；朝不谋夕，无一月之积。故彼廉其爵，贫其身，以忧社稷者，令尹子文是也。

"昔者，叶公子高，身获于表薄⑤，而财于柱国⑥；定白公之祸，宁楚国之事；恢先君以揜方城之外⑦，四封不侵⑧，名不挫于诸侯。当此之时也，天下莫敢以兵南乡⑨。叶公子高食田六百畛⑩，故彼崇其爵，丰其禄，以忧社稷者，叶公子高是也。

"昔者，吴与楚战于柏举，两御之间夫卒交⑪。莫敖大心抚其御之手，顾而大息曰⑫：'嗟乎子乎，楚国亡之月至矣。吾将深入吴军，若扑一人⑬，若捽一人⑭，以与大心者也，社稷其为庶几乎。'故断脰决腹，一瞑而万世不视，不知所益，以忧社稷者，莫敖大心是也。

"昔吴与楚战于柏举，三战入郢。寡君身出，大夫悉属，百姓离散。棼冒勃苏曰：'吾被坚执锐⑮，赴强敌而死，此犹一卒也，不若奔诸侯。'于是赢粮潜行⑯，上峥山⑰，逾深溪，蹠穿膝暴⑱，七日而薄秦王之朝⑲。雀立不转，昼吟宵哭，七日不得告。水浆无入口，瘨而殚闷⑳，旄不知人㉑。秦王闻而走之，冠带不相及，左奉其首，右濡其口㉒，勃苏乃苏。秦王身问之：'子孰谁也？'棼冒勃苏对曰：'臣非异，楚使新造盩棼冒勃苏。吴与楚人战于柏举，三战入郢，寡君身出，大夫悉属，百姓离散。使下臣来告亡，且求救。'秦王顾令之起：'寡人闻之，万乘之君，得罪一士，社稷其危，今此之谓也。'遂出革车千乘，卒万人，属之子满与于虎，下塞以东㉓，与吴人战于浊水而大败之，亦闻于遂浦。故劳其身，愁其思，以忧社稷者，棼冒勃苏是也。

"吴与楚战于柏举，三战入郢，君王身出，大夫悉属，百姓离散。蒙穀结斗于宫唐之上，舍斗奔郢，曰：'若有孤，楚国社稷其庶几乎。'遂入大宫，负鸡次之典以浮于江，逃于云梦之中，昭王反郢，五官失法，百姓昏乱。蒙穀献典，五官得法而百姓大治。此蒙穀之功，多与存国相若。封之执圭，田六百畛。蒙穀怒曰：'穀非人臣，社稷之臣，苟社稷血食㉔，余岂悉无君乎？'遂自弃于磨山之中，至今无冒㉕。故不为爵劝，不为禄勉，以忧社稷者，蒙穀是也。"

王乃大息曰㉖："此古之人也，今之人，焉能有之耶？"

莫敖子华对曰："昔者，先君灵王好小要㉗，楚士约食㉘，冯而能立㉙，式而能起㉚。食之可欲，忍而不入；死之可恶，然而不避。华闻之：'其君好发者㉛，其臣抉拾㉜。'君王直不好，若君王诚好贤，此五臣者，皆可得而致之。"

---

①脰（dòu，音豆）：颈项。

②瞑：死。

③不知所益：不知道谋利。

④缁（zī，音资）：黑色。

⑤表：野外。薄：树林。　身获于表薄：意为出身卑缴。

⑥财于：被……认为有材能。柱国：楚国官名。

⑦恢：大。揜（yǎn，音掩）：遮蔽；掩盖。

⑧四封不侵：四方的边境不受到侵犯。

⑨乡：通"向"。

⑩畛（zhěn，音诊）。

⑪两御：两军。夫卒交：士卒交战。

⑫大：通"叹"。

⑬扑：击。

⑭捽（zuó，音昨）：揪。
⑮坚：甲。　　锐：兵。
⑯赢：背。
⑰峥山：高山峻岭。
⑱跖（zhí，音直）：践；踏。　　暴：露。
⑲薄：迫近。
⑳瘨（diān，音颠）：晕倒。殚：气绝。
㉑旄（mào，音冒）：通“耄”，亦通“眊”。眼睛失神。
㉒濡（rú，音如）：沾湿。
㉓下塞：出关。
㉔血：指牲牢。
㉕无冒：不出来。
㉖大：叹。
㉗要：同“腰”。
㉘约食：节食。
㉙冯：凭。
㉚式：同“轼”。车上的伏手板。
㉛发：射箭。
㉜抉拾：意为善射。

卷十五　楚　二

魏相翟强死

魏相翟强死。为甘茂谓楚王曰：“魏之几相者①，公子劲也。劲也相魏，魏、秦之交必善。秦、魏之交完，则楚轻矣。故王不如与齐约，相甘茂于魏。齐王好高人以名，今为其行人请魏之相②，齐必喜。魏氏不听，交恶于齐；齐、魏之交恶，必争事楚。魏氏听，甘茂与樗里疾，贸首之仇也；而魏、秦之交必恶，又交重楚也。”

---

①几：将要。
②行人：使者的通称。

齐秦约攻楚

齐、秦约攻楚，楚令景翠以六城赂齐，太子为质。昭雎谓景翠曰：“秦恐且因景鲤、苏厉而效地于楚。公出地以取齐①，鲤与厉且以收地取秦，公事必败。公不如令王重赂景鲤、苏厉，使入秦。秦恐，必不求地而合于楚。若齐不求，是公与约也②。”

①取齐：取得齐国的欢心。
②与：和好。

术 视 伐 楚

术视伐楚，楚令昭鼠以十万军汉中①。昭雎胜秦于重丘，苏厉谓宛公昭鼠曰："王欲昭雎之乘秦也②，必分公之兵以益之。秦知公兵之分也，必出汉中。请为公令辛戎谓王曰：'秦兵且出汉中，'则公之兵全矣。"

①军：驻扎。
②乘：欺凌。

四 国 伐 楚

四国伐楚，楚令昭雎将以距秦①。楚王欲击秦，昭侯不欲。桓臧为昭雎谓楚王曰："雎战胜，三国恶楚之强也，恐秦之变而听楚也，必深攻楚以劲秦。秦王怒于战不胜，必悉起而击楚，是王与秦相罢②，而以利三国也。战不胜秦，秦进兵而攻。不如益昭雎之兵，令之示秦必战。秦王恶与楚相弊而令天下，秦可以少割而收害也③。秦、楚之合，而燕、赵、魏不敢不听，三国可定也。"

①距：同"拒"。
②罢：同"疲"。
③收：止。

楚 怀 王 拘 张 仪

楚怀王拘张仪，将欲杀之。靳尚为仪谓楚王曰："拘张仪，秦王必怒。天下见楚之无秦也，楚必轻矣。"又谓王之幸夫人郑袖曰："子亦自知且贱于王乎？"郑袖曰："何也？"尚曰："张仪者，秦王之忠信有功臣也。今楚拘之，秦王欲出之。秦王有爱女而美，又简择宫中佳丽好玩习音者，以欢从之，资之金玉宝器，奉以上庸六县为汤沐邑①，欲因张仪内之楚王②，楚王必爱。秦女依强秦以为重，挟宝地以为资，势为王妻以临于楚。王惑于虞乐③，必厚尊敬亲爱之而忘子，子益贱而日疏矣。"郑袖曰："愿委之于公，为之奈何？"曰："子何不急言王，出张子。张子得出，德子无已时，秦女必不来，而秦必重子。子内擅楚之贵，外结秦之交，畜张子以为用④，子与子孙必为楚太子矣。此非布衣之利也。"郑袖遽说楚王出张子。

①汤沐邑：先秦时贵族收取赋税的私邑。
②内：同"纳"。
③虞：通"娱"。
④畜：养。

楚王将出张子

楚王将出张子，恐其败己也。靳尚谓楚王曰："臣请随之，仪事王不善，臣请杀之。"

楚小臣，靳尚之仇也。谓张旄曰："以张仪之知，而有秦、楚之用，君必穷矣。君不如使人微要靳尚而刺之①，楚王必大怒仪也。彼仪穷，则子重矣。楚、秦相难，则魏无患矣。"

张旄果令人要靳尚，刺之。楚王大怒，秦、楚构兵而战。秦、楚争事魏，张旄果大重。

---

①微：暗地里。　　要（yāo，音腰）：通"邀"。中途拦截。

秦败楚汉中

秦败楚汉中，楚王入秦，秦王留之。游腾为楚谓秦王曰："王挟楚王，而与天下攻楚，则伤行矣①。不与天下共攻之，则失利矣。王不如与之盟而归之。楚王畏，必不敢倍盟。王因与三国攻之，义也。"

---

①伤行：有损德行。

楚襄王为太子之时

楚襄王为太子之时，质于齐。怀王薨，太子辞于齐王而归，齐王隘之①："予我东地五百里，乃归子。子不予我，不得归。"太子曰："臣有傅，请追而问傅。"傅慎子曰："献之地，所以为身也。爱地不送死父，不义。臣故曰，献之便。"太子入，致命齐王曰②："敬献地五百里。"齐王归楚太子。

太子归，即位为王。齐使车五十乘，来取东地于楚。楚王告慎子曰："齐使来，求东地，为之奈何？"慎子曰："王明日朝群臣，皆令献其计。"

上柱国子良入见。王曰："寡人之得求反③，主坟墓④、复群臣、归社稷也，以东地五百里许齐。齐令使来求地，为之奈何？"子良曰："王不可不与也。王身出玉声，许强万乘之齐而不与，则不信，后不可以约结诸侯。请与而复攻之。与之信，攻之武。臣故曰与之。"

子良出，昭常入见。王曰："齐使来求东地五百里，为之奈何？"昭常曰："不可与也。万乘者，以地大为万乘。今去东地五百里，是去战国之半也，有万乘之号而无千乘之用也，不可。臣故曰勿与。常请守之。"

昭常出，景鲤入见。王曰："齐使来求东地五百里，为之奈何？"景鲤曰："不可与也。虽然，楚不能独守。王身出玉声，许万乘之强齐也而不与，负不义于天下。楚亦不能独守。臣请西索救于秦。"

景鲤出，慎子入。王以三大夫计告慎子曰："子良见寡人曰：'不可不与也，与而复攻之。'常见寡人曰：'不可与也，常请守之。'鲤见寡人曰：'不可与也，虽然楚不能独守也，臣请索救于秦。'寡人谁用于三子之计？"慎子对曰："王皆用之。"王怫然作色⑤，曰："何谓也？"慎子曰：“臣请效其说，而王且见其诚然也。王发上柱国子良车五十乘，而北献地五百里于齐。发子良之明日，遣昭常为大司马，令往守东地。遣昭常之明日，遣景鲤车五十乘，西索救于秦。”王曰：“善。”乃遣子良北献地于齐；遣子良之明日，立昭常为大司马，使守东地；又遣景鲤西索救于秦。

　　子良至齐，齐使人以甲受东地。昭常应齐使曰：“我典主东地⑥，且与死生，悉五尺至六十，三十余万弊甲钝兵，愿承下尘⑦。”齐王谓子良曰：“大夫来献地，今常守之何如？”子良曰：“臣身受命弊邑之王，是常矫也。王攻之。”齐王大兴兵攻东地，伐昭常。未涉疆，秦以五十万临齐右壤，曰：“夫隘楚太子弗出，不仁；又欲夺之东地五百里，不义。其缩甲则可⑧，不然，则愿待战。”齐王恐焉。乃请子良南道楚，西使秦，解齐患。士卒不用，东地复全。

---

①隘：阻拦。

②致命：犹致辞。

③得求反：要求回国而得到允许。

④主坟墓：为先王立牌位。

⑤怫（bó，音博）：通“勃”。脸上变色的样子。

⑥典：职责。　　主：守。

⑦下尘：进攻；攻击。

⑧缩甲：退兵。

女阿谓苏子

　　女阿谓苏子曰：“秦栖楚王①，危太子者，公也。今楚王归②，太子南③，公必危。公不如令人谓太子曰：‘苏子知太子之怨己也，必且务不利太子。太子不如善苏子，苏子必且为太子入矣④。’”苏子乃令人谓太子，太子复请善于苏子。

---

①栖楚王：让楚王客居于秦。

②归：死。

③南：南归于楚。

④入：回国。

卷十六　楚　三

苏子谓楚王

苏子谓楚王曰："仁人之于民也，爱之以心，事之以善言。孝子之于亲也，爱之以心，事之以财。忠臣之于君也，必进贤人以辅之。今王之大臣父兄，好伤贤以为资，厚赋敛诸臣百姓，使王见疾于民①，非忠臣也。大臣播王之过于百姓②，多赂诸侯以王之地，是故退王之所爱，亦非忠臣也，是以国危。臣愿无听群臣之相恶也，慎大臣父兄③，用民之所善，节身之嗜欲，以百姓④，人臣莫难于无妒而进贤。为主死易，垂沙之事，死者以千数。为主辱易，自令尹以下，事王者以千数。至于无妒而进贤，未见一人也。故明主之察其臣也，必知其无妒而进贤也。贤之事其主也，亦必无妒而进贤。夫进贤之难者，贤者用且使己废，贵且使己贱。故人难之。"

①疾：诽毁。
②播：散播。
③慎：意为不轻用。
④以百姓：此句文字有缺略。

苏秦之楚三日乃得见乎王

苏秦之楚，三日乃得见乎王。谈卒①，辞而行。楚王曰："寡人闻先生，若闻古人。今先生乃不远千里而临寡人，曾不肯留，愿闻其说。"对曰："楚国之食贵于玉，薪贵于桂，谒者难得见如鬼②，王难得见如天帝。今令臣食玉炊桂，因鬼见帝。"王曰："先生就舍，寡人闻命矣。"

①谈卒：谈话结束。
②谒者：为国君掌握传达之官。

楚王逐张仪于魏

楚王逐张仪于魏，陈轸曰："王何逐张子？"曰："为臣不忠不信。"曰："不忠，王无以为臣；不信，王勿与为约。且魏臣不忠不信，于王何伤？忠且信，于王何益？逐而听则可，若不听，是王令困也。且使万乘之国免其相，是城下之事也①。"

①城下之事：指战败国所结城下之盟。

张仪之楚贫

张仪之楚，贫。舍人怒而归。张仪曰："子必以衣冠之敝，故欲归。子待我为子见楚王。"当是之时，南后、郑袖贵于楚①。

张子见楚王，楚王不说。张子曰："王无所用臣，臣请北见晋君。"楚王曰："诺。"张子曰："王无求于晋国乎？"王曰："黄金、珠玑、犀象出于楚②，寡人无求于晋国。"张子曰："王徒不好色耳？"王曰："何也？"张子曰："彼郑、周之女，粉白墨黑③，立于衢闾④，非知而见之者，以为神。"楚王曰："楚，僻陋之国也，未尝见中国之女如此其美也。寡人之独何为不好色也？"乃资之以珠玉。

南后、郑袖闻之大恐。令人谓张子曰："妾闻将军之晋国，偶有金千斤，进之左右，以供刍秣⑤。"郑袖亦以金五百斤。

张子辞楚王曰："天下关闭不通，未知见日也。愿王赐之觞。"王曰："诺。"乃觞之。张子中饮⑥，再拜而请曰："非有他人于此也，愿王召所便习而觞之。"王曰："诺。"乃召南后、郑袖而觞之。张子再拜而请曰："仪有死罪于大王。"王曰："何也？"曰："仪行天下遍矣，未尝见人如此其美也。而仪言得美人，是欺王也。"王曰："子释之。吾固以为天下莫若是两人也。"

①袖（xiù，音袖）：同"袖"。
②玑（jī，音基）：不圆的珠。
③墨黑：指眉毛头发乌黑。
④衢（qú，音渠）：四通八达的道路。
⑤刍秣：饲养牛马的饲料。
⑥中饮：饮酒半醉半醒之时。

楚王令昭雎之秦重张仪

楚王令昭雎之秦重张仪。未至，惠王死，武王逐张仪。楚王因收昭雎以取齐①。桓臧为雎谓楚王曰："横亲之不合也，仪贵惠王而善雎也。今惠王死，武王立，仪走，公孙郝、甘茂贵。甘茂善魏，公孙郝善韩，二人固不善雎也，必以秦合韩、魏。韩、魏之重仪，仪有秦而雎以楚重之。今仪困秦而雎收楚，韩、魏欲得秦，必善二人者。将收韩、魏轻仪而伐楚，方城必危。王不如复雎，而重仪于韩、魏。仪据楚势，挟魏重，以与秦争。魏不合秦，韩亦不从，则方城无患。"

①收：逮捕；拘押。

张仪逐惠施于魏

张仪逐惠施于魏。惠子之楚，楚王受之。

冯郝谓楚王曰："逐惠子者，张仪也。而王亲与约，是欺仪也，臣为王弗取也。惠子为仪者来，而恶王之交于张仪，惠子必弗行也。且宋王之贤惠子也，天下莫不闻也。今之不善张仪也，天下莫不知也。今为事之故，弃所贵于仇人，臣以为大王轻矣。且为事耶？王不如举惠子而纳之于宋，而谓张仪曰：'请为子勿纳也。'仪必德王。而惠子穷人，而王奉之，又必德王。此不失为仪之实，而可以德惠子。"楚王曰："善。"乃奉惠子而纳之宋。

五国伐秦魏欲和

五国伐秦。魏欲和，使惠施之楚，楚将入之秦而使行和。

杜赫谓昭阳曰："凡为伐秦者，楚也。今施以魏来，而公入之秦，是明楚之伐而信魏之和也。公不如无听惠施，而阴使人以请听秦①。"昭子曰："善。"因谓惠施曰：'凡为攻秦者，魏也。今子从楚为和，楚得其利，魏受其怨。子归，吾将使人因魏而和。"

惠子反，魏王不说。杜赫谓昭阳曰："魏为子先战，折兵之半，谒病不听②，请和不得，魏折而入齐、秦，子何以救之？东有越累③，北无晋，而交未定于齐、秦，是楚孤也。不如速和。"昭子曰："善。"因令人谒和于魏。

①以请听秦：以请和于秦而听其命。

②谒病：求援。

③累：隐患。

陈轸去楚之魏

陈轸去楚之魏。张仪恶之于魏王曰："轸犹善楚，为求地甚力①。"左爽谓陈轸曰："仪善于魏王，魏王甚信之。公虽百说之，犹不听也。公不如以仪之言为资，而得复楚。"陈轸曰："善。"因使人以仪之言闻于楚。楚王喜，欲复之。

①力：卖力。

秦伐宜阳

秦伐宜阳。楚王谓陈轸曰："寡人闻韩侈巧士也，习诸侯事，殆能自免也①。为其必免，吾欲先据之，以加德焉。"陈轸对曰："舍之，王勿据也。以韩侈之知，于此困矣。今山泽之兽，无黠于麋②。麋知猎者张罔③，前而驱己也，因还走而冒人④，至数⑤。猎者知其诈，伪举罔而进之，麋因得矣。今诸侯明知此多诈，伪举罔而进者必众矣。舍之，王勿据也。韩侈之知，于此困矣。"楚王听之，宜阳果拔。陈轸先知之也。

①自免：自免于危难。

②黠（xiá，音狭）：狡猾，聪慧。

③罔：同"网"。

④冒：冲犯。

⑤数（shuò，音朔）：屡次；频繁。

唐且见春申君

唐且见春申君，曰："齐人饰身修行得为益①，然臣羞而不学也。不避绝江河②，行千余里来，窃慕大君之义，而善君之业。臣闻之："贲、诸怀锥刃而天下为勇；西施衣褐而天下称美③。'今君相万乘之楚，御中国之难，所欲者不成，所求者不得，臣等少也。夫枭棋之所以能为者④，以散棋佐之也。夫一枭之不如不胜五散，亦明矣。今君何不为天下枭，而令臣等为散乎？"

———————————

①益：指有禄位。
②绝：穿过；越过。
③褐：粗衣。
④枭（xiāo，音嚣）。

卷十七　楚　四

或 谓 楚 王

或谓楚王曰："臣闻从者欲合天下以朝大王①，臣愿大王听之也。夫因诎为信，奋患有成②，勇者义之。摄祸为福③，裁少为多，知者官之。夫报报之反④，墨墨之化⑤，唯大君能之。祸与福相贯⑥，生与亡为邻。不偏于死，不偏于生，不足以载大名。无所寇艾⑦，不足以横世。夫秦捐德绝命之日，久矣，而天下不知。今夫横人嘴口利机⑧，上干主心，下牟百姓⑨，公举而私取利，是以国权轻于鸿毛，而积祸重于丘山。"

———————————

①从：通"纵"。
②奋患：奋于患难。
③摄：收；取。
④报报之反：意为屈伸祸福而相反不一。
⑤墨：同"默"。　化：治。
⑥贯：通。
⑦艾（yì，音义）：通"乂"。治理。
⑧嘴（làn，音烂）：通"滥"。言语过多。
⑨牟：取。

魏王遗楚王美人

魏王遗楚王美人，楚王说之。夫人郑袖知王之说新人也，甚爱新人。衣服玩好，择其所喜而

国，吾与子出兵矣。"

有献不死之药于荆王者

有献不死之药于荆王者，谒者操以入。中射之士问曰："可食乎？"曰："可。"因夺而食之。王怒，使人杀中射之士。中射之士使人说王曰："臣问谒者，谒者曰可食，臣故食之。是臣无罪，而罪在谒者也。且客献不死之药，臣食之而王杀臣，是死药也。王杀无罪之臣，而明人之欺王。"王乃不杀。

客说春申君

客说春申君曰："汤以亳，武王以鄗[1]，皆不过百里以有天下。今孙子，天下贤人也，君籍之以百里势[2]，臣窃以为不便于君。何如？"春申君曰："善。"于是使人谢孙子。孙子去之赵，赵以为上卿。

客又说春申君曰："昔伊尹去夏入殷，殷王而夏亡。管仲去鲁入齐，鲁弱而齐强。夫贤者之所在，其君未尝不尊，国未尝不荣也。今孙子，天下贤人也。君何辞之？"春申君又曰："善。"于是使人请孙子于赵。

孙子为书谢曰："疠人怜王[3]，此不恭之语也。虽然，不可不审察也。此为劫弑死亡之主言也。夫人主年少而矜材，无法术以知奸，则大臣主断国私，以禁诛于己也。故弑贤长而立幼弱，废正适而立不义。《春秋》戒之曰：'楚王子围聘于郑，未出竟[4]，闻王病，反问疾，遂以冠缨绞王，杀之，因自立也。齐崔杼之妻美，庄公通之；崔杼帅其君党而攻，庄公请与分国，崔杼不许；欲自刃于庙，崔杼不许；庄公走出，逾于外墙，射中其股，遂杀之，而立其弟景公。'近代所见：李兑用赵，饿主父于沙丘，百日而杀之；淖齿用齐，擢闵王之筋[5]，县于其庙梁[6]，宿夕而死。夫疠虽痈肿胞疾，上比前世，未至绞缨射股；下比近代，未至擢筋而饿死也。夫劫弑死亡之主也，心之忧劳，形之困苦，必甚于疠矣。由此观之，疠虽怜王可也。"因为赋曰："宝珍隋珠，不知佩兮。祎布与丝[7]，不知异兮。闾姝子奢[8]，莫知媒兮。嫫母求之，又甚喜之兮。以瞽为明，以聋为聪，以是为非，以吉为凶。呜呼上天，曷维其同！"《诗》曰："上天甚神，无自瘵也[9]。"

---

①鄗：同"镐（hào，音浩）"。
②籍：同"藉"。借助。
③疠人：麻疯病人。
④竟：通"境"。
⑤擢（zhuó，音浊）：抽。
⑥县：同"悬"。
⑦祎（yī，音衣）：美好。
⑧姝（shū，音书）：美女。
⑨瘵（zhài，音债）：病。

天 下 合 从

天下合从，赵使魏加见楚春申君，曰："君有将乎？"曰："有矣，仆欲将临武君。"魏加曰：

"臣少之时好射，臣愿以射譬之，可乎？"春申君曰："可。"加曰："异日者，更羸与魏王处京台之下，仰见飞鸟。更羸谓魏王曰：'臣为王引弓虚发而下鸟。'魏王曰：'然则射可至此乎？'更羸曰：'可。'有间，雁从东方来，更羸以虚发而下之。魏王曰：'然则射可至此乎？'更羸曰：'此孽也①。'王曰：'先生何以知之？'对曰：'其飞徐而鸣悲。飞徐者，故疮痛也；鸣悲者，久失群也。故疮未息，而惊心未去也。闻弦音，引而高飞，故疮陨也②。'今临武君，尝为秦孽③，不可为拒秦之将也。"

----

①孽：有隐痛于身。

②故疮陨也：疮痛而坠落。

③尝为秦孽：曾经为秦所败。

汗明见春申君

　　汗明见春申君，候问三月，而后得见。谈卒，春申君大说之。汗明欲复谈，春申君曰："仆已知先生，先生大息矣①。"汗明憱焉②，曰："明愿有问君而恐固③。不审君之圣，孰与尧也？"春申君曰："先生过矣，臣何足以当尧？"汗明曰："然则君料臣孰与舜？"春申君曰："先生即舜也。"汗明曰："不然，臣请为君终言之。君之贤实不如尧，臣之能不及舜。夫以贤舜事圣尧，三年而后乃相知也。今君一时而知臣，是君圣于尧而臣贤于舜也。"春申君曰："善。"召门吏为汗先生著客籍④，五日一见。

　　汗明曰："君亦闻骥乎？夫骥之齿至矣⑤，服盐车而上太行⑥，蹄申膝折，尾湛胕溃⑦，漉汁洒地⑧，白汗交流，中阪迁延⑨，负辕不能上。伯乐遭之⑩，下车攀而哭之，解纻衣以幂之⑪。骥于是俯而喷，仰而鸣，声达于天，若出金石声者，何也？彼见伯乐之知己也。今仆之不肖，厄于州部⑫，堀穴穷巷⑬，沉洿鄙俗之日久矣⑭，君独无意湔拔仆也⑮，使得为君高鸣屈于梁乎？"

----

①大息：好好休息。

②憱：不安的样子。

③固：陋；鄙陋。

④著客籍：著其名字于宾客之籍。

⑤齿至：到了可以派用处的时候。

⑥服：拉。

⑦湛（chén，音沉）：通"沉"。　　胕：同"肤"。　　胕溃：汗如雨下之意。

⑧漉（lù，音路）：渗出；润湿。

⑨中阪：在坡道之中。

⑩遭：遇。

⑪纻（zhù，音住）衣：纻麻织成的粗布衣。　　幂：同"幎（mì，音密）"：覆盖；罩。

⑫厄：苦难；困苦。

⑬堀穴穷巷：住在穷巷里。

⑭洿（wū，音乌）：同"污"。

⑮湔（jiān，音煎）：洗。　　拔：拂拭。

楚考烈王无子

楚考烈王无子，春申君患之，求妇人宜子者进之，甚众，卒无子。

赵人李园，持其女弟，欲进之楚王，闻其不宜子，恐又无宠，李园求事春申君为舍人。已而谒归，故失期。还谒，春申君问状。对曰："齐王遣使求臣女弟，与其使者饮，故失期。"春申君曰："聘入乎？"对曰："未也。"春申君曰："可得见乎？"曰："可。"于是园乃进其女弟，即幸于春申君。知其有身[1]，园乃与其女弟谋。

园女弟承间说春申君曰："楚王之贵幸君，虽兄弟不如。今君相楚王二十余年，而王无子，即百岁后将更立兄弟。即楚王更立，彼亦各贵其故所亲，君又安得长有宠乎？非徒然也，君用事久，多失礼于王兄弟。兄弟诚立，祸且及身，奈何以保相印、江东之封乎？今妾自知有身矣，而人莫知。妾之幸君未久，诚以君之重而进妾于楚王，王必幸妾。妾赖天而有男，则是君之子为王也，楚国封尽可得[2]，孰与其临不测之罪乎？"春申君大然之，乃出园女弟，谨舍而言之楚王。楚王召入，幸之。遂生子男，立为太子，以李园女弟立为王后。楚王贵李园，李园用事。

李园既入其女弟为王后，子为太子，恐春申君语泄而益骄，阴养死士，欲杀春申君以灭口，而国人颇有知之者。

春申君相楚二十五年，考烈王病。朱英谓春申君曰："世有无妄之福，又有无妄之祸。今君处无妄之世，以事无妄之主，安不有无妄之人乎？"春申君曰："何谓无妄之福？"曰："君相楚二十余年矣，虽名为相国，实楚王也。五子皆相诸侯。今王疾甚，旦暮且崩，太子衰弱，疾而不起。而君相少主，因而代立当国，如伊尹、周公。王长而反政，不即遂南面称孤，因而有楚国。此所谓无妄之福也。"春申君曰："何谓无妄之祸？"曰："李园不治国，王之舅也。不为兵将，而阴养死士之日久矣。楚王崩，李园必先入，据本议制断君命[3]，秉权而杀君以灭口。此所谓无妄之祸也。"春申君曰："何谓无妄之人？"曰："君先仕臣为郎中，君王崩，李园先入，臣请为君剺其胸杀之[4]。此所谓无妄之人也。"春申君曰："先生置之，勿复言已。李园，软弱人也，仆又善之，又何至此？"朱英恐，乃亡去。

后十七日，楚考烈王崩。李园果先入，置死士，止于棘门之内。春申君后入，止棘门。园死士夹刺春申君，斩其头，投之棘门外。于是使吏尽灭春申君之家。而李园女弟初幸春申君有身，而入之王所生子者，遂立为楚幽王也。

是岁，秦始皇立九年矣。嫪毐亦为乱于秦[5]。觉，夷三族，而吕不韦废。

---

[1] 有身：有身孕。
[2] 封：四封之内。
[3] 制断君命：诈称君王之命。
[4] 剺：刺。
[5] 嫪（lào，音烙）。　毐（ǎi，音矮）。

虞卿谓春申君

虞卿谓春申君曰："臣闻之《春秋》：'于安思危，危则虑安。'今楚王之春秋高矣，而君之封地，不可不早定也。为主君虑封者，莫如远楚。秦孝公封商君，孝公死，而后不免杀之。秦惠王封冉子，惠王死，而后王夺之。公孙鞅，功臣也；冉子，亲姻也。然而不免夺死者，封近故也。太公望封于齐，邵公奭封于燕①，为其远王室矣。今燕之罪大而赵怒深，故君不如北兵以德赵。践乱燕，以定身封，此百代之一时也。”

君曰：“所道攻燕，非齐则魏。魏、齐新怨楚，楚君虽欲攻燕，将道何哉②?”对曰：“请令魏王可。”君曰：“何如?”对曰：“臣请到魏，而使所以信之。”

乃谓魏王曰：“夫楚亦强大矣，天下无敌，乃且攻燕。”魏王曰：“乡也③，子云天下无敌；今也，子云乃且攻燕者。何也?”对曰：“今为马多力则有矣，若曰胜千钧则不然者，何也? 夫千钧非马之任也。今谓楚强大则有矣，若越赵、魏而斗兵于燕，则岂楚之任也哉? 非楚之任而楚为之，是敝楚也。敝楚见强魏也，其于王孰便也?”

①奭（shì，音式）。
②将道何哉：将从何取道呢。
③乡：同“向”。从前；往昔。

卷十八　赵　一

知伯从韩魏兵以攻赵

知伯从韩、魏兵以攻赵①，围晋阳而水之，城下不沉者三板。郄疵谓知伯曰：“韩、魏之君必反矣。”知伯曰：“何以知之?”郄疵曰：“以其人事知之。夫从韩、魏之兵而攻赵，赵亡，难必及韩、魏矣。今约胜赵而三分其地。今城不没者三板，曰灶生蛙，人马相食，城降有日，而韩、魏之君无喜志而有忧色，是非反如何也?”

明日，知伯以告韩、魏之君曰：“郄疵言君之且反也。”韩、魏之君曰：“夫胜赵而三分其地，城今且将拔矣。夫三家虽愚，不弃美利于前，背信盟之约，而为危难不可成之事，其势可见也。是疵为赵计矣，使君疑二主之心，而解于攻赵也。今君听谗臣之言，而离二主之交，为君惜之。”趋而出。郄疵谓知伯曰：“君又何以疵言告韩、魏之君为?”知伯曰：“子安知之?”对曰：“韩、魏之君视疵端而趋疾②。”

郄疵知其言之不听，请使于齐。知伯遣之，韩、魏之君果反矣。

①从：同“纵”。
②端：详审。

知伯帅赵韩魏而伐范中行氏

知伯帅赵、韩、魏而伐范中行氏，灭之。休数年，使人请地于韩。韩康子欲勿与，段规谏曰："不可。夫知伯之为人也，好利而鸷复①。来请地不与，必加兵于韩矣。君其与之。与之彼狃②，又将请地于他国。他国不听，必乡之以兵③。然则韩可以免于患难，而待事之变。"康子曰："善。"使使者致万家之邑一于知伯。知伯说，又使人请地于魏。魏宣子欲勿与，赵葭谏曰④："彼请地于韩，韩与之。请地于魏，魏弗与，则是魏内自强，而外怒知伯也。然则其错兵于魏必矣⑤。不如与之。"宣子曰："诺。"因使人致万家之邑一于知伯。知伯说，又使人之赵，请蔡、皋狼之地。赵襄子弗与。知伯因阴结韩、魏，将以伐赵。

赵襄子召张孟谈而告之曰："夫知伯之为人，阳亲而阴疏。三使韩、魏，而寡人弗与焉，其移兵寡人必矣。今吾安居而可？"张孟谈曰："夫董阏安于，简主之才臣也，世治晋阳，而尹泽循之。其余政教犹存，君其定居晋阳。"君曰："诺。"乃使延陵王将车骑先之晋阳，君因从之。至，行城郭，案府库，视仓廪。召张孟谈曰："吾城郭之完，府库足用，仓廪实矣。无矢奈何？"张孟谈曰："臣闻董子之治晋阳也，公宫之垣⑥，皆以狄蒿苫楚廧之⑦，其高至丈余，君发而用之。"于是发而试之，其坚则箘簵之劲不能过也⑧。君曰："足矣！吾铜少若何？"张孟谈曰："臣闻董子之治晋阳也，公宫之室，皆以炼铜为柱质，请发而用之，则有余铜矣。"君曰："善。"号令以定，备守以具。

三国之兵乘晋阳城⑨，遂战，三月不能拔。因舒军而围之⑩，决晋水而灌之。围晋阳三年，城中巢居而处，悬釜而炊，财食将尽，士卒病羸⑪。襄子谓张孟谈曰："粮食匮，财力尽，士大夫病，吾不能守矣。欲以城下⑫，何如？"张孟谈曰："臣闻之，亡不能存，危不能安，则无为贵知士也。君释此计⑬，勿复言也。臣请见韩、魏之君。"襄子曰："诺。"

张孟谈于是阴见韩、魏之君，曰："臣闻：'唇亡则齿寒。'今知伯帅二国之君伐赵，赵将亡矣，亡则二君为之次矣。"二君曰："我知其然。夫知伯为人也，粗中而少亲，我谋未遂而知，则其祸必至，为之奈何？"张孟谈曰："谋出二君之口，入臣之耳，人莫之知也。"二君即与张孟谈阴约三军，与之期日⑭。夜，遣入晋阳。张孟谈以报襄子，襄子再拜之。

张孟谈因朝知伯而出⑮，遇知过辕门之外。知过入见知伯曰："二主殆将有变。"君曰："何如？"对曰："臣遇张孟谈于辕门之外，其志矜，其行高。"知伯曰："不然。吾与二主约谨矣，破赵三分其地，寡人所亲之，必不欺也。子释之，勿出于口。"知过出见二主，入说知伯曰："二主色动而意变，必背君，不如令杀之。"知伯曰："兵着晋阳三年矣，旦暮当拔之而飨其利⑯，乃有他心？不可，子慎勿复言。"知过曰："不杀则遂亲之。"知伯曰："亲之奈何？"知过曰："魏宣子之谋臣曰赵葭，康子之谋臣曰段规，是皆能移其君之计。君其与二君约，破赵，则封二子者各万家之县一。如是，则二主之心可不变，而君得其所欲矣。"知伯曰："破赵而三分其地，又封二子者各万家之县一，则吾所得者少，不可。"知过见君之不用也，言之不听，出更其姓为辅氏，遂去不见。

张孟谈闻之，入见襄子曰："臣遇知过于辕门之外，其视有疑臣之心，入见知伯，出更其姓。今暮不击，必后之矣。"襄子曰："诺。"使张孟谈见韩、魏之君曰："夜期杀守堤之吏，而决水灌知伯军。"知伯军救水而乱，韩、魏翼而击之，襄子将卒犯其前⑰，大败知伯军而禽知伯。

知伯身死，国亡地分，为天下笑，此贪欲无厌也。夫不听知过，亦所以亡也。知氏尽灭，唯辅氏存焉。

---

①鸷（zhì，音至）：凶猛。复：反复。

②狃（niǔ，音纽）：贪。

③乡：通"向"。

④葭（jiā，音家）。

⑤错（cù，音醋）：通"措"。施行。

⑥垣（yuán，音元）：墙。

⑦狄：同"荻"。植物名。　　蒿（hāo）：草名。　　苫（shān，音山）：用草编成的覆盖物。　　楚：灌木名。　　庮：同"墙"。

⑧箘（jùn，音郡）：竹名。　　簬（lù，音路）：同"簵"。竹名。

⑨乘：进攻。

⑩舒：展开。

⑪羸：弱。

⑫欲以城下：意为准备投降。

⑬释：放弃。

⑭期日：约定日期。

⑮朝：古代诸侯见天子、臣见君、子见父母的通称。

⑯飨：通"享"。享受。

⑰犯：攻。

张孟谈既固赵宗

张孟谈既固赵宗，广封疆，发五百①，乃称简之涂以告襄子曰："昔者，前国地君之御有之曰：'五百之所以致天下者，约两主势能制臣，无令臣能制主。故贵为列侯者，不令在相位；自将军以上，不为近大夫。'今臣之名显而身尊，权重而众服，臣愿捐功名去权势，以离众。"襄子恨然曰："何哉？吾闻辅主者名显，功大者身尊，任国者权重，信忠在己而众服焉。此先圣之所以集国家②，安社稷乎！子何为然？"张孟谈对曰："君之所言，成功之美也。臣之所谓，持国之道也。臣观成事，闻往古，天下之美同，臣主之权均之能美，未之有也。前事之不忘，后事之师。君若弗图，则臣力不足。"怆然有决色③。襄子去之。卧三日，使人谓之曰："晋阳之政，臣下不使者，何如？"对曰："死僇④。"张孟谈曰："左司马见使于国家，安社稷，不避其死，以成其忠，君其行之。"君曰："子从事。"乃许之。张孟谈便厚以便名⑤，纳地释事以去权尊，而耕于负亲之丘。故曰"贤人之行，明主之政也"。

耕三年，韩、魏、齐、燕负亲以谋赵⑥。襄子往见张孟谈而告之曰："昔者知氏之地，赵氏分则多十城，复来，而今诸侯谋我，为之奈何？"张孟谈曰："君其负剑而御臣以之国⑦，舍臣于庙，授吏大夫⑧，臣试计之。"君曰："诺。"张孟谈乃行，其妻之楚，长子之韩，次子之魏，少子之齐。四国疑而谋败。

①百：同"伯"。

②集：通"辑"。辑睦；安定。

③决色：决别的神色。

④僇：同"戮"。

⑤便厚：放下重权。　便名：安其名。

⑥负亲：背弃昔日的盟约之亲。

⑦御臣：为我驾车。

⑧授吏大夫：授我以大夫之职。

晋毕阳之孙豫让

晋毕阳之孙豫让，始事范中行氏而不说，去而就知伯，知伯宠之。及三晋分知氏，赵襄子最怨知伯，而将其头以为饮器。豫让遁逃山中，曰："嗟乎！士为知己者死，女为悦己者容。吾其报知氏之仇矣。"乃变姓名，为刑人，入宫涂厕①，欲以刺襄子。襄子如厕，心动。执问涂者②，则豫让也。刃其扞③，曰："欲为知伯报仇。"左右欲杀之，赵襄子曰："彼义士也，吾谨避之耳。且知伯已死，无后，而其臣至为报仇，此天下之贤人也。"卒释之。豫让又漆身为厉④，灭须去眉，自刑以变其容，为乞人而往乞。其妻不识，曰："状貌不似吾夫，其音何类吾夫之甚也。"又吞炭为哑，变其音。其友谓之曰："子之道甚难而无功。谓子有志，则然矣；谓子智，则否。以子之才，而善事襄子，襄子必近幸子，子之得近而行所欲，此甚易而功必成。"豫让乃笑而应之曰："是为先知报后知，为故君贼新君，大乱君臣之义者，无此矣。凡吾所谓为此者，以明君臣之义，非从易也。且夫委质而事人，而求弑之，是怀二心以事君也。吾所为难，亦将以愧天下后世人臣怀二心者。"

居顷之，襄子当出，豫让伏所当过桥下。襄子至桥而马惊，襄子曰："此必豫让也。"使人问之，果豫让。于是赵襄子面数豫让曰："子不尝事范中行氏乎？知伯灭范中行氏，而子不为报仇，反委质事知伯。知伯已死，子独何为报仇之深也？"豫让曰："臣事范中行氏，范中行氏以众人遇臣，臣故众人报之；知伯以国士遇臣，臣故国士报之。"襄子乃喟然叹泣曰："嗟乎，豫子！豫子之为知伯，名既成矣。寡人舍子，亦以足矣。子自为计，寡人不舍子。"使兵环之。豫让曰："臣闻明主不掩人之义，忠臣不爱死以成名。君前已宽舍臣，天下莫不称君之贤。今日之事，臣故伏诛，然愿请君之衣而击之，虽死不恨。非所望也，敢布腹心⑤。"于是襄子义之，乃使使者持衣与豫让。豫让拔剑三跃，呼天击之，曰："而可以报知伯矣。"遂伏剑而死。死之日，赵国之士闻之，皆为涕泣。

①涂厕：粉饰厕所。
②执：捉。
③扞：通"捍"。古代射者所着的一种皮质袖套。
④为厉：假扮麻疯病人。
⑤布：施予。

魏文侯借道于赵攻中山

魏文侯借道于赵，攻中山。赵侯将不许，赵利曰："过矣。魏攻中山而不能取，则魏必罢①，罢则赵重。魏拔中山，必不能越赵而有中山矣。是用兵者，魏也；而得地者，赵也。君不如许之，许之大劝，彼将知利之也②，必辍。君不如借之道，而示之不得已。"

①罢：同"疲"。
②利：利诱。

秦韩围梁燕赵救之

秦、韩围梁，燕、赵救之。谓山阳君曰："秦战而胜三国，秦必过周、韩而有梁。三国而胜秦，三国之力，虽不足以攻秦，足以拔郑。计者，不如构三国攻秦①。"

①构：联合。

腹击为室而巨

腹击为室而巨，荆敢言之主。谓腹子曰："何故为室之巨也?"腹击曰："臣羁旅也，爵高而禄轻，宫至小而帑不众①。主虽信臣，百姓皆曰：'国有大事，击必不为用。'今击之巨宫，将以取信于百姓也。"主君曰："善。"

①帑：通"孥（ㄋㄨˊ，音奴）"。儿女。

苏秦说李兑

苏秦说李兑曰："洛阳乘轩里苏秦，家贫亲老，无罢车驽马①，桑轮蓬箧嬴縢②，负书担橐，触尘埃，蒙霜露，越漳、河，足重茧，日百而舍③，造外阙，愿见于前，口道天下之事。"李兑曰："先生以鬼之言见我则可，若以人之事，兑尽知之矣。"苏秦对曰："臣固以鬼之言见君，非以人之言也。"李兑见之，苏秦曰："今日臣之来也暮，后郭门④。藉席无所得⑤，寄宿人田中，傍有大丛⑥。夜半，土梗与木梗斗曰：'汝不如我，我者乃土也。使我逢疾风淋雨，坏沮⑦，乃复归土。今汝非木之根，则木之枝耳。汝逢疾风淋雨，漂入漳、河，东流至海，泛滥无所止。'臣窃以为土梗胜也。今君杀主父而族之⑧，君之立于天下，危于累卵。君听臣计则生，不听臣计则死。"李兑曰："先生就舍，明日复来见兑也。"苏秦出。

李兑舍人谓李兑曰："臣窃观君与苏公谈也，其辩过君，其博过君。君能听苏公之计乎?"李兑曰："不能。"舍人曰："君即不能，愿君坚塞两耳，无听其谈也。"明日复见，终日谈而去。舍人出送苏君，苏秦谓舍人曰："昨日我谈粗而君动，今日精而君不动，何也?"舍人曰："先生之计，大而规高，吾君不能用也。乃我请君塞两耳，无听谈者。虽然，先生明日复来，吾请资先生厚用⑨。"明日来，抵掌而谈。李兑送苏秦明月之珠，和氏之璧，黑貂之裘，黄金百镒。苏秦得以为用，西入于秦。

①罢车：破车。

②嬴（léi，音雷）：束缚缠绕。　　縢（téng，音藤）：佩囊；口袋。

③日百：日行百里。

④后郭门：意为来时城门已关。

⑤藉席无所得：无处借宿。

⑥丛：丛生的树木。

⑦坏沮（jù，音巨）：为水所淹。

⑧族之：灭族。

⑨用：财物；费用。

赵收天下且以伐齐

赵收天下，且以伐齐。苏秦为齐上书说赵王曰："臣闻古之贤君，德行非施于海内也；教顺慈爱，非布于万民也；祭祀时享，非当于鬼神也。甘露降，风雨时至，农夫登①，年谷丰盈，众人喜之，而贤主恶之②。今足下功力，非数痛加于秦国，而怨毒积恶，非曾深凌于韩也。臣窃外闻大臣及下吏之议，皆言主前专据③，以秦为爱赵而憎韩。臣窃以事观之，秦岂得爱赵而憎韩哉？欲亡韩吞两周之地，故以韩为饵，先出声于天下，欲邻国闻而观之也。恐其事不成，故出兵以佯示赵、魏；恐天下之惊觉，故微韩以贰之④；恐天下疑己，故出质以为信。声德于与国，而实伐空韩。臣窃观其图之也，议秦以谋计⑤，必出于是。

"且夫说士之计，皆曰：'韩亡三川，魏灭晋国，恃韩未穷，而祸及于赵，且物固有势异而患同者，又有势同而患异者。昔者，楚人久伐而中山亡。今燕尽韩之河南⑥，距沙丘，而至巨鹿之界三百里；距于扞关，至于榆中五百里。秦尽韩、魏之上党，则地与国都邦属而壤挈者七百里⑦。秦以三军强弩坐羊唐之上⑧，即地去邯郸二十里。且秦以三军攻王之上党而危其北，则句注之西非王之有也。今鲁句注禁常山而守⑨，三百里通于燕之唐、曲吾，此代马胡驹不东，而昆山之玉不出也。此三宝者，又非王之有也。今从于强秦国之伐齐，臣恐其祸出于是矣。昔者，五国之王尝合横，而谋伐赵，参分赵国壤地⑩，著之盘盂，属之雠柞。五国之兵有日矣，韩乃西师以禁秦国⑪，使秦发令素服而听⑫，反温、枳、高平于魏，反三公、什清于赵，此王之明知也。夫韩事赵，宜正为上交；今乃以抵罪取伐，臣恐其后事王者之不敢自必也。今王收天下，必以王为得。韩危社稷以事王，天下必重王。然则韩义王以天下就之，下至韩慕王以天下收之，是一世之命，制于王已。臣愿大王深与左右群臣卒计而重谋，先事成虑而熟图之也。"

①登：谷物成熟。

②恶：不安。

③专据：专断。

④贰之：使之疑惑。

⑤议：推断。

⑥尽：占据。

⑦挈：取。

⑧坐：屯兵。

⑨禁：闭。

⑩参：三。

⑪西师：向西进兵。　　禁：拒。

⑫素服：指兵败所穿的丧服。

齐攻宋奉阳君不欲

齐攻宋，奉阳君不欲。客谓奉阳君曰："君之春秋高矣，而封地不定，不可不熟图也。秦之贪，韩、魏危，卫、楚正，中山之地薄，宋罪重，齐怒深。残伐乱宋，定身封，德强齐，此百代之一时也。”

秦王谓公子他

秦王谓公子他曰：“昔岁殽下之事，韩为中军，以与诸侯攻秦。韩与秦接境壤界，其地不能千里，展转不可约①。日者秦、楚战于蓝田，韩出锐师以佐秦，秦战不利，因转与楚。不固信盟，唯便是从，韩之在我，心腹之疾。吾将伐之，何如？”公子他曰：“王出兵韩，韩必惧，惧则可以不战而深取割。”王曰：“善。”乃起兵，一军临荥阳，一军临太行。

韩恐，使阳城君入谢于秦，请效上党之地以为和。令韩阳告上党之守靳黈曰：“秦起二军以临韩，韩不能有。今王令韩兴兵以上党入和于秦，使阳言之太守，太守其效之。”靳黈曰：“人有言，‘挈瓶之知②，不失守器。’王则有令，而臣太守，虽王与子，亦其猜焉。臣请悉发守以应秦，若不能卒，则死之。”韩阳趋以报王，王曰：“吾始已诺于应侯矣。今不与，是欺之也。”乃使冯亭代靳黈。

冯亭守三十日，阴使人请赵王曰：“韩不能守上党，且以与秦，其民皆不欲为秦，而愿为赵。今有城市之邑七十，愿拜内之于王③，唯王才之④。”赵王喜，召平原君而告之，曰：“韩不能守上党，且以与秦，其吏民不欲为秦，而皆愿为赵。今冯亭令使者以与寡人，何如？”赵豹对曰：“臣闻圣人甚祸无故之利⑤。”王曰：“人怀吾义，何谓无故乎？”对曰：“秦蚕食韩氏之地，中绝不令相通，故自以为坐受上党也。且夫韩之所以内赵者，欲嫁其祸也。秦被其劳⑥，而赵受其利，虽强大不能得之于小弱，而小弱顾能得之强大乎？今王取之，可谓有故乎？且秦以牛田⑦，水通粮，其死士皆列之于上地，令严政行，不可与战。王自图之。”王大怒曰：“夫用百万之众，攻战逾年历岁，未得一城也。今不用兵而得城七十，何故不为？”赵豹出。

王召赵胜、赵禹而告之，曰：“韩不能守上党，今其守以与寡人，有城市之邑七十。”二人对曰：“用兵逾年，未见一城。今坐而得城，此大利也。”乃使赵胜往受地。

赵胜至曰：“敝邑之王，使使者臣胜，太守有诏，使臣胜谓曰：‘请以三万户之都封太守，千户封县令，诸吏皆益爵三级，民能相集者，赐家六金。’”冯亭垂涕而勉曰：“是吾处三不义也：为主守地而不能死，而以与人，不义一也；主内之秦，不顺主命，不义二也；卖主之地而食之，不义三也。”辞封而入韩，谓韩王曰：“赵闻韩不能守上党，今发兵已取之矣。”韩告秦曰：“赵起兵取上党。”秦王怒，令公孙起、王齮以兵遇赵于长平。

---

①展转：同“辗转”。反复不定。
②知：同“智”。
③内：同“纳”。
④才：同“裁”。
⑤祸：以……为祸。
⑥被：背负。
⑦牛田：牛耕。

苏秦为赵王使于秦

苏秦为赵王使于秦，反，三日不得见。谓赵王曰：“秦乃者过柱山，有两木焉。一盖呼侣①，一盖哭。问其故，对曰：'吾已大矣，年已长矣，吾苦夫匠人，且以绳墨案规矩刻镂我。'一盖曰：'此非吾所苦也，是故吾事也②。吾所苦夫铁钻然，自人而出夫人者。'今臣使于秦，而三日不见，无有谓臣为铁钻者乎？"

①侣：同伴。
②故：同"固"。

甘茂为秦约魏以攻韩宜阳

甘茂为秦约魏，以攻韩宜阳，又北之赵。冷向谓强国曰："不如令赵拘甘茂，勿出，以与齐、韩、秦市。齐王欲求救宜阳，必效县狐氏。韩欲有宜阳，必以路涉、端氏赂赵。秦王欲得宜阳，不爱名宝，且拘茂也，且以置公孙赫、樗里疾。"

谓皮相国

谓皮相国曰："以赵之弱而据之建信君①，涉孟之仇然者，何也？以从为有功也②。齐不从，建信君知从之无功。建信者安能以无功恶秦哉？不能以无功恶秦，则且出兵助秦攻魏，以楚、赵分齐，则是强毕矣③。建信、春申从，则无功而恶秦。秦分齐，齐亡魏，则有功而善秦。故两君者，奚择有功之无功为知哉？"

①据：信任。
②从：同"纵"。合纵。
③强毕矣：图强之计尽在此了。

或谓皮相国

或谓皮相国曰："魏杀吕辽而卫兵①，亡其北阳而梁危；河间封不定而齐危②，文信不得志，三晋倍之忧也③。今魏耻未灭，赵患又起，文信侯之忧大矣。齐不从④，三晋之心疑矣。忧大者不计而讲⑤，心疑者事秦急。秦、魏之讲，不待割而成。秦从楚、魏攻齐，独吞赵，齐、赵必俱亡矣。"

①兵：兴兵。
②封：封地。
③倍：同"背"。
④从：约纵。
⑤不计而讲：不计代价而求和。

赵王封孟尝君以武城

赵王封孟尝君以武城。孟尝君择舍人以为武城吏，而遣之曰："鄙语岂不曰：'借车者驰之，借衣者被之哉①?'"皆对曰："有之。"孟尝君曰："文甚不取也。夫所借衣车者，非亲友，则兄弟也。夫驰亲友之车，被兄弟之衣，文以为不可。今赵王不知文不肖，而封之以武城，愿大夫之往也，毋伐树木，毋发屋室。訾然使赵王悟而知文也②，谨使可全而归之。"

①被：同"披"。
②訾（zǐ，音紫）：非议。

谓赵王曰三晋合而秦弱

谓赵王曰："三晋合而秦弱，三晋离而秦强，此天下之所明也。秦之有燕而伐赵，有赵而伐燕；有梁而伐赵，有赵而伐梁；有楚而伐韩，有韩而伐楚。此天下之所明见也。然山东不能易其路①，兵弱也。弱而不能相壹②，是何楚之知，山东之愚也。是臣所为山东之忧也。虎将即禽③，禽不知虎之即已也，而相斗，两罢④，而归其死于虎。故使禽知虎之即已，决不相斗矣。今山东之主不知秦之即已也，而尚相斗两敝，而归其国于秦，知不如禽远矣⑤。愿王熟虑之也。

"今事有可急者，秦之欲伐韩、梁，东窥于周室甚，惟寐忘之。今南攻楚者，恶三晋之大合也。今攻楚休而复之，已五年矣，攘地千余里。今谓楚王：'苟来举玉趾而见寡人，必与楚为兄弟之国，必为楚攻韩、梁，反楚之故地。'楚王美秦之语，怒韩、梁之不救己，必入于秦。有谋故发使之赵，以燕饵赵，而离三晋。今王美秦之言，而欲攻燕。攻燕，食未饱而祸已及矣。楚王入秦，秦、楚为一，东面而攻韩。韩南无楚，北无赵，韩不待伐，割挈马兔而西走⑥。秦与韩为上交，秦祸安移于梁矣⑦。以秦之强，有楚、韩之用，梁不待伐矣，割挈马兔而西走。秦与梁为上交，秦祸案攘于赵矣⑧。以强秦之有韩、梁、楚，与燕之怒，割必深矣。国之举此，臣之所为来。臣故曰：事有可急为者。

"及楚王之未入也，三晋相亲相坚，出锐师以戍韩、梁西边，楚王闻之，必不入秦，秦必怒而循攻楚⑨。是秦祸不离楚也，便于三晋。若楚王入，秦见三晋之大合而坚也，必不出楚王，即多割。是秦祸不离楚也，有利于三晋。愿王之熟计之也急。"

赵王因起兵南戍韩、梁之西边。秦见三晋之坚也，果不出楚王，而多求地。

①路：指连横之道。
②相壹：合而为一。
③即：靠近；接近。
④罢：疲。
⑤知：同"智"。
⑥马兔：像马和兔一样地快。
⑦安：轻松。
⑧案：同"安"。　攘：古"让"字。
⑨循：通"巡"。

卷十九 赵 二

苏秦从燕之赵始合从

苏秦从燕之赵，始合从，说赵王曰："天下之卿相人臣，乃至布衣之士，莫不高贤大王之行义，皆愿奉教陈忠于前之日久矣。虽然，奉阳君妒①，大王不得任事，是以外宾客游谈之士②，无敢尽忠于前者。今奉阳君捐馆舍③，大王乃今然后得与士民相亲，臣故敢献其愚，效愚忠。为大王计，莫若安民无事，请无庸有为也。安民之本，在于择交。择交而得，则民安；择交不得，则民终身不得安。请言外患：齐、秦为两敌，而民不得安；倚秦攻齐，而民不得安；倚齐攻秦，而民不得安。故夫谋人之主，伐人之国，常苦出辞断绝人之交④，愿大王慎无出于口也。

"请屏左右，曰言所以异，阴阳而已矣。大王诚能听臣，燕必致毡裘狗马之地，齐必致海隅鱼盐之地，楚必致橘柚云梦之地，韩、魏皆可使致封地汤沐之邑，贵戚父兄，皆可以受封侯。夫割地效实⑤，五伯之所以覆军禽将而求也；封侯贵戚，汤、武之所以放杀而争也⑥。今大王垂拱而两有之，是臣之所以为大王愿也。大王与秦⑦，则秦必弱韩、魏；与齐，则齐必弱楚、魏。魏弱则割河外，韩弱则效宜阳。宜阳效则上郡绝；河外割则道不通；楚弱则无援。此三策者，不可不熟计也。夫秦下轵道则南阳动⑧，劫韩包周则赵自销铄⑨，据卫取淇则齐必入朝。秦欲已得行于山东，则必举甲而向赵⑩。秦甲涉河逾漳，据番吾，则兵必战于邯郸之下矣。此臣之所以为大王患也。

"当今之时，山东之建国，莫如赵强。赵地方二千里，带甲数十万，车千乘，骑万匹，粟支十年，西有常山，南有河、漳，东有清河，北有燕国。燕固弱国，不足畏也。且秦之所畏害于天下者，莫如赵。然而秦不敢举兵甲而伐赵者，何也？畏韩、魏之议其后也。然则韩、魏，赵之南蔽也。秦之攻韩、魏也，则不然，无有名山大川之限，稍稍蚕食之，傅之国都而止矣⑪。韩、魏不能支秦⑫，必入臣。韩、魏臣于秦，秦无韩、魏之隔，祸中于赵矣⑬。此臣之所以为大王患也。

"臣闻尧无三夫之分⑭，舜无咫尺之地，以有天下。禹无百人之聚，以王诸侯。汤、武之卒不过三千人，车不过三百乘，立为天子。诚得其道也。是故明主外料其敌国之强弱，内度其士卒之众寡、贤与不肖，不待两军相当，而胜败存亡之机节⑮，固已见于胸中矣。岂掩于众人之言⑯，而以冥冥决事哉！

"臣窃以天下地图案之。诸侯之地，五倍于秦，料诸侯之卒，十倍于秦。六国并力为一，西面而攻秦，秦破必矣。今见破于秦，西面而事之，见臣于秦。夫破人之与破于人也，臣人之与臣于人也，岂可同日而言之哉？夫横人者，皆欲割诸侯之地以与秦成。与秦成，则高台榭，美宫室，听竽瑟之音，察五味之和，前有轩辕⑰，后有长庭，美人巧笑，卒有秦患，而不与其忧。是故横人日夜务以秦权恐猲诸侯⑱，以求割地。愿大王之熟计之也。

"臣闻明王绝疑去谗，屏流言之迹，塞朋党之门。故尊主广地强兵之计，臣得陈忠于前矣。故窃为大王计，莫如一韩、魏、齐、楚、燕、赵，六国从亲以傧畔秦⑲。令天下之将相，相与会于洹水之上，通质刑白马以盟之⑳。约曰：秦攻楚，齐、魏各出锐师以佐之，韩绝食道，赵涉河、漳，燕守常山之北。秦攻韩、魏，则楚绝其后，齐出锐师以佐之，赵涉河、漳，燕守云中。秦攻齐，则楚绝其后，韩守成皋，魏塞午道，赵涉河、漳、博关，燕出锐师以佐之。秦攻燕，则赵守常山，楚军武关，齐涉渤海，韩、魏出锐师以佐之。秦攻赵，则韩军宜阳，楚军武关，魏军河外，齐涉渤海，燕出锐师以佐之。诸侯有先背约者，五国共伐之。六国从亲以摈秦，秦必不敢出兵于函谷关，以害山东矣。如是则伯业成矣！"

赵王曰："寡人年少，莅国之日浅，未尝得闻社稷之长计。今上客有意存天下，安诸侯，寡人敬以国从。"乃封苏秦为武安君，饰车百乘，黄金千镒，白璧百双，锦绣千纯，以约诸侯。

---

① 妒：妒贤嫉能。
② 外：疏远。
③ 捐馆舍：死。
④ 苦：竭力。
⑤ 实：物资。
⑥ 放：流放。
⑦ 与秦：与秦国结盟。
⑧ 下：攻占。
⑨ 销铄：消除；熔化。
⑩ 甲：指军队。
⑪ 傅：同"附"。
⑫ 支：抵御。
⑬ 中：正着目标。
⑭ 尧无三夫之分：古时一夫有田万亩。这里指尧没有什么土地。
⑮ 机节：关键细节。
⑯ 掩：遮蔽。
⑰ 轩辕：指车辀。
⑱ 猲（hè，音贺）：通"喝"。吓唬。
⑲ 傿：通"摈"。摈弃。 畔：通"叛"。
⑳ 刑：杀。

秦攻赵苏子为谓秦王

秦攻赵，苏子为谓秦王曰："臣闻明王之于其民也，博论而技艺之①，是故官无乏事而力不困②；于其言也，多听而时用之，是故事无败业而恶不章③。臣愿王察臣之所谒，而效之于一时之用也。臣闻怀重宝者，不以夜行；任大功者，不以轻敌。是以贤者任重而行恭，知者功大而辞顺④。故民不恶其尊，而世不妒其业。臣闻之：'百倍之国者⑤，民不乐后也；功业高世者，人主不再行也；力尽之民，仁者不用也；求得而反静，圣主之制也；功大而息民，用兵之道也。'今用兵终身不休，力尽不罢，怒赵必于其己邑⑥，赵仅存哉。然而四轮之国也⑦，今虽得邯郸，非国之长利也。意者，地广而不耕，民赢而不休⑧，又严之以刑罚，则虽从而不止矣⑨。语曰：'战胜而国危者，物不断也⑩。功大而权轻者，地不入也。'故过任之事，父不得于子；无已之求⑪，君不得于臣。故微之为著者强，察乎息民之为用者伯，明乎轻之为重者王。"

秦王曰："寡人案兵息民，则天下必为从，将以逆秦。"

苏子曰："臣有以知天下之不能为从以逆秦也。臣以田单、如耳为大过也。岂独田单、如耳为大过哉？天下之主，亦尽过矣。夫虑收亡齐⑫、罢楚⑬、敝魏与不可知之赵，欲以穷秦折韩，臣以为至愚也。夫齐威、宣，世之贤主也。德博而地广，国富而民用，将武而兵强。宣王用之，后破韩威魏，以南伐楚，西攻秦。为齐兵困于殽塞之上，十年攘地⑭，秦人远迹不服⑮，而齐为虚戾⑯。夫齐兵之所以破，韩、魏之所以仅存者，何也？是则伐楚攻秦，而后受其殃也。今富非有齐威、宣之余也，精兵非有富韩劲魏之库也，而将非有田单、司马之虑也。收破齐、罢楚、弊魏、不可知之赵，欲以穷秦折韩，臣以为至误，臣以从一不可成也⑰。客有难者，今臣有患于世。夫刑名之家，皆曰：'白马非马也。'已如白马实马；乃使有白马之为也。此臣之所患也。

"昔者，秦人下兵攻怀，服其人，三国从之。赵奢、鲍佞将，楚有四人起而从之。临怀而不救，秦人去而不从。不识三国之憎秦而爱怀邪？忘其憎怀而爱秦邪⑱？夫攻而不救，去而不从，是以三国之兵困，而赵奢、鲍接之能也。故裂地以败于齐。田单将齐之良，以兵横行于中十四年，终身不敢设兵以攻秦折韩也。而驰于封内，不识从之一成，恶存也。"

于是秦王解兵不出于境。诸侯休，天下安，二十九年不相攻。

---

①技艺：以技艺来加以衡量。

②乏事：指辛苦的事情。

③章：通"彰"。

④知：同"智"。

⑤百倍之国：指大国。

⑥必于其己邑：意为必欲战而服之，使其成为自己的地盘。

⑦四轮：四通八达。

⑧赢：弱。

⑨虽从而不止：意为虽有顺从之心而不能安。

⑩物不断：战事不止。

⑪无已：无休止。

⑫亡齐：齐曾被燕所破，故称"亡齐"。

⑬罢：同"疲"。

⑭攘：拓。

⑮远迹：避而远之。

⑯虚：废墟。　　戾：病。

⑰从一：合纵为一。

⑱忘：通"亡（wú，音吴）"。　　忘其：抑或。

张仪为秦连横说赵

张仪为秦连横，说赵王曰："弊邑秦王使臣敢献书于大王御史。大王收率天下以傧秦，秦兵不敢出函谷关十五年矣。大王之威，行于天下山东。弊邑恐惧慑伏，缮甲厉兵①，饰车骑，习驰射，力田积粟，守四封之内。愁居慑处，不敢动摇，唯大王有意督过之也。今秦以大王之力，西举巴蜀，并汉中，东收两周而西迁九鼎，守白马之津。秦虽辟远②，然而心忿悁含怒之日久矣③。今宣君有微甲钝兵，军于渑池，愿渡河逾漳，据番吾，迎战邯郸之下。愿以甲子之日合战，以正殷纣之事。敬使臣先以闻于左右。

"凡大王之所信以为从者④，恃苏秦之计。荧惑诸侯，以是为非，以非为是，欲反覆齐国而不能，自令车裂于齐之市。夫天下之不可一，亦明矣。今楚与秦为昆弟之国，而韩、魏称为东藩之臣⑤，齐献鱼盐之地，此断赵之右臂也。夫断右臂而求与人斗，失其党而孤居，求欲无危，岂可得哉？今秦发三将军，一军塞午道，告齐使兴师度清河⑥，军于邯郸之东；一军军于成皋，驱韩、魏而军于河外；一军军于渑池。约曰：'四国为一以攻赵，破赵而四分其地。'是故不敢匿意隐情，先以闻于左右。臣切为大王计⑦，莫如与秦遇于渑池，面相见而身相结也。臣请案兵无攻，愿大王之定计。"

赵王曰："先王之时，奉阳君相，专权擅势，蔽晦先王，独制官事。寡人宫居，属于师傅，不得与国谋。先王弃群臣⑧，寡人年少，奉祠祭之日浅，私心固窃疑焉。以为一从不事秦，非国之长利也。乃且愿变心易虑，剖地谢前过以事秦⑨。方将约车趋行，而适闻使者之明诏。"于是乃以车三百乘入朝渑池，割河间以事秦。

---

①缮：修。　厉：同"砺"。磨。

②辟：同"僻"。

③悁（yuān，音冤）：郁怒；气忿。

④从：合纵。

⑤称为东蕃之臣：意为向秦称臣。

⑥度：同"渡"。

⑦切：同"窃"。

⑧弃群臣：意为亡故。

⑨剖地：割地。

武灵王平昼间居

武灵王平昼间居①，肥义侍坐，曰："王虑世事之变，权甲兵之用②，念简、襄之迹，计胡、狄之利乎？"王曰："嗣立不忘先德，君之道也；错质务明主之长③，臣之论也。是以贤君静而有道民便事之教④，动有明古先世之功⑤。为人臣者，穷有弟长辞让之节⑥，通有补民益主之业。此两者，君臣之分也。今吾欲继襄主之业，启胡、翟之乡，而卒世不见也⑦。敌弱者，用力少而功多，可以无尽百姓之劳，而享往古之勋。夫有高世之功者，必负遗俗之累⑧；有独知之虑者，必被庶人之恐。今吾将胡服骑射以教百姓，而世必议寡人矣。"

肥义曰："臣闻之：'疑事无功，疑行无名。'今王即定负遗俗之虑，殆毋顾天下之议矣。夫论至德者，不和于俗；成大功者，不谋于众。昔舜舞有苗，而禹祖入裸国，非以养欲而乐志也，欲以论德而要功也⑨。愚者暗于成事⑩，智者见于未萌，王其遂行之。"王曰："寡人非疑胡服也，吾恐天下笑之。狂夫之乐，知者哀焉；愚者之笑，贤者戚焉。世有顺我者，则胡服之功未可知也。虽驱世以笑我，胡地中山吾必有之。"

王遂胡服，使王孙绁告公子成曰⑪："寡人胡服，且将以朝，亦欲叔之服之也。家听于亲，国听于君，古今之公行也。子不反亲，臣不逆主，先王之通谊也。今寡人作教易服，而叔不服，吾恐天下议之也。夫制国有常，而利民为本；从政有经，而令行为上。故明德在于论贱，行政在于信贵。今胡服之意，非以养欲而乐志也。事有所出，功有所止，事成功立，然后德且见也。今寡人恐叔逆从政之经，以辅公叔之议。且寡人闻之：'事利国者行无邪，因贵戚者名不累'，故寡人愿慕公叔之义，以成胡服之功。使绁谒之叔，请服焉。"

公子成再拜曰："臣固闻王之胡服也，不佞寝疾，不能趋走，是以不先进。王今命之，臣固敢竭其愚忠。臣闻之，中国者，聪明睿知之所居也⑫，万物财用之所聚也，贤圣之所教也，仁义之所施也，诗书礼乐之所用也，异敏技艺之所试也，远方之所观赴也，蛮夷之所义行也。今王释此，而袭远方之服，变古之教，易古之道，逆人之心，畔学者，离中国，臣愿大王图之。”

使者报王。王曰：“吾固闻叔之病也。”即之公叔成家，自请之曰：“夫服者，所以便用也；礼者，所以便事也。是以圣人观其乡而顺宜，因其事而制礼，所以利其民而厚其国也。被发文身，错臂左衽⑬，瓯越之民也。黑齿雕题⑭，鳀冠秫缝⑮，大吴之国也。礼服不同，其便一也。是以乡异而用变，事异而礼易。是故圣人苟可以利其民，不一其用；果可以便其事，不同其礼。儒者一师而礼异，中国同俗而教离，又况山谷之便乎？故去就之变，知者不能一；远近之服，贤圣不能同。穷乡多异，曲学多辨，不知而不疑，异于己而不非者，公于求善也。今卿之所言者，俗也。吾之所言者，所以制俗也。今吾国东有河、薄洛之水，与齐、中山同之，而无舟楫之用。自常山以至代、上党，东有燕、东胡之境，西有楼烦、秦、韩之边，而无骑射之备。故寡人且聚舟楫之用，求水居之民，以守河、薄洛之水；变服骑射，以备其参胡、楼烦、秦、韩之边。且昔者简主不塞晋阳，以及上党，而襄王兼戎取代，以攘诸胡，此愚知之所明也。先时，中山负齐之强兵，侵掠吾地，系累吾民，引水围鄗，非社稷之神灵，即几几不守。先王忿之，其怨未能报也。今骑射之服，近可以备上党之形，远可以报中山之怨。而叔也顺中国之俗，以逆简、襄之意；恶变服之名，而忘国事之耻。非寡人所望于子。”

公子成再拜稽首曰：“臣愚不达于王之议，敢道世俗之闻。今欲继简、襄之意，以顺先王之志，臣敢不听令。”再拜。乃赐胡服。

赵文进谏曰：“农夫劳而君子养焉，政之经也。愚者陈意而知者论焉，教之道也。臣无隐忠，君无蔽言⑯，国之禄也⑰。臣虽愚，愿竭其忠。”王曰：“虑无恶扰，忠无过罪。子其言乎。”赵文曰：“当世辅俗⑱，古之道也；衣服有常，礼之制也；修法无愆⑲，民之职也。三者，先圣之所以教。今君释此而袭远方之服，变古之教，易古之道，故臣愿王之图之。”王曰：“子言世俗之间⑳。常民溺于习俗，学者沉于所闻。此两者，所以成官而顺政也，非所以观远而论始也。且夫三代不同服而王，五伯不同教而政。知者作教，而愚者制焉。贤者议俗，不肖者拘焉。夫制于服之民，不足与论心；拘于俗之众，不足与致意。故势与俗化，而礼与变俱，圣人之道也。承教而动，循法无私，民之职也。知学之人，能与闻迁㉑；达于礼之变，能与时化。故为己者不待人，制今者不法古。子其释之。”

赵造谏曰：“隐忠不竭，奸之属也。以私诬国，贱之类也。犯奸者身死，贱国者族宗。此两者，先圣之明刑，臣下之大罪也。臣虽愚，愿尽其忠，无遁其死。”王曰：“竭意不讳㉒，忠也；上无蔽言，明也。忠不辟危㉓，明不距人㉔。子其言乎。”

赵造曰：“臣闻之：‘圣人不易民而教，知者不变俗而动。’因民而教者，不劳而成功；据俗而动者，虑径而易见也㉕。今王易初不循俗，胡服不顾世，非所以教民而成礼也。且服奇者志淫，俗辟者乱民㉖。是以莅国者不袭奇辟之服，中国不近蛮夷之行。非所以教民而成礼者也。且循法无过，修礼无邪。臣愿王之图之。”

王曰：“古今不同俗，何古之法？帝王不相袭，何礼之循？宓戏㉗、神农教而不诛，黄帝、尧、舜诛而不怒。及至三王，观时而制法，因事而制礼；法度制令，各顺其宜；衣服器械，各便其用。故理世不必一其道，便国不必法古。圣人之兴也，不相袭而王。夏、殷之衰也，不易礼而灭。然则反古未可非，而循礼未足多也。且服奇而志淫，是邹、鲁无奇行也；俗辟而民易，是吴、越无俊民也㉘。是以圣人利身之谓服，便事之谓教，进退之谓节。衣服之制，所以齐常民，非所以论贤者也。故圣与俗流，贤与变俱。谚曰：‘以书为御者，不尽于马之情。以古制今者，不达于事之变。'故循法之功，不足以高世；法古之学，不足以制今。子其勿反也。"

①平昼：没事的时候。

②权：权衡。

③错：委。

④道：同"导"。

⑤先：高。

⑥弟：同"悌（tì，音替）"。敬爱；顺从。

⑦卒世不见：举世没有能看到这一点的。

⑧遗俗：为世俗所遗。

⑨要（yāo，音夭）：通"徼"。求；取。

⑩暗：愚昧不明。

⑪缫（xiè，音泄）。

⑫睿：（ruì，音锐）：明智；智慧。

⑬错臂：两臂交错。　左衽：我国古代某些少数民族的服饰，前襟向左掩。

⑭黑齿：用草染黑牙齿。　雕题：文身。

⑮鳀（tí，音题）：鱼名。　秫（shù，音恕）：通"𫓧"。长针。

⑯蔽言：隐藏的话。

⑰禄：福。

⑱当世：顺世。

⑲愆（qiān，音牵）：失误；丧失。

⑳世俗之间：意为不能出俗。

㉑闻迁：谈论变革。

㉒竭意：尽陈己意。

㉓辟：避。

㉔距：拒。

㉕径：路径。

㉖辟：通"僻"。邪僻。

㉗宓（fú，音服）：通"伏"。

㉘俊民：才智出众的人。

王立周绍为傅

王立周绍为傅，曰："寡人始行县①，过番吾，当子为子之时，践石以上者皆道子之孝②，故寡人问子以璧③，遗子以酒食，而求见子。子谒病而辞④。人有言子者曰：'父之孝子，君之忠臣也。'故寡人以子之知虑，为辨足以道人⑤，危足以持难，忠可以写意⑥，信可以远期。诗云：'服难以勇，治乱以知，事之计也。立傅以行，教少以学，义之经也。循计之事，失而不累；访议之行，穷而不忧。'故寡人欲子之胡服以傅王乎。"

周绍曰："王失论矣，非贱臣所敢任也。"王曰："选子莫若父，论臣莫若君。君，寡人也。"周绍曰："立傅之道六。"王曰："六者何也？"周绍曰："知虑不躁达于变，身行宽惠达于礼，威严不足以易于位，重利不足以变其心，恭于教而不快⑦，和于下而不危。六者，傅之才，而臣无一焉。隐中不竭⑧，臣之罪也。傅命仆官⑨，以烦有司，吏之耻也。王请更论。"

王曰："知此六者，所以使子。"周绍曰："乃国未通于王胡服。虽然，臣，王之臣也，而王重命之，臣敢不听令乎？"再拜。赐胡服。

王曰："寡人以王子为子任，欲子之厚爱之，无所见丑，御道之以行义⑩，勿令溺苦于学。事君者顺其意，不逆其志。事先者明其高⑪，不倍其孤。故有臣可命，其国之禄也。子能行是以事寡人者，毕矣⑫。《书》云：'去邪无疑，任贤勿贰'，寡人与子，不用人矣。"遂赐周绍胡服衣冠，具带黄金师比，以傅王子也。

---

①行：巡行。
②践石：指有一定社会地位、拥有车骑者。
③问：馈赠。
④谒病：称病。
⑤道：同"导"。
⑥写意：披露心意。
⑦快：放纵散逸。
⑧隐中：隐瞒情况。
⑨傅：同"附"。比附。　　仆：辱。
⑩道：同"导"。
⑪先：先君。
⑫毕矣：可以了。

赵燕后胡服

赵燕后胡服，王令让之，曰："事主之行，竭意尽力，微谏而不哗，应对而不怨，不逆上以自伐，不立私以为名。子道顺而不拂①，臣行让而不争②。子用私道者，家必乱；臣用私义者，国必危。反亲以为行，慈父不子；逆主以自成，惠主不臣也③。寡人胡服，子独弗服逆主，罪莫大焉。以从政为累④，以逆主为高，行私莫大焉。故寡人恐亲犯刑戮之罪，以明有司之法。"赵燕再拜稽首曰："前吏命胡服，施及贱臣。臣以失令过期，更不用侵辱教⑤，王之惠也。臣敬循衣服，以待今日。"

---

①子道：为人子之道。
②臣行：做臣子的行为。
③惠主：贤明之主。
④从：顺从。
⑤更：反而。　　侵辱教：刑罚。

王破原阳

王破原阳，以为骑邑①。牛赞进谏曰："国有固籍②，兵有常经。变籍则乱，失经则弱。今王破原阳，以为骑邑，是变籍而弃经也。且习其兵者轻其敌，便其用者易其难③。今民便其用而王变之，是损君而弱国也。故利不百者不变俗，功不什者不易器。今王破卒散兵④，以奉骑射，臣恐其攻获之利，不如所失之费也。"

王曰："古今异利，远近易用。阴阳不同道，四时不一宜。故贤人观时⑤，而不观于时⑥；制兵，而不制于兵。子知官府之籍，不知器械之利；知兵甲之用，不知阴阳之宜。故兵不当于用，何兵之不可易？教不便于事，何俗之不可变？昔者先君襄主与代交地⑦，城境封之⑧，名曰'无穷之门'，所以昭后而期远也。今重甲循兵⑨，不可以逾险；仁义道德，不可以来朝。吾闻：'信不弃功，知不遗时。'今子以官府之籍，乱寡人之事，非子所知。"

牛赞再拜稽首曰："臣敢不听令乎？"王遂胡服，率骑入胡，出于遗遗之门，逾九限之固，绝五径之险，至榆中，辟地千里。

---

①以为骑邑：让骑士们居住。

②固籍：固有的规矩。

③便：熟悉。

④破卒散兵：意为打乱原来的兵制。

⑤时：世俗。

⑥不观于时：意为不被世俗所束缚。

⑦交地：接壤。

⑧城境：在边境筑城。

⑨循：行。

卷二十　赵　三

赵惠文王三十年

赵惠文王三十年，相都平君田单问赵奢曰："吾非不说将军之兵法也，所以不服者，独将军之用众。用众者，使民不得耕作，粮食挽赁①，不可给也。此坐而自破之道也，非单之所为也。单闻之：帝王之兵，所用者不过三万，而天下服矣。今将军必负十万、二十万之众乃用之，此单之所不服也。"

马服曰："君非徒不达于兵也②，又不明其时势。夫吴干之剑，肉试则断牛马③，金试则截盘匜④，薄之柱上而击之⑤，则折为三，质之石上而击之⑥，则碎为百。今以三万之众而应强国之兵，是薄柱击石之类也。且夫吴干之剑材，难夫毋脊之厚⑦，而锋不入；无脾之薄⑧，而刃不断。兼有是两者，无钩甲镖蒙须之便⑨，操其刃而刺，则未入而手断。君无十余二十万之众，而为此钩甲镖蒙须之便，而徒以三万行于天下，君焉能乎？且古者，四海之内，分为万国。城虽大，无过三百丈者；人虽众，无过三千家者。而以集兵三万，距此奚难哉⑩？今取古之为万国者，分以为战国七，能具数十万之兵，旷日持久数岁，即君之齐已。齐以二十万之众攻荆，五年乃罢；赵以二十万之众攻中山，五年乃归。今者，齐、韩相方⑪，而国围攻焉，岂有敢曰，我其以三万救是者乎哉？今千丈之城，万家之邑相望也。而索以三万之众⑫，围千丈之城，不存其一角，而野战不足用也。君将以此何之？"都平君喟然太息曰："单不至也⑬。"

①赁（lìn，音吝）：向百姓所征之税。

②非徒：不仅仅。

③肉试：试之于肉类。

④匜（yí，音夷）：古代的盥器。

⑤薄：迫近。

⑥质：放。

⑦脊：剑脊。　　厚：隆起。

⑧脾：指剑身近刃口处。

⑨钩：剑。　　甲：即"锷"字。刀刃剑锋。　　镡：剑的珥鼻。　　蒙须：剑绳。

⑩距：通"讵"。岂。

⑪方：敌。

⑫索：求。

⑬不至：没有考虑到这些。

赵使机郝之秦

赵使机郝之秦，请相魏冉。宋突谓机郝曰："秦不听，楼缓必怨公。公不若阴辞楼子①，曰：'请无急秦王。'秦王见赵之相魏冉之不急也，且不听公言也，是事而不成，魏冉固德公矣②。"

---

①阴辞：暗中告诉。

②固：必然。

齐破燕赵欲存之

齐破燕，赵欲存之。乐毅谓赵王曰："今无约而攻齐，齐必仇赵，不如请以河东易燕地于齐。赵有河北，齐有河东，燕、赵必不争矣。是二国亲也。以河东之地强齐，以燕以赵辅之。天下憎之，必皆事王以伐齐。是因天下以破齐也。"王曰："善。"乃以河东易齐。楚、魏憎之，令淖滑、惠施之赵，请伐齐而存燕。

秦攻赵蔺离石祁拔

秦攻赵，蔺、离石、祁拔①。赵以公子郚为质于秦②，而请内焦、黎、牛狐之城③，以易蔺、离石、祁于赵。赵背秦，不予焦、黎、牛狐。秦王怒，令公子缯请地。赵王乃令郑朱对曰："夫蔺、离石、祁之地，旷远于赵，而近于大国。有先王之明与先臣之力，故能有之。今寡人不逮，其社稷之不能恤，安能收恤蔺、离石、祁乎？寡人有不令之臣，实为此事也，非寡人之所敢知。"卒倍秦④。

秦王大怒，令卫胡易伐赵，攻阏与。赵奢将救之，魏令公子咎以锐师居安邑以挟秦⑤。秦败于阏与，反攻魏幾。廉颇救幾，大败秦师。

---

①拔：被攻占。

②鄦（wú，音吾）。
③内：同"纳"。
④倍：同"背"。
⑤挟：牵制。

富丁欲以赵合齐魏

　　富丁欲以赵合齐、魏，楼缓欲以赵合秦、楚。富丁恐主父之听楼缓而合秦、楚也。
　　司马浅为富丁谓主父曰："不如以顺齐。今我不顺齐伐秦，秦、楚必合而攻韩、魏。韩、魏告急于齐，齐不欲伐秦，必以赵为辞。则伐秦者赵也，韩、魏必怨赵。齐之兵不西①，韩必听秦违齐；违齐而亲，兵必归于赵矣。今我顺而齐不西，韩、魏必绝齐；绝则皆事我。且我顺齐，齐无而西。日者②，楼缓坐魏三月③，不能散齐、魏之交。今我顺而齐、魏果西，是罢齐敝秦也④。赵必为天下重国。"主父曰："我与三国攻秦，是俱敝也。"曰："不然。我约三国而告之，以未构中山也⑤。三国欲伐秦之果也，必听我，欲和我。中山听之，是我以三国饶中山而取地也⑥。中山不听，三国必绝之，是中山孤也。三国不能和我，虽少出兵可也。我分兵而孤中山，中山必亡。我已亡中山，而以余兵与三国攻秦，是我一举而两取地于秦、中山也。"

①西：西向伐秦。
②日者：昔日。
③坐：意为有所等待。
④罢：同"疲"。
⑤构：同"媾"。讲和。
⑥饶：得益。

魏因富丁且合于秦

　　魏因富丁且合于秦①。赵恐，请效地于魏而听薛公。教子款谓李兑曰："赵畏横之合也，故欲效地于魏而听薛公。公不如令主父以地资周最，而请相之于魏。周最，以天下辱秦者也。今相魏，魏、秦必虚矣②。齐、魏虽劲，无秦，不能伤赵。魏王听，是轻齐也。秦、魏虽劲，无齐，不能得赵。此利于赵而便于周最也。"

①且：将。
②虚：意为不和。

魏使人因平原君请从于赵

　　魏使人因平原君请从于赵。三言之，赵王不听。出遇虞卿，曰："为人必语从①。"虞卿入，王曰："今者，平原君为魏请从，寡人不听。其于子何如？"虞卿曰："魏过矣。"王曰："然，故寡人不听。"虞卿曰："王亦过矣。"王曰："何也？"曰："凡强弱之举事，强受其利，弱受其害。今魏求从，而王不听，是魏求害，而王辞利也。臣故曰：魏过，王亦过矣。"

①为：为我。

平原君谓冯忌

平原君谓冯忌曰："吾欲北伐上党，出兵攻燕，何如？"冯忌对曰："不可。夫以秦将武安君公孙起乘七胜之威，而与马服之子战于长平之下，大败赵师，因以其余兵围邯郸之城。赵以亡败之余众，收破军之敝守，而秦罢于邯郸之下。赵守而不可拔者，以攻难而守者易也。今赵非有七克之威也，而燕非有长平之祸也。今七败之祸未复，而欲以罢赵攻强燕①，是使弱赵为强秦之所以攻，而使强燕为弱赵之所以守。而强秦以休兵承赵之敝②，此乃强吴之所以亡，而弱越之所以霸。故臣未见燕之可攻也。"平原君曰："善哉。"

①罢：同"疲"。
②休兵：得休整的兵马。　承：承接。

平原君谓平阳君

平原君谓平阳君曰："公子牟游于秦，且东，而辞应侯。应侯曰：'公子将行矣，独无以教之乎？'曰：'且微君之命命之也'，臣固且有效于君。夫贵不与富期①，而富至；富不与粱肉期，而粱肉至；粱肉不与骄奢期，而骄奢至；骄奢不与死亡期，而死亡至。累世以前，坐此者多矣。'应侯曰：'公子之所以教之者，厚矣。'仆得闻此，不忘于心。愿君之亦勿忘也。"平阳君曰："敬诺。"

①期：约。

秦攻赵于长平

秦攻赵于长平，大破之，引兵而归。因使人索六城于赵而讲。赵计未定，楼缓新从秦来，赵王与楼缓计之，曰："与秦城何如？不与何如？"楼缓辞让曰："此非人臣之所能知也。"王曰："虽然，试言公之私①。"楼缓曰："王亦闻夫公甫文伯母乎？公甫文伯官于鲁，病死，妇人为之自杀于房中者二八。其母闻之，不肯哭也。相室曰：'焉有子死而不哭者乎？'其母曰：'孔子，贤人也，逐于鲁，是人不随。今死，而妇人为死者十六人。若是者，其于长者薄，而于妇人厚。'故从母言之，之为贤母也；从妇言之，必不免为妒妇也。故其言一也，言者异，则人心变矣。今臣新从秦来，而言勿与，则非计也；言与之，则恐王以臣之为秦也，故不敢对。使臣得为王计之，不如予之。"王曰："诺。"

虞卿闻之，入见王。王以楼缓言告之，虞卿曰："此饰说也。"秦既解邯郸之围而赵王入朝，使赵郝约事于秦，割六县而讲②。王曰："何谓也？"虞卿曰："秦之攻赵也，倦而归乎？王以其力尚能进，爱王而不攻乎？"王曰："秦之攻我也，不遗余力矣。必以倦而归也。"虞卿曰："秦以其力攻其所不能取，倦而归。王又以其力之所不能攻以资之，是助秦自攻也。来年秦复攻王，王无以救矣。"

王又以虞卿之言告楼缓，楼缓曰："虞卿能尽知秦力之所至乎？诚知秦力之不至，此弹丸之地，犹不予也。令秦来年复攻王，得无割其内而媾乎？"王曰："诚听子割矣，子能必来年秦之不复攻我乎？"楼缓对曰："此非臣之所敢任也。昔者三晋之交于秦，相善也。今秦释韩、魏而独攻王[③]，王之所以事秦必不如韩、魏也。今臣为足下解负亲之攻，启关通敝，齐交韩、魏[④]。至来年而王独不取于秦[⑤]，王之所以事秦者，必在韩、魏之后也。此非臣之所敢任也。"

王以楼缓之言告，虞卿曰："楼缓言不媾，来年秦复攻王，得无更割其内而媾。今媾，楼缓又不能必秦之不复攻也，虽割何益？来年复攻，又割其力之所不能取而媾也，此自尽之术也。不如无媾。秦虽善攻，不能取六城；赵虽不能守，而不至失六城。秦倦而归，兵必罢[⑥]。我以五城收天下以攻罢秦，是我失之于天下，而取偿于秦也。吾国尚利，孰与坐而割地，自弱以强秦？今楼缓曰：'秦善韩、魏而攻赵者，必王之事秦不如韩、魏也。'是使王岁以六城事秦也，即坐而地尽矣。来年秦复求割地，王将予之乎？不与，则是弃前功而挑秦祸也；与之，则无地而给之。语曰：'强者善攻，而弱者不能自守。'今坐而听秦，秦兵不敝而多得地，是强秦而弱赵也。以益愈强之秦[⑦]，而割愈弱之赵，其计固不止矣。且秦，虎狼之国也，无礼义之心。其求无已，而王之地有尽。以有尽之地，给无已之求，其势必无赵矣。故曰：'此饰说也。'王必勿与。"王曰："诺。"

楼缓闻之，入见于王。王又以虞卿言告之，楼缓曰："不然。虞卿得其一，未知其二也。夫秦、赵构难，而天下皆说，何也？曰：'我将因强而乘弱[⑧]。'今赵兵困于秦，天下之贺战者，则必尽在于秦矣。故不若亟割地求和，以疑天下，慰秦心。不然，天下将因秦之怒，乘赵之敝而瓜分之。赵且亡，何秦之图？王以此断之，勿复计也。"

虞卿闻之，又入见王，曰："危矣，楼子之为秦也。夫赵兵困于秦，又割地为和，是愈疑天下，而何慰秦心哉？是不亦大示天下弱乎？且臣曰勿予者，非固勿予而已也。秦索六城于王，王以五城赂齐。齐，秦之深仇也，得王五城，并力而西击秦。齐之听王，不待辞之毕也。是王失于齐而取偿于秦，一举结三国之亲，而与秦易道也。"赵王曰："善。"因发虞卿东见齐王，与之谋秦。

虞卿未反，秦之使者已在赵矣。楼缓闻之，逃去。

---

①私：心里的想法。

②讲：讲和。

③释：放开。

④齐交韩、魏：使其同秦的交往与韩和魏相同。

⑤取：取悦。

⑥罢：同"疲"。

⑦益：增益。

⑧乘：凌。

秦攻赵平原君使人请救于魏

秦攻赵，平原君使人请救于魏。信陵君发兵至邯郸城下，秦兵罢。虞卿为平原君请益地[①]，谓赵王曰："夫不斗一卒，不顿一戟，而解二国患者，平原君之力也。用人之力，而忘人之功，不可。"赵王曰："善。"将益之地。公孙龙闻之，见平原君曰："君无覆军杀将之功，而封以东武城。赵国豪杰之士，多在君之右，而君为相国者，以亲故。夫君封以东武城，不让无功②；佩赵国相印，不辞无能。一解国患，欲求益地，是亲戚受封，而国人计功也③。为君计者，不如勿受便。"平原君曰："谨受令。"乃不受封。

①益地：增加封地。
②不让无功：不以无功相让。
③国人计功：意为国人受封却必须计功。

秦赵战于长平

秦、赵战于长平，赵不胜，亡一都尉。赵王召楼昌与虞卿曰："军战不胜，尉复死，寡人使卷甲而趋之①，何如？"楼昌曰："无益也。不如发重使而为媾。"虞卿曰："夫言媾者，以为不媾者军必破，而制媾者在秦。且王之论秦也，欲破王之军乎？其不邪？"王曰："秦不遗余力矣，必且破赵军。"虞卿曰："王聊听臣，发使出重宝以附楚、魏。楚、魏欲得王之重宝，必入吾使。赵使入楚、魏，秦必疑天下合从也，且必恐。如此，则媾乃可为也。"

赵王不听，与平阳君为媾，发郑朱入秦，秦内之②。赵王召虞卿曰："寡人使平阳君媾秦，秦已内郑朱矣，子以为奚如？"虞卿曰："王必不得媾，军必破矣。天下之贺战胜者，皆在秦矣。郑朱，赵之贵人也，而入于秦，秦王与应侯必显重以示天下。楚、魏以赵为媾，必不救王。秦知天下不救王，则媾不可得成也。"赵卒不得媾，军果大败。王入秦，秦留赵王，而后许之媾。

①趋（qū，音驱）：同"趋"。意为偷袭。
②内：同"纳"。

秦围赵之邯郸

秦围赵之邯郸，魏安釐王使将军晋鄙救赵。畏秦，止于荡阴，不进。魏王使客将军辛垣衍间入邯郸①，因平原君谓赵王曰："秦所以急围赵者，前与齐湣王争强为帝，已而复归帝②，以齐故。今齐湣王已益弱，方今唯秦雄天下，此非必贪邯郸，其意欲求为帝。赵诚发使尊秦昭王为帝，秦必喜，罢兵去。"平原君犹豫未有所决。

此时鲁仲连适游赵，会秦围赵，闻魏将欲令赵尊秦为帝，乃见平原君曰："事将奈何矣？"平原君曰："胜也何敢言事？百万之众折于外，今又内围邯郸而不能去。魏王使将军辛垣衍令赵帝秦③，今其人在是，胜也何敢言事？"鲁连曰："始吾以君为天下之贤公子也，吾乃今然后知君非天下之贤公子也。梁客辛垣衍安在？吾请为君责而归之。"平原君曰："胜请召而见之于先生。"平原君遂见辛垣衍，曰："东国有鲁连先生，其人在此，胜请为绍介而见之于将军。"辛垣衍曰："吾闻鲁连先生，齐国之高士也。衍，人臣也，使事有职。吾不愿见鲁连先生也。"平原君曰："胜已泄之矣。"辛垣衍许诺。

鲁连见辛垣衍而无言。辛垣衍曰："吾视居此围城之中者，皆有求于平原君者也。今吾视先生之玉貌，非有求于平原君者。曷为久居此围城之中而不去也④？"鲁连曰："世以鲍焦无从容而死者，皆非也。今众人不知，则为一身。彼秦者，弃礼义而上首功之国也⑤，权使其士，虏使其民⑥。彼则肆然而为帝⑦，过而遂正于天下，则连有赴东海而死矣。吾不忍为之民也。所为见将军者，欲以助赵也。"辛垣衍曰："先生助之奈何？"鲁连曰："吾将使梁及燕助之。齐、楚则固助之矣。"辛垣衍曰："燕则吾请以从矣。若乃梁，则吾乃梁人也，先生恶能使梁助之耶？"鲁连曰："梁未睹秦称帝之害故也，使梁睹秦称帝之害，则必助赵矣。"辛垣衍曰："秦称帝之害将奈何？"鲁仲连曰："昔齐威王尝为仁义矣，率天下诸侯而朝周。周贫且微⑧，诸侯莫朝，而齐独朝之。居岁余，周烈王崩，诸侯皆吊，齐后往。周怒，赴于齐曰：'天崩地坼⑨，天子下席⑩。东藩之臣田婴齐后至，则斫之⑪。'威王勃然怒曰：'叱嗟，而母婢也⑫。'卒为天下笑。故生则朝周，死则叱之，诚不忍其求也。彼天子固然⑬，其无足怪。"辛垣衍曰："先生独未见夫仆乎？十人而从一人者，宁力不胜，智不若耶？畏之也。"鲁仲连曰："然梁之比于秦，若仆耶？"辛垣衍曰："然。"鲁仲连曰："然吾将使秦王烹醢梁王⑭。"辛垣衍怏然不悦，曰："嘻，亦太甚矣，先生之言也。先生又恶能使秦王烹醢梁王？"

鲁仲连曰："固也，待吾言之。昔者，鬼侯、鄂侯、文王，纣之三公也。鬼侯有子而好，故入之于纣，纣以为恶，醢鬼侯。鄂侯争之急，辨之疾，故脯鄂侯⑮。文王闻之，喟然而叹，故拘之于牖里之车，百日而欲令之死。曷为与人俱称帝王⑯，卒就脯醢之地也？齐闵王将之鲁，夷维子执策而从⑰，谓鲁人曰：'子将何以待吾君？'鲁人曰：'吾将以十太牢待子之君。'维子曰：'子安取礼而来待吾君？彼吾君者，天子也。天子巡狩，诸侯辟舍，纳于筦键⑱，摄衽抱几⑲，视膳于堂下，天子已食，退而听朝也。'鲁人投其龠⑳，不果纳，不得入于鲁。将之薛，假涂于邹㉑。当是时，邹君死，闵王欲入吊。夷维子谓邹之孤曰：'天子吊，主人必将倍殡柩㉒，设北面于南方，然后天子南面吊也。'邹之群臣曰：'必若此，吾将伏剑而死。'故不敢入于邹。邹、鲁之臣，生则不得事养，死则不得饭含，然且欲行天子之礼于邹、鲁之臣，不果纳。今秦万乘之国，梁亦万乘之国。俱据万乘之国，交有称王之名㉓，睹其一战而胜，欲从而帝之，是使三晋之大臣不如邹、鲁之仆妾也。且秦无已而帝㉔，则且变易诸侯之大臣。彼将夺其所谓不肖，而予其所谓贤；夺其所憎，而与其所爱。彼又将使其子女谗妾为诸侯妃姬，处梁之宫，梁王安得晏然而已乎？而将军又何以得故宠乎？"

于是，辛垣衍起，再拜，谢曰："始以先生为庸人，吾乃今日而知先生为天下之士也。吾请去，不敢复言帝秦。"秦将闻之，为却军五十里。

适会魏公子无忌夺晋鄙军，以救赵击秦，秦军引而去。于是平原君欲封鲁仲连，鲁仲连辞让者三，终不肯受。平原君乃置酒，酒酣，起前以千金为鲁连寿。鲁连笑曰："所贵于天下之士者，为人排患、释难、解纷乱而无所取也。即有所取者，是商贾之人也，仲连不忍为也。"遂辞平原君而去，终身不复见。

---

①间入：潜入。

②复归帝：不再称帝。

③帝：以……为帝。

④曷：何；什么。

⑤上：同"尚"。　　首功：指战争中获取敌方首级的战功。

⑥虏使其民：将百姓视作俘虏一般。

⑦肆：放肆。

⑧微：指国土狭小。

⑨坼（chè，音彻）：裂开。

⑩下席：指驾崩。

⑪斫：砍。

⑫而母婢也：骂人的话。

⑬固然：必然。

⑭醢（hǎi，音海）：古代的一种酷刑，将人剁成肉酱。

⑮脯（fǔ，音府）：干肉。

⑯曷：同“何”。

⑰策：马鞭。

⑱管：。钥匙。　　　键：锁簧。

⑲摄：收敛。

⑳龠（yuè，音跃）：同“钥”。锁钥。

㉑涂：同“途”。

㉒倍：背着。

㉓交：共；俱。

㉔无已：必欲为之。

说张相国

说张相国曰：“君安能少赵人①，而令赵人多君②？君安能憎赵人，而令赵人爱君乎？夫胶漆，至粘也，而不能合远；鸿毛，至轻也，而不能自举。夫飘于清风，则横行四海。故事有简而功成者，因也。今赵万乘之强国也，前漳、滏，右常山，左河间，北有代，带甲百万，尝抑强齐，四十余年而秦不能得所欲。由是观之，赵之于天下也不轻。今君易万乘之强赵，而慕思不可得之小梁，臣窃为君不取也。”君曰：“善。”自是之后，众人广坐之中，未尝不言赵人之长者也，未尝不言赵俗之善者也。

①少：薄。

②多：厚。

郑同北见赵王

郑同北见赵王，赵王曰：“子南方之博士也①，何以教之？”郑同曰：“臣，南方草鄙之人也，何足问？虽然，王致之于前，安敢不对乎？臣少之时，亲尝教以兵。”赵王曰：“寡人不好兵。”郑同因抚手仰天而笑之曰②：“兵固天下之狙喜也③，臣故意大王不好也④。臣亦尝以兵说魏昭王，昭王亦曰：‘寡人不喜。’臣曰：‘王之行能如许由乎？许由无天下之累，故不受也。今王既受先王之传，欲宗庙之安、壤地不削、社稷之血食乎⑤？’王曰：‘然。’今有人操随侯之珠、持丘之环、万金之财，特宿于野⑥，内无孟贲之威、荆庆之断，外无弓弩之御，不出宿夕，人必危之矣。今有强贪之国，临王之境，索王之地。告以理则不可，说以义则不听。王非战国守圉之具⑦，其将何以当之？王若无兵，邻国得志矣。”赵王曰：“寡人请奉教。”

①博士：辩博之士。

②抚：拍；击。

③狙（jū，音居）喜：狙猎者所喜欢。

④故：通"固"。固然。　意：意料。

⑤血食：受祭祀。

⑥特宿：独宿。

⑦战：征战。　圉（yǔ，音语）：边疆。

建信君贵于赵

建信君贵于赵。公子魏牟过赵，赵王迎之，顾反至坐①，前有尺帛，且令工以为冠。工见客来也，因辟②。赵王曰："公子乃驱后车，幸以临寡人，愿闻所以为天下。"魏牟曰："王能重王之国若此尺帛，则王之国大治矣。"赵王不说，形于颜色，曰："先生不知寡人不肖，使奉社稷，岂敢轻国若此？"魏牟曰："王无怒，请为王说之。"曰："王有此尺帛，何不令前郎中以为冠？"王曰："郎中不知为冠。"魏牟曰："为冠而败之③，奚亏于王之国，而王必待工而后乃使之。今为天下之工，或非也。社稷为虚戾④，先王不血食，而王不以予工，乃与幼艾⑤。且王之先帝，驾犀首而骖马服⑥，以与秦角逐，秦当时避其锋。今王憧憧⑦，乃辇建信以与强秦角逐，臣恐秦折王之椅也。"

---

①顾反：迎客后返回。

②辟：通"避"。

③败之：不成。

④虚戾：即"虚厉"。居所无人曰虚，死而无后为厉。

⑤幼艾：指后宫美人。

⑥骖：驾御。

⑦憧（chōng，音冲）憧：摇曳不定或往来不定的样子。

卫灵公近雍疽弥子瑕

卫灵公近雍疽、弥子瑕①。二人者，专君之势以蔽左右。复涂侦谓君曰："昔日臣梦见君。"君曰："子何梦？"曰："梦见灶君。"君忿然作色曰："吾闻梦见人君者，梦见日。今子曰梦见灶君而言君也。有说则可，无说则死。"对曰："日，并烛天下者也②，一物不能蔽也。若灶则不然，前之人炀③，则后之人无从见也。今臣疑人之有炀于君者也，是以梦见灶君。"君曰："善。"于是因废雍疽、弥子瑕，而立司空狗。

---

①疽（dǎn，音胆）。

②并烛：普照。

③炀：烤火。

或谓建信君

或谓建信："君之所以事王者，色也。胥之所以事王者，知也。色老而衰，知老而多。以日多之知，而逐衰恶之色，君必困矣。"建信君曰："奈何？"曰："并骥而走者①，五里而罢②；乘骥而御之，不倦而取道多。君令胥乘独断之车，御独断之势，以居邯郸，令之内治国事，外刺诸侯③，则胥之事有不言者矣④。君因言王而重责之⑤，胥之轴今折矣。"建信君再拜受命，入言于王，厚任胥以事能⑥，重责之。未期年，而胥亡走矣。

----

①北骥而走：和千里马一同奔走。

②罢：同"疲"。

③刺：刺探。

④有不言者：因为事务繁多而有不言上者。

⑤重责之：加重他的职责。

⑥能：为。

苦成常谓建信君

　　苦成常谓建信君曰："天下合从，而独以赵恶秦，何也？魏杀吕遗，而天下交之。今收河间，于是与杀吕遗何以异？君唯释虚伪疾，文信犹且知之也。从而有功乎①，何患不得收河间？从而无功乎，收河间何益也？"

----

①从：合纵。

希写见建信君

　　希写见建信君，建信君曰："文信侯之于仆也，甚无礼。秦使人来仕，仆官之丞相，爵五大夫。文信侯之于仆也，甚矣其无礼也。"希写曰："臣以为今世用事者，不如商贾。"建信君悖然曰："足下卑用事者，而高商贾乎？"曰："不然。夫良商不与人争买卖之贾，而谨司时①。时贱而买，虽贵已贱矣；时贵而卖，虽贱已贵矣。昔者，文王之拘于牖里，而武王羁于玉门，卒断纣之头而县于太白者②，是武王之功也。今君不能与文信侯相伉以权③，而责文信侯少礼，臣窃为君不取也。"

----

①司：同"伺"。

②县：同"悬"。

③伉：通"抗"。

魏魀谓建信君

　　魏魀谓建信君曰："人有置系蹄者而得虎①，虎怒，决蹯而去②。虎之情，非不爱其蹯也。然而不以环寸之蹯，害七尺之躯者，权也③。今有国，非直七尺躯也④；而君之身于王，非环寸之蹯也。愿公之熟图之也。"

①系蹄者：缚绑兽蹄的器具。

②蹯（fán，音凡）：兽足掌。

③权：权宜。

④直：同"值"。

秦攻赵鼓铎之音闻于北堂

秦攻赵，鼓铎之音闻于北堂①。希卑曰："夫秦之攻赵，不宜急如此。此召兵也②，必有大臣欲衡者耳③。王欲知其人，且日赞群臣而访之④，先言横者，则其人也。"建信君果先言横。

---

①铎：古代乐器，常用于行军作战时。

②召兵：指召呼内应。

③衡：横。战国时合秦为横。

④赞：引见。

齐人李伯见孝成王

齐人李伯见孝成王，成王说之，以为代郡守。而居无几何，人告之反。孝成王方馈①，不堕食。无几何，告者复至，孝成王不应。已，乃使使者言："齐举兵击燕，恐其以击燕为名，而以兵袭赵，故发兵自备。今燕、齐已合，臣请要其敝②，而地可多割。"自是之后，为孝成王从事于外者，无自疑于中者。

---

①馈：进食。

②要：同"邀"。邀击。　敝：疲困。

卷二十一　赵　四

为齐献书赵王

为齐献书赵王，使臣与复丑曰："臣一见，而能令王坐而天下致名宝，而臣窃怪王之不试见臣，而穷臣也①。群臣必多以臣为不能者，故王重见臣也②。以臣为不能者非他，欲用王之兵，成其私者也。非然，则交有所偏者也；非然，则知不足者也；非然，则欲以天下之重恐王，而取行于王者也③。臣以齐循事王④，王能亡燕，能亡韩、魏，能攻秦，能孤秦。臣以为齐致尊名于王，天下孰敢不致尊名于王？臣以齐致地于王，天下孰敢不致地于王？臣以齐为王求名宝于燕及韩、魏，孰敢辞之？臣之能也，其前可见已⑤。齐先重王，故天下尽重王；无齐，天下必尽轻王也。秦之强，以无齐之故重王，燕、魏自以无齐故重王。今王无齐独安得无重天下？故劝王无齐者，非知不足也，则不忠者也。非然，则欲用王之兵成其私者也；非然，则欲轻王以天下之重，取行于王者也；非然，则位尊而能卑者也⑥。愿王之熟虑无齐之利害也。"

①穷：使……受困。

②重：难。

③取行于王：使王行其说。

④循：从。

⑤其前可见已：可以见于其效之前。

⑥能卑：才能低下。

齐欲攻宋秦令起贾禁之

齐欲攻宋，秦令起贾禁之①。齐乃捄赵以伐宋②。秦王怒，属怨于赵。李兑约五国以伐秦，无功，留天下之兵于成皋，而阴构于秦③。又欲与秦攻魏，以解其怨而取封焉④。

魏王不说。之齐⑤，谓齐王曰："臣为足下谓魏王曰：'三晋皆有秦患，今之攻秦也，为赵也。五国伐赵，赵必亡矣。秦逐李兑，李兑必死，今之伐秦也，以救李子之死也。今赵留天下之甲于成皋，而阴鬻之于秦⑥，已讲⑦，则令秦攻魏以成其私封，王之事赵也，何得矣？且王尝济于漳⑧，而身朝于邯郸，抱阴、成，负蒿、葛、薛，以为赵蔽⑨，而赵无为王行也。今又以何阳、姑密封其子，而乃令秦攻王，以便取阴。人比然而后如贤不⑩，如王若用所以事赵之半收齐，天下有敢谋王者乎？王之事齐也，无入朝之辱，无割地之费。齐为王之故，虚国于燕、赵之前⑪，用兵于二千里之外，故攻城野战，未尝不为王先被矢石也。得二都，割河东，尽效之于王。自是之后，秦攻魏，齐甲未尝不岁至于王之境也。请问王之所以报齐者，可乎？韩珉处于赵，去齐三千里，王以此疑齐，曰有秦阴⑫。今王又挟故薛公以为相，善韩徐以为上交，尊虞商以为大客，王固可以反疑齐乎？于魏王听此言也甚诎⑬，其欲事王也甚循。其怨于赵。臣愿王之曰闻魏而无庸见恶也⑭，臣请为王推其怨于赵。愿王之阴重赵，而无使秦之见王之重赵也。秦见之且亦重赵。齐、秦交重赵，臣必见燕与韩、魏亦且重赵也，皆且无敢与赵治⑮。五国事赵，赵从亲以合于秦，必为王高矣⑯。臣故欲王之偏劫天下⑰，而皆私甘之也。王使臣以韩、魏与燕劫赵，使丹也甘之；以赵劫韩、魏，使臣也甘之；以三晋劫秦，使顺也甘之；以天下劫楚，使珉也甘之。则天下皆偪秦以事王⑱，而不敢相私也。交定，然后王择焉。"

①禁：止。

②捄：同"救"。

③构：构和。

④取封：取得封地。

⑤之齐：此二字之前脱人名。

⑥鬻（yù，音玉）：卖。

⑦讲：讲和。

⑧济：渡。

⑨蔽：屏蔽。

⑩比：类比。

⑪虚国：意为尽遣其兵马。

⑫阴：隐事。

⑬讪（qū，音驱）：同"屈"。

⑭闻魏：意为与魏互通声气。

⑮治：较量。

⑯必为王高：必然高过于王。

⑰偏：同"遍"。　劫：胁迫。

⑱偪：同"逼"。

齐将攻宋而秦楚禁之

　　齐将攻宋，而秦、楚禁之。齐因欲与赵①，赵不听。齐乃令公孙衍说李兑以攻宋而定封焉。李兑乃谓齐王曰："臣之所以坚三晋以攻秦者，非以为齐得利秦之毁也②，欲以使攻宋也。而宋置太子以为王，下亲其上而守坚，臣是以欲足下之速归休士民也。今太子走，诸善太子者，皆有死心③。若复攻之，其国必有乱，而太子在外，此亦举宋之时也。

　　"臣为足下使公孙衍说奉阳君曰：'君之身老矣，封不可不早定也。为君虑封，莫若于宋，他国莫可。大秦人贪，韩、魏危，燕、楚辟④，中山之地薄，莫如于阴。失今之时，不可复得已。宋之罪重，齐之怒深，残乱宋⑤，得大齐，定身封，此百代之一时也。'以奉阳君甚食之，唯得大封，齐无大异。臣愿足下之大发攻宋之举⑥，而无庸致兵，姑待已耕，以观奉阳君之应足下也。县阴以甘之⑦，循有燕以临之⑧，而臣待忠之封⑨，事必大成。臣又愿足下有地效于襄安君以资臣也。足下果残宋，此两地之时也。足下何爱焉？若足下不得志于宋，与国何敢望也⑩？足下以此资臣也，臣循燕观赵⑪，则足下击溃而决天下矣⑫。"

---

①与：结盟。

②非以为齐得利秦之毁：不足以毁秦为齐之利。

③死心：以死相报之心。

④辟：同"僻"。

⑤残：攻灭。

⑥发：兴。

⑦县：同"悬"。

⑧循：从……顺从。

⑨待：将。　忠：实。

⑩与国：盟国。

⑪观：使……观望。

⑫溃：坏。　决：制。

五国伐秦无功罢于成皋

　　五国伐秦无功，罢于成皋。赵欲构于秦①，楚与魏、韩将应之，秦弗欲。苏代谓齐王曰："臣已为足下见奉阳君矣。臣谓奉阳君曰：'天下散而事秦②，秦必据宋，魏冉必妒君之有阴也。秦王贪，魏冉妒，则阴不可得已矣。君无构，齐必攻宋。齐攻宋，则楚必攻宋，魏必攻宋，燕、赵助之。五国据宋，不至一二月，阴必得矣。得阴而拘，秦虽有变，则君无患矣。若不得已而必拘，则愿五国复坚约。愿得赵，足下雄飞③，与韩氏大吏东免，齐王必无召瑉也。使臣守约，若与有倍约者④，以四国攻之。无倍约者，而秦侵约，五国复坚而宾之⑤。今韩、魏与齐相疑也，若复不坚约而讲，臣恐与国之大乱也。齐、秦非复合也，必有踦重者矣⑥。后合与踦重者⑦，皆非赵之利也。且天下散而事秦，是秦制天下也。秦制天下，将何以天下为？臣愿君之蚤计也⑧。

"天下争秦有六举，皆不利赵矣。天下争秦，秦王受负海内之国，合负亲之交⑨，以据中国，而求利于三晋，是秦之一举也。秦行是计，不利于赵，而君终不得阴，一矣。天下争秦，秦王内韩瑉于齐，内成阳君于韩，相魏怀于魏，复合衍交两王，王贲、韩他之曹，皆起而行事，是秦之一举也。秦行是计也，不利于赵，而君又不得阴，二矣。天下争秦，秦王受齐受赵，三疆三亲⑩，以据魏而求安邑，是秦之一举也。秦行是计，齐、赵应之，魏不待伐，抱安邑而信秦，秦得安邑之饶，魏为上交，韩必入朝秦，过赵已安邑矣⑪，是秦之一举也。秦行是计，不利于赵，而君必不得阴，三矣。天下争秦，秦坚燕、赵之交，以伐齐收楚，与韩瑉而攻魏，是秦之一举也。秦行是计，而燕、赵应之。燕赵伐齐，兵始用⑫，秦因收楚而攻魏，不至一、二月，魏必破矣。秦举安邑而塞女戟，韩之太原绝，下轵道、南阳、高，伐魏，绝韩，包二周，即赵自消烁矣⑬。国燥于秦⑭，兵分于齐，非赵之利也。而君终身不得阴，四矣。天下争秦，秦坚三晋之交攻齐，国破曹屈⑮，而兵东分于齐。秦桉兵攻魏⑯，取安邑，是秦之一举也。秦行是计也，君桉救魏⑰，是以攻齐之已弊，救与秦争战也；君不救也，韩、魏焉免西合⑱？国在谋之中⑲，而君有终身不得阴⑳，五矣。天下争秦，秦按为义，存亡继绝，固危扶弱，定无罪之君，必起中山与胜焉。秦起中山与胜，而赵、宋同命，何暇言阴？六矣。故曰君必无讲㉑，则阴必得矣。'奉阳君曰：'善。'乃绝和于秦，而收齐、魏以成取阴。"

---

①拘：通"媾"。媾和。

②散：指合纵之事散。

③雄飞：意为领头。

④与：盟国。　　倍：同"背"。

⑤宾：同"摈"。摈斥。

⑥踦（yǐ音椅）：用力抵住。

⑦后合：复合。

⑧蚤：同"早"。

⑨负亲：指天下曾连横亲秦，后负之。

⑩疆：通"强"。

⑪过赵已安邑：仅仅得到安邑这一点就已经胜过赵了。

⑫兵始用：交锋之初。

⑬烁：同"铄"。熔化。

⑭燥：意为消熔。

⑮曹：民；众。

⑯桉：通"按"。

⑰按：安然。

⑱西合：指西与秦合。

⑲谋：指秦的计谋。

⑳有：又。

㉑无讲：不讲和。

楼缓将使伏事辞行

楼缓将使，伏事①，辞行，谓赵王曰："臣虽尽力竭知，死不复见于王矣。"王曰："是何言也？固且为书而厚寄卿。"楼子曰："王不闻公子牟夷之于宋乎？非肉不食。文张善宋，恶公子牟夷，寅然②。今臣之于王，非宋之于公子牟夷也，而恶臣者过文张。故臣死不复见于王矣。"王曰："子勉行矣，寡人与子有誓言矣。"楼子遂行。后以中牟反，入梁，候者来言，而王弗听，曰："吾已与楼子有言矣。"

---

①伏事：隐秘之事。
②寅然：此处文字有缺脱。

虞卿请赵王

虞卿请赵王曰："人之情，宁朝人乎？宁朝于人也？"赵王曰："人亦宁朝人耳，何故宁朝于人？"虞卿曰："夫魏为从主①，而违者范座也。今王能以百里之地，若万户之都，请杀范座于魏，范座死，则从事可移于赵②。"赵王曰："善。"乃使人以百里之地，请杀范座于魏。魏王许诺，使司徒执范座，而未杀也。

范座献书魏王曰："臣闻赵王以百里之地，请杀座之身。夫杀无罪范座，座薄故也；而得百里之地，大利也。臣窃为大王美之。虽然，而有一焉，百里之地不可得，而死者不可复生也，则王必为天下笑矣。臣窃以为与其以死人市，不若以生人市便也。"

又遗其后相信陵君书曰："夫赵、魏，敌战之国也。赵王以咫尺之书来，而魏王轻为之杀无罪之座。座虽不肖，故魏之免相也。尝以魏之故，得罪于赵。夫国内无用臣③，外虽得地，势不能守。然今能守魏者，莫如君矣。王听赵杀座之后，强秦袭赵之欲④，倍赵之割，则君将何以止之？此君之累也。"信陵君曰："善。"遽言之王而出之。

---

①从主：合纵之主。
②从事：合纵之事。
③用臣：可以任用之臣。
④袭：因袭；沿用。

燕封宋人荣蚠为高阳君

燕封宋人荣蚠为高阳君，使将而攻赵。赵王因割济东三城令卢、高唐、平原陵地城邑市五十七，命以与齐，而以求安平君而将之。马服君谓平原君曰："国奚无人甚哉！君致安平君而将之，乃割济东三城合城市邑五十七以与齐。此夫子与敌国战①，覆军杀将之所取，割地于敌国者也。今君以此与齐，而求安平君而将之，国奚无人甚也。且君奚不将奢也？奢尝抵罪居燕，燕以奢为上谷守，燕之通谷要塞，奢习知之，百日之内，天下之兵未聚，奢已举燕矣。然则君奚求安平君而为将乎？"平原君曰："将军释之矣，仆已言之仆主矣。仆主幸以听仆也，将军无言已。"

马服君曰："君过矣。君之所以求安平君者，以齐之于燕也，茹肝涉血之仇耶②。其于奢不然。使安平君愚，固不能当荣蚠；使安平君知，又不肯与燕人战。此两言者，安平君必处一焉。虽然，两者有一也，使安平君知，则奚以赵之强为？赵强则齐不复霸矣。今得强赵之兵以杜燕将③，旷日持久数岁，令士大夫余子之力，尽于沟垒，车甲羽毛裂敝④，府库仓廪虚，两国交以习之⑤，乃引其兵而归。夫尽两国之兵，无明此者矣。"夏，军也县釜而炊⑥。得三城也，城大无能过百雉者⑦，果如马服之言也。

---

①夫：指三城。

②茹（rú，音如）：吃。

③杜：拒。

④裂：通"裂"。

⑤习：指交兵。

⑥县：同"悬"。

⑦雉：古代计算城墙面积的单位，长三丈、高一丈为一雉。

三国攻秦赵攻中山

三国攻秦，赵攻中山，取扶柳，五年以擅呼沲①。齐人戎郭、宋突谓仇郝曰："不知尽归中山之新坒②。中山案此言于齐曰③：'四国将假道于卫，以过章子之路。'齐闻此，必效鼓。"

---

①擅：意为取得后得到巩固。

②坒：即"地"字。

③案：据。

赵使赵庄合从

赵使赵庄合从，欲伐齐。齐请效地，赵因贱赵庄。齐明为谓赵王曰："齐畏从人之合也①，故效地。今闻赵庄贱，张懃贵，齐必不效地矣。"赵王曰："善。"乃召赵庄而贵之。

---

①从人：主张合纵者。

翟章从梁来

翟章从梁来，甚善赵王。赵王三延之以相①，翟章辞不受。田驷谓柱国韩向曰："臣请为卿刺之。客若死，则王必怒而诛建信君。建信君死，则卿必为相矣。建信君不死，以为交，终身不敝。卿因以德建信君矣。"

---

①延：聘请。

冯忌为庐陵君谓赵王

冯忌为庐陵君谓赵王曰:"王之逐庐陵君,为燕也。"王曰:"吾所以重者,无燕、秦也①。"对曰:"秦三以虞卿为言,而王不逐也。今燕一以庐陵君为言,而王逐之。是王轻强秦而重弱燕也。"王曰:"吾非为燕也,吾固将逐之。""然则王逐庐陵君,又不为燕也。行逐爱弟,又兼无燕、秦,臣窃为大王不取也。"

----

①无:无过于。

冯忌请见赵王

冯忌请见赵王,行人见之。冯忌接手免首①,欲言而不敢。王问其故,对曰:"客有见人于服子者,已而请其罪。服子曰:'公之客独有三罪:望我而笑,是狎也②;谈语而不称师,是倍也③;交浅而言深,是乱也。'客曰:'不然。夫望人而笑,是和也;言而不称师,是庸说也④;交浅而言深,是忠也。昔者尧见舜于草茅之中,席陇亩而荫庇桑⑤,阴移而授天下传⑥。伊尹负鼎俎而干汤⑦,姓名未著而受三公。使夫交浅者不可以深谈,则天下不传,而三公不得也。'"赵王曰:"甚善。"冯忌曰:"今外臣交浅而欲深谈可乎?"王曰:"请奉教。"于是冯忌乃谈。

----

①接手:双手相交。　免:通"俛",俯。
②狎(xiá,音霞):亲近而态度不庄重。
③倍:同"背"。
④庸:平常。
⑤荫庇桑:以桑树的枝叶遮蔽阳光。
⑥阴移:树荫移动。　授:受。　传:禅让。
⑦干:从事。

客见赵王

客见赵王曰:"臣闻王之使人买马也,有之乎?"王曰:"有之。""何故至今不遣?"王曰:"未得相马之工也。"对曰:"王何不遣建信君乎?"王曰:"建信君有国事,又不知相马。"曰:"王何不遣纪姬乎?"王曰:"纪姬妇人也,不知相马。"对曰:"买马而善,何补于国?"王曰:"无补于国。""买马而恶,何危于国?"王曰:"无危于国。"对曰:"然则买马善而若恶①,皆无危补于国。然而王之买马也,必将待工。今治天下,举错非也②,国家为虚戾,而社稷不血食,然而王不待工,而与建信君,何也?"赵王未之应也。客曰:"燕郭之法,有所谓桑雍者③,王知之乎?"王曰:"未之闻也。"所谓桑雍者,便辟左右之近者,及夫人优爱孺子也。此皆能乘王之醉昏,而求所欲于王者也。是能得之乎内,则大臣为之枉法于外矣。故日月晖于外④,其贼在于内。谨备其所憎,而祸在于所爱。"

①善而若恶：或好或坏。

②错：通"措"。

③雍：同"痈"。皮肤或皮下组织化脓性的炎症。

④晖：光辉。

秦攻魏取宁邑

秦攻魏，取宁邑，诸侯皆贺。赵王使往贺，三反不得通。赵王忧之，谓左右曰："以秦之强，得宁邑，以制齐赵，诸侯皆贺，吾往贺而独不得通，此必加兵我，为之奈何？"左右曰："使者三往不得通者，必所使者非其人也。曰谅毅者①，辩士也，大王可试使之。"

谅毅亲受命而往，至秦，献书秦王曰："大王广地宁邑②，诸侯皆贺，敝邑寡君亦窃嘉之，不敢宁居。使下臣奉其币物，三至王廷而使不得通。使若无罪，愿大王无绝其欢；若使有罪，愿得请之。"秦王使使者报曰："吾所使赵国者，小大皆听吾言，则受书币；若不从吾言，则使者归矣。"谅毅对曰："下臣之来，固愿承大国之意也，岂敢有难？大王若有以令之，请奉而西行之，无所敢疑。"

于是秦王乃见使者，曰："赵豹、平原君数欺弄寡人。赵能杀此二人，则可。若不能杀，请今率诸侯受命邯郸城下③。"谅毅曰："赵豹、平原君，亲寡君之母弟也，犹大王之有叶阳、泾阳君也。大王以孝治闻于天下，衣服使之便于体，膳啗使之嗛于口④，未尝不分于叶阳、泾阳君。叶阳君、泾阳君之车马衣服，无非大王之服御者。臣闻之：'有覆巢毁卵而凤皇不翔，刳胎焚夭而骐骥不至⑤。'今使臣受大王之令以还报，敝邑之君畏惧，不敢不行，无乃伤叶阳君、泾阳君之心乎？"

秦王曰："诺。勿使从政。"谅毅曰："敝邑之君，有母弟不能教诲，以恶大国，请黜之，勿使与政事，以称大国。"秦王乃喜，受其弊而厚遇之⑥。

---

①曰：意为有。

②广：扩展。

③受命：求战之意。

④啗（dàn，音旦）：即"啖"。吃。　　嗛：同"谦"。

⑤刳（kū，音哭）：剖开；挖空。　　夭：小孩。

⑥弊：通"币"。

赵使姚贾约韩魏

赵使姚贾约韩、魏，韩、魏以友之。举茅为姚贾谓赵王曰："贾也，王之忠臣也。韩、魏欲得之，故友之，将使王逐之，而己因受之。今王逐之，是韩、魏之欲得，而王之忠臣有罪也。故王不如勿逐，以明王之贤，而折韩、魏之招。"

魏败楚于陉山

魏败楚于陉山，禽唐明。楚王惧，令昭应奉太子以委和于薛公。主父欲败之，乃结秦连楚、宋之交，令仇郝相宋，楼缓相秦。楚王禽赵、宋，魏之和卒败。

秦召春平侯

秦召春平侯，因留之。世钧为之谓文信侯曰："春平侯者，赵王之所甚爱也。而郎中甚妒之，故相与谋曰：'春平侯入秦，秦必留之。'故谋而入之秦。今君留之，是空绝赵，而郎中之计中也。故君不如遣春平侯而留平都侯。春平侯者言行于赵王，必厚割赵以事君，而赎平都侯。"

文信侯曰："善。"因与接意而遣之。

赵太后新用事

赵太后新用事，秦急攻之。赵氏求救于齐。齐曰："必以长安君为质，兵乃出。"太后不肯，大臣强谏。太后明谓左右："有复言令长安君为质者，老妇必唾其面。"

左师触詟愿见太后，太后盛气而揖之①。入而徐趋②，至而自谢，曰："老臣病足，曾不能疾走，不得见久矣。窃自恕③，而恐太后玉体之有所郄也④，故愿望见太后。"太后曰："老妇恃辇而行⑤。"曰："日食饮得无衰乎？"曰："恃鬻耳⑥。"曰："老臣今者殊不欲食，乃自强步，日三四里，少益耆食⑦，和于身也。"太后曰："老妇不能。"太后之色少解。

左师公曰："老臣贱息舒祺⑧，最少，不肖。而臣衰，窃爱怜之，愿令得补黑衣之数⑨，以卫王宫。没死以闻⑩。"太后曰："敬诺。年几何矣？"对曰："十五岁矣。虽少，愿及未填沟壑而托之⑪。"太后曰："丈夫亦爱怜其少子乎？"对曰："甚于妇人。"太后笑曰："妇人异甚⑫。"对曰："老臣窃以为媪之爱燕后⑬，贤于长安君。"曰："君过矣。不若长安君之甚。"左师公曰："父母之爱子，则为之计深远。媪之送燕后也，持其踵为之泣，念悲其远也，亦哀之矣。已行，非弗思也，祭祀必祝之，祝曰：'必勿使反。'岂非计久长，有子孙相继为王也哉？"太后曰："然。"左师公曰："今三世以前，至于赵之为赵，赵主之子孙侯者，其继有在者乎？"曰："无有。"曰："微独赵⑭，诸侯有在者乎？"曰："老妇不闻也。""此其近者祸及身，远者及其子孙。岂人主之子孙，则必不善哉？位尊而无功，奉厚而无劳，而挟重器多也⑮。今媪尊长安君之位，而封之以膏腴之地，多予之重器，而不及今令有功于国。一旦山陵崩，长安君何以自托于赵？老臣以媪为长安君计短也，故以为其爱不若燕后。"太后曰："诺。恣君之所使之⑯。"于是为长安君约车百乘质于齐。齐兵乃出。

子义闻之曰："人主之子也，骨肉之亲也，犹不能恃无功之尊，无劳之奉，而守金玉之重也，而况人臣乎？"

---

①盛气：蓄怒未发的样子。　　揖之：骄傲蛮横的态度。

②徐趋：慢慢地前行。

③自恕：自我宽恕。

④郄（xì，音戏）：同"隙"。意为病。

⑤恃：依靠。

⑥鬻：同"粥"。

⑦耆：通"嗜"。喜好。

⑧息：儿子。

⑨补：充。　黑衣：指戎服。
⑩没死：冒死。
⑪填沟壑：意为死。
⑫异甚：异于别人而更甚。
⑬媪（ǎo，音袄）：年老的妇女。
⑭微独：不独。
⑮重器：指金银珠宝。
⑯恣（zì，音字）：任。

秦使王翦攻赵

秦使王翦攻赵，赵使李牧、司马尚御之。李牧数破走秦军，杀奉将桓齮①。王翦恶之，乃多与赵王宠臣郭开等金，使为反间，曰："李牧、司马尚欲与秦反赵，以多取封于秦。"赵王疑之，使赵葱及颜聚代将②，斩李牧，废司马尚。后三月，王翦因急击，大破赵，杀赵军，虏赵王迁及其将颜聚，遂灭赵。

---

①齮（yǐ，音椅）。
②聚（zuì，音最）。

卷二十二　魏　一

知伯索地于魏

知伯索地于魏桓子，魏桓子弗予。任章曰："何故弗予？"桓子曰："无故索地，故弗予。"任章曰："无故索地，邻国必恐；重欲无厌①，天下必惧；君予之地，知伯必憍②。憍而轻敌，邻国惧而相亲。以相亲之兵，待轻敌之国，知氏之命不长矣。《周书》曰：'将欲败之，必姑辅之；将欲取之，必姑与之。'君不如与之，以骄知伯。君何释以天下图知氏③，而独以吾国为知氏质乎④？"君曰："善。"乃与之万家之邑一。知伯大说，因索蔡、皋梁于赵，赵弗与，因围晋阳。韩、魏反于外，赵氏应之于内，知氏遂亡。

---

①重：多。
②憍：同"骄"。
③释：放弃。
④质：箭靶。

韩赵相难

韩、赵相难。韩索兵于魏曰："愿得借师以伐赵。"魏文侯曰："寡人与赵兄弟，不敢从。"赵又索兵以攻韩，文侯曰："寡人与韩兄弟，不敢从。"二国不得兵，怒而反。已，乃知文侯以讲于己也，皆朝魏。

乐羊为魏将而攻中山

乐羊为魏将而攻中山。其子在中山，中山之君烹其子而遗之羹，乐羊坐于幕下而啜之①，尽一杯。文侯谓睹师赞曰："乐羊以我之故，食其子之肉。"赞对曰："其子之肉尚食之，其谁不食。"乐羊既罢中山，文侯赏其功而疑其心。

---

①啜（chuò，音辍）：喝。

西门豹为邺令

西门豹为邺令，而辞乎魏文侯。文侯曰："子往矣，必就子之功，而成子之名。"西门豹曰："敢问就功成名，亦有术乎？"文侯曰："有之。夫乡邑老者而先受坐之士，子入而问其贤良之士而师事之，求其好掩人之美而扬人之丑者而参验之。夫物多相类而非也。幽莠之幼也似禾①，骊牛之黄也似虎②，白骨疑象，武夫类玉，此皆似之而非者也。"

---

①莠（yǒu，音有）：恶草的通称。
②骊（lí，音离）：黑色。

文侯与虞人期猎

文侯与虞人期猎。是日，饮酒乐，天雨。文侯将出，左右曰："今日饮酒乐，天又雨，公将焉之？"文侯曰："吾与虞人期猎，虽乐，岂可不一会期哉。"乃往，身自罢之。魏于是乎始强。

魏文侯与田子方饮酒而称乐

魏文侯与田子方饮酒而称乐，文侯曰："钟声不比乎①？左高。"田子方笑。文侯曰："奚笑？"子方曰："臣闻之，君明则乐官②，不明则乐音。今君审于声③，臣恐君之聋于官也。"文侯曰："善，敬闻命。"

---

①不比：不协和。
②乐官：以治官为乐。
③审：明悉。

魏武侯与诸大夫浮于西河

魏武侯与诸大夫浮于西河，称曰："河山之险，岂不亦信固哉？"王钟侍王，曰："此晋国之所以强也。若善修之，则霸王之业具矣。"吴起对曰："吾君之言，危国之道也；而子又附之，是危也。"武侯忿然曰："子之言有说乎？"

吴起对曰："河山之险，信不足保也；是伯王之业，不从此也。昔者三苗之居，左彭蠡之波，右有洞庭之水，文山在其南，而衡山在其北。恃此险也，为政不善，而禹放逐之。夫夏桀之国，左天门之阴，而右天溪之阳，庐、峄在其北，伊、洛出其南。有此险也，然为政不善，而汤伐之。殷纣之国，左孟门，而右漳、釜，前带河，后被山。有此险也，然为政不善，而武王伐之。且君亲从臣而胜降城，城非不高也，人民非不众也，然而可得并者，政恶故也。从是观之，地形险阻，奚足以霸王矣！"

武侯曰："善。吾乃今日闻圣人之言也。西河之政，专委之子矣。"

魏公叔痤为魏将

魏公叔痤为魏将[1]，而与韩、赵战浍北[2]，禽乐祚[3]。魏王说，迎郊，以赏田百万禄之。公叔痤反走，再拜辞曰："夫使士卒不崩，直而不倚[4]，挠拣而不辟者[5]，此吴起余教也，臣不能为也。前脉地形之险阻[6]，决利害之备，使三军之士不迷惑者，巴宁、爨襄之力也[7]。县赏罚于前，使民昭然信之于后者，王之明法也。见敌之可也鼓之，不敢怠倦者，臣也。王特为臣之右手不倦赏臣，何也？若以臣之有功，臣何力之有乎？"王曰："善。"于是索吴起之后，赐之田二十万，巴宁、爨襄田各十万。

王曰："公叔岂非长者哉。既为寡人胜强敌矣，又不遗贤者之后，不揜能士之迹[8]。公叔何可无益乎？"故又与田四十万，加之百万之上，使百四十万。故《老子》曰："圣人无积，尽以为人，己愈有；既以与人，己愈多。"公叔当之矣。

---

①痤（cuó，音挫）。
②浍（kuài，音快）。
③祚（zuò，音做）。
④倚：偏。
⑤挠：弯曲。　　拣：通"栋"。　　辟：同"避"。
⑥脉：探明。
⑦爨（cuàn，音窜）。
⑧揜（yǎn，音掩）：掩盖。

魏公叔痤病

魏公叔痤病，惠王往问之，曰："公叔病，即不可讳[1]，将奈社稷何？"公叔痤对曰："痤有御庶子公孙鞅，愿王以国事听之也。为弗能听，勿使出竟[2]。"王弗应，出而谓左右曰："岂不悲哉。以公叔之贤，而谓寡人必以国事听鞅，不亦悖乎。"

公叔痤死，公孙鞅闻之已葬，西之秦，孝公受而用之。秦果日以强，魏日以削。此非公叔之悖也，惠王之悖也。悖者之患，固以不悖者为悖。

①讳：意为讳言死。
②竟：同"境"。

苏子为赵合从说魏

苏子为赵合从，说魏王曰："大王之地，南有鸿沟、陈、汝南，有许、鄢、昆阳、邵陵、舞阳、新郪，东有淮、颍、沂、黄、煮枣、海盐、无疎，西有长城之界，北有河外、卷、衍、燕、酸枣，地方千里，地名虽小，然而庐田庑舍，曾无所刍牧牛马之地①。人民之众，车马之多，日夜行不休已，无以异于三军之众。臣窃料之，大王之国，不下于楚。然横人谋王②，外交强虎狼之秦，以侵天下，卒有国患，不被其祸。夫挟强秦之势，以内劫其主，罪无过此者。且魏，天下之强国也；大王，天下之贤主也。今乃有意西面而事秦，称东藩，筑帝宫，受冠带，祠春秋③。臣窃为大王愧之。

"臣闻越王勾践以散卒三千，禽夫差于干遂；武王卒三千人，革车三百乘，斩纣于牧之野。岂其士卒众哉？诚能振其威也。今窃闻大王之卒，武力二十余万，苍头二千万④，奋击二十万，厮徒十万⑤，车六百乘，骑五千匹。此其过越王勾践、武王远矣。今乃劫于辟臣之说⑥，而欲臣事秦。夫事秦，必割地效质，故兵未用而国已亏矣。凡群臣之言事秦者，皆奸臣，非忠臣也。夫为人臣，割其主之地以求外交，偷取一旦之功而不顾其后，破公家而成私门，外挟强秦之势以内劫其主，以求割地。愿大王之熟察之也。

"《周书》曰：'绵绵不绝，缦缦奈何；毫毛不拔，将成斧柯。'前虑不定，后有大患，将奈之何？大王诚能听臣，六国从亲，专心并力，则必无强秦之患。故敝邑赵王，使使臣献愚计，奉明约，在大王诏之。"魏王曰："寡人不肖，未尝得闻明教。今主君以赵王之诏诏之，敬以国从。"

---

①刍：饲养。
②横人：连横之人。
③祠春秋：帮助秦祭祀先祖。
④苍头：战国时以青巾裹头的士卒。
⑤厮徒：指为军队服杂役者。
⑥劫：听从。

张仪为秦连横说魏

张仪为秦连横，说魏王曰："魏地方不至千里，卒不过三十万人。地四平，诸侯四通，条达辐凑①，无有名山大川之阻。从郑至梁，不过百里；从陈至梁，二百余里。马驰人趋，不待倦而至梁。南与楚境，西与韩境，北与赵境，东与齐境。卒戍四方，守亭障者参列②，粟粮漕庾③，不下十万。魏之地势，故战场也。魏南与楚而不与齐④，则齐攻其东；东与齐而不与赵，则赵攻其北；不合于韩，则韩攻其西；不亲于楚，则楚攻其南。此所谓四分五裂之道也。

"且夫诸侯之为从者，以安社稷、尊主、强兵、显名也。合从者，一天下，约为兄弟，刑白马以盟于洹水之上，以相坚也。夫亲昆弟，同父母，尚有争钱财。而欲恃诈伪反覆苏秦之余谋，其不可以成，亦明矣。

"大王不事秦，秦下兵攻河外，拔卷、衍、燕、酸枣，劫卫，取晋阳，则赵不南。赵不南，则魏不北；魏不北，则从道绝⑤；从道绝，则大王之国欲求无危，不可得也。秦挟韩而攻魏，韩劫于秦，不敢不听。秦、韩为一国，魏之亡可立而须也⑥。此臣之所以为大王患也。为大王计，莫如事秦。事秦则楚、韩必不敢动，无楚、韩之患，则大王高枕而卧，国必无忧矣。

"且夫秦之所欲弱，莫如楚；而能弱楚者，莫若魏。楚虽有富大之名，其实空虚。其卒虽众多，多言而轻走，易北⑦，不敢坚战。魏之兵南面而伐，胜楚必矣。夫亏楚而益魏，攻楚而适秦⑧，内嫁祸安国，此善事也。大王不听臣，秦甲出而东，虽欲事秦而不可得也。

"且夫从人多奋辞而寡可信⑨，说一诸侯之王，出而乘其车；约一国而反，成而封侯之基。是故天下之游士，莫不日夜扼腕、瞋目、切齿以言从之便⑩，以说人主。人主览其词，牵其说，恶得无眩哉⑪？臣闻积羽沉舟，群轻折轴，众口铄金，故愿大王之熟计之也。"

魏王曰："寡人蠢愚，前计失之。请称东藩，筑帝宫，受冠带，祠春秋，效河外。"

---

①条达辐凑：四通八达。

②亭障：古代在边境险要处供防守的堡垒。　　参列：交错排列。

③庾（yǔ，音雨）：露天的积谷处。

④与：结盟。

⑤从道：合纵之道。

⑥须：等待。

⑦北：败。

⑧适：归。

⑨奋辞：大话。

⑩扼腕：用手握腕。表示情绪的激动、振奋或惋惜。瞋目：睁大眼睛。

⑪眩：眼花。

齐魏约而伐楚

齐、魏约而伐楚，魏以董庆为质于齐。楚攻齐，大败之，而魏弗救。田婴怒，将杀董庆。盱夷为董庆谓田婴曰①："楚攻齐，大败之，而不敢深入者，以魏为将内之于齐②，而击其后。今杀董庆，是示楚无魏也。魏怒，合于楚，齐必危矣。不如贵董庆以善魏，而疑之于楚也。"

---

①盱（gàn，音肝）。

②内之于齐：使其深入于齐地。

苏秦拘于魏

苏秦拘于魏，欲走而之韩，魏氏闭关而不通。齐使苏厉为之谓魏王曰："齐请以宋地封泾阳君，而秦不受也。夫秦非不利有齐而得宋地也，然其所以不受者，不信齐王与苏秦也。今秦见齐、魏之不合也，如此其甚也，则齐必不欺秦，而秦信齐矣。齐、秦合而泾阳君有宋地，则非魏之利也。故王不如复东苏秦①，秦必疑齐而不听也。夫齐、秦不合，天下无忧；伐齐成，则地广矣。"

①东苏秦：让苏秦东去齐国。

陈轸为秦使于齐

　　陈轸为秦使于齐，过魏，求见犀首。犀首谢陈轸①，陈轸曰："轸之所以来者，事也。公不见轸，轸且行，不得待异日矣。"犀首乃见之。陈轸曰："公恶事乎？何为饮食而无事？无事必来。"犀首曰："衍不肖，不能得事焉，何敢恶事？"陈轸曰："请移天下之事于公。"犀首曰："奈何？"陈轸曰："魏王使李从以车百乘使于楚，公可以居其中而疑之。公谓魏王曰：'臣与燕、赵故矣，数令人召臣也，曰无事必来。今臣无事，请谒而往。无久②，旬、五之期③。'王必无辞以止公。公得行，因自言于廷曰：'臣急使燕、赵。'急约车为行具。"犀首曰："诺。"谒魏王，王许之。即明言使燕、赵。

　　诸侯客闻之，皆使人告其王曰："李从以车百乘使楚，犀首又以车三十乘使燕、赵。"齐王闻之，恐后天下得魏，以事属犀首。犀首受齐事，魏王止其行使。燕、赵闻之，亦以事属犀首。楚王闻之，曰："李从约寡人，今燕、齐、赵皆以事因犀首④，犀首必欲寡人，寡人欲之。"乃倍李从⑤，而以事因犀首。魏王曰："所以不使犀首者，以为不可。今四国属以事，寡人亦以事因焉。"犀首遂主天下之事，复相魏。

---

①谢：辞而不见。

②无久：时间不多。

③旬：十天。　　旬、五之期：以十天五天为期。

④因：任。

⑤倍：背。

张仪恶陈轸于魏王

　　张仪恶陈轸于魏王，曰："轸善事楚，为求壤地也，甚力之。"左华谓陈轸曰："仪善于魏王，魏王甚爱之。公虽百说之，犹不听也。公不如仪之言为资，而反于楚王。"陈轸曰："善。"因使人先言于楚王。

张仪欲穷陈轸

　　张仪欲穷陈轸，令魏王召而相之，来将悟之①。将行，其子陈应止其公之行②，曰："物之湛者③，不可不察也。郑强出秦曰，应为知④。夫魏欲绝楚、齐，必重迎公。郢中不善公者，欲公之去也，必劝王多公之车。公至宋，道称疾而毋行，使人谓齐王曰：'魏之所以迎我者，欲以绝齐、楚也。'"

　　齐王曰："子果无之魏而见寡人也，请封子。"因以鲁侯之车迎之。

---

①悟：通"圄"。囚禁。

②公：通"翁"。父亲。

③湛：深。
④应为知：指陈应多智。

张仪走之魏

　　张仪走之魏①，魏将迎之。张丑谏于王，欲勿内②，不得于王。张丑退，复谏于王，曰："王亦闻老妾事其主妇者乎？子长色衰，重家而已③。今臣之事王，若老妾之事其主妇者。"魏王因不纳张仪。

---

①走：亡走。
②内：纳。
③重家：再嫁。

张仪欲以魏合于秦韩

　　张仪欲以魏合于秦、韩而攻齐、楚，惠施欲以魏合于齐、楚以案兵①，人多为张子于王所。惠子谓王曰："小事也，谓可者谓不可者正半，况大事乎？以魏合于秦、韩而攻齐、楚，大事也，而王之群臣皆以为可。不知是其可也，如是其明耶？而群臣之知术也，如果其同耶？是其可也，未如是其明也，而群臣之知术也，又非皆同也，是有其半塞也②。所谓劫主者，失其半者也。"

---

①案兵：止兵。
②塞：不明。

张子仪以秦相魏

　　张子仪以秦相魏，齐、楚怒而欲攻魏。雍沮谓张子曰："魏之所以相公者，以公相则国家安，而百姓无患。今公相而魏受兵，是魏计过也。齐、楚攻魏，公必危矣。"张子曰："然则奈何？"雍沮曰："请令齐、楚解攻。"雍沮谓齐、楚之君曰："王亦闻张仪之约秦王乎？曰：'王若相仪于魏，齐、楚恶仪，必攻魏。魏战而胜，是齐、楚之兵折，而仪固得魏矣。若不胜，魏必事秦以持其国，必割地以赂王。若欲复攻，其敝不足以应秦。此仪之所以与秦王阴相结也。今仪相魏而攻之，是使仪之计当于秦也，非所以穷仪之道也。"齐、楚之王曰："善。"乃遽解攻于魏①。

---

①遽：马上。

张仪欲并相秦魏

　　张仪欲并相秦、魏，故谓魏王曰："仪请以秦攻三川，王以其间约南阳①，韩氏亡。"史厌谓赵献曰："公何不以楚佐仪，求相之于魏？韩恐亡，必南走楚。仪兼相秦、魏，则公亦必并相楚、韩也。"

---

①约：缠束。意为攻打。

魏王将相张仪

魏王将相张仪。犀首弗利，故令人谓韩公叔曰："张仪已合秦、魏矣。其言曰：'魏攻南阳，秦攻三川，韩氏必亡。'且魏王所以贵张子者，欲得地，则韩之南阳举矣。子盍少委焉①？以为衍功，则秦、魏之交可废矣。如此，则魏必图秦而弃仪，收韩而相衍。"公叔以为信，因而委之。犀首以为功，果相魏。

---

①盍：为何。

楚许魏六城

楚许魏六城，与之伐齐而存燕。张仪欲败之，谓魏王曰："齐畏三国之合也，必反燕地以下楚。楚、赵必听之，而不与魏六城。是王失谋于楚、赵，而树怨而于齐、秦也。齐遂伐赵，取乘丘，收侵地，虚、顿丘危。楚破南阳九夷，内沛①，许、鄢陵危。王之所得者，新观也。而道涂宋、卫为制②，事败为赵驱，事成功县宋、卫③。"魏王弗听也。

---

①内：收纳。
②涂：通"途"。　为制：受到限制。
③县：同"悬"。

张仪告公仲

张仪告公仲，令以饥故，赏韩王以近河外①。魏王惧，问张子。张子曰："秦欲救齐，韩欲攻南阳，秦、韩合而欲攻南阳，无异也。且以遇卜王②，王不遇秦，韩之卜也决矣。"魏王遂尚遇秦，信韩、广魏、救赵、斥楚人③，遽于革下④。伐齐之事遂败。

---

①赏：劝。
②卜：卜问。
③广：宽。
④革（bì，音币）。

徐州之役犀首谓梁王

徐州之役，犀首谓梁王曰："何不阳与齐，而阴结于楚？二国恃王，齐、楚必战。齐战胜楚，而与乘之，必取方城之外；楚战胜齐败，而与乘之，是太子之仇报矣。"

秦 败 东 周

秦败东周，与魏战于伊阙，杀犀武。魏令公孙衍乘胜而留于境①，请卑辞割地以讲于秦。为窦屡谓魏王曰："臣不知衍之所以听于秦之少多，然而臣能半衍之割，而令秦讲于王。"王曰："奈何？"对曰："王不若与窦屡关内侯，而令之赵。王重其行而厚奉之，因扬言曰：'闻周、魏令窦屡以割魏于奉阳君，而听秦矣。'夫周君、窦屡、奉阳君之与穰侯，贸首之仇也②。今行和者，窦屡也；制割者，奉阳君也。太后恐其不因穰侯也，而欲败之，必以少割请合于王，而和于东周与魏也。"

①乘胜：因为秦的胜利。
②贸首：双方仇恨极深，都想得到对方的头颅才甘心。

齐王将见燕赵楚之相于卫

齐王将见燕、赵、楚之相于卫，约外魏①。魏王惧，恐其谋伐魏也，告公孙衍。公孙衍曰："王与臣百金，臣请败之。"王为约车，载百金。犀首期齐王至之日②，先以车五十乘至卫间齐③。行以百金，以请先见齐王，乃得见。因久坐安，从容谈三国之相怨。

谓齐王曰："王与三国约外魏，魏使公孙衍来，今久与之谈，是王谋三国也。"齐王曰："魏王闻寡人来，使公孙子劳寡人，寡人无与之语也。"三国之不相信齐王之遇，遇事遂败。

①约外魏：相约不与魏亲近。
②期：预期。
③间：乘隙。

魏令公孙衍请和于秦

魏令公孙衍请和于秦，綦毋恢教之语，曰："无多割。曰：'和成，固有秦重，以与王遇；和不成，则后必莫能以魏合于秦者矣。'"

公孙衍为魏将

公孙衍为魏将，与其相田繻不善①。季子为衍谓梁王曰："王独不见夫服牛骖骥乎②？不可以行百步。今王以衍为可使将，故用之也。而听相之计，是服牛骖骥也。牛马俱死，而不能成其功，王之国必伤矣。愿王察之。"

①繻（rú，音如；又读xū）。

②服牛：驾驭牛。

卷二十三　魏　二

犀首田盼欲得齐魏

犀首、田盼欲得齐、魏之兵以伐赵，梁君与田侯不欲。犀首曰："请国出五万人，不过五月而赵破。"田盼曰："夫轻用其兵者，其国易危；易用其计者，其身易穷。公今言破赵大易，恐有后咎。"犀首曰："公之不慧也。夫二君者，固已不欲矣，今公又言有难以惧之。是赵不伐，而二士之谋困也。且公直言易，而事已去矣。夫难构而兵结①，田侯、梁君见其危，又安敢释卒不我予乎？"田盼曰："善。"遂劝两君听犀首。犀首、田盼遂得齐、魏之兵。兵未出境，梁君、田侯恐其至而战败也，悉起兵从之，大败赵氏。

---

①难构：结难。

犀首见梁君

犀首见梁君曰："臣尽力竭知，欲以为王广土取尊名。田需从中败君，王又听之，是臣终无成功也。需亡，臣将侍；需侍，臣请亡。"王曰："需，寡人之股掌之臣也①。为子之不便也，杀之亡之，毋谓天下何，内之无若群臣何也。今吾为子外之，令毋敢入子之事。入子之事者，吾为子杀之亡之，胡如？"犀首许诺。于是东见田婴，与之约结；召文子而相之魏，身相于韩②。

---

①股掌：意为亲信。
②身：自己。

苏代为田需说魏王

苏代为田需说魏王曰："臣请问文之为魏，孰与其为齐也？"王曰："不如其为齐也。""衍之为魏，孰与其为韩也？"王曰："不如其为韩也。"而苏代曰："衍将右韩而左魏①，文将右齐而左魏。二人者，将用王之国，举事于世，中道而不可②，王且无所闻之矣。王之国虽渗乐而从之可也③。王不如舍需于侧，以稽二人者之所为④。二人者曰：'需非吾人也，吾举事而不利于魏，需必挫我于王。'二人者必不敢有外心矣。二人者之所为之，利于魏与不利于魏，王厝需于侧以稽之⑤，臣以为身利而便于事。"王曰："善。"果厝需于侧。

①右：近。　　左：远。
②中道：折衷之道。
③渗：漏。
④稽：考察。
⑤厝：同"措"。置。

史举非犀首于王

史举非犀首于王，犀首欲穷之，谓张仪曰："请令王让先生以国，王为尧、舜矣；而先生弗受，亦许由也。衍请因令王致万户邑于先生。"张仪说，因令史举数见犀首。王闻之而弗任也，史举不辞而去。

楚王攻梁南

楚王攻梁南，韩氏因围蔷。成恢为犀首谓韩王曰："疾攻蔷，楚师必进矣。魏不能支，交臂而听楚，韩氏必危。故王不如释蔷。魏无韩患，必与楚战。战而不胜，大梁不能守，而又况存蔷乎？若战而胜，兵罢敝①，大王之攻蔷易矣。"

①罢：同"疲"。

魏惠王死

魏惠王死，葬有日矣。天大雨雪①，至于牛目②，坏城郭。且为栈道而葬，群臣多谏太子者，曰："雪甚如此而丧行，民必甚病之，官费又恐不给，请弛期更日③。"太子曰："为人子，而以民劳与官费用之故，而不行先王之丧，不义也。子勿复言。"

群臣皆不敢言，而以告犀首。犀首曰："吾未有以言之也。是其唯惠公乎。请告惠公。"

惠公曰："诺。"驾而见太子，曰："葬有日矣。"太子曰："然。"惠公曰："昔王季历葬于楚山之尾，栾水啮其墓④，见棺之前和⑤。文王曰：'嘻！先君必欲一见群臣百姓也夫，故使栾水见之。'于是出而为之张于朝，百姓皆见之，三日而后更葬。此文王之义也。今葬有日矣，而雪甚，及牛目，难以行。太子为及日之故，得毋嫌于欲亟葬乎？愿太子更日。先王必欲少留而扶社稷、安黔首也，故使雪甚。因弛期而更为日，此文王之义也。若此而弗为，意者羞法文王乎？"太子曰："甚善。敬弛期，更择日。"

惠子非徒行其说也，又令魏太子未葬其先王，而因又说文王之义。说文王之义以示天下，岂小功也哉！

①雨雪：下雪。
②至于牛目：意为积雪很深。
③弛期：改期。
④啮：侵蚀。
⑤和：棺木的两头。

五国伐秦无功而还

五国伐秦，无功而还。其后，齐欲伐宋，而秦禁之。齐令宋郭之秦，请合而以伐宋，秦王许之。魏王畏齐、秦之合也，欲讲于秦。

谓魏王曰："秦王谓宋郭曰：'分宋之城，服宋之强者，六国也。乘宋之敝，而与王争得者，楚、魏也。请为王毋禁楚之伐魏也，而王独举宋。王之伐宋也，请刚柔而皆用之。如宋者，欺之不为逆，杀之不为仇者也。王无与之讲以取地，既已得地矣。又以力攻之，期于啗宋而已矣。'

"臣闻此言，而窃为王悲。秦必且用此于王矣，又必且劫王以求地。既已得地，又且以力攻王，又必谓王曰使王轻齐。齐、魏之交已丑①，又且收齐以更索于王。秦尝用此于楚矣，又尝用此于韩矣。愿王之深计之也。秦善魏不可知也已。故为王计，太上伐秦，其次宾秦②，其次坚约而详讲，与国无相离也③。秦、齐合，国不可为也已。王其听臣也，必无与讲。

"秦权重魏，魏冉明熟，是故又为足下伤秦者，不敢显也。天下可令伐秦，则阴劝而弗敢图也。见天下之伤秦也，则先鬻与国而以自解也④。天下可令宾秦，则为劫于与国而不得已者。天下不可，则先去，而以秦为上交以自重。如是人者，鬻王以为资者也，而焉能免国于患？免国于患者，必穷三节⑤，而行其上。上不可，则行其中；中不可，则行其下；下不可，则明不与秦⑥。而生以残秦⑦，使秦皆无百怨百利，唯己之曾安。令足下鬻之以合于秦，是免国于患者之计也。臣何足以当之？虽然，愿足下之论臣之计也。

"燕，齐仇国也；秦，兄弟之交也。合仇国以伐婚姻，臣为之苦矣。黄帝战于涿鹿之野，而西戎之兵不至；禹攻三苗，而东夷之民不起。以燕伐秦，黄帝之所难也，而臣以致燕甲而起齐兵矣。

"臣又偏事三晋之吏⑧，奉阳君、孟尝君、韩呡、周冣、周、韩余为徒⑨，从而下之⑩。恐其伐秦之疑也，又身自丑于秦。扮之请焚天下之秦符者⑪，臣也；次传焚符之约者⑫，臣也，欲使五国约闭秦关者，臣也。奉阳君、韩余为既和矣，苏修、朱婴既皆阴在邯郸，臣又说齐王而往败之。天下共讲，因使苏修游天下之语，而以齐为上交，兵请伐魏，臣又争之以死。而果西因苏修重报。臣非不知秦权之重也，然而所以为之者，为足下也。"

---

①丑：相恶。

②宾：摈斥。

③与国：盟国。

④鬻：出卖。

⑤穷：明悉。

⑥与秦：与结盟。

⑦生：进。　残：伐。

⑧偏：通"遍"。

⑨为徒：与为徒友。

⑩从：合纵。

⑪扮：握。

⑫传：传于天下之国。

魏文子田需周宵相善

魏文子、田需、周宵相善，欲罪犀首。犀首患之，谓魏王曰："今所患者，齐也。婴子言行于齐王，王欲得齐，则胡不召文子而相之？彼必务以齐事王。"王曰："善。"因召文子而相之。犀首以倍田需、周宵①。

①倍：同"背"。

魏王令惠施之楚

魏王令惠施之楚，令犀首之齐。钧二子者①，乘数钧，将测交也②。施因令人先之楚，言曰："魏王令犀首之齐，惠施之楚，钧二子者，将测交也。"楚王闻之，因郊迎惠施。

①钧：均等。
②测交：测验交往的厚薄。

魏惠王起境内众

魏惠王起境内众，将太子申而攻齐。客谓公子理之傅曰："何不令公子泣王太后，止太子之行？事成则树德，不成则为王矣。太子年少，不习于兵。田盼宿将也，而孙子善用兵。战必不胜，不胜必禽①。公子争之于王，王听公子，公子必封；不听公子，太子必败。败，公子必立；立，必为王也。"

①禽：被擒。

齐魏战于马陵

齐、魏战于马陵，齐大胜魏，杀太子申，覆十万之军。魏王召惠施而告之，曰："夫齐，寡人之仇也，怨之至死不忘。国虽小，吾常欲悉起兵而攻之，何如？"对曰："不可。臣闻之，王者得度①，而霸者知计。今王所以告臣者，疏于度而远于计。王固先属怨于赵，而后与齐战。今战不胜，国无守战之备，王又欲悉起而攻齐，此非臣之所谓也。王若欲报齐乎，则不如因变服折节而朝齐，楚王必怒矣。王游人而合其斗②，则楚必伐齐。以休楚而伐罢齐③，则必为楚禽矣。是王以楚毁齐也。"魏王曰："善。"乃使人报于齐，愿臣畜而朝④。

田婴许诺。张丑曰："不可。战不胜魏而得朝礼，与魏和而下楚，此可以大胜也。今战胜魏，覆十万之军，而禽太子申，臣万乘之魏，而卑秦、楚，此其暴戾定矣⑤。且楚王之为人也，好用兵而甚务名，终为齐患者，必楚也。"田婴不听，遂内魏王，而与之并朝齐侯再三。

赵氏丑之。楚王怒，自将而伐齐。赵应之，大败齐于徐州。

---

①度：分寸；法度。
②游人：派人游说。
③罢：同"疲"。
④畜：以牛马自比。
⑤暴戾定矣：被人认定为残暴凶狠了。

惠施为韩魏交

惠施为韩、魏交①，令太子鸣为质于齐。王欲见之，朱仓谓王曰："何不称病？臣请说婴子曰：'魏王之年长矣，今有疾，公不如归太子以德之。不然，公子高在楚，楚将内而立之②，是齐抱空质而行不义也。'"

---

①为：合。
②内：纳。

田需贵于魏王

田需贵于魏王，惠子曰："子必善左右。今夫杨①，横树之则生，倒树之则生，折而树之又生。然使十人树杨，一人拔之，则无生杨矣。故以十人之众，树易生之物，然而不胜一人者，何也？树之难而去之易也。今子虽自树于王，而欲去子者众，则子必危矣。"

---

①杨：杨树。

田需死昭鱼谓苏代

田需死，昭鱼谓苏代曰："田需死，吾恐张仪、薛公、犀首之有一人相魏者。"代曰："然则相者以谁而君便之也？"昭鱼曰："吾欲太子之自相也。"代曰："请为君北见梁王，必相之矣。"昭鱼曰："奈何？"代曰："君其为梁王，代请说君。"昭鱼曰："奈何？"对曰："代也从楚来，昭鱼甚忧。代曰：'君何忧？'曰：'田需死，吾恐张仪、薛公、犀首有一人相魏者。'代曰：'勿忧也。梁王，长主也，必不相张仪。张仪相魏，必右秦而左魏；薛公相魏，必右齐而左魏；犀首相魏，必右韩而左魏。梁王，长主也，必不使相也。'代曰：'莫如太子之自相。是三人皆以太子为非固相也，皆将务以其国事魏，而欲丞相之玺。以魏之强，而持三万乘之国辅之，魏必安矣。故曰，不如太子之自相也。'"遂北见梁王，以此语告之，太子果自相。

秦召魏相信安君

秦召魏相信安君，信安君不欲往。苏代为说秦王曰："臣闻之，忠不必党①，党必不忠。今臣愿大王陈臣之愚意，恐其不忠于下吏，自使有要领之罪②，愿大王察之。今大王令人执事于魏③，以完其交，臣恐魏交之益疑也。将以塞赵也，臣又恐赵之益劲也。夫魏王之爱习魏信也④，甚矣；其智能而任用之也，厚矣；其畏恶严尊秦也⑤，明矣。今王之使人入魏而不用，则王之使人入魏无益也。若用，魏必舍所爱习而用。所畏恶，此魏王之所以不安。夫舍万乘之事而退，此魏信之所难行也。夫令人之君处所不安，令人之相行所不能，以此为亲，则难久矣。臣故恐魏交之益疑也。且魏信舍事⑥，则赵之谋者必曰：'舍于秦，秦必令其所爱信者用赵。是赵存而我亡也，赵安而我危也。'则上有野战之气，下有坚守之心，臣故恐赵之益劲也。

"大王欲完魏之交，而使赵小心乎？不如用魏信而尊之以名。魏信事王，国安而名尊；离王，国危而权轻。然则魏信之事主也，上所以为其主者忠矣，下所以自为者厚矣，彼其事王必完矣。赵之用事者必曰：'魏氏之名族不高于我，土地之实不厚于我，魏信以韩、魏事秦，秦甚善之，国得安焉，身取尊焉。今我讲难于秦⑦，兵为招质⑧，国处削危之形，非得计也。结怨于外，主患于中，身处死亡之地，非完事也。'彼将伤其前事，而悔其过行，冀其利⑨，必多割地以深下王⑩。则是大王垂拱之，割地以为利，重尧、舜之所求而不能得也⑪。臣愿大王察之。"

①党：结党。

②要领：斩首。

③执事：当权。

④习：熟悉。

⑤恶：惧。

⑥舍事：不再当权。

⑦讲难：结难。

⑧招质：招引；招来。

⑨冀：希望。

⑩下：事。

⑪重：重复。

秦楚攻魏围皮氏

秦、楚攻魏，围皮氏。为魏谓楚王曰："秦、楚胜魏，魏王之恐也见亡矣，必合于秦。王何不倍秦而与魏王①？魏王喜，必内太子②。秦恐失楚，必效城地于王。王虽复与之攻魏可也。"楚王曰："善。"乃倍秦而与魏。魏内太子于楚。

秦恐，许楚城地，欲与之复攻魏。樗里疾怒，欲与魏攻楚，恐魏之以太子在楚不肯也。为疾谓楚王曰："外臣疾使臣谒之，曰：'敝邑之王，欲效城地，而为魏太子之尚在楚也，是以未敢。王出魏质，臣请效之，而复固秦、楚之交，以疾攻魏。'"楚王曰："诺。"乃出魏太子。秦因合魏以攻楚。

①倍：同"背"。　　与：结盟。

②内：纳。

庞葱与太子质于邯郸

庞葱与太子质于邯郸，谓魏王曰："今一人言市有虎，王信之乎？"王曰："否。""二人言市有虎，王信之乎？"王曰："寡人疑之矣。""三人言市有虎，王信之乎？"王曰："寡人信之矣。"庞葱曰："夫市之无虎明矣，然而三人言而成虎。今邯郸去大梁也远于市，而议臣者过于三人矣。愿王察之矣。"王曰："寡人自为知①。"于是辞行，而谗言先至。后太子罢质，果不得见。

---

①自为知：意为不轻信于人。

梁王魏婴觞诸侯于范台

梁王魏婴觞诸侯于范台，酒酣，请鲁君举觞。鲁君兴①，避席择言曰②："昔者，帝女令仪狄作酒而美，进之禹。禹饮而甘之，遂疏仪狄，绝旨酒③，曰：'后世必有以酒亡其国者。'齐桓公夜半不嗛④，易牙乃煎敖燔炙⑤，和调五味而进之。桓公食之而饱，至旦不觉⑥，曰：'后世必有以味亡其国者。'晋文公得南之威，三日不听朝，遂推南之威而远之，曰：'后世必有以色亡其国者。'楚王登强台而望崩山，左江而右湖，以临彷徨，其乐忘死。遂盟强台而弗登，曰：'后世必有以高台陂池亡其国者⑦。'今主君之尊，仪狄之酒也；主君之味，易牙之调也；左白台而右闾须，南威之美也；前夹林而后兰台，强台之乐也。有一于此，足以亡其国。今主君兼此四者，可无戒与？"梁王称善，相属。

---

①兴：起。
②避席：离席起立。
③旨酒：美酒。
④嗛（qiè，音怯）：通"慊"。满足；快意。
⑤敖：通"熬"。   燔（fán，音凡）：烧。
⑥觉：醒。
⑦陂（bēi，音杯）池：池沼。

卷二十四 魏 三

秦赵约而伐魏

秦、赵约而伐魏，魏王患之。芒卯曰："王勿忧也。臣请发张倚使谓赵王曰：'夫邺，寡人固刑弗有也①。今大王收秦而攻魏，寡人请以邺事大王。'"赵王喜，召相国而命之，曰："魏王请以邺事寡人，使寡人绝秦。"相国曰："收秦攻魏，利不过邺。今不用兵而得邺，请许魏。"

张倚因谓赵王曰："敝邑之吏效城者，已在邺矣。大王且何以报魏?"赵王因令闭关绝秦，秦、赵大恶。

芒卯应赵使曰："敝邑所以事大王者，为完邺也。今郊邺者，使者之罪也，卯不知也。"赵王恐魏承秦之怒，遽割五城，以合于魏而支秦②。

---

① 刑：通"形"。势。

② 支：抵御。

芒卯谓秦王

芒卯谓秦王曰："王之士未有为之中者也①。臣闻明王不背中而行。王之所欲于魏者，长羊、王屋、洛林之地也。王能使臣为魏之司徒，则臣能使魏献之。"秦王曰："善。"因任之以为魏之司徒。

谓魏王曰："王所患者，上地也；秦之所欲于魏者，长羊、王屋、洛林之地也。王献之秦，则上地无忧患，因请以下兵东击齐②，攘地必远矣③。魏王曰："善。"因献之秦。

地入数月而秦兵不下，魏王谓芒卯曰："地已入数月，而秦兵不下，何也?"芒卯曰："臣有死罪。虽然，臣死，则契折于秦④，王无以责秦。王因赦其罪，臣为王责约于秦。"

乃之秦，谓秦王曰："魏之所以献长羊、王屋、洛林之地者，有意欲以下大王之兵，东击齐也。今地已入，而秦兵不可下，臣则死人也。虽然，后山东之士，无以利事王者矣。"秦王懹然曰⑤："国有事，未澹下兵也⑥，今以兵从。"后十日，秦兵下，芒卯并将秦、魏之兵，以东击齐，启地二十二县⑦。

---

① 为之中者：指在别国做内应者。

② 下兵：出兵。

③ 攘：拓。

④ 折：毁。

⑤ 懹（jué，音觉）：敬畏的样子。

⑥ 澹（shàn，音善）：通"赡"。供给；供应。

⑦ 启：开。

秦败魏于华走芒卯而围大梁

秦败魏于华，走芒卯而围大梁。须贾为魏谓穰侯曰："臣闻魏氏大臣父兄皆谓魏王曰：'初时惠王伐赵，战胜乎三梁，十万之军拔邯郸，赵氏不割而邯郸复归。齐人攻燕，杀子之，破故国，燕不割，而燕国复归。燕、赵之所以国全兵劲，而地不并乎诸侯者，以其能忍难而重出地也。宋、中山数伐数割，而随以亡。臣以为燕、赵可法①，而宋、中山可无为也。夫秦，贪戾之国而无亲，蚕食魏，尽晋国，战胜暴子，割八县，地未毕入而兵复出矣。夫秦何厌之有哉。今又走芒卯，入北地，此非但攻梁也，且劫王以多割也，王必勿听也。今王循楚、赵而讲，楚、赵怒而与王争事秦，秦必受之。秦挟楚、赵之兵以复攻，则国救亡不可得也已。愿王之必无讲也。王若欲讲，必少割而有质②，不然必欺③。'是臣之所闻于魏也，愿君之以是虑事也。

"《周书》曰：'维命不于常。'此言幸之不可数也。夫战胜睪子而割八县，此非兵力之精，非计之工也④，天幸为多矣⑤。今又走芒卯，入北地，以攻大梁，是以天幸自为常也。知者不然。

"臣闻魏氏悉其百县胜兵，以止戍大梁，臣以为不下三十万。以三十万之众，守十仞之城，臣以为虽汤、武复生，弗易攻也。夫轻信楚、赵之兵，陵十仞之城，战三十万之众，而志必举之，臣以为自天下之始分以至于今，未尝有之也。攻而不能拔，秦兵必罢⑥，阴必亡，则前功必弃矣。今魏方疑，可以少割收也，愿之及楚、赵之兵未任于大梁也⑦，亟以少割收。魏方疑，而得以少割为和，必欲之，则君得所欲矣。楚、赵怒于魏之先己讲也，必争事秦。从是以散⑧，而君后择焉。且君之尝割晋国取地也，何必以兵哉？夫兵不用，而魏效绛、安邑，又为阴启两机，尽故宋，卫效尤惮⑨。秦兵已合，而君制之，何求而不得？何为而不成？臣愿君之熟计而无行危也。"

穰侯曰："善。"乃罢梁围。

---

①汰：效汰。

②有质：让秦质子。

③欺：受欺。

④计之工：计谋严密。

⑤天幸：运气。

⑥罢：同"疲"。

⑦未任于大梁：不以攻大梁为任。

⑧从：纵。

⑨惮：惧。

秦败魏于华魏王且入朝于秦

秦败魏于华，魏王且入朝于秦。周诉谓王曰："宋人有学者，三年反而名其母①。其母曰：'子学三年，反而名我者，何也？'其子曰：'吾所贤者，无过尧、舜，尧、舜名；吾所大者，无大天地，天地名。今母贤不过尧、舜，母大不过天地，是以名母也。'其母曰：'子之于学者，将尽行之乎？愿子之有以易名母也。子之于学也，将有所不行乎？愿子之且以名母为后也。'今王之事秦，尚有可以易入朝者乎？愿王之有以易之，而以入朝为后。"魏王曰："子患寡人入而不出邪？许绾为我祝曰：'入而不出，请殉寡人以头。'"周诉对曰："如臣之贱也，今人有谓臣曰：'入不测之渊而必出，不出，请以一鼠首为女殉者。'臣必不为也。今秦不可知之国也，犹不测之渊也；而许绾之首，犹鼠首也。内王于不可知之秦②，而殉王以鼠首，臣窃为王不取也。且无梁孰与无河内急？"王曰："梁急。""无梁孰与无身急？"王曰："身急。"曰："以三者，身，上也；河内，其下也。秦未索其下，而王效其上，可乎？"

王尚未听也。支期曰："王视楚王。楚王入秦，王以三乘先之；楚王不入，楚、魏为一，尚足以捍秦③。"王乃止。王谓支期曰："吾始已诺于应侯矣，今不行者，欺之矣。"支期曰："王勿忧也，臣使长信侯请无内王。王待臣也。"

支期说于长信侯曰："王命召相国。"长信侯曰："王何以臣为？"支期曰："臣不知也，王急召君。"长信侯曰："吾内王于秦者，宁以为秦邪？吾以为魏也。"支期曰："君无为魏计，君其自为计。且安死乎？安生乎？安穷乎？安贵乎？君其先自为计，后为魏计。"长信侯曰："楼公将入矣，臣今从。"支期曰："王急召君，君不行，血溅君襟矣。"

长信侯行，支期随其后。且见王，支期先入谓王曰："伪病者乎而见之④，臣已恐之矣。"长信侯入见王，王曰："病甚奈何？吾始已诺于应侯矣，意虽道死，行乎？"长信侯曰："王毋行矣。臣能得之于应侯，愿王无忧。"

---

①名其母：叫其母的名字。

②内：纳。

③捍（hàn，音汗）：御。

④伪病：装病。

华军之战魏不胜秦

华军之战，魏不胜秦。明年，将使段干崇割地而讲。

孙臣谓魏王曰："魏不以败之上割①，可谓善用不胜矣。而秦不以胜之上割，可谓不能用胜矣。今处期年乃欲割，是群臣之私而王不知也。且夫欲玺者，段干子也，王因使之割地；欲地者，秦也，而王因使之受玺。夫欲玺者制地，而欲地者制玺，其势必无魏矣。且夫奸臣固皆欲以地事秦，以地事秦，譬犹抱薪而救火也。薪不尽，则火不止。今王之地有尽，而秦之求无穷，是薪火之说也。"

魏王曰："善。虽然，吾已许秦矣，不可以革也②。"对曰："王独不见夫博者之用枭邪③？欲食则食，欲握则握。今君劫于群臣而许秦，因曰不可革，何用智之不若枭也？"魏王曰："善。"乃案其行④。

---

①上：当时。

②革：改变。

③博：博弈。　　枭：古时博戏的胜采。

④案：止。

齐欲伐魏魏使人谓淳于髡

齐欲伐魏，魏使人谓淳于髡曰："齐欲伐魏，能解魏患，唯先生也。敝邑有宝璧二双，文马二驷，请致之先生。"淳于髡曰："诺。"入说齐王曰："楚，齐之仇敌也；魏，齐之与国也。夫伐与国，使仇敌制其余敝，名丑而实危，为王弗取也。"齐王曰："善。"乃不伐魏。

客谓齐王曰："淳于髡言不伐魏者，受魏之璧、马也。"王以谓淳于髡曰："闻先生受魏之璧、马，有诸？"曰："有之。""然则先生之为寡人计之，何如？"淳于髡曰："伐魏之事不便，魏虽刺髡，于王何益①？若诚不便，魏虽封髡，于王何损？且夫王无伐与国之诽，魏无见亡之危，百姓无被兵之患。髡有璧、马之宝，于王何伤乎？"

①刺：指责。

秦将伐魏魏王闻之

秦将伐魏，魏王闻之，夜见孟尝君，告之曰："秦且攻魏，子为寡人谋，奈何？"孟尝君曰："有诸侯之救，则国可存也。"王曰："寡人愿子之行也。"重为之约车百乘。

孟尝君之赵，谓赵王曰："文愿借兵以救魏。"赵王曰："寡人不能。"孟尝君曰："夫敢借兵者，以忠王也。"王曰："可得闻乎？"孟尝君曰："夫赵之兵，非能强于魏之兵；魏之兵，非能弱于赵也。然而赵之地不岁危，而民不岁死；而魏之地岁危，而民岁死者，何也？以其西为赵蔽也。今赵不救魏，魏歃盟于秦①。是赵与强秦为界也，地亦且岁危，民亦且岁死矣。此文之所以忠于大王也。"赵王许诺，为起兵十万，车三百乘。

又北见燕王曰："先日公子常约两王之交矣。今秦且攻魏，愿大王之救之。"燕王曰："吾岁不熟二年矣②，今又行数千里而以助魏，且奈何？"田文曰："夫行数千里而救人者，此国之利也。今魏王出国门而望见军，虽欲行数千里而助人，可得乎？"燕王尚未许也。田文曰："臣效便计于王，王不用臣之忠计，文请行矣，恐天下之将有大变也。"王曰："大变可得闻乎？"曰："秦攻魏，未能克之也，而台已燔，游已夺矣③。而燕不救魏，魏王折节割地，以国之半与秦，秦必去矣。秦已去魏，魏王悉韩、魏之兵，又西借秦兵，以因赵之众，以四国攻燕，王且何利？利行数千里而助人乎？利出燕南门而望见军乎？则道里近而输又易矣④，王何利？"燕王曰："子行矣，寡人听子。"乃为之起兵八万，车二百乘，以从田文。

魏王大说，曰："君得燕、赵之兵甚众且亟矣。"秦王大恐，割地请讲于魏。因归燕、赵之兵，而封田文。

①歃（shà，音霎）：歃血。以指蘸血，涂于口旁。古代订盟时的一种仪式。
②不熟：农作物歉收。
③游：游乐。
④输：运输粮草。

魏将与秦攻韩

魏将与秦攻韩，朱己谓魏王曰："秦与戎、翟同俗，有虎狼之心，贪戾好利而无信，不识礼义德行。苟有利焉，不顾亲戚兄弟，若禽兽耳。此天下之所同知也，非所施厚积德也。故太后，母也，而以忧死；穰侯，舅也，功莫大焉，而竟逐之；两弟无罪，而再夺之国。此于其亲戚兄弟若此，而又况于仇雠之敌国也。

"今大王与秦伐韩而益近秦，臣甚或之①。而王弗识也，则不明矣；群臣知之而莫以此谏，则不忠矣。今夫韩氏，以一女子承一弱主，内有大乱，外安能支强秦、魏之兵，王以为不破乎？韩亡，秦尽有郑地，与大梁邻，王以为安乎？王欲得故地，而今负强秦之祸也②，王以为利乎？

"秦非无事之国也，韩亡之后，必且便事；便事，必就易与利；就易与利，必不伐楚与赵矣。是何也？夫越山逾河，绝韩之上党而攻强赵，则是复阏与之事也③，秦必不为也。若道河内，倍邺、朝歌④，绝漳、滏之水，而以与赵兵决胜于邯郸之郊，是受智伯之祸也，秦又不敢。伐楚，道涉而谷行三十里，而攻危隘之塞，所行者甚远，而所攻者甚难，秦又弗为也。若道河外，背大梁，而右上蔡、召陵，以与楚兵决于陈郊，秦又不敢也。故曰：秦必不伐楚与赵矣，又不攻卫与齐矣。韩亡之后，兵出之日，非魏无攻矣。

"秦故有怀地刑丘、之城、垝津⑤，而以之临河内，河内之共、汲莫不危矣。秦有郑地，得垣雍，决荥泽而水大梁⑥，大梁必亡矣。王之使者大过矣，乃恶安陵氏于秦，秦之欲许之久矣。然而秦之叶阳、昆阳与舞阳、高陵邻，听使者之恶也，随安陵氏而欲亡之。秦绕舞阳之北，以东临许，则南国必危矣。南国虽无危，则魏国岂得安哉？且夫憎韩不受安陵氏，可也。夫不患秦之不爱南国，非也。

"异日者⑦，秦乃在河西，晋国之去梁也，千里有余，河山以兰之⑧，有周、韩而间之⑨。从横军以至于今⑩，秦十攻魏，五入国中，边城尽拔。文台堕，垂都焚，林木伐，麋鹿尽，而国继以围⑪。又长驱梁北，东至陶、卫之郊，北至乎阚。所亡乎秦者，山北、河外、河内，大县数百，名都数十。秦乃在河西，晋国之去大梁也尚千里，而祸若是矣，又况于使秦无韩而有郑地，无河山以兰之，无周、韩以间之，去大梁百里。祸必百此矣⑫。异日者，从之不成矣⑬，楚、魏疑而韩不可得而约也。今韩受兵三年矣，秦挠之以讲⑭。韩知亡，犹弗听，投质于赵，而请为天下雁行顿刃⑮。以臣之观之，则楚、赵必与之攻矣。此何也？则皆知秦之无穷也，非尽亡天下之兵，而臣海内之民，必不休矣。是故臣愿以从事乎王⑯。王速受楚、赵之约，而挟韩、魏之质，以存韩为务。因求故地于韩，韩必效之。如此，则士民不劳而故地得，其功多于与秦共伐韩，然而无与强秦邻之祸⑰。

"夫存韩安魏而利天下，此亦王之大时已。通韩之上党于共、莫，使道已通，因而关之，出入者赋之。是魏重质韩以其上党也⑱。共有其赋，足以富国，韩必德魏、爱魏、重魏、畏魏，韩必不敢反魏，韩是魏之县也。魏得韩以为县，则卫、大梁、河外必安矣。今不存韩，则二周必危，安陵必易。楚、赵大破，卫、齐甚畏，天下之西乡而驰秦⑲，入朝为臣之日不久。"

①或：同"惑"。

②负：有；背负。

③复：重复。

④倍：背。

⑤垝（guǐ，音诡）。

⑥水：用水淹。

⑦异：他。

⑧兰：通"拦"。

⑨间：间隔。

⑩从横军：合纵与连横的征战。

⑪围：被围。

⑫百此：百倍于此。

⑬从：合纵。

⑭挠：屈。

⑮顿刃：止兵。

⑯从：合纵。

⑰邻：结邻。

⑱质：索要。

⑲乡：向。

叶阳君约魏

叶阳君约魏，魏王将封其子。谓魏王曰："王尝身济漳，朝邯郸，抱葛、薛、阴、成以为赵养邑，而赵无为王有也。王能又封其子问阳姑衣乎？臣为王不取也。"魏王乃止。

秦使赵攻魏魏谓赵王

秦使赵攻魏，魏谓赵王曰："攻魏者，亡赵之始也。昔者，晋人欲亡虞而伐虢。伐虢者，亡虞之始也。故荀息以马与璧，假道于虞。宫之奇谏而不听，卒假晋道。晋人伐虢，反而取虞。故《春秋》书之，以罪虞公。今国莫强于赵，而并齐、秦，王贤而有声者相之[1]。所以为腹心之疾者，赵也。魏者，赵之虢也；赵者，魏之虞也。听秦而攻魏者，虞之为也。愿王之熟计之也。"

---

[1]相：助。

魏太子在楚

魏太子在楚。为楼子于鄢陵曰："公必且待齐、楚之合也，以救皮氏。今齐、楚之理，必不合矣。彼翟子之所恶于国者，无公矣。其人皆欲合齐、秦，外楚以轻公。公必谓齐王曰：'魏之受兵，非秦实首伐之也。楚恶魏之事王也，故劝秦攻魏。'齐王故欲伐楚，而又怒其不己善也[1]，必令魏以地听秦而为和。以张子之强，有秦、韩之重，齐王恶之，而魏王不敢据也。今以齐、秦之重，外楚以轻公，臣为公患之。钧之出地[2]，以为和于秦也，岂若由楚乎？秦疾攻楚，楚还兵，魏王必惧。公因寄汾北以予秦而为和[3]，合亲以孤齐。秦、楚重公，公必为相矣。臣意秦王与樗里疾之欲之也，臣请为公说之。"

乃请樗里子曰："攻皮氏，此王之首事也[4]，而不能拔，天下且以此轻秦。且有皮氏，于以攻韩、魏，利也。"樗里子曰："吾已合魏矣，无所用之。"对曰："臣愿以鄙心意公[5]，公无以为罪。有皮氏，国之大利也。而以与魏，公终自以为不能守也，故以与魏。今公之力有余守之，何故而弗有也？"樗里子曰："奈何？"曰："魏王之所恃者，齐、楚也；所用者，楼𪩘、翟强也。今齐王谓魏王曰：'欲讲攻于齐王兵之辞也，是弗救矣。'楚王怒于魏之不用楼子，而使翟强为和也，怨颜已绝之矣[6]。魏王之惧也见亡，翟强欲合齐、秦，外楚以轻楼𪩘；楼𪩘欲合秦、楚，外齐以轻翟强。公不如按魏之和[7]，使人谓楼子曰：'子能以汾北与我乎？请合于楚，外齐以重公也，此吾事也。'楼子与楚王必疾矣[8]。又谓翟子：'子能以汾北与我乎？必为合于齐外于楚，以重公也。'翟强与齐王必疾矣。是公外得齐、楚以为用，内得楼𪩘、翟强以为佐。何故不能有地于河东乎？"

---

[1]已善：善己。
[2]钧：平均。
[3]寄：意为割。
[4]首事：首要之事。

⑤意：通"臆"。揣摩。
⑥颜：颜色。
⑦按：止。
⑧疾：快速地响应。

卷二十五　魏　四

献书秦王

献书秦王曰："昔窃闻大王之谋出事于梁①，谋恐不出于计矣②，愿大王之熟计之也。梁者，山东之要也③。有蛇于此，击其尾，其首救；击其首，其尾救；击其中身，首尾皆救。今梁王，天下之中身也。秦攻梁者，是示天下要断山东之脊也，是山东首尾皆救中身之时也。山东见亡，必恐，恐必大合。山东尚强，臣见秦之必大忧可立而待也。臣窃为大王计，不如南出，事于南方。其兵弱，天下不必能救。地可广大，国可富，兵可强，主可尊。王不闻汤之伐桀乎？试之弱密须氏以为武教，得密须氏而汤之服桀矣。今秦国与山东为仇，不先以弱为武教，兵必大挫，国必大忧。"秦果南攻蓝田、鄢、郢。

---

①出事：攻伐。
②不出于计：计谋不当。
③要：同"腰"。

八年谓魏王

八年，谓魏王曰："昔曹恃齐而轻晋，齐伐厘、莒而晋人亡曹；缯恃齐以悍越①，齐和子乱而越人亡缯。郑恃魏以轻韩，伐榆关而韩氏亡郑；原恃秦、翟以轻晋，秦、翟年谷大凶而晋人亡原②。中山恃齐、魏以轻赵，齐、魏伐楚而赵亡中山。此五国所以亡者，皆其所恃也。非独此五国为然而已也，天下之亡国皆然矣。夫国之所以不可恃者多，其变不可胜数也。或以政教不修，上下不辑而不可恃者③；或有诸侯邻国之虞而不可恃者；或以年谷不登，蓄积竭尽而不可恃者④；或化于利⑤，比于患⑥。臣以此知国之不可必恃也。今王恃楚之强，而信春申君之言，以是质秦⑦，而久不可知。即春申君有变，是王独受秦患也。即王有万乘之国，而以一人之心为命也。臣以此为不完，愿王之熟计之也。"

---

①悍：通"捍"。御。
②年谷大凶：指遇到饥荒。
③辑：和睦。
④蓄：同"畜"。积聚。

⑤化：移。
⑥比：近。
⑦质：抵御。

魏王问张旄

魏王问张旄曰："吾欲与秦攻韩，何如？"张旄对曰："韩且坐而胥亡乎①？且割而从天下乎？"王曰："韩且割而从天下。"张旄曰："韩怨魏乎？怨秦乎？"王曰："怨魏。"张旄曰："韩强秦乎②？强魏乎？"王曰："强秦。"张旄曰："韩且割而从其所强，与所不怨乎？且割而从其所不强，与其所怨乎？"王曰："韩将割而从其所强，与其所不怨。"张旄曰："攻韩之事，王自知矣。"

---

①胥：通"须"。等待。
②强秦乎：认为秦国强大乎。

客谓司马食其

客谓司马食其曰："虑久以天下为可一者①，是不知天下者也。欲独以魏支秦者，是又不知魏者也。谓兹公不知此两者，又不知兹公者也。然而兹公为从②，其说何也？从则兹公重，不从则兹公轻。兹公之处重也，不实为期③。子何不疾及三国方坚也，自卖于秦？秦必受子。不然，横者将图子以合于秦。是取子之资④，而以资子之仇也⑤。"

---

①虑久：详细考虑。
②从：合纵。
③不实为期：期约不实。
④资：资本。
⑤资：资助。

魏秦伐楚魏王不欲

魏、秦伐楚，魏王不欲。楼缓谓魏王曰："王不与秦攻楚，楚且与秦攻王。王不如令秦、楚战，王交制之也。"

穰侯攻大梁

穰侯攻大梁，乘北郢①，魏王且从②。谓穰侯曰："君攻楚，得宛、穰以广陶；攻齐，得刚、博以广陶，得许、鄢陵以广陶。秦王不问者，何也？以大梁之未亡也。今日大梁亡，许、鄢陵必议，议则君必穷。为君计者，勿攻便。"

---

①乘：战胜。

②从：顺从。

白珪谓新城君

白珪谓新城君曰："夜行者能无为奸，不能禁狗，使无吠己也。故臣能无议君于王，不能禁人议臣于君也。"

秦攻韩之管

秦攻韩之管，魏王发兵救之。昭忌曰："夫秦，强国也，而韩、魏壤秦。不出攻则已，若出攻，非于韩也必魏也。今幸而于韩，此魏之福也。王若救之，夫解攻者，必韩之管也；致攻者，必魏之梁也。"魏王不听，曰："若不因救韩，韩怨魏，西合于秦。秦、韩为一，则魏危。"遂救之。

秦果释管而攻魏。魏王大恐，谓昭忌曰："不用子之计而祸至，为之奈何？"昭忌乃为之见秦王曰："臣闻明主之听也，不以挟私为政①，是参行也②。愿大王无攻魏，听臣也。"秦王曰："何也？"昭忌曰："山东之从③，时合时离，何也哉？"秦王曰："不识也。"曰："天下之合也，以王之不必也④；其离也，以王之必也。今攻韩之管，国危矣，未卒而移兵于梁，合天下之从，无精于此者矣⑤。以为秦之求索，必不可支也。故为王计者，不如制赵。秦已制赵，则燕不敢不事秦。荆、齐不能独从，天下争战于秦，则弱矣。"秦王乃止。

①政：同"正"。

②参行：参考各种意见而实行。

③从：合纵。

④不必：不可测。

⑤精：明。

秦赵构难而战

秦、赵构难而战。谓魏王曰："不如齐、赵而构之秦。王不构赵，赵不以毁构矣；而构之秦，赵必复斗，必重魏。是并制秦、赵之事也。王欲焉而收齐、赵攻荆，欲焉而收荆、赵攻齐，欲王之东，长之待之也。"

长平之役平都君说魏王

长平之役，平都君说魏王曰："王胡不为从？"魏王曰："秦许吾以垣雍。"平都君曰："臣以垣雍为空割也。"魏王曰："何谓也？"平都君曰："秦、赵久相持于长平之下而无决。天下合于秦，则无赵；合于赵，则无秦。秦恐王之变也，故以垣雍饵王也。秦战胜赵，王敢责垣雍之割乎？"王曰："不敢。""秦战不胜赵，王能令韩出垣雍之割乎？"王曰："不能。""臣故曰，垣雍，空割也。"魏王曰："善。"

楼梧约秦魏

楼梧约秦、魏，将令秦王遇于境。谓魏王曰："遇而无相，秦必置相。不听之，则交恶于秦；听之，则后王之臣，将皆务事诸侯之能令于王之上者。且遇于秦而相秦者，是无齐也，秦必轻王之强矣。有齐者，不若相之，齐必喜。是以有齐者与秦遇，秦必重王矣。"

芮宋欲绝秦赵之交

芮宋欲绝秦、赵之交，故令魏氏收秦太后之养地。秦王怒，芮宋谓秦王曰："魏委国于王，而王不受，故委国于赵也。李郝谓臣曰：'子言无秦，而养秦太后以地，是欺我也。'故敝邑收之。"秦王怒，遂绝赵也。

为魏谓楚王

为魏谓楚王曰："索攻魏于秦，秦必不听王矣。是智困于秦，而交疏于魏也。楚、魏有怨，则秦重矣。故土不如顺天下，遂伐齐，与魏便地。兵不伤，交不变，所欲必得矣。"

管鼻之令翟强与秦事

管鼻之令翟强与秦事，谓魏王曰："鼻之与强，犹晋人之与楚人也。晋人见楚人之急，带剑而缓之，楚人恶其缓而急之。今鼻之人秦之传舍①，舍不足以舍之②；强之人，无蔽于秦者③。强，王贵臣也，而秦若此其甚，安可？"

---

①传舍：古时供来往行人居住的旅舍。
②舍不足以舍之：旅舍不足以容纳他们。
③无蔽：没有人跟从之意。

成阳君欲以韩魏听秦

成阳君欲以韩、魏听秦，魏王弗利。白圭谓魏王曰："王不如阴使人说成阳君曰：'君人秦，秦必留君，而以多割于韩矣。韩不听，秦必留君而伐韩矣。故君不如安行求质于秦①。'成阳君必不人秦。秦、韩不敢合，则王重矣。"

---

①安：缓缓地。

秦拔宁邑

秦拔宁邑，魏王令之谓秦王曰："王归宁邑，吾请先天下构①。"魏冉曰："王无听。魏王见天下之不足恃也，故欲先构。夫亡宁者，宜割二宁以求构；夫得宁者，安能归宁乎？"

---

①构：媾和。

秦罢邯郸

秦罢邯郸①，攻魏，取宁邑。吴庆恐魏王之构于秦也，谓魏王曰："秦之攻王也，王知其故乎？天下皆曰王近也。王不近秦，秦之所去。皆曰王弱也，王不弱二周。秦人去邯郸，过二周而攻王者，以王为易制也。王亦知弱之召攻乎？"

---

①罢：罢兵。

魏王欲攻邯郸

魏王欲攻邯郸。季梁闻之，中道而反，衣焦不申①，头尘不去②，往见王，曰："今者臣来，见人于大行③，方北面而持其驾，告臣曰：'我欲之楚。'臣曰：'君之楚，将奚为北面？'曰：'吾马良。'臣曰：'马虽良，此非楚之路也。'曰：'吾用多④。'臣曰：'用虽多，此非楚之路也。'曰：'吾御者善。'此数者愈善，而离楚愈远耳。今王动欲成霸王，举欲信于天下。恃王国之大，兵之精锐，而攻邯郸，以广地尊名：王之动愈数，而离王愈远耳。犹至楚而北行也。"

---

①焦：黄黑色。　　申：舒展。
②头尘：头上的尘土。
③大行：道路。
④用：钱。

周肖谓宫他

周肖谓宫他曰："子为肖谓齐王曰：'肖愿为外臣。'令齐资我于魏。"宫他曰："不可。是示齐轻也。夫齐不以无魏者，以害有魏者，故公不如示有魏。公曰：'王之所求于魏者，臣请以魏听。'齐必资公矣。是公有齐，以齐有魏也。"

周冣善齐

周冣善齐，翟强善楚，二子者，欲伤张仪于魏。张子闻之，因使其人为见者啬夫间见者①，因无敢伤张子。

---

①啬夫：官名。　　间：间的候伺。

周㝡入齐秦王怒

周㝡入齐，秦王怒，令姚贾让魏王①。魏王为之谓秦王曰："魏之所以为王通天下者，以周㝡也。今周㝡遁寡人入齐，齐无通于天下矣。敝邑之事王，亦无齐累矣。大国欲急兵，则趣赵而已。"

---

①让：责让。

秦魏为与国

秦、魏为与国，齐、楚约而欲攻魏，魏使人求救于秦，冠盖相望①，秦救不出。

魏人有唐且者，年九十余，谓魏王曰："老臣请出西说秦，令兵先臣出可乎？"魏王曰："敬诺。"遂约车而遣之。唐且见秦王，秦王曰："丈人芒然乃远至此②，甚苦矣。魏来求救数矣，寡人知魏之急矣。"唐且对曰："大王已知魏之急而救不至者，是大王筹策之臣无任矣③。且大魏一万乘之国，称东藩、受冠带、祠春秋者，以为秦之强足以为与也。今齐、楚之兵已在魏郊矣，大王之救不至，魏急则且割地而约齐、楚，王虽欲救之，岂有及哉？是亡一万乘之魏，而强二敌之齐、楚也。窃以为大王筹策之臣无任矣。"

秦王喟然愁悟，遽发兵，日夜赴魏。齐、楚闻之，乃引兵而去。魏氏复全，唐且之说也。

---

①冠盖相望：指使者接二连三，不绝于道。
②芒：通"茫"。暗昧无知。
③任：用。

信陵君杀晋鄙

信陵君杀晋鄙，救邯郸，破秦人，存赵国，赵王自郊迎。唐且谓信陵君曰："臣闻之曰：事有不可知者，有不可不知者；有不可忘者，有不可不忘者。"信陵君曰："何谓也？"对曰："人之憎我也，不可不知也；吾憎人也，不可得而知也。人之有德于我也，不可忘也；吾有德于人也，不可不忘也。今君杀晋鄙，救邯郸，破秦人，存赵国，此大德也。今赵王自郊迎，卒然见赵王，臣愿君之忘之也。"信陵君曰："无忌谨受教。"

魏攻管而不下

魏攻管而不下。安陵人缩高，其子为管守。信陵君使人谓安陵君曰："君其遣缩高，吾将仕之以五大夫，使为持节尉。"安陵君曰："安陵，小国也，不能必使其民。使者自往，请使道使者至缩高之所①，复信陵君之命。"缩高曰："君之幸高也，将使高攻管也。夫以父攻子守，人大笑也。是臣而下，是倍主也②。父教子倍，亦非君之所喜也。敢再拜辞。"

使者以报信陵君。信陵君大怒，遣大使之安陵，曰：“安陵之地，亦犹魏也。今吾攻管而不下，则秦兵及我③，社稷必危矣。愿君之生束缩高而致之④。若君弗致也，无忌将发十万之师，以造安陵之城⑤。”安陵君曰：“吾先君成侯，受诏襄王以守此地也，手受大府之宪⑥。宪之上篇曰：‘子弑父，臣弑君，有常不赦。国虽大赦，降城亡子不得与焉。’今缩高谨解大位⑦，以全父子之义，而君曰‘必生致之’，是使我负襄王诏而废大府之宪也。虽死，终不敢行。”

缩高闻之，曰：“信陵君为人，悍而自用也。此辞反，必为国祸。吾已全己，无为人臣之义矣。岂可使吾君有魏患也。”乃之使者之舍，刎颈而死。

信陵君闻缩高死，服缟素⑧，辟舍，使使者谢安陵君曰：“无忌，小人也，困于思虑，失言于君。敢再拜释罪。”

---

①道：引导。
②倍：背。
③及：攻。
④束：缚。
⑤造：往；到。
⑥宪：法令。
⑦解大位：不受高官。
⑧服缟素：穿丧服。

魏王与龙阳君共船而钓

魏王与龙阳君共船而钓，龙阳君得十余鱼而涕下。王曰：“有所不安乎？如是，何不相告也？”对曰：“臣无敢不安也。”王曰：“然则何为涕出？”曰：“臣为王之所得鱼也。”王曰：“何谓也？”对曰：“臣之始得鱼也，臣甚喜，后得又益大，今臣直欲弃臣前之所得矣。今以臣凶恶①，而得为王拂枕席。今臣爵至人君，走人于庭②，辟人于途③。四海之内，美人亦甚多矣，闻臣之得幸于王也，必褰裳而趋王④。臣亦犹曩臣之前所得鱼也⑤，臣亦将弃矣，臣安能无涕出乎？”魏王曰：“误。有是心也，何不相告也？”于是布令于四境之内，曰：“有敢言美人者族。”

由是观之，近习之人，其挚谄也固矣⑥，其自篡繁也完矣⑦。今由千里之外，欲进美人，所效者庸必得幸乎？假之得幸，庸必为我用乎？而近习之人相与怨，我见有祸，未见有福，见有怨，未见有德。非用知之术也。

---

①凶恶：相貌丑陋。
②走人于庭：在庭则有人前后趋走。
③辟人于途：在道上则行人须避之。
④褰（qiān，音牵）：揭起。
⑤曩：以往；从前。
⑥挚：进。
⑦篡：结。

秦攻魏急

秦攻魏急。或谓魏王曰：“弃之，不如用之之易也；死之，不如弃之之易也。能弃之弗能用之，能死之弗能弃之，此人之大过也。今王亡地数百里，亡城数十，而国患不解，是王弃之，非用之也。今秦之强也，天下无敌，而魏之弱也甚。而王以是宾秦①，王又能死而弗能弃之，此重过也。今王能用臣之计，亏地不足以伤国②，卑体不足以苦身，解患而怨报。

"秦自四境之内，执法以下至于长挽者③，故毕曰④：'与嫪氏乎？与吕氏乎？'虽至于门闾之下，廊庙之上，犹之如是也。今王割地以赂秦，以为嫪毒功；卑体以尊秦，以因嫪毒。王以国赞嫪毒，以嫪毒胜矣。王以国赞嫪氏，太后之德王也，深于骨髓，王之交最为天下上矣。秦、魏百相交也，百相欺也。今由嫪氏善秦而交为天下上，天下孰不弃吕氏而从嫪氏？天下必舍吕氏而从嫪氏，则王之怨报矣。"

①宾：同"摈"。
②亏：损。
③长挽者：挽车者。
④毕：尽。

秦王使人谓安陵君

秦王使人谓安陵君曰："寡人欲以五百里之地易安陵，安陵君其许寡人？"安陵君曰："大王加惠，以大易小，甚善。虽然，受地于先王，愿终守之，弗敢易。"秦王不说，安陵君因使唐雎使于秦。秦王谓唐雎曰："寡人以五百里之地易安陵，安陵君不听寡人，何也？且秦灭韩亡魏，而君以五十里之地存者，以君为长者，故不错意也。今吾以十倍之地请广于君，而君逆寡人者，轻寡人与？"唐雎对曰："否，非若是也。安陵君受地于先王而守之，虽千里不敢易也，岂直五百里哉？"秦王怫然怒，谓唐雎曰："公亦尝闻天子之怒乎？"唐雎对曰："臣未尝闻也。"秦王曰："天子之怒，伏尸百万，流血千里。"唐雎曰："大王尝闻布衣之怒乎？"秦王曰："布衣之怒，亦免冠徒跣①，以头抢地尔②。"唐雎曰："此庸夫之怒也，非士之怒也。夫专诸之刺王僚也，彗星袭月；聂政之刺韩傀也，白虹贯日；要离之刺庆忌也，仓鹰击于殿上。此三子者，皆布衣之士也，怀怒未发，休祲降于天③，与臣而将四矣。若士必怒，伏尸二人，流血五步，天下缟素，今日是也。"挺剑而起。秦王色挠④，长跪而谢之曰："先生坐，何至于此？寡人谕矣⑤。夫韩、魏灭亡，而安陵以五十里之地存者，徒以有先生也。"

①徒跣：赤足。
②抢（qiāng，音枪）：碰；撞。
③休：吉祥。　祲（jìn，音金）：阴阳相侵之气。
④挠：屈。
⑤谕：明晓。

卷二十六　韩　一

三晋已破智氏

　　三晋已破智氏，将分其地。段规谓韩王曰："分地必取成皋。"韩王曰："成皋，石溜之地也①，寡人无所用之。"段规曰："不然，臣闻一里之厚，而动千里之权者，地利也。万人之众而破三军者，不意也②。王用臣言，则韩必取郑矣。"王曰："善。"果取成皋。至韩之取郑也，果从成皋始。

①石溜：多光滑之石。
②不意：出其不意。

大成午从赵来

　　大成午从赵来，谓申不害于韩曰："子以韩重我于赵，请以赵重子于韩。是子有两韩，而我有两赵也。"

魏之围邯郸

　　魏之围邯郸也，申不害始合于韩王，然未知王之所欲也，恐言而未必中于王也。王问申子曰："吾谁与而可①？"对曰："此安危之要，国家之大事也。臣请深惟而苦思之②。"乃微谓赵卓、韩鼂曰③："子皆国之辩士也。夫为人臣者，言可必用④，尽忠而已矣。"二人各进议于王以事。申子微视王之所说，以言于王，王大说之。

①谁与：与谁结盟。
②惟：思；想。
③鼂（cháo，音潮）。
④可：岂可。

申子请仕其从兄官

　　申子请仕其从兄官，昭侯不许也，申子有怨色。昭侯曰："非所谓学于子者也。听子之谒，而废子之道乎？又亡其行子之术，而废子之谒乎？子尝教寡人循功劳视次第①。今有所求，此我将奚听乎②？"申子乃辟舍请罪曰："君真其人也。"

苏秦为楚合从说韩王

苏秦为楚合从，说韩王曰："韩北有巩、洛、成皋之固，西有宜阳、常阪之塞，东有宛、穰、洧水，南有陉山，地方千里，带甲数十万。天下之强弓劲弩，皆自韩出。溪子、少府、时力、距来，皆射六百步之外。韩卒超足而射①，百发不暇止，远者达胸，近者掩心。韩卒之剑戟，皆出于冥山、棠溪、墨阳、合伯膊、邓师、宛冯、龙渊、大阿，皆陆断马牛，水击鹄雁，当敌即斩坚。甲盾、鞮鍪、铁幕、革抉、咙芮②，无不毕具。以韩卒之勇，被坚甲，跖劲弩③，带利剑，一人当百，不足言也。夫以韩之劲，与大王之贤，乃欲西面事秦，称东藩，筑帝宫，受冠带，祠春秋，交臂而服焉。夫羞社稷而为天下笑，无过此者矣。是故愿大王之熟计之也。大王事秦，秦必求宜阳、成皋。今兹效之，明年又益求割地。与之，即无地以给之；不与，则弃前功而后更受其祸。且夫大王之地有尽，而秦之求无已。夫以有尽之地，而逆无已之求④，此所谓市怨而买祸者也，不战而地已削矣。臣闻鄙语曰：'宁为鸡口，无为牛后。'今大王西面交臂而臣事秦，何以异于牛后乎？夫以大王之贤，挟强韩之兵，而有牛后之名，臣窃为大王羞之。"

韩王忿然作色，攘臂按剑，抑天太息，曰："寡人虽死，必不能事秦。今主君以楚王之教诏之，敬奉社稷以从。"

张仪为秦连横说韩王

张仪为秦连横，说韩王曰："韩地险恶，山居，五谷所生，非麦而豆；民之所食，大抵豆饭藿羹①；一岁不收，民不餍糟糠②；地方不满九百里，无二岁之所食。料大王之卒，悉之不过三十万，而厮徒负养在其中矣③。为除守徼亭鄣塞④，见卒不过二十万而已矣。秦带甲百余万，车千乘，骑万匹，虎挚之士⑤，跿跔科头⑥，贯颐奋戟者⑦，至不可胜计也。秦马之良，戎兵之众，探前趹后⑧，蹄间三寻者⑨，不可称数也。山东之卒，被甲冒胄以会战，秦人捐甲徒裎以趋敌⑩，左挈人头⑪，右挟生虏。夫秦卒之与山东之卒也，犹孟贲之与怯夫也；以重力相压，犹乌获之与婴儿也。夫战孟贲、乌获之士，以攻不服之弱国，无以异于堕千钧之重，集于鸟卵之上，必无幸矣。诸侯不料兵之弱、食之寡，而听从人之甘言好辞，比周以相饰也。皆言曰：'听吾计，则可以强霸天下。'夫不顾社稷之长利，而听须臾之说，诖误人主者⑫，无过于此者矣。大王不事秦，秦下甲据宜阳，断绝韩之上地，东取成皋、宜阳，则鸿台之宫，桑林之苑⑬，非王之有已。夫塞成皋，绝上地，则王之国分矣。先事秦则安矣，不事秦则危矣。夫造祸而求福，计浅而怨深，逆秦而顺楚，虽欲无亡，不可得也。故为大王计，莫如事秦。秦之所欲，莫如弱楚；而能弱楚者，莫如韩。非以韩能强于楚也，其地势然也。今王西面而事秦以攻楚，为敝邑，秦王必喜。夫攻楚而私其地，转祸而说秦，计无便于此者也。是故秦王使使臣献书大王御史，须以决事⑭。"

韩王曰："客幸而教之，请比郡县⑮，筑帝宫，祠春秋，称东藩，效宜阳。"

---

①藿（huò，音获）：豆叶。

②餍（yàn，音厌）：吃饱。

③厮徒负养：勤杂人员。

④徼亭郭塞：指边境上的关卡要塞。

⑤挚：通"鸷"。凶猛的禽类。

⑥跿（tú，音徒）跔（jū，音拘）：腾跳踊跃。　　科头：不戴头盔。

⑦贯颐：弯弓。

⑧探前趹后：马匹快速奔跑的样子。

⑨寻：八尺为一寻。

⑩裎（chěng，音逞）：对襟单衣。　　捐甲徒裎：卸甲脱衣。

⑪挈：提。

⑫诖（guà，音挂）：欺骗；贻误。

⑬菀：通"苑"。

⑭须：等待。

⑮比：类比。

宣王谓摎留

宣王谓摎留曰："吾欲两用公仲、公叔，其可乎？"对曰："不可。晋用六卿而国分，简公用田成、监止而简公弑①，魏两用犀首、张仪而西河之外亡。今王两用之，其多力者内树其党，其寡力者籍外权②。群臣或内树其党以擅其主，或外为交以裂其地，则王之国必危矣。"

---

①弑：被杀。

②籍：依靠。

张仪谓齐王

张仪谓齐王曰："王不如资韩朋，与之逐张仪于魏。魏因相犀首，因以齐、魏废韩朋，而相公叔以伐秦。公仲闻之，必不入于齐。据公于魏，是公无患。"

楚昭献相韩

楚昭献相韩。秦且攻韩，韩废昭献。昭献令人谓公叔曰："不如贵昭献以固楚，秦必曰楚、韩合矣。"

秦攻陉韩使人驰南阳之地

秦攻陉，韩使人驰南阳之地①。秦已驰②，又攻陉，韩因割南阳之地。秦受地，又攻陉。陈轸谓秦王曰："国形不便故驰，交不亲故割。今割矣而交不亲，驰矣而兵不止，臣恐山东之无以驰割事王者矣③。且王求百金于三川而不可得，求千金于韩，一旦而具。今王攻韩，是绝上交而固私府也，窃为王弗取也。"

①驰：撤退。
②驰：进占。
③无以：不以。

五国约而攻秦楚王为从长

五国约而攻秦，楚王为从长。不能伤秦，兵罢而留于成皋。魏顺谓市丘君曰："五国罢，必攻市丘以偿兵费。君资臣，臣请为君止天下之攻市丘。"市丘君曰："善。"因遣之。

魏顺南见楚王，曰："王约五国而西伐秦，不能伤秦，天下且以是轻王而重秦，故王胡不卜交乎？"楚王曰："奈何？"魏顺曰："天下罢，必攻市丘以偿兵费，王令之勿攻市丘。五国重王，且听王之言而不攻市丘；不重王，且反王之言而攻市丘。然则王之轻重必明矣。"故楚王卜交而市丘存。

郑强载八百金入秦

郑强载八百金入秦，请以伐韩。泠向谓郑强曰："公以八百金请伐人之与国，秦必不听公。公不如令秦王疑公叔。"郑强曰："何如？"曰："公叔之攻楚也，以幾瑟之存焉，故言先楚也。今已令楚王奉幾瑟，以车百乘居阳翟，令昭献转而与之处，旬有余，彼已觉。而幾瑟，公叔之仇也；而昭献，公叔之人也。秦王闻之，必疑公叔为楚也。"

郑强之走张仪

郑强之走张仪于秦①，曰仪之使者，必之楚矣。故谓大宰曰："公留仪之使者，强请西图仪于秦。"故因而请秦王曰："张仪使人致上庸之地，故使使臣再拜谒秦王。"秦王怒，张仪走。

①走：使……被放逐。

宜阳之役

宜阳之役，杨达谓公孙显曰："请为公以五万攻西周，得之，是以九鼎卬甘茂也①。不然，秦攻西周，天下恶之，其救韩必疾，则茂事败矣。"

①卬：通"抑"。

秦围宜阳

秦围宜阳，游腾谓公仲曰："公何不与赵蔺、离石、祁，以质许地①，则楼缓必败矣。收韩、赵之兵以临魏，楼鼻必败矣。韩为一，魏必倍秦②，甘茂必败矣。以成阳资翟强于齐，楚必败之，须秦必败③。秦失魏，宜阳必不拔矣。"

---

①质：质子。
②倍：背。
③须：稍待。

公仲以宜阳之故仇甘茂

公仲以宜阳之故，仇甘茂。其后，秦归武遂于韩。已而，秦王固疑甘茂之以武遂解于公仲也。杜赫为公仲谓秦王曰："明也愿因茂以事王。"秦王大怒于甘茂，故樗里疾大说杜聊。

秦韩战于浊泽

秦、韩战于浊泽，韩氏急①。公仲明谓韩王曰："与国不可恃。今秦之心欲伐楚，王不如因张仪为和于秦，赂之以一名都，与之伐楚。此以一易二之计也。"韩王曰："善。"乃儆公仲之行②，将西讲于秦。

楚王闻之，大恐，召陈轸而告之。陈轸曰："秦之欲伐我久矣，今又得韩之名都一而具甲③，秦、韩并兵南乡，此秦所以庙祠而求也。今已得之矣，楚国必伐矣④。王听臣，为之儆四境之内⑤，选师，言救韩，令战车满道路；发信臣，多其车，重其币，使信王之救己也。纵韩为不能听我，韩必德王也，必不为雁行以来⑥。是秦、韩不和，兵虽至，楚国不大病矣。为能听我绝和于秦，秦必大怒，以厚怨于韩。韩得楚救，必轻秦。轻秦，其应秦必不敬。是我困秦、韩之兵而免楚国之患也。"

楚王大说，乃儆四境之内，选师，言救韩；发信臣，多其车，重其币。谓韩王曰："弊邑虽小，已悉起之矣。愿大国遂肆意于秦⑦，弊邑将以楚殉韩。"

韩王大说，乃止公仲。公仲曰："不可。夫以实告我者，秦也；以虚名救我者，楚也。恃楚之虚名，轻绝强秦之敌，必为天下笑矣。且楚、韩非兄弟之国也，又非素约而谋伐秦矣。秦欲伐楚，楚因以起师言救韩，此必陈轸之谋也。且王已使人报于秦矣，今弗行，是欺秦也。夫轻强秦之祸，而信楚之谋臣，王必悔之矣。"韩王弗听，遂绝和于秦。秦果大怒，兴师与韩氏战于岸门，楚救不至，韩氏大败。

韩氏之兵非削弱也，民非蒙愚也，兵为秦禽，智为楚笑，过听于陈轸，失计于韩明也。

---

①急：形势危急。
②儆（jǐng，音景）：戒。
③具甲：兵甲完备。

④伐：被伐。

⑤儆：警报；警备。

⑥雁行：紧随而行。

⑦肆意：任意；毫无顾忌。

颜率见公仲

颜率见公仲，公仲不见。颜率谓公仲之谒者曰："公仲必以率为阳也①，故不见率也。公仲好内②，率曰好士；仲啬于财，率曰散施；公仲无行，率曰好义。自今以来，率且正言之而已矣。"公仲之谒者以告公仲，公仲遽起而见之。

①阳：同"佯"。不实。

②内：指美女。

韩公仲谓向寿

韩公仲谓向寿曰："禽困覆车①。公破韩，辱公仲，公仲收国复事秦，自以为必可以封。今公与楚解，中封小令尹以桂阳。秦、楚合，复攻韩，韩必亡。公仲躬率其私徒以斗于秦，愿公之熟计之也。"向寿曰："吾合秦、楚，非以当韩也。子为我谒之。"

公仲曰："秦、韩之交可合也。"对曰："愿有复于公②。谚曰：'贵其所以贵者贵。'今王之爱习公也，不如公孙郝；其知能公也，不如甘茂。今二人者，皆不得亲于事矣，而公独与王主断于国者，彼有以失之也。公孙郝党于韩，而甘茂党于魏，故王不信也。今秦、楚争强，而公党于楚，是与公孙郝、甘茂同道也。公何以异之③？人皆言楚之多变也，而公必之，是自为贵也。公不如与王谋其变也，善韩以备之，若此，则无祸矣。韩氏先以国从公孙郝，而后委国于甘茂，是韩，公之仇也。今公言善韩以备楚，是外举不辟仇也④。"

向寿曰："吾甚欲韩合。"对曰："甘茂许公仲以武遂，反宜阳之民。今公徒收之⑤，甚难。"向子曰："然则奈何？武遂终不可得已。"对曰："公何不以秦为韩求颍川于楚，此乃韩之寄地也。公求而得之，是令行于楚，而以其地德韩也。公求而弗得，是韩、楚之怨不解，而交走秦也⑥。秦、楚争强，而公过楚以攻韩，此利于秦。"向子曰："奈何？"对曰："此善事也。甘茂欲以魏取齐，公孙郝欲以韩取齐，今公取宜阳以为功，收楚、韩以安之，而诛齐、魏之罪，是以公孙郝、甘茂之无事也⑦。"

①禽困覆车：禽兽走投无路的情况下可以撞翻车子。

②复：回复。

③异：区别。

④辟：避。

⑤徒：意为没有代价的。

⑥走：趋附；归向。

⑦无事：失其权柄。

或谓公仲曰听者听国

或谓公仲曰:"听者听国[1],非必听实也。故先王听谚言于市,愿公之听臣言也。公求中立于秦,而弗能得也,善公孙郝以难甘茂,劝齐兵以劝止魏。楚、赵皆公之仇也,臣恐国之以此为患也,愿公之复求中立于秦也。"

公仲曰:"奈何?"对曰:"秦王以公孙郝为党于公而弗之听,甘茂不善于公而弗为公言,公何不因行愿以与秦王语?行愿之为秦王臣也,公。臣请为公谓秦王曰:'齐、魏合与离,于秦孰利?齐、魏别与合,于秦孰强?'秦王必曰:'齐、魏离,则秦重,合则秦轻;齐、魏别,则秦强,合则秦弱。'臣即曰:'今王听公孙郝,以韩、秦之兵应齐而攻魏,魏不敢战,归地而合于齐,是秦轻也,臣以公孙郝为不忠。今王听甘茂,以韩、秦之兵据魏而攻齐,齐不敢战,不求割地而合于魏,是秦轻也,臣以甘茂为不忠。故王不如令韩中立以攻齐,齐王言救魏以劲之。齐、魏不能相听[2],必离兵交。王欲[3],则信公孙郝于齐,为韩取南阳,易谷川以归,此惠王之愿也。王欲,则信甘茂于魏,以韩、秦之兵据魏以拒齐,此武王之愿也。臣以为令韩以中立以攻齐,最秦之大急也。公孙郝党于齐而不肯言,甘茂薄而不敢谒也[4]。此二人,王之大患也。愿王之熟计之也。'"

①听国:听于众人。
②听:信任。
③欲:需要。
④薄:轻微。

韩公仲相

韩公仲相。齐、楚之交善秦。秦、魏遇,且以善齐而绝齐乎楚。王使景鲤之秦,鲤与于秦、魏之遇[1]。楚王怒景鲤,恐齐以楚遇为有阴于秦、魏也,且罪景鲤。

为谓楚王曰:"臣贺鲤之与于遇也。秦、魏之遇也,将以合齐、秦,而绝齐于楚也。今鲤与于遇,齐无以信魏之合己于秦而攻于楚也,齐又畏楚之有阴于秦、魏也,必重楚。故鲤之与于遇,王之大资也。今鲤不与于遇,魏之绝齐于楚,明矣。齐信之,必轻王。故王不如无罪景鲤,以视齐于有秦、魏[2]。齐必重楚,而且疑秦、魏于齐。"王曰:"诺。"因不罪而益其列[3]。

①与(yù,音玉):参预,在其中。
②视:示。
③益其列:意为加官进爵。

王曰向也子曰天下无道

王曰:"向也子曰'天下无道'[1],今也子曰'乃且攻燕'者,何也?"对曰:"今谓马多力则有矣,若曰胜千钧则不然者,何也?夫千钧,非马之任也。今谓楚强大则有矣,若夫越赵、魏而斗兵于燕，则岂楚之任也哉？且非楚之任而楚为之，是弊楚也。强楚，弊楚，其于王孰便也？"

①向：从前；过去。

或谓魏王王儆四疆之内

或谓魏王："王儆四疆之内，其从于王者，十日之内，备不具者死。王因取其游①之舟上击之②。臣为王之楚，王胥臣反③，乃行④。"春申君闻之，谓使者曰："子为我反，无见王矣。十日之内，数万之众，今涉魏境。"秦使闻之，以告秦王。秦王谓魏王曰："大国有意，必来以是而足矣。"

①游：同"斿"，即"旒（liú，音流）"。古代旗旌的下垂饰物。
②击：系。
③胥：通"须"。等待。
④行：进兵。

观鞅谓春申

观鞅谓春申曰："人皆以楚为强，而君用之弱。其于鞅也不然。先君者①，二十余年未尝见攻。今秦欲逾兵于渑隘之塞，不便；假道两周，倍韩以攻楚②，不可。今则不然，魏且旦暮亡矣，不能爱其许、鄢陵与梧，割以予秦，去百六十里。臣之所见者，秦、楚斗之日也已。"

①先君者：先于你的人。
②倍：背。

公仲数不信于诸侯

公仲数不信于诸侯，诸侯锢之①，南委国于楚，楚王弗听。苏代为楚王曰："不若听而备于其反也。明之反也，常仗赵而畔楚，仗齐而畔秦。今四国锢之而无所入矣，亦甚患之。此方其为尾生之时也②。"

①锢之：不用其说。
②尾生：人名。

卷二十七　韩　二

楚围雍氏五月

楚围雍氏五月，韩令使者求救于秦，冠盖相望也，秦师不下殽。韩又令尚靳使秦，谓秦王曰："韩之于秦也，居为隐蔽，出为雁行。今韩已病矣，秦师不下殽。臣闻之：'唇揭者，其齿寒。'愿大王之熟计之。"宣太后曰："使者来者众矣，独尚子之言是。"召尚子入。宣太后谓尚子曰："妾事先王也，先王以其髀加妾之身①，妾困不疲也；尽置其身妾之上，而妾弗重也。何也？以其少有利焉。今佐韩，兵不众，粮不多，则不足以救韩。夫救韩之危，日费千金，独不可使妾少有利焉。"

尚靳归，书报韩王，韩王遣张翠。张翠称病，日行一县。张翠至，甘茂曰："韩急矣，先生病而来。"张翠曰："韩未急也，且急矣。"甘茂曰："秦，重国知王也②，韩之急缓莫不知。今先生言不急，可乎？"张翠曰："韩急，则折而入于楚矣，臣安敢来？"甘茂曰："先生毋复言也。"

甘茂入，言秦王曰："公仲柄得秦师③，故敢捍楚④。今雍氏围，而秦师不下殽，是无韩也。公仲且抑首而不朝，公叔且以国南合于楚。楚、韩为一，魏氏不敢不听，是楚以三国谋秦也。如此，则伐秦之形，成矣。不识坐而待伐，孰与伐人之利？"秦王曰："善。"果下师于殽以救韩。

---

①髀（bì，音婢）：股部；大腿。

②知：同"智"。

③柄：持。

④捍：抵御。

楚围雍氏韩令泠向

楚围雍氏，韩令泠向借救于秦，秦为发使以孙昧入韩。公仲曰："子以秦为将救韩乎？其不乎？"对曰："秦王之言曰：'请道于南郑、蓝田以入攻楚，出兵于三川以待公。'殆不合①，军于南郑矣。"公仲曰："奈何？"对曰："秦王必祖张仪之故谋。楚威王攻梁，张仪谓秦王曰：'与楚攻梁②，魏折而入于楚，韩固其与国也，是秦孤也。故不如出兵以劲魏。'于是攻皮氏。魏氏劲，威王怒，楚与魏大战，秦取西河之外以归。今也，其将扬言救韩，而阴善楚，公恃秦而劲，必轻与楚战。楚阴得秦之不用也，必易与公相支也。公战胜楚，遂与公乘楚，易三川而归。公战不胜楚，塞三川而守之，公不能救也。臣甚恶其事。司马康三反之郢矣，甘茂与昭献遇于境，其言曰收玺，其实犹有约也。"公仲恐，曰："然则奈何？"对曰："公必先韩而后秦，先身而后张仪。以公不如亟以国合于齐、楚，秦必委国于公以解伐。是公之所以外者，仪而已，其实犹之不失秦也。"

①殆：大概；恐怕。

②与：助。

公仲为韩魏易地

公仲为韩、魏易地，公叔争之而不听，且亡。史惕谓公叔曰："公亡，则易必可成矣。公无辞以复反，且示天下轻公，公不若顺之。夫韩地易于上，则害于赵；魏地易于下，则害于楚。公不如告楚、赵，楚、赵恶之。赵闻之，起兵临羊肠；楚闻之，发兵临方城，而易必败矣。"

锜宣之教韩王

锜宣之教韩王取秦，曰："为公叔具车百乘，言之楚，易三川。因令公仲谓秦王曰：'三川之言曰：秦王必取我，韩王之心不可解矣。王何不试以襄子为质于韩，令韩王知王之不取三川也。'因以出襄子而德太子。"

襄 陵 之 役

襄陵之役，毕长谓公叔曰："请毋用兵，而楚、魏皆德公之国矣。夫楚欲置公子高，必以兵临魏。公何不令不说昭子曰：'战未必胜，请为子起兵以之魏。'子有辞以毋战，于是以太子扁、昭扬、梁王皆德公矣。"

公叔使冯君于秦

公叔使冯君于秦，恐留，教阳向说秦王曰①："留冯君以善韩臣，非上知也②。主君不如善冯君而资之以秦。冯君广王而不听公叔③，以与太子争，则王泽布而害于韩矣④。"

---

①教：指使。

②知：智。

③广王：恃秦王而自大。

④泽布：恩泽施于人。

谓公叔曰公欲得武遂于秦

谓公叔曰："公欲得武遂于秦，而不患楚之能扬河外也①。公不如令人恐楚王，而令人为公求武遂于秦。谓楚王曰：'发重使为韩求武遂于秦。秦王听，是令得行于万乘之主也。韩得武遂以限秦，毋秦患而得楚②。韩，楚之县而已。秦不听，是秦、韩之怨深，而交楚也。'"

---

①扬：动。

②毋：无。

谓公叔曰乘舟

谓公叔曰："乘舟，舟漏而弗塞，则舟沉矣。塞漏舟而轻阳侯之波[1]，则舟覆矣。今公自以辩于薛公而轻秦，是塞漏舟而轻阳侯之波也。愿公之察也。"

---

[1]阳侯：传说中的水神。

齐令周最使郑

齐令周最使郑，立韩扰而废公叔。周最患之，曰："公叔之与周君，交也[1]。令我使郑，立韩扰而废公叔。语曰：'怒于室者色于市[2]。'今公叔怨齐，无奈何也，必周君而深怨我矣。"史舍曰："公行矣，请令公叔必重公。"

周最行至郑，公叔大怒。史舍人见，曰："周最固不欲来使，臣窃强之。周最不欲来，以为公也；臣之强之也，亦以为公也。"公叔曰："请闻其说。"对曰："齐大夫诸子有犬，犬猛不可叱，叱之必噬人。客有请叱之者，疾视而徐叱之，犬不动；复叱之，犬遂无噬人之心。今周最固得事足下，而以不得已之故来使，彼将礼陈其辞而缓其言。郑王必以齐王为不急，必不许也。今周最不来，他人必来。来使者无交于公，而欲德于韩扰，其使之必疾，言之必急，则郑王必许之矣。"公叔曰："善。"遂重周最。王果不许韩扰。

---

[1]交：相善。
[2]色：作色。

韩公叔与幾瑟争国郑强为楚王使于韩

韩公叔与幾瑟争国。郑强为楚王使于韩，矫以新城、阳人合世子[1]，以与公叔争国。楚怒，将罪之。郑强曰："臣之矫与之，以为国也。臣曰：世子得新城、阳人，以与公叔争国而得全，魏必急韩氏[2]。韩氏急[3]，必县命于楚[4]，又何新城、阳人敢索？若战而不胜，走而不死，今且以至，又安敢言地？"楚王曰："善。"乃弗罪。

---

[1]矫：假称。
[2]急：急攻。
[3]急：危急。
[4]县：悬。

韩公叔与幾瑟争国中庶子强谓太子

韩公叔与幾瑟争国，中庶子强谓太子曰："不若及齐师未入[1]，急击公叔。"太子曰："不可。

战之于国中，国必分。"对曰："事不成，身必危，尚何足以图国之全为？"太子弗听。齐师果人，太子出走。

①及：趁。

齐明谓公叔

齐明谓公叔曰："齐逐幾瑟，楚善之。今楚欲善齐甚，公何不令齐王谓楚王：'王为我逐幾瑟以穷之。'楚听，是齐、楚合，而幾瑟走也；楚王不听，是有阴于韩也。"

公叔将杀幾瑟也

公叔将杀幾瑟也。谓公叔曰："太子之重公也，畏幾瑟也。今幾瑟死，太子无患，必轻公。韩大夫见王老，冀太子之用事也，固欲事之。太子外无幾瑟之患，而内收诸大夫以自辅也，公必轻矣。不如无杀幾瑟以恐太子，太子必终身重公矣。"

公叔且杀幾瑟也

公叔且杀幾瑟也，宋赫为谓公叔曰："幾瑟之能为乱也，内得父兄，而外得秦、楚也。今公杀之，太子无患，必轻公。韩大夫知王之老而太子定，必阴事之。秦、楚若无韩，必阴事伯婴。伯婴亦幾瑟也。公不如勿杀。伯婴恐，必保于公。韩大夫不能必其不入也，必不敢辅伯婴以为乱。秦、楚挟幾瑟以塞伯婴，伯婴外无秦、楚之权，内无父兄之众，必不能为乱矣。此便于公。"

谓新城君曰

谓新城君曰："公叔、伯婴恐秦、楚之内幾瑟也①，公何不为韩求质子于楚？楚王听而入质子于韩，则公叔、伯婴必知秦、楚之不以幾瑟为事也，必以韩合于秦、楚矣。秦、楚挟韩以窘魏，魏氏不敢东，是齐孤也。公又令秦求质子于楚。楚不听，则怨结于韩，韩挟齐、魏以盻楚②，楚王必重公矣。公挟秦、楚之重，以积德于韩，则公叔、伯婴必以国事公矣。"

①内：纳。
②盻（xì，音系）：怒视。

胡衍之出幾瑟于楚

胡衍之出幾瑟于楚也，教公仲谓魏王曰："太子在楚，韩不敢离楚也。公何不试奉公子咎，而为之请太子。因令人谓楚王曰：'韩立公子咎而弃幾瑟，是王抱虚质也。王不如亟归幾瑟。幾瑟入，必以韩权报仇于魏，而德王矣。'"

幾瑟亡之楚

幾瑟亡之楚，楚将收秦而复之。谓芈戎曰："废公叔而相幾瑟者，楚也。今幾瑟亡之楚，楚又收秦而复之。幾瑟入郑之日，韩，楚之县已。公不如令秦王贺伯婴之立也。韩绝于楚，其事秦必疾。秦挟韩亲魏，齐、楚后至者先亡。此王业也。"

泠向谓韩咎

泠向谓韩咎曰："幾瑟亡在楚，楚王欲复之甚，令楚兵十余万在方城之外。臣请令楚筑万家之都于雍氏之旁，韩必起兵以禁之，公必将矣。公因以楚、韩之兵，奉幾瑟而内之郑。幾瑟得入而德公，必以韩、楚奉公矣。"

楚令景鲤入韩

楚令景鲤入韩，韩且内伯婴于秦，景鲤患之。泠向谓伯婴曰："太子入秦，秦必留太子而合楚，以复幾瑟也，是太子反弃之。"

韩咎立为君而未定

韩咎立为君而未定也。其弟在周，周欲以车百乘重而送之，恐韩咎入韩之不立也。綦毋恢曰："不如以百金从之。韩咎立，因也以为戒；不立，则曰来效贼也。"

史疾为韩使楚

史疾为韩使楚，楚王问曰："客何方所循[1]？"曰："治列子圉寇之言。"曰："何贵？"曰："贵正。"王曰："正亦可为国乎？"曰："可。"王曰："楚国多盗，正可以圉盗乎[2]？"曰："可。"曰："以正圉盗，奈何？"顷间，有鹊止于屋上者，曰："请问楚人谓此鸟何？"王曰："谓之鹊。"曰："谓之乌可乎？"曰："不可。"曰："今王之国，有柱国、令尹、司马、典令，其任官置吏，必曰廉洁胜任。今盗贼公行，而弗能禁也，此乌不为乌、鹊不为鹊也。"

---

①方：术。
②圉：御。

韩傀相韩

韩傀相韩，严遂重于君，二人相害也。严遂政议直指，举韩傀之过。韩傀以之叱之于朝。严遂拔剑趋之，以救解[1]。于是严遂惧诛，亡去，游求人可以报韩傀者[2]。

至齐，齐人或言："轵深井里聂政，勇敢士也，避仇隐于屠者之间。"严遂阴交于聂政，以意厚之。聂政问曰："子欲安用我乎？"严遂曰："吾得为役之日浅③，事今薄④，奚敢有请。"于是严遂乃具酒，觞聂政母前。仲子奉黄金百镒，前为聂政母寿。聂政惊，愈怪其厚，固谢严仲子。仲子固进，而聂政谢曰："臣有老母，家贫，客游以为狗屠，可旦夕得甘脆以养亲⑤。亲供养备，义不敢当仲子之赐。"严仲子辟人⑥，因为聂政语曰："臣有仇，而行游诸侯众矣。然至齐，闻足下义甚高，故直进百金者，特以为夫人粗粝之费⑦，以交足下之欢，岂敢以有求邪？"聂政曰："臣所以降志辱身居市井者，徒幸而养老母。老母在，政身未敢以许人也。"严仲子固让，聂政竟不肯受。然仲子卒备宾主之礼而去。

久之，聂政母死。既葬，除服⑧，聂政曰："嗟乎！政乃市井之人，鼓刀以屠，而严仲子乃诸侯之卿相也，不远千里，枉车骑而交臣。臣之所以待之至浅鲜矣，未有大功可以称者，而严仲子举百金为亲寿。我虽不受，然是深知政也。夫贤者以感忿睚眦之意⑨，而亲信穷僻之人，而政独安可嘿然而止乎⑩？且前日要政⑪，政徒以老母。老母今以天年终，政将为知己者用。"

遂西至濮阳，见严仲子曰："前所以不许仲子者，徒以亲在。今亲不幸，仲子所欲报仇者为谁？"严仲子具告曰："臣之仇，韩相傀。傀又韩君之季父也，宗族盛，兵卫设。臣使人刺之，终莫能就。今足下幸而不弃，请益具车骑壮士，以为羽翼。"政曰："韩与卫，中间不远⑫。今杀人之相，相又国君之亲，此其势不可以多人。多人不能无生得失，生得失则语泄，语泄则韩举国而与仲子为仇也。岂不殆哉。"遂谢车骑人徒。辞独行，仗剑至韩。

韩适有东孟之会，韩王及相皆在焉，持兵戟而卫者甚众。聂政直入，上阶刺韩傀。韩傀走而抱哀侯，聂政刺之，兼中哀侯，左右大乱。聂政大呼，所杀者数十人。因自皮面抉眼⑬，自屠出肠⑭，遂以死。韩取聂政尸于市⑮，县购之千金。久之，莫知谁子。

政姊闻之，曰："弟至贤，不可爱妾之躯，灭吾弟之名，非弟意也。"乃之韩。视之曰："勇哉！气矜之隆。是其轶贲、育而高成荆矣⑯。今死而无名，父母既殁矣，兄弟无有，此为我故也。夫爱身不扬弟之名，吾不忍也。"乃抱尸而哭之曰："此吾弟，轵深井里聂政也。"亦自杀于尸下。

晋、楚、齐、卫闻之，曰："非独政之能，乃其姊者，亦列女也⑰。"聂政之所以名施于后世者，其姊不避菹醢之诛以扬其名也⑱。

---

①以救解：得以自救而脱身。

②游：巡访。　报：报复。

③为役：指从政。

④薄：迫。

⑤甘脆：好肉。

⑥辟人：屏去旁人。

⑦粝：粗米。

⑧除服：守孝期满，除去丧服。

⑨睚眦：怒目而视；瞪眼睛。

⑩嘿：同"默"。

⑪要：同"邀"。

⑫间：间隔。

⑬皮面抉眼：毁貌挖眼。

⑭自屠出肠：剖腹自杀。

⑮尸：暴尸。

⑯轶：超出。

⑰列：烈。

⑱菹（zū，音租）醢（hǎi，音海）：古代把人剁成肉酱的酷刑。

卷二十八　韩　三

或谓韩公仲

或谓韩公仲曰："夫李子之相似者，唯其母知之而已；利害之相似者，唯智者知之而已。今公国，其利害之相似，正如李子之相似也。得以其道为之，则主尊而身安；不得其道，则主卑而身危。今秦、魏之和成，而非公适束之①，则韩必谋矣②。若韩随魏以善秦，是为魏从也，则韩轻矣，主卑矣。秦已善韩，必将欲置其所爱信者，令用事于韩以完之③，是公危矣。今公与安成君为秦、魏之和，成固为福，不成亦为福。秦、魏之和成，而公适束之，是韩为秦、魏之门户也，是韩重而主尊矣。安成君东重于魏，而西贵于秦，操右契而为公责德于秦、魏之主④，裂地而为诸侯，公之事也。若夫安韩、魏而终身相，公之下服⑤，此主尊而身安矣。秦、魏不终相听者也⑥。齐怒于不得魏，必欲善韩以塞魏；魏不听秦，必务善韩以备秦。是公择布而割也⑦。秦、魏和，则两国德公；不和，则两国争事公。所谓成为福，不成亦为福者也。愿公之无疑也。"

①适：恰好。　束：约。

②谋：重新谋划。

③完：完全。

④右契：古时契约分为左右两契。

⑤服：事。

⑥不终相听：最终不会相互信任。

⑦择布：有所挑选。

或谓公仲

或谓公仲曰："今有一举而可以忠于主，便于国，利于身，愿公之行之也。今天下散而事秦，则韩最轻矣；天下合而离秦，则韩最弱矣；合离之相续，则韩最先危矣。此君国长民之大患也①。今公以韩先合于秦，天下随之，是韩以天下事秦，秦之德韩也，厚矣。韩与天下朝秦，而独厚取德焉。公行之计，是其于主也，至忠矣。天下不合秦，秦令而不听，秦必起兵以诛不服。秦久与天下结怨，构难而兵不决，韩息士民以待其釐②。公行之计，是其于国也，大便也。昔者，周佼以西周善于秦，而封于梗阳；周启以东周善于秦，而封于平原。今公以韩善秦，韩之重于两周也无计，而秦之争机也③，万于周之时④。今公以韩为天下先合于秦，秦必以公为诸侯，以明示天下。公行之计，是其于身大利也。愿公之加务也。"

①君国长民：统治国家治理百姓。
②亹（wěi，音伟）：美。
③机：契机。
④万：极言其多。

韩人攻宋秦王大怒

　　韩人攻宋，秦王大怒，曰："吾爱宋，与新城、阳晋同也。韩珉与我交，而攻我甚所爱，何也？"苏秦为韩说秦王曰："韩珉之攻宋，所以为王也。以韩之强，辅之以宋，楚、魏必恐。恐，必西面事秦。王不折一兵，不杀一人，无事而割安邑，此韩珉之所以祷于秦也。"秦王曰："吾固患韩之难知①，一从一横，此其说何也？"对曰："天下固令韩可知也。韩故已攻宋矣，其西面事秦，以万乘自辅；不西事秦，则宋地不安矣。中国白头游敖之士②，皆积智欲离秦、韩之交。伏轼结靷西驰者③，未有一人言善韩者也；伏轼结靷东驰者，未有一人言善秦者也。皆不欲韩、秦之合者，何也？则晋、楚智而韩、秦愚也。晋、楚合，必伺韩、秦；韩、秦合，必图晋、楚。请以决事。"秦王曰："善。"

①难知：难以揣测。
②敖：出游。
③靷（yǐn，音引）：引车前行的皮带。

或谓韩王

　　或谓韩王曰："秦王欲出事于梁①，而欲攻绛、安邑，韩计将安出矣？秦之欲伐韩，以东窥周室，甚唯寐忘之。今韩不察，因欲与秦，必为山东大祸矣。秦之欲攻梁也，欲得梁以临韩。恐梁之不听也，故欲病之以固交也②。王不察，因欲中立，梁必怒于韩之不与己，必折为秦用，韩必举矣。愿王熟虑之也。不如急发重使之赵、梁，约复为兄弟，使山东皆以锐师戍韩、梁之西边。非为此也，山东无以救亡，此万世之计也。秦之欲并天下而王之也，不与古同。事之虽如子之事父，犹将亡之也；行虽如伯夷，犹将亡之也；行虽如桀、纣，犹将亡之也。虽善事之，无益也，不可以为存，适足以自令亟亡也。然则山东非能从亲，合而相坚如一者，必皆亡矣。"

①出事：挑起战事。
②病之：使其削弱。

谓　郑　王

　　谓郑王曰："昭釐侯，一世之明君也；申不害，一世之贤士也；韩与魏，敌侔之国也。申不害与昭釐侯执珪而见梁君，非好卑而恶尊也，非虑过而议失也。申不害之计事，曰：'我执珪于魏，魏君必得志于韩，必外靡于天下矣①，是魏弊矣。诸侯恶魏，必事韩，是我免于一人之下②，而信于万人之上也。夫弱魏之兵，而重韩之权，莫如朝魏。'昭釐侯听而行之，明君也；申不害虑事而言之，忠臣也。今之韩，弱于始之韩③；而今之秦，强于始之秦。今秦有梁君之心矣，而王与诸臣不事为尊秦以定韩者，臣窃以为王之明，为不如昭釐侯，而王之诸臣忠，莫如申不害也。

“昔者，穆公一胜于韩原而霸西州，晋文公一胜于城濮而定天下，此以一胜，立尊令④，成功名于天下。今秦，数世强矣，大胜以千数，小胜以百数，大之不王，小之不霸，名尊无所立，制令无所行⑤。然而春秋用兵者，非以求主尊成名于天下也。昔先王之攻，有为名者，有为实者。为名者，攻其心；为实者，攻其形。昔者，吴与越战，越人大败，保于会稽之上，吴人入越而户抚之⑥。越王使大夫种行成于吴，请男为臣，女为妾，身执禽而随诸御⑦。吴人果听其辞，与成而不盟。此攻其心者也。其后越与吴战，吴人大败，亦请男为臣，女为妾，反以越事吴之礼事越。越人不听也，遂残吴国而禽夫差。此攻其形者也。今将攻其心乎，宜使如吴；攻其形乎，宜使如越。夫攻形不如越，而攻心不如吴，而君臣、上下、少长、贵贱毕呼霸王，臣窃以为犹之井中而谓曰：‘我将为尔求火也。’

“东孟之会，聂政、阳坚刺相兼君。许异蹴哀侯而殪之⑧，立以为郑君。韩氏之众，无不听令者，则许异为之先也。是故哀侯为君，而许异终身相焉。而韩氏之尊许异也，犹其尊哀侯也。今日郑君不可得而为也，虽终身相之焉，然而吾弗为云者，岂不为过谋哉。昔齐桓公九合诸侯，未尝不以周襄王之命。然则虽尊襄王，桓公亦定霸矣。九合之尊桓公也，犹其尊襄王也。今日天子不可得而为也，虽为桓公，吾弗为云者，岂不为过谋而不知尊哉。韩氏之士数十万，皆戴哀侯以为君，而许异独取相焉者，无他；诸侯之君无不任事于周室也，而桓公独取霸者，亦无他也。今强国将有帝王之亹，而以国先者，此桓公、许异之类也，岂可不谓善谋哉？夫先与强国之利，强国能王，则我必为之霸；强国不能王，则可以辟其兵⑨，使之无伐我。然则强国事成，则我立帝而霸；强国之事不成，犹之厚德我也。今与强国，强国之事成则有福，不成则无患。然则先与强国者，圣人之计也。”

①靡：轻视。

②免：通“俛”。俯。

③始：立国之始。

④尊令：霸业。

⑤制令无所行：指诸侯不行其令。

⑥户：挨家挨户。

⑦执禽：意为服役。

⑧蹴（cù，音促）：踩；踏。　　殪（yì，音意）：致之于死。

⑨辟：避。

韩阳役于三川而欲归

韩阳役于三川而欲归①，足强为之说韩王曰：“三川服矣，王亦知之乎？役且共贵公子②。”王于是召诸公子役于三川者而归之。

①役：指征伐。

②役：指役人。　　贵：指拥立为君。

秦大国也

秦，大国也；韩，小国也。韩甚疏秦，然而见亲秦，计之非金无以也，故卖美人。美人之贾贵①，诸侯不能买，故秦买之三千金。韩因以其金事秦，秦反得其金与韩之美人。韩之美人因言于秦曰："韩甚疏秦。"从是观之，韩亡美人与金，其疏秦乃始益明。故客有说韩者曰："不如止淫用②，以是为金以事秦，是金必行，而韩之疏秦不明。美人知内行者也③。"故善为计者，不见内行④。

---

①贾（jià，音嫁）：通"价"。
②淫：侈。
③内行：国中的隐情。
④见：现。

张丑之合齐楚讲于魏

张丑之合齐、楚讲于魏也，谓韩公仲曰："今公疾攻魏之运，魏急，则必以地和于齐、楚，故公不如勿攻也。魏缓，则必战。战胜，攻运而取之，易矣。战不胜，则魏且内之。"公仲曰："诺。"张丑因谓齐、楚曰："韩已与魏矣。以为不然，则盖观公仲之攻也。"公仲不攻，齐、楚恐，因讲于魏而不告韩。

或谓韩相国

或谓韩相国曰："人之所以善扁鹊者，为有臃肿也①。使善扁鹊而无臃肿也，则人莫之为之也。今君以所事善平原君者②，为恶于秦也。而善平原君，乃所以恶于秦也。愿君之熟计之也。"

---

①臃肿：痈疽。
②所事：指韩王。

公仲使韩珉之秦求武遂

公仲使韩珉之秦求武遂，而恐楚之怒也。唐客谓公仲曰："韩之事秦也，且以求武隧也，非弊邑之所憎也。韩已得武隧，其形乃可以善楚。臣愿有言，而不敢为楚计。今韩之父兄得众者毋相。韩不能独立，势必不善楚。王曰：'吾欲以国辅韩珉而相之，可乎？'父兄恶珉，珉必以国保楚。"公仲说，士唐客于诸公①，而使之主韩、楚之事。

---

①士：仕。

韩相公仲珉使韩侈之秦

韩相公珉使韩侈之秦，请攻魏，秦王说之。韩侈在唐，公仲珉死。韩侈谓秦王曰："魏之使者谓后相韩辰曰：'公必为魏罪韩侈。'韩辰曰：'不可。秦王仕之，又与约事。'使者曰：'秦之仕韩侈也，以重公仲也。今公仲死，韩侈之秦，秦必弗入。入，又奚为挟之以恨魏王乎？'韩辰患之，将听之矣。今王不召韩侈，韩侈且伏于山中矣。"秦王曰："何意寡人如是之权也①。令安伏②？"召韩侈而仕之。

---

①权：变。
②令：应作"今"。

客卿为韩谓秦王

客卿为韩谓秦王曰："韩珉之议，知其君不知异君，知其国不知异国。彼公仲者，秦势能诎之①。秦之强，首之者②，珉为疾矣。进齐、宋之兵，至首坦，远薄梁郭③，所以不及魏者，以为成而过南阳之道④，欲以四国西首也。所以不者，皆曰燕亡于齐，魏亡于秦，陈、蔡亡于楚。此皆绝地形，群臣比周以蔽其上，大臣为诸侯轻国也。今王位正⑤，张仪之贵，不得议公孙郝，是从臣不事大臣也⑥；公孙郝之贵，不得议甘戊，则大臣不得事近臣矣。贵贱不相事，各得其位，辐凑以事其上⑦，则群臣之贤不肖，可得而知也。王之明一也。公孙郝尝疾齐、韩而不加贵，则为大臣不敢为诸侯轻国矣。齐、韩尝因公孙郝而不受，则诸侯不敢因群臣以为能矣。外内不相为，则诸侯之情伪，可得而知也。王之明二也。公孙郝、樗里疾请无攻韩，陈四辟去⑧，王犹攻之也。甘茂约楚、赵而反敬魏，是其讲我，茂且攻宜阳，王犹校之也⑨。群臣之知，无几于王之明者⑩。臣故愿公仲之国以侍于王，而无自左右也⑪。"

---

①诎：贬抑。
②首：以兵相向。
③薄：迫。
④成：和。
⑤位正：正贵贱之位。
⑥事：干预。
⑦辐凑：比喻人或物集聚一处。
⑧陈：军阵。
⑨校：检查。
⑩几：近。
⑪自：用。

韩 珉 相 齐

韩珉相齐，令吏逐公畴竖，大怒于周之留成阳君也。谓韩珉曰："公以二人者为贤人也，所人之国，因用之乎？则不如其处小国。何也？成阳君为秦去韩；公畴竖，楚王善之。今公因逐之，二人者必入秦、楚，必为公患，且明公之不善于天下。天下之不善公者，与欲有求于齐者，且收之，以临齐而市公。"

或谓山阳君

或谓山阳君曰："秦封君以山阳，齐封君以莒。齐、秦非重韩，则贤君之行也。今楚攻齐取莒，上不交齐，次弗纳于君，是棘齐、秦之威而轻韩也①。"山阳君因使之楚。

①棘：难。

赵魏攻华阳

赵、魏攻华阳，韩谒急于秦①，冠盖相望，秦不救。韩相国谓田苓曰："事急，愿公虽疾，为一宿之行。"田苓见穰侯，穰侯曰："韩急乎？何故使公来？"田苓对曰："未急也。"穰侯怒曰："是何以为公之土使乎？冠盖相望，告弊邑甚急。公曰'未急'，何也？"田苓曰："彼韩急，则将变矣。"穰侯曰："公无见王矣，臣请令发兵救韩。"八日中，大败赵、魏于华阳之下。

①谒急：告急。

秦招楚而伐齐

秦招楚而伐齐。泠向谓陈轸曰："秦王必外向。楚之齐者，知西不合于秦，必且务以楚合于齐。齐、楚合，燕、赵不敢不听。齐以四国敌秦，是齐不穷也。向曰：'秦王诚必欲伐齐乎？不如先收于楚之齐者。楚之齐者先务以楚合于齐，则楚必即秦矣①。以强秦而有晋、楚，则燕、赵不敢不听，是齐孤矣。'向请为公说秦王。"

①即：往就。

韩氏逐向晋于周

韩氏逐向晋于周，周成恢为之谓魏王曰："周必宽而反之①，王何不为之先言？是王有向晋于周也。"魏王曰："诺。"成恢因为谓韩王曰："逐向晋者韩也，而还之者魏也，岂如道韩反之哉②。是魏有向晋于周，而韩王失之也。"韩王曰："善。"亦因请复之。

①反：还。
②道：由。

张登请费緤

张登请费緤曰："请令公子年谓韩王曰：'费緤，西周仇之，东周宝之。此其家万金，王何不召之，以为三川之守？是緤以三川与西周戒也①，必尽其家以事王。西周恶之，必效先王之器以止王。'韩王必为之。西周闻之，必解子之罪，以止子之事。"

①戒：戒备。

安邑之御史死

安邑之御史死，其次恐不得也。输人为之谓安令曰①："公孙綦为人请御史于王，王曰：'彼固有次乎？吾难败其法。'"因遽置之。

①输：地名。

魏王为九里之盟

魏王为九里之盟，且复天子。房喜谓韩王曰："勿听之也。大国恶有天子，而小国利之。王与大国弗听，魏安能与小国立之？"

建信君轻韩熙

建信君轻韩熙，赵敖为谓建信侯曰："国形有之而存，无之而亡者，魏也。不可无而从者①，韩也。今君之轻韩熙者，交善楚、魏也。秦见君之交，反善于楚、魏也，其收韩必重矣。从则韩轻，横则韩重，则无从轻矣。秦出兵于三川，则南围鄢，蔡、邵之道不通矣。魏急，其救赵必缓矣。秦举兵破邯郸，赵必亡矣。故君收韩，可以无亹。"

①不可无而从者：合纵之事所不可缺少者。

段产谓新城君

段产谓新城君曰："夫宵行者，能无为奸，而不能令狗无吠己。今臣处郎中，能无议君于王，而不能令人毋议臣于君。愿君察之也。"

段干越人谓新城君

段干越人谓新城君曰："王良之弟子驾，云取千里马①。遇造父之弟子，造父之弟子曰：'马

不千里。'王良弟子曰：'马，千里之马也；服②，千里之服也。而不能取千里，何也?'曰：'子
缧牵长③。'故缧牵于事，万分之一也，而难千里之行。今臣虽不肖，于秦亦万分之一也，而相
国见臣不释塞者，是缧牵长也。"

---

①取：得利。

②服：古代一车驾四马，居中的两匹叫服。

③缧（mò，音墨）：绳索。

卷二十九　燕　一

苏秦将为从北说燕文侯

　　苏秦将为从，北说燕文侯曰："燕东有朝鲜、辽东，北有林胡、楼烦，西有云中、九原，南
有呼沱、易水，地方二千余里，带甲数十万，车七百乘，骑六千匹，粟支十年。南有碣石、雁门
之饶，北有枣粟之利，民虽不由田作①，枣粟之实，足实于民矣。此所谓天府也。夫安乐无事，
不见覆军杀将之忧，无过燕矣。大王知其所以然乎？夫燕之所以不犯寇被兵者，以赵之为蔽于南
也。秦、赵五战，秦再胜而赵三胜②。秦、赵相弊，而王以全燕制其后，此燕之所以不犯难也。
且夫秦之攻燕也，逾云中、九原，过代、上谷，弥地踵道数千里③，虽得燕城，秦计固不能守
也，秦之不能害燕亦明矣。今赵之攻燕也，发兴号令，不至十日，而数十万之众军于东垣矣。度
呼沱，涉易水，不至四五日，距国都矣。故曰：秦之攻燕也，战于千里之外；赵之攻燕也，战于
百里之内。夫不忧百里之患，而重千里之外，计无过于此者。是故愿大王与赵从亲，天下为一，
则国必无患矣。"

　　燕王曰："寡人国小，西迫强秦④，南近齐、赵。齐、赵，强国也。今主君幸教诏之，合从
以安燕，敬以国从。"于是赍苏秦车马金帛以至赵⑤。

---

①田作：田间耕作。

②再胜：两胜。

③弥：填满。

④迫：接近。

⑤赍（jī，音机）：把东西送给人。

奉阳君李兑甚不取于苏秦

　　奉阳君李兑甚不取于苏秦。苏秦在燕，李兑因为苏秦谓奉阳君曰："齐、燕离则赵重，齐、
燕合则赵轻。今君之齐，非赵之利也。臣窃为君不取也。"

奉阳君曰："何吾合燕于齐？"

对曰："夫制于燕者，苏子也。而燕弱国也，东不如齐，西不如赵。岂能东无齐、西无赵哉？而君甚不善苏秦，苏秦能抱弱燕而孤于天下哉？是驱燕而使合于齐也。且燕，亡国之余也，其以权立，以重外，以事贵。故为君计，善苏秦则取[1]，不善亦取之，以疑燕、齐。燕、齐疑，则赵重矣。齐王疑苏秦，则君多资。"

奉阳君曰："善。"乃使使与苏秦结交。

---

[1]取：意为与之交。

权之难燕再战不胜

权之难，燕再战不胜，赵弗救。哙子谓文公曰："不如以地请合于齐，赵必救我。若不吾救，不得不事。"文公曰："善。"令郭任以地请讲于齐。赵闻之，遂出兵救燕。

燕 文 公 时

燕文公时，秦惠王以其女为燕太子妇。文公卒，易王立，齐宣王因燕丧攻之，取十城。

武安君苏秦为燕说齐王，再拜而贺，因仰而吊。齐王桉戈而却曰[1]："此一何庆吊相随之速也？"

对曰："人之饥所以不食乌喙者，以为虽偷充腹，而与死同患也。今燕虽弱小，强秦之少婿也。王利其十城，而深与强秦为仇。今使弱燕为雁行[2]，而强秦制其后，以招天下之精兵，此食乌喙之类也。"

齐王曰："然则奈何？"

对曰："圣人之制事也，转祸而为福，因败而为功。故桓公负妇人而名益尊，韩献开罪而交愈固。此皆转祸而为福，因败而为功者也。王能听臣，莫如归燕之十城，卑辞以谢秦。秦知王以己之故归燕城也，秦必德王；燕无故而得十城，燕亦德王。是弃强仇而立厚交也。且夫燕、秦之俱事齐，则大王号令天下皆从。是王以虚辞附秦，而以十城取天下也。此霸王之业矣。所谓转祸为福，因败成功者也。"

齐王大说，乃归燕城，以金千斤谢其后，顿首涂中[3]，愿为兄弟而请罪于秦。

---

[1]桉：通"按"。

[2]雁行：相随而行。

[3]涂：泥地。

人有恶苏秦于燕王

人有恶苏秦于燕王者，曰："武安君，天下不信人也。王以万乘下之，尊之于廷，示天下与小人群也[1]。"

武安君从齐来，而燕王不馆也②，谓燕王曰："臣，东周之鄙人也，见足下，身无咫尺之功，而足下迎臣于郊，显臣于廷。今臣为足下使，利得十城，功存危燕，足下不听臣者，人必有言臣不信，伤臣于王者。臣之不信，是足下之福也。使臣信如尾生，廉如伯夷，孝如曾参，三者天下之高行，而以事足下，不可乎？"燕王曰："可。"曰："有此，臣亦不事足下矣。"

苏秦曰："且夫孝如曾参，义不离亲一夕宿于外，足下安得使之之齐？廉如伯夷，不取素飡③，污武王之义而不臣焉，辞孤竹之君，饿而死于首阳之山。廉如此者，何肯步行数千里，而事弱燕之危主乎？信如尾生，期而不来④，抱梁柱而死。信至如此，何肯杨燕、秦之威于齐⑤，而取大功乎哉？且夫信行者，所以自为也，非所以为人也。皆自覆之术⑥，非进取之道也。且夫三王代兴，五霸迭盛，皆不自覆也。君以自覆为可乎？则齐不益于营丘，足下不逾楚境，不窥于边城之外。且臣有老母于周，离老母而事足下，去自覆之术而谋进取之道，臣之趣固不与足下合者。足下皆自覆之君也，仆者进取之臣也，所谓以忠信得罪于君者也。"

燕王曰："夫忠信，又何罪之有也？"

对曰："足下不知也。臣邻家有远为吏者，其妻私人，其夫且归，其私之者忧之。其妻曰：'公勿忧也，吾已为药酒以待之矣。'后二日，夫至，妻使妾奉卮酒进之⑦。妾知其药酒也，进之则杀主父，言之则逐主母，乃阳僵弃酒⑧。主父大怒而笞之。故妾一僵而弃酒，上以活主父，下以存主母也。忠至如此，然不免于笞。此以忠信得罪者也。臣之事，适不幸而有类妾之弃酒也。且臣之事足下，亢义益国⑨，今乃得罪，臣恐天下后事足下者，莫敢自必也。且臣之说齐，曾不欺之也。使之说齐者，莫如臣之言也，虽尧舜之智，不敢取也。"

---

①群：为伍。
②馆：意为款待。
③素：空。　飡：同"餐"。
④期：约。
⑤杨：通"扬"。
⑥覆：庇护。
⑦卮（zhī，音支）：古代盛酒的器皿。
⑧阳僵：佯装动作僵强。
⑨亢：高。

张仪为秦破从连横

张仪为秦破从连横，谓燕王曰："大王之所亲，莫如赵。昔赵王以其姊为代王妻，欲并代，约与代王遇于句注之塞。乃令工人作为金斗，长其尾，令之可以击人。与代王饮，而阴告厨人曰：'即酒酣乐，进热歠①，即因反斗击之。'于是酒酣乐，进取热歠。厨人进斟羹，因反斗而击之，代王脑涂地。其姊闻之，摩笄以自刺也②。故至今有摩笄之山，天下莫不闻。

"夫赵王之狼戾无亲③，大王之所明见知也。且以赵王为可亲邪？赵兴兵而攻燕，再围燕都而劫大王，大王割十城，乃却以谢。今赵王已入朝渑池，效河间以事秦。大王不事秦，秦下甲云中、九原，驱赵而攻燕，则易水、长城非王之有也。且今时赵之于秦，犹郡县也，不敢妄兴师以征伐。今大王事秦，秦王必喜，而赵不敢妄动矣。是西有强秦之援，而南无齐、赵之患。是故愿大王之熟计之也。"

燕王曰："寡人蛮夷辟处,虽大男子,裁如婴儿⑤,言不足以求正,谋不足以决事。今大客幸而教之,请奉社稷西面而事秦,献常山之尾五城⑥。"

①歠(chuò,音绰):指粥、羹汤等可以喝的食物。
②笄(jī,音机):古代束发用的簪子。
③狼戾:像狼一样的暴戾。
④却:退兵。
⑤裁:仅。
⑥尾:末。

宫他为燕使魏

宫他为燕使魏,魏不听,留之数月。客谓魏王曰:"不听燕使,何也?"曰:"以其乱也。"对曰:"汤之伐桀,欲其乱也。故大乱者,可得其地;小乱者,可得其宝。今燕客之言曰:'事苟可听,虽尽宝、地,犹为之也。'王何为不见?"魏王说,因见燕客而遣之。

苏秦死其弟苏代欲继之

苏秦死,其弟苏代欲继之,乃北见燕王哙曰:"臣,东周之鄙人也。窃闻王义甚高甚顺,鄙人不敏,窃释锄耨而干大王①。至于邯郸,所闻于邯郸者,又高于所闻东周。臣窃负其志,乃至燕廷,观王之群臣下吏,大王天下之明主也。"

王曰:"子之所谓天下之明主者,何如者也?"

对曰:"臣闻之,明主者,务闻其过,不欲闻其善。臣请谒王之过。夫齐、赵者,王之仇雠也;楚、魏者,王之援国也。今王奉仇雠以伐援国,非所以利燕也。王自虑此则计过。无以谏者,非忠臣也。"

王曰:"寡人之于齐、赵也,非所敢欲伐也。"

曰:"夫无谋人之心而令人疑之,殆;有谋人之心而令人知之,拙;谋未发而闻于外,则危。今臣闻王居处不安,食饮不甘,思念报齐②。身自削甲扎③,曰有大数矣;妻自组甲絣④,曰有大数矣。有之乎?"

王曰:"子闻之,寡人不敢隐也。我有深怨,积怒于齐而欲报之,二年矣。齐者,我仇国也,故寡人之所欲伐也。直患国弊⑤,力不足矣。子能以燕敌齐,则寡人奉国而委之于子矣。"

对曰:"凡天下之战国七,而燕处弱焉。独战则不能,有所附则无不重。南附楚,则楚重;西附秦,则秦重;中附韩、魏,则韩、魏重。且苟所附之国重,此必使王重矣。今夫齐王,长主也,而自用也⑥。南攻楚五年,稸积散⑦;西困秦三年,民憔悴,士罢弊。北与燕战,覆三军,获二将;而又以其余兵南面,而举五千乘之劲宋,而包十二诸侯。此其君之欲得也,其民力竭也,安犹取哉?且臣闻之,数战则民劳,久师则兵弊。"

王曰:"吾闻齐有清济、浊河,可以为固;有长城、钜防,足以为塞。诚有之乎?"

对曰:"天时不与,虽有清济、浊河,何足以为固?民力穷弊,虽有长城、钜防,何足以为塞?且异日也,济西不役⑧,所以备赵也;河北不师,所以备燕也。今济西、河北,尽以役矣,封内弊矣⑨。夫骄主必不好计,而亡国之臣贪于财。王诚能毋爱宠子、母弟以为质,宝珠玉帛以事其左右，彼且德燕而轻亡宋，则齐可亡已。"

王曰："吾终以子受命于天矣。"曰："内寇不与，外敌不可距⑩。王自治其外，臣自报其内⑪，此乃亡之之势也。"

①钽耨：农具。
②报：报复。
③扎：通"札"。木简。
④组：编织。 绷（bēng，音崩）：穿甲的绳。
⑤直：但；特。
⑥自用：自恃其强之意。
⑦稸积：积蓄。
⑧不役：指养兵的备战。
⑨封内：国内。
⑩距：拒。
⑪报：乱。

燕王哙既立

燕王哙既立，苏秦死于齐。苏秦之在燕也，与其相子之为婚，而苏代与子之交。及苏秦死，而齐宣王复用苏代。

燕哙三年，与楚、三晋攻秦，不胜而还。子之相燕，贵重主断①。苏代为齐使于燕，燕王问之曰："齐宣王何如？"对曰："必不霸。"燕王曰："何也？"对曰："不信其臣。"苏代欲以激燕王以厚任子之也。于是燕王大信子之。子之因遗苏代百金，听其所使。

鹿毛寿谓燕王曰："不如以国让子之。人谓尧贤者，以其让天下于许由，由必不受，有让天下之名，实不失天下。今王以国让相子之，子之必不敢受，是王与尧同行也。"燕王因举国属子之，子之大重。

或曰："禹授益，而以启为吏，及老，而以启为不足任天下，传之益也。启与支党攻益而守之天下。是禹名传天下于益，其实令启自取之。今王言属国子之，而吏无非太子人者，是名属子之，而太子用事。"王因收印自三百石吏，而效之子之。子之南面行王事，而哙老不听政顾为臣②，国事皆决子之。

子之三年，燕国大乱，百姓恫怨③。将军市被、太子平谋，将攻子之。储子谓齐宣王："因而仆之④，破燕必矣。"王因令人谓太子平曰："寡人闻太子之义，将废私而立公，饬君臣之义⑤，正父子之位。寡人之国小，不足先后。虽然，则唯太子所以令之。"

太子因数党聚众，将军市被围公宫，攻子之，不克。将军市被及百姓乃反攻太子平，将军市被死以殉。国构难数月，死者数万众，燕人恫怨，百姓离意。

孟轲谓齐宣王曰："今伐燕，此文、武之时，不可失也。"王因令章子将五都之兵，以因北地之众以伐燕。士卒不战，城门不闭，燕王哙死。齐大胜燕，子之亡。二年，燕人立公子平，是为燕昭王。

①贵重主断：位尊权重，主持政事。

②老：以老自休。

③恫（dòng，音冻）：恐惧。

④仆：通“扑”。击。

⑤饬：戒。

初苏秦弟厉因燕质子而求见齐王

初，苏秦弟厉因燕质子而求见齐王，齐王怨苏秦，欲囚厉。燕质子为谢乃已，遂委质为臣。

燕相子之与苏代婚，而欲得燕权，乃使苏代持质子于齐。齐使代报燕，燕王哙问曰："齐王其伯也乎？"曰："不能。"曰："何也？"曰："不信其臣。"于是燕王专任子之。已而让位，燕大乱。齐伐燕，杀王哙、子之。燕立昭王，而苏代、厉遂不敢入燕，皆终归齐，齐善待之。

苏代过魏，魏为燕执代①。齐使人谓魏王曰："齐请以宋封泾阳君，秦不受。秦非不利有齐而得宋地也，不信齐王与苏子也。今齐、魏不和，如此其甚，则齐不欺秦。秦信齐，齐、秦合，泾阳君有宋地，非魏之利也。故王不如东苏子②，秦必疑而不信苏子矣。齐、秦不合，天下无变，伐齐之形成矣。"于是出苏代。之宋，宋善待之。

---

①执：捉拿；逮捕。

②东：东归。

燕昭王收破燕

燕昭王收破燕，后即位，卑身厚币，以招贤者，欲将以报仇。故往见郭隗先生曰："齐因孤国之乱，而袭破燕。孤极知燕小力少，不足以报。然得贤士与共国，以雪先王之耻，孤之愿也。敢问以国报仇者，奈何？"

郭隗先生对曰："帝者与师处，王者与友处，霸者与臣处，亡国与役处。诎指而事之①，北面而受学，则百己者至②；先趋而后息，先问而后嘿③，则什己者至；人趋己趋，则若己者至。冯几据杖④，眄视指使⑤，则厮役之人至。若恣睢奋击⑥，呴籍叱咄⑦，则徒隶之人至矣。此古服道致士之法也⑧。王诚博选国中之贤者而朝其门下，天下闻王朝其贤臣，天下之士，必趋于燕矣。"

昭王曰："寡人将谁朝而可？"郭隗先生曰："臣闻古之君人，有以千金求千里马者，三年不能得。涓人言于君曰⑨：'请求之。'君遣之。三月得千里马，马已死，买其首五百金，反以报君。君大怒，曰："所求者生马，安事死马而捐五百金？"涓人对曰：'死马且买之五百金，况生马乎？天下必以王为能市马，马今至矣。'于是不能期年⑩，千里之马至者三。今王诚欲致士，先从隗始。隗且见事，况贤于隗者乎？岂远千里哉？"

于是昭王为隗筑宫而师之。乐毅自魏往，邹衍自齐往，剧辛自赵往，士争凑燕⑪。燕王吊死问生，与百姓同其甘苦。二十八年，燕国殷富，士卒乐佚轻战⑫。于是遂以乐毅为上将军，与秦、楚、三晋合谋以伐齐。齐兵败，闵王出走于外。燕兵独追北入至临淄，尽取齐宝，烧其宫室宗庙。齐城之不下者，唯独莒、即墨。

①诎：同"屈"。

②百己者：远胜于己者。

③嘿：同"默"。

④冯：凭。

⑤眄：斜视。

⑥恣（zī，音资）睢：放纵、暴戾的样子。

⑦呴籍叱咄：意为暴跳如雷。

⑧服：事。　　致：招。

⑨涓人：亲信的侍臣；太监。

⑩不能期年：不满一年。

⑪凑：奔赴。

⑫佚：安逸。

齐伐宋宋急

齐伐宋，宋急。苏代乃遗燕昭王书，曰："夫列在万乘，而寄质于齐①，名卑而权轻。秦，齐助之伐宋，民劳而实费；破宋，残楚淮北，肥大齐，仇强而国弱也。此三者，皆国之大败也，而足下行之，将欲以除害，取信于齐也。而齐未加信于足下，而忌燕也愈甚矣。然则足下之事齐也，失所为矣。夫民劳而实费，又无尺寸之功，破宋肥仇，而世负其祸矣。足下以宋加淮北，强万乘之国也，而齐并之，是益一齐也②。北夷方七百里③，加之以鲁、卫，此所谓强万乘之国也，而齐并之，是益二齐也。夫一齐之强而燕犹不能支也，今乃以三齐临燕，其祸必大矣。"

"虽然，臣闻知者之举事也④，转祸而为福，因败而成功者也。齐人紫败素也⑤，而贾十倍；越王勾践栖于会稽，而后残吴霸天下。此皆转祸而为福，因败而为功者也。今王若欲转祸而为福，因败而为功乎？则莫如遥伯齐而厚尊之⑥，使使盟于周室，尽焚天下之秦符，约曰：'夫上计破秦，其次长宾之秦⑦，秦挟宾客以待破，秦王必患之。秦五世以结诸侯，今为齐下，秦王之志，苟得穷齐，不惮以一国都为功⑧。然而王何不使布衣之人，以穷齐之说说秦？谓秦王曰：'燕、赵破宋肥齐，尊齐而为之下者，燕、赵非利之也。弗利而势为之者，何也？以不信秦王也。今王何不使可以信者，接收燕、赵。令泾阳君若高陵君先于燕、赵，秦有变，因以为质，则燕、赵信秦矣。秦为西帝，赵为中帝，燕为北帝，立为三帝而以令诸侯。韩、魏不听，则秦伐之；齐不听，则燕、赵伐之。天下孰敢不听？天下服听，因驱韩、魏以攻齐，曰：必反宋地而归楚之淮北。夫反宋地，归楚之淮北，燕、赵之所同利也；并立三帝，燕、赵之所同愿也。夫实得所利，名得所愿，则燕、赵之弃齐也，犹释弊蹻⑨。今王之不收燕、赵，则齐伯必成矣。诸侯戴齐而王独弗从也⑩，是国伐也；诸侯戴齐而王从之，是名卑也。王不收燕、赵，名卑而国危；王收燕、赵，名尊而国宁。夫去尊宁而就卑危，知者不为也。'秦王闻若说也，必如刺心。然则王何不务使知士，以若此言说秦？秦伐齐必矣。夫取秦，上交也；伐齐，正利也。尊上交，务正利，圣王之事也。"

燕昭王善其书，曰："先人尝有德苏氏，子之之乱，而苏氏去燕。燕欲报仇于齐，非苏氏莫可。"乃召苏氏，复善待之，与谋伐齐，竟破齐，闵王出走。

①寄质：如质子寄寓一般。

②益一齐：增加了一个齐国。

③北夷：指归附于齐国的蛮夷之国。

④知：智。

⑤紫败素：将不好的白绢染为紫色。

⑥伯（bà，音坝）：通"霸"。使……称霸。

⑦宾：摈斥。

⑧不惮以一国都为功：意为为了成功不怕割地以贿赂诸侯。

⑨弊蹝（xǐ，音徙）：破鞋。

⑩戴：拥戴。

苏代谓燕昭王

苏代谓燕昭王曰："今有人于此，孝如曾参、孝己，信如尾生高，廉如鲍焦、史鰌①，兼此三行以事王，奚如？"王曰："如是足矣。"对曰："足下以为足，则臣不事足下矣。臣且处无为之事，归耕乎周之上地，耕而食之，织而衣之。"王曰："何故也？"对曰："孝如曾参、孝己，则不过养其亲耳。信如尾生高，则不过不欺人耳。廉如鲍焦、史鰌，则不过不窃人之财耳。今臣为进取者也。臣以为廉不与身俱达，义不与生俱立。仁义者，自完之道也②，非进取之术也。"

王曰："自忧不足乎③？"对曰："以自忧为足，则秦不出殽塞，齐不出营丘，楚不出疏章。三王代位，五伯改政，皆以不自忧故也。若自忧而足，则臣亦之周负笼耳④，何为烦大王之廷耶？昔者，楚取章武，诸侯北面而朝；秦取西山，诸侯西面而朝。曩者，使燕毋去周室之上⑤，则诸侯不为别马而朝矣⑥。臣闻之，善为事者，先量其国之大小，而揆其兵之强弱⑦，故功可成，而名可立也。不能为事者，不先量其国之大小，不揆其兵之强弱，故功不可成，而名不可立也。今王有东向伐齐之心，而愚臣知之。"

王曰："子何以知之？"对曰："矜戟砥剑⑧，登丘东向而叹，是以愚臣知之。今夫乌获举千钧之重，行年八十而求扶持。故齐虽强国也，西劳于宋，南罢于楚⑨，则齐军可败，而河间可取。"

燕王曰："善。吾请拜子为上卿，奉子车百乘。子以此为寡人东游于齐，何如？"对曰："足下以爱之故与，则何不与爱子，与诸舅、叔父、负床之孙⑩，不得，而乃以与无能之臣，何也？王之论臣，何如人哉？今臣之所以事足下者，忠信也。恐以忠信之故，见罪于左右。"

王曰："安有为人臣尽其力，竭其能，而得罪者乎？"对曰："臣请为王譬。昔周之上地尝有之。其丈夫宦三年不归，其妻爱人。其所爱者曰：'子之丈夫来，则且奈何乎？'其妻曰：'勿忧也，吾已为药酒而待其来矣。'已而其丈夫果来，于是因令其妾酌药酒而进之。其妾知之，半道而立，虑曰：'吾以此饮吾主父，则杀吾主父；以此事告吾主父，则逐吾主母。与杀吾主父、逐吾主母者，宁佯蹶而覆之⑪。'于是因佯僵而仆之。其妻曰：'为子之远行来之，故为美酒，今妾奉而仆之。'其丈夫不知，缚其妾而笞之。故妾所以笞者，忠信也。今臣为足下使于齐，恐忠信不谕于左右也⑫。臣闻之曰：'万乘之主，不制于人臣；十乘之家，不制于众人；匹夫徒步之士，不制于妻妾。'而又况于当世之贤主乎？臣请行矣，愿足下之无制于群臣也。"

―――――――――――――――――――――

①鰌（qiū，音秋）。

②自完：自我完善。

③自忧：即"自完"。

④负笼：引申为耕作之人。

⑤去：失。

⑥别：分。

⑦揆（kuí，音葵）：度量；揣度。

⑧矜（qín，音琴）：同“殣”。矛柄；亦指戟柄。

⑨罢：疲。

⑩负床之孙：幼弱不能行走的小孩。

⑪踬（zhì，音至）：被绊倒。

⑫谕：知道；理解。

燕王谓苏代

燕王谓苏代曰：“寡人甚不喜訑者言也[1]。”苏代对曰：“周地贱媒，为其两誉也。之男家曰女美，之女家曰男富。然而周之俗，不自为取妻。且夫处女无媒，老且不嫁；舍媒而自衒，弊而不售[2]。顺而无败，售而不弊者，唯媒而已矣。且事非权不立，非势不成。夫使人坐受成事者，唯訑者耳。”王曰：“善矣。”

①訑（dàn，音旦）：通“诞”。欺骗。

②弊：败。

卷三十 燕 二

秦召燕王

秦召燕王，燕王欲往。苏代约燕王曰[1]：“楚得枳而国亡，齐得宋而国亡。齐、楚不得以有枳、宋事秦者，何也？是则有功者，秦之深仇也。秦取天下，非行义也，暴也。”

“秦之行暴于天下，正告楚曰：‘蜀地之甲，轻舟浮于汶，乘夏水而下江，五日而至郢；汉中之甲，乘舟出于巴，乘夏水而下汉，四日而至五渚。寡人积甲宛，东下随，知者不及谋，勇者不及怒，寡人如射隼矣[2]。王乃待天下之攻函谷，不亦远乎？’楚王为是之故，十七年事秦。

秦正告韩曰：‘我起乎少曲，一日而断太行。我起乎宜阳而触平阳，二日而莫不尽繇[3]。我离两周而触郑，五日而国举。’韩氏以为然，故事秦。

秦正告魏曰：‘我举安邑，塞女戟，韩氏、太原卷[4]。我下枳，道南阳、封、冀，包两周，乘夏水，浮轻舟，强弩在前，锬戈在后[5]，决荥口，魏无大梁；决白马之口，魏无济阳；决宿胥之口，魏无虚、顿丘。陆攻则击河内，水攻则灭大梁。’魏氏以为然，故事秦。

“秦欲攻安邑，恐齐救之，则以宋委于齐，曰：‘宋王无道，为木人以写寡人，射其面。寡人地绝兵远[6]，不能攻也。王苟能破宋有之，寡人如自得之。’已得安邑，塞女戟，因以破宋为齐罪。

"秦欲攻齐，恐天下救之，则以齐委于天下，曰：'齐王四与寡人约，四欺寡人，必率天下以攻寡人者三。有齐无秦，无齐有秦。必伐之，必亡之。'已得宜阳、少曲，致蔺、石，因以破齐为天下罪。

秦欲攻魏，重楚，则以南阳委于楚，曰：'寡人固与韩且绝矣。残均陵，塞鄳隘，苟利于楚，寡人如自有之。'魏弃与国而合于秦，因以塞鄳隘为楚罪。

"兵困于林中，重燕、赵，以胶东委于燕，以济西委于赵。赵得讲于魏，至公子延⑦，因犀首属行而攻赵⑧。兵伤于离石，遇败于马陵。而重魏，则以叶、蔡委于魏。已得讲于赵，则劫魏，魏不为割。困则使太后、穰侯为和，嬴则兼欺舅与母⑨。适燕者曰以胶东，适赵者曰以济西，适魏者曰以叶、蔡，适楚者曰以塞鄳隘，适齐者曰以宋。此必令其言如循环，用兵如刺蜚绣⑩。母不能制，舅不能约。龙贾之战，岸门之战，封陆之战，高商之战，赵庄之战，秦之所杀三晋之民数百万，今其生者，皆死秦之孤也⑪。西河之外，上洛之地，三川、晋国之祸，三晋之半⑫。秦祸如此其大，而燕、赵之秦者，皆以争事秦说其主。此臣之所大患。"

燕昭王不行，苏代复重于燕。燕反约诸侯从亲，如苏秦时。或从或不⑬，而天下由此宗苏氏之从约。代、厉皆以寿死，名显诸侯。

---

①约：阻止。

②隼（sǔn，音损）：一种猛禽。

③蹂：动摇。

④卷：断绝。

⑤铦（xiān，音先）锋利。

⑥绝：隔绝。

⑦至：通"质"。

⑧属行：连兵相属而行。

⑨嬴：通"赢"。

⑩蜚（fěi，音匪）：一种草虫。

⑪死秦：死于秦人者。

⑫三晋之半：意为三晋被去其半。

⑬不：否。

苏代为奉阳君说燕于赵

苏代为奉阳君说燕于赵，以伐齐。奉阳君不听，乃入齐恶赵，令齐绝于赵。齐已绝于赵，因之燕，谓昭王曰："韩为谓臣曰：'人告奉阳君曰：使齐不信赵者，苏子也；今齐王召蜀子使不伐宋，苏子也；与齐王谋道，取秦以谋赵者，苏子也；令齐守赵之质子以甲者①，又苏子也。请告子以请齐，果以守赵之质子以甲，吾必守子以甲。'其言恶矣。虽然，王勿患也。臣故知入齐之有赵累也。出为之以成所欲，臣死而齐大恶于赵，臣犹生也。令齐、赵绝，可大纷已②。持臣非张孟谈也③，使臣也如张孟谈也，齐、赵必有为智伯者矣。

"奉阳君告朱讙与赵足曰④：'齐王使公玉曰命说曰⑤：必不反韩珉，今召之矣；必不任苏子以事，今封而相之；令不合燕，今以燕为上交。吾所恃者顺也，今其言变，有甚于其父。顺始与苏子为仇，见之知无厉⑥，今贤之两之⑦。已矣，吾无齐矣。'

"奉阳君之怒，甚矣。如齐王之不信赵，而小人奉阳君也⑧，因是而倍之⑨，不以今时大纷之解而复合，则后不可奈何也。故齐、赵之合，苟可循也，死不足以为臣患，逃不足以为臣耻，为诸侯不足以为臣荣，被发自漆为厉，不足以为臣辱。然而臣有患也，臣死而齐、赵不循，恶交分于臣也⑩；而后相效⑪，是臣之患也。若臣死而必相攻也，臣必勉之而求死焉。尧舜之贤而死，禹汤之知而死，孟贲之勇而死，乌获之力而死。生之物固有不死者乎？在必然之物，以成所欲，王何疑焉？

"臣以为不若逃而去之。臣以韩、魏循自齐，而为之取秦，深结赵以劲之。如是，则近于相攻。臣虽为之不累燕，奉阳君告朱讙曰：'苏子怒于燕王之不以吾故，弗予相，又不予卿也，殆无燕矣。'其疑至于此，故臣虽为之不累燕，又不欲王。伊尹再逃汤而之桀，再逃桀而之汤，果与鸣条之战⑫，而以汤为天子。伍子胥逃楚而之吴，果与伯举之战，而报其父之仇。今臣逃而纷齐、赵，始可著于春秋。且举大事者，孰不逃？桓公之难，管仲逃于鲁；阳虎之难，孔子逃于卫；张仪逃于楚；白珪逃于秦；望诸相中山也，使赵，赵劫之求地，望诸攻关而出逃；外孙之难，薛公释戴逃出于关⑬，三晋称以为士。故举大事，逃不足以为辱矣。"

卒绝齐于赵，赵合于燕以攻齐，败之。

---

①甲：兵。

②纷：乱。

③持：使。

④讙（huān，音欢）。

⑤公王曰：人名。

⑥无厉：无害。

⑦两之：共处。

⑧小人：待之如小人。

⑨倍：背。

⑩交：皆。

⑪效：效仿。

⑫与：助。

⑬戴：车辆。

苏代为燕说齐

苏代为燕说齐，未见齐王，先说淳于髡曰："人有卖骏马者，比三旦立市①，人莫之知。往见伯乐，曰：'臣有骏马，欲卖之，比三旦立市，人莫与言。愿子还而视之，去而顾之。臣请献一朝之贾②。'伯乐乃还而视之，去而顾之，一旦而马价十倍③。今臣欲以骏马见于王，莫为臣先后者④。足下有意为臣伯乐乎？臣请献白璧一双，黄金千镒，以为马食。"淳于髡曰："谨闻命矣。"入言之王而见之，齐王大说苏子。

---

①比：连者。

②贾：价。

③价：价增。

④莫为臣先后者：没有为我相助的人。

苏代自齐使人谓燕昭王

苏代自齐使人谓燕昭王曰："臣间离齐、赵①，齐、赵已孤矣。王何不出兵以攻齐？臣请为王弱之。"燕乃伐齐，攻晋。

令人谓闵王曰："燕之攻齐也，欲以复振古地也。燕兵在晋而不进，则是兵弱而计疑也。王何不令苏子将而应燕乎？夫以苏子之贤，将而应弱燕，燕破必矣。燕破则赵不敢不听，是王破燕而服赵也。"闵王曰："善。"乃谓苏子曰："燕兵在晋，今寡人发兵应之，愿子为寡人为之将。"对曰："臣之于兵，何足以当之，王其改举②。王使臣也，是败王之兵，而以臣遗燕也。战不胜，不可振也③。"王曰："行，寡人知子矣。"

苏子遂将，而与燕人战于晋下。齐军败，燕得甲首二万人。苏子收其余兵，以守阳城，而报于闵王曰："王过举，令臣应燕。今军败亡二万人，臣有斧质之罪④，请自归于吏以戮。"闵王曰："此寡人之过也，子无以为罪。"

明日，又使燕攻阳城及狸，又使人谓闵王曰："日者齐不胜于晋下，此非兵之过，齐不幸而燕有天幸也。今燕又攻阳城及狸，是以天幸自为功也。王复使苏子应之，苏子先败王之兵，其后必务以胜报王矣。"王曰："善。"乃复使苏子，苏子固辞，王不听。遂将，以与燕战于阳城。燕人大胜，得首三万。齐君臣不亲，百姓离心，燕因使乐毅大起兵伐齐，破之。

---

①间：离间。
②改举：另换他人。
③振：救。
④斧质：斩首。

苏代自齐献书于燕王

苏代自齐献书于燕王曰："臣之行也，固知将有口事①，故献御书而行，曰：'臣贵于齐，燕大夫将不信臣；臣贱，将轻臣；臣用，将多望于臣②；齐有不善，将归罪于臣；天下不攻齐，将曰善为齐谋；天下攻齐，将与齐兼邹臣③。臣之所重处重留也④。'王谓臣曰：'吾必不听众口与谗言，吾信汝也，犹刲刈者也⑤。上可以得用于齐，次可以得信于下。苟无死，女无不为也，以女自信可也。与之言曰：去燕之齐可也，期于成事而已⑥。'臣受令以任齐，及五年，齐数出兵，未尝谋燕。齐、赵之交，一合一离。燕王不与齐谋赵，则与赵谋齐。齐之信燕也，至于虚北地行其兵⑦。今王信田伐与参、去疾之言，且攻齐，使齐犬马駬而不言燕⑧。今王又使庆令臣曰：'吾欲用所善。'王苟欲用之，则臣请为王事之。王欲酘臣刲任所善⑨，则臣请归酘事。臣苟得见，则盈愿⑩。"

---

①口事：指遭人污陷议论。
②望：责。
③邹：即"贸"。交易。
④重：难。

⑤刬（chǎn，音产）：同"铲"。   刈：即"刈（yì，音义）"。割。   刬刈者：斩断果决之意。

⑥期：通"其"。

⑦虚：不设守备。

⑧珢：贱。

⑨醳：古"释"字。   刿：同"专"。

⑩盈愿：如愿。

陈翠合齐燕

陈翠合齐、燕，将令燕王之弟为质于齐，燕王许诺。太后闻之，大怒曰："陈公不能为人之国，亦则已矣，焉有离人子母者，老妇欲得志焉①。"

陈翠欲见太后，王曰："太后方怒子，子其待之。"陈翠曰："无害也。"遂入见太后，曰："何癯也②？"太后曰："赖得先王雁鹜之余食③，不宜癯。癯者，忧公子之且为质于齐也。"

陈翠曰："人主之爱子也，不如布衣之甚也。非徒不爱子也，又不爱丈夫子独甚。"太后曰："何也？"对曰："太后嫁女诸侯，奉以千金，赏地百里，以为人之终也。今王愿封公子，百官持职④，群臣效忠。曰：'公子无功不当封。'今王之以公子为质也，且以为公子功而封之也。太后弗听。臣是以知人主之不爱丈夫子独甚也。且太后与王幸而在，故公子贵。太后千秋之后，王弃国家，而太子即位，公子贱于布衣。故非及太后与王封公子，则公子终身不封矣。"

太后曰："老妇不知长者之计。"乃命公子束车制衣为行具。

①欲得志焉：意为欲杀之而后快。

②癯（qū，音驱）：同"癯"。瘦。

③鹜（wù，音误）：鸭子。

④持：守。

燕昭王且与天下伐齐

燕昭王且与天下伐齐，而有齐人仕于燕者，昭王召而谓之曰："寡人且与天下伐齐，旦暮出令矣。子必争之，争之而不听，子因去而之齐。寡人有时复合和也，且以因子而事齐。"当此之时也，燕、齐不两立，然而常独欲有复收之之志若此也①。

①复收：复合。

燕饥赵将伐之

燕饥，赵将伐之。楚使将军之燕，过魏，见赵恢。赵恢曰："使除患无至，易于救患。伍子胥、宫之奇不用，烛之武、张孟谈受大赏。是故谋者皆从事于除患之道，而先使除患无至者。今予以百金送公也，不如以言①。公听吾言而说赵王曰：'昔者，吴伐齐，为其饥也。伐齐未必胜也，而弱越乘其弊以霸。今王之伐燕也，亦为其饥也。伐之未必胜，而强秦将以兵承王之西②。是使弱赵居强吴之处，而使强秦处弱越之所以霸也。愿王之熟计之也。'"

使者乃以说赵王，赵王大悦，乃止。燕昭王闻之，乃封之以地。

①以言：送以良言。

②承：通“乘”。

昌国君乐毅为燕昭王合五国之兵而攻齐

昌国君乐毅为燕昭王合五国之兵而攻齐，下七十余城，尽郡县之以属燕。三城未下，而燕昭王死。惠王即位，用齐人反间，疑乐毅，而使骑劫代之将。乐毅奔赵，赵封以为望诸君。齐田单欺诈骑劫，卒败燕军，复收七十城以复齐。燕王悔，惧赵用乐毅承燕之弊以伐燕①。

燕王乃使人让乐毅，且谢之曰：“先王举国而委将军，将军为燕破齐，报先王之仇，天下莫不振动。寡人岂敢一日而忘将军之功哉？会先王弃群臣，寡人新即位，左右误寡人。寡人之使骑劫代将军者，为将军久暴露于外，故召将军且休计事。将军过听，以与寡人有郄②，遂捐燕而归赵。将军自为计则可矣，而亦何以报先王之所以遇将军之意乎？”

望诸君乃使人献书，报燕王曰：“臣不佞，不能奉承先王之教，以顺左右之心，恐抵斧质之罪，以伤先王之明，而又害于足下之义，故遁逃奔赵。自负以不肖之罪，故不敢为辞说。今王使使者数之罪，臣恐侍御者之不察先王之所以畜幸臣之理③，而又不白于臣之所以事先王之心④，故敢以书对。

“臣闻贤圣之君，不以禄私其亲，功多者授之；不以官随其爱，能当之者处之⑤。故察能而授官者，成功之君也；论行而结交者，立名之士也。臣以所学者观之，先王之举错，有高世之心，故假节于魏王⑥，而以身得察于燕。先王过举，擢之乎宾客之中⑦，而立之乎群臣之上。不谋于父兄，而使臣为亚卿。臣自以为奉令承教，可以幸无罪矣，故受命而不辞。

“先王命之曰：‘我有积怨，深怒于齐，不量轻弱而欲以齐为事⑧。’臣对曰：‘夫齐，霸国之余教也，而骤胜之遗事也，闲于兵甲⑨，习于战攻。王若欲攻之，则必举天下而图之。举天下而图之，莫径于结赵矣⑩。且又淮北、宋地，楚、魏之所同愿也。赵若许约楚、魏、宋尽力，四国攻之，齐可大破也。’先王曰：‘善。’臣乃口受令，具符节，南使臣于赵。顾反命，起兵随而攻齐。以天之道，先王之灵，河北之地，随先王举而有之于济上。济上之军，奉令击齐，大胜之。轻卒锐兵，长驱至国。齐王逃遁走莒，仅以身免。珠玉财宝、车甲珍器，尽收入燕。大吕陈于元英⑪，故鼎反于历室⑫，齐器设于宁台，蓟丘之植⑬，植于汶皇⑭。自五伯以来，功未有及先王者也。先王以为惬其志，以臣为不顿命⑮，故裂地而封之，使之得比乎小国诸侯。臣不佞，自以为奉令承教，可以幸无罪矣，故受命而弗辞。

“臣闻贤明之君，功立而不废，故著于《春秋》；蚤知之士⑯，名成而不毁，故称于后世。若先王之报怨雪耻，夷万乘之强国⑰，收八百岁之蓄积，及至弃群臣之日，余令诏后嗣之遗义，执政任事之臣，所以能循法令，顺庶孽者⑱，施及萌隶⑲，皆可以教于后世。

“臣闻善作者，不必善成；善始者，不必善终。昔者，五子胥说听乎阖闾，故吴王远迹至于郢。夫差弗是也，赐之鸱夷而浮之江⑳。故吴王夫差不悟先论之可以立功，故沉子胥而不悔。子胥不蚤见主之不同量，故入江而不改。夫免身全功，以明先王之迹者，臣之上计也。离毁辱之非㉑，堕先王之名者，臣之所大恐也。临不测之罪，以幸为利者，义之所不敢出也。

“臣闻古之君子，交绝不出恶声；忠臣之去也，不洁其名。臣虽不佞，数奉教于君子矣。恐侍御者之亲左右之说，而不察疏远之行也。故敢以书报，唯君之留意焉。"

---

①承：通"乘"。

②郤：同"隙"。

③畜：养。

④白：明白。

⑤当：担当。

⑥假节：借符节。

⑦擢（zhuó，音茁）：提拔。

⑧以齐为事：以攻齐为自己的职事。

⑨闲：通"娴"。熟练。

⑩径：直接。

⑪大吕：齐国的祭器。

⑫故鼎：指齐国过去掠得的燕国祭器。

⑬植：旗帜。

⑭植：插。

⑮不顿命：不辱使命。

⑯蚤知：先知。

⑰夷：平。

⑱顺庶孽：使乱臣贱子安顺。

⑲萌隶：黎民百姓。

⑳鸱（chī，音吃）夷：盛酒的器具。

㉑离：通"罹"。遭遇。

或献书燕王

或献书燕王："王而不能自恃，不恶卑名以事强。事强可以令国安长久，万世之善计。以事强而不可以为万世，则不如合弱。将奈何合弱而不能如一？此臣之所为山东苦也。

"比目之鱼，不相得则不能行，故古之人称之，以其合两而如一也。今山东合弱而不能如一，是山东之知，不如鱼也。又譬如车士之引车也①，三人不能行，索二人②，五人而车因行矣。今山东三国弱而不能敌秦，索二国，因能胜秦矣。然而山东不知相索，智固不如车士矣。胡与越人，言语不相知，志意不相通，同舟而凌波，至其相救助如一也。今山东之相与也③，如同舟而济，秦之兵至，不能相救助如一，智又不如胡、越之人矣。三物者，人之所能为也，山东之主遂不悟，此臣之所为山东苦也。愿大王之熟虑之也。

"山东相合，之主者不卑名④，之国者可长存，之卒者出士以戍韩、梁之西边，此燕之上计也。不急为此，国必危矣，主必大忧。今韩、梁、赵三国以合矣⑤，秦见三晋之坚也，必南伐楚。赵见秦之伐楚也，必北攻燕。物固有势异而患同者。秦久伐韩，故中山亡；今久伐楚，燕必亡。臣窃为王计，不如以兵南合三晋，约戍韩、梁之西边。山东不能坚为此，此必皆亡。"

燕果以兵南合三晋也。

---

①引：牵。

②索：增加。
③与：援助。
④之：此。
⑤以：已。

客 谓 燕 王

客谓燕王曰："齐南破楚，西屈秦，用韩、魏之兵，燕、赵之众，犹鞭筴也①。使齐北面伐燕，即虽五燕不能当。王何不阴出使，散游士，顿齐兵②，弊其众，使世世无患。"燕王曰："假寡人五年，寡人得其志矣。"苏子曰："请假王十年。"燕王说，奉苏子车五十乘，南使于齐。

谓齐王曰："齐南破楚，西屈秦，用韩、魏之兵，燕、赵之众，犹鞭筴也。臣闻当世之举王③，必诛暴正乱，举无道，攻不义。今宋王射天笞地，铸诸侯之象，使侍屏匽④，展其臂，弹其鼻。此天下之无道不义，而王不伐，王名终不成。且夫宋，中国膏腴之地，邻民之所处也。与其得百里于燕，不如得十里于宋。伐之，名则义，实则利，王何为弗为？"齐王曰："善。"遂兴兵伐宋，三覆宋，宋遂举。

燕王闻之，绝交于齐，率天下之兵以伐齐，大战一，小战再，顿齐国，成其名。故曰："因其强而强之，乃可折也；因其广而广之，乃可缺也。"

①筴：策。
②顿：使其劳顿。
③举王：兴起之王。
④屏：遮蔽。　匽（yǎn，音眼）：储污水的坑池。

赵 且 伐 燕

赵且伐燕，苏代为燕谓惠王曰："今者臣来，过易水，蚌方出曝，而鹬啄其肉①，蚌合而拑其喙②。鹬曰：'今日不雨，明日不雨，即有死蚌。'蚌亦谓鹬曰：'今日不出，明日不出，即有死鹬，'两者不肯相舍，渔者得而并禽之。今赵且伐燕，燕、赵久相支，以弊大众，臣恐强秦之为渔父也。故愿王之熟计之也。"惠王曰："善。"乃止。

①鹬（yù，音玉）。
②拑：通"箝"。

齐 魏 争 燕

齐、魏争燕，齐谓燕王曰："吾得赵矣。"魏亦谓燕王曰："吾得赵矣。"燕无以决之，而未有适予也①。苏子谓燕相曰："臣闻辞卑而币重者，失天下者也；辞倨而币薄者②，得天下者也。今魏之辞倨而币薄。"燕因合于魏，得赵，齐遂北矣③。

①适予：适当的回答。
②倨：倨傲。
③北：败。

卷三十一　燕　三

齐韩魏共攻燕

　　齐、韩、魏共攻燕，燕使太子请救于楚，楚王使景阳将而救之。暮舍①，使左右司马各营壁地②。已，植表③。景阳怒，曰："女所营者，水皆至灭表④。此焉可以舍。"乃令徙。明日大雨，山水大出，所营者，水皆灭表，军吏乃服。于是遂不救燕，而攻魏雍丘，取之以与宋。三国惧，乃罢兵。魏军其西，齐军其东，楚军欲还，不可得也。景阳乃开西和门，昼以车骑，暮以烛见，通使于魏。齐师怪之，以为燕、楚与魏谋之，乃引兵而去。齐兵已去，魏失其与国，无与共击楚，乃夜遁。楚师乃还。

---

①舍：扎营。
②营：营造。　　壁：军垒。
③植：通"植"。竖起。　　表：类似华表，用以区别营所。
④灭：淹没。

张丑为质于燕

　　张丑为质于燕，燕王欲杀之，走且出境，境吏得丑。丑曰："燕王所为将杀我者，人有言我有宝珠也，王欲得之。今我已亡之矣，而燕王不我信。今子且致我，我且言子之夺我珠而吞之，燕王必当杀子，刳子腹及子之肠矣。夫欲得之君，不可说以利。吾要且死①，子肠亦且寸绝。"境吏恐而赦之。

---

①要：如果。

燕王喜使栗腹以百金为赵孝成王寿

　　燕王喜使栗腹以百金为赵孝成王寿，酒三日，反报曰："赵民，其壮者皆死于长平，其孤未壮，可伐也。"王乃召昌国君乐间而问曰："何如？"对曰："赵，四达之国也，其民皆习于兵，不可与战。"王曰："吾以倍攻之，可乎？"曰："不可。"曰："以三，可乎？"曰："不可。"王大怒。左右皆以为赵可伐，遂起六十万以攻赵。令栗腹以四十万攻鄗，使庆秦以二十万攻代。赵使廉颇以八万遇栗腹于鄗，使乐乘以五万遇庆秦于代。燕人大败，乐间入赵。

燕王以书且谢焉，曰："寡人不佞，不能奉顺君意，故君捐国而去①，则寡人之不肖，明矣。敢端其愿，而君不肯听，故使使者陈愚意，君试论之。语曰：'仁不轻绝，智不轻怨。'君之于先王也，世之所明知也。寡人望有非则君掩盖之，不虞君之明罪之也②；望有过则君教诲之，不虞君之明罪之也。且寡人之罪，国人莫不知，天下莫不闻。君微出③，明怨以弃寡人，寡人必有罪矣。虽然，恐君之未尽厚也。谚曰：'厚者不毁人以自益也，仁者不危人以要名④。'以故掩人之邪者，厚人之行也；救人之过者，仁者之道也。世有掩寡人之邪，救寡人之过，非君心所望之？今君厚受位于先王以成尊，轻弃寡人以快心，则掩邪救过，难得于君矣。且世有薄而故厚施，行有失而故惠用。今使寡人任不肖之罪⑤，而君有失厚之累，于为君择之也，无所取之。国之有封疆，犹家之有垣墙，所以合好掩恶也。室不能相和，出语邻家，未为通计也。怨恶未见而明弃之，未尽厚也。寡人虽不肖乎，未如殷纣之乱也；君虽不得意乎，未如商容、箕子之累也。然则不内盖寡人而明怨于外，恐其适足以伤于高而薄于行也。非然也，苟可以明君之义，成君之高，虽任恶名，不难受也。本欲以为明寡人之薄，而君不得厚；扬寡人之辱，而君不得荣。此一举而两失也。义者，不亏人以自益，况伤人以自损乎？愿君无以寡人不肖，累往事之美。昔者，柳下惠吏于鲁，三黜而不去⑥。或谓之曰：'可以去。'柳下惠曰：'苟与人之异，恶往而不黜乎？犹且黜乎，宁于故国尔。'柳下惠不以三黜自累，故前业不忘；不以去为心，故远近无议。今寡人之罪，国人未知，而议寡人者遍天下。语曰：'论不修心，议不累物，仁不轻绝，智不简功⑦。'弃大功者，辍也，轻绝厚利者，怨也。辍而弃之，怨而累之，宜在远者⑧，不望之乎君也。今以寡人无罪，君岂怨之乎？愿君捐怨，追惟先王，复以教寡人。意君曰'余且慝心以成而过，不顾先王以明而恶'⑨，使寡人进不得修功，退不得改过。君之所揣也⑩，唯君图之。此寡人之愚意也。敬以书谒之。"

乐间、乐乘怨不用其计，二人卒留赵不报。

---

①捐：弃。

②不虞：没有料到。

③微出：悄悄地逃走。

④要：邀。

⑤任：负。

⑥黜：罢黜。

⑦简：弃。

⑧远者：疏远之人。

⑨意：猜想；臆测。　　慝（tè，音特）：邪恶；恶念。

⑩揣：揣摩。

秦并赵北向迎燕

秦并赵①，北向迎燕。燕王闻之，使人贺秦王。使者过赵，赵王系之。使者曰："秦、赵为一，而天下服矣。兹之所以受命于赵者②，为秦也。今臣使秦而赵系之，是秦、赵有郄。秦、赵有郄，天下必不服，而燕不受命矣。且臣之使秦，无妨于赵之伐燕也。"赵王以为然而遣之。

使者见秦王曰："燕王窃闻秦并赵，燕王使使者贺千金。"秦王曰："夫燕无道，吾使赵有之，子何贺?"使者曰:"臣闻全赵之时,南邻为秦,北下曲阳为燕,赵广三百里,而与秦相距五十余年矣,所以不能反胜秦者,国小而地无所取。今王使赵北并燕,燕、赵同力,必不复受于秦矣。臣切为王患之。"秦王以为然,起兵而救燕。

---

① 并:合。
② 兹:同"兹"。

燕太子丹质于秦

燕太子丹质于秦,亡归,见秦且灭六国,兵以临易水,恐其祸至。太子丹患之,谓其太傅鞠武曰①:"燕、秦不两立,愿太傅幸而图之。"武对曰:"秦地遍天下,威胁韩、魏、赵氏,则易水以北,未有所定也。奈何以见陵之怨②,欲批其逆鳞哉③?"太子曰:"然则何由?"太傅曰:"请入图之。"

居之有间,樊将军亡秦之燕,太子容之。太傅鞠武谏曰:"不可。夫秦王之暴而积怨于燕,足为寒心,又况闻樊将军之在乎?是以委肉当饿虎之蹊④,祸必不振矣⑤。虽有管、晏,不能为谋。愿太子急遣樊将军入匈奴以灭口。请西约三晋,南连齐、楚,北讲于单于,然后乃可图也。"太子丹曰:"太傅之计,旷日弥久,心惛然⑥,恐不能须臾⑦。且非独于此也。夫樊将军困穷于天下,归身于丹,丹终不迫于强秦,而弃所哀怜之,交置之匈奴,是丹命固卒之时也⑧。愿太傅更虑之。"鞠武曰:"燕有田光先生者,其智深,其勇沉⑨,可与之谋也。"太子曰:"愿因太傅交于田先生,可乎?"鞠武曰:"敬诺。"出见田光,道太子曰:"愿图国事于先生。"田光曰:"敬奉教。"乃造焉⑩。

太子跪而逢迎,却行为道⑪,跪而拂席。田先生坐定,左右无人,太子避席而请曰:"燕、秦不两立,愿先生留意也。"田光曰:"臣闻骐骥盛壮之时,一日而驰千里。至其衰也,驽马先之。今太子闻光壮盛之时,不知吾精已消亡矣。虽然,光不敢以乏国事也。所善荆轲,可使也。"太子曰:"愿因先生得愿交于荆轲,可乎?"田光曰:"敬诺。"即起,趋出。太子送之至门,曰:"丹所报,先生所言者,国大事也,愿先生勿泄也。"田光俛而笑曰:"诺。"

偻行见荆轲⑫,曰:"光与子相善,燕国莫不知。今太子闻光壮盛之时,不知吾形已不逮也。幸而教之曰:'燕、秦不两立,愿先生留意也。'光窃不自外,言足下于太子,愿足下过太子于宫。"荆轲曰:"谨奉教。"田光曰:"光闻长者之行,不使人疑之。今太子约光曰:'所言者国之大事也,愿先生勿泄也。'是太子疑光也。夫为行使人疑之,非节侠士也。"欲自杀以激荆轲,曰:"愿足下急过太子,言光已死,明不言也⑬。"遂自刭而死⑭。

轲见太子,言田光已死,明不言也。太子再拜而跪,膝下行流涕⑮。有顷而后言曰:"丹所请田先生无言者,欲以成大事之谋,今田先生以死明不泄言,岂丹之心哉。"荆轲坐定,太子避席顿首曰:"田先生不知丹不肖,使得至前,愿有所道。此天所以哀燕,不弃其孤。今秦有贪饕之心⑯,而欲不可足也。非尽天下之地,臣海内之王者,其意不厌⑰。今秦已虏韩王,尽纳其地,又举兵南伐楚,北临赵。王翦将数十万之众临漳、邺,而李信出太原、云中。赵不能支秦,必入臣,入臣则祸至燕。燕小弱,数困于兵,今计举国不足以当秦。诸侯服秦,莫敢合从。丹之私计,愚以为诚得天下之勇士,使于秦,窥以重利⑱,秦王贪其贽⑲,必得所愿矣。诚得劫秦王,使悉反诸侯之侵地,若曹沫之与齐桓公,则大善矣;则不可,因而刺杀之。彼大将擅兵于外,而内有大乱，则君臣相疑。以其间诸侯，诸侯得合从，其偿破秦必矣㉒。此丹之上愿，而不知所以委命。唯荆卿留意焉。”久之，荆轲曰：“此国之大事，臣驽下㉑，恐不足任使。”太子前顿首，固请无让。然后许诺。于是尊荆轲为上卿，舍上舍，太子日日造问，供太牢异物，间进车骑美女，恣荆轲所欲，以顺适其意。

久之，荆卿未有行意。秦将王翦破赵，虏赵王，尽收其地，进兵北略地，至燕南界。太子丹恐惧，乃请荆卿曰：“秦兵旦暮渡易水，则虽欲长侍足下，岂可得哉？”荆卿曰：“微太子言㉒，臣愿得谒之。今行而无信，则秦未可亲也。夫今樊将军，秦王购之金千斤，邑万家。诚能得樊将军首，与燕督亢之地图献秦王，秦王必说见臣，臣乃得有以报太子。”太子曰：“樊将军以穷困来归丹，丹不忍以己之私而伤长者之意。愿足下更虑之。”

荆轲知太子不忍，乃遂私见樊於期，曰：“秦之遇将军可谓深矣，父母宗族皆为戮没。今闻购将军之首金千斤、邑万家，将奈何？”樊将军仰天太息流涕㉓，曰：“吾每念，常痛于骨髓，顾计不知所出耳。”轲曰：“今有一言，可以解燕国之患，而报将军之仇者，何如？”樊於期乃前曰：“为之奈何？”荆轲曰：“愿得将军之首以献秦，秦王必喜而善见臣，臣左手把其袖，而右手揕其胸㉔。然则将军之仇报，而燕国见陵之耻除矣。将军岂有意乎？”樊於期偏袒扼腕而进曰㉕：“此臣日夜切齿拊心也㉖，乃今得闻教。”遂自刎。太子闻之，驰往，伏尸而哭，极哀。既已无可奈何，乃遂收盛樊於期之首，函封之。

于是太子预求天下之利匕首，得赵人徐夫人之匕首，取之百金，使工以药淬之㉗。以试人，血濡缕㉘，人无不立死者。乃为装㉙，遣荆轲。燕国有勇士秦武阳，年十二，杀人，人不敢与忤视㉚。乃令秦武阳为副。荆轲有所待，欲与俱。其人居远未来，而为留待。顷之未发，太子迟之，疑其有改悔，乃复请之，曰：“日已尽矣。荆卿岂无意哉？丹请先遣秦武阳。”荆轲怒，叱太子曰：“今日往而不反者，竖子也。今提一匕首，入不测之强秦。仆所以留者，待吾客与俱。今太子迟之，请辞决矣。”遂发。

太子及宾客知其事者，皆白衣冠以送之。至易水上，既祖㉛，取道。高渐离击筑㉜，荆轲和而歌，为变徵之声㉝，士皆垂泪涕泣。又前而歌曰：“风萧萧兮易水寒，壮士一去兮不复还。”复为慷慨羽声㉞，士皆瞋目，发尽上指冠。于是荆轲遂就车而去，终已不顾㉟。

既至秦，持千金之资币物，厚遗秦王宠臣中庶子蒙嘉。嘉为先言于秦王，曰：“燕王诚振畏，慕大王之威㊱，不敢兴兵以拒大王，愿举国为内臣，比诸侯之列，给贡职如郡县，而得奉守先王之宗庙。恐惧不敢自陈，谨斩樊於期头，及献燕之督亢之地图，函封，燕王拜送于庭，使使以闻大王。唯大王命之。”

秦王闻之，大喜。乃朝服，设九宾，见燕使者咸阳宫。荆轲奉樊於期头函，而秦武阳奉地图匣，以次进至陛下㊲。秦武阳色变振恐，群臣怪之。荆轲顾笑武阳，前为谢曰：“北蛮夷之鄙人，未尝见天子，故振慑。愿大王少假借之㊳，使毕使于前㊴。”秦王谓轲曰：“起，取武阳所持图。”轲既取图奉之，发图，图穷而匕首见。因左手把秦王之袖，而右手持匕首揕之。未至身，秦王惊，自引而起，绝袖。拔剑，剑长，操其室㊵。时怨急，剑坚，故不可立拔。荆轲逐秦王，秦王还柱而走㊶，群臣惊愕，卒起不意㊷，尽失其度。而秦法，群臣侍殿上者，不得持尺兵。诸郎中执兵，皆陈殿下，非有诏，不得上。方急时，不及召下兵，以故荆轲逐秦王，而卒惶急无以击轲，而乃以手共搏之。是时，侍医夏无且，以其所奉药囊提轲㊸，秦王之方还柱走，卒惶急不知所为。左右乃曰：“王负剑！王负剑！”遂拔以击荆轲，断其左股。荆轲废，乃引其匕首提秦王，不中，中柱。秦王复击轲，被八创。轲自知事不就，倚柱而笑，箕踞以骂曰㊹：“事所以不成者，乃欲以生劫之，必得约契以报太子也。”左右既前斩荆轲，秦王目眩良久。而论功赏群臣及当坐者⑤，各有差。而赐夏无且黄金二百镒，曰："无且爱我，乃以药囊提轲也。"

于是秦大怒燕，益发兵诣赵，诏王翦军以伐燕，十月而拔燕蓟城。燕王喜、太子丹等，皆率其精兵东保于辽东。秦将李信追击燕王，王急，用代王嘉计，杀太子丹，欲献之秦。秦复进兵攻之，五岁而卒灭燕国，而虏燕王喜。秦兼天下。

其后，荆轲客高渐离以击筑见秦皇帝，而以筑击秦皇帝，为燕报仇，不中而死。

---

①鞠（jū，音居；又读 jú，音菊）。

②见陵：受欺凌。

③批：触。　　批其逆鳞：意为对强秦有所触犯。

④当：挡。　　蹊：路径。

⑤振：救。

⑥惛（hūn，音昏）：不明了；糊涂。

⑦须臾：稍等片刻。

⑧卒：结束。

⑨沉：深。

⑩造：往；到。

⑪却行：倒退着走。

⑫偻（lóu，音楼；又读 lǚ，音旅）行：曲背而行。引申为恭敬的样子。

⑬不言：意为不泄密。

⑭刭（jǐng，音颈）：割颈；抹脖子。

⑮膝下行：以膝盖行地。

⑯饕（tāo，音滔）：饕餮。传说中的一种贪得无厌的恶兽。

⑰餍：饱；满足。

⑱窥：示。

⑲贽：礼物。

⑳偿：实现。

㉑驽下：才能低下。

㉒微：非。

㉓太：同"叹"。

㉔揕（zhèn，音振）：刺。

㉕偏袒：裸露一臂。　　扼腕：情绪激动时用手握腕。

㉖拊：击；拍。

㉗淬（cuì，音翠）：浸染。

㉘濡（rú，音如）：沾湿。　　缕：一丝一点之意。

㉙装：行装。

㉚忤（wǔ，音五）：逆。

㉛既祖：祭祀道路之神已毕。

㉜筑：古乐器。

㉝变徵（zhǐ，音纸）之声：悲戚之音。

㉞忼：即"慷"。

㉟不顾：不回头看。

㊱振：同"震"。

㊲陛：帝王宫殿的台阶。

㊳假借：宽容。

㊴毕使：完成使命。

⑩捵：持。　　室：剑鞘。

⑪还：环绕。

⑫卒：同"猝"。

⑬提（dǐ，音底）：掷击。

⑭箕踞：两腿伸直岔开而坐，态度轻慢。

⑮坐：论罪。

卷三十二　宋　卫

齐攻宋宋使臧子索救于荆

齐攻宋，宋使臧子索救于荆。荆王大说，许救甚劝①。臧子忧而反，其御曰："索救而得，有忧色，何也？"臧子曰："宋小而齐大。夫救于小宋而恶于大齐，此王之所忧也。而荆王说甚，必以坚我。我坚而齐弊，荆之利也。"臧子乃归。齐王果攻，拔宋五城，而荆王不至。

---

①劝：力。

公输般为楚设机

公输般为楚设机①，将以攻宋。墨子闻之，百舍重茧②，往见公输般，谓之曰："吾自宋闻子。吾欲藉子杀王。"公输般曰："吾义固不杀王。"墨子曰："闻公为云梯，将以攻宋。宋何罪之有？义不杀王而攻国，是不杀少而杀众。敢问攻宋何义也？"公输般服焉，请见之王。

墨子见楚王，曰："今有人于此，舍其文轩③，邻有弊舆而欲窃之；舍其锦绣，邻有短褐而欲窃之④；舍其粱肉，邻有糟糠而欲窃之。此为何若人也？"王曰："必为有窃疾矣。"

墨子曰："荆之地方五千里，宋方五百里，此犹文轩之与弊舆也。荆有云梦，犀兕麋鹿盈之，江、汉鱼鳖鼋鼍为天下饶⑤，宋所谓无雉兔鲋鱼者也，此犹粱肉之与糟糠也。荆有长松、文梓、梗、枏、豫樟⑥，宋无长木，此犹锦绣之与短褐也。臣以王吏之攻宋，为与此同类也。"王曰："善哉。请无攻宋。"

---

①机：攻守的机械。

②百舍重茧：意为远道劳顿而来。

③文轩：装饰华丽的车子。

④褐：兽毛或粗麻制成的短衣。

⑤鼋（yuán，音元）：蜥蜴。　　鼍（tuó，音驼）：扬子鳄。

⑥梗（pián，音骈）。

犀首伐黄

犀首伐黄，过卫，使人谓卫君曰："弊邑之师过大国之郊，曾无一介之使以存之乎？敢请其罪。今黄城将下矣，已[1]，将移兵而造大国之城下。"卫君惧，束组三百绲[2]，黄金三百镒，以随使者。南文子止之，曰："是胜黄城，必不敢来；不胜；亦不敢来。是胜黄城，则功大名美，内临其伦[3]。夫在中者恶临[4]，议其事。蒙大名[5]，挟成功，坐御以待中之议，犀首虽愚，必不为也。是不胜黄城，破心而走[6]，归，恐不免于罪矣。彼安敢攻卫，以重其不胜之罪哉？"果胜黄城，帅师而归，遂不敢过卫。

①已：战事结束后。
②绲（gǔn，音滚）：织成的带子。
③临其伦：以功劳临于同僚之上。
④在中者：指国中之君。
⑤蒙：受。
⑥破心：害怕。

梁王伐邯郸

梁王伐邯郸，而征师于宋[1]。宋君使使者请于赵王曰："夫梁兵劲而权重[2]，今征师于弊邑，弊邑不从，则恐危社稷；若扶梁伐赵[3]，以害赵国，则寡人不忍也。愿王之有以命弊邑。"

赵王曰："然。夫宋之不足如梁也[4]，寡人知之矣。弱赵以强梁，宋必不利也。则吾何以告子而可乎？"使者曰："臣请受边城[5]，徐其攻而留其日，以待下吏之有城而已。"赵王曰："善。"

宋人因遂举兵入赵境，而围一城焉。梁王甚说，曰："宋人助我攻矣。"赵王亦说，曰："宋人止于此矣。"故兵退难解，德施于梁，而无怨于赵。故名有所加，而实有所归。

①征：召。
②劲：强。
③扶：助。
④如：挡。
⑤受：攻。

谓大尹曰

谓大尹曰："君日长矣，自知政[1]，则公无事。公不如令楚贺君之孝，则君不夺太后之事矣，则公常用宋矣。"

①自知政：自从执政后。

宋与楚为兄弟

宋与楚为兄弟。齐攻宋，楚王言救宋。宋因卖楚重①，以求讲于齐，齐不听。苏秦为宋谓齐相曰："不如与之，以明宋之卖楚重于齐也。楚怒，必绝宋而事齐。齐、楚合，则攻宋易矣。"

---

①卖：显示。

魏太子自将过宋外黄

魏太子自将，过宋外黄。外黄徐子曰："臣有百战百胜之术，太子能听臣乎？"太子曰："愿闻之。"客曰："固愿效之。今太子自将攻齐，大胜并莒①，则富不过有魏，而贵不益为王②。若战不胜，则万世无魏③。此臣之百战百胜之术也。"太子曰："诺。请必从公之言而还。"客曰："太子虽欲还，不得矣。彼利太子之战攻④，而欲满其意者众，太子虽欲还，恐不得矣。"太子上车请还，其御曰："将出而还，与北同⑤，不如遂行。"遂行。与齐人战而死，卒不得魏。

---

①并：吞并。
②益：过。
③无魏：不能继承魏的王位。
④利：促成。
⑤北：败北。

宋康王之时

宋康王之时，有雀生䴙于城之陬①。使史占之，曰："小而生巨，必霸天下。"康王大喜，于是灭滕伐薛，取淮北之地。乃愈自信，欲霸之亟成②，故射天笞地，斩社稷而焚灭之，曰："威服天下鬼神。"骂国老谏臣，为无颜之冠③，以示勇。剖伛之背④，锲朝涉之胫⑤，而国人大骇。齐闻而伐之，民散，城不守。王乃逃倪侯之馆，遂得而死。见祥而不为祥，反为祸。

---

①䴙：鸟名。　　陬（zōu，音邹）：角落。
②亟：马上。
③无颜之冠：露出额头的冠帽。
④剖：劈。　　伛（yǔ，音雨）：曲背。
⑤锲：刻。　　胫：人的小腿。

智伯欲伐卫

智伯欲伐卫，遗卫君野马四百，白璧一。卫君大悦，群臣皆贺，南文子有忧色。卫君曰："大国大欢，而子有忧色何？"文子曰："无功之赏，无力之礼，不可不察也。野马四百，璧一，此小国之礼也，而大国致之。君其图之。"卫君以其言告边境。智伯果起兵而袭卫，至境而反，曰："卫有贤人，先知吾谋也。"

智伯欲袭卫

智伯欲袭卫，乃佯亡其太子①，使奔卫。南文子曰："太子颜为君子也②，甚爱而有宠，非有大罪而亡，必有故。"使人迎之于境，曰："车过五乘，慎勿纳也。"智伯闻之，乃止。

---

①亡：逐。
②君：指智伯。

秦攻卫之蒲

秦攻卫之蒲，胡衍谓樗里疾曰："公之伐蒲，以为秦乎？以为魏乎？为魏则善，为秦则不赖矣①。卫所以为卫者，以有蒲也。今蒲入于魏，卫必折于魏。魏亡西河之外，而弗能复取者，弱也。今并卫于魏，魏必强。魏强之日，西河之外必危。且秦王亦将观公之事，害秦以善魏，秦王必怨公。"樗里疾曰："奈何？"胡衍曰："公释蒲勿攻，臣请为公入戒蒲守②，以德卫君。"樗里疾曰："善。"

胡衍因入蒲，谓其守曰："樗里子知蒲之病也。其言曰：'吾必取蒲。'今臣能使释蒲勿攻。"蒲守再拜，因效金三百镒焉，曰："秦兵诚去，请厚子于卫君。"胡衍取金于蒲，以自重于卫。樗里子亦得三百金而归，又以德卫君也。

---

①赖：利。
②戒：通"诫"。嘱告。

卫使客事魏

卫使客事魏，三年不得见。卫客患之，乃见梧下先生，许之以百金。梧下先生曰："诺。"乃见魏王，曰："臣闻秦出兵，未知其所之。秦、魏交而不修之日①，久矣，愿王专事秦，无有佗计②。"魏王曰："诺。"

客趋出，至郎门而反，曰："臣恐王事秦之晚。"王曰："何也？"先生曰："夫人于事己者过急③，于事人者过缓。今王缓于事己者，安能急于事人。""奚以知之？""卫客曰，事王三年不得见，臣以是知王缓也。"魏王趋见卫客。

---

①修：温故。
②佗：同"他"。
③过：多。

卫嗣君病

卫嗣君病。富术谓殷顺且曰："子听吾言也以说君，勿益损也①，君必善子。人生之所行，与死之心异。始君之所行于世者，食高丽也②；所用者，缧错、挈薄也。群臣尽以为君轻国而好高丽，必无与君言国事者。子谓君：'君之所行天下者，甚谬。缧错主断于国，而挈薄辅之，自今以往者，公孙氏必不血食矣③。'"

君曰："善。"与之相印，曰："我死，子制之。"嗣君死，殷顺且以君令相公期，缧错、挈薄之族皆逐也。

---

①益：增加。
②食：用。　　高丽：美丽。
③不血食：失去社稷。

卫嗣君时胥靡逃之魏

卫嗣君时，胥靡逃之魏。卫赎之百金，不与，乃请以左氏①。群臣谏曰："以百金之地，赎一胥靡，无乃不可乎？"君曰："治无小，乱无大。教化喻于民，三百之城，足以为治；民无廉耻，虽有十左氏，将何以用之？"

---

①请以左氏：以左氏之地赎之。

卫人迎新妇

卫人迎新妇，妇上车，问："骖马，谁马也？"御曰："借之。"新妇谓仆曰："拊骖①，无笞服②。"车至门，扶③，教送母④："灭灶，将失火。"入室，见臼，曰："徙之牖下，妨往来者。"主人笑之。此三言者，皆要言也。然而不免为笑者，蚤晚之时失也。

---

①拊（fǔ，音府）：击；拍。
②无笞服：不要用鞭笞来驾驭。
③扶：下车。
④送母：送新妇出嫁者。

卷三十三　中　山

魏文侯欲残中山

魏文侯欲残中山①。常庄谈谓赵襄子曰："魏并中山，必无赵矣。公何不请公子倾以为正妻，因封之中山？是中山复立也。"

---

①残：灭。

犀首立五王

犀首立五王，而中山后持①。齐谓赵、魏曰："寡人羞与中山并为王，愿与大国伐之，以废其王。"中山闻之，大恐，召张登而告之曰："寡人且王，齐谓赵、魏曰，羞与寡人并为王，而欲伐寡人。恐亡其国，不在索王②。非子莫能吾救。"登对曰："君为臣多车重币，臣请见田婴。"中山之君遣之齐。见婴子，曰："臣闻君欲废中山之王，将与赵、魏伐之。过矣！以中山之小而三国伐之，中山虽益③，废王，犹且听也。且中山恐，必为赵、魏废其王而务附焉④。是君为赵、魏驱羊也，非齐之利也。岂若中山废其王而事齐哉？"

田婴曰："奈何？"张登曰："今君召中山，与之遇而许之王，中山必喜而绝赵、魏。赵、魏怒而攻中山，中山急而为君难其王⑤，则中山必恐，为君废王事齐。彼患亡其国，是君废其王而亡其国，贤于为赵、魏驱羊也。"田婴曰："诺。"张丑曰："不可。臣闻之，同欲者相憎，同忧者相亲。今五国相与王也，负海不与焉⑥。此是欲皆在为王，而忧在负海。今召中山，与之遇而许之王，是夺四国而益负海也。致中山而塞四国，四国寒心，必先与之王而故亲之，是君临中山而失四国也。且张登之为人也，善以微计荐中山之君久矣⑦，难信以为利。"

田婴不听，果召中山君而许之王。张登因谓赵、魏曰："齐欲伐河东。何以知之？齐羞与中山之为王，甚矣。今召中山，与之遇而许之王，是欲用其兵也。岂若令大国先与之王，以止其遇哉？"赵、魏许诺，果与中山王而亲之。中山果绝齐而从赵、魏。

---

①持：立。

②索王：谋求称王。

③益：大。

④务附：亲。

⑤难其王：难以称王。

⑥负海：指齐国。

⑦善以微计：善于使用暗计。

中山与燕赵为王

中山与燕、赵为王，齐闭关不通中山之使，其言曰："我万乘之国也，中山千乘之国也，何侔名于我[1]？"欲割平邑以赂燕、赵，出兵以攻中山。

蓝诸君患之。张登谓蓝诸君曰："公何患于齐？"蓝诸君曰："齐强，万乘之国，耻与中山侔名，不惮割地以赂燕、赵，出兵以攻中山。燕、赵好位而贪地，吾恐其不吾据也。大者危国，次者废王。奈何吾弗患也？"张登曰："请令燕、赵固辅中山而成其王，事遂定。公欲之乎？"蓝诸君曰："此所欲也。"曰："请以公为齐王，而登试说公。可，乃行之。"蓝诸君曰："愿闻其说。"

登曰："王之所以不惮割地以赂燕、赵，出兵以攻中山者，其实欲废中山之王也。王曰：'然。'然则王之为费且危。夫割地以赂燕、赵，是强敌也；出兵以攻中山，首难也[2]。王行二者，所求中山未必得。王如用臣之道，地不亏而兵不用，中山可废也。王必曰：'子之道奈何？'"蓝诸君曰："然则子之道奈何？"张登曰："王发重使，使告中山君曰：'寡人所以闭关不通使者，为中山之独与燕、赵为王，而寡人不与闻焉，是以隘之[3]。王苟举趾以见寡人，请亦佐君。'中山恐燕、赵之不己据也，今齐之辞云'即佐王'，中山必遁燕、赵，与王相见。燕、赵闻之，怒绝之，王亦绝之，是中山孤。孤何得无废？以此说齐王，齐王听乎？"蓝诸君曰："是则必听矣，此所以废之，何在其所存之矣？"张登曰："此王所以存者也。齐以是辞来，因言告燕、赵而无往，以积厚于燕、赵。燕、赵必曰：'齐之欲割平邑以赂我者，非欲废中山之王也，徒欲以离我于中山，而己亲之也。'虽百平邑，燕、赵必不受也。"蓝诸君曰："善。"

遣张登往，果以是辞来，中山因告燕、赵而不往，燕、赵果俱辅中山而使其王，事遂定。

---

[1] 侔名：齐名。

[2] 首难：首先发难。

[3] 隘（e，音饿）：通"阨"。隔绝。

司马喜使赵

司马喜使赵，为己求相中山，公孙弘阴知之。中山君出，司马喜御，公孙弘参乘。弘曰："为人臣，招大国之威，以为己求相，于君何如？"君曰："吾食其肉，不以分人。"司马喜顿首于轼，曰："臣自知死至矣。"君曰："何也？"＂臣抵罪[1]。"君曰："行，吾知之矣。"居顷之，赵使来，为司马喜求相。中山君大疑公孙弘，公孙弘走出。

---

[1] 抵：当。

司马喜三相中山

司马喜三相中山，阴简难之[1]。田简谓司马喜曰："赵使者来属耳[2]，独不可语阴简之美乎？赵必请之，君与之，即公无内难矣。君弗与赵，公因劝君立之以为正妻，阴简之德公，无所穷矣。"果令赵请，君弗与。司马喜曰："君弗与赵，赵王必大怒，大怒，则君必危矣。然则立以为妻，固无请人之妻不得而怨人者也。"

田简自谓取使③，可以为司马喜，可以为阴简，可以令赵勿请也。

---

①难：恶。

②属（zhǔ，音主）耳：倾耳而听。

③取使：请求为使。

阴姬与江姬争为后

阴姬与江姬争为后。司马喜谓阴姬公曰："事成，则有土子民①；不成，则恐无身。欲成之，何不见臣乎？"阴姬公稽首曰："诚如君言，事何可豫道者②。"司马喜即奏书中山王曰："臣闻弱赵强中山。"中山王悦而见之，曰："愿闻'弱赵强中山'之说。"司马喜曰："臣愿之赵，观其地形险阻，人民贫富，君臣贤不肖。商敌为资，未可豫陈也。"中山王遣之。

见赵王，曰："臣闻赵，天下善为音，佳丽人之所出也。今者臣来至境，入都邑，观人民谣俗，容貌颜色，殊无佳丽好美者。以臣所行多矣，周流无所不通，未尝见人如中山阴姬者也。不知者特以为神，力言不能及也。其容貌颜色，固已过绝人矣。若乃其眉目、准颊、权衡、犀角、偃月③，彼乃帝王之后，非诸侯之姬也。"赵王意移，大悦曰："吾愿请之，何如？"司马喜曰："臣窃见其佳丽，口不能无道尔。即欲请之，是非臣所敢议。愿王无泄也。"

司马喜辞去，归报中山王曰："赵王非贤王也，不好道德，而好声色；不好仁义，而好勇力。臣闻其乃欲请所谓'阴姬'者。"中山王作色不悦。司马喜曰："赵，强国也，其请之必矣。王如不与，即社稷危矣；与之，即为诸侯笑。"中山王曰："为将奈何？"司马喜曰："王立为后，以绝赵王之意。世无请后者，虽欲得请之，邻国不与也④。"中山王遂立以为后，赵王亦无请言也。

---

①有土子民：有封地，君临百姓。

②豫：通"预"。

③准：鼻。　颊（e，音厄）：鼻梁。　　权：通"颧"。两颊。　衡：眉毛以上。　　犀角：头骨。　偃月：额骨。

④与：助。

主父欲伐中山

主父欲伐中山，使李疵观之。李疵曰："可伐也。君弗攻，恐后天下。"主父曰："何以？"对曰："中山之君，所倾盖与车而朝穷闾隘巷之士者①，七十家。"主父曰："是贤君也，安可伐？"李疵曰："不然。举士，则民务名不存本；朝贤，则耕者惰而战士懦②。若此不亡者，未之有也。"

---

①倾盖：盖，车盖，形如伞。指停车交盖，两盖稍稍倾斜。常用来形容朋友相遇时亲切交谈的情景。

②懦：弱。

中山君飨都士

中山君飨都士,大夫司马子期在焉。羊羹不遍[1],司马子期怒而走于楚,说楚王伐中山。中山君亡,有二人挈戈而随其后者。中山君顾谓二人:"子奚为者也?"二人对曰:"臣有父,尝饿且死,君下壶飧饵之[2]。臣父且死,曰:'中山有事,汝必死之。'故来死君也。"中山君喟然而仰叹曰:"与不期众少[3],其于当厄[4];怨不期深浅,其于伤心。吾以一杯羊羹亡国,以一壶飧得士二人。"

---

①不遍:意为没有喝到。

②飧:同"餐"。

③与不期众少:施与不在于多少。

④厄:困厄。

乐羊为魏将攻中山

乐羊为魏将,攻中山。其子时在中山,中山君烹之,作羹致于乐羊,乐羊食之。古今称之:"乐羊食子以自信,明害父以求法。"

昭王既息民缮兵

昭王既息民缮兵,复欲伐赵。武安君曰:"不可。"王曰:"前年国虚民饥,君不量百姓之力,求益军粮以灭赵。今寡人息民以养士,蓄积粮食,三军之俸有倍于前,而曰'不可'。其说何也?"

武安君曰:"长平之事,秦军大克[1],赵军大破;秦人欢喜,赵人畏惧。秦民之死者厚葬,伤者厚养,劳者相飨,饮食铺馈[2],以靡其财[3];赵人之死者不得收,伤者不得疗,涕泣相哀,戮力同忧,耕田疾作,以生其财。今王发军,虽倍其前,臣料赵国守备,亦以十倍矣。赵自长平已来,君臣忧惧,早朝晏退,卑辞重币,四面出嫁,结亲燕、魏,连好齐、楚,积虑并心,备秦为务。其国内实,其交外成。当今之时,赵未可伐也。"

王曰:"寡人既以兴师矣。"乃使五校大夫王陵将而伐赵。陵战失利,亡五校。王欲使武安君,武安君称疾不行。王乃使应侯往见武安君,责之曰:"楚地方五千里,持戟百万,君前率数万之众入楚,拔鄢、郢,焚其庙,东至竟陵,楚人震恐,东徙而不敢西向。韩、魏相率[4],兴兵甚众,君所将之不能半之,而与战之于伊阙,大破二国之军,流血漂卤[5],斩首二十四万,韩、魏以故至今称东藩。此君之功,天下莫不闻。今赵卒之死于长平者,已十七八,其国虚弱。是以寡人大发军,人数倍于赵国之众,愿使君将,必欲灭之矣。君尝以寡击众,取胜如神,况以强击弱,以众击寡乎?"

武安君曰:"是时楚王恃其国大,不恤其政,而群臣相妒以功,谄谀用事,良臣斥疏,百姓心离,城池不修。既无良臣,又无守备,故起所以得引兵深入,多倍城邑,发梁焚舟以专民[6],以掠于郊野,以足军食。当此之时,秦中士卒,以军中为家,将帅为父母,不约而亲,不谋而信，一心同功，死不旋踵⑦。楚人自战其地，咸顾其家，各有散心，莫有斗志，是以能有功也。伊阙之战，韩孤顾魏⑧，不欲先用其众。魏恃韩之锐，欲推以为锋。二军争便之力不同，是以臣得设疑兵以待韩阵，专军并锐⑨，触魏之不意⑩。魏军既败，韩军自溃，乘胜逐北，以是之故能立功。皆计利形势⑪，自然之理，何神之有哉？今秦破赵军于长平，不遂以时⑫，乘其振惧而灭之，畏而释之⑬，使得耕稼以益蓄积，养孤长幼以益其众，缮治兵甲以益其强，增城浚池以益其固。主折节以下其臣，臣推体以下死士⑭。至于平原君之属，皆令妻妾补缝于行伍之间。臣人一心，上下同力，犹勾践困于会稽之时也。以今伐之，赵必固守。挑其军战，必不肯出；围其国都，必不可克；攻其列城，必未可拔；掠其郊野，必无所得。兵出无功，诸侯生心，外救必至。臣见其害，未睹其利。又病，未能行。"

应侯惭而退，以言于王。王曰："微白起⑮，吾不能灭赵乎？"复益发军，更使王龁代王陵伐赵。围邯郸八、九月，死伤者众，而弗下。赵王出轻锐以寇其后，秦数不利。武安君曰："不听臣计，今果何如？"王闻之怒，因见武安君，强起之，曰："君虽病，强为寡人卧而将之。有功，寡人之愿，将加重于君。如君不行，寡人恨君。"武安君顿首曰："臣知行虽无功，得免于罪；虽不行无罪，不免于诛。然惟愿大王览臣愚计，释赵养民。以诸侯之变，抚其恐惧，伐其憍慢，诛灭无道，以令诸侯，天下可定。何必以赵为先乎？此所谓为一臣屈而胜天下也。大王若不察臣愚计，必欲快心于赵，以致臣罪⑯，此亦所谓胜一臣而为天下屈者也。夫胜一臣之严焉⑰，孰若胜天下之威大耶？臣闻明主爱其国，忠臣爱其名，破国不可复完，死卒不可复生。臣宁伏受重诛而死，不忍为辱军之将。愿大王察之。"王不答而去。

---

①克：制胜。

②馎（bǔ，音补）：通"哺"。以食与人。　馈：进食于人。

③靡：坏。

④率：循。

⑤卤：同"橹"。大盾。

⑥发梁：拆桥。　专民：控制百姓。

⑦旋踵：倒转腿跟。意为后退。

⑧顾：意为旁观。

⑨专军并锐：集中兵力。

⑩触：击。

⑪形势：对照情势。

⑫不遂以时：没有顺着当时的情势。

⑬畏：通"威"。

⑭推体：置身。

⑮微：没有。

⑯致：问。

⑰严：威。

史 记

（上）

〔汉〕司马迁 撰

史 记 卷 一

五帝本纪第一

黄帝者，少典之子，姓公孙，名曰轩辕，生而神灵①，弱而能言②，幼而徇齐③，长而敦敏，成而聪明。

轩辕之时，神农氏世衰。诸侯相侵伐，暴虐百姓，而神农氏弗能征。于是轩辕乃习用干戈④，以征不享⑤，诸侯咸来宾从⑥。而蚩尤最为暴，莫能伐。

炎帝欲侵陵诸侯，诸侯咸归轩辕。轩辕乃修德振兵⑦，治五气⑧，蓺五种⑨，抚万民，度四方⑩，教熊、罴、貔、貅、貙、虎⑪，以与炎帝战于阪泉之野。三战，然后得其志。蚩尤作乱，不用帝命。于是黄帝乃征师诸侯，与蚩尤战于涿鹿之野，遂禽杀蚩尤⑫。而诸侯咸尊轩辕为天子，代神农氏，是为黄帝。

天下有不顺者，黄帝从而征之，平者去之⑬，披山通道，未尝宁居。东至于海，登丸山及岱宗⑭；西至于空桐，登鸡头；南至于江，登熊、湘；北逐荤粥⑮，合符釜山⑯，而邑于涿鹿之阿⑰。迁徙往来无常处，以师兵为营卫。官名皆以云命，为云师。置左右大监，监于万国。万国和，而鬼神山川封禅与为多焉。获宝鼎，迎日推策⑱。举风后、力牧、常先、大鸿以治民⑲，顺天地之纪⑳，幽明之占㉑、死生之说、存亡之难。时播百谷草木，淳化鸟兽虫蛾㉒，旁罗日月、星辰、水波、土石、金玉㉓，劳勤心力耳目，节用水火材物。有土德之瑞，故号黄帝。

黄帝二十五子，其得姓者十四人。

黄帝居轩辕之丘，而娶于西陵之女，是为嫘祖。嫘祖为黄帝正妃，生二子，其后皆有天下：其一曰玄嚣，是为青阳，青阳降居江水；其二曰昌意，降居若水。昌意娶蜀山氏女，曰昌仆，生高阳，高阳有圣惪焉㉔。黄帝崩，葬桥山。其孙昌意之子高阳立，是为帝颛顼也。

帝颛顼高阳者，黄帝之孙而昌意之子也。静渊以有谋㉕，疏通而知事㉖；养材以任地㉗，载时以象天㉘，依鬼神以制义㉙，治气以教化㉚，絜诚以祭祀㉛。北至于幽陵，南至于交阯，西至于流沙，东至于蟠木。动静之物，大小之神，日月所照，莫不砥属㉜。

帝颛顼生子曰穷蝉。颛顼崩，而玄嚣之孙高辛立，是为帝喾。

帝喾高辛者，黄帝之曾孙也。高辛父曰蟜极，蟜极父曰玄嚣，玄嚣父曰黄帝。自玄嚣与蟜极皆不得在位，至高辛即帝位。高辛于颛顼为族子。

高辛生而神灵，自言其名。普施利物，不于其身。聪以知远，明以察微。顺天之义，知民之急。仁而威，惠而信，修身而天下服。取地之财而节用之，抚教万民而利诲之，历日月而迎送之㉝，明鬼神而敬事之。其色郁郁㉞，其德嶷嶷㉟；其动也时㊱，其服也士㊲。帝喾溉执中而遍天下㊳，日月所照，风雨所至，莫不从服。

帝喾娶陈锋氏女，生放勋；娶娵訾氏女，生挚。帝喾崩，而挚代立。帝挚立，不善㊴，而弟放勋立，是为帝尧。

帝尧者，放勋。其仁如天，其知如神；就之如日，望之如云；富而不骄，贵而不舒㊵。黄收纯衣㊶，彤车乘白马㊷，能明驯德㊸，以亲九族。九族既睦，便章百姓㊹；百姓昭明㊺，合和万国。乃命羲、和敬顺昊天，数法日月星辰㊻，敬授民时。分命羲仲居郁夷，曰旸谷。敬道日出，便程东作㊼。日中星鸟，以殷中春㊽。其民析㊾，鸟兽字微㊿。申命羲叔居南交。便程南为(51)，敬致(52)。日永星火(53)，以正中夏。其民因(54)，鸟兽希革(55)。申命和仲居西土，曰昧谷。敬道日入(56)，便程西成(57)。夜中星虚(58)，以正中秋。其民夷易(59)，鸟兽毛毨(60)。申命和叔居北方，曰幽都。便在伏物(61)。日短星昴(62)，以正中冬。其民燠(63)，鸟兽氄毛(64)。岁三百六十六日，以闰月正四时。信饬百官(65)，众功皆兴。

尧曰："谁可顺此事?"放齐曰："嗣子丹朱开明(66)。"尧曰："吁！顽凶，不用。"尧又曰："谁可者?"讙兜曰："共工旁聚布功(67)，可用。"尧曰："共工善言，其用僻(68)，似恭漫天(69)，不可"。尧又曰："嗟，四岳(70)，汤汤洪水滔天，浩浩怀山襄陵，下民其忧，有能使治者?"皆曰鲧可。尧曰："鲧负命毁族，不可。"岳曰："异哉，试不可用而已。"尧于是听岳用鲧。九岁，功用不成。

尧曰："嗟，四岳：朕在位七十载，汝能庸命，践朕位?"岳应曰："鄙德忝帝位"(71)。尧曰：悉举贵戚及疏远隐匿者。"众皆言于尧曰："有矜在民间(72)，曰虞舜。尧曰："然，朕闻之。其何如?"岳曰："盲者子。父顽，母嚚，弟傲，能和以孝，烝烝治(73)，不至奸(74)。"尧曰："吾其试哉。"

于是尧妻之二女(75)，观其德于二女。舜饬下二女于妫汭，如妇礼。尧善之，乃使舜慎和五典(76)，五典能从；乃遍入百官(77)，百官时序(78)；宾于四门(79)，四门穆穆，诸侯远方宾客皆敬。尧使舜入山林川泽，暴风雷雨，舜行不迷。尧以为圣，召舜曰："女谋事至而言可绩(80)，三年矣。女登帝位。舜让于德不怿。正月上日，舜受终于文祖(81)。文祖者，尧大祖也。

于是帝尧老，命舜摄行天子之政，以观天命。舜乃在璿玑玉衡(82)，以齐七政(83)。遂类于上帝(84)，禋于六宗(85)，望于山川(86)，辩于群神(87)。揖五瑞(88)，择吉月日，见四岳诸牧，班瑞(89)。岁二月，东巡狩，至于岱宗，柴(90)，望秩于山川。遂见东方君长，合时月正日，同律度量衡(91)，修五礼、五玉、三帛、二生、一死、为挚(92)，如五器，卒乃复(93)。五月南巡狩，八月西巡狩，十一月北巡狩，皆如初。归，至于祖祢庙(94)，用特牛礼(95)。五岁一巡狩，群后四朝(96)，遍告以言，明试以功，车服以庸。肇十有二州，决川。象以典刑(97)，流宥五刑(98)，鞭作官刑，扑作教刑，金作赎刑。眚裁过(99)，赦；怙终贼(100)，刑。钦哉，钦哉，惟刑之静哉！

讙兜进言共工，尧曰："不可，"而试之工师，共工果淫辟。四岳举鲧治鸿水，尧以为不可，岳强请试之，试之而无功，故百姓不便。三苗在江、淮、荆州数为乱。于是舜归而言于帝，请流共工于幽陵，以变北狄；放驩兜于崇山，以变南蛮；迁三苗于三危，以变西戎；殛鲧于羽山，以变东夷。四辠而天下咸服。(101)

尧立七十年得舜，二十年而老，令舜摄行天子之政，荐之于天。尧辟位凡二十八年而崩。百姓悲哀，如丧父母。三年，四方莫举乐，以思尧。尧知子丹朱之不肖，不足授天下，于是乃权授舜。授舜，则天下得其利而丹朱病(102)；授丹朱，则天下病而丹朱得其利。尧曰"终不以天下之病而利一人"，而卒授舜以天下。尧崩，三年之丧毕，舜让辟丹朱于南河之南。诸侯朝觐者不之丹朱而之舜，狱讼者不之丹朱而之舜；讴歌者不讴歌丹朱而讴歌舜。舜曰"天也夫"，而后之中国践天子位焉(103)，是为帝舜。

虞舜者，名曰重华。重华父曰瞽叟，瞽叟父曰桥牛，桥牛父曰句望，句望父曰敬康，敬康父曰穷蝉，穷蝉父曰帝颛顼，颛顼父曰昌意：以至舜七世矣。自从穷蝉以至帝舜，皆微为庶人。

舜父瞽叟盲，而舜母死，瞽叟更娶妻而生象，象傲。瞽叟爱后妻子，常欲杀舜，舜避逃；及有小过，则受罪。顺事父及后母与弟，日以笃谨，匪有解。

　　舜，冀州之人也。舜耕历山，渔雷泽，陶河滨，作什器于寿丘，就时于负夏。舜父瞽叟顽，母嚚，弟象傲，皆欲杀舜。舜顺适不失子道，兄弟孝慈。欲杀，不可得；即求，尝在侧。

　　舜年二十以孝闻，三十而帝尧问可用者，四岳咸荐虞舜，曰"可"。于是尧乃以二女妻舜以观其内，使九男与处以观其外。舜居妫汭，内行弥谨。尧二女不敢以贵骄事舜亲戚，甚有妇道。尧九男皆益笃。舜耕历山，历山之人皆让畔⑩；渔雷泽，雷泽上人皆让居；陶河滨，河滨器皆不苦窳⑩。一年而所居成聚，⑩二年成邑，三年成都。尧乃赐舜絺衣与琴，为筑仓廪，予牛羊。

　　瞽叟尚复欲杀之，使舜上涂廪，瞽叟从下纵火焚廪。舜乃以两笠自扞而下，去，得不死。后瞽叟又使舜穿井，舜穿井为匿空旁出⑩。舜既入深，瞽叟与象共下土实井，舜从匿空出，去。瞽叟、象喜，以舜为已死。象曰："本谋者象。"象与其父母分，于是曰："舜妻尧二女与琴，象取之。牛羊仓廪予父母。"象乃止舜宫居，鼓其琴。舜往见之。象鄂不怿，曰："我思舜正郁陶⑩"舜曰："然，尔其庶矣⑩!"舜复事瞽叟爱弟弥谨。于是尧乃试舜五典百官，皆治。

　　昔高阳氏有才子八人⑩，世得其利。谓之"八恺"。高辛氏有才子八人，世谓之"八元"。此十六族者，世济其美，不陨其名。至于尧，尧未能举。舜举八恺，使主后土，以揆百事，莫不时序；举八元，使布五教于四方，父义，母慈，兄友，弟恭，子孝，内平外成。

　　昔帝鸿氏有不才子，掩义隐贼，好行凶慝，天下谓之浑沌。少暤氏有不才子，毁信恶忠，崇饰恶言，天下谓之穷奇。颛顼氏有不才子，不可教训，不知话言，天下谓之梼杌。此二族世忧之。至于尧，尧未能去。缙云氏有不才子，贪于饮食，冒于货贿，天下谓之饕餮。天下恶之，比之三凶。舜宾于四门，乃流四凶族，迁于四裔⑩，以御螭魅，于是四门辟，言毋凶人也。

　　舜入于大麓⑫，烈风雷雨不迷，尧乃知舜之足授天下。尧老，使舜摄行天子政，巡狩。舜得举用事二十年，而尧使摄政，摄政八年而尧崩。三年丧毕，让丹朱，天下归舜。

　　而禹、皋陶、契、后稷、伯夷、夔、龙、倕、益、彭祖自尧时而皆举用，未有分职。于是舜乃至于文祖，谋于四岳，辟四门，明通四方耳目，命十二牧论帝德，行厚德，远佞人，则蛮夷率服。舜谓四岳曰："有能奋庸美尧之事者⑬，使居官相事。"皆曰："伯禹为司空，可美帝功。"舜曰："嗟，然！禹，汝平水土，维是勉哉。"禹拜稽首，让于稷、契与皋陶。舜曰："然，往矣。"舜曰："弃，黎民始饥，汝后稷播时百谷。"舜曰："契，百姓不亲，五品不驯⑭，汝为司徒，而敬敷五教，在宽。"舜曰："皋陶，蛮夷猾夏⑮，寇贼奸轨⑯，汝作士⑰，五刑有服⑱，五服三就⑲，五流有度⑳，五度三居㉑。维明能信㉒。"舜曰："谁能驯予工？"皆曰垂可，于是以垂为共工㉓。舜曰："谁能驯予上下草木鸟兽？"皆曰益可，于是以益为朕虞㉔。益拜稽首，让于诸臣朱虎、熊罴。舜曰："往矣，汝谐。"遂以朱虎、熊罴为佐。舜曰："嗟！四岳，有能典朕三礼㉕?"皆曰伯夷可。舜曰："嗟！伯夷，以汝为秩宗，夙夜维敬，直哉维静絜。"伯夷让夔、龙。舜曰："然。以夔为典乐，教稚子：直而温，宽而栗，刚而毋虐，简而毋傲；诗言意，歌长言，声依永，律和声，八音能谐㉖，毋相夺伦，神人以和。"夔曰："于！予击石拊石，百兽率舞。"舜曰："龙，朕畏忌谗说殄伪，振惊朕众，命汝为纳言㉘，夙夜出入朕命，惟信。"舜曰："嗟！女二十有二人，敬哉，惟时相天事。"三岁一考功，三考绌陟㉙，远近众功咸兴。分北三苗。

　　此二十二人咸成厥功：皋陶为大理；平，民各伏得其实；伯夷主礼，上下咸让；垂主工师，百工致功；益主虞，山泽辟；弃主稷，百谷时茂；契主司徒，百姓亲和；龙主宾客，远人至；十二牧行而九州莫敢辟违。唯禹之功为大，披九山，通九泽，决九河，定九州，各以其职来贡，不失厥宜。方五千里，至于荒服㉚。南抚交阯、北发，西戎、析枝、渠廋、氐、羌，北山戎、发、息慎，东长、鸟夷。四海之内，咸戴帝舜之功。于是禹乃兴《九招》之乐，致异物，凤皇来翔。天下明德皆自虞帝始。

舜年二十以孝闻，年三十尧举之，年五十摄行天子事，年五十八尧崩，年六十一代尧践帝位。践帝位三十九年，南巡狩，崩于苍梧之野，葬于江南九疑，是为零陵。舜之践帝位，载天子旗，往朝父瞽叟，夔夔唯谨，如子道，封弟象为诸侯。舜子商均亦不肖，舜乃豫荐禹于天。十七年而崩。三年丧毕，禹亦乃让舜子，如舜让尧子。诸侯归之，然后禹践天子位。尧子丹朱，舜子商均，皆有疆土，以奉先祀，服其服，礼乐如之，以客见天子，天子弗臣，示不敢专也。

自黄帝至舜、禹，皆同姓而异其国号，以章明德。故黄帝为有熊，帝颛顼为高阳，帝喾为高辛，帝尧为陶唐，帝舜为有虞。帝禹为夏后而别氏，姓姒氏。契为商，姓子氏。弃为周，姓姬氏。

太史公曰：学者多称五帝，尚矣①。然《尚书》独载尧以来；而百家言黄帝，其文不雅驯②，荐绅先生难言之③。孔子所传宰予问《五帝德》及《帝系姓》，儒者或不传。余尝西至空桐，北过涿鹿，东渐于海，南浮江、淮矣，至长老皆各往往称黄帝、尧、舜之处，风教固殊焉，总之不离古文者近是。予观《春秋》、《国语》，其发明《五帝德》、《帝系姓》章矣，顾弟弗深考④，其所表见皆不虚。《书》缺有间矣⑤，其轶乃时时见于他说。非好学深思，心知其意，固难为浅见寡闻道也。余并论次，择其言尤雅者，故著为本纪书首。

---

①神灵：神异；神奇灵异；犹圣明。

②弱：谓幼弱时，指襁褓中。

③徇齐：疾速，引申指敏慧、伶俐。

④习用：频频使用；惯用。

⑤不享：奉上谓之"享"。此处谓诸侯不来朝，亦指不来朝贡的诸侯。

⑥宾从：归顺；服从；臣服。

⑦振兵：整顿军旅。

⑧治五气：调理五行之气。

⑨蓺：同"藝"、"艺"，种植。五种：五种谷物，即黍、稷、菽、麦、稻。

⑩度：安居。

⑪教熊、罴、貔、貅、貙、虎：谓教士卒习战，借用六种猛兽之名为军队命名，以威吓敌人。

⑫禽：同"擒"。

⑬平者去之：言平服之后，便即离去。

⑭岱宗：即东岳泰山。

⑮荤粥：我国古代北方匈奴族的别称。

⑯合符：合验符信。

⑰涿鹿之阿：涿鹿山下的平地。

⑱迎日推策：亦作"迎日推策"。用蓍草推算历数，预测未来的节气朔望。

⑲举：推举；任用。

⑳天地之纪：天地四时的纲纪。

㉑幽明之占：阴阳五行之数。

㉒淳化：犹驯化。

㉓旁罗：犹遍布。

㉔惪：古"德"字。

㉕静渊：深沉稳重。

㉖疏通：清明通达。

㉗养材：养育材物，如种植谷物、树木。

㉘载时：按四时季节行事。　　象天：效法天道。

㉙制义：制定尊卑之义。

㉚治气：调理五行之气。

㉛絜诚：谓洁身诚意。洁净虔诚。

㉜砥属：平定归服。砥，平也。

㉝历：推算日月星辰之运行以定岁时节气的方法。

㉞郁郁：仪态端庄和美貌。

㉟嶷嶷：形容品德高尚。

㊱动也时：谓行为举止适时。

㊲服也士：衣服穿士服，意谓穿着普通。

㊳溉执中而遍天下：溉，古通“概”字，平允。言平允执中以遍及于天下。

㊴不善：政绩微弱。

㊵舒：惰慢。

㊶黄收纯衣：黄色冠冕，黑色士服。收，夏名冕曰收，其色黄，故名黄收。纯衣，古时士的祭服，以丝为之。

㊷彤车：朱漆车。

㊸驯德：顺人的美德。驯，古“训”字，顺也。

㊹便章：辨别彰明。或作“平章”。便，读作“平”。古平字亦作“便”。平既训便，因作“便章”。便则训辩，遂为“辩章”。百姓：此处指百官。

㊺昭明：言百官治绩卓著。

㊻数法：以历数之法观察日月星辰之早晚。

㊼敬道日出，便程东作：命羲仲恭勤导训万民迎接春天，辨次安排农事耕作的先后。三春主东，日出东方，故言“日出”。耕作在春，故言“东作”。“道”，音導，训也。“便”、“平”、“辩”，古三字通。“便程东作”，亦作“平秩东作”或“辩秩东作”。

㊽日中：春分之日。星鸟：南方朱鸟七宿。殷：正。中：音“仲”，以下夏、秋、冬并同。孔颖达疏：“春分之昏，鸟星毕见，以正仲春之气节。”

㊾析：分散，分开。言百姓都分散到田野里耕作。

㊿字微：同“字尾”。生育交尾。

(51)南为“亦作“南伪”、“南讹”、“南讹”。指夏时耕作及劝农之事。意南方化育等农事。司马贞索隐：“春言东作，夏言南为，皆是耕作营为劝农之事。”

(52)敬致：敬行其教，以致其功。

(53)日永：指夏至。永，长也。夏至之日白昼最长。星火：我国古代星名，即二十八宿中的心宿。孔安国：“火，苍龙之中星，举中则七星见可知也。”

(54)因：相就；趋赴。孔安国：“谓老弱因就在田之丁壮以助农也。”

(55)鸟兽希革：鸟兽的羽毛变得稀少。革，改变。

(56)敬道日入：恭送太阳落山。

(57)西成：秋位在西方，于时万物成熟。

(58)星虚：虚星，星宿名。北方玄武七宿之一，古人据其运行情况，以考正仲秋的节气。

(59)夷易：平易，平正。

(60)毛毨：鸟兽毛落更生整齐。

(61)便在伏物：考察管理北方储藏的农作物。

(62)日短星昴：日短，指冬至之日。昴星，白虎之中星。据七星并现，以正仲冬的节气。

(63)燠：温暖。通“隩”，谓入屋取暖。

(64)氄：音茸。谓鸟兽皆长出茸茸细毛。

(65)信饬：实实在在地整饬。

(66)开明：通达明理。

(67)旁聚布功：广涉事务，显有成绩。

(68)用僻：谓用意邪僻。

(69)似恭漫天：谓貌似恭敬，实则其恶滔天。

⑰四岳：分掌四方的诸侯，即指上述羲仲、羲叔、和仲、和叔四人。

⑰忝：辱；有愧于。

⑫矜（guān，音官）：同"鳏"。老而无妻者，未婚者。

⑬烝烝：孝德厚美。治：谓处理得很好。

⑭奸：奸恶。

⑮二女：尧的女儿，长名娥皇，次名女英。

⑯五典：我国传说中的上古五常之教，即父义、母慈、兄友、弟恭、子孝。

⑰遍：遍及。"遍入百官"，谓命担任各种公职。

⑱时序：言有条理，井井有条。

⑲宾：迎接宾客。四门：四方之门。

⑳女（rǔ，音乳）：通作"汝"。　至：周密。

㉑文祖：帝尧始祖之庙。

㉒璿玑玉衡：古代玉饰的观测天象的仪器。汉后称浑天仪。运转者为玑，持正者为衡。

㉓七政：指日月五星。

㉔类于上帝：祭告上天。类，古代祭名。

㉕禋（yīn，音因）：古代祭名。将牲体等放在柴火上焚烧，升烟祭天以求福。六宗：古所祭祀的六神，一说为星、辰、司中、司命、风师、雨师，一说为天、地、春、夏、秋、冬，此外另有数说。

㉖望：遥望而祭。

㉗辩：普遍祭祀。

㉘五瑞：古代诸侯所执以作符信用的五种玉器，公执桓圭，侯执信圭，伯执躬圭，子执谷璧，男执蒲璧。

㉙班瑞：颁还瑞玉。

㉚柴（chái，音柴）：古代指烧柴生烟以祭天。

㉛律：指音律。度：指丈尺。量：指斗斛。衡：指斤两。

㉜五礼：吉、凶、宾、军、嘉五礼。五玉：五种玉器，即五瑞。三帛：三种彩缯，即赤缯、黑缯、白缯。二生：羔羊和雁二种生物。一死：一只死雉（山鸡）。

㉝复：归还。谓如赠五种玉器，礼成后即还给诸侯。

㉞祖祢庙：祖庙与父庙。

㉟特牛：公牛。

㊱群后四朝：谓四方诸侯分四年来朝见。

㊲象：法，法制。典刑：常刑。谓法用常刑，用不越法。

㊳流宥五刑：以流放之法宽恕犯墨、劓、刖、宫、大辟五刑的罪人，如幼少、老耄及蠢愚者。

㊴眚灾：亦作"眚灾"。因过失而造成灾害。眚，shěng，音省。

㊺怙终贼：怙其奸邪，终身为害于人。

㊻辠："罪"的古字。作恶或犯法的行为；罪恶。此处作论罪、惩处解。谓共工、驩兜、三苗、鲧四凶被惩处之后，天下皆悦服。

㊼病：怨恨，不满；不利。

㊽中国：帝王所都为中，即首都。

㊾畔：田界。

㊿苦窳：粗糙质劣；粗制滥造。

(106)聚：村落。

(107)匿空：暗穴，隧道。

(108)郁陶：哀思之至。

(109)庶：将近，差不多。谓庶几于友悌之情义。

(110)才子：古代称德才兼备的人。后多指有才华的人。

(111)四裔：指幽州、崇山、三危、羽山四个边远地区。

(112)大麓：广大的山林。

(113)奋庸：奋，起。庸，功。谓努力建立功业。

⑭五品：五常。指五种伦常道德。品谓品秩，指一家内尊卑之差，即父母兄弟子，教之以义、慈、友、恭、孝。

⑮猾夏：侵乱华夏。

⑯奸轨：亦作"奸宄"。劫夺；违法作乱。

⑰士：指掌管刑狱的官。

⑱五刑有服：墨、劓、剕、宫、大辟五刑要量刑适中。

⑲三就：谓服死刑者，依其身份不同，分别三处就刑。

⑳五流：谓对犯五刑之罪者，不忍加刑，从宽处理，则施以流放之罚。

㉑五度三居：谓流放分远近五等，且分三等居所，使之各有所居。

㉒维明能信：谓使明其罪，才能使之信服。

㉓共工：掌管百工之官，共理百工之事。

㉔虞：掌管山泽之官。

㉕三礼：祭天、地、宗庙之礼。

㉖秩宗：掌宗庙祭祀之官。

㉗八音：我国古代对乐器的通称，为金、石、丝、竹、匏、土、革、木八种不同材料断制之音。

㉘纳言：喉舌之官。听下言纳于上，受上言宣于下。

㉙绌陟：谓人事之升降。绌，通"黜"。

㉚荒服：我国古代"五服"之一，称离京师二千至二千五百里的边远地方。五服，古于京师外围，以五百里为一区划，由近及远，分为侯服、甸服、绥服、要服、荒服。服，服事天子之意。

㉛尚：久远。

㉜雅驯：典雅不俗。

㉝荐绅：即缙绅。

㉞弟：但。

㉟《书》：指《古文尚书》，间：空隙。

史 记 卷 二

夏本纪第二

夏禹，名曰文命。禹之父曰鲧，鲧之父曰帝颛顼，颛顼之父曰昌意，昌意之父曰黄帝。禹者，黄帝之玄孙而帝颛顼之孙也。禹之曾大父昌意及父鲧皆不得在帝位，爲人臣。

当帝尧之时，鸿水滔天，浩浩怀山襄陵，下民其忧。尧求能治水者，群臣、四岳皆曰鲧可。尧曰："鲧爲人负命毁族，不可。"四岳曰："等之未有贤于鲧者①，愿帝试之。"于是尧听四岳，用鲧治水。九年而水不息，功用不成。于是帝尧乃求人，更得舜。舜登用，摄行天子之政，巡狩。行视鲧之治水无状②，乃殛鲧于羽山以死。天下皆以舜之诛爲是。于是舜举鲧子禹，而使续鲧之业。

尧崩，帝舜问四岳曰："有能成美尧之事者使居官？"皆曰："伯禹爲司空，可成美尧之功。"舜曰："嗟，然！"命禹："女平水土，维是勉之。"禹拜稽首，让于契、后稷、皋陶。舜曰："女其往视尔事矣。"

禹爲人敏给克勤③；其德不违，其仁可亲，其言可信，声爲律④，身爲度⑤，称以出⑥，亹亹穆穆⑦，为纲为纪。

禹乃遂与益、后稷奉帝命，命诸侯百姓兴人徒以傅土⑧，行山表木⑨，定高山大川。禹伤先人父鲧功之不成受诛，乃劳身焦思，居外十三年，过家门不敢入。薄衣食，致孝于鬼神。卑宫室，致费于沟淢⑩。陆行乘车，水行乘船，泥行乘橇，山行乘檋⑪。左准绳，右规矩，载四时，以开九州，通九道，陂九泽，度九山。令益予众庶稻，可种卑湿。命后稷予众庶难得之食。食少，谓有余相给，以均诸侯。禹乃行相地宜所有以贡，及山川之便利。

禹行自冀州始。冀州：既载壶口⑫，治梁及岐；既修太原，至于岳阳⑬；覃怀致功，至于衡漳，其土白壤。赋上上错⑭，田中中⑮。常、卫既从，⑯大陆既为⑰。鸟夷皮服。夹右碣石，入于海。

济、河维沇州⑱：九河既道，雷夏既泽，雍、沮会同，桑土既蚕，于是民得下丘居土。其土黑坟⑲，草繇木条⑳。田中下㉑，赋贞㉒，作十有三年乃同。其贡漆丝，其篚织文㉓。浮于济、漯，通于河㉔。

海、岱维青州：堣夷既略，潍、淄其道。其土白坟，海滨广潟，厥田斥卤㉕。田上下，赋中上。厥贡盐絺，海物维错，岱畎丝、枲、铅、松、怪石。莱夷为牧，其篚檿丝。浮于汶，通于济。

海、岱及淮维徐州：淮、沂其治，蒙、羽其艺。大野既都㉖，东原厎平。其土赤埴坟㉗，草木渐包㉘。其田上中，赋中中。贡维土五色，羽畎夏狄㉙，峄阳孤桐，泗滨浮磬，淮夷蠙珠臮鱼㉚，其篚玄纤缟。浮于淮、泗，通于河。

淮、海维扬州：彭蠡既都，阳鸟所居。三江既入，震泽厎定。竹箭既布，其草惟夭，其木惟乔，其土涂泥。田下下，赋下上上杂㉛。贡金三品㉜：瑶、琨、竹箭、齿、革、羽、旄。岛夷卉服。其篚织贝，其包橘、柚锡贡，均江海，通淮、泗。

荆及衡阳维荆州：江、汉朝宗于海㉝。九江甚中，沱、涔已道，云土、梦为治。其土涂泥。田下中，赋上下。贡羽、旄、齿、革、金三品、杶、干、栝、柏、砺、砥、砮、丹。维箘簬、楛㉞，三国致贡其名。包匦菁茅㉟，其篚玄纁玑组。九江入赐大龟。浮于江、沱、涔、汉，逾于雒，至于南河。

荆、河惟豫州：伊、雒、瀍、涧既入于河，荥播既都，道荷泽，被明都㊱。其土壤，下土坟垆。田中上，赋杂上中。贡漆、丝、絺、纻，其篚纤絮，锡贡磬错㊲。浮于雒，达于河。

华阳、黑水惟梁州：汶、嶓既艺，沱、涔既道，蔡、蒙旅平，和夷厎绩㊳。其土青骊㊴。田下上，赋下中三错㊵。贡璆、铁、银、镂、砮、磬、熊、罴、狐、狸、织皮。西倾因桓是来，浮于潜，逾于沔，入于渭，乱于河。

黑水、西河惟雍州：弱水既西，泾属渭汭。漆、沮既从，沣水所同。荆、岐已旅，终南、敦物至于鸟鼠。原隰厎绩㊶，至于都野。三危既度㊷，三苗大序㊸。其土黄壤。田上上，赋中下。贡璆、琳、琅玕。浮于积石，至于龙门西河，会于渭汭。织皮昆仑、析支、渠搜，西戎即序。

道九山：汧及岐至于荆山，逾于河；壶口、雷首至于太岳；砥柱、析城至于王屋；太行、常山至于碣石，入于海；西倾、朱圉、鸟鼠至于太华；熊耳、外方、桐柏至于负尾；道嶓冢，至于荆山；内方至于大别；汶山之阳至衡山，过九江，至于敷浅原。

道九川：弱水至于合黎，余波入于流沙。道黑水，至于三危，入于南海。道河积石，至于龙门，南至华阴，东至砥柱，又东至于盟津，东过雒汭，至于大邳，北过降水，至于大陆，北播为九河，同为逆河，入于海。嶓冢道瀁，东流为汉，又东为苍浪之水，过三澨，入于大别，南入于江，东汇泽为彭蠡，东为北江，入于海。汶山道江，东别为沱，又东至于醴，过九江，至于东陵，东迤北会于汇，东为中江，入于海。道沇水，东为济，入于河，泆为荥，东出陶丘北，又东至于荷，又东北会于汶，又东北入于海。道淮自桐柏，东会于泗、沂，东入于海。道渭自鸟鼠同穴，东会于沣，又东北至于泾，东过漆、沮，入于河。道雒自熊耳，东北会于涧、瀍，又东会于伊，东北入于河。

于是九州攸同㊹，四奥既居㊺，九山栞旅㊻，九川涤原㊼，九泽既陂㊽，四海会同。六府甚修㊾，众土交正㊿，致慎财赋，咸则三壤成赋(51)。中国赐土姓："祗台德先，不距朕行。"(52)

令天子之国以外五百里甸服：百里赋纳緫，二百里纳铚，三百里纳秸服，四百里粟，五百里米。甸服外五百里侯服：百里采，二百里任国，三百里诸侯。侯服外五百里绥服：三百里揆文教(53)，二百里奋武卫(54)。绥服外五百里要服：三百里夷，二百里蔡。要服外五百里荒服：三百里蛮，二百里流。

东渐于海，西被于流沙，朔、南暨，声教讫于四海。于是帝锡禹玄圭，以告成功于天下。天下于是太平治。

皋陶作士以理民(55)。帝舜朝，禹、伯夷、皋陶相与语帝前。皋陶述其谋曰："信其道德，谋明辅和。"禹曰："然，如何？"皋陶曰："於！慎其身修，思长，敦序九族(56)，众明高翼(57)，近可远在已。"禹拜美言，曰："然"。皋陶曰："於！在知人，在安民。"禹曰："吁！皆若是，惟帝其难之。知人则智，能官人；能安民则惠，黎民怀之。能知能惠，何忧乎驩兜，何迁乎有苗，何畏乎巧言善色佞人？"皋陶曰："然，於！亦行有九德，亦言其有德。"乃言曰："始事事，宽而栗，柔而立，愿而共，治而敬，扰而毅，直而温，简而廉，刚而实，强而义，章其有常(58)，吉哉。日宣三德，蚤夜翊明有家(59)。日严振敬六德，亮采有国(60)。翕受普施，九德咸事，俊乂在官(61)，百吏肃谨。毋教邪淫奇谋。非其人居其官，是谓乱天事。天讨有罪，五刑五用哉。吾言底可行乎？"禹曰："女言致可绩行。"皋陶曰："余未有知，思赞道哉。"

帝舜谓禹曰："女亦昌言。"禹拜曰："於，予何言！予思日孳孳(62)。"皋陶难禹曰："何谓孳孳？"禹曰："鸿水滔天，浩浩怀山襄陵，下民皆服于水。予陆行乘车，水行乘舟，泥行乘橇，山行乘桥，行山栞木。与益予众庶稻鲜食。以决九川致四海，浚畎浍致之川(63)。与稷予众庶难得之食。食少，调有余補不足，徙居。众民乃定，万国为治。"皋陶曰："然，此而美也。"

禹曰："於，帝！慎乃在位，安尔止(64)。辅德，天下大应。清意以昭待上帝命，天其重命用休。"帝曰："吁，臣哉，臣哉！臣作朕股肱耳目。予欲左右有民，女辅之。余欲观古人之象，日月星辰，作文绣服色，女明之。予欲闻六律、五声、八音，来始滑(65)，以出入五言(66)，女听。予即辟，女匡拂予(67)。女无面谀，退而谤予。敬四辅臣。诸众谗嬖臣，君德诚施皆清矣。"禹曰："然。帝即不时，布同善恶则毋功。"帝曰："毋若丹朱傲，维慢游是好，毋水行舟，朋淫于家，用绝其世。予不能顺是。"禹曰："予娶涂山，辛壬癸甲(68)，生启予不子，以故能成水土功。辅成五服，至于五千里，州十二师，外薄四海(69)，咸建五长(70)，各道有功。苗顽不即功，帝其念哉。"帝曰："道吾德，乃女功序之也。"皋陶于是敬禹之德，令民皆则禹。不如言，刑从之，舜德大明。

于是夔行乐，祖考至，群后相让，鸟兽翔舞，《箫韶》九成，凤皇来仪，百兽率舞，百官信谐。帝用此作歌曰："陟天之命(71)，维时维几(72)。"乃歌曰："股肱喜哉，元首起哉，百工熙哉！"皋陶拜手稽首扬言曰："念哉，率为兴事，慎乃宪，敬哉！"乃更为歌曰："元首明哉，股肱良哉，庶事康哉！"又歌曰："元首丛脞哉(73)，股肱惰哉，万事堕哉！"帝拜曰："然，往钦哉！"于是天下皆宗禹之明度数声乐，为山川神主。

帝舜荐禹于天，为嗣。十七年而帝舜崩。三年丧毕，禹辞辟舜之子商均于阳城。天下诸侯皆去商均而朝禹。禹于是遂即天子位，南面朝天下，国号曰夏后，姓姒氏。

帝禹立而举皋陶荐之，且授政焉，而皋陶卒。封皋陶之后于英、六，或在许。而后举益，任之政。

十年，帝禹东巡狩，至于会稽而崩，以天下授益。三年之丧毕，益让帝禹之子启，而辟居箕山之阳。禹子启贤，天下属意焉。及禹崩，虽授益，益之佐禹日浅，天下未洽。故诸侯皆去益而朝启，曰："吾君帝禹之子也。"于是启遂即天子之位，是为夏后帝启。

夏后帝启，禹之子，其母涂山氏之女也。

有扈氏不服，启伐之，大战于甘。将战，作《甘誓》，乃召六卿申之。启曰："嗟！六事之人⑦⑥，予誓告女：有扈氏威侮五行⑦⑤，怠弃三正⑦⑥，天用剿绝其命。今予维共行天之罚⑦⑦。左不攻于左，右不攻于右，女不共命。御非其马之政，女不共命。用命，赏于祖；不用命，僇于社⑦⑧，予则帑僇女⑦⑨。"遂灭有扈氏。天下咸朝。

夏后帝启崩，子帝太康立。帝太康失国，昆弟五人须于洛汭，作《五子之歌》。

太康崩，弟中康立，是为帝中康。帝中康时，羲、和湎淫，废时乱日。胤往征之，作《胤征》。

中康崩，子帝相立。帝相崩，子帝少康立。帝少康崩，子帝予立。帝予崩，子帝槐立。帝槐崩，子帝芒立。帝芒崩，子帝泄立。帝泄崩，子帝不降立。帝不降崩，弟帝扃立。帝扃崩，子帝廑立。帝廑崩，立帝不降之子孔甲，是为帝孔甲。帝孔甲立，好方鬼神，事淫乱。夏后氏德衰，诸侯畔之。天降龙二，有雌雄，孔甲不能食⑧⑩，未得豢龙氏。陶唐既衰，其后有刘累，学扰龙于豢龙氏⑧①，以事孔甲。孔甲赐之姓曰御龙氏，受豕韦之后⑧②。龙一雌死，以食夏后。夏后使求，惧而迁去。

孔甲崩，子帝皋立。帝皋崩，子帝发立。帝发崩，子帝履癸立，是为桀。帝桀之时，自孔甲以来而诸侯多畔夏，桀不务德而武伤百姓，百姓弗堪，乃召汤而囚之夏台，已而释之。汤修德，诸侯皆归汤，汤遂率兵以伐夏桀。桀走鸣条，遂放而死。桀谓人曰："吾悔不遂杀汤于夏台，使至此。"汤乃践天子位，代夏朝天下。汤封夏之后，至周封于杞也。

太史公曰："禹为姒姓，其后分封，用国为姓，故有夏后氏、有扈氏、有男氏、斟寻氏、彤城氏、褒氏、费氏、杞氏、缯氏、辛氏、冥氏、斟氏、戈氏。孔子正夏时，学者多传《夏小正》云。自虞、夏时，贡赋备矣。或言禹会诸侯江南，计功而崩，因葬焉，命曰会稽。会稽者，会计也。

---

①等：比较；衡量。

②无状：无功。

③敏给（jǐ，音几）：犹敏捷。

④声为律：谓声音的快慢高低合于律吕。

⑤身为度：谓自身言行合于法度。

⑥称以出：谓权衡亦出于其身。称，权衡。

⑦亹亹穆穆：勤勉敬谨。

⑧傅：通"付"，付托。傅土：谓付托治理九州土地之事。

⑨表木：立木以为标志。

⑩沟浍：同"沟洫"。田间水道。

⑪梮（jú，音局）：登山鞋。鞋底有锥齿，长半寸。上山，前齿短，后齿长；下山，前齿长，后齿短。

⑫载：开始。

⑬岳阳：指岳山的南面。山南曰阳。

⑭上上：第一等。错：杂。谓夹杂着第二等的赋收。

⑮田中中：田地在九州之中为第五等。

⑯常：常水。本为恒水，因避汉文帝讳，故改作常水。卫：卫水。既从：谓既顺流入海。

⑰大陆：大陆泽。既为：谓已可耕作。

⑱维：系，拴缚；连结。谓沇州之界在济水与黄河之间。

⑲黑坟：色黑而坟起。谓土地肥沃。

⑳繇：茂盛。条：长。

㉑中下：第六等。

㉒贞：下下，最低的等级，为第九等。

㉓篚：盛物的竹器。织文：有花纹的丝织品。

㉔浮：用船载。

㉕斥卤：盐碱地。

㉖都：水流汇聚。

㉗埴：粘性。

㉘包：丛生。

㉙夏狄：亦作“夏翟”。羽毛五色的雉。

㉚臮（jì，音寄）：同“暨”字。

㉛赋下上上杂：赋税第七等，夹杂第六等。

㉜金三品：指金、银、铜。一说指铜之青白赤三色。

㉝朝宗：比喻江河入流大海。百川以海为宗，犹似诸侯朝于天子。

㉞箘簬：美竹；箭竹。亦作“箘簵”、“箘露”。

㉟包匭：包裹又捆扎。

㊱被明都：谓水盛时覆盖明都泽。

㊲磬错：磨磬用的石头。

㊳厎绩：取得功绩。

㊴青骊：青黑色。

㊵下中三错：第八等，也夹杂第七和第九等。

㊶原隰：高原及低湿的地方。

㊷度（zhái，音宅）：同“宅”。居住。

㊸序：安定。顺服守序。

㊹九州攸同：意谓天下统一。

㊺四奥：亦作“四隩”。四方的边远地区。

㊻九山栞旅：谓九州名山已槎木通道而旅祭。栞，音 kān，“刊”的古字，识，标记。

㊼九川涤原：谓九州大川均已涤除疏通。

㊽九泽既陂：谓九州之泽均已筑了堤防。

㊾六府：金、木、水、火、土、谷。府，藏财之处。

㊿众土交正：谓各州土地的美恶高下等级均已评定。

(51)三壤：上、中、下各三等。

(52)锡土姓：古时因土赐姓，即以其出生地、居住处或封地的地名为姓以显之。锡，同“赐”。“中国锡土姓：‘祗台德先，不距朕行。’”郑玄曰：“天子建其国，诸侯祚之土，赐之姓，命之氏，其敬悦天子之德既先，又不距违我天子政教之行。”

(53)揆文教：施行文教。揆，度也。

(54)奋武卫：振兴武事以保卫天子。

(55)士：官名。犹大理卿。

(56)敦序九族：使九族亲厚而有序。

(57)众明高翼：以众贤明为羽翼之臣。

(58)章其有常：彰显九德常规。

(59)翊明：恭敬谨勉。有家：卿大夫称家。有，词头。

(60)亮采：辅佐政事。有国：指诸侯。

(61)俊乂在官：使才德出众的人皆有官位。

(62)孳孳：同“孜孜”。努力不懈。

(63)畎浍：田间水道。

(64)安尔止：安于您的职守，不可轻举妄动。

(65)来始滑：其义无所通。《古文尚书》作“在治忽”三字。“来”、“在”音相近，“始”、“治”字相似，“滑”、“忽”音相乱，而误作“来始滑”。今义依“在治忽”。“在”，考察。“忽”，荒怠。意谓考察诸侯治乱的情形。

(66)五言：一说谓仁义礼智信五德之言，一说谓东南西北中五方之言。

(67)匡拂：同“匡弼”。匡正辅佐。

(68)辛壬癸甲：谓禹辛日结婚，至甲日前后四天便外出治水。

(69)薄：迫近；到达。

(70)五长：诸侯五国，立一贤者为方伯（首长），谓之五长。

(71)陟：敬奉。

(72)维时维几：惟在顺时，惟在慎微。

(73)丛脞：细碎无大略。

(74)六事：上古指各有军事的领兵六卿。

(75)五行：五种德行，即五常：仁义礼智信。

(76)三正：天、地、人之正道。

(77)共：敬奉。

(78)僇：通“戮”。杀戮。侮辱。

(79)帑：通“孥”。儿女的通称。亦指妻子和儿女。意谓还将辱及子女。

(80)食（sì，音四）：喂养。

(81)扰：音柔。驯养。

(82)受：代替。

史记卷三

殷本纪第三

殷契，母曰简狄，有娀氏之女，为帝喾次妃。三人行浴，见玄鸟堕其卵，简狄取吞之，因孕生契。契长而佐禹治水有功。帝舜乃命契曰：“百姓不亲，五品不训，汝为司徒而敬敷五教，五教在宽。”封于商，赐姓子氏。契兴于唐、虞、大禹之际，功业著于百姓，百姓以平。

契卒，子昭明立。昭明卒，子相土立。相土卒，子昌若立。昌若卒，子曹圉立。曹圉卒，子冥立。冥卒，子振立。振卒，子微立。微卒，子报丁立。报丁卒，子报乙立。报乙卒，子报丙立。报丙卒，子主壬立。主壬卒，子主癸立。主癸卒，子天乙立，是为成汤。

成汤，自契至汤八迁。汤始居亳，从先王居，作《帝诰》。

汤征诸侯。葛伯不祀，汤始伐之。汤曰：“予有言：人视水见形，视民知治不。”伊尹曰：“明哉！言能听，道乃进。君国子民，为善者皆在王官。勉哉，勉哉！”汤曰：“汝不能敬命，予大罚殛之，无有攸赦。”作《汤征》。

伊尹名阿衡。阿衡欲奸汤而无由①，乃为有莘氏媵臣②，负鼎俎③，以滋味说汤，致于王道。或曰，伊尹处士，汤使人聘迎之，五反然后肯往从汤，言素王及九主之事④。汤举任以国政。伊尹去汤适夏。既丑有夏，复归于亳。入自北门，遇女鸠、女房，作《女鸠》、《女房》。

汤出，见野张网四面，祝曰："自天下四方皆入吾网。"汤曰："嘻，尽之矣！"乃去其三面，祝曰："欲左，左。欲右，右。不用命，乃入吾网。"诸侯闻之，曰："汤德至矣，及禽兽。"

当是时，夏桀为虐政淫荒，而诸侯昆吾氏为乱。汤乃兴师率诸侯，伊尹从汤，汤自把钺以伐昆吾，遂伐桀。汤曰："格女众庶，来，女悉听朕言。匪台小子敢行举乱⑤，有夏多罪，予维闻女众言，夏氏有罪。予畏上帝，不敢不正。今夏多罪，天命殛之。今女有众，女曰'我君不恤我众，舍我啬事而割政⑥'。女其曰'有罪，其奈何'？夏王率止众力，率夺夏国。有众率怠不和，曰'是日何时丧？予与女皆亡'！夏德若兹，今朕必往。尔尚及予一人致天之罚，予其大理女⑦。女毋不信，朕不食言。女不从誓言，予则帑僇女，无有攸赦。"以告令师，作《汤誓》。于是汤曰："吾甚武，号曰武王。"

桀败于有娀之虚，桀奔于鸣条，夏师败绩。汤遂伐三𡾋，俘厥宝玉⑧，义伯、仲伯作《典宝》。汤既胜夏，欲迁其社，不可，作《夏社》。伊尹报，于是诸侯毕服，汤乃践天子位，平定海内。

汤归至于泰卷陶，中𣅎作诰。既绌夏命，还亳，作《汤诰》："维三月，王自至于东郊。告诸侯群后：'毋不有功于民，勤力乃事，予乃大罚殛女，毋予怨。'曰：'古禹、皋陶久劳于外，其有功乎民，民乃有安。东为江，北为济，西为河，南为淮，四渎已修，万民乃有居。后稷降播，农殖百谷。三公咸有功于民，故后有立。昔蚩尤与其大夫作乱百姓，帝乃弗予⑨，有状⑩。先王言不可不勉。'曰：'不道⑪，毋之在国⑫，女毋我怨。'"以令诸侯。伊尹作《咸有一德》，咎单作《明居》。汤乃改正朔，易服色，上白⑬，朝会以昼。

汤崩，太子太丁未立而卒，于是乃立太丁之弟外丙，是为帝外丙。帝外丙即位三年，崩，立外丙之弟中壬，是为帝中壬。帝中壬即位四年，崩，伊尹乃立太丁之子太甲。太甲，成汤适长孙也⑭，是为帝太甲。帝太甲元年，伊尹作《伊训》，作《肆命》，作《徂后》。

帝太甲既立三年，不明，暴虐，不遵汤法，乱德，于是伊尹放之于桐宫。三年，伊尹摄行政当国，以朝诸侯。

帝太甲居桐宫三年，悔过自责，反善，于是伊尹乃迎帝太甲而授之政。帝太甲修德，诸侯咸归殷，百姓以宁。伊尹嘉之，乃作《太甲训》三篇，褒帝太甲，称太宗。

太宗崩，子沃丁立。帝沃丁之时，伊尹卒，既葬伊尹于亳，咎单遂训伊尹事，作《沃丁》。

沃丁崩，弟太庚立，是为帝太庚。帝太庚崩，子帝小甲立。帝小甲崩，弟雍己立，是为帝雍己。殷道衰，诸侯或不至。

帝雍己崩，弟太戊立，是为帝太戊。帝太戊立伊陟为相。亳有祥桑谷共生于朝⑮，一暮大拱。帝太戊惧，问伊陟，伊陟曰："臣闻妖不胜德，帝之政其有阙与？帝其修德。"太戊从之，而祥桑枯死而去。伊陟赞言于巫咸。巫咸治王家有成，作《咸艾》，作《太戊》。帝太戊赞伊陟于庙，言弗臣，伊陟让，作《原命》。殷复兴，诸侯归之，故称中宗。

中宗崩，子帝中丁立。帝中丁迁于隞。河亶甲居相。祖乙迁于邢。帝中丁崩，弟外壬立，是为帝外壬。《仲丁》书阙不具。帝外壬崩，弟河亶甲立，是为帝河亶甲。河亶甲时，殷复衰。

河亶甲崩，子帝祖乙立。帝祖乙立，殷复兴。巫贤任职。

祖乙崩，子帝祖辛立。帝祖辛崩，弟沃甲立，是为帝沃甲。帝沃甲崩，立沃甲兄祖辛之子祖丁，是为帝祖丁。帝祖丁崩，立弟沃甲之子南庚，是为帝南庚。帝南庚崩，立帝祖丁之子阳甲，是为帝阳甲。帝阳甲之时，殷衰。

自中丁以来，废适而更立诸弟子，弟子或争代立，比九世乱，于是诸侯莫朝。

帝阳甲崩，弟盘庚立，是为帝盘庚。帝盘庚之时，殷已都河北，盘庚渡河南，复居成汤之故居，乃五迁，无定处。殷民咨胥皆怨⑯，不欲徙。盘庚乃告谕诸侯大臣曰：“昔高后成汤与尔之先祖俱定天下，法则可修。舍而弗勉，何以成德！”乃遂涉河南，治亳，行汤之政，然后百姓由宁，殷道复兴。诸侯来朝，以其遵成汤之德也。

帝盘庚崩，弟小辛立，是为帝小辛。帝小辛立，殷复衰。百姓思盘庚，乃作《盘庚》三篇。帝小辛崩，弟小乙立，是为帝小乙。帝小乙崩，子帝武丁立。

帝武丁即位，思复兴殷，而未得其佐。三年不言，政事决定于冢宰，以观国风。武丁夜梦得圣人，名曰说。以梦所见视群臣百吏，皆非也。于是乃使百工营求之野，得说于傅险中。是时说为胥靡⑰，筑于傅险。见于武丁，武丁曰是也。得而与之语，果圣人，举以为相，殷国大治。故遂以傅险姓之，号曰傅说。

帝武丁祭成汤，明日，有飞雉登鼎耳而呴，武丁惧。祖己曰：“王勿忧，先修政事。”祖己乃训王曰：“唯天监下典厥义⑱，降年有永有不永⑲，非天夭民，中绝其命⑳。民有不若德，不听罪，天既附命正厥德，乃曰其奈何。呜呼！王嗣敬民，罔非天继，常祀毋礼于弃道。”武丁修政行德，天下咸欢，殷道复兴。

帝武丁崩，子帝祖庚立。祖己嘉武丁之以祥雉为德，立其庙为高宗，遂作《高宗肜日》及《训》。

帝祖庚崩，弟祖甲立，是为帝甲。帝甲淫乱，殷复衰。

帝甲崩，子帝廪辛立。帝廪辛崩，弟庚丁立，是为帝庚丁。帝庚丁崩，子帝武乙立。殷复去亳，徙河北。

帝武乙无道，为偶人㉑，谓之天神，与之博㉒，令人为行。天神不胜，乃僇辱之。为革囊，盛血，卬而射之，命曰“射天”。武乙猎于河、渭之间，暴雷，武乙震死。子帝太丁立。帝太丁崩，子帝乙立。帝乙立，殷益衰。

帝乙长子曰微子启，启母贱，不得嗣。少子辛，辛母正后，辛为嗣。帝乙崩，子辛立，是为帝辛，天下谓之纣。

帝纣资辨捷疾，闻见甚敏，材力过人，手格猛兽，知足以距谏，言足以饰非，矜人臣以能，高天下以声，以为皆出己之下。好酒淫乐，嬖于妇人。爱妲己，妲己之言是从。于是使师涓作新淫声、北里之舞、靡靡之乐。厚赋税以实鹿台之钱，而盈钜桥之粟。益收狗马奇物，充仞宫室；益广沙丘苑台，多取野兽蜚鸟置其中。慢于鬼神。大冣乐戏于沙丘㉓，以酒为池，县肉为林㉔，使男女倮相逐其间，为长夜之饮。

百姓怨望而诸侯有畔者，于是纣乃重刑辟，有炮格之法㉕。以西伯昌、九侯、鄂侯为三公㉖。九侯有好女，入之纣。九侯女不憙淫，纣怒，杀之，而醢九侯㉗。鄂侯争之强，辨之疾，并脯鄂侯㉘。西伯昌闻之，窃叹。崇侯虎知之，以告纣，纣囚西伯羑里。

西伯之臣闳夭之徒，求美女奇物善马以献纣，纣乃赦西伯。西伯出而献洛西之地，以请除炮格之刑。纣乃许之，赐弓矢斧钺，使得征伐，为西伯。而用费中为政。费中善谀，好利，殷人弗亲。纣又用恶来，恶来善毁谗，诸侯以此益疏。

西伯归，乃阴修德行善，诸侯多叛纣而往归西伯。西伯滋大，纣由是稍失权重。王子比干谏，弗听。商容贤者，百姓爱之，纣废之。及西伯伐饥国，灭之，纣之臣祖伊闻之而咎周，恐，奔告纣曰：“天既讫我殷命，假人元龟㉙，无敢知吉。非先王不相我后人㉚，维王淫虐用自绝，故天弃我，不有安食，不虞知天性㉛，不迪率典㉜。今我民罔不欲丧，曰‘天曷不降威，大命胡不至'？今王其奈何？"纣曰："我生不有命在天乎！"祖伊反，曰："纣不可谏矣。"西伯既卒，周武王之东伐，至盟津，诸侯叛殷会周者八百。诸侯皆曰："纣可伐矣。"武王曰："尔未知天命。"乃复归。

纣愈淫乱不止。微子数谏不听，乃与大师、少师谋，遂去。比干曰："为人臣者，不得不以死争。"乃强谏纣。纣怒曰："吾闻圣人心有七窍。"剖比干，观其心。箕子惧，乃详狂为奴，纣又囚之。殷之大师、少师乃持其祭乐器奔周。周武王于是遂率诸侯伐纣。纣亦发兵距之牧野。

甲子日，纣兵败。纣走，入登鹿台，衣其宝玉衣，赴火而死。周武王遂斩纣头，县之大白旗。杀妲己。释箕子之囚，封比干之墓，表商容之闾。封纣子武庚禄父，以续殷祀，令修行盘庚之政。殷民大说。于是周武王为天子。其后世贬帝号，号为王。而封殷后为诸侯，属周。

周武王崩，武庚与管叔、蔡叔作乱，成王命周公诛之，而立微子于宋，以续殷后焉。

太史公曰：余以《颂》次契之事③，自成汤以来，采于《书》、《诗》。契为子姓，其后分封，以国为姓，有殷氏、来氏、宋氏、空桐氏、稚氏、北殷氏、目夷氏。孔子曰：殷路车为善，而色尚白。

---

①奸（gān，音干）：干求。
②媵臣：古代随嫁的臣仆。
③鼎俎：古代盛食物的礼器。
④素王：上古帝王。司马贞："素王者，太素上皇，其道质素，故称素王。"九主：指三皇、五帝及夏禹。
⑤台：我。
⑥啬事：农事。啬，通"穑"。
⑦理（lài，音赖）：通"赉"。赐予。
⑧俘：取。
⑨帝：指上天。弗予：意谓不予保佑。
⑩有状：谓罪大而有根据。
⑪不道：犹无道。
⑫毋之在国：谓不能主政。
⑬上白：崇尚白色。
⑭适：同"嫡"。
⑮祥：妖异，凶灾。
⑯咨：咨嗟。胥：相互。
⑰胥靡：古代服劳役的刑徒。
⑱唯天监下典厥义：谓上天监视下民以义理为常。
⑲降年有永有不永：赐人寿命有长有短。
⑳中：中途。
㉑偶人：用土或木做的泥巴人、木头人。
㉒博：下棋。
㉓冣：通"聚"。聚集，积集。
㉔县：通"悬"。挂。
㉕炮格：亦作"炮烙（luò，音落；又读 gé，音格）"。一种酷刑。
㉖三公：司马、司徒、司空，掌管军政大权的最高官僚。
㉗醢（hǎi，音海）：将人剁成肉酱。
㉘脯：将肉做成脯干。

㉙元龟：大龟。古用于占卜。

㉚相：帮助。

㉛不虞：意料不到。

㉜不迪：不遵循。

㉝《颂》：指《商颂》。次：编排。

史 记 卷 四

周本纪第四

周后稷，名弃。其母有邰氏女，曰姜原。姜原为帝喾元妃。姜原出野，见巨人迹，心忻然说，欲践之，践之而身动如孕者。居期而生子①，以为不祥，弃之隘巷，马牛过者皆辟不践；徙置之林中，适会山林多人，迁之；而弃渠中冰上，飞鸟以其翼覆荐之②。姜原以为神，遂收养长之。初欲弃之，因名曰弃。

弃为儿时，屹如巨人之志③。其游戏，好种树麻、菽，麻、菽美。及为成人，遂好耕农，相地之宜，宜谷者稼穑焉，民皆法则之。帝尧闻之，举弃为农师，天下得其利，有功。帝舜曰："弃，黎民始饥，尔后稷播时百谷。"封弃于邰，号曰后稷，别姓姬氏。后稷之兴，在陶唐、虞、夏之际，皆有令德④。

后稷卒，子不窋立。不窋末年，夏后氏政衰，去稷不务⑤，不窋以失其官而奔戎狄之间。不窋卒，子鞠立。鞠卒，子公刘立。

公刘虽在戎狄之间，复修后稷之业，务耕种，行地宜，自漆、沮度渭，取材用，行者有资，居者有畜积，民赖其庆。百姓怀之，多徙而保归焉。周道之兴自此始，故诗人歌乐思其德⑥。

公刘卒，子庆节立，国于豳。庆节卒，子皇仆立。皇仆卒，子差弗立。差弗卒，子毁隃立。毁隃卒，子公非立。公非卒，子高圉立。高圉卒，子亚圉立。亚圉卒，子公叔祖类立。公叔祖类卒，子古公亶父立。

古公亶父复修后稷、公刘之业，积德行义，国人皆戴之。薰育、戎、狄攻之，欲得财物，予之。已，复攻，欲得地与民。民皆怒，欲战。古公曰："有民立君，将以利之。今戎、狄所为攻战，以吾地与民。民之在我，与其在彼，何异。民欲以我故战，杀人父子而君之，予不忍为。"乃与私属遂去豳，度漆、沮、逾梁山，止于岐下⑦。豳人举国扶老携弱，尽复归古公于岐下。及他旁国闻古公仁，亦多归之。于是古公乃贬戎狄之俗⑧，而营筑城郭室屋，而邑别居之。作五官有司⑨，民皆歌乐之⑩，颂其德。

古公有长子曰太伯，次曰虞仲。太姜生少子季历，季历娶太任，皆贤妇人，生昌，有圣瑞。古公曰："我世当有兴者，其在昌乎？"长子太伯、虞仲知古公欲立季历以传昌，乃二人亡如荆蛮，文身断发⑪，以让季历。

古公卒，季历立，是为公季。公季修古公遗道，笃于行义，诸侯顺之。

公季卒，子昌立，是为西伯。西伯曰文王，遵后稷、公刘之业，则古公、公季之法，笃仁，敬老，慈少，礼下贤者，日中不暇食以待士，士以此多归之。伯夷、叔齐在孤竹，闻西伯善养老，盍往归之。太颠、闳夭、散宜生、鬻子、辛甲大夫之徒皆往归之。

崇侯虎谮西伯于殷纣曰："西伯积善累德，诸侯皆响之，将不利于帝。"帝纣乃囚西伯于羑里。闳夭之徒患之，乃求有莘氏美女、骊戎之文马⑫、有熊九驷⑬、他奇怪物，因殷嬖臣费仲而献之纣。纣大说，曰："此一物足以释西伯⑭，况其多乎！"乃赦西伯，赐之弓矢斧钺，使西伯得征伐，曰："谮西伯者，崇侯虎也。"西伯乃献洛西之地，以请纣去炮格之刑，纣许之。

西伯阴行善，诸侯皆来决平⑮。于是虞、芮之人有狱不能决，乃如周。入界，耕者皆让畔，民俗皆让长。虞、芮之人未见西伯，皆惭，相谓曰："吾所争，周人所耻，何往为，祗取辱耳。"遂还，俱让而去。诸侯闻之，曰"西伯盖受命之君。"

明年，伐犬戎。明年，伐密须。明年，败耆国。殷之祖伊闻之，惧，以告帝纣。纣曰："不有天命乎？是何能为！"明年，伐邘。明年，伐崇侯虎。而作丰邑，自岐下而徙都丰。明年，西伯崩，太子发立，是为武王。

西伯盖即位五十年。其囚羑里，盖益《易》之八卦为六十四卦。诗人道西伯，盖受命之年称王而断虞、芮之讼。后十年而崩，谥为文王。改法度，制正朔矣⑯。追尊古公为太王，公季为王季，盖王瑞自太王兴。

武王即位，太公望为师，周公旦为辅，召公、毕公之徒左右王，师修文王绪业。

九年，武王上祭于毕，东观兵，至于盟津。为文王木主⑰，载以车，中军。武王自称太子发，言奉文王以伐，不敢自专。乃告司马、司徒、司空、诸节⑱："齐栗⑲，信哉！予无知，以先祖有德臣，小子受先功⑳，毕立赏罚，以定其功。"遂兴师。师尚父号曰㉑："总尔众庶㉒，与尔舟楫，后至者斩。"武王渡河，中流，白鱼跃入王舟中，武王俯取以祭。既渡，有火自上复于下，至于王屋，流为乌㉓，其色赤，其声魄云㉔。是时，诸侯不期而会盟津者八百诸侯。诸侯皆曰："纣可伐矣。"武王曰："女未知天命，未可也。"乃还师归。

居二年，闻纣昏乱暴虐滋甚，杀王子比干，囚箕子。太师疵、少师强抱其乐器而奔周。于是武王遍告诸侯曰："殷有重罪，不可以不毕伐㉕。"乃遵文王，遂率戎车三百乘，虎贲三千人㉖，甲士四万五千人，以东伐纣。十一年十二月戊午，师毕渡盟津，诸侯咸会。曰："孳孳无怠！"武王乃作"太誓"，告于众庶："今殷王纣乃用其妇人之言，自绝于天，毁坏其三正㉗，离逷其王父母弟，乃断弃其先祖之乐，乃为淫声，用变乱正声，怡说妇人。故今予发维共行天罚㉘。勉哉夫子㉙，不可再，不可三！"

二月甲子昧爽㉚，武王朝至于商郊牧野，乃誓。武王左杖黄钺，右秉白旄，以麾，曰："远矣西土之人！"武王曰："嗟！我有国冢君㉛，司徒、司马、司空、亚旅、师氏、千夫长、百夫长，及庸、蜀、羌、髳、微、纑、彭、濮人，称尔戈㉜，比尔干，立尔矛，予其誓。"王曰："古人有言，'牝鸡无晨㉝。牝鸡之晨，惟家之索㉞'。今殷王纣维妇人言是用，自弃其先祖肆祀不答㉟，昏弃其家国，遗其王父母弟不用，乃维四方之多罪逋逃是崇是长、是信是使㊱，俾暴虐于百姓，以奸轨于商国㊲。今予发维共行天之罚。今日之事，不过六步七步，乃止齐焉，夫子勉哉！不过于四伐五伐六伐七伐，乃止齐焉，勉哉夫子！尚桓桓㊳，如虎如罴，如豺如离，于商郊，不御克奔㊴，以役西土，勉哉夫子！尔所不勉，其于尔身有戮。"誓已，诸侯兵会者车四千乘，陈师牧野。

帝纣闻武王来，亦发兵七十万人距武王。武王使师尚父与百夫致师㊵，以大卒驰帝纣师㊶。纣师虽众，皆无战之心，心欲武王亟入。纣师皆倒兵以战，以开武王。武王驰之，纣兵皆崩畔纣。纣走，反入登于鹿台之上，蒙衣其殊玉，自燔于火而死。武王持大白旗以麾诸侯，诸侯毕拜武王，武王乃揖诸侯，诸侯毕从。武王至商国，商国百姓咸待于郊。于是武王使群臣告语商百姓曰：“上天降休^㊷！”商人皆再拜稽首，武王亦答拜，遂入，至纣死所。武王自射之，三发而后下车，以轻剑击之^㊸，以黄钺斩纣头^㊹，悬大白之旗。已而至纣之嬖妾二女，二女皆经自杀。武王又射三发，击以剑，斩以玄钺^㊺，县其头小白之旗。武王已乃出复军。

其明日，除道，修社及商纣宫^㊻。及期，百夫荷罕旗以先驱^㊼。武王弟叔振铎奉陈常车^㊽，周公旦把大钺，毕公把小钺，以夹武王；散宜生、太颠、闳夭皆执剑以卫武王。既入，立于社南大卒之左，左右毕从。毛叔郑奉明水^㊾，卫康叔封布兹^㊿，召公奭赞采⁵¹，师尚父牵牲。尹佚策祝曰⁵²：“殷之末孙季纣，殄废先王明德，侮蔑神祇不祀，昏暴商邑百姓，其章显闻于天皇上帝⁵³。”于是武王再拜稽首曰：“膺更大命⁵⁴，革殷，受天明命。”武王又再拜稽首，乃出。

封商纣子禄父殷之余民。武王为殷初定未集，乃使其弟管叔鲜、蔡叔度相禄父治殷。已而命召公释箕子之囚；命毕公释百姓之囚，表商容之闾；命南宫括散鹿台之财，发钜桥之粟，以振贫弱萌隶⁵⁵；命南宫括、史佚展九鼎保玉；命闳夭封比干之墓；命宗祝享祠于军。乃罢兵西归。行狩，记政事，作《武成》。封诸侯，班赐宗彝⁵⁶，作《分殷之器物》。武王追思先圣王，乃褒封神农之后于焦，黄帝之后于祝，帝尧之后于蓟，帝舜之后于陈，大禹之后于杞。于是封功臣谋士，而师尚父为首封。封尚父于营丘，曰齐；封弟周公旦于曲阜，曰鲁；封召公奭于燕；封弟叔鲜于管，弟叔度于蔡。余各以次受封。

武王征九牧之君，登豳之阜，以望商邑。武王至于周，自夜不寐。周公旦即王所，曰：“曷为不寐？”王曰：“告女：维天不飨殷，自发未生于今六十年⁵⁷，麋鹿在牧，蜚鸿满野⁵⁸。天不享殷，乃今有成。维天建殷，其登名民三百六十夫，不显亦不宾灭⁵⁹，以至今。我未定天保⁶⁰，何暇寐！”王曰：“定天保，依天室⁶¹，悉求夫恶⁶²，贬从殷王受⁶³。日夜劳来定我西土，我维显服，及德方明。自洛汭延于伊汭，居易毋固⁶⁴，其有夏之居。我南望三涂，北望岳鄙⁶⁵，顾詹有河，粤詹雒、伊，毋远天室。”营周居于雒邑而后去。纵马于华山阳，放牛于桃林之虚，偃干戈，振兵释旅，示天下不复用也。

武王已克殷，后二年，问箕子殷所以亡。箕子不忍言殷恶，以存亡国宜告。武王亦丑⁶⁶，故问以天道。

武王病。天下未集，群公惧，穆卜⁶⁷，周公乃祓斋⁶⁸，自为质，欲代武王，武王有瘳⁶⁹。后而崩，太子诵代立，是为成王。

成王少，周初定天下，周公恐诸侯畔周，公乃摄行政当国。管叔、蔡叔群弟疑周公，与武庚作乱，畔周。周公奉成王命，伐诛武庚、管叔，放蔡叔。以微子开代殷后，国于宋。颇收殷余民，以封武王少弟封为卫康叔。晋唐叔得嘉谷⁷⁰，献之成王，成王以归周公于兵所。周公受禾东土，鲁天子之命⁷¹。初，管、蔡畔周，周公讨之，三年而毕定，故初作《大诰》，次作《微子之命》，次《归禾》，次《嘉禾》，次《康诰》、《酒诰》、《梓材》，其事在《周公》之篇⁷²。周公行政七年，成王长，周公反政成王⁷³，北面就群臣之位。

成王在丰，使召公复营洛邑，如武王之意。周公复卜申视，卒营筑，居九鼎焉，曰：“此天下之中，四方入贡道里均。”作《召诰》、《洛诰》。成王既迁殷遗民，周公以王命告，作《多士》、《无佚》。召公为保，周公为师，东伐淮夷，残奄⁷⁴，迁其君薄姑。成王自奄归，在宗周，作《多方》。既绌殷命，袭淮夷，归在丰，作《周官》。兴正礼乐，度制于是改，而民和睦，颂声兴。成王既伐东夷，息慎来贺，王赐荣伯，作《贿息慎之命》。

成王将崩，惧太子钊之不任，乃命召公、毕公率诸侯以相太子而立之。成王既崩，二公率诸侯，以太子钊见于先王庙，申告以文王、武王之所以为王业之不易，务在节俭，毋多欲，以笃信临之，作《顾命》。太子钊遂立，是为康王。康王即位，遍告诸侯，宣告以文、武之业以申之，作《康诰》。故成、康之际，天下安宁，刑错四十余年不用。康王命作策毕公分居里⑦，成周郊⑦，作《毕命》。

康王卒，子昭王瑕立。昭王之时，王道微缺。昭王南巡狩不返，卒于江上。其卒不赴告，讳之也。立昭王子满，是为穆王。穆王即位，春秋已五十矣。王道衰微，穆王闵文、武之道缺⑦，乃命伯冏申诫太仆国之政，作《冏命》。复宁。

穆王将征犬戎，祭公谋父谏曰："不可。先王燿德不观兵⑱。夫兵戢而时动⑲，动则威，观者玩，玩则无震。是故周文公之颂曰⑳：'载戢干戈，载櫜弓矢，我求懿德，肆于时夏，允王保之。'先王之于民也，茂正其德而厚其性，阜其财求而利其器用，明利害之乡㉑，以文修之，使之务利而辟害，怀德而畏威，故能保世以滋大。昔我先王世后稷以服事虞、夏㉒。及夏之衰也，弃稷不务，我先王不窋用失其官，而自窜于戎狄之间，不敢怠业，时序其德，遵修其绪，修其训典，朝夕恪勤，守以敦笃，奉以忠信。奕世载德㉓，不忝前人㉔。至于文王、武王，昭前之光明而加之以慈和，事神保民，无不欣喜。商王帝辛大恶于民，庶民不忍，訢载武王㉕，以致戎于商牧㉖。是故先王非务武也，勤恤民隐而除其害也。夫先王之制，邦内甸服，邦外侯服，侯卫宾服，夷蛮要服，戎翟荒服。甸服者祭，侯服者祀，宾服者享，要服者贡，荒服者王㉗。日祭，月祀，时享，岁贡，终王。先王之顺祀也，有不祭则修意，有不祀则修言，有不享则修文㉘，有不贡则修名，有不王则修德，序成而有不至则修刑㉙。于是有刑不祭，伐不祀，征不享，让不贡，告不王。于是有刑罚之辟，有攻伐之兵，有征讨之备，有威让之命，有文告之辞。布令陈辞而有不至，则增修于德，无勤民于远。是以近无不听，远无不服。今自大毕、伯士之终也㉚，犬戎氏以其职来王，天子曰'予必以不享征之，且观之兵'，无乃废先王之训，而王几顿乎㉛？吾闻犬戎树敦㉜，率旧德而守终纯固，其有以御我矣。"王遂征之，得四白狼、四白鹿以归。自是荒服者不至。

诸侯有不睦者，甫侯言于王，作修刑辟。王曰："吁，来！有国有土，告汝祥刑㉝。在今尔安百姓，何择非其人，何敬非其刑，何居非其宜与？两造具备㉞，师听五辞㉟。五辞简信㊱，正于五刑㊲。五刑不简，正于五罚㊳。五罚不服，正于五过㊴。五过之疵，官狱内狱，㊵，阅实其罪，惟钧其过㊶。五刑之疑有赦，五罚之疑有赦，其审克之。简信有众，惟讯有稽。无简不疑，共严天威。黥辟疑赦，其罚百率㊷，阅实其罪。劓辟疑赦，其罚倍洒㊸，阅实其罪。膑辟疑赦，其罚倍差㊹，阅实其罪。宫辟疑赦，其罚五百率，阅实其罪。大辟疑赦，其罚千率，阅实其罪。墨罚之属千，劓罚之属千，膑罚之属五百，宫罚之属三百，大辟之罚其属二百：五刑之属三千。"命曰《甫刑》。

穆王立五十五年，崩，子共王繄扈立。共王游于泾上，密康公从，有三女奔之。其母曰：必致之王。夫兽三为群，人三为众，女三为粲㊺。王田不取群㊻，公行下众，王御不参一族㊼。夫粲，美之物也。众以美物归女，而何德以堪之？王犹不堪，况尔之小丑乎！小丑备物，终必亡。"康公不献，一年，共王灭密。

共王崩，子懿王囏立。懿王之时，王室遂衰，诗人作刺。懿王崩，共王弟辟方立，是为孝王。孝王崩，诸侯复立懿王太子燮，是为夷王。

夷王崩，子厉王胡立。厉王即位三十年，好利，近荣夷公。大夫芮良夫谏厉王曰："王室其将卑乎？夫荣公好专利而不知大难。夫利，百物之所生也，天地之所载也，而有专之，其害多矣。天地百物皆将取焉，何可专也？所怒甚多，而不备大难。以是教王，王其能久乎？夫王人者，将导利而布之上下者也。使神人百物无不得极，犹日怵惕惧怨之来也。故《颂》曰'思文后稷，克配彼天，立我蒸民，莫匪尔极㊽'。《大雅》曰'陈锡载周'㊾。是不布利而惧难乎，故能载周以至于今。今王学专利，其可乎？匹夫专利，犹谓之盗，王而行之，其归鲜矣。荣公若用，周必败也。"厉王不听，卒以荣公为卿士用事。

王行暴虐侈傲，国人谤王。召公谏曰："民不堪命矣。"王怒，得卫巫，使监谤者，以告则杀之。其谤鲜矣，诸侯不朝。三十四年，王益严，国人莫敢言，道路以目。厉王喜，告召公曰："吾能弭谤矣，乃不敢言。"召公曰："是鄣之也⑩。防民之口，甚于防水。水壅而溃，伤人必多，民亦如之。是故为水者决之使导，为民者宣之使言。故天子听政，使公卿至于列士献诗，瞽献曲，史献书，师箴，瞍赋，矇诵，百工谏，庶人传语，近臣尽规，亲戚補察，瞽史教诲⑪，耆艾修之⑫，而后王斟酌焉，是以事行而不悖。民之有口也，犹土之有山川也，财用于是乎出；犹其有原隰衍沃也，衣食于是乎生。口之宣言也，善败于是乎兴。行善而备败，所以产财用衣食者也。夫民虑之于心而宣之于口，成而行之。若雍其口，其与能几何？"王不听，于是国莫敢出言。三年，乃相与畔，袭厉王。厉王出奔于彘。

厉王太子静匿召公之家，国人闻之，乃围之。召公曰："昔吾骤谏王，王不从，以及此难也。今杀王太子，王其以我为雠而怼怒乎？夫事君者，险而不雠怼，怨而不怒，况事王乎！"乃以其子代王太子，太子竟得脱。

召公、周公二相行政，号曰"共和"。共和十四年，厉王死于彘。太子静长于召公家，二相乃共立之为王，是为宣王。宣王即位，二相辅之，修政，法文、武、成、康之遗风，诸侯复宗周。十二年，鲁武公来朝。

宣王不修籍于千亩⑬，虢文公谏曰"不可"，王弗听。三十九年，战于千亩，王师败绩于姜氏之戎。宣王既亡南国之师，乃料民于太原⑭，仲山甫谏曰："民不可料也。"宣王不听，卒料民。四十六年，宣王崩，子幽王宫涅立。

幽王二年，西周三川皆震。伯阳甫曰："周将亡矣。夫天地之气，不失其序；若过其序，民乱之也。阳伏而不能出，阴迫而不能蒸⑮，于是有地震。今三川实震，是阳失其所而填阴也⑯。阳失而在阴，原必塞；原塞，国必亡。夫水土演而民用也⑰。土无所演，民乏财用，不亡何待！昔伊、洛竭而夏亡，河竭而商亡。今周德若二代之季矣⑱，其川原又塞，塞必竭。夫国必依山川，山崩川竭，亡国之征也。川竭必山崩。若国亡不过十年，数之纪也⑲。天之所弃，不过其纪。"是岁也，三川竭，岐山崩。

三年，幽王嬖爱褒姒。褒姒生子伯服，幽王欲废太子。太子母申侯女，而为后。后幽王得褒姒，爱之，欲废申后，并去太子宜臼，以褒姒为后，以伯服为太子。周太史伯阳读史记曰："周亡矣。"昔自夏后氏之衰也，有二神龙止于夏帝庭而言曰："余，褒之二君。"夏帝卜：杀之与去之与止之，莫吉。卜请其漦而藏之⑳，乃吉。于是布币而策告之，龙亡而漦在，椟而去之㉑。夏亡，传此器殷。殷亡，又传此器周。比三代，莫敢发㉒。至厉王之末，发而观之。漦流于庭，不可除。厉王使妇人裸而谍之，漦化为玄鼋㉓，以入王后宫。后宫之童妾既龀而遭之㉔，既笄而孕㉕，无夫而生子，惧而弃之。宣王之时童女谣曰："檿弧箕服㉖，实亡周国。"于是宣王闻之，有夫妇卖是器者，宣王使执而戮之。逃于道，而见乡者后宫童妾所弃妖子出于路者㉗，闻其夜啼，哀而收之，夫妇遂亡，奔于褒。褒人有罪，请入童妾所弃女子者于王以赎罪。弃女子出于褒，是为褒姒。当幽王三年，王之后宫见而爱之，生子伯服，竟废申后及太子，以褒姒为后，伯服为太子。太史伯阳曰："祸成矣，无可奈何！"

褒姒不好笑，幽王欲其笑万方，故不笑。幽王为烽燧大鼓，有寇至则举，烽火。诸侯悉至，至而无寇，褒姒乃大笑。幽王说之，为数举烽火。其后不信，诸侯益亦不至。

幽王以虢石父为卿，用事，国人皆怨。石父为人佞巧善谀好利，王用之，又废申后，去太子也。申侯怒，与缯、西夷犬戎攻幽王。幽王举烽火征兵，兵莫至。遂杀幽王骊山下，虏褒姒，尽取周赂而去㉜。于是诸侯乃即申侯而共立故幽王太子宜臼，是为平王，以奉周祀。

平王立，东迁于雒邑，辟戎寇。平王之时，周室衰微，诸侯强并弱，齐、楚、秦、晋始大，政由方伯。

四十九年，鲁隐公即位。

五十一年，平王崩，太子洩父蚤死，立其子林，是为桓王。桓王，平王孙也。

桓王三年，郑庄公朝，桓王不礼。五年，郑怨，与鲁易许田。许田，天子之用事太山田也。八年，鲁杀隐公，立桓公。十三年，伐郑，郑射伤桓王，桓王去归。

二十三年，桓王崩，子庄王佗立。庄王四年，周公黑肩欲杀庄王而立王子克。辛伯告王，王杀周公。王子克奔燕。

十五年，庄王崩，子釐王胡齐立。釐王三年，齐桓公始霸。

五年，釐王崩，子惠王阆立。惠王二年，初，庄王嬖姬姚，生子颓，颓有宠。及惠王即位，夺其大臣园以为囿，故大夫边伯等五人作乱，谋召燕、卫师，伐惠王。惠王奔温，已居郑之栎。立釐王弟颓为王。乐及遍舞，郑、虢君怒。四年，郑与虢君伐杀王颓，复入惠王。惠王十年，赐齐桓公为伯。

二十五年，惠王崩，子襄王郑立。襄王母蚤死，后母曰惠后。惠后生叔带，有宠于惠王，襄王畏之。三年，叔带与戎、翟谋伐襄王，襄王欲诛叔带，叔带奔齐。齐桓公使管仲平戎于周，使隰朋平戎于晋。王以上卿礼管仲。管仲辞曰："臣贱有司也，有天子之二守国、高在㉝。若节春秋来承王命㉞，何以礼焉。陪臣敢辞。"王曰："舅氏㉟，余嘉乃勋，毋逆朕命。"管仲卒受下卿之礼而还。九年，齐桓公卒。十二年，叔带复归于周。

十三年，郑伐滑，王使游孙、伯服请滑，郑人囚之。郑文公怨惠王之入不与厉公爵㊱，又怨襄王之与卫滑，故囚伯服。王怒，将以翟伐郑。富辰谏曰："凡我周之东徙，晋、郑焉依。子颓之乱，又郑之由定，今以小怨弃之！"王不听。十五年，王降翟师以伐郑。王德翟人，将以其女为后。富辰谏曰："平、桓、庄、惠皆受郑劳，王弃亲亲翟，不可从。王不听，十六年，王绌翟后，翟人来诛，杀谭伯。富辰曰："吾数谏不从，如是不出，王以我为怼乎？"乃以其属死之。

初，惠后欲立王子带，故以党开翟人㊲，翟人遂入周。襄王出奔郑，郑居王于氾。子带立为王，取襄王所绌翟后与居温。十七年，襄王告急于晋，晋文公纳王而诛叔带。襄王乃赐晋文公珪鬯弓矢，为伯，以河内地与晋。二十年，晋文公召襄王，襄王会之河阳、践土，诸侯毕朝，书讳曰"天王狩于河阳㊳"。

二十四年，晋文公卒。

三十一年，秦穆公卒。

三十二年，襄王崩，子顷王壬臣立。顷王六年，崩，子匡王班立。匡王六年，崩，弟瑜立，是为定王。

定王元年，楚庄王伐陆浑之戎，次洛，使人问九鼎。王使王孙满应设以辞，楚兵乃去。十年，楚庄王围郑，郑伯降，已而复之。十六年，楚庄王卒。

二十一年，定王崩，子简王夷立。简王十三年，晋杀其君厉公，迎子周于周，立为悼公。

十四年，简王崩，子灵王泄心立。灵王二十四年，齐崔杼弑其君庄公。

二十七年，灵王崩，子景王贵立。景王十八年，后太子圣而蚤卒。二十年，景王爱子朝，欲立之，会崩，子丐之党与争立，国人立长子猛为王，子朝攻杀猛。猛为悼王。晋人攻子朝而立丐，是为敬王。

敬王元年，晋人入敬王，子朝自立，敬王不得入，居泽。四年，晋率诸侯入敬王于周，子朝为臣，诸侯城周。十六年，子朝之徒复作乱，敬王奔于晋。十七年，晋定公遂入敬王于周。

三十九年：齐田常杀其君简公。

四十一年，楚灭陈。孔子卒。

四十二年，敬王崩，子元王仁立。元王八年，崩，子定王介立。

定王十六年，三晋灭智伯，分有其地。

二十八年，定王崩，长子去疾立，是为哀王。哀王立三月，弟叔袭杀哀王而自立，是为思王。思王立五月，少弟嵬攻杀思王而自立，是为考王。此三王皆定王之子。

考王十五年，崩，子威烈王午立。

考王封其弟于河南，是为桓公，以续周公之官职。桓公卒，子威公代立。威公卒，子惠公代立，乃封其少子于巩以奉王，号东周惠公。

威烈王二十三年，九鼎震。命韩、魏、赵为诸侯。二十四年，崩，子安王骄立。是岁盗杀楚声王。

安王立二十六年，崩，子烈王喜立。烈王二年，周太史儋见秦献公曰："始周与秦国合而别，别五百载复合，合十七岁而霸王者出焉。"

十年，烈王崩，弟扁立，是为显王。显王五年，贺秦献公，献公称伯。九年，致文、武胙于秦孝公[①]。二十五年，秦会诸侯于周。二十六年，周致伯于秦孝公。三十三年，贺秦惠王。三十五年，致文、武胙于秦惠王。四十四年，秦惠王称王。其后诸侯皆为王。

四十八年，显王崩，子慎靓王定立。慎靓王立六年，崩，子赧王延立。王赧时，东西周分治。王赧徙都西周。

西周武公之共太子死，有五庶子，毋适立。司马翦谓楚王曰："不如以地资公子咎，为请太子。"左成曰："不可。周不听，是公之知困而交疏于周也。不如请周君孰欲立，以微告翦，翦请令楚资之以地。"果立公子咎为太子。

八年，秦攻宜阳，楚救之。而楚以周为秦故，将伐之。苏代为周说楚王曰："何以周为秦之祸也？言周之为秦甚于楚者，欲令周入秦也，故谓'周秦'也。周知其不可解，必入于秦，此为秦取周之精者也。为王计者，周于秦因善之，不于秦亦言善之，以疏之于秦。周绝于秦，必入于郢矣。"

秦借道两周之间，将以伐韩，周恐借之畏于韩，不借畏于秦。史厌谓周君曰："何不令人谓韩公叔曰'秦之敢绝周而伐韩者，信东周也。公何不与周地，发质使之楚'？秦必疑楚不信周，是韩不伐也。又谓秦曰'韩强与周地，将以疑周于秦也，周不敢不受'。秦必无辞而令周不受，是受地于韩而听于秦"。

秦召西周君，西周君恶往，故令人谓韩王曰："秦召西周君，将以使攻王之南阳也，王何不出兵于南阳？周君将以为辞于秦。周君不入秦，秦必不敢逾河而攻南阳矣。"

东周与西周战，韩救西周。或为东周说韩王曰："西周故天子之国，多名器重宝。王案兵毋出，可以德东周，而西周之宝必可以尽矣。"

王赧谓成君。楚围雍氏，韩征甲与粟于东周，东周君恐，召苏代而告之。代曰："君何患于是。臣能使韩毋征甲与粟于周，又能为君得高都。"周君曰："子苟能，请以国听子。"代见韩相国曰："楚围雍氏，期三月也，今五月不能拔，是楚病也[②]。今相国乃征甲与粟于周，是告楚病也。"韩相国曰："善。使者已行矣。"代曰："何不与周高都？"韩相国大怒曰："吾毋征甲与粟于周亦已多矣[③]，何故与周高都也？"代曰："与周高都，是周折而入于韩也，秦闻之必大怒忿周，即不通周使，是以樊高都得完周也⑱。曷为不与?"相国曰："善。"果与周高都。

三十四年，苏厉谓周君曰："秦破韩、魏，扑师武，北取赵蔺、离石者，皆白起也。是善用兵，又有天命。今又将兵出塞攻梁，梁破则周危矣。君何不令人说白起乎? 曰'楚有养由基者，善射者也。去柳叶百步而射之，百发而百中之。左右观者数千人，皆曰善射。有一夫立其旁，曰"善，可教射矣。"养由基怒，释弓搤剑，曰"客安能教我射乎"? 客曰"非吾能教子支左诎右也⑲。夫去柳叶百步而射之，百发而百中之，不以善息，少焉气衰力倦，弓拨矢钩，一发不中者，百发尽息"。今破韩、魏，扑师武，北取赵蔺、离石者，公之功多矣。今又将兵出塞，过两周，倍韩，攻梁，一举不得，前功尽弃。公不如称病而无出'。"

四十二年，秦破华阳约。马犯谓周君曰："请令梁城周。"乃谓梁王曰："周王病若死，则犯必死矣。犯请以九鼎自入于王，王受九鼎而图犯。"梁王曰："善。"遂与之卒，言戍周。因谓秦王曰："梁非戍周也，将伐周也。王试出兵境以观之。"秦果出兵。又谓梁王曰："周王病甚矣，犯请后可而复之。今王使卒之周，诸侯皆生心；后举事且不信。不若令卒为周城，以匿事端。"梁王曰："善。"遂使城周。

四十五年，周君之秦客谓周冣曰："公不若誉秦王之孝，因以应为太后养地，秦王必喜，是公有秦交。交善，周君必以为公功。交恶，劝周君入秦者必有罪矣。"秦攻周，而周冣谓秦王曰："为王计者不攻周。攻周，实不足以利，声畏大卜。大卜以声畏秦，必东合于齐。兵弊于周，合天下于齐，则秦不王矣。天下欲弊秦，劝王攻周。秦与天下弊，则令不行矣。"

五十八年，三晋距秦。周令其相国之秦，以秦之轻也⑳，还其行。客谓相国曰："秦之轻重未可知也。秦欲知三国之情。公不如急见秦王曰'请于王听东方之变'，秦王必重公。重公，是秦重周，周以取秦也；齐重，则固有周聚以收齐。是周常不失重国之交也。"秦信周，发兵攻三晋。

五十九年，秦取韩阳城、负黍，西周恐，倍秦，与诸侯约从，将天下锐师出伊阙攻秦，令秦无得通阳城。秦昭王怒，使将军摎攻西周。西周君奔秦，顿首受罪，尽献其邑三十六、口三万。秦受其献，归其君于周。

周君、王赧卒，周民遂东亡。秦取九鼎宝器，而迁西周公于憚狐。后七岁，秦庄襄王灭东周。东、西周皆入于秦，周既不祀。

太史公曰：学者皆称周伐纣，居洛邑，综其实不然。武王营之，成王使召公卜居，居九鼎焉，而周复都丰、镐。至犬戎败幽王，周乃东徙于洛邑。所谓"周公葬于毕"，毕在镐东南杜中。秦灭周。汉兴九十有余载，天子将封泰山，东巡狩至河南，求周苗裔，封其后嘉三十里地，号曰周子南君，比列侯，以奉其先祭祀。

---

①居期：如期，指怀胎满十月。

②覆荐：上盖下垫。

③巨人：大人，成人。

④令德：美德。

⑤去稷不务：废去农官，不复务农。

⑥诗人歌乐：指《诗经·大雅·公刘》。

⑦岐下：岐山脚下。

⑧贬：变革；扬弃。

⑨作五官有司：设置五官职司。五官：司徒、司马、司空、司士、司寇。有司：职司，主管官员。

⑩民皆歌乐之：见《诗经》的《鲁颂》、《周颂》和《大雅》中有关歌颂古公亶父的诗。

⑪文身断发：身刺花纹，截短头发，以示与荆蛮同俗，不回中原。

⑫文马：毛色有文采的马。

⑬九驷：三十六匹良马。

⑭此一物：指有莘氏美女。

⑮决平：裁决，评判是非。

⑯正朔：正月初一。

⑰木主：木牌神位。

⑱诸节：受领符节的诸官。

⑲齐栗：犹斋慄。敬谨戒惧。

⑳小子：武王自称。　　先功：先人的功业。

㉑师尚父：指太公望吕尚。

㉒总：集合。

㉓流为乌：天火下降化为乌鸟。

㉔魄：象声词。鸟振翅声，物堕地声。

㉕毕伐：合力讨伐。

㉖虎贲：勇士之称。贲，同“奔”。如虎之奔，谓其勇猛。

㉗三正：我国古代历法有夏正建寅、殷正建丑、周正建子三制，合称三正。

㉘共：读“恭”。恭敬地。

㉙夫子：对男子之称。犹勇士。

㉚甲子：指甲子日那天。　　昧爽：天色刚亮之时。

㉛冢君：各诸侯的大帅。

㉜称：举起。

㉝牝鸡无晨：母鸡不能报晓。

㉞索：衰败，破败。

㉟肆祀不答：谓不祭祀祖先。不答，不振答；不顾。

㊱逋逃：逃亡的罪人。

㊲奸轨：劫夺。违法扰乱。

㊳桓桓：威武的样子。

㊴不御克奔：不要阻挡、杀戮前来投降的人。克，杀。奔，来降之人。

㊵致师：挑战诱敌。

㊶大卒：大军，大队人马战车。

㊷降休：赐福。

㊸轻剑：剑名。一名“轻吕”。

㊹黄钺：铜斧。

㊺玄钺：铁斧。

㊻修社：修复土地神的祭坛。

㊼罕旗：即云罕旗，饰有九条飘带，作为仪仗前驱。

㊽常车：王者专用车。

㊾明水：月夜用铜镜取得的露水，供祭祀。

㊿布兹：铺席。兹，草席。

51赞采：持五色彩帛助祭。

52策祝：读策书祝文祭告。

53章显：彰明昭著。

54膺更：承受，承当。

55萌隶：百姓。

56班：授予。　　宗彝：宗庙所用酒器。

○57于今六十年：从帝乙十年至伐纣之年。

○58麋鹿在牧，蜚鸿满野：喻谗佞小人在朝掌权，忠贤君子遭到逐弃。

○59宾灭：摈弃灭亡。宾，通"摈"。

○60天保：天命保祐。

○61依天室：使天下依从周室。天室，指京都。

○62悉求夫恶：谓抓尽所有不顺天命的恶人。

○63贬从殷王受：予以重重贬罚，与殷王受同罪。受：殷纣的名。

○64固：险固。

○65岳：指太行山。　　鄙：都鄙。谓近太行山麓之都邑。

○66丑：尴尬。不好意思。

○67穆卜：敬慎占卜。

○68祓（fú，音福）斋：洁身斋戒。

○69瘳：病愈。

○70嘉谷：一禾两穗的谷子，象征祥瑞。

○71鲁：同"旅"。陈述

○72《周公》：指《鲁周公世家》。

○73反政：交还政权。反：同"返"。

○74残奄：歼灭奄国。

○75分居里：使民分别村落而居。

○76成周郊：划定京都郊区范围。

○77闵：同"悯"。忧虑，担心。

○78观兵：炫耀武力；列兵示威。

○79戢：收敛；止息。

○80周文公：周公旦之谥。

○81乡：通"向"。趋向。

○82世后稷：世世任后稷官。

○83奕世：累世，代代。

○84不忝前人：不愧于先祖。

○85䜣载：拥戴，拥护。

○86致戎于商牧：用兵于商郊牧野。指灭殷的牧野之战。

○87荒服者王：荒服国要以王者之礼事奉周天子。

○88文：指法典。

○89修刑：使用刑罚。

○90大毕、伯士：犬戎的二君名。

○91顿：劳顿。

○92树敦：立性敦笃。

○93祥刑：善于用刑之道。

○94两造：原告、被告两方。

○95师听五辞：法官要从言、色、气、耳、目五方面来听取供词。师，法官。《汉书·刑法志》："五听：一曰辞听，二曰色听，三曰气听，四曰耳听，五曰目听。"

○96简信：验证核实。

○97五刑：黥、劓、膑、宫、大辟。

○98五罚：与五刑相对应的罚金。

○99五过：可以赦免的五种罪过。

○100官狱：依仗权势假公行私。　　内狱：受权势者内线干预，不敢依法定罪。

○101惟钧其过：谓枉法的审判官要与犯人同罪。

○102百率：犹百锾。六百两。锾，计量单位，重六两。

⑩³ 倍洒（xǐ，音洗）：倍蓰。泛指加倍。

⑩⁴ 倍差：增加一倍后又减去原数的三分之一。

⑩⁵ 粲：众多。群、众、粲，皆多之名。

⑩⁶ 田：指田猎。

⑩⁷ 参：三。

⑩⁸ 文：文德。　　克：能够。　　蒸民：众民。

⑩⁹ 陈锡载周：谓文王布锡施利，才成就周家天下。

⑩ 鄣：堵塞。

⑪¹ 瞽史：乐师和太史。

⑪² 耆艾：年老的臣子。六十曰耆，五十曰艾。

⑪³ 籍：籍田。

⑪⁴ 料民：调查人口，以备征用。

⑪⁵ 蒸：上升。

⑪⁶ 填阴：被阴气所压。填，同"镇"。

⑪⁷ 演：水土湿润。

⑪⁸ 二代之季：指夏、商二代的末世。

⑪⁹ 数之纪：数起于一，终于十，十则变更，故曰纪。

⑫ 漦（lí，音梨）：龙沫。

⑫¹ 椟而去之：用木柜藏之而去其迹。

⑫² 发：打开。

⑫³ 玄鼋（yuán，音元）：黑色蜥蜴。

⑫⁴ 童妾：小侍女。　　龀：女七岁更齿曰龀。　　遭：碰见，遇见。

⑫⁵ 既笄而孕：到十五六岁怀了孕。既笄，女子二八插笄，表示成人。笄，插发之簪。

⑫⁶ 檿弧：桑木所制的弓。　　箕服：箕木所制的箭袋。

⑫⁷ 乡者：即向者。先前；不久前。

⑫⁸ 周赂：周王室的财物。

⑫⁹ 二守国、高：指周天子任命的齐国守臣上卿国子和高子。

⑬ 节：谓春秋聘享的时节。

⑬¹ 舅氏：齐太公之女为周武王之王后，故齐为周王室的舅家。

⑬² 爵：玉制酒杯。

⑬³ 党：同谋者。　　开：开路，引路。

⑬⁴ 书：指《春秋》。　　讳：隐讳。因臣不可"召"君，故孔子记载为"狩于河阳"。

⑬⁵ 胙：祭肉。

⑬⁶ 病：疲弱。

⑬⁷ 多矣：够了。

⑬⁸ 獘：破败的。　　完周：完整的周国。

⑬⁹ 支左诎右：指拉弓射箭的动作。

⑭ 轻：轻视。

史记卷五

秦本纪第五

秦之先，帝颛顼之苗裔孙曰女修。女修织，玄鸟陨卵①，女修吞之，生子大业。大业取少典之子，曰女华。女华生大费，与禹平水土。已成，帝锡玄圭。禹受曰："非予能成，亦大费为辅。"帝舜曰："咨尔费，赞禹功，其赐尔皂游②。尔后嗣将大出③。"乃妻之姚姓之玉女。大费拜受，佐舜调驯鸟兽，鸟兽多驯服，是为柏翳。舜赐姓嬴氏。

大费生子二人：一曰大廉，实鸟俗氏；二曰若木，实费氏，其玄孙曰费昌，子孙或在中国，或在夷狄。费昌当夏桀之时，去夏归商，为汤御④，以败桀于鸣条。大廉玄孙曰孟戏、中衍，鸟身人言。帝太戊闻而卜之使御，吉，遂致使御而妻之。自太戊以下，中衍之后，遂世有功，以佐殷国，故嬴姓多显，遂为诸侯。

其玄孙曰中潏，在西戎，保西垂。生蜚廉。蜚廉生恶来。恶来有力，蜚廉善走，父子俱以材力事殷纣。周武王之伐纣，并杀恶来。是时蜚廉为纣石北方⑤，还，无所报，为坛霍太山而报，得石棺，铭曰"帝令处父不与殷乱，赐尔石棺以华氏"⑥。死，遂葬于霍太山。

蜚廉复有子曰季胜。季胜生孟增。孟增幸于周成王，是为宅皋狼。皋狼生衡父，衡父生造父。造父以善御幸于周缪王，得骥、温骊、骅骝、騄耳之驷，西巡狩，乐而忘归。徐偃王作乱，造父为缪王御，长驱归周，一日千里以救乱。缪王以赵城封造父，造父族由此为赵氏。自蜚廉生季胜已下五世至造父，别居赵。赵衰其后也。恶来革者，蜚廉子也，蚤死。有子曰女防。女防生旁皋，旁皋生太几，太几生大骆，大骆生非子。以造父之宠，皆蒙赵城，姓赵氏。

非子居犬丘，好马及畜，善养息之。犬丘人言之周孝王，孝王召使主马于汧、渭之间，马大蕃息。孝王欲以为大骆适嗣。申侯之女为大骆妻，生子成为适。申侯乃言孝王曰："昔我先郦山之女，为戎胥轩妻，生中潏，以亲故归周，保西垂，西垂以其故和睦。今我复与大骆妻，生适子成。申、骆重婚，西戎皆服，所以为王。王其图之⑦。"于是孝王曰："昔伯翳为舜主畜，畜多息，故有土，赐姓嬴。今其后世亦为朕息马，朕其分土为附庸。"邑之秦，使复续嬴氏祀，号曰秦嬴。亦不废申侯之女子为骆适者，以和西戎。

秦嬴生秦侯。秦侯立十年，卒。生公伯。公伯立三年，卒。生秦仲。

秦仲立三年，周厉王无道，诸侯或叛之。西戎反王室，灭犬丘大骆之族。周宣王即位，乃以秦仲为大夫，诛西戎。西戎杀秦仲。秦仲立二十三年，死于戎。有子五人，其长者曰庄公。周宣王乃召庄公昆弟五人，与兵七千人，使伐西戎，破之。于是复予秦仲后，及其先大骆地、犬丘并有之，为西垂大夫。

庄公居其故西犬丘，生子三人，其长男世父。世父曰："戎杀我大父仲，我非杀戎王则不敢入邑。"遂将击戎，让其弟襄公。襄公为太子。庄公立四十四年，卒，太子襄公代立。

襄公元年，以女弟缪嬴为丰王妻。襄公二年，戎围犬丘，世父击之，为戎人所虏。岁余，复归世父。七年春，周幽王用褒姒废太子，立褒姒子为适，数欺诸侯，诸侯叛之。西戎犬戎与申侯伐周，杀幽王郦山下。而秦襄公将兵救周，战甚力，有功。周避犬戎难，东徙雒邑，襄公以兵送周平王。平王封襄公为诸侯，赐之岐以西之地，曰：“戎无道，侵夺我岐、丰之地，秦能攻逐戎，即有其地。”与誓，封爵之。襄公于是始国，与诸侯通使聘享之礼，乃用骝驹、黄牛、羝羊各三，祠上帝西畤。十二年，伐戎而至岐，卒。生文公。

文公元年，居西垂宫。三年，文公以兵七百人东猎。四年，至汧、渭之会，曰：“昔周邑我先秦嬴于此，后卒获为诸侯。”乃卜居之，占曰吉，即营邑之。十年，初为鄜畤，用三牢。十三年，初有史以纪事，民多化者。十六年，文公以兵伐戎，戎败走。于是文公遂收周余民有之，地至岐，岐以东献之周。十九年，得陈宝⑧。二十年，法初有三族之罪⑨。二十七年，伐南山大梓⑩，丰大特⑪。四十八年，文公太子卒，赐谥为竫公。竫公之长子为太子，是文公孙也。五十年，文公卒，葬西山。竫公子立，是为宁公。

宁公二年，公徙居平阳，遣兵伐荡社。三年，与亳战，亳王奔戎，遂灭荡社。四年，鲁公子翚弑其君隐公。十二年，伐荡氏，取之。宁公生十岁立，立十二年卒，葬西山。生子三人，长男武公为太子。武公弟德公，同母鲁姬子。生出子。宁公卒，大庶长弗忌、威垒、三父废太子而立出子为君。出子六年，三父等复共令人贼杀出子。出子生五岁立，立六年卒。三父等乃复立故太子武公。

武公元年，代彭戏氏，至于华山下，居平阳封宫。三年，诛三父等而夷三族，以其杀出子也。郑高渠眯杀其君昭公。十年，伐邽、冀戎，初县之。十一年，初县杜、郑。灭小虢。

十三年，齐人管至父、连称等杀其君襄公而立公孙无知。晋灭霍、魏、耿。齐雍廪杀无知、管至父等而立齐桓公。齐、晋为强国。

十九年，晋曲沃始为晋侯。齐桓公伯于鄄。

二十年，武公卒，葬雍平阳。初以人从死，从死者六十六人。有子一人，名曰白。白不立，封平阳。立其弟德公。

德公元年，初居雍城大郑宫。以牺三百牢祠鄜畤，卜居雍。后子孙饮马于河。梁伯、芮伯来朝。二年，初伏，以狗御蛊⑫。德公生三十三岁而立，立二年卒。生子三人：长子宣公，中子成公，少子穆公。长子宣公立。

宣公元年，卫、燕伐周，出惠王，立王子穨。三年，郑伯、虢叔杀子穨而入惠王。四年，作密畤与晋战河阳，胜之。十二年，宣公卒。生子九人，莫立，立其弟成公。

成公元年，梁伯、芮伯来朝。齐桓公伐山戎，次于孤竹。成公立四年卒。子七人，莫立，立其弟缪公。

缪公任好元年，自将伐茅津，胜之。四年，迎妇于晋，晋太子申生姊也。其岁，齐桓公伐楚，至邵陵。

五年，晋献公灭虞、虢，虏虞君与其大夫百里傒，以璧、马赂于虞故也。既虏百里傒，以为秦缪公夫人媵于秦。百里傒亡秦走宛，楚鄙人执之⑬。缪公闻百里傒贤，欲重赎之，恐楚人不与，乃使人谓楚曰：“吾媵臣百里傒在焉，请以五羖羊皮赎之。”楚人遂许与之。当是时，百里傒年已七十余。缪公释其囚，与语国事。谢曰：“臣亡国之臣，何足问！”缪公曰：“虞君不用子，故亡，非子罪也。”固问，语三日，缪公大说，授之国政，号曰五羖大夫。百里傒让曰：“臣不及臣友蹇叔，蹇叔贤而世莫知。臣常游困于齐而乞食铚人，蹇叔收臣。臣因而欲事齐君无知，蹇叔止臣，臣得脱齐难，遂之周。周王子穨好牛，臣以养牛干之。及穨欲用臣，蹇叔止臣，臣去，得不诛。事虞君，蹇叔止臣。臣知虞君不用臣，臣诚私利禄爵，且留。再用其言，得脱；一不用，及虞君难。是以知其贤。”于是缪公使人厚币迎蹇叔，以为上大夫。

秋，缪公自将伐晋，战于河曲。晋骊姬作乱，太子申生死新城，重耳、夷吾出奔。

九年，齐桓公会诸侯于葵丘。

晋献公卒。立骊姬子奚齐，其臣里克杀奚齐。荀息立卓子，克又杀卓子及荀息。夷吾使人请秦，求入晋。于是缪公许之，使百里傒将兵送夷吾。夷吾谓曰："诚得立，请割晋之河西八城与秦。"及至，已立，而使丕郑谢秦，背约不与河西城，而杀里克。丕郑闻之，恐，因与缪公谋曰："晋人不欲夷吾，实欲重耳。今背秦约而杀里克，皆吕甥、郤芮之计也。愿君以利急召吕、郤，吕、郤至，则更入重耳便。"缪公许之，使人与丕郑归，召吕、郤。吕、郤等疑丕郑有间，乃言夷吾杀丕郑。丕郑子丕豹奔秦，说缪公曰："晋君无道，百姓不亲，可伐也。"缪公曰："百姓苟不便，何故能诛其大臣？能诛其大臣，此其调也⑭。"不听，而阴用豹。

十二年，齐管仲、隰朋死。

晋旱，来请粟。丕豹说缪公勿与，因其饥而伐之。缪公问公孙支，支曰："饥穰更事耳⑮，不可不与。"问百里傒，傒曰："夷吾得罪于君，其百姓何罪？"于是用百里傒、公孙支言，卒与之粟。以船漕车转，自雍相望至绛。

十四年，秦饥，请粟于晋。晋君谋之群臣。虢射曰："因其饥伐之，可有大功。"晋君从之。十五年，兴兵将攻秦。缪公发兵，使丕豹将，自往击之。九月壬戌，与晋惠公夷吾合战于韩地。晋君弃其军，与秦争利，还而马鸷⑯。缪公与麾下驰追之，不能得晋君，反为晋军所围。晋击缪公，缪公伤。于是岐下食善马者三百人驰冒晋军，晋军解围，遂脱缪公而反生得晋君。初，缪公亡善马，岐下野人共得而食之者三百余人，吏逐得，欲法之。缪公曰："君子不以畜产害人。吾闻食善马肉不饮酒，伤人。"乃皆赐酒而赦之。三百人者闻秦击晋，皆求从，从而见缪公窘，亦皆推锋争死，以报食马之德。于是缪公虏晋君以归，令于国，"齐宿⑰，吾将以晋君祠上帝"。周天子闻之，曰："晋我同姓"，为请晋君。夷吾姊亦为缪公夫人，夫人闻之，乃衰绖跣⑱，曰："妾兄弟不能相救，以辱君命。"缪公曰："我得晋君以为功，今天子为请，夫人是忧。"乃与晋君盟，许归之，更舍上舍⑲，而馈之七牢⑳。十一月，归晋君夷吾，夷吾献其河西地，使太子圉为质于秦。秦妻子圉以宗女。是时秦地东至河。

十八年，齐桓公卒。二十年，秦灭梁、芮。

二十二年，晋公子圉闻晋君病，曰："梁，我母家也，而秦灭之。我兄弟多，即君百岁后，秦必留我，而晋轻，亦更立他子。"子圉乃亡归晋。二十三年，晋惠公卒，子圉立为君。秦怨圉亡去，乃迎晋公子重耳于楚，而妻以故子圉妻。重耳初谢，后乃受。缪公益礼厚遇之。二十四年春，秦使人告晋大臣，欲入重耳。晋许之，于是使人送重耳。二月，重耳立为晋君，是为文公。文公使人杀子圉。子圉是为怀公。

其秋，周襄王弟带以翟伐王，王出居郑。二十五年，周王使人告难于晋、秦。秦缪公将兵助晋文公入襄王，杀王弟带。二十八年，晋文公败楚于城濮。三十年，缪公助晋文公围郑。郑使人言缪公曰："亡郑厚晋，于晋而得矣，而秦未有利。晋之强，秦之忧也。"缪公乃罢兵归。晋亦罢。三十二年冬，晋文公卒。

郑人有卖郑于秦曰："我主其城门，郑可袭也。"缪公问蹇叔、百里傒，对曰："径数国千里而袭人，希有得利者㉑。且人卖郑，庸知我国人不有以我情告郑者乎？不可。"缪公曰："子不知也，吾已决矣。"遂发兵，使百里傒子孟明视、蹇叔子西乞术及白乙丙将兵。行日，百里傒、蹇叔二人哭之。缪公闻，怒曰："孤发兵而子沮哭吾军，何也？"二老曰："臣非敢沮君军。军行，臣子与往；臣老，迟还恐不相见，故哭耳。"二老退，谓其子曰："汝军即败，必于殽阸矣。"三十三年春，秦兵遂东，更晋地，过周北门。周王孙满曰："秦师无礼，不败何待！"兵至滑，郑贩卖贾人弦高，持十二牛将卖之周，见秦兵，恐死虏，因献其牛，曰："闻大国将诛郑，郑君谨修守御备，使臣以牛十二劳军士。"秦三将军相谓曰："将袭郑，郑今已觉之，往无及已。"灭滑。滑，晋之边邑也。

当是时，晋文公丧尚未葬。太子襄公怒曰："秦侮我孤，因丧破我滑。"遂墨衰绖，发兵遮秦兵于殽②，击之，大破秦军，无一人得脱者，虏秦三将以归。文公夫人，秦女也，为秦三囚将请曰："缪公之怨此三人入于骨髓，愿令此三人归，令我君得自快烹之。"晋君许之，归秦三将。三将至，缪公素服郊迎，向三人哭曰："孤以不用百里傒、蹇叔言以辱三子，三子何罪乎？子其悉心雪耻，毋怠。"遂复三人官秩如故，愈益厚之。

三十四年，楚太子商臣弑其父成王代立。

缪公于是复使孟明视等将兵伐晋，战于彭衙。秦不利，引兵归。

戎王使由余于秦。由余，其先晋人也，亡入戎，能晋言。闻缪公贤，故使由余观秦。秦缪公示以宫室、积聚。由余曰："使鬼为之，则劳神矣。使人为之，亦苦民矣。"缪公怪之，问曰："中国以诗书礼乐法度为政，然尚时乱，今戎夷无此，何以为治，不亦难乎？"由余笑曰："此乃中国所以乱也。夫自上圣黄帝作为礼乐法度，身以先之，仅以小治。及其后世，日以骄淫，阻法度之威㉓，以责督于下，下罢极则以仁义怨望于上㉔，上下交争怨而相篡弑，至于灭宗，皆以此类也。夫戎夷不然：上含淳德以遇其下，下怀忠信以事其上，一国之政犹一身之治，不知所以治，此真圣人之治也。"于是缪公退而问内史廖曰："孤闻邻国有圣人，敌国之忧也。今由余贤，寡人之害，将奈之何？"内史廖曰："戎王处辟匿，未闻中国之声。君试遗其女乐，以夺其志；为由余请，以疏其间；留而莫遣，以失其期。戎王怪之，必疑由余。君臣有间，乃可虏也。且戎王好乐，必怠于政。"缪公曰："善。"因与由余曲席而坐㉕，传器而食，问其地形与其兵势尽察㉖，而后令内史廖以女乐二八遗戎王。戎王受而说之，终年不还，于是秦乃归由余。由余数谏不听，缪公又数使人间要由余㉗，由余遂去降秦。缪公以客礼礼之，问伐戎之形。

三十六年，缪公复益厚孟明等，使将兵伐晋，渡河焚船，大败晋人，取王官及鄗，以报殽之役。晋人皆城守不敢出。于是缪公乃自茅津渡河，封殽中尸㉘，为发丧，哭之三日。乃誓于军曰："嗟，士卒！听无哗，余誓告汝。古之人谋黄发番番㉙，则无所过。"以申思不用蹇叔、百里傒之谋，故作此誓，令后世以记余过。君子闻之，皆为垂涕，曰："嗟乎！秦缪公之与人周也，卒得孟明之庆。"

三十七年，秦用由余谋伐戎王，益国十二，开地千里，遂霸西戎。天子使召公过贺缪公以金鼓。

三十九年，缪公卒，葬雍，从死者百七十七人，秦之良臣子舆氏三人名曰奄息、仲行、鍼虎，亦在从死之中。秦人哀之，为作歌《黄鸟》之诗。君子曰："秦缪公广地益国，东服强晋，西霸戎夷，然不为诸侯盟主，亦宜哉。死而弃民，收其良臣而从死。且先王崩，尚犹遗德垂法，况夺之善人良臣百姓所哀者乎？是以知秦不能复东征也。"缪公子四十人，其太子罃代立，是为康公。

康公元年。往岁缪公之卒，晋襄公亦卒。襄公之弟名雍，秦出也㉚，在秦。晋赵盾欲立之，使随会来迎雍，秦以兵送至令狐。晋立襄公子而反击秦师，秦师败，随会来奔。二年，秦伐晋，取武城，报令狐之役。四年，晋伐秦，取少梁。六年，秦伐晋，取羁马。战于河曲，大败晋军。晋人患随会在秦为乱，乃使魏雠余佯反，合谋会，诈而得会，会遂归晋。康公立十二年卒，子共公立。

共公二年，晋赵穿弑其君灵公。三年，楚庄王强，北兵至雒，问周鼎。共公立五年卒，子桓公立。

桓公三年，晋败我一将。十年，楚庄王服郑，北败晋兵于河上。当是之时，楚霸，为会盟合诸侯。二十四年，晋厉公初立，与秦桓公夹河而盟③。归而秦倍盟，与翟合谋击晋。二十六年，晋率诸侯伐秦，秦军败走，追至泾而还。桓公立二十七年卒，子景公立。

景公四年，晋栾书弑其君厉公。十五年，救郑，败晋兵于栎。是时晋悼公为盟主。十八年，晋悼公强，数会诸侯，率以伐秦，败秦军。秦军走，晋兵追之，遂渡泾，至棫林而还。二十七年，景公如晋，与平公盟，已而背之。三十六年，楚公子围弑其君而自立，是为灵王。景公母弟后子鍼有宠，景公母弟富，或谮之②，恐诛，乃奔晋，车重千乘。晋平公曰："后子富如此，何以自亡？"对曰："秦公无道，畏诛，欲待其后世乃归。"三十九年，楚灵王强，会诸侯于申，为盟主，杀齐庆封。景公立四十年卒，子哀公立。后子复来归秦。

哀公八年，楚公子弃疾弑灵王而自立，是为平王。十一年，楚平王来求秦女为太子建妻。至国，女好而自娶之。十五年，楚平王欲诛建，建亡，伍子胥奔吴。晋公室卑而六卿强，欲内相攻，是以久秦、晋不相攻。三十一年，吴王阖闾与伍子胥伐楚，楚王亡奔随，吴遂入郢。楚大夫申包胥来告急，七日不食，日夜哭泣。于是秦乃发五百乘救楚，败吴师。吴师归，楚昭王乃得复入郢。哀公立三十六年卒。太子夷公，夷公蚤死，不得立，立夷公子，是为惠公。

惠公元年，孔了行鲁相事。五年，晋卿中行、范氏反晋，晋使智氏、赵简子攻之，范、中行氏亡奔齐。惠公立十年卒，子悼公立。

悼公二年，齐臣田乞弑其君孺子，立其兄阳生，是为悼公。六年，吴败齐师。齐人弑悼公，立其子简公。九年，晋定公与吴王夫差盟，争长于黄池，卒先吴。吴强，陵中国。十二年，齐田常弑简公，立其弟平公，常相之。十三年，楚灭陈。秦悼公立十四年卒，子厉共公立。孔子以悼公十二年卒。

厉共公二年，蜀人来赂③。十六年，堑河旁④。以兵二万伐大荔，取其王城。二十一年，初县频阳。晋取武成。二十四年，晋乱，杀智伯，分其国与赵、韩、魏。二十五年，智开与邑人来奔。三十三年，伐义渠，虏其王。三十四年，日食。厉共公卒，子躁公立。

躁公二年，南郑反。十三年，义渠来伐，至渭南。十四年，躁公卒，立其弟怀公。

怀公四年，庶长晁与大臣围怀公，怀公自杀。怀公太子曰昭子，蚤死，大臣乃立太子昭子之子，是为灵公。灵公，怀公孙也。

灵公六年，晋城少梁。秦击之。十三年，城籍姑。灵公卒，子献公不得立，立灵公季父悼子，是为简公。简公，昭子之弟而怀公子也。

简公六年，令吏初带剑。堑洛。城重泉。十六年卒，子惠公立。

惠公十二年，子出子生。十三年，伐蜀，取南郑。惠公卒，出子立。

出子二年，庶长改迎灵公之子献公于河西而立之。杀出子及其母，沈之渊旁。秦以往者数易君，君臣乖乱，故晋复强，夺秦河西地。

献公元年，止从死⑤。二年，城栎阳。四年正月庚寅，孝公生。十一年，周太史儋见献公曰："周故与秦国合而别，别五百岁复合，合十七岁而霸王出。"十六年，桃冬花。十八年，雨金栎阳。二十一年，与晋战于石门，斩首六万，天子贺以黼黻⑥。二十三年，与魏、晋战少梁，虏其将公孙痤。二十四年，献公卒，子孝公立，年已二十一岁矣。

孝公元年，河、山以东强国六⑦，与齐威、楚宣、魏惠、燕悼、韩哀、赵成侯并。淮、泗之间小国十余。楚、魏与秦接界。魏筑长城，自郑滨洛以北，有上郡。楚自汉中，南有巴、黔中。周室微，诸侯力政，争相并。秦僻在雍州，不与中国诸侯之会盟，夷翟遇之⑧。孝公于是布惠，振孤寡，招战士，明功赏，下令国中曰："昔我缪公自岐、雍之间修德行武，东平晋乱，以河为界，西霸戎翟，广地千里，天子致伯㉝，诸侯毕贺，为后世开业，甚光美。会往者厉、躁、简公、出子之不宁，国家内忧，未遑外事，三晋攻夺我先君河西地，诸侯卑秦，丑莫大焉。献公即位，镇抚边境，徙治栎阳，且欲东伐，复缪公之故地，修缪公之政令。寡人思念先君之意，常痛于心。宾客群臣有能出奇计强秦者，吾且尊官，与之分土。"于是乃出兵东围陕城，西斩戎之獂王。

卫鞅闻是令下，西入秦，因景监求见孝公。

二年，天子致胙。

三年，卫鞅说孝公变法修刑，内务耕稼，外劝战死之赏罚。孝公善之，甘龙、杜挚等弗然，相与争之，卒用鞅法，百姓苦之，居三年，百姓便之，乃拜鞅为左庶长。其事在《商君》语中。

七年，与魏惠王会杜平。八年，与魏战元里，有功。十年，卫鞅为大良造㊵，将兵围魏安邑，降之。十二年，作为咸阳㊶，筑冀阙，秦徙都之。并诸小乡聚，集为大县，县一令，四十一县，为田开阡陌。东地渡洛。十四年，初为赋。十九年，天子致伯。二十年，诸侯毕贺。秦使公子少官率师会诸侯逢泽，朝天子。二十一年，齐败魏马陵。二十二年，卫鞅击魏，虏魏公子卬。封鞅为列侯，号商君。二十四年，与晋战雁门，虏其将魏错。

孝公卒，子惠文君立。是岁，诛卫鞅。鞅之初为秦施法，法不行，太子犯禁。鞅曰："法之不行，自于贵戚。君必欲行法，先于太子。太子不可黥，黥其傅师。"于是法大用，秦人治。及孝公卒，太子立，宗室多怨鞅，鞅亡，因以为反，而卒车裂以徇秦国。

惠文君元年，楚、韩、赵、蜀人来朝。二年，天子贺。三年，王冠。四年，天子致文、武胙。齐、魏为王。五年，阴晋人犀首为大良造。六年，魏纳阴晋，阴晋更名宁秦。七年，公子卬与魏战，虏其将龙贾，斩首八万。八年，魏纳河西地。九年，渡河，取汾阴、皮氏。与魏王会应。围焦，降之。十年，张仪相秦。魏纳上郡十五县。十一年，县义渠。归魏焦、曲沃。义渠君为臣。更名少梁曰夏阳。十二年，初腊㊷。十三年四月戊午，魏君为王，韩亦为王。使张仪伐取陕，出其人与魏㊸。

十四年，更为元年。二年，张仪与齐、楚大臣会啮桑。三年，韩、魏太子来朝。张仪相魏。五年，王游至北河。七年，乐池相秦。韩、赵、魏、燕、齐帅匈奴共攻秦。秦使庶长疾与战修鱼，虏其将申差，败赵公子渴、韩太子奂，斩首八万二千。八年，张仪复相秦。九年，司马错伐蜀，灭之。伐取赵中都、西阳。十年，韩太子苍来质。伐取韩石章。伐败赵将泥。伐取义渠二十五城。十一年，樗里疾攻魏焦，降之。败韩岸门，斩首万，其将犀首走。公子通封于蜀。燕君让其臣子之。十二年，王与梁王会临晋。庶长疾攻赵，虏赵将庄。张仪相楚。十三年，庶长章击楚于丹阳，虏其将屈匄，斩首八万，又攻楚汉中，取地六百里，置汉中郡。楚围雍氏，秦使庶长疾助韩而东攻齐，到满助魏攻燕。十四年，伐楚，取召陵。丹、犁臣，蜀相壮杀蜀侯来降。惠王卒，子武王立。韩、魏、齐、楚、越皆宾从。

武王元年，与魏惠王会临晋。诛蜀相壮。张仪、魏章皆东出之魏。伐义渠、丹、犁。二年，初置丞相，樗里疾、甘茂为左右丞相。张仪死于魏。三年，与韩襄王会临晋外，南公揭卒，樗里疾相韩。武帝谓甘茂曰："寡人欲客车通三川，窥周室，死不恨矣。"其秋，使甘茂、庶长封伐宜阳。四年，拔宜阳，斩首六万。涉河，城武遂。魏太子来朝。武王有力好戏，力士任鄙、乌获、孟说皆至大官。王与孟说举鼎，绝膑。八月，武王死。族孟说㊹。武王取魏女为后，无子。立异母弟，是为昭襄王。昭襄母，楚人，姓芈氏，号宣太后。武王死时，昭襄王为质于燕，燕人送归，得立。

昭襄王元年，严君疾为相。甘茂出之魏。二年，彗星见。庶长壮与大臣、诸侯、公子为逆，皆诛，及惠文后皆不得良死。悼武王后出归魏。三年，王冠。与楚王会黄棘，与楚上庸。四年，取蒲阪。彗星见。五年，魏王来朝应亭，复与魏蒲阪。六年，蜀侯煇反，司马错定蜀。庶长奂伐楚，斩首二万。泾阳君质于齐。日食，昼晦。七年，拔新城。樗里子卒。八年，使将军芈戎攻楚，取新市。齐使章子，魏使公孙喜，韩使暴鸢共攻楚方城，取唐眜。赵破中山，其君亡，竟死齐。魏公子劲、韩公子长为诸侯。九年，孟尝君薛文来相秦。奂攻楚，取八城，杀其将景快。十年，楚怀王入朝秦，秦留之。薛文以金受免。楼缓为丞相。十一年，齐、韩、魏、赵、宋、中山五国共攻秦，至盐氏而还。秦与韩、魏河北及封陵以和。彗星见。楚怀王走之赵，赵不受，还之秦，即死，归葬。十二年，楼缓免，穰侯魏冉为相。予楚粟五万石。

十三年，向寿伐韩，取武始。左更白起攻新城。五大夫礼出亡奔魏。任鄙为汉中守。十四年，左更白起攻韩、魏于伊阙，斩首二十四万，虏公孙喜，拔五城。十五年，大良造白起攻魏，取垣，复予之。攻楚，取宛。十六年，左更错取轵及邓。冉免。封公子市宛，公子悝邓，魏冉陶，为诸侯。十七年，城阳君入朝，及东周君来朝。秦以垣为蒲阪、皮氏。王之宜阳。十八年，错攻垣、河雍，决桥取之。十九年，王为西帝，齐为东帝，皆复去之。吕礼来自归。齐破宋，宋王在魏，死温。任鄙卒。二十年，王之汉中，又之上郡、北河。二十一年，错攻魏河内。魏献安邑，秦出其人，募徙河东赐爵，赦罪人迁之。泾阳君封宛。二十二年，蒙武伐齐。河东为九县。与楚工会宛。与赵王会中阳。二十三年，尉斯离与三晋、燕伐齐，破之济西。王与魏王会宜阳，与韩王会新城。二十四年，与楚王会鄢，又会穰。秦取魏安城，至大梁，燕、赵救之，秦军去。魏冉免相。二十五年，拔赵二城。与韩王会新城，与魏王会新明邑。二十六年，赦罪人迁之穰。侯冉复相。二十七年，错攻楚。赦罪人迁之南阳。白起攻赵，取代光狼城，又使司马错发陇西，因蜀攻楚黔中，拔之。二十八年，大良造白起攻楚，取鄢、邓，赦罪人迁之。二十九年，大良造白起攻楚，取郢为南郡，楚王走。周君来。王与楚王会襄陵。白起为武安君。三十年，蜀守若伐楚，取巫郡及江南为黔中郡。三十一年，白起伐魏，取两城。楚人反我江南。三十二年，相穰侯攻魏，至大梁，破暴鸢，斩首四万，鸢走，魏入三县请和。三十三年，客卿胡阳攻魏卷、蔡阳、长社，取之。击芒卯华阳，破之，斩首十五万。魏入南阳以和。三十四年，秦与魏、韩上庸地为一郡，南阳免臣迁居之。三十五年，佐韩、魏、楚伐燕。初置南阳郡。三十六年，客卿灶攻齐，取刚、寿，予穰侯。三十八年，中更胡阳攻赵阏与，不能取。四十年，悼太子死魏，归葬芷阳。四十一年夏，攻魏，取邢丘、怀。四十二年，安国君为太子。十月，宣太后薨，葬芷阳郦山。九月，穰侯出之陶。四十三年，武安君白起攻韩，拔九城，斩首五万。四十四年，攻韩南阳，取之。四十五年，五大夫贲攻韩，取十城。叶阳君悝出之国，未至而死。四十七年，秦攻韩上党，上党降赵，秦因攻赵，赵发兵击秦，相距。秦使武安君白起击，大破赵于长平，四十余万尽杀之。四十八年十月，韩献垣雍。秦军分为三军。武安君归。王龁将伐赵武安、皮牢，拔之。司马梗北定太原，尽有韩上党。正月，兵罢，复守上党。其十月，五大夫陵攻赵邯郸。四十九年正月，益发卒佐陵。陵战不善，免，王龁代将。其十月，将军张唐攻魏，为蔡尉捐弗守，还斩之。五十年十月，武安君白起有罪，为士伍，迁阴密。张唐攻郑，拔之。十二月，益发卒军汾城旁。武安君白起有罪，死。龁攻邯郸，不拔，去，还奔汾军二月余。攻晋军，斩首六千，晋、楚流死河二万人。攻汾城，即从唐拔宁新中，宁新中更名安阳。初作河桥。

五十一年，将军摎攻韩，取阳城、负黍，斩首四万。攻赵，取二十余县，首虏九万。西周君背秦，与诸侯约从，将天下锐兵出伊阙攻秦，令秦毋得通阳城。于是秦使将军摎攻西周。西周君走来自归，顿首受罪，尽献其邑三十六城、口三万。秦王受献，归其君于周。五十二年，周民东亡，其器九鼎入秦[45]。周初亡。

五十三年，天下来宾。魏后，秦使摎伐魏，取吴城。韩王入朝，魏委国听令。五十四年，王郊见上帝于雍。五十六年秋，昭襄王卒，子孝文王立。尊唐八子为唐太后，而合其葬于先王。韩王衰绖入吊祠，诸侯皆使其将相来吊祠，视丧事。

孝文王元年，赦罪人，修先王功臣⑥，褒厚亲戚，弛苑囿。孝文王除丧，十月己亥即位，三日辛丑卒，子庄襄王立。

庄襄王元年，大赦罪人，修先王功臣，施德厚骨肉而布惠于民。东周君与诸侯谋秦，秦使相国吕不韦诛之，尽入其国。秦不绝其祀，以阳人地赐周君，奉其祭祀。使蒙骜伐韩，韩献成皋、巩。秦界至大梁，初置三川郡。二年，使蒙骜攻赵，定太原。三年，蒙骜攻魏高都、汲，拔之。攻赵榆次、新城、狼孟，取三十七城。四月，日食。王龁攻上党。初置太原郡。魏将无忌率五国兵击秦，秦却于河外。蒙骜败，解而去。五月丙午，庄襄王卒，子政立，是为秦始皇帝。

秦王政立二十六年，初并天下为三十六郡，号为始皇帝。始皇帝五十一年而崩，子胡亥立，是为二世皇帝。三年，诸侯并起叛秦，赵高杀二世，立子婴。子婴立月余，诸侯诛之，遂灭秦。其语在《始皇本纪》中。

太史公曰：秦之先为嬴姓。其后分封，以国为姓，有徐氏、郯氏、莒氏、终黎氏、运奄氏、菟裘氏、将梁氏、黄氏、江氏、修鱼氏、白冥氏、蜚廉氏、秦氏。然秦以其先造父封赵城，为赵氏。

---

①玄鸟：燕子。

②皂游：旌旗上挂的黑色飘带。

③大出：繁荣昌盛。

④御：驾车。

⑤石："使"字之误。出使。皇甫谧解为，"作石椁于北方"。

⑥帝：指天帝。　　处父：蜚廉别号。华氏：显耀光大（你的）氏族。

⑦图：考虑。

⑧陈宝：传说中的神雉名。

⑨三族：指父族、母族、妻族。

⑩大梓：大梓树。

⑪大特：大公牛。

⑫以狗御蛊：杀狗以消除热毒恶气。

⑬鄙人：乡下人。

⑭调：协调。

⑮更事：常事；交替出现的事。

⑯马蛰：战马陷于泥泞中。

⑰齐宿：同"斋宿"。斋戒沐浴而宿。

⑱衰绖跣：披麻衣黑巾赤着脚。

⑲更舍上舍：改居上等官舍。

⑳七牢：牛、羊、猪三牲各七。古天子馈赐诸侯之礼。

㉑希有：稀有，少有。

㉒遮：阻击。

㉓阻：依恃。

㉔罢（pí，音皮）：或作"疲"。疲劳。疲惫。

㉕曲席：连席，座席相连接。

㉖督：古"察"字。

㉗问要：离间并邀请。

㉘封殽中尸：谓收集殽之役中为国捐躯的士兵尸体并进行埋葬。

㉙黄发番番：指老年人。老人发白转黄。谓有事与老年人谋，则会少犯错误。

㉚秦出：秦女所生。

㉛夹河：以黄河为界。

㉜或谮之：有人背后诬陷他。

㉝赂：进献财物。

㉞堑：挖掘壕沟。

㉟止从死：废除殉人制度。从死，陪葬。

㊱黼黻（fǔ fú，音府服）：古代礼服上绘饰的纹饰。

㊲河、山：指黄河。太行山。

㊳夷翟遇之：谓东方诸侯视秦为夷翟之国。

㊴天子致伯：指周天子封秦缪公为西戎霸主。

㊵大良造：官名。战国初秦的最高官职，掌军政大权。又作爵名，为秦之第十六爵。亦称称大上造。

㊶作为咸阳：建造咸阳城。

㊷初腊：开始腊祭。

㊸出其人与魏：谓驱逐陕州之人到魏国。

㊹族：尽杀全族。

㊺九鼎入秦：九鼎为三代传国宝器，其入秦，即示秦实得天下。

㊻修：善用，重用。

史 记 卷 六

秦始皇本纪第六

秦始皇帝者，秦庄襄王子也。庄襄王为秦质子于赵，见吕不韦姬，悦而取之，生始皇。以秦昭王四十八年正月生于邯郸，及生，名为政，姓赵氏。年十三岁，庄襄王死，政代立为秦王。当是之时，秦地已并巴、蜀、汉中，越宛有郢，置南郡矣；北收上郡以东，有河东、太原、上党郡；东至荥阳，灭二周，置三川郡。吕不韦为相，封十万户，号曰文信侯。招致宾客游士，欲以并天下。李斯为舍人。蒙骜、王齮、麃公等为将军。王年少，初即位，委国事大臣。

晋阳反，元年，将军蒙骜击定之。

二年，麃公将卒攻卷，斩首三万。

三年，蒙骜攻韩，取十三城。王齮死。十月，将军蒙骜攻魏氏畼、有诡。岁大饥。

四年，拔畼、有诡。三月，军罢。秦质子归自赵，赵太子出归国。七月庚寅，蝗虫从东方来，蔽天。天下疫。百姓内粟千石[①]，拜爵一级。

五年，将军骜攻魏，定酸枣、燕、虚、长平、雍丘、山阳城，皆拔之，取二十城。初置东郡。冬，雷。

六年，韩、魏、赵、卫、楚共击秦，取寿陵。秦出兵，五国兵罢。拔卫，迫东郡，其君角率其支属徙居野王，阻其山以保魏之河内。

七年，彗星先出东方，见北方，五月见西方。将军骜死。以攻龙、孤、庆都，还兵攻汲。彗星复见西方十六日。夏太后死。

八年，王弟长安君成蟜将军击赵，反，死屯留，军吏皆斩死，迁其民于临洮。将军壁死②，卒屯留、蒲鶮反，戮其尸。河鱼大上，轻车重马东就食。

嫪毐封为长信侯③。予之山阳地，令毐居之。宫室、车马、衣服、苑囿、驰猎恣毐，事无小大皆决于毐，又以河西太原郡更为毐国。

九年，彗星见，或竟天。攻魏垣、蒲阳。四月，上宿雍。己酉，王冠④，带剑。长信侯毐作乱而觉，矫王御玺及太后玺以发县卒及卫卒、官骑、戎翟君公、舍人⑤，将欲攻蕲年宫为乱。王知之，令相国昌平君、昌文君发卒攻毐，战咸阳，斩首数百，皆拜爵，及宦者皆在战中，亦拜爵一级。毐等败走。即令国中：有生得毐，赐钱百万。杀之，五十万。尽得毐等，卫尉竭、内史肆、佐弋竭、中大夫令齐等二十人皆枭首，车裂以徇，灭其宗。及其舍人，轻者为鬼薪⑥；及夺爵迁蜀四千余家，家房陵。是月寒冻，有死者。杨端和攻衍氏。彗星见西方，又见北方，从斗以南八十日。

十年，相国吕不韦坐嫪毐免。桓齮为将军。齐、赵来置酒。齐人茅焦说秦王曰："秦方以天下为事，而大王有迁母太后之名，恐诸侯闻之，由此倍秦也。"秦王乃迎太后于雍而入咸阳，复居甘泉宫。

大索⑦，逐客。李斯上书说⑧，乃止逐客令。李斯因说秦王，请先取韩以恐他国，于是使斯下韩。韩王患之，与韩非谋弱秦。大梁人尉缭来，说秦王曰："以秦之强，诸侯譬如郡县之君，臣但恐诸侯合从，翕而出不意，此乃智伯、夫差、湣王之所以亡也。愿大王毋爱财物，赂其豪臣，以乱其谋，不过亡三十万金⑨，则诸侯可尽。"秦王从其计，见尉缭亢礼⑩，衣服、食饮与缭同。缭曰："秦王为人，蜂准⑪，长目，挚鸟膺⑫，豺声，少恩而虎狼心，居约易出人下⑬，得志亦轻食人。我布衣，然见我常身自下我。诚使秦王得志于天下，天下皆为虏矣。不可与久游。"乃亡去。秦王觉，固止，以为秦国尉，卒用其计策。而李斯用事。

十一年，王翦、桓齮、杨端和攻邺，取九城。王翦攻阏与、橑杨，皆并为一军。翦将十八日，军归斗食以下⑭，什推二人从军。取邺、安阳，桓齮将。

十二年，文信侯不韦死，窃葬。其舍人临者，晋人也逐出之；秦人六百石以上夺爵，迁；五百石以下不临，迁，勿夺爵。自今以来，操国事不道如嫪毐、不韦者籍其门，视此。秋，复嫪毐舍人迁蜀者。当是之时，天下大旱，六月至八月乃雨。

十三年，桓齮攻赵平阳，杀赵将扈辄，斩首十万。王之河南。正月，彗星见东方。十月，桓齮攻赵。

十四年，攻赵军于平阳，取宜安，破之，杀其将军。桓齮定平阳、武城。韩非使秦，秦用李斯谋，留非，非死云阳。韩王请为臣。

十五年，大兴兵，一军至邺，一军至太原，取狼孟。地动。

十六年九月，发卒受地韩南阳假守腾⑮。初令男子书年⑯。魏献地于秦。秦置丽邑。

十七年，内史腾攻韩，得韩王安，尽纳其地，以其地为郡，命曰颍川。地动。华阳太后卒。民大饥。

十八年，大兴兵攻赵，王翦将上地，下井陉，端和将河内，羌瘣伐赵，端和围邯郸城。

十九年，王翦、羌瘣尽定取赵地东阳，得赵王。引兵欲攻燕，屯中山。秦王之邯郸，诸尝与王生赵时母家有仇怨，皆阬之。秦王还，从太原、上郡归。始皇帝母太后崩。赵公子嘉率其宗数百人之代，自立为代王，东与燕合兵，军上谷。大饥。

二十年，燕太子丹患秦兵至国，恐，使荆轲刺秦王。秦王觉之，体解轲以徇，而使王翦、辛胜攻燕。燕、代发兵击秦军，秦军破燕易水之西。

二十一年，王贲攻蓟，乃益发卒诣王翦军，遂破燕太子军，取燕蓟城，得太子丹之首。燕王东收辽东而王之。王翦谢病老归。新郑反。昌平君徙于郢。大雨雪，深二尺五寸。

二十二年，王贲攻魏，引河沟灌大梁，大梁城坏，其王请降，尽取其地。

二十三年，秦王复召王翦，强起之，使将击荆，取陈以南至平舆，虏荆王。秦王游至郢陈。荆将项燕立昌平君为荆王，反秦于淮南。

二十四年，王翦、蒙武攻荆，破荆军，昌平君死，项燕遂自杀。

二十五年，大兴兵，使王贲将，攻燕辽东，得燕王喜。还攻代，虏代王嘉。王翦遂定荆江南地，降越君，置会稽郡。五月，天下大酺[17]。

二十六年，齐王建与其相后胜发兵守其西界，不通秦。秦使将军王贲从燕南攻齐，得齐王建。

秦初并天下，令丞相、御史曰："异日韩王纳地效玺，请为藩臣，已而倍约，与赵、魏合从畔秦，故兴兵诛之，虏其王。寡人以为善，庶几息兵革。赵王使其相李牧来约盟，故归其质子。已而倍盟，反我太原，故兴兵诛之，得其王。赵公子嘉乃自立为代王，故举兵击灭之。魏王始约服入秦，已而与韩、赵谋击秦，秦兵吏诛，遂破之。荆王献青阳以西，已而畔约，击我南郡，故发兵诛，得其王，遂定其荆地。燕王昏乱，其太子丹乃阴令荆轲为贼，兵吏诛，灭其国。齐王用后胜计，绝秦使，欲为乱，兵吏诛，虏其王，平齐地。寡人以眇眇之身[18]，兴兵诛暴乱，赖宗庙之灵，六王咸伏其辜，天下大定。今名号不更，无以称成功，传后世。其议帝号。"丞相绾、御史大夫劫、廷尉斯等皆曰："昔者五帝地方千里，其外侯服、夷服诸侯或朝或否，天子不能制。今陛下兴义兵，诛残贼，平定天下，海内为郡县，法令由一统，自上古以来未尝有，五帝所不及。臣等谨与博士议曰：'古有天皇，有地皇，有泰皇，泰皇最贵。'臣等昧死上尊号，王为'泰皇'，命为'制'，令为'诏'，天子自称曰'朕'。"王曰："去'泰'，著'皇'，采上古'帝'位号，号曰'皇帝'。他如议。"制曰："可。"追尊庄襄王为太上皇。制曰："朕闻太古有号毋谥，中古有号，死而以行为谥。如此，则子议父，臣议君也，甚无谓，朕弗取焉。自今已来，除谥法。朕为始皇帝。后世以计数，二世、三世至于万世，传之无穷。"

始皇推终始五德之传[19]，以为周得火德，秦代周德，从所不胜。方今水德之始，改年始[20]，朝贺皆自十月朔。衣服、旄旌、节旗皆上黑。数以六为纪，符、法冠皆六寸，而舆六尺，六尺为步，乘六马。更名河曰"德水"，以为水德之始。刚毅戾深，事皆决于法，刻削毋仁恩和义，然后合五德之数。于是急法，久者不赦。

丞相绾等言："诸侯初破，燕、齐、荆地远，不为置王，毋以填之。请立诸子，唯上幸许。"始皇下其议于群臣，群臣皆以为便。廷尉李斯议曰："周文、武所封子弟同姓甚众，然后属疏远，相攻击如仇雠，诸侯更相诛伐，周天子弗能禁止。今海内赖陛下神灵一统，皆为郡县，诸子、功臣以公赋税重赏赐之，甚足易制。天下无异意，则安宁之术也。置诸侯不便。"始皇曰："天下共苦战斗不休，以有侯王。赖宗庙，天下初定，又复立国，是树兵也，而求其宁息，岂不难哉！廷尉议是。"

分天下以为三十六郡，郡置守、尉、监。更名民曰："黔首"。大酺。收天下兵，聚之咸阳，销以为钟鐻[21]，金人十二，重各千石，置廷宫中。一法度衡石丈尺，车同轨，书同文字。地东至海暨朝鲜，西至临洮、羌中，南至北向户，北据河为塞，并阴山至辽东。徙天下豪富于咸阳十二万户。诸庙及章台、上林皆在渭南。秦每破诸侯，写放其宫室㉒，作之咸阳北阪上，南临渭，自雍门以东至泾、渭，殿屋复道周阁相属㉓。所得诸侯美人、钟鼓，以充入之。

二十七年，始皇巡陇西、北地，出鸡头山，过回中。焉作信宫渭南，已更命信宫为极庙，象天极㉔。自极庙道通郦山，作甘泉前殿。筑甬道，自咸阳属之。是岁，赐爵一级。治驰道。

二十八年，始皇东行郡县，上邹峄山，立石，与鲁诸儒生议刻石颂秦德，议封禅望祭山川之事。乃遂上泰山，立石，封㉕，祠祀。下，风雨暴至，休于树下，因封其树为"五大夫"。禅梁父。刻所立石，其辞曰："皇帝临位，作制明法，臣下修饬。二十有六年，初并天下，罔不宾服。亲巡远方黎民，登兹泰山，周览东极。从臣思迹，本原事业，祗诵功德。治道运行，诸产得宜，皆有法式。大义休明㉖，垂于后世，顺承勿革。皇帝躬圣，既平天下，不懈于治。夙兴夜寐，建设长利，专隆教诲。训经宣达，远近毕理，咸承圣志。贵贱分明，男女礼顺，慎遵职事。昭隔内外，靡不清净，施于后嗣。化及无穷，遵奉遗诏，永承重戒。"

于是乃并勃海以东，过黄、腄，穷成山，登之罘，立石颂秦德焉而去。

南登琅邪，大乐之，留三月。乃徙黔首三万户琅邪台下，复十二岁㉗。作琅邪台，立石刻，颂秦德，明得意。曰：

"维二十八年，皇帝作始，端平法度，万物之纪，以明人事，合同父子。圣智仁义，显白道理。东抚东土㉘，以省卒士，事已大毕，乃临于海。皇帝之功，勤劳本事㉙，上农除末㉚，黔首是富。普天之下，抟心揖志，器械一量，同书文字。日月所照，舟舆所载，皆终其命，莫不得意，应时动事，是维皇帝。匡饬异俗，陵水经地。忧恤黔首，朝夕不懈。除疑定法，咸知所辟。方伯分职，诸治经易，举错必当，莫不如画。皇帝之明，临察四方。尊卑贵贱，不逾次行。奸邪不容，皆务贞良。细大尽力，莫敢怠荒。远迩辟隐，专务肃庄，端直敦忠，事业有常。皇帝之德，存定四极㉛。诛乱除害，兴利致福。节事以时，诸产繁殖。黔首安宁，不用兵革。六亲相保，终无寇贼。欢欣奉教，尽知法式。六合之内㉜，皇帝之土。西涉流沙，南尽北户，东有东海，北过大夏。人迹所至，无不臣者。功盖五帝，泽及牛马，莫不受德，各安其宇。"

"维秦王兼有天下，立名为皇帝，乃抚东土，至于琅邪。列侯武城侯王离、列侯通武侯王贲、伦侯建成侯赵亥、伦侯昌武侯成、伦侯武信侯冯毋择、丞相隗林、丞相王绾、卿李斯、卿王戊、五大夫赵婴、五大夫杨樛从，与议于海上。曰：'古之帝者，地不过千里，诸侯各守其封域，或朝或否，相侵暴乱，残伐不止，犹刻金石，以自为纪。古之五帝、三王，知教不同，法度不明，假威鬼神，以欺远方，实不称名，故不久长。其身未殁，诸侯倍叛，法令不行。今皇帝并一海内，以为郡县，天下和平。昭明宗庙，体道行德，尊号大成。群臣相与诵皇帝功德，刻于金石，以为表经。'"

既已，齐人徐市等上书，言海中有三神山，名曰蓬莱、方丈、瀛洲，仙人居之。请得斋戒，与童男女求之。于是遣徐市发童男女数千人，入海求仙人。

始皇还，过彭城，斋戒祷祠，欲出周鼎泗水㉝，使千人没水求之，弗得。乃西南渡淮水，之衡山、南郡。浮江，至湘山祠，逢大风，几不得渡。上问博士曰："湘君何神？"博士对曰："闻之，尧女，舜之妻，而葬此。"于是始皇大怒，使刑徒三千人皆伐湘山树，赭其山㉞。上自南郡由武关归。

二十九年，始皇东游，至阳武博浪沙中，为盗所惊，求弗得，乃令天下大索十日。登之罘，刻石。其辞曰：

"维二十九年，时在中春，阳和方起。皇帝东游，巡登之罘，临照于海。从臣嘉观㉟，原念休烈㊱，追诵本始。大圣作治，建定法度，显著纲纪。外教诸侯，光施文惠，明以义理。六国回辟㊲，贪戾无厌，虐杀不已。皇帝哀众，遂发讨师，奋扬武德。义诛信行，威燀旁达，莫不宾服。烹灭强暴，振救黔首，周定四极。普施明法，经纬天下，永为仪则。大矣哉！宇县之中㊳，承顺圣意。群臣诵功，请刻于石，表垂于常式㊴。”

其东观曰：

“维二十九年，皇帝春游，览省远方。逮于海隅㊵，遂登之罘，昭临朝阳。观望广丽，从臣咸念，原道至明。圣法初兴，清理疆内，外诛暴强。武威旁畅，振动四极，禽灭六王。阐并天下，灾害绝息，永偃戎兵。皇帝明德，经理宇内，视听不怠。作立大义，昭设备器，咸有章旗。职臣遵分，各知所行，事无嫌疑。黔首改化，远迩同度，临古绝尤㊶。常职既定，后嗣循业，长承圣治。群臣嘉德，祗诵圣烈，请刻之罘。”旋，遂之琅邪，道上党入㊷。

三十年，无事。

三十一年十二月，更名腊曰“嘉平”。赐黔首里六石米、二羊㊸。始皇为微行咸阳，与武士四人俱，夜出逢盗兰池，见窘，武士击杀盗，关中大索二十日。米石千六百。

三十二年，始皇之碣石，使燕人卢生求羡门、高誓㊹。刻碣石门，坏城郭，决通堤防。其辞曰：

“遂兴师旅，诛戮无道，为逆灭息。武殄暴逆㊺，文复无罪，庶心咸服㊻。惠论功劳，赏及牛马，恩肥土域，皇帝奋威，德并诸侯，初一泰平。堕坏城郭，决通川防。夷去险阻。地势既定，黎庶无繇，天下咸抚。男乐其畴㊼，女修其业，事各有序。惠被诸产㊽，久并来田㊾，莫不安所。群臣诵烈，请刻此石，垂著仪矩。㊿”

因使韩终、侯公、石生求仙人不死之药。始皇巡北边，从上郡入。燕人卢生使入海还，以鬼神事，因奏录图书，曰“亡秦者胡也”。始皇乃使将军蒙恬发兵三十万人北击胡，略取河南地。

三十三年，发诸尝逋亡人、赘婿、贾人略取陆梁地(51)，为桂林、象郡、南海，以适遣戍。西北斥逐匈奴。自榆中并河以东，属之阴山，以为四十四县，城河上为塞。又使蒙恬渡河取高阙、阳山、北假中，筑亭障以逐戎人。徙谪，实之初县。禁不得祠。明星出西方。

三十四年，适治狱吏不直者，筑长城及南越地。

始皇置酒咸阳宫，博士七十人前为寿。仆射周青臣进颂曰：“他时秦地不过千里，赖陛下神灵明圣，平定海内，放逐蛮夷，日月所照，莫不宾服。以诸侯为郡县，人人自安乐，无战争之患，传之万世。自上古不及陛下威德。”始皇悦。博士齐人淳于越进曰：“臣闻殷、周之王千余岁，封子弟功臣，自为枝辅。今陛下有海内，而子弟为匹夫，卒有田常、六卿之臣，无辅拂，何以相救哉？事不师古而能长久者，非所闻也。今青臣又面谀以重陛下之过，非忠臣。”始皇下其议。丞相李斯曰：“五帝不相复，三代不相袭，各以治，非其相反，时变异也。今陛下创大业，建万世之功，固非愚儒所知。且越言乃三代之事，何足法也？异时诸侯并争，厚招游学。今天下已定，法令出一，百姓当家则力农工，士则学习法令辟禁。今诸生不师今而学古，以非当世，惑乱黔首。丞相臣斯昧死言：古者天下散乱，莫之能一，是以诸侯并作，语皆道古以害今，饰虚言以乱实，人善其所私学，以非上之所建立。今皇帝并有天下，别黑白而定一尊。私学而相与非法教，人闻令下，则各以其学议之，入则心非，出则巷议，夸主以为名(52)，异取以为高，率群下以造谤。如此弗禁，则主势降乎上，党与成乎下。禁之便。臣请史官非秦记皆烧之。非博士官所职，天下敢有藏《诗》、《书》、百家语者，悉诣守、尉杂烧之。有敢偶语《诗》、《书》者弃市，以古非今者族，吏见知不举者与同罪。令下三十日不烧，黥为城旦(53)。所不去者，医药、卜筮、种树之书。若欲有学法令，以吏为师。”制曰：“可。”

三十五年，除道(54)，道九原抵云阳，堑山堙谷(55)，直通之。于是始皇以为咸阳人多，先王之宫廷小，吾闻周文王都丰，武王都镐，丰、镐之间，帝王之都也。乃营作朝宫渭南上林苑中。先作前殿阿房，东西五百步，南北五十丈，上可以坐万人，下可以建五丈旗。周驰为阁道，自殿下直抵南山。表南山之颠以为阙。为复道，自阿房渡渭，属之咸阳，以象天极、阁道绝汉抵营室也⑤。阿房宫未成，成，欲更择令名名之。作宫阿房⑤⑦，故天下谓之阿房宫。隐宫徒刑者七十余万人⑤⑧，乃分作阿房宫，或作丽山。发北山石椁，乃写蜀、荆地材皆至⑤⑨。关中计宫三百，关外四百余。于是立石东海上朐界中，以为秦东门。因徙三万家丽邑。五万家云阳，皆复不事十岁⑥⑩。

卢生说始皇曰："臣等求芝奇药仙者常弗遇，类物有害之者。方中人主时为微行以辟恶鬼⑥①，恶鬼辟，真人至。人主所居而人臣知之，则害于神。真人者，入水不濡⑥②，入火不爇，陵云气⑥③，与天地久长。今上治天下，未能恬倓。愿上所居宫毋令人知，然后不死之药殆可得也。"于是始皇曰："吾慕真人，自谓'真人'，不称'朕'。"乃令咸阳之旁二百里内宫观二百七十复道、甬道相连，帷帐、钟鼓、美人充之，各案署不移徙。行所幸⑥④，有言其处者，罪死。始皇帝幸梁山宫，从山上见丞相车骑众，弗善也。中人或告丞相⑥⑤，丞相后损车骑。始皇怒曰："此中人泄吾语。"案问莫服⑥⑥。当是时，诏捕诸时在旁者，皆杀之。自是后莫知行之所在。听事，群臣受决事，悉于咸阳宫。

侯生、卢生相与谋曰："始皇为人，天性刚戾自用，起诸侯，并天下，意得欲从，以为自古莫及己。专任狱吏，狱吏得亲幸。博士虽七十人，特备员弗用⑥⑦。丞相诸大臣皆受成事，倚辨于上。上乐以刑杀为威，天下畏罪持禄，莫敢尽忠。上不闻过而日骄，下慑伏谩欺以取容。秦法，不得兼方，不验辄死。然候星气者至三百人，皆良士，畏忌讳谀，不敢端言其过。天下之事无小大皆决于上，上至以衡石量书⑥⑧，日夜有呈⑥⑨，不中呈不得休息。贪于权势至如此，未可为求仙药。"于是乃亡去。始皇闻亡，乃大怒曰："吾前收天下书不中用者尽去之。悉召文学方术士甚众，欲以兴太平，方士欲练以求奇药。今闻韩众去不报，徐市等费以巨万计，终不得药，徒奸利相告日闻⑦⑩。卢生等吾尊赐之甚厚，今乃诽谤我，以重吾不德也。诸生在咸阳者，吾使人廉问⑦①，或为訞言以乱黔首。"于是使御史悉案问诸生，诸生传相告引乃自除⑦②。犯禁者四百六十余人，皆阬之咸阳，使天下知之，以惩后。益发谪徙边。始皇长子扶苏谏曰："天下初定，远方黔首未集，诸生皆诵法孔子，今上皆重法绳之，臣恐天下不安。唯上察之。"始皇怒，使扶苏北监蒙恬于上郡。

三十六年，荧惑守心⑦③。有坠星下东郡，至地为石，黔首或刻其石曰"始皇帝死而地分"。始皇闻之，遣御史逐问，莫服，尽取石旁居人诛之，因燔销其石。始皇不乐，使博士为《仙真人诗》，及行所游天下，传令乐人謌弦之。秋，使者从关东夜过华阴平舒道，有人持璧遮使者曰："为吾遗滈池君。"因言曰："今年祖龙死⑦④。"使者问其故，因忽不见，置其璧去。使者奉璧具以闻，始皇默然良久，曰："山鬼固不过知一岁事也⑦⑤。"退言曰："祖龙者，人之先也。"使御府视璧，乃二十八年行渡江所沈璧也。于是始皇卜之，卦得游徙吉。迁北河、榆中三万家，拜爵一级。

三十七年，十月癸丑，始皇出游。左丞相斯从，右丞相去疾守。少子胡亥爱慕请从，上许之。十一月，行至云梦，望祀虞舜于九疑山。浮江下，观籍柯，渡海渚，过丹阳，至钱唐。临浙江，水波恶，乃西百二十里从狭中渡。上会稽，祭大禹，望于南海，而立石刻颂秦德。其文曰："皇帝休烈，平一宇内，德惠修长。三十有七年，亲巡天下，周览远方。遂登会稽，宣省习俗，黔首斋庄⑦⑥。群臣诵功，本原事迹，追首高明。秦圣临国，始定刑名，显陈旧章。初平法式，审别职任，以立恒常。六王专倍⑦⑦，贪戾慠猛，率众自强。暴虐恣行，负力而骄⑦⑧，数动甲兵。阴通间使⑦，以事合从，行为辟方⑧，内饰作谋，外来侵边，遂起祸殃。义威诛之，殄熄暴悖，乱贼灭亡。圣德广密，六合之中，被泽无疆。皇帝并宇，兼听万事，远近毕清。运理群物，考验事实，各载其名。贵贱并通，善否陈前，靡有隐情。饰省宣义，有子而嫁，倍死不贞。防隔内外，禁止淫泆，男女絜诚。夫为寄豭⑧，杀之无罪。男秉义程，妻为逃嫁，子不得母，咸化廉清。大治濯俗，天下承风，蒙被休经。皆遵度轨，和安敦勉，莫不顺令。黔首修絜，人乐同则，嘉保太平。后敬奉法，常治无极，舆舟不倾。从臣诵烈，请刻此石，光垂休铭。"

还过吴，从江乘渡，并海上，北至琅邪。方士徐市等入海求神药，数岁不得，费多，恐谴，乃诈曰："蓬莱药可得，然常为大鲛鱼所苦，故不得至；愿请善射与俱，见则以连弩射之。"始皇梦与海神战，如人状。问占梦，博士曰："水神不可见，以大鱼蛟龙为候⑧。今上祷祠备谨，而有此恶神，当除去，而善神可致。"乃令入海者赍捕巨鱼具⑧，而自以连弩候大鱼出射之。自琅邪北至荣成山，弗见。至之罘，见巨鱼，射杀一鱼。遂并海西。

至平原津而病。始皇恶言死，群臣莫敢言死事。上病益甚，乃为玺书赐公子扶苏曰："与丧会咸阳而葬。"书已封，在中车府令赵高行符玺事所，未授使者。七月丙寅，始皇崩于沙丘平台。丞相斯为上崩在外，恐诸公子及天下有变，乃秘之，不发丧。棺载辒凉车中，故幸宦者参乘⑧，所至上食。百官奏事如故，宦者辄从辒凉车中可其奏事。独子胡亥、赵高及所幸宦者五六人知上死。赵高故尝教胡亥书及狱律令法事，胡亥私幸之。高乃与公子胡亥、丞相斯阴谋破去始皇所封书，赐公子扶苏者，而更诈为丞相斯受始皇遗诏沙丘，立子胡亥为太子，更为书赐公子扶苏、蒙恬，数以罪，赐死。语具在《李斯传》中。行，遂从井陉抵九原。会暑，上辒车臭，乃诏从官令车载一石鲍鱼，以乱其臭。

行从直道至咸阳，发丧。太子胡亥袭位，为二世皇帝。九月，葬始皇郦山。始皇初即位，穿治郦山，及并天下，天下徒送诣七十余万人，穿三泉⑧，下铜而致椁⑧，宫观、百官、奇器、珍怪徙臧满之。令匠作机弩矢，有所穿近者辄射之。以水银为百川江河大海，机相灌输，上具天文，下具地理；以人鱼膏为烛，度不灭者久之。二世曰："先帝后宫非有子者，出焉不宜。"皆令从死，死者甚众。葬既已下，或言工匠为机，臧皆知之⑧，臧重即泄。大事毕，已臧，闭中羡⑧，下外羡门，尽闭工匠臧者，无复出者。树草木以象山。

二世皇帝元年，年二十一。赵高为郎中令，任用事。二世下诏，增始皇寝庙牺牲及山川百祀之礼，令群臣议尊始皇庙。群臣皆顿首言曰："古者天子七庙，诸侯五，大夫三，虽万世世不轶毁⑧。今始皇为极庙，四海之内皆献贡职，增牺牲，礼咸备，毋以加。先王庙或在西雍，或在咸阳，天子仪当独奉酌祠始皇庙。自襄公已下轶毁，所置凡七庙。群臣以礼进祠，以尊始皇庙为帝者祖庙。皇帝复自称'朕'。"

二世与赵高谋曰："朕年少，初即位，黔首未集附。先帝巡行郡县，以示强，威服海内。今晏然不巡行，即见弱，毋以臣畜天下⑩。"春，二世东行郡县，李斯从。到碣石，并海，南至会稽，而尽刻始皇所立刻石，石旁著大臣从者名，以章先帝成功盛德焉：

"皇帝曰：'金石刻尽，始皇帝所为也。今袭号而金石刻辞不称始皇帝，其于久远也如后嗣为之者，不称成功盛德。'丞相臣斯、臣去疾、御史大夫臣德昧死言：'臣请具刻诏书刻石，因明白矣。臣昧死请。'制曰：'可。'"

遂至辽东而还。

于是二世乃遵用赵高，申法令。乃阴与赵高谋曰："大臣不服，官吏尚强，及诸公子必与我争，为之奈何？"高曰："臣固愿言而未敢也。先帝之大臣，皆天下累世名贵人也，积功劳世以相传久矣。今高素小贱，陛下幸称举，令在上位，管中事。大臣鞅鞅⑩，特以貌从臣，其心实不服。今上出，不因此时案郡县守尉有罪者诛之，上以振威天下，下以除去上生平所不可者。今时不师文而决于武力，愿陛下遂从时毋疑，即群臣不及谋。明主收举余民，贱者贵之，贫者富之，远者近之，则上下集而国安矣。”二世曰：“善。”乃行，诛大臣及诸公子，以罪过连逮少近官三郎㉜，无得立者，而六公子戮死於杜。公子将闾昆弟三人囚於内宫，议其罪独后。二世使使令将闾曰：“公子不臣，罪当死，吏致法焉。”将闾曰：“阙廷之礼㉝，吾未尝敢不从宾赞也；廊庙之位㉞，吾未尝敢失节也；受命应对，吾未尝敢失辞也。何谓不臣？愿闻罪而死。”使者曰：“臣不得与谋，奉书从事。”将闾乃仰天大呼天者三，曰：“天乎！吾无罪！”昆弟三人皆流涕拔剑自杀。宗室振恐。群臣谏者以为诽谤，大吏持禄取容，黔首振恐。

四月，二世还至咸阳，曰：“先帝为咸阳朝廷小，故营阿房宫。为室堂未就，会上崩，罢其作者，复土郦山。郦山事大毕，今释阿房宫弗就，则是章先帝举事过也。”复作阿房宫。外抚四夷，如始皇计。尽征其材士五万人为屯卫咸阳，令教射狗马禽兽。当食者多，度不足，下调郡县转输菽粟刍藁，皆令自赍粮食，咸阳三百里内不得食其谷。用法益刻深。

七月，戍卒陈胜等反故荆地，为“张楚”。胜自立为楚王，居陈，遣诸将徇地㉟。山东郡县少年苦秦吏㊱，皆杀其守、尉、令、丞反，以应陈涉，相立为侯王，合从西乡，名为伐秦，不可胜数也。谒者使东方来，以反者闻二世。二世怒，下吏㊲。后使者至，上问，对曰：“群盗，郡守尉方逐捕，今尽得，不足忧。”上悦。武臣自立为赵王，魏咎为魏王，田儋为齐王。沛公起沛。项梁举兵会稽郡。

二年，冬，陈涉所遣周章等将西至戏，兵数十万。二世大惊，与群臣谋曰：“奈何？”少府章邯曰：“盗已至，众强，今发近县不及矣。郦山徒多，请赦之，授兵以击之。”二世乃大赦天下，使章邯将，击破周章军而走，遂杀章曹阳。二世益遣长史司马欣、董翳佐章邯击盗，杀陈胜城父，破项梁定陶，灭魏咎临济。楚地盗名将已死，章邯乃北渡河，击赵王歇等于巨鹿。

赵高说二世曰：“先帝临制天下久，故群臣不敢为非，进邪说。今陛下富于春秋㊳，初即位，奈何与公卿廷决事？事即有误，示群臣短也。天子称朕，固不闻声。”于是二世常居禁中，与高决诸事。其后公卿希得朝见，盗贼益多，而关中卒发东击盗者毋已。右丞相去疾、左丞相斯、将军冯劫进谏曰：“关东群盗并起，秦发兵诛击，所杀亡甚众，然犹不止。盗多，皆以戍漕转作事苦，赋税大也。请且止阿房宫作者，减省四边戍转。”二世曰：“吾闻之韩子曰：‘尧、舜采椽不刮，茅茨不翦㊴，饭土塯㊵，啜土形㊶，虽监门之养，不觳㊷于此。禹凿龙门，通大夏，决河亭水，放之海，身自持筑臿，胫毋毛，臣虏之劳不烈于此矣。’凡所为贵有天下者，得肆意极欲，主重明法，下不敢为非，以制御海内矣。夫虞、夏之主，贵为天子，亲处穷苦之实，以徇百姓，尚何于法？朕尊万乘，毋其实，吾欲造千乘之驾，万乘之属，充吾号名。且先帝起诸侯，兼天下，天下已定，外攘四夷以安边竟㊸，作宫室以章得意，而君观先帝功业有绪。今朕即位二年之间，群盗并起，君不能禁，又欲罢先帝之所为，是上毋以报先帝，次不为朕尽忠力，何以在位？”下去疾、斯、劫吏，案责他罪。去疾、劫曰：“将相不辱。”自杀。斯卒囚，就五刑。

三年，章邯等将其卒围巨鹿，楚上将军项羽将楚卒往救巨鹿。冬，赵高为丞相，竟案李斯杀之。夏，章邯等战数却㊹，二世使人让邯㊺，邯恐，使长史欣请事。赵高弗见，又弗信。欣恐，亡去，高使人捕追不及。欣见邯曰：“赵高用事于中，将军有功亦诛，无功亦诛。”项羽急击秦军，虏王离，邯等遂以兵降诸侯。八月己亥，赵高欲为乱，恐群臣不听，乃先设验，持鹿献于二世，曰：“马也。”二世笑曰：“丞相误邪？谓鹿为马。”问左右，左右或默，或言马以阿顺赵高。或言鹿，高因阴中诸言鹿者以法。后群臣皆畏高。

高前数言“关东盗毋能为也”，及项羽虏秦将王离等巨鹿下而前，章邯等军数却，上书请益助，燕、赵、齐、楚、韩、魏皆立为王，自关以东，大氐尽畔秦吏应诸侯[⑤]，诸侯咸率其众西乡。沛公将数万人已屠武关，使人私于高，高恐二世怒，诛及其身，乃谢病不朝见。二世梦白虎啮其左骖马，杀之，心不乐，怪问占梦。卜曰："泾水为祟。"二世乃斋于望夷宫，欲祠泾，沈四白马。使使责让高以盗贼事。高惧，乃阴与其婿咸阳令阎乐、其弟赵成谋曰："上不听谏，今事急，欲归祸于吾宗。吾欲易置上，更立公子婴。子婴仁俭，百姓皆载其言。"使郎中令为内应，诈为有大贼，令乐召吏发卒，追劫乐母置高舍。遣乐将吏卒千余人至望夷宫殿门，缚卫令仆射，曰："贼入此，何不止？"卫令曰："周庐设卒甚谨，安得贼敢入宫？"乐遂斩卫令，直将吏入，行射，郎、宦者大惊，或走或格[⑥]，格者辄死，死者数十人。郎中令与乐俱入，射上幄坐帏。二世怒，召左右，左右皆惶扰不斗。旁有宦者一人，侍不敢去。二世入内，谓曰："公何不蚤告我？乃至于此！"宦者曰："臣不敢言，故得全。使臣蚤言，皆已诛，安得至今？"阎乐前即二世数曰："足下骄恣，诛杀无道，天下共畔足下，足下其自为计。"二世曰："丞相可得见否？"乐曰："不可。"二世曰："吾愿得一郡为王。"弗许。又曰"愿为万户侯"。弗许。曰："愿与妻子为黔首，比诸公子。"阎乐曰："臣受命于丞相，为天下诛足下，足下虽多言，臣不敢报。"麾其兵进。二世自杀。

阎乐归报赵高，赵高乃悉召诸大臣、公子，告以诛二世之状。曰："秦故王国，始皇君天下，故称帝。今六国复自立，秦地益小，乃以空名为帝，不可。宜为王如故，便。"立二世之兄子公子婴为秦王。以黔首葬二世杜南宜春苑中。令子婴斋，当庙见，受王玺。斋五日，子婴与其子二人谋曰："丞相高杀二世望夷宫，恐群臣诛之，乃详以义立我。我闻赵高乃与楚约，灭秦宗室而王关中。今使我斋见庙，此欲因庙中杀我。我称病不行，丞相必自来，来则杀之。"高使人请子婴数辈[⑦]，子婴不行，高果自往，曰："宗庙重事，王奈何不行？"子婴遂刺杀高于斋宫，三族高家以徇咸阳。子婴为秦王四十六日，楚将沛公破秦军入武关，遂至霸上，使人约降子婴。子婴即系颈以组，白马素车，奉天子玺符，降轵道旁。沛公遂入咸阳，封宫室府库，还军霸上。居月余，诸侯兵至，项籍为从长[⑧]，杀子婴及秦诸公子宗族，遂屠咸阳，烧其宫室，虏其子女，收其珍宝货财，诸侯共分之。灭秦之后，各分其地为三，名曰雍王、塞王、翟王，号曰三秦。项羽为西楚霸王，主命分天下王诸侯，秦竟灭矣。后五年，天下定于汉。

太史公曰：秦之先伯翳，尝有勋于唐、虞之际，受土赐姓。及殷、夏之间微散。至周之衰，秦兴，邑于西垂。自缪公以来，稍蚕食诸侯，竟成始皇。始皇自以为功过五帝，地广三王，而羞与之侔[⑩]。善哉乎贾生推言之也[⑪]！曰：

"秦并兼诸侯山东三十余郡，缮津关，据险塞，修甲兵而守之。然陈涉以戍卒散乱之众数百，奋臂大呼，不用弓戟之兵，锄櫌白梃[⑫]，望屋而食，横行天下。秦人阻险不守，关梁不阖，长戟不刺，强弩不射。楚师深入，战于鸿门，曾无藩篱之艰。于是山东大扰，诸侯并起，豪俊相立。秦使章邯将而东征，章邯因以三军之众要市于外[⑬]，以谋其上。群臣之不信，可见于此矣。子婴立，遂不寤。藉使子婴有庸主之材[⑭]，仅得中佐，山东虽乱，秦之地可全而有，宗庙之祀未当绝也。

"秦地被山带河以为固，四塞之国也。自缪公以来，至于秦王，二十余君，常为诸侯雄。岂世世贤哉？其势居然也。且天下尝同心并力而攻秦矣。当此之世，贤智并列，良将行其师，贤相通其谋，然困于阻险而不能进，秦乃延入战而为之开关，百万之徒逃北而遂坏。岂勇力智慧不足哉？形不利，势不便也。秦小邑并大城，守险塞而军，高垒毋战，闭关据厄，荷戟而守之。诸侯起于匹夫，以利合，非有素王之行也。其交未亲，其下未附，名为亡秦，其实利之也。彼见秦阻之难犯也，必退师。安土息民，以待其敝，收弱扶罢，以令大国之君，不患不得意于海内。贵为天子，富有天下，而身为禽者，其救败非也。

"秦王足己不问，遂过而不变。二世受之，因而不改，暴虐以重祸。子婴孤立无亲，危弱无辅。三主惑而终身不悟，亡，不亦宜乎？当此时也，世非无深虑知化之士也，然所以不敢尽忠拂过者，秦俗多忌讳之禁，忠言未卒于口而身为戮没矣。故使天下之士，倾耳而听，重足而立，拑口而不言。是以三主失道，忠臣不敢谏，智士不敢谋，天下已乱，奸不上闻，岂不哀哉！先王知雍蔽之伤国也⑮，故置公卿大夫士，以饰法设刑，而天下治。其强也，禁暴诛乱而天下服。其弱也，五伯征而诸侯从。其削也，内守外附而社稷存。故秦之盛也，繁法严刑而天下振；及其衰也，百姓怨望而海内畔矣。故周五序得其道⑯，而千余岁不绝。秦本末并失，故不长久。由此观之，安危之统相去远矣。野谚曰"前事之不忘，后事之师也⑰"。是以君子为国，观之上古，验之当世，参以人事，察盛衰之理，审权势之宜，去就有序，变化有时，故旷日长久而社稷安矣。

"秦孝公据殽、函之固，拥雍州之地，君臣固守而窥周室，有席卷天下，包举宇内，囊括四海之意，并吞八荒之心⑱。当是时，商君佐之，内立法度，务耕织，修守战之备，外连衡而斗诸侯，于是秦人拱手而取西河之外。

"孝公既没，惠王、武王蒙故业，因遗册⑲，南兼汉中，西举巴、蜀，东割膏腴之地，收要害之郡。诸侯恐惧，会盟而谋弱秦，不爱珍器重宝肥美之地，以致天下之士，合从缔交，相与为一。当是时，齐有孟尝，赵有平原，楚有春申，魏有信陵。此四君者，皆明知而忠信，宽厚而爱人，尊贤重士，约从离衡⑳，并韩、魏、燕、楚、齐、赵、宋、卫、中山之众。于是六国之士有宁越、徐尚、苏秦、杜赫之属为之谋，齐明、周最、陈轸、昭滑、楼缓、翟景、苏厉、乐毅之徒通其意，吴起、孙膑、带佗、兒良、王廖、田忌、廉颇、赵奢之朋制其兵，常以十倍之地，百万之众，叩关而攻秦。秦人开关延敌㉑，九国之师逡巡遁逃而不敢进。秦无亡矢遗镞之费，而天下诸侯已困矣。于是从散约解，争割地而奉秦。秦有余力而制其敝，追亡逐北，伏尸百万，流血漂卤㉒。因利乘便，宰割天下，分裂河山，强国请服，弱国入朝。延及孝文王、庄襄王，享国日浅㉓，国家无事。

及至秦王，续六世之余烈㉔，振长策而御宇内，吞二周而亡诸侯，履至尊而制六合，执棰拊以鞭笞天下，威振四海。南取百越之地，以为桂林、象郡，百越之君俯首系颈，委命下吏㉕。乃使蒙恬北筑长城而守藩篱，却匈奴七百余里，胡人不敢南下而牧马，士不敢弯弓而报怨。于是废先王之道，焚百家之言，以愚黔首。堕名城，杀豪俊，收天下之兵聚之咸阳，销锋铸锯，以为金人十二，以弱黔首之民。然后斩华为城㉖，因河为津㉗，据亿丈之城，临不测之溪以为固。良将劲弩守要害之处，信臣精卒陈利兵而谁何㉘，天下以定。秦王之心，自以为关中之固，金城千里，子孙帝王万世之业也。

"秦王既没，余威振于殊俗㉙。陈涉，瓮牖绳枢之子㉚，甿隶之人㉛，而迁徙之徒，才能不及中人㉜，非有仲尼、墨翟之贤，陶朱、猗顿之富，蹑足行伍之间，而倔起什伯之中㉝，率罢散之卒，将数百之众，而转攻秦。斩木为兵，揭竿为旗，天下云集响应，赢粮而景从㉞，山东豪俊遂并起而亡秦族矣。

"且夫天下非小弱也，雍州之地，殽、函之固自若也。陈涉之位，非尊于齐、楚、燕、赵、韩、魏、宋、卫、中山之君；钼枑棘矜㉟，非铦于句戟长铩也㊱，适戍之众，非抗于九国之师；深谋远虑，行军用兵之道，非及乡时之士也㊲。然而成败异变，功业相反也。试使山东之国与陈涉度长絜大㊳，比权量力，则不可同年而语矣。然秦以区区之地，千乘之权，招八州而朝同列，百有余年矣。然后以六合为家，殽、函为宫，一夫作难而七庙堕，身死人手，为天下笑者，何也？仁义不施而攻守之势异也。

"秦并海内，兼诸侯，南面称帝，以养四海，天下之士斐然乡风，若是者何也？曰：近古之无王者久矣。周室卑微，五霸既殁，令不行于天下，是以诸侯力政⑩，强侵弱，众暴寡，兵革不休，士民罢敝。今秦南面而王天下，是上有天子也。既元元之民冀得安其性命，莫不虚心而仰上，当此之时，守威定功，安危之本在于此矣。

"秦王怀贪鄙之心，行自奋之智，不信功臣，不亲士民，废王道，立私权，禁文书而酷刑法，先诈力而后仁义，以暴虐为天下始。夫并兼者高诈力，安定者贵顺权，此言取与守不同术也。秦离战国而王天下，其道不易，其政不改，是其所以取之、守之者无异也。孤独而有之，故其亡可立而待。借使秦王计上世之事，并殷、周之迹，以制御其政，后虽有淫骄之主而未有倾危之患也。故三王之建天下，名号显美，功业长久。

"今秦二世立，天下莫不引领而观其政。夫寒者利裋褐而饥者甘糟糠，天下之嗷嗷，新主之资也。此言劳民之易为仁也。乡使二世有庸主之行，而任忠贤，臣主一心而忧海内之患，缟素而正先帝之过⑩，裂地分民以封功臣之后，建国立君以礼天下，虚囹圄而免刑戮⑩，除去收帑汙秽之罪⑩，使各反其乡里，发仓廪，散财币，以振孤独穷困之士，轻赋少事，以佐百姓之急，约法省刑以持其后，使天下之人皆得自新，更节修行，各慎其身，塞万民之望，而以威德与天下，天下集矣。即四海之内，皆欢然各自安乐其处，唯恐有变，虽有狡猾之民，无离上之心，则不轨之臣无以饰其智，而暴乱之奸止矣。二世不行此术，而重之以无道，坏宗庙与民，更始作阿房宫，繁刑严诛，吏治刻深，赏罚不当，赋敛无度，天下多事，吏弗能纪，百姓困穷而主弗收恤。然后奸伪并起，而上下相遁，蒙罪者众，刑戮相望于道，而天下苦之。自君卿以下至于众庶，人怀自危之心，亲处穷苦之实，咸不安其位，故易动也。是以陈涉不用汤武之贤，不藉公侯之尊，奋臂于大泽而天下响应者，其民危也。故先王见始终之变，知存亡之机，是以牧民之道⑩，务在安之而已。天下虽有逆行之臣，必无响应之助矣。故曰：'安民可与行义，而危民易与为非，'此之谓也。贵为天子，富有天下，身不免于戮杀者，正倾非也。是二世之过也。"

襄公立，享国十二年，初为西畤。葬西垂。生文公。

文公立，居西垂宫。五十年死，葬西垂。生静公。

静公不享国而死。生宪公。

宪公享国十二年，居西新邑。死，葬衙。生武公、德公、出子。

出子享国六年，居西陵。庶长弗忌、威累、参父三人率贼贼出子鄙衍⑩，葬衙。武公立。

武公享国二十年，居平阳封宫。葬宣阳聚东南。三庶长伏其罪。德公立。

德公享国二年，居雍大郑宫。生宣公、成公、缪公。葬阳。初伏⑩，以御蛊⑩。

宣公享国十二年，居阳宫。葬阳。初志闰月。

成公享国四年，居雍之宫。葬阳。齐伐山戎、孤竹。

缪公享国三十九年。天子致霸⑩。葬雍。缪公学著人⑩。生康公。

康公享国十二年，居雍高寝。葬竘社。生共公。

共公享国五年，居雍高寝。葬康公南。生桓公。

桓公享国二十七年，居雍太寝。葬义里丘北。生景公。

景公享国四十年，居雍高寝，葬丘里南。生毕公。

毕公享国三十六年。葬车里北。生夷公。

夷公不享国。死，葬左宫。生惠公。

惠公享国十年。葬车里。生悼公。

悼公享国十五年。葬僖公西。城雍。生刺龚公⑩。

刺龚公享国三十四年。葬人里。生躁公、怀公。其十年，彗星见。

躁公享国十四年，居受寝。葬悼公南。其元年，彗星见。

怀公从晋来，享国四年。葬栎圉氏。生灵公。诸臣围怀公，怀公自杀。

肃灵公，昭子子也，居泾阳。享国十年。葬悼公西。生简公。

简公从晋来，享国十五年。葬僖公西。生惠公。其七年，百姓初带剑。

惠公享国十三年。葬陵圉。生出公。

出公享国二年。出公自杀，葬雍。

献公享国二十三年。葬嚣圉。生孝公。

孝公享国二十四年。葬弟圉。生惠文王。其十三年，始都咸阳。

惠文王享国二十七年。葬公陵。生悼武王。

悼武王享国四年，葬永陵。

昭襄王享国五十六年。葬茝阳。生孝文王。

孝文王享国一年。葬寿陵。生庄襄王。

庄襄王享国三年。葬茝阳。生始皇帝。吕不韦相。

献公立七年，初行为市^⑧。十年，为户籍相伍。

孝公立十六年。时桃李冬华。

惠文王生十九年而立。立二年，初行钱。有新生婴儿曰"秦且王"。

悼武王生十九年而立。立三年，谓水赤三日。

昭襄王生十九年而立。立四年，初为田开阡陌。

孝文王生五十三年而立。

庄襄王生三十二年而立。立二年，取太原地。庄襄王元年，大赦，修先王功臣，施德厚骨肉，布惠于民。东周与诸侯谋秦，秦使相国不韦诛之，尽入其国。秦不绝其祀，以阳人地赐周君，奉其祭祀。

始皇享国三十七年。葬郦邑。生二世皇帝。始皇生十三年而立。

二世皇帝享国三年。葬宜春。赵高为丞相安武侯。二世生十二年而立。

右秦襄公至二世，六百一十岁。

孝明皇帝十七年十月十五日乙丑^⑨，曰：

周历已移，仁不代母^⑩。秦直其位^⑪，吕政残虐^⑫。然以诸侯十三，并兼天下，极情纵欲，养育宗亲。三十七年，兵无所不加，制作政令，施于后王。盖得圣人之威，河神授图，据狼、狐，蹈参、伐^⑬，佐政驱除，距之称始皇^⑭。

始皇既殁，胡亥极愚，郦山未毕，复作阿房，以遂前策，云"凡所为贵有天下者，肆意极欲，大臣至欲罢先君所为"，诛斯、去疾、任用赵高。痛哉言乎！人头畜鸣^⑮。不威不伐恶，不笃不虚亡，距之不得留，残虐以促期，虽居形便之国，犹不得存。

子婴度次得嗣，冠玉冠，佩华绂，车黄屋，从百司，谒七庙。小人乘非位，莫不恍忽失守，偷安日日，独能长念却虑，父子作权，近取于户牖之间，竟诛猾臣，为君讨贼。高死之后，宾婚未得尽相劳，餐未及下咽，酒未及濡唇，楚兵已屠关中，真人翔霸上^⑯，素车婴组，奉其符玺，以归帝者。郑伯茅旌鸾刀^⑰，严王退舍^⑱。河决不可复壅，鱼烂不可复全。贾谊、司马迁曰："向使婴有庸主之才，仅得中佐，山东虽乱，秦之地可全而有，宗庙之祀未当绝也。"秦之积衰，天下土崩瓦解，虽有周旦之材，无所复陈其巧，而以责一日之孤，误哉！俗传秦始皇起罪恶，胡亥极，得其理矣。复责小子，云秦地可全，所谓不通时变者也。纪季以酅，《春秋》不名。吾读《秦纪》，至于子婴车裂赵高，未尝不健其决，怜其志。婴死生之义备矣。

---

①内："纳"的古字。交纳；进献。

②壁死：自杀于壁垒之内。

③嫪毐（lào ǎi，音涝矮）：吕不韦进献秦始皇母赵太后供其淫乐的假宦官。

④王冠：依秦俗，男子年满二十二岁举行冠礼。

⑤矫：盗用。假造。

⑥鬼薪：为宗庙打柴，刑期三年。

⑦大索：全面搜索在秦任职的客籍官员。

⑧书：指李斯上的《谏逐客书》。

⑨亡：花费。

⑩亢礼：平等之礼。亢，通"抗"，对等。

⑪蜂准：高鼻。蜂，一作"隆"。准，鼻。

⑫膺：胸。

⑬约：困穷。

⑭军归斗食以下：把军队中俸禄在斗食以下的小吏、军士遣回。

⑮假守：兼代为郡守。

⑯书年：报写年龄。

⑰大酺：聚会欢饮（以庆祝消灭韩、赵、魏、燕、楚五国）。

⑱眇眇：渺小。区区不足道。

⑲终始五德之传：指推演金木水火土相生相剋的五行说解释朝换代，认为：黄帝为土德，夏为木德，商为金德，周为火德，代周者必为水德，水胜火。

⑳改年始：周以建子之月（夏历十一月）为岁首，秦以建亥之月（夏历十月）为岁首。

㉑钟鐻：即钟虡。一种悬钟的格架。

㉒写放：模仿。写，模写。放，同"仿"。

㉓复道：殿阁间两边挂有帷幔的走道，外面看不见走道上的情景。周阁相属：周围楼阁彼此连接。

㉔象：象征。天极：北极星所在的星区，古人认作星空的中央，为天帝所居。

㉕封：堆筑土坛，祭祀天神。

㉖休明：美好清明。

㉗复十二岁：免除12年的赋税劳役。

㉘东土：指原属六国地区。

㉙本事：农桑之事。本，指农业。

㉚上农除末：崇尚农业，抑制商业。

㉛四极：东南西北四方极远之处，即指全国、天下。

㉜六合：上下四方。全天下。

㉝欲出周鼎泗水：周鼎九只，为秦昭王所得，其一没于泗水，始皇想打捞上来。

㉞赭其山：使山光秃。

㉟嘉观：见此美景。

㊱休烈：壮美的事业。烈，事业，功绩。

㊲回辟：奸邪不正。

㊳宇县：全天下，全中国。县，赤县。

㊴常式：永远不变的法式。

㊵逮：到，及，达到。

㊶临古绝尤：自古以来绝无如此特出。

㊷道上党入：取道上党入咸阳。

㊸里：一里八十户，若今之村。
㊹羡门、高誓：传说碣石山上两个仙人。
㊺武殄：用武力消灭。
㊻庶心：民心。
㊼畴：田地。
㊽被：施及。
㊾久并来田：谓久流外乡者又一起回来种地。
㊿垂著仪矩：垂示天下以为仪法规矩。
(51)逋亡人：逃亡在外的人。赘婿：因贫苦入赘于女家的男子。
(52)主：指所奉行的学说。
(53)黥：在额颊上刺字。城旦：发配边地日夜筑长城，服劳役四年。
(54)除道：修治道路。
(55)堑山堙谷；开凿山崖，填塞沟谷。
(56)天极：即北极星。阁道：星名。属奎宿。汉：银河。营室：星名。即室宿。
(57)阿房：四阿旁广。
(58)隐宫：受宫刑后要隐居阴室养息百日。
(59)写：通“泻”。大量运送。
(60)复：免除赋税徭役。
(61)方：方术。人主：指君王。
(62)濡：沾湿。
(63)陵：通“凌”。凌驾。
(64)幸：临幸，恩临。
(65)中人：宦官，太监。
(66)案问：审问。
(67)备员：挂名充数。
(68)上至以衡石量书：言文书（简册）多到用秤来称量。上，指始皇。衡，秤秆。石，秤锤。书，下级上报的公文。
(69)呈：通“程”。期限。定限。
(70)奸利：奸诈取利。指以求仙药为名，骗取钱财。
(71)廉问：察访，私下查问。
(72)传相告引乃自除：互相告发才免去自己的罪。
(73)荧惑守心。荧惑星侵入心宿星区。荧惑即火星。心，亦称商星，由三颗星组成。
(74)祖龙：指秦始皇。
(75)山鬼：指持璧者。
(76)斋庄：端正庄敬。
(77)专倍：专横背德。
(78)负力：倚靠武力。
(79)间使：从事间谍活动的使者。
(80)辟方：乘僻背理；卑鄙。方（páng，音旁），通“傍”。
(81)寄豭：将公猪送到养母猪之家，以与交配得孕。此处借指男子与别人妻子通奸。豭，公猪。
(82)候：斥候，哨兵，先导。
(83)赍（jī，音基）：携带。
(84)参乘：陪乘。
(85)穿三泉：谓墓室挖穿深达地下水层。
(86)下铜而致椁：铸铜水浇灌，然后下椁于内。
(87)臧：“藏”的古字。指随藏品。
(88)羡：墓中神道。有内、中、外三道门。
(89)轶毁：更迭废毁。轶，通“迭”。

⑩臣畜：统治。

⑨鞅鞅：同"怏怏"。郁郁不乐。

⑨少近官：低级近臣。三郎：指中郎、外郎、散郎。

⑨阙廷：宫廷。

⑨廊庙：朝堂。

⑨徇地：攻城略地。

⑨少年：年年歉收。

⑨下吏：谓将报告此消息的人下狱治罪。

⑨富于春秋：正值年少。

⑨茅茨不翦：用茅草盖房顶不加剪裁。

⑩饭土塯：用瓦盆盛饭。

⑩啜土形：用瓦罐饮水。

⑩毂：简陋。

⑩竟：通"境"。

⑩数却：屡屡败退。

⑩让：责备。

⑩大氐：大都。大抵。

⑩格：格斗；抵御。

⑩数辈：数起使者。

⑩从长：诸侯首领。

⑩侔：平等，相等。

⑪贾生：即贾谊。推言：评论，指《过秦论》。

⑪钼耰白梃：锄头木棍。

⑪要：要挟。市：做买卖。意谓凭恃武力要挟、谈条件。

⑪藉使：假使，如果。

⑪雍蔽：壅塞蒙蔽。伤国；危害国家。

⑪五序：公、侯、伯、子、男五等爵位。

⑪野谚：民谚，俗语。

⑪八荒：八方荒远的地方。指全国。

⑪蒙：蒙受。因：因袭，继承。

⑫约从离衡：结约合纵抗秦，以离散秦之连横策略。

⑫延敌：引敌。迎战敌人。

⑫卤：同"橹"，大楯。

⑫享国日浅：在位时间短。

⑫六世：指孝公、惠文王、武王、昭王、孝文王、庄襄王。余烈：遗业，基业。

⑫委命下吏：谓把自己的生命交给秦之下层官吏。

⑫华：指华山。

⑫河：指黄河。

⑫陈利兵而谁何：陈列锐利兵器盘问行人。谁何，呵问行人谁。何，读"呵"，语气词。

⑫殊俗：不同风俗的民族。指四夷。

⑬甕牖绳枢：用瓦坛做窗户，用绳拴门轴。形容贫困之家。

⑬氓隶：平民奴隶。氓，同"氓"。

⑬中人：中等才能之人。

⑬什佰：十人百人之长。

⑬赢粮而景从：谓起义群众携带粮食追随陈涉反秦。

⑬钼枕棘矜：锄柄棘矛。

⑬镞：锋利。句戟；钩戟。

㊲ 乡时：即向时。从前。

㊳ 度长絜大：比较长短大小。

㊴ 力政：以武力相征战。政，读"征"。

㊵ 缟素：指服孝期间。

㊶ 囹圄：监狱。

㊷ 收帑：亦作"收孥"。古时一人犯罪，妻子连坐，没于官奴隶，谓之收孥。

㊸ 牧民之道：统治百姓方法。牧：畜养。

㊹ 率贼贼出子鄜衍：带领盗贼杀害出子于鄜衍。

㊺ 初伏：三伏之节。

㊻ 御蛊：杀狗拜祭以抵御热毒之气。

㊼ 天子致霸：谓周天子封他为伯。

㊽ 学著人：学于宁门之人。著人，职守在宫殿门屏之间的侍卫。著，音贮。

㊾ 刺龚公：一作"厉共公"。

㊿ 初行为市：开始设立市场。

(51) 孝明皇帝：即东汉明帝。

(52) 仁不代母：周为木德，由木生火，汉为火德，由周而生，因仁恩之情，子不当即代母而王。

(53) 秦直其位：在周、汉之间，秦恰好补上这个位置而得天下。直，同"值"。

(54) 吕政：秦始皇名嬴政，谓为吕不韦之子，被贬称为吕政。

(55) 据狼、狐，蹈参、伐：狼、狐二星主弓矢，参、伐二星主斩杀。谓四星主战争，故始皇好战残暴。

(56) 距之：达到。

(57) 人头畜鸣：谓秦二世长着人头，说话不知利害，犹如牲畜叫鸣。

(58) 真人：指刘邦。

(59) 郑伯茅旌鸾刀：指晋楚争霸时郑伯手执茅旌、鸾刀归服楚庄王事。

(60) 严王：即楚庄王。因避汉明帝刘庄讳改。舍：三十里为一舍。

史 记 卷 七

项羽本纪第七

　　项籍者，下相人也，字羽。初起时，年二十四。其季父项梁，梁父即楚将项燕，为秦将王翦所戮者也。项氏世世为楚将，封于项，故姓项氏。

　　项籍少时，学书不成，去，学剑，又不成。项梁怒之，籍曰："书足记名姓而已。剑一人敌，不足学，学万人敌。"于是项梁乃教籍兵法，籍大喜，略知其意，又不肯竟学①，项梁尝有栎阳逮，乃请蕲狱掾曹咎书抵栎阳狱掾司马欣，以故事得已。项梁杀人，与籍避仇于吴中。吴中贤士大夫皆出项梁下，每吴中有大繇役及丧，项梁常为主办，阴以兵法部勒宾客及子弟②，以是知其能。秦始皇帝游会稽，渡浙江，梁与籍俱观。籍曰："彼可取而代也"梁掩其口，曰："毋妄言，族矣！"梁以此奇籍。籍长八尺余，力能扛鼎，才气过人，虽吴中子弟皆已惮籍矣。

　　秦二世元年七月，陈涉等起大泽中。其九月，会稽守通谓梁曰："江西皆反，此亦天亡秦之时也，吾闻先即制人，后则为人所制。吾欲发兵，使公及桓楚将。"是时，桓楚亡在泽中。梁曰"桓楚亡，人莫知其处，独籍知之耳。"梁乃出，诫籍持剑居外待。梁复入，与守坐，曰："请召籍，使受命召桓楚。"守曰："诺"。梁召籍入。须臾，梁眴籍曰③："可行矣！"于是籍遂拔剑斩守头。项梁持守头，佩其印绶。门下大惊，扰乱，籍所击杀数十百人。一府中皆慑伏④，莫敢起。梁乃召故所知豪吏，谕以所为起大事，遂举吴中兵，使人收下县，得精兵八千人。梁部署吴中豪杰为校尉、候、司马。有一人不得用，自言于梁。梁曰："前时某丧使公主某事，不能办，以此不任用公。"众乃皆伏。于是梁为会稽守，籍为裨将，徇下县⑤。

广陵人召平于是为陈王徇广陵⑥，未能下。闻陈王败走，秦兵又且至，乃渡江矫陈王命，拜梁为楚王上柱国，曰："江东已定，急引兵西击秦。"项梁乃以八千人渡江而西。闻陈婴已下东阳，使使欲与连和俱西。

陈婴者，故东阳令史，居县中，素信谨，称为长者⑦。东阳少年杀其令，相聚数千人，欲置长，无适用，乃请陈婴，婴谢不能，遂强立婴为长，县中从者得二万人。少年欲立婴便为王，异军苍头特起⑧。陈婴母谓婴曰："自我为汝家妇，未尝闻汝先古之有贵者。今暴得大名，不祥。不如有所属，事成犹得封侯，事败易以亡，非世所指名也。"婴乃不敢为王。谓其军吏曰："项氏世世将家，有名于楚。今欲举大事，将非其人，不可。我倚名族，亡秦必矣。"于是众从其言，以兵属项梁。项梁渡淮，黥布、蒲将军亦以兵属焉。凡六七万人，军下邳。

当是时，秦嘉已立景驹为楚王，军彭城东，欲距项梁。项梁谓军吏曰："陈王先首事，战不利，未闻所在。今秦嘉倍陈王而立景驹，逆无道。"乃进兵击秦嘉。秦嘉军败走，追之至胡陵。嘉还战一日，嘉死，军降。景驹走死梁地。项梁已并秦嘉军，军胡陵，将引军而西。章邯军至栗，项梁使别将朱鸡石、余樊君与战。余樊君死。朱鸡石军败亡走胡陵。项梁乃引兵入薛，诛鸡石。项梁前使项羽别攻襄城，襄城坚守不下。已拔，皆坑之。还报项梁。项梁闻陈王定死，召诸别将会薛计事。此时沛公亦起沛往焉。

居鄛人范增，年七十，素居家，好奇计，往说项梁曰："陈胜败固当。夫秦灭六国，楚最无罪。自怀王入秦不反，楚人怜之至今，故楚南公曰'楚虽三户，亡秦必楚'也。今陈胜首事，不立楚后而自立，其势不长。今君起江东，楚蜂午之将皆争附君者⑨，以君世世楚将，为能复立楚之后也。"于是项梁然其言，乃求楚怀王孙心民间，为人牧羊，立以为楚怀王，从民所望也。陈婴为楚上柱国，封五县，与怀王都盱台。项梁自号为武信君。

居数月，引兵攻亢父，与齐田荣、司马龙且军救东阿，大破秦军于东阿。田荣即引兵归，逐其王假。假亡走楚，假相田角亡走赵。角弟田间故齐将，居赵不敢归。田荣立田儋子市为齐王。项梁已破东阿下军，遂追秦军。数使使趣齐兵⑩，欲与俱西。田荣曰："楚杀田假，赵杀田角、田间，乃发兵。"项梁曰："田假为与国之王⑪，穷来从我，不忍杀之。"赵亦不杀田角、田间以市于齐⑫。齐遂不肯发兵助楚。项梁使沛公及项羽别攻城阳，屠之。西破秦军濮阳东，秦兵收入濮阳。沛公、项羽乃攻定陶。定陶未下，去，西略地至雕丘，大破秦军，斩李由。还攻外黄，外黄未下。

项梁起东阿，西，比至定陶⑬，再破秦军，项羽等又斩李由，益轻秦，有骄色。宋义乃谏项梁曰："战胜而将骄卒惰者败。今卒少惰矣，秦兵日益，臣为君畏之。"项梁弗听，乃使宋义使于齐。道遇齐使者高陵君显，曰："公将见武信君乎？"曰："然。"曰："臣论武信君军必败。公徐行即免死，疾行则及祸。"秦果悉起兵益章邯，击楚军，大破之定陶，项梁死。沛公、项羽去外黄攻陈留，陈留坚守不能下。沛公、项羽相与谋曰："今项梁军破，士卒恐。"乃与吕臣军俱引兵而东。吕臣军彭城东，项羽军彭城西，沛公军砀。

章邯已破项梁军，则以为楚地兵不足忧，乃渡河击赵，大破之。当此时，赵歇为王，陈余为将，张耳为相，皆走入巨鹿城。章邯令王离、涉间围巨鹿，章邯军其南，筑甬道而输之粟。陈余为将，将卒数万人而军巨鹿之北，此所谓河北之军也。

楚兵已破于定陶，怀王恐，从盱台之彭城，并项羽、吕臣军自将之。以吕臣为司徒，以其父吕青为令尹。以沛公为砀郡长，封为武安侯，将砀郡兵。

初，宋义所遇齐使者高陵君显在楚军，见楚王曰："宋义论武信君之军必败，居数日，军果败。兵未战而先见败征，此可谓知兵矣。"王召宋义与计事而大说之，因置以为上将军，项羽为鲁公，为次将，范增为末将，救赵。诸别将皆属宋义，号为卿子冠军。行至安阳，留四十六日不进。项羽曰："吾闻秦军围赵王巨鹿，疾引兵渡河，楚击其外，赵应其内，破秦军必矣。"宋义曰："不然。夫搏牛之虻不可以破虮虱⑭。今秦攻赵，战胜则兵罢，我承其敝；不胜，则我引兵鼓行而西，必举秦矣。故不如先斗秦、赵。夫被坚执锐⑮，义不如公；坐而运策，公不如义。"因下令军中曰："猛如虎，很如羊，贪如狼，强不可使者，皆斩之。"乃遣其子宋襄相齐，身送之至无盐，饮酒高会。天寒大雨，士卒冻饥。项羽曰："将戮力而攻秦，久留不行。今岁饥民贫，士卒食芋菽，军无见粮，乃饮酒高会，不引兵渡河因赵食，与赵并力攻秦，乃曰'承其敝'。夫以秦之强，攻新造之赵，其势必举赵。赵举而秦强，何敝之承！且国兵新破，王坐不安席，埽境内而专属于将军，国家安危，在此一举。今不恤士卒而徇其私，非社稷之臣。"项羽晨朝上将军宋义，即其帐中斩宋义头，出令军中曰："宋义与齐谋反楚，楚王阴令羽诛之。"当是时，诸将皆慑服，莫敢枝梧，皆曰："首立楚者，将军家也。今将军诛乱。"乃相与共立羽为假上将军⑯，使人追宋义子，及之齐，杀之。使桓楚报命于怀王，怀王因使项羽为上将军，当阳君、蒲将军皆属项羽。

项羽已杀卿子冠军，威震楚国，名闻诸侯，乃遣当阳君、蒲将军将卒二万渡河救巨鹿。战少利，陈余复请兵。项羽乃悉引兵渡河，皆沉船，破釜甑，烧庐舍，持三日粮，以示士卒必死，无一还心，于是至则围王离，与秦军遇，九战，绝其甬道，大破之，杀苏角，虏王离。涉间不降楚，自烧杀。当是时，楚兵冠诸侯。诸侯军救巨鹿下者十余壁⑰，莫敢纵兵。及楚击秦，诸将皆从壁上观。楚战士无不一以当十，楚兵呼声动天，诸侯军无不人人惴恐。于是已破秦军，项羽召见诸侯将，入辕门，无不膝行而前，莫敢仰视。项羽由是始为诸侯上将军，诸侯皆属焉。

章邯军棘原，项羽军漳南，相持未战。秦军数却，二世使人让章邯。章邯恐，使长史欣请事。至咸阳，留司马门三日⑱，赵高不见，有不信之心。长史欣恐，还走其军，不敢出故道，赵高果使人追之，不及。欣至军，报曰："赵高用事于中，下无可为者。今战能胜，高必嫉妒吾功；战不能胜，不免于死。愿将军孰计之。"陈余亦遗章邯书曰："白起为秦将，南征鄢郢，北坑马服，攻城略地，不可胜计，而竟赐死。蒙恬为秦将，北逐戎人，开榆中地数千里，竟斩阳周。何者？功多，秦不能尽封，因以法诛之。今将军为秦将三岁矣，所亡失以十万数，而诸侯并起滋益多。彼赵高素谀日久，今事急，亦恐二世诛之，故欲以法诛将军以塞责，使人更代将军以脱其祸。夫将军居外久，多内郤⑲，有功亦诛，无功亦诛。且天之亡秦，无愚智皆知之。今将军内不能直谏，外为亡国将，孤特独立而欲常存，岂不哀哉！将军何不还兵与诸侯为从⑳，约共攻秦，分王其地，南面称孤。此孰与身伏鈇质㉑，妻子为僇乎㉒？"章邯狐疑，阴使候始成使项羽，欲约。约未成，项羽使蒲将军日夜引兵度三户，军漳南，与秦战，再破之。项羽悉引兵击秦军汙水上，大破之。

章邯使人见项羽，欲约。项羽召军吏谋曰："粮少，欲听其约。"军吏皆曰："善。"项羽乃与期洹水南殷虚上。已盟，章邯见项羽而流涕，为言赵高。项羽乃立章邯为雍王，置楚军中，使长史欣为上将军，将秦军为前行。

到新安。诸侯吏卒异时故徭使屯戍过秦中，秦中吏卒遇之多无状㉓，及秦军降诸侯，诸侯吏卒乘胜多奴虏使之，轻折辱秦吏卒。秦吏卒多窃言曰："章将军等诈吾属降诸侯，今能入关破秦，大善；即不能，诸侯虏吾属而东，秦必尽诛吾父母妻子"。诸将微闻其计，以告项羽。项羽乃召黥布、蒲将军计曰："秦吏卒尚众，其心不服，至关中不听，事必危，不如击杀之，而独与章邯、长史欣、都尉翳入秦。"于是楚军夜击坑秦卒二十余万人新安城南。

　　行略定秦地。函谷关有兵守关，不得入。又闻沛公已破咸阳，项羽大怒，使当阳君等击关。项羽遂入，至于戏西。沛公军霸上，未得与项羽相见。沛公左司马曹无伤使人言于项羽曰："沛公欲王关中，使子婴为相，珍宝尽有之。"项羽大怒，曰："旦日飨士卒，为击破沛公军！"当是时，项羽兵四十万，在新丰鸿门，沛公兵十万，在霸上。范增说项羽曰："沛公居山东时，贪于财货，好美姬，今入关，财物无所取，妇女无所幸，此其志不在小。吾令人望其气，皆为龙虎，成五采，此天子气也。急击勿失。"

　　楚左尹项伯者，项羽季父也，素善留侯张良。张良是时从沛公，项伯乃夜驰之沛公军，私见张良，具告以事，欲呼张良与俱去，曰："毋从俱死也。"张良曰："臣为韩王送沛公，沛公今事有急，亡去不义，不可不语。"良乃入，具告沛公。沛公大惊，曰："为之奈何？"张良曰："谁为大王为此计者？"曰："鲰生说我曰：''距关，毋内诸侯㉔，秦地可尽王也。'故听之。"良曰："料大王士卒足以当项王乎？"沛公默然，曰："固不如也，且为之奈何？"张良曰："请往谓项伯，言沛公不敢背项王也。"沛公曰："君安与项伯有故？"张良曰："秦时与臣游，项伯杀人，臣活之。今事有急，故幸来告良。"沛公曰："孰与君少长？"良曰："长于臣。"沛公曰："君为我呼入，吾得兄事之。"张良出，要项伯。项伯即入见沛公。沛公奉卮酒为寿，约为婚姻，曰："吾入关，秋毫不敢有所近，籍吏民，封府库，而待将军。所以遣将守关者，备他盗之出入与非常也。日夜望将军至，岂敢反乎！愿伯具言臣之不敢倍德也。"项伯许诺，谓沛公曰："旦日不可不蚤自来谢项王。"沛公曰："诺"。于是项伯复夜去，至军中，具以沛公言报项王，因言曰："沛公不先破关中，公岂敢入乎？今人有大功而击之，不义也，不如因善遇之。"项王许诺。

　　沛公旦日从百余骑来见项王，至鸿门，谢曰："臣与将军戮力而攻秦，将军战河北，臣战河南，然不自意能先入关破秦，得复见将军于此。今者有小人之言，令将军与臣有隙。"项王曰："此沛公左司马曹无伤言之，不然，籍何以至此。"项王即日因留沛公与饮。项王、项伯东向坐，亚父南向坐。亚父者，范增也。沛公北向坐，张良西向侍。范增数目项王，举所佩玉玦以示之者三，项王默然不应。范增起，出召项庄，谓曰："君王为人不忍，若入前为寿，寿毕，请以剑舞，因击沛公于坐，杀之。不者，若属皆且为所虏。"庄则入为寿。寿毕，曰："君王与沛公饮，军中无以为乐，请以剑舞。"项王曰："诺。"项庄拔剑起舞，项伯亦拔剑起舞，常以身翼蔽沛公，庄不得击。于是张良至军门，见樊哙。樊哙曰："今日之事何如？"良曰："甚急。今者项庄拔剑舞，其意常在沛公也。"哙曰："此迫矣，臣请入，与之同命。"哙即带剑拥盾入军门。交戟之卫士欲止不内，樊哙侧其盾以撞，卫士仆地，哙遂入，披帷西向立，瞋目视项王，头发上指，目眦尽裂。项王按剑而跽曰："客何为者？"张良曰："沛公之参乘樊哙者也。"项王曰："壮士，赐之卮酒。"则与斗卮酒。哙拜谢，起，立而饮之。项王曰："赐之彘肩㉕。"则与一生彘肩。樊哙覆其盾于地，加彘肩上，拔剑切而啗之。项王曰："壮士，能复饮乎？"樊哙曰："臣死且不避，卮酒安足辞！夫秦王有虎狼之心，杀人如不能举，刑人如不恐胜，天下皆叛之。怀王与诸将约曰：'先破秦入咸阳者王之'，今沛公先破秦入咸阳，毫毛不敢有所近，封闭宫室，还军霸上，以待大王来。故遣将守关者，备他盗出入与非常也。劳苦而功高如此，未有封侯之赏，而听细说，欲诛有功之人。此亡秦之续耳，窃为大王不取也。"项王未有以应，曰："坐。"樊哙从良坐。坐须臾，沛公起如厕，因招樊哙出。

　　沛公已出，项王使都尉陈平召沛公。沛公曰："今者出，未辞也，为之奈何？"樊哙曰："大行不顾细谨，大礼不辞小让。如今人方为刀俎，我为鱼肉，何辞为。"于是遂去，乃令张良留谢。良问曰："大王来何操？"曰："我持白璧一双，欲献项王，玉斗一双，欲与亚父，会其怒，不敢献。公为我献之。"张良曰："谨诺。"

　　当是时，项王军在鸿门下，沛公军在霸上，相去四十里，沛公则置车骑㉕，脱身独骑，与樊哙、夏侯婴、靳强、纪信等四人持剑盾步走，从郦山下，道芷阳间行㉖。沛公谓张良曰："从此道至吾军，不过二十里耳。度我至军中，公乃入。"沛公已去，间至军中，张良入谢，曰："沛公不胜桮杓㉘，不能辞。谨使臣良奉白璧一双，再拜献大王足下，玉斗一双，再拜奉大将军足下。"项王曰："沛公安在？"良曰："闻大王有意督过之㉙，脱身独去，已至军矣。"项王则受璧，置之坐上。亚父受玉斗，置之地，拔剑撞而破之，曰："唉！竖子不足与谋。夺项王天下者，必沛公也，吾属今为之虏矣。"

　　沛公至军，立诛杀曹无伤。

　　居数日，项羽引兵西屠咸阳，杀秦降王子婴，烧秦宫室，火三月不灭，收其货宝、妇女而东。人或说项王曰："关中阻山河四塞，地肥饶，可都以霸。"项王见秦宫室皆以烧残破，又心怀思欲东归，曰："富贵不归故乡，如衣绣夜行，谁知之者！"说者曰："人言'楚人沐猴而冠耳'，果然。"项王闻之，烹说者。

　　项王使人致命怀王，怀王曰："如约。"乃尊怀王为义帝。项王欲自王，先王诸将相㉚，谓曰："天下初发难时，假立诸侯后以伐秦。然身被坚执锐首事，暴露于野三年，灭秦定天下者，皆将相诸君与籍之力也。义帝虽无功，故当分其地而王之。"诸将皆曰："善"。乃分天下，立诸将为侯王。

　　项王、范增疑沛公之有天下，业已讲解，又恶负约，恐诸侯叛之，乃阴谋曰："巴、蜀道险，秦之迁人皆居蜀。"乃曰："巴、蜀亦关中地也。"故立沛公为汉王，王巴、蜀、汉中，都南郑。而三分关中，王秦降将以距塞汉王。

　　项王乃立章邯为雍王，王咸阳以西，都废丘。长史欣者，故为栎阳狱掾，尝有德于项梁；都尉董翳者，本劝章邯降楚。故立司马欣为塞王，王咸阳以东至河，都栎阳；立董翳为翟王，王上郡，都高奴。徙魏王豹为西魏王，王河东，都平阳。瑕丘申阳者，张耳嬖臣也，先下河南郡，迎楚河上，故立申阳为河南王，都雒阳。韩王成因故都，都阳翟。赵将司马卬定河内，数有功，故立卬为殷王，王河内，都朝歌。徙赵王歇为代王。赵相张耳素贤，又从入关，故立耳为常山王，王赵地，都襄国。当阳君黥布为楚将，常冠军，故立布为九江王，都六。鄱君吴芮率百越佐诸侯，又从入关，故立芮为衡山王，都邾。义帝柱国共敖将兵击南郡，功多，因立敖为临江王，都江陵。徙燕王韩广为辽东王。燕将臧荼从楚救赵，因从入关，故立荼为燕王，都蓟。徙齐王田市为胶东王。齐将田都从共救赵，因从入关，故立都为齐王，都临菑。故秦所灭齐王建孙田安，项羽方渡河救赵，田安下济北数城，引其兵降项羽，故立安为济北王，都博阳。田荣者，数负项梁，又不肯将兵从楚击秦，以故不封。成安君陈余弃将印去，不从入关，然素闻其贤，有功于赵，闻其在南皮，故因环封三县㉛。番君将梅鋗功多，故封十万户侯。项王自立为西楚霸王，王九郡，都彭城。

　　汉之元年四月，诸侯罢戏下㉜，各就国。项王出之国，使人徙义帝，曰："古之帝者地方千里，必居上游。"乃使使徙义帝长沙郴县，趣义帝行，其群臣稍稍背叛之，乃阴令衡山、临江王击杀之江中。韩王成无军功，项王不使之国，与俱至彭城，废以为侯，已又杀之。臧荼之国，因逐韩广之辽东，广弗听，荼击杀广无终，并王其地。

田荣闻项羽徙齐王市胶东，而立齐将田都为齐王，乃大怒，不肯遣齐王之胶东，因以齐反，迎击田都。田都走楚。齐王市畏项王，乃亡之胶东就国。田荣怒，追击杀之即墨。荣因自立为齐王，而西击杀济北王田安，并王三齐。荣与彭越将军印，令反梁地。陈余阴使张同、夏说说齐王田荣曰："项羽为天下宰，不平。今尽王故王于丑地，而王其群臣诸将善地，逐其故主，赵王乃北居代，余以为不可。闻大王起兵，且不听不义，愿大王资余兵，请以击常山，以复赵王，请以国为扞蔽"③。齐王许之，因遣兵之赵。陈余悉发三县兵，与齐并力击常山，大破之。张耳走归汉。陈余迎故赵王歇于代，反之赵。赵王因立陈余为代王。

是时，汉还定三秦④。项羽闻汉王皆已并关中，且东，齐、赵叛之，大怒。乃以故吴令郑昌为韩王，以距汉。令萧公角等击彭越。彭越败萧公角等。汉使张良徇韩，乃遗项王书曰："汉王失职⑤，欲得关中，如约即止，不敢东。"又以齐、梁反书遗项王曰："齐欲与赵并灭楚。"楚以此故无西意，而北击齐。征兵九江王布。布称疾不往，使将将数千人行。项王由此怨布也。

汉之二年冬，项羽遂北至城阳，田荣亦将兵会战。田荣不胜，走至平原，平原民杀之。遂北烧夷齐城郭室屋，比坑田荣降卒，系虏其老弱妇女。徇齐至北海，多所残灭。齐人相聚而叛之。于是田荣弟田横收齐亡卒得数万人，反城阳。项王因留，连战未能下。

春，汉王部五诸侯兵，凡五十六万人，东伐楚。项王闻之，即令诸将击齐，而自以精兵三万人南从鲁出胡陵。四月，汉皆已入彭城，收其货宝、美人，日置酒高会。项王乃西从萧，晨击汉军而东，至彭城，日中，大破汉军。汉军皆走，相随入谷、泗水，杀汉卒十余万人。汉卒皆南走山，楚又追击至灵壁东睢水上。汉军却，为楚所挤，多杀，汉卒十余万人皆入睢水，睢水为之不流。围汉王三匝⑥。于是大风从西北而起，折木发屋，扬沙石，窈冥昼晦，逢迎楚军。楚军大乱，坏散，而汉王乃得与数十骑遁去，欲过沛，收家室而西。楚亦使人追之沛，取汉王家。家皆亡，不与汉王相见。汉王道逢得孝惠、鲁元⑦，乃载行。楚骑追汉王，汉王急，推堕孝惠、鲁元车下，滕公常下收载之。如是者三，曰："虽急不可以驱，奈何弃之？"于是遂得脱。求太公、吕后不相遇。审食其从太公、吕后间行，求汉王，反遇楚军。楚军遂与归，报项王，项王常置军中。

是时吕后兄周吕侯为汉将兵居下邑，汉王间往从之，稍稍收其士卒。至荥阳，诸败军皆会，萧何亦发关中老弱未傅悉诣荥阳，复大振。楚起于彭城，常乘胜逐北，与汉战荥阳南京、索间，汉败楚，楚以故不能过荥阳而西。

项王之救彭城，追汉王至荥阳。田横亦得收齐，立田荣子广为齐王。汉王之败彭城，诸侯皆复与楚而背汉。汉军荥阳，筑甬道属之河，以取敖仓粟。

汉之三年，项王数侵夺汉甬道，汉王食乏，恐，请和，割荥阳以西为汉。项王欲听之。历阳侯范增曰："汉易与耳⑧，今释弗取，后必悔之。"项王乃与范增急围荥阳。汉王患之，乃用陈平计间项王。项王使者来，为太牢具⑨，举欲进之，见使者，详惊愕曰："吾以为亚父使者，乃反项王使者。"更持去，以恶食食项王使者。使者归报项王，项王乃疑范增与汉有私，稍夺之权。范增大怒，曰："天下事大定矣，君王自为之。愿赐骸骨归卒伍。"项王许之，行未至彭城，疽发背而死。

汉将纪信说汉王曰："事已急矣，请为王诳楚为王，王可以间出。"于是汉王夜出女子荥阳东门被甲二千人，楚兵四面击之。纪信乘黄屋车，傅左纛，曰："城中食尽，汉王降。"楚兵皆呼万岁。汉王亦与数十骑从城西门出，走成皋。项王见纪信，问："汉王安在？"信曰："汉王已出矣。"项王烧杀纪信。

汉王使御史大夫周苛、枞公、魏豹守荥阳。周苛、枞公谋曰："反国之王，谁与守城。"乃共杀魏豹。楚下荥阳城，生得周苛。项王谓周苛曰："为我将，我以公为上将军，封三万户。"周苛骂曰："若不趣降汉，⑩汉今虏若，若非汉敌也。"项王怒，烹周苛，并杀枞公。

汉王之出荥阳，南走宛、叶，得九江王布，行收兵，复入保成皋。

汉之四年，项王进兵围成皋。汉王逃，独与滕公出成皋北门，渡河走修武，从张耳、韩信军。诸将稍稍得出成皋，从汉王。楚遂拔成皋，欲西。汉使兵距之巩，令其不得西。

是时，彭越渡河击楚东阿，杀楚将军薛公。项王乃自东击彭越。汉王得淮阴侯兵，欲渡河南。郑忠说汉王，乃止壁河内。使刘贾将兵佐彭越，烧楚积聚。项王东击破之，走彭越。汉王则引兵渡河，复取成皋，军广武，就敖仓食。项王已定东海来，西，与汉俱临广武而军，相守数月。

当此时，彭越数反梁地，绝楚粮食。项王患之，为高俎⑪，置太公其上，告汉王曰："今不急下，吾烹太公。"汉王曰："吾与项羽俱北面受命怀王，曰'约为兄弟'，吾翁即若翁，必欲烹而翁，⑫则幸分我一杯羹。"项王怒，欲杀之。项伯曰："天下事未可知，且为天下者不顾家，虽杀之无益，祇益祸耳。"项王从之。

楚、汉久相持未决，丁壮苦军旅，老弱罢转漕。项王谓汉王曰："天下匈匈数岁者⑬，徒以吾两人耳，愿与汉王挑战决雌雄，毋徒苦天下之民父子为也。"汉王笑谢曰："吾宁斗智，不能斗力。"项王令壮士出挑战。汉有善骑射者楼烦，楚挑战三合楼烦辄射杀之。项王大怒，乃自被甲持戟挑战。楼烦欲射之，项王瞋目叱之，楼烦目不敢视，手不敢发，遂走还入壁，不敢复出。汉王使人间问之，乃项王也。汉王大惊。于是项王乃即汉王相与临广武间而语，汉王数之，项王怒，欲一战。汉王不听，项王伏弩射中汉王，汉王伤，走入成皋。

项王闻淮阴侯已举河北，破齐、赵，且欲击楚，乃使龙且往击之。淮阴侯与战，骑将灌婴击之，大破楚军，杀龙且。韩信因自立为齐王。项王闻龙且军破，则恐，使盱台人武涉往说淮阴侯。淮阴侯弗听。

是时，彭越复反，下梁地，绝楚粮。项王乃谓海春侯大司马曹咎等曰："谨守成皋，则汉欲挑战，慎勿与战，毋令得东而已。我十五日必诛彭越，定梁地，复从将军。"乃东，行击陈留、外黄。外黄不下。数日，已降，项王怒，悉令男子年十五已上诣城东，欲坑之。外黄令舍人儿年十三，往说项王曰："彭越强劫外黄，外黄恐，故且降，待大王。大王至，又皆坑之，百姓岂有归心？从此以东，梁地十余城皆恐，莫肯下矣。"项王然其言，乃赦外黄当坑者。东至睢阳，闻之皆争下项王。

汉果数挑楚军战，楚军不出。使人辱之，五六日，大司马怒，渡兵汜水。士卒半渡，汉击之，大破楚军，尽得楚国货赂。大司马咎、长史翳、塞王欣皆自刭汜水上。大司马咎者，故蕲狱掾，长史欣亦故栎阳狱吏，两人尝有德于项梁。是以项王信任之。当是时，项王在睢阳，闻海春侯军败，则引兵还。汉军方围钟离眛于荥阳东，项王至，汉军畏楚，尽走险阻。

是时，汉兵盛食多，项王兵罢食绝。汉遣陆贾说项王，请太公，项王弗听。汉王复使侯公往说项王，项王乃与汉约，中分天下，割鸿沟以西者为汉，鸿沟而东者为楚。项王许之，即归汉王父母妻子，军皆呼万岁。汉王乃封侯公为平国君，匿弗肯复见，曰："此天下辩士，所居倾国，故号为平国君。"项王已约，乃引兵解而东归。

汉欲西归，张良、陈平说曰："汉有天下太半，而诸侯皆附之。楚兵罢食尽，此天亡楚之时也，不如因其机而遂取之，今释弗击，此所谓'养虎自遗患'也。"汉王听之。

汉五年，汉王乃追项王至阳夏南，止军，与淮阴侯韩信、建成侯彭越期会而击楚军。至固陵，而信、越之兵不会。楚击汉军，大破之。汉王复入壁，深堑而自守，谓张子房曰："诸侯不从约，为之奈何？"封曰："楚兵且破，信、越未有分地，其不至固宜。君王能与共分天下，今可立致也。即不能，事未可知也。君王能自陈以东傅海尽与韩信④，睢阳以北至谷城以与彭越，使各自为战，则楚易败也。"汉王曰："善。"于是乃发使者告韩信、彭越曰："并力击楚。楚破，自陈以东傅海与齐王，睢阳以北至谷城与彭相国。"使者至，韩信、彭越皆报曰："请今进兵。"韩信乃从齐往，刘贾军从寿春并行，屠城父，至垓下。大司马周殷叛楚，以舒屠六，举九江兵，随刘贾、彭越皆会垓下，诣项王。

项王军壁垓下，兵少食尽，汉军及诸侯兵围之数重。夜闻汉军四面皆楚歌，项王乃大惊曰："汉皆已得楚乎？是何楚人之多也！"项王则夜起，饮帐中，有美人名虞常幸从，骏马名骓常骑之，于是项王乃悲歌慷慨，自为诗曰："力拔山兮气盖世，时不利兮骓不逝。骓不逝兮可奈何，虞兮虞兮奈若何！"歌数阕，美人和之⑤。项王泣数行下，左右皆泣。莫能仰视。

于是项王乃上马骑，麾下壮士骑从者八百余人，直夜溃围南出，驰走，平明，汉军乃觉之，令骑将灌婴以五千骑追之。项王渡淮，骑能属者百余人耳⑯。项王至阴陵，迷失道，问一田父，田父绐曰："左"⑰。左，乃陷大泽中，以故汉追及之。项王乃复引兵而东，至东城，乃有二十八骑。汉骑追者数千人，项王自度不得脱，谓其骑曰："吾起兵至今八岁矣，身七十余战，所当者破，所击者服，未尝败北，遂霸有天下。然今卒困于此，此天之亡我，非战之罪也。今日固决死，愿为诸君快战，必三胜之，为诸君溃围、斩将、刈旗⑱，令诸君知天亡我，非战之罪也。"乃分其骑以为四队，四向。汉军围之数重。项王谓其骑曰："吾为公取彼一将。"令四面骑驰下，期山东为三处⑲。于是项王大呼驰下，汉军皆披靡，遂斩汉一将。是时，赤泉侯为骑将，追项王，项王瞋目而叱之，赤泉侯人马俱惊，辟易数里⑳，与其骑会为三处。汉军不知项王所在，乃分军为三，复围之。项王乃驰，复斩汉一都尉，杀数十百人，复聚其骑，亡其两骑耳，乃谓其骑曰："何如？"骑皆伏曰："如大王言。"

于是项王乃欲东渡乌江。乌江亭长舣船待㉑，谓项王曰："江东虽小，地方千里，众数十万人，亦足王也。愿大王急渡。今独臣有船，汉军至，无以渡。"项王笑曰："天之亡我，我何渡为！且籍与江东子弟八千人渡江而西，今无一人还，纵江东父兄怜而王我，我何面目见之？纵彼不言，籍独不愧于心乎？"乃谓亭长曰："吾知公长者。吾骑此马五岁，所当无敌，尝一日行千里，不忍杀之，以赐公。"乃令骑皆下马步行，持短兵接战，独籍所杀汉军数百人。项王身亦被十余创，顾见汉骑司马吕马童，曰："若非吾故人乎？"马童面之㉒，指王翳曰："此项王也。"项王乃曰："吾闻汉购我头千金，邑万户，吾为若德。"乃自刎而死。王翳取其头，余骑相蹂践争项王，相杀者数十人，最其后，郎中骑杨喜，骑司马吕马童，郎中吕胜、杨武各得其一体。五人共会其体，皆是。故分其地为五：封吕马童为中水侯，封王翳为杜衍侯，封杨喜为赤泉侯，封杨武为吴防侯，封吕胜为涅阳侯。

项王已死，楚地皆降汉，独鲁不下。汉乃引天下兵欲屠之，为其守礼义，为主死节，乃持项王头视鲁，鲁父兄乃降。始，楚怀王初封项籍为鲁公，及其死，鲁最后下，故以鲁公礼葬项王谷城。汉王为发哀，泣之而去。

诸项氏枝属，汉王皆不诛。乃封项伯为射阳侯。桃侯、平皋侯、玄武侯皆项氏，赐姓刘。

太史公曰："吾闻之周生曰"舜目盖重瞳子㉓"，又闻项羽亦重瞳子。羽岂其苗裔邪？何兴之暴也㉔！夫秦失其政，陈涉首难，豪杰蜂起，相与并争，不可胜数。然羽非有尺寸㉕，乘埶起陇亩之中，三年，遂将五诸侯灭秦，分裂天下，而封王侯，政由羽出，号为："霸王"，位虽不终，近古以来未尝有也。及羽背关怀楚㉖，放逐义帝而自立，怨王侯叛己，难矣。自矜功伐，奋其私智而不师古，谓霸王之业，欲以力征经营天下，五年卒亡其国，身死东城，尚不觉寤而不自责，过矣。乃引"天亡我，非用兵之罪也"，岂不谬哉！

---

①竟学：完成学业。

②部勒：部署，组织。

③眴：使眼色示意。

④慴伏：惊吓得拜伏在地上。

⑤徇下县：镇抚所属各县。

⑥陈王：指陈涉。

⑦长者：有学问有德行的人。

⑧异军苍头：头裹青巾、与众不同的一支新军。

⑨蜂午：群蜂飞起。午，纵横交错。

⑩趣：同"促"。催促。

⑪与国：盟国。

⑫以市于齐：向齐国讨好。

⑬比：等到。

⑭虮虱：虱子。

⑮被坚执锐：身披铁甲，手执兵器。谓冲锋陷阵。

⑯假上将军：代理上将军。

⑰壁：营垒。

⑱司马门：宫廷的外门，设司马守备，故称。

⑲多内郤：在朝廷内多有嫌隙。郤，同"隙"，裂痕，矛盾。

⑳为从：订立合纵之约。

㉑身伏铁质：身受腰斩。铁质，刑具。铁，铡刀。质，斩人的砧。

㉒僇：同"戮"诛杀。

㉓无状：非常暴虐。

㉔内：音、义同"纳"。

㉕彘肩：猪肘。

㉖置：置之不用。

㉗间行：抄小路走。

㉘栀杓：酒的代称。指酒力。

㉙有意督过：有督责其过之意。

㉚王：动词。封王爵。

㉛环封三县：环绕南皮的三县。

㉜罢戏下：从戏水撤兵。

㉝扞蔽：屏蔽，屏藩。

㉞三秦：项羽分封三王的关中地。

㉟失职：没有得到应得的职秩封号。

㊱三匝（zā，音扎）：三重包围。匝，周。

㊲孝惠、鲁元：吕后所生一男一女，即孝惠帝刘盈和鲁元公主。

㊳易与：容易对付。与：相与。

㊴太牢具：牛、羊、豕三牲俱全的丰盛筵席。

㊵若：你，你们。

㊶高俎：高大的砧板。

㊷而：你，你的。

㊸匈匈：战乱不止。

㊹傅：至，达到。

㊺美人和之：据《楚汉春秋》，其和诗曰："汉兵已略地，四方楚歌声，大王意气尽，贱妾何聊生！"

㊻骑能属者：指仍能追随在后的骑兵。

㊼绐：欺骗。

㊽刈旗：砍倒汉旗。

㊾期山东为三处：约定在山的东面分三处集合。

㊿辟易：避退。

(51)杙船：划船靠岸。

(52)面之：谓不好意思面对而视。

(53)重瞳：两个瞳孔。

(54)暴：突然。

(55)尺寸：指尺寸之地。

(56)背关：放弃关中之地。一说背弃先入关为王之约。

史 记 卷 八

高祖本纪第八

高祖，沛丰邑中阳里人，姓刘氏，字季。父曰太公，母曰刘媪。其先刘媪尝息大泽之陂，梦与神遇。是时雷电晦冥，太公往视，则见蛟龙于其上。已而有身，遂产高祖。

高祖为人，隆准而龙颜①，美须髯，左股有七十二黑子。仁而爱人，喜施，意豁如也。常有大度，不事家人生产作业。及壮，试为吏，为泗水亭长，廷中吏无所不狎侮。好酒及色。常从王媪、武负贳酒②，醉卧，武负、王媪见其上常有龙，怪之。高祖每酤留饮，酒雠数倍③。及见怪，岁竟④，此两家常折券弃责⑤。

高祖常徭咸阳，纵观⑥，观秦皇帝，喟然太息曰："嗟乎，大丈夫当如此也！"

单父人吕公善沛令，避仇从之客⑦，因家沛焉。沛中豪杰吏闻令有重客，皆往贺。萧何为主吏，主进⑧，令诸大夫曰⑨："进不满千钱，坐之堂下。"高祖为亭长，素易诸吏⑩，乃绐为谒曰"贺钱万⑪"，实不持一钱。谒入，吕公大惊，起，迎之门。吕公者，好相人，见高祖状貌，因重敬之，引入坐。萧何曰："刘季固多大言，少成事。"高祖因狎侮诸客，遂坐上坐，无所诎⑫。酒阑，吕公因目固留高祖。高祖竟酒，后。吕公曰："臣少好相人，相人多矣，无如季相，愿季自爱。臣有息女⑬，愿为季箕帚妾。"酒罢，吕媪怒吕公曰："公始常欲奇此女，与贵人。沛令善公，求之不与，何自妄许与刘季？"吕公曰："此非儿女子所知也。"卒与刘季。吕公女乃吕后也，生孝惠帝、鲁元公主。

高祖为亭长时，常告归之田。吕后与两子居田中耨，有一老父过请饮，吕后因餔之。老父相吕后曰："夫人天下贵人。"令相两子，见孝惠，曰："夫人所以贵者，乃此男也。"相鲁元，亦皆贵。老父已去，高祖适从旁舍来，吕后具言客有过，相我子母皆大贵。高祖问，曰："未远。"乃追及，问老父。老父曰："向者夫人婴儿皆似君，君相贵不可言。"高祖乃谢曰："诚如父言，不敢忘德。"及高祖贵，遂不知老父处。

高祖为亭长，乃以竹皮为冠，令求盗之薛治之⑭，时时冠之，及贵常冠，所谓"刘氏冠"乃是也。

高祖以亭长为县送徒郦山，徒多道亡。自度比至皆亡之，到丰西泽中，止饮⑮，夜乃解纵所送徒，曰："公等皆去，吾亦从此逝矣！"徒中壮士原从者十余人。高祖被酒，夜径泽中，令一人行前。行前者还报曰："前有大蛇当径，愿还。"高祖醉，曰："壮士行，何畏！"乃前，拔剑击斩蛇。蛇遂分为两，径开。行数里，醉，因卧。后人来至蛇所，有一老妪夜哭。人问何哭，妪曰："人杀吾子，故哭之。"人曰："妪子何为见杀？"妪曰"吾子，白帝子也，化为蛇，当道，今为赤帝子斩之，故哭。"人乃以妪为不诚，欲告之，妪因忽不见，后人至，高祖觉。后人告高祖，高祖乃心独喜，自负。诸从者日益畏之。

秦始皇帝常曰："东南有天子气，"于是因东游以厌之⑯。高祖即自疑，亡匿，隐于芒、砀山泽岩石之间。吕后与人俱求，常得之。高祖怪问之。吕后曰："季所居上常有云气，故从往常得季。"高祖心喜。沛中子弟或闻之，多欲附者矣。

秦二世元年秋，陈胜等起蕲，至陈而王，号为"张楚"。诸郡县皆多杀其长吏以应陈涉。沛令恐，欲以沛应涉。掾、主吏萧何、曹参乃曰："君为秦吏，今欲背之，率沛子弟，恐不听。愿君召诸亡在外者，可得数百人，因劫众，众不敢不听。"乃令樊哙召刘季。刘季之众已数十百人矣。

于是樊哙从刘季来。沛令后悔，恐其有变，乃闭城城守，欲诛萧、曹。萧、曹恐，逾城保刘季。刘季乃书帛射城上，谓沛父老曰："天下苦秦久矣。今父老虽为沛令守，诸侯并起，今屠沛。沛今共诛令，择子弟可立者立之，以应诸侯，则家室完。不然，父子俱屠，无为也。"父老乃率子弟共杀沛令，开城门迎刘季，欲以为沛令。刘季曰："天下方扰，诸侯并起，今置将不善，一败涂地。吾非敢自爱，恐能薄，不能完父兄子弟。此大事，愿更相推择可者。"萧、曹等皆文吏，自爱，恐事不就，后秦种族其家⑰，尽让刘季。诸父老皆曰："平生所闻刘季诸珍怪，当贵，且卜筮之，莫如刘季最吉。"于是刘季数让。众莫敢为，乃立季为沛公。祠黄帝，祭蚩尤于沛庭，而衅鼓⑱，旗帜皆赤。由所杀蛇白帝子，杀者赤帝子，故上赤。于是少年豪吏如萧、曹、樊哙等皆为收沛子弟二三千人，攻胡陵、方与，还守丰。

秦二世二年，陈涉之将周章军西至戏而还。燕、赵、齐、魏皆自立为王。项氏起吴。秦泗川监平将兵围丰，二日，出与战，破之。命雍齿守丰，引兵之薛。泗川守壮败于薛，走至戚，沛公左司马得泗川守壮，杀之。沛公还军亢父，至方与，未战。陈王使魏人周市略地，周市使人谓雍齿曰："丰，故梁徙也。今魏地已定者数十城。齿今下魏，魏以齿为侯守丰。不下，且屠丰。"雍齿雅不欲属沛公⑲，及魏招之，即反为魏守丰。沛公引兵攻丰，不能取。沛公病，还之沛。沛公怨雍齿与丰子弟叛之，闻东阳宁君、秦嘉立景驹为假王，在留，乃往从之，欲请兵以攻丰。

是时秦将章邯从陈，别将司马𡚒将兵北定楚地，屠相，至砀。东阳宁君、沛公引兵西，与战萧西，不利。还收兵聚留，引兵攻砀，三日乃取砀。因收砀兵，得五六千人。攻下邑，拔之。还军丰。闻项梁在薛，从骑百余往见之。项梁益沛公卒五千人，五大夫将十人。沛公还，引兵攻丰。

从项梁月余，项羽已拔襄城还。项梁尽召别将居薛。闻陈王定死，因立楚后怀王孙心为楚王，治盱台。项梁号武信君。居数月，北攻亢父，救东阿，破秦军。齐军归，楚独追北，使沛公、项羽别攻城阳，屠之。军濮阳之东，与秦军战，破之。

秦军复振，守濮阳，环水。楚军去而攻定陶，定陶未下。沛公与项羽西略地至雍丘之下，与秦军战，大破之，斩李由。还攻外黄，外黄未下。

　　项梁再破秦军，有骄色。宋义谏，不听。秦益章邯兵，夜衔枚击项梁，大破之定陶，项梁死。沛公与项羽方攻陈留，闻项梁死，引兵与吕将军俱东。吕臣军彭城东，项羽军彭城西，沛公军砀。

　　章邯已破项梁军，则以为楚地兵不足忧，乃渡河，北击赵，大破之。当是之时，赵歇为王，秦将王离围之巨鹿城，此所谓河北之军也。

　　秦二世三年，楚怀王见项梁军破，恐，徙盱台都彭城，并吕臣、项羽军自将之。以沛公为砀郡长，封为武安侯，将砀郡兵。封项羽为长安侯，号为鲁公。吕臣为司徒，其父吕青为令尹。

　　赵数请救，怀王乃以宋义为上将军，项羽为次将，范增为末将，北救赵。令沛公西略地入关。与诸将约，先入定关中者王之。

　　当是时，秦兵强，常乘胜逐北，诸将莫利先入关。独项羽怨秦破项梁军，奋，愿与沛公西入关。怀王诸老将皆曰："项羽为人僄悍猾贼。项羽尝攻襄城，襄城无遗类⑳，皆坑之，诸所过无不残灭。且楚数进取，前陈王、项梁皆败，不如更遣长者扶义而西，告谕秦父兄。秦父兄苦其主久矣。今诚得长者往，毋侵暴，宜可下。今项羽僄悍，今不可遣。独沛公素宽大长者，可遣。"卒不许项羽，而遣沛公西略地，收陈王、项梁散卒。乃道砀至成阳，与杠里秦军夹壁㉑，破秦二军。楚军出兵击王离，大破之。

　　沛公引兵西，遇彭越昌邑，因与俱攻秦军，战不利。还至栗，遇刚武侯，夺其军，可四千余人，并之。与魏将皇欣、魏申徒武蒲之军并攻昌邑，昌邑未拔。西过高阳。郦食其为监门，曰："诸将过此者多，吾视沛公大人长者。"乃求见说沛公。沛公方踞床，使两女子洗足。郦生不拜，长揖，曰："足下必欲诛无道秦，不宜踞见长者。"于是沛公起，摄衣谢之，延上坐。食其说沛公袭陈留，得秦积粟。乃以郦食其为广野君，郦商为将，将陈留兵，与偕攻开封，开封未拔。西与秦将杨熊战白马，又战曲遇东，大破之。杨熊走之荥阳，二世使使者斩以徇㉒。南攻颍阳，屠之。因张良遂略韩地轘辕。

　　当是时，赵别将司马卬方欲渡河入关，沛公乃北攻平阴，绝河津。南，战雒阳东，军不利，还至阳城，收军中马骑，与南阳守齮战犫东，破之。略南阳郡，南阳守齮走，保城守宛。沛公引兵过而西。张良谏曰："沛公虽欲急入关，秦兵尚众，距险。今不下宛，宛从后击，强秦在前，此危道也。"于是沛公乃夜引兵从他道还，更旗帜，黎明，围宛城三匝。南阳守欲自刭，其舍人陈恢曰："死未晚也。"乃逾城见沛公，曰："臣闻足下约，先入咸阳者王之。今足下留守宛，宛，大郡之都也，连城数十，人民众，积蓄多，吏人自以为降必死，故皆坚守乘城㉓。今足下尽日止攻，士死伤者必多；引兵去宛，宛必随足下后。足下前则失咸阳之约，后又有强宛之患。为足下计，莫若约降，封其守，因使止守，引其甲卒与之西。诸城未下者，闻声争开门而待，足下通行无所累。"沛公曰："善。"乃以宛守为殷侯，封陈恢千户。引兵西，无不下者。至丹水，高武侯鳃、襄侯王陵降西陵。还攻胡阳，遇番君别将梅鋗，与皆㉔，降析、郦。遣魏人宁昌使秦，使者未来。是时章邯已以军降项羽于赵矣。

　　初，项羽与宋义北救赵，及项羽杀宋义，代为上将军，诸将黥布皆属，破秦将王离军，降章邯，诸侯皆附。及赵高已杀二世，使人来，欲约分王关中。沛公以为诈，乃用张良计，使郦生、陆贾往说秦将，啗以利，因袭攻武关，破之。又与秦军战于蓝田南，益张疑兵旗帜，诸所过毋得掠卤，秦人憙，秦军解，因大破之。又战其北，大破之。乘胜，遂破之。

　　汉元年十月，沛公兵遂先诸侯至霸上。秦王子婴素车白马，系颈以组，封皇帝玺符节，降轵道旁。诸将或言诛秦王，沛公曰："始怀王遣我，固以能宽容，且人已服降，又杀之，不祥。"乃以秦属吏㉕，遂西入咸阳，欲止宫休舍，樊哙、张良谏，乃封秦重宝财物府库，还军霸上。召诸县父老豪杰曰："父老苦秦苛法久矣。诽谤者族，偶语者弃市。吾与诸侯约，先入关者王之，吾当王关中。与父老约，法三章耳：杀人者死，伤人及盗抵罪。余悉除去秦法。诸吏人皆案堵如故㉘。凡吾所以来，为父老除害，非有所侵暴，无恐！且吾所以还军霸上，待诸侯至而定约束耳。"乃使人与秦吏行县乡邑，告谕之。秦人大喜，争持牛羊酒食献飨军士。沛公又让不受，曰："仓粟多，非乏，不欲费人。"人又益喜，唯恐沛公不为秦王。

或说沛公曰："秦富十倍天下，地形强。今闻章邯降项羽，项羽乃号为雍王，王关中。今则来，沛公恐不得有此。可急使兵守函谷关，无内诸侯军，稍征关中兵以自益，距之。"沛公然其计，从之。十一月中，项羽果率诸侯兵西，欲入关，关门闭。闻沛公已定关中，大怒，使黥布等攻破函谷关。十二月中，遂至戏。沛公左司马曹无伤闻项王怒，欲攻沛公，使人言项羽曰："沛公欲王关中，令子婴为相，珍宝尽有之。"欲以求封。亚父劝项羽击沛公。方飨士，旦日合战。是时项羽兵四十万，号百万。沛公兵十万，号二十万，力不敌。会项伯欲活张良，夜往见良，因以文谕项羽，项羽乃止。沛公从百余骑，驱之鸿门，见谢项羽。项羽曰："此沛公左司马曹无伤言之。不然，籍何以生此！"沛公以樊哙、张良故，得解归。归，立诛曹无伤。

项羽遂西，屠烧咸阳秦宫室，所过无不残破。秦人大失望，然恐，不敢不服耳。

项羽使人还报怀王。怀王曰："如约。"项羽怨怀王不肯令与沛公俱西入关，而北救赵，后天下约㉗，乃曰："怀王者，吾家项梁所立耳，非有功伐，何以得主约！本定天下，诸将及籍也。"乃详尊怀王为义帝，实不用其命。

正月，项羽自立为西楚霸王，王梁、楚地九郡，都彭城。负约，更立沛公为汉王，王巴、蜀、汉中，都南郑。三分关中，立秦三将：章邯为雍王，都废丘；司马欣为塞王，都栎阳；董翳为翟王，都高奴。楚将瑕丘申阳为河南王，都洛阳。赵将司马卬为殷王，都朝歌。赵王歇徙王代。赵相张耳为常山王，都襄国。当阳君黥布为九江王，都六。怀王柱国共敖为临江王，都江陵。番君吴芮为衡山王，都邾。燕将臧荼为燕王，都蓟。故燕王韩广徙王辽东。广不听，臧荼攻杀之无终。封成安君陈余河间三县，居南皮。封梅鋗十万户。

四月，兵罢戏下，诸侯各就国。汉王之国，项王使卒三万人从，楚与诸侯之慕从者数万人，从杜南入蚀中。去辄烧绝栈道，以备诸侯盗兵袭之，亦示项羽无东意。至南郑，诸将及士卒多道亡归，士卒皆歌思东归。韩信说汉王曰："项羽王诸将之有功者，而王独居南郑，是迁也㉘。军吏士卒皆山东之人也，日夜跂而望归㉙，及其锋而用之，可以有大功。天下已定，人皆自宁，不可复用。不如决策东乡，争权天下。"

项羽出关，使人徙义帝，曰："古之帝者地方千里，必居上游。"乃使使徙义帝长沙郴县，趣义帝行，群臣稍倍叛之，乃阴令衡山王、临江王击之，杀义帝江南。项羽怨田荣，立齐将田都为齐王。田荣怒，因自立为齐王，杀田都而反楚；予彭越将军印，令反梁地。楚令萧公角击彭越，彭越大破之。陈余怨项羽之弗王己也，令夏说说田荣，请兵击张耳。齐予陈余兵，击破常山王张耳，张耳亡归汉。迎赵王歇于代，复立为赵王。赵王因立陈余为代王。项羽大怒，北击齐。

八月，汉王用韩信之计，从故道还，袭雍王章邯。邯迎击汉陈仓，雍兵败，还走，止战好畤，又复败，走废丘。汉王遂定雍地，东至咸阳，引兵围雍王废丘，而遣诸将略定陇西、北地、上郡。令将军薛欧、王吸出武关，因王陵兵南阳，以迎太公、吕后于沛。楚闻之，发兵距之阳夏，不得前。令故吴令郑昌为韩王，距汉兵。

二年，汉王东略地，塞王欣、翟王翳、河南王申阳皆降。韩王昌不听，使韩信击破之。于是置陇西、北地、上郡、渭南、河上、中地郡；关外置河南郡。更立韩太尉信为韩王。诸将以万人若以一郡降者，封万户。缮治河上塞。诸故秦苑囿园池，皆令人得田之。

正月，虏雍王弟章平。大赦罪人。汉王之出关至陕，抚关外父老，还，张耳来见，汉王厚遇之。

二月，令除秦社稷，更立汉社稷。

三月，汉王从临晋渡，魏王豹将兵从。下河内，虏殷王，置河内郡。南渡平阴津，至雒阳。新城三老董公遮说汉王以义帝死故。汉王闻之，袒而大哭，遂为义帝发丧，临三日。发使者告诸侯曰："天下共立义帝，北面事之。今项羽放杀义帝于江南，大逆无道。寡人亲为发丧，诸侯皆缟素。悉发关内兵，收三河士，南浮江、汉以下，愿从诸侯王击楚之杀义帝者。"

是时项王北击齐，田荣与战城阳。田荣败，走平原，平原民杀之。齐皆降楚。楚因焚烧其城郭，系虏其子女。齐人叛之。田荣弟横立荣子广为齐王，齐王反楚城阳。项羽虽闻汉东，既已连齐兵，欲遂破之而击汉。汉王以故得劫五诸侯兵，遂入彭城。项羽闻之，乃引兵去齐，从鲁出胡陵，至萧，与汉大战彭城灵壁东睢水上，大破汉军，多杀士卒，睢水为之不流。乃取汉王父母妻子于沛，置之军中以为质。当是时，诸侯见楚强汉败，还皆去汉复为楚。塞王欣亡入楚。

吕后兄周吕侯为汉将兵，居下邑。汉王从之，稍收士卒，军砀。汉王乃西过梁地，至虞。使谒者随何之九江王布所，曰："公能令布举兵叛楚，项羽必留击之。得留数月，吾取天下必矣。"随何往说九江王布，布果背楚。楚使龙且往击之。

汉王之败彭城而西，行使人求家室，家室亦亡，不相得。败后乃独得孝惠，六月，立为太子，大赦罪人。令太子守栎阳，诸侯子在关中者皆集栎阳为卫。引水灌废丘，废丘降，章邯自杀。更名废丘为槐里。于是令祠官祀天地、四方、上帝、山川，以时祀之。兴关内卒乘塞。

是时九江王布与龙且战，不胜，与随何间行归汉。汉王稍收士卒，与诸将及关中卒益出，是以兵大振荥阳，破楚京、索间。

三年，魏王豹谒归视亲疾，至即绝河津，反为楚。汉王使郦生说豹，豹不听。汉王遣将军韩信击，大破之，虏豹，遂定魏地，置三郡，曰河东、太原、上党。汉王乃令张耳与韩信遂东下井陉击赵，斩陈余、赵王歇。其明年，立张耳为赵王。

汉王军荥阳南，筑甬道属之河，以取敖仓。与项羽相距岁余。项羽数侵夺汉甬道，汉军乏食，遂围汉王。汉王请和，割荥阳以西者为汉，项王不听。汉王患之，乃用陈平之计，予陈平金四万斤，以间疏楚君臣㉚，于是项羽乃疑亚父。亚父是时劝项羽遂下荥阳，及其见疑，乃怒，辞老，愿赐骸骨归卒伍，未至彭城而死。

汉军绝食，乃夜出女子东门二千余人，被甲，楚因四面击之。将军纪信乃乘王驾，诈为汉王，诳楚，楚皆呼万岁，之城东观，以故汉王得与数十骑出西门遁。令御史大夫周苛、魏豹、枞公守荥阳。诸将卒不能从者，尽在城中。周苛、枞公相谓曰："反国之王，难与守城。"因杀魏豹。

汉王之出荥阳入关，收兵欲复东。袁生说汉王曰："汉与楚相距荥阳数岁，汉常困。愿君王出武关，项羽必引兵南走，王深壁，令荥阳、成皋间且得休。使韩信等辑河北赵地，连燕、齐，君王乃复走荥阳，未晚也。如此，则楚所备者多，力分，汉得休，复与之战，破楚必矣。"汉王从其计，出军宛、叶间，与黥布行收兵。

项羽闻汉王在宛，果引兵南。汉王坚壁不与战。是时彭越渡睢水，与项声、薛公战下邳，彭越大破楚军。项羽乃引兵东击彭越，汉王亦引兵北军成皋。项羽已破走彭越，闻汉王复军成皋，乃复引兵西，拔荥阳，诛周苛、枞公，而虏韩王信，遂围成皋。

汉王跳㉛，独与滕公共车出成皋玉门，北渡河，驰宿修武。自称使者，晨驰入张耳、韩信壁，而夺之军，乃使张耳北益收兵赵地，使韩信东击齐。汉王得韩信军，则复振。引兵临河，南飨军小修武南，欲复战。郎中郑忠乃说止汉王，使高垒深堑，勿与战，汉王听其计，使卢绾、刘贾将卒二万人，骑数百，渡白马津，入楚地，与彭越复击破楚军燕郭西，遂复下梁地十余城。

淮阴已受命东㉜，未渡平原。汉王使郦生往说齐王田广，广叛楚，与汉和，共击项羽。韩信用蒯通计，遂袭破齐。齐王烹郦生，东走高密。项羽闻韩信已举河北兵破齐、赵，且欲击楚，则使龙且、周兰往击之。韩信与战，骑将灌婴击，大破楚军，杀龙且。齐王广奔彭越。当此时，彭越将兵居梁地，往来苦楚兵，绝其粮食。

四年，项羽乃谓海春侯大司马曹咎曰："谨守成皋。若汉挑战，慎勿与战，无令得东而已。我十五日必定梁地，复从将军。"乃行击陈留、外黄、睢阳，下之。汉果数挑楚军，楚军不出，使人辱之五六日，大司马怒，度兵氾水。士卒半渡，汉击之，大破楚军，尽得楚国金玉货赂。大司马咎、长史欣皆自刭氾水上。项羽至睢阳，闻海春侯破，乃引兵还。汉军方围钟离眜于荥阳东，项羽至，尽走险阻。

韩信已破齐，使人言曰："齐边楚㉝，权轻，不为假王，恐不能安齐。"汉王欲攻之。留侯曰："不如因而立之，使自为守。"乃遣张良操印绶立韩信为齐王。

项羽闻龙且军破，则恐，使盱台人武涉往说韩信。韩信不听。

楚、汉久相持未决，丁壮苦军旅，老弱罢转饷㉞。汉王、项羽相与临广武之间而语。项羽欲与汉王独身挑战。汉王数项羽曰："始与项羽俱受命怀王，曰先入定关中者王之，项羽负约，王我于蜀汉，罪一。项羽矫杀卿子冠军而自尊，罪二。项羽已救赵，当还报，而擅劫诸侯兵入关，罪三。怀王约入秦无暴掠，项羽烧秦宫室，掘始皇帝冢，私收其财物，罪四。又强杀秦降王子婴，罪五。诈坑秦子弟新安二十万，王其将，罪六。项羽皆王诸将善地，而徙逐故主，令臣下争叛逆，罪七。项羽出逐义帝彭城，自都之，夺韩王地，并王梁、楚，多自予，罪八。项羽使人阴弑义帝江南，罪九。夫为人臣而弑其主，杀已降，为政不平，主约不信，天下所不容，大逆无道，罪十也。吾以义兵从诸侯诛残贼，使刑余罪人击杀项羽，何苦乃与公挑战！"项羽大怒，伏弩射中汉王。汉王伤匈㉟，乃扪足曰："虏中吾指㊱！"汉王病创卧，张良强请汉王起行劳军以安士卒，毋令楚乘胜于汉。汉王出行军，病甚，因驰入成皋。

病愈，西入关，至栎阳，存问父老，置酒，枭故塞王欣头栎阳市。留四日，复如军，军广武。关中兵益出。

当此时，彭越将兵居梁地，往来苦楚兵，绝其粮食。田横往从之。项羽数击彭越等，齐王信又进击楚。项羽恐，乃与汉王约，中分天下，割鸿沟而西者为汉，鸿沟而东者为楚。项王归汉王父母妻子，军中皆呼万岁，乃归而别去。

项羽解而东归。汉王欲引而西归，用留侯、陈平计，乃进兵追项羽，至阳夏南止军。与齐王信、建成侯彭越期会而击楚军。至固陵，不会。楚击汉军，大破之。汉王复入壁，深堑而守之。用张良计，于是韩信、彭越皆往。及刘贾入楚地，围寿春，汉王败固陵，乃使使者召大司马周殷举九江兵而迎武王，行屠城父，随何、刘贾、齐、梁诸侯皆大会垓下。立武王布为淮南王。

五年，高祖与诸侯兵共击楚军，与项羽决胜垓下。淮阴侯将三十万自当之，孔将军居左，费将军居右，皇帝在后，绛侯、柴将军在皇帝后。项羽之卒可十万。淮阴先合，不利，却。孔将军、费将军纵㊲，楚兵不利，淮阴侯复乘之，大败垓下。项羽卒闻汉军之楚歌，以为汉尽得楚地，项羽乃败而走，是以兵大败。使骑将灌婴追杀项羽东城，斩首八万，遂略定楚地。鲁为楚坚守不下。汉王引诸侯兵北，示鲁父老项羽头，鲁乃降，遂以鲁公号葬项羽谷城。还至定陶，驰入齐王壁，夺其军。

正月，诸侯及将相相与共请尊汉王为皇帝。汉王曰："吾闻帝贤者有也，空言虚语，非所守也，吾不敢当帝位。"群臣皆曰："大王起微细，诛暴逆，平定四海，有功者辄裂地而封为王侯。大王不尊号，皆疑不信。臣等以死守之。"汉王三让，不得已，曰："诸君必以为便，便国家⊗。"甲午，乃即皇帝位氾水之阳。

皇帝曰："义帝无后，齐王韩信习楚风俗，徙为楚王，都下邳。立建成侯彭越为梁王，都定陶。故韩王信为韩王，都阳翟。徙衡山王吴芮为长沙王，都临湘。番君之将梅铜有功，从入武关，故德番君。淮南王布、燕王臧荼、赵王敖皆如故。"

天下大定。高祖都雒阳，诸侯皆臣属。故临江王驩为项羽叛汉，令卢绾、刘贾围之，不下。数月而降，杀之雒阳。

五月，兵皆罢归家。诸侯子在关中者复之十二岁⊗，其归者复之六岁，食之一岁。

高祖置酒雒阳南宫。高祖曰："列侯诸将无敢隐朕，皆言其情。吾所以有天下者何？项氏之所以失天下者何？"高起、王陵对曰："陛下慢而侮人，项羽仁而爱人。然陛下使人攻城略地，所降下者因以予之，与天下同利也。项羽妒贤嫉能，有功者害之，贤者疑之，战胜而不予人功，得地而不予人利，此所以失天下也。"高祖曰："公知其一，未知其二。夫运筹策帷帐之中，决胜于千里之外，吾不如子房。镇国家，抚百姓，给馈饷，不绝粮道，吾不如萧何。连百万之军，战必胜，攻必取，吾不如韩信。此三者，皆人杰也，吾能用之，此吾所以取天下也。项羽有一范增而不能用，此其所以为我擒也。"

高祖欲长都雒阳，齐人刘敬说，及留侯劝上入都关中，高祖是日驾，入都关中。六月，大赦天下。

十月，燕王臧荼反，攻下代地。高祖自将击之，得燕王臧荼。即立太尉卢绾为燕王，使丞相哙将兵攻代。

其秋，利几反，高祖自将兵击之，利几走。利几者，项氏之将，项氏败，利几为陈公，不随项羽，亡降高祖，高祖侯之颍川。高祖至雒阳，举通侯籍召之⊕，而利几恐，故反。

六年，高祖五日一朝太公，如家人父子礼。太公家令 说太公曰："天无二日，土无二王。今高祖虽子，人主也；太公虽父，人臣也。奈何令人主拜人臣！如此，则威重不行。"后高祖 朝，太公拥彗迎门却行⊕。高祖大惊，下扶太公。太公曰："帝，人主也，奈何以我乱天下法！"于是高祖乃尊太公为太上皇。心善家令言，赐金五百斤。

十二月，人有上变事告楚王信谋反⊕，上问左右，左右争欲击之。用陈平计，乃伪游云梦，会诸侯于陈，楚王信迎，即因执之。是日，大赦天下。田肯贺，因说高祖曰："陛下得韩信，又治秦中。秦，形胜之国，带河山之险，县隔千里，持戟百万，秦得百二焉。地势便利，其以下兵于诸侯，譬犹居高屋之上建瓴水也。夫齐，东有琅邪、即墨之饶，南有泰山之固，西有浊河之限，北有勃海之利。地方二千里，持戟百万，县隔千里之外，齐得二十焉。故此东西秦也。非亲子弟，莫可使王齐矣。"高祖曰："善。"赐黄金五百斤。

后十余日，封韩信为淮阴侯，分其地为二国。高祖曰："将军刘贾数有功，以为荆王，王淮东。弟交为楚王，王淮西。子肥为齐王，王七十余城，民能齐言者皆属齐。"乃论功，与诸列侯剖符行封。徙韩王信太原。

七年，匈奴攻韩王信马邑，信因与谋反太原。白土曼丘臣、王黄立故赵将赵利为王以反，高祖自往击之。会天寒，士卒堕指者什二三，遂至平城。匈奴围我平城，七日而后罢去。令樊哙止定代地。立兄刘仲为代王。

二月，高祖自平城过赵、雒阳，至长安。长乐宫成，丞相已下徙治长安。

八年，高祖东击韩王信余反寇于东垣。

萧丞相营作未央宫，立东阙、北阙、前殿、武库、太仓。高祖还，见宫阙壮甚，怒，谓萧何曰：“天下匈匈苦战数岁㊤，成败未可知，是何治宫室过度也？”萧何曰：“天下方未定，故可因遂就宫室。且夫天子以四海为家，非壮丽无以重威，且无令后世有以加也。”高祖乃说㊦。

高祖之东垣，过柏人，赵相贯高等谋弑高祖，高祖心动，因不留。代王刘仲弃国亡，自归雒阳，废以为合阳侯。

九年，赵相贯高等事发觉，夷三族。废赵王敖为宣平侯。是岁，徙贵族楚昭、屈、景、怀、齐田氏关中。

未央宫成。高祖大朝诸侯群臣，置酒未央前殿。高祖奉玉卮，起为太上皇寿，曰：“始大人常以臣无赖，不能治产业，不如仲力㊥。今某之业所就孰与仲多？”殿上群臣皆呼万岁，大笑为乐。

十年十月，淮南王黥布、梁王彭越、燕王卢绾、荆王刘贾、楚王刘交、齐王刘肥、长沙王吴芮皆来朝长乐宫。春夏无事。

七月，太上皇崩栎阳宫。楚王、梁王皆来送葬。赦栎阳囚。更命郦邑曰新丰。

八月，赵相国陈豨反代地。上曰：“豨尝为吾使，甚有信。代地吾所急也。故封豨为列侯，以相国守代，今乃与王黄等劫掠代地！代地吏民非有罪也，其赦代吏民。”九月，上自东往击之。至邯郸，上喜曰：“豨不南据邯郸而阻漳水，吾知其无能为也。”闻豨将皆故贾人也。上曰：“吾知所以与之。”乃多以金啗豨将，豨将多降者。

十一年，高祖在邯郸诛豨等未毕，豨将侯敞将万余人游行㊴，王黄军曲逆，张春渡河击聊城。汉使将军郭蒙与齐将击，大破之。太尉周勃道太原入，定代地。至马邑，马邑不下，即攻残之。

豨将赵利守东垣，高祖攻之，不下。月余，卒骂高祖，高祖怒，城降，令出骂者斩之，不骂者原之。于是乃分赵山北，立子恒以为代王，都晋阳。

春，淮阴侯韩信谋反关中，夷三族。

夏，梁王彭越谋反，废，迁蜀，复欲反，遂夷三族。立子恢为梁王，子友为淮阳王。

秋七月，淮南王黥布反，东并荆王刘贾地，北渡淮，楚王交走入薛。高祖自往击之。立子长为淮南王。

十二年，十月，高祖已击布军会甀，布走，令别将追之。

高祖还归，过沛，留。置酒沛宫，悉召故人父老子弟纵酒，发沛中儿得百二十人，教之歌。酒酣，高祖击筑，自为歌诗曰：“大风起兮云飞扬，威加海内兮归故乡，安得猛士兮守四方！”令儿皆和习之。高祖乃起舞，慷慨伤怀，泣数行下，谓沛父兄曰：“游子悲故乡。吾虽都关中，万岁后吾魂魄犹乐思沛。且朕自沛公以诛暴逆，遂有天下，其以沛为朕汤沐邑㊼，复其民㊽，世世无有所与。”沛父兄、诸母、故人日乐饮极欢㊾，道旧故为笑乐。十余日，高祖欲去，沛父兄固请留高祖。高祖曰：“吾人众多，父兄不能给。”乃去。沛中空县皆之邑西献。高祖复留止，张饮三日㊿。沛父兄皆顿首曰：“沛幸得复，丰未复，唯陛下哀怜之。”高祖曰：“丰吾所生长，极不忘耳，吾特为其以雍齿故反我为魏。”沛父兄固请，乃并复丰，比沛。于是拜沛侯刘濞为吴王。

汉将别击布军洮水南北，皆大破之，追得斩布鄱阳。樊哙别将兵定代，斩陈豨当城。

十一月，高祖自布军至长安。十二月，高祖曰：“秦始皇帝、楚隐王陈涉、魏安釐王、齐缗王、赵悼襄王皆绝无后，予守冢各十家，秦皇帝二十家，魏公子无忌五家。”赦代地吏民为陈豨、赵利所劫掠者，皆赦之。陈豨降将言豨反时，燕王卢绾使人之豨所，与阴谋。上使辟阳侯迎绾，绾称病。辟阳侯归，具言绾反有端矣。二月，使樊哙、周勃将兵击燕王绾。赦燕吏民与反者。立皇子建为燕王。

高祖击布时，为流矢所中，行道病。病甚，吕后迎良医。医入见，高祖问医。医曰："病可治。"于是高祖嫚骂之曰："吾以布衣提三尺剑取天下，此非天命乎？命乃在天，虽扁鹊何益！"遂不使治病，赐金五十斤罢之。已而吕后问："陛下百岁后，萧相国即死，令谁代之？"上曰："曹参可。"问其次，上曰："王陵可。"然陵少戆，陈平可以助之。陈平智有余，然难以独任 。周勃重厚少文，然安刘氏者必勃也，可令为太尉。"吕后复问其次，上曰："此后亦非而所知也(51)。"

卢绾与数千骑居塞下候伺，幸上病愈自入谢。

四月甲辰，高祖崩长乐宫。四日不发丧。吕后与审食其谋曰："诸将与帝为编户民(52)，今北面为臣，此常怏怏(53)，今乃事少主(54)，非尽族是(55)，天下不安。"人或闻之。语郦将军。郦将军往见审食其，曰："吾闻帝已崩，四日不发丧，欲诛诸将。诚如此，天下危矣。陈平、灌婴将十万守荥阳，樊哙、周勃将二十万定燕、代，此闻帝崩，诸将皆诛，必连兵还乡以攻关中。大臣内叛，诸侯外反，亡可翘足而待也。"审食其入言之，乃以丁未发丧，大赦天下。

卢绾闻高祖崩，遂亡入匈奴。

丙寅，葬。己巳，立太子，至太上皇庙。群臣皆曰："高祖起微细，拨乱世反之正，平定天下，为汉太祖，功最高。"上尊号为高皇帝。太子袭号为皇帝，孝惠帝也。令郡国诸侯各立高祖庙，以岁时祠。及孝惠五年，思高祖之悲乐沛，以沛宫为高祖原庙。高祖所教歌儿百二十人，皆令为吹乐，后有缺，辄补之。

高帝八男：长庶齐悼惠王肥；次孝惠，吕后子；次戚夫人子赵隐王如意；次代王恒，已立为孝文帝，薄太后子；次梁王恢，吕太后时徙为赵共王；次淮阳王友，吕太后时徙为赵幽王；次淮南厉王长；次燕王建。

太史公曰："夏之政忠(56)。忠之敝，小人以野(57)，故殷人承之以敬。敬之敝，小人以鬼(58)，故周人承之以文(59)。文之敝，小人以僿(60)，故救僿莫若以忠。三王之道若循环，终而复始。周、秦之间，可谓文敝矣。秦政不改，反酷刑法，岂不缪乎？故汉兴 ，承敝易变，使人不倦，得天统矣。朝以十月。车服黄屋左纛。葬长陵。

---

①隆准：高鼻梁。

②贳酒：赊酒。

③雠：售。

④岁竟：年终。

⑤折券弃责：撕毁帐单，勾销酒债。

⑥纵观：恣意游观。

⑦从之客：随沛县令为客。

⑧主进：主管接收礼物。

⑨大夫：来贺的宾客。

⑩易：轻视。

⑪谒：指礼单。

⑫无所诎：毫不客气。诎，同"屈"，谦让。

⑬息女：亲生女。

⑭求盗：捕盗的卒吏。

⑮止饮：停下来饮酒。

⑯厌：同“压”。镇慑。

⑰种族：灭种灭族。

⑱衅鼓：杀牲以血涂鼓。

⑲雅：本来，向来，原来。

⑳无遗类：没留下一人，全部坑杀。

㉑夹壁：对垒。

㉒徇：示众。

㉓乘城：登城。

㉔皆：同“偕”。

㉕属吏：交吏看管。

㉖案堵如故：仍安其位，一切如故。案，同“安”。

㉗后天下约：落后于争天下之约。原怀王立“先入关者王之”誓约，项羽因先北救赵，故而落在刘邦之后。

㉘迁：迁贬，流放。

㉙跂：抬起脚跟引颈期盼。

㉚间疏：离间。

㉛跳（táo，音逃），同“逃”。

㉜淮阴：指淮阴侯韩信。

㉝边：靠近。

㉞罢转馕：疲于运送军粮。罢（pí，音皮），疲劳，疲乏。转馕，亦作“转饷”。

㉟匈：同“胸”

㊱虏中吾指：敌人射中我的脚趾。刘邦胸部中箭倒下而摸脚，以稳军心。

㊲纵：纵兵冲杀。

㊳便国家：有利于国家。

㊴复：免除赋税。

㊵举通侯籍召之：按照名册召见诸侯。

㊶拥彗：抱着扫帚，以示清扫道路。却行：倒退引进来者，以示对来宾的尊敬。

㊷上变事：上书告发变乱之事。

㊸匈匈：变乱不安。

㊹说：同“悦”。

㊺不如仲力：不如老二刘仲勤恳用力。

㊻游行：流动作战。

㊼汤沐邑：周代供诸侯朝见天子期间住宿并沐浴斋戒的封地。即所谓朝宿之邑或私人领地。

㊽复其民：免除沛民的赋税徭役。

㊾诸母：指母辈妇女。

㊿张饮：设帷帐。

51而：你。

52编户民：编于户籍的平民，普通百姓。

53怏怏：怏怏不乐。失意不快。

54少主：指汉惠帝刘盈，时年十七岁。

55尽族：全部族灭。

56政忠：政治忠厚质朴。

57野：粗野少礼。

58鬼：指迷信、崇拜鬼神。

59文：指礼仪制度，尊卑有别。

60僿：浇薄，不诚实。谓只重虚伪的繁琐形式。

史记卷九

吕太后本纪第九

吕太后者，高祖微时妃也，生孝惠帝、女鲁元太后。及高祖为汉王，得定陶戚姬，爱幸，生赵隐王如意。孝惠为人仁弱，高祖以为不类我，常欲废太子，立戚姬子如意，如意类我。戚姬幸，常从上之关东，日夜啼泣，欲立其子代太子。吕后年长，常留守，希见上，益疏。如意立为赵王后，几代太子者数矣①，赖大臣争之，及留侯策，太子得毋废。

吕后为人刚毅，佐高祖定天下，所诛大臣多吕后力。吕后兄二人，皆为将。长兄周吕侯死事②，封其子吕台为郦侯，子产为交侯；次兄吕释之为建成侯。

高祖十二年四月甲辰，崩长乐宫，太子袭号为帝。是时高祖八子：长男肥，孝惠兄也，异母，肥为齐王；余皆孝惠弟，戚姬子如意为赵王，薄夫人子恒为代王，诸姬子子恢为梁王，子友为淮阳王，子长为淮南王，子建为燕王。高祖弟交为楚王，兄子濞为吴王。非刘氏功臣番君吴芮子臣为长沙王。

吕后最怨戚夫人及其子赵王，乃令永巷囚戚夫人③，而召赵王。使者三反，赵相建平侯周昌谓使者曰："高帝属臣赵王④，赵王年少。窃闻太后怨戚夫人，欲召赵王并诛之，臣不敢遣王。王且亦病，不能奉诏。"吕后大怒，乃使人召赵相。赵相征至长安，乃使人复召赵王。王来，未到。孝惠帝慈仁，知太后怒，自迎赵王霸上，与入宫，自挟与赵王起居饮食。太后欲杀之，不得间。孝惠元年十二月，帝晨出射。赵王少，不能蚤起。太后闻其独居，使人持鸩饮之。黎明，孝惠还，赵王已死。于是乃徙淮阳王友为赵王。夏，诏赐郦侯父追谥为令武侯。太后遂断戚夫人手足，去眼，辉耳⑤，饮喑药⑥，使居厕中，命曰："人彘"⑦。居数日，乃召孝惠帝观人彘。孝惠见，问，乃知其戚夫人，乃大哭，因病，岁余不能起。使人请太后曰："此非人所为。臣为太后子，终不能治天下。"孝惠以此日饮为淫乐，不听政，故有病也。

二年，楚元王、齐悼惠王皆来朝。十月，孝惠与齐王燕饮太后前，孝惠以为齐王兄，置上坐，如家人之礼。太后怒，乃令酌两卮鸩⑧，置前，令齐王起为寿。齐王起，孝惠亦起，取卮欲俱为寿。太后乃恐，自起泛孝惠卮⑨。齐王怪之，因不敢饮，详醉去。问，知其鸩，齐王恐，自以为不得脱长安，忧。齐内史士说王曰："太后独有孝惠与鲁元公主。今王有七十余城。王诚以一郡上太后，为公主汤沐邑，太后必喜，王必无忧。"于是齐王乃上城阳之郡，尊公主为王太后。吕后喜，许之，乃置酒齐邸，乐饮，罢，归齐王。

三年，方筑长安城，四年就半，五年六年城就。诸侯来会。十月朝贺。

七年秋八月戊寅，孝惠帝崩。发丧，太后哭，泣不下。留侯子张辟强为侍中，年十五，谓丞相曰："太后独有孝惠，今崩，哭不悲，君知其解乎？"丞相曰："何解？"辟强曰："帝毋壮子，太后畏君等。君今请拜吕台、吕产、吕禄为将，将兵居南北军，及诸吕皆入宫，居中用事，如此则太后心安，君等幸得脱祸矣。"丞相乃如辟强计。太后说，其哭乃哀。吕氏由此起。乃大赦天下。九月辛丑，葬。太子即位为帝，谒高庙。元年，号令一出太后。

太后称制，议欲立诸吕为王，问右丞相王陵。王陵曰："高帝刑白马盟曰⑩：'非刘氏而王，天下共击之。'今王吕氏，非约也。"太后不说。问左丞相陈平、绛侯周勃。勃等对曰："高帝定天下，王子弟，今太后称制，王昆弟诸吕，无所不可。"太后喜，罢朝。王陵让陈平、绛侯曰："始与高帝啑血盟，诸君不在邪？今高帝崩，太后女主，欲王吕氏，诸君从欲阿意背约⑪，何面目见高帝地下？"陈平、绛侯曰："于今面折廷争⑫，臣不如君；夫全社稷，定刘氏之后，君亦不如臣。"王陵无以应之。十一月，太后欲废王陵，乃拜为帝太傅，夺之相权，王陵遂病免归。乃以左丞相平为右丞相，以辟阳侯审食其为左丞相。左丞相不治事，令监宫中，如郎中令。食其故得幸太后，常用事，公卿皆因而决事。乃追尊郦侯父为悼武王，欲以王诸吕为渐⑬。

四月，太后欲侯诸吕，乃先封高祖之功臣郎中令无择为博城侯。鲁元公主薨，赐谥为鲁元太后。子偃为鲁王。鲁王父，宣平侯张敖也。封齐悼惠王子章为朱虚侯，以吕禄女妻之。齐丞相寿为平定侯。少府延为梧侯。乃封吕种为沛侯，吕平为扶柳侯，张买为南宫侯。

太后欲王吕氏，先立孝惠后宫子强为淮阳王，子不疑为常山王，子山为襄城侯，子朝为轵侯，子武为壶关侯。太后风大臣⑭，大臣请立郦侯吕台为吕王，太后许之。建成康侯释之卒，嗣子有罪，废，立其弟吕禄为胡陵侯，续康侯后。二年，常山王薨，以其弟襄城侯山为常山王，更名义。十一月，吕王台薨，谥为肃王，太子嘉代立为王。

三年，无事。

四年，封吕嬃为临光侯，吕他为俞侯，吕更始为赘其侯，吕忿为吕城侯，及诸侯丞相五人。

宣平侯女为孝惠皇后时，无子，详为有身，取美人子名之，杀其母，立所名子为太子。孝惠崩，太子立为帝。帝壮，或闻其母死，非真皇后子，乃出言曰："后安能杀吾母而名我？我未壮，壮即为变。"太后闻而患之，恐其为乱，乃幽之永巷中，言帝病甚，左右莫得见。太后曰："凡有天下治为万民命者，盖之如天，容之如地，上有欢心以安百姓，百姓欣然以事其上，欢欣交通而天下治。今皇帝病久不已，乃失惑惛乱，不能继嗣奉宗庙祭祀，不可属天下，其代之。"群臣皆顿首言："皇太后为天下齐民计，所以安宗庙社稷甚深，群臣顿首奉诏。"帝废位，太后幽杀之。五月丙辰，立常山王义为帝，更名曰弘。不称元年者，以太后制天下事也。以轵侯朝为常山王。置太尉官，绛侯勃为太尉。

五年八月，淮阳王薨，以弟壶关侯武为淮阳王。

六年十月，太后曰吕王嘉居处骄恣，废之，以肃王台弟吕产为吕王。夏，赦天下。封齐悼惠王子兴居为东牟侯。

七年正月，太后召赵王友。友以诸吕女为后，弗爱，爱他姬，诸吕女妒，怒去，谗之于太后，诬以罪过，曰："吕氏安得王！太后百岁后，吾必击之"。太后怒，以故召赵王。赵王至，置邸不见，令卫围守之，弗与食。其群臣或窃馈⑮，辄捕论之⑯。赵王饿，乃歌曰："诸吕用事兮刘氏危，迫胁王侯兮强授我妃。我妃既妒兮诬我以恶，谗女乱国兮上曾不寤。我无忠臣兮何故弃国？自决中野兮苍天举直⑰！于嗟不可悔兮宁蚤自财⑱。为王而饿死兮谁者怜之！吕氏绝理兮讬天报仇。"丁丑，赵王幽死，以民礼葬之长安民冢次。

己丑，日食，昼晦。太后恶之，心不乐，乃谓左右曰："此为我也。"

二月，徙梁王恢为赵王。吕王产徙为梁王，梁王不之国，为帝太傅。立皇子平昌侯太为吕王。更名梁曰吕，吕曰济川。太后女弟吕嬃有女为营陵侯刘泽妻，泽为大将军。太后王诸吕，恐即崩后刘将军为害，乃以刘泽为琅邪王，以慰其心。

梁王恢之徙王赵，心怀不乐。太后以吕产女为赵王后。王后从官皆诸吕⑲，擅权，微伺赵王⑳，赵王不得自恣。王有所爱姬，王后使人鸩杀之。王乃为歌诗四章，令乐人歌之。王悲，六月即自杀。太后闻之，以为王用妇人弃宗庙礼，废其嗣。

宜平侯张敖卒，以子偃为鲁王，敖赐谥为鲁元王。

秋，太后使使告代王，欲徙王赵。代王谢，愿守代边。

太傅产、丞相平等言，武信侯吕禄上侯，位次第一，请立为赵王。太后许之，追尊禄父康侯为赵昭王。九月，燕灵王建薨，有美人子，太后使人杀之，无后，国除。八年十月，立吕肃王子东平侯吕通为燕王，封通弟吕庄为东平侯。

三月中，吕后祓㉑，还过轵道，见物如苍犬，据高后掖，忽弗复见。卜之，云赵王如意为祟。高后遂病掖伤。

高后为外孙鲁元王偃年少，蚤失父母，孤弱，乃封张敖前姬两子，侈为新都侯，寿为乐昌侯，以辅鲁元王偃。及封中大谒者张释为建陵侯㉒，吕荣为祝兹侯。诸中宦者令丞皆为关内侯㉓，食邑五百户。

七月中，高后病甚，乃令赵王吕禄为上将军，军北军；吕王产居南军。吕太后诫产、禄曰："高帝已定天下，与大臣约，曰'非刘氏王者，天下共击之'。今吕氏王，大臣弗平。我即崩，帝年少，大臣恐为变。必据兵卫宫，慎毋送丧，毋为人所制。"辛巳，高后崩，遗诏赐诸侯王各千金，将、相、列侯、郎、吏皆以秩赐金。大赦天下，以吕王产为相国，以吕禄女为帝后。高后已葬，以左丞相审食其为帝太傅。

朱虚侯刘章有气力，东牟侯兴居其弟也，皆齐哀王弟，居长安。当是时，诸吕用事擅权，欲为乱，畏高帝故大臣绛、灌等，未敢发。朱虚侯妇，吕禄女，阴知其谋，恐见诛，乃阴令人告其兄齐王，欲令发兵西，诛诸吕而立。朱虚侯欲从中与大臣为应。齐王欲发兵，其相弗听。八月丙午，齐王欲使人诛相，相召平乃反，举兵欲围王，王因杀其相，遂发兵东，诈夺琅邪王兵，并将之而西。语在《齐王》语中。

齐王乃遗诸侯王书曰："高帝平定天下，王诸子弟，悼惠王王齐。悼惠王薨，孝惠帝使留侯良立臣为齐王。孝惠崩，高后用事，春秋高，听诸吕，擅废帝更立，又比杀三赵王㉔，灭梁、赵、燕以王诸吕，分齐为四。忠臣进谏，上惑乱弗听。今高后崩，而帝春秋富㉕，未能治天下，固恃大臣诸侯。而诸吕又擅自尊官，聚兵严威，劫列侯忠臣，矫制以令天下㉖，宗庙所以危。寡人率兵入诛不当为王者。"汉闻之，相国吕产等乃遣颍阴侯灌婴将兵击之。灌婴至荥阳，乃谋曰："诸吕权兵关中，欲危刘氏而自立。今我破齐还报，此益吕氏之资也。"乃留屯荥阳，使使谕齐王及诸侯，与连和，以待吕氏变，共诛之。齐王闻之，乃还兵西界待约。

吕禄、吕产欲发乱关中，内惮绛侯、朱虚等，外畏齐、楚兵，又恐灌婴畔之，欲待灌婴兵与齐合而发，犹豫未决。当是时，济川王太、淮阳王武、常山王朝名为少帝弟，及鲁元王吕后外孙，皆年少未之国，居长安。赵王禄、梁王产各将兵居南北军，皆吕氏之人。列侯群臣莫自坚其命㉗。

太尉绛侯勃不得入军中主兵。曲周侯郦商老病，其子寄与吕禄善。绛侯乃与丞相陈平谋，使人劫郦商，令其子寄往绐说吕禄曰："高帝与吕后共定天下，刘氏所立九王，吕氏所立三王，皆大臣之议，事已布告诸侯，诸侯皆以为宜。今太后崩，帝少，而足下佩赵王印，不急之国守藩，乃为上将，将兵留此，为大臣诸侯所疑。足下何不归将印，以兵属太尉？请梁王归相国印，与大臣盟而之国，齐兵必罢，大臣得安，足下高枕而王千里，此万世之利也。"吕禄信然其计，欲归将印，以兵属太尉。使人报吕产及诸吕老人，或以为便，或曰不便，计犹豫未有所决。吕禄信郦寄，时与出游猎。过其姑吕嬃，嬃大怒，曰："若为将而弃军，吕氏今无处矣。"乃悉出珠玉宝器散堂下，曰："毋为他人守也。"

左丞相食其免。

八月庚申旦，平阳侯窋行御史大夫事，见相国产计事。郎中令贾寿使从齐来，因数产曰："王不蚤之国，今虽欲行，尚可得邪？"具以灌婴与齐、楚合从，欲诛诸吕告产，乃趣产急入宫。平阳侯颇闻其语，乃驰告丞相、太尉。太尉欲入北军，不得入。襄平侯通尚符节②，乃令持节矫内太尉北军。太尉复令郦寄与典客刘揭先说吕禄曰："帝使太尉守北军，欲足下之国，急归将印辞去，不然，祸且起。"吕禄以为郦兄不欺已，遂解印属典客，而以兵授太尉。太尉将之入军门，行令军中曰："为吕氏右袒，为刘氏左袒。"军中皆左袒为刘氏。太尉行至，将军吕禄亦已解上将印去，太尉遂将北军。

然尚有南军。平阳侯闻之，以吕产谋告丞相平，丞相平乃召朱虚侯佐太尉。太尉令朱虚侯监军门，令平阳侯告卫尉："毋入相国产殿门。"吕产不知吕禄已去北军，乃入未央宫，欲为乱，殿门弗得入，裵回往来②。平阳侯恐弗胜，驰语太尉。太尉尚恐不胜诸吕，未敢讼言诛之③，乃遣朱虚侯谓曰："急入宫卫帝。"朱虚侯请卒，太尉予卒千余人。入未央宫门，遂见产廷中。日餔时③，遂击产。产走。天风大起，以故其从官乱，莫敢斗。逐产，杀之郎中府吏厕中。

朱虚侯已杀产，帝命谒者持节劳朱虚侯。朱虚侯欲夺节信，谒者不肯，朱虚侯则从与载，因节信驰走②，斩长乐卫尉吕更始。还，驰入北军，报太尉。太尉起，拜贺朱虚侯曰："所患独吕产，今已诛，天下定矣。"遂遣人分部悉捕诸吕男女，无少长皆斩之。辛酉，捕斩吕禄，而笞杀吕嬃。使人诛燕王吕通，而废鲁王偃。壬戌，以帝太傅食其复为左丞相。戊辰，徙济川王王梁，立赵幽王子遂为赵王。遣朱虚侯章以诛诸吕氏事告齐王，令罢兵。灌婴兵亦罢荥阳而归。

诸大臣相与阴谋曰："少帝及梁、淮阳、常山王，皆非真孝惠子也。吕后以计诈名他人子，杀其母，养后宫，令孝惠子之，立以为后，及诸王，以强吕氏。今皆已夷灭诸吕，而置所立③，即长用事，吾属无类矣④。不如视诸王最贤者立之。"或言："齐悼惠王高帝长子，今其适子为齐王，推本言之，高帝适长孙，可立也"。大臣皆曰："吕氏以外家恶而几危宗庙，乱功臣。今齐王母家驷，驷钧，恶人也，即立齐王，则复为吕氏。"欲立淮南王，以为少，母家又恶。乃曰："代王方今高帝见子⑤，最长，仁孝宽厚。太后家薄氏谨良，且立长故顺，以仁孝闻于天下，便。"乃相与共阴使人召代王。代王使人辞谢。再反，然后乘六乘传③。后九月晦日己酉③，至长安，舍代邸。大臣皆往谒，奉天子玺上代王，共尊立为天子。代王数让，群臣固请，然后听。

东牟侯兴居曰："诛吕氏吾无功，请得除宫。"乃与太仆汝阴侯滕公入宫，前谓少帝曰："足下非刘氏，不当立。"乃顾麾左右执戟者掊兵罢去③。有数人不肯去兵，宦者令张泽谕告，亦去兵。滕公乃召乘舆车载少帝出，少帝曰："欲将我安之乎？"滕公曰："出就舍。"舍少府。乃奉天子法驾③，迎代王于邸。报曰："宫谨除。"代王即夕入未央宫。有谒者十人持戟卫端门，曰："天子在也，足下何为者而入？"代王乃谓太尉。太尉往谕，谒者十人皆掊兵而去。代王遂入而听政。夜，有司分部诛灭梁、淮阳、常山王及少帝于邸。

代王立为天子。二十三年崩，谥为孝文皇帝。

太史公曰：孝惠皇帝、高后之时，黎民得离战国之苦，君臣俱欲休息乎无为⑩，故惠帝垂拱⑪，高后女主称制，政不出房户，天下晏然。刑罚罕用，罪人是希。民务稼穑，衣食滋殖⑫。

①几：几乎。数：好几次。
②死事：死于战事。

③永巷：后宫所居长巷，设有牢狱。

④属：委托，托付。

⑤辉耳：用火烧灼耳朵。

⑥喑药：哑药。

⑦人彘：人猪。

⑧卮（zhī，音知）：古代圆底酒杯。

⑨泛：翻倒，倒掉。

⑩刑白马盟：杀白马与大臣盟约。

⑪从欲阿意：曲意逢迎。谓纵容太后欲望，顺从太后心意。

⑫面折廷争：当面指斥，据廷力争。

⑬渐：逐渐，渐进。开端，先例。

⑭风：同"讽"。微言暗示。

⑮窃馈：暗送食物。

⑯论之：问罪处死。

⑰举直：起用正直者。

⑱自财：同"自裁"。

⑲从官：随从官。

⑳微伺：暗中监视。

㉑祓（fú，音符）：祈求免灾的祭祀。

㉒中大谒者：主管宾赞受事。加"中"字，多为宦官。

㉓诸中宦者令丞：由宦官充任的各令丞。关内侯：有爵而无封地。

㉔比杀三赵王：连杀三个赵王。即赵隐王刘如意、赵幽王刘发、赵王刘恢。

㉕春秋富：年少。

㉖矫制：假传皇帝命令。

㉗自坚：自保。

㉘尚符节：掌兵符印信。

㉙裵回：同"徘徊"。

㉚讼言：公开宣布。

㉛日餔：日落时分。

㉜因：凭着。

㉝置所立：留下吕氏所立的人。

㉞无类：绝种。意谓被族灭。

㉟见子：现存的儿子。见：同"现"。

㊱六乘传：六匹马拉的驿车。一说六辆驿车。

㊲后九月：即闰九月。晦日：月末。

㊳揥兵：扔下兵器。

㊴法驾：天子乘坐的车驾。

㊵无为：指无为而治的政治。

㊶垂拱：垂衣拱手，不干预政事。

㊷衣食滋殖：丰衣足食。

史记卷十

孝文本纪第十

孝文皇帝，高祖中子也。高祖十一年春，已破陈豨军，定代地，立为代王，都中都。太后薄氏子。即位十七年，高后八年七月，高后崩。九月，诸吕吕产等欲为乱，以危刘氏，大臣共诛之，谋召立代王，事在《吕后》语中。

丞相陈平、太尉周勃等使人迎代王。代王问左右郎中令张武等，张武等议曰："汉大臣皆故高帝时大将，习兵，多谋诈，此其属意非止此此也，特畏高帝、吕太后威耳。今已诛诸吕，新啑血京师①，此以迎大王为名，实不可信。愿大王称疾毋往，以观其变。"中尉宋昌进曰："群臣所议皆非也。夫秦失其政，诸侯豪杰并起，人人自以为得之者以万数，然卒践天子之位者，刘氏也，天下绝望，一矣。高帝封王子弟，地犬牙相制，此所谓盘石之宗也，天下服其强，二矣。汉兴，除秦苛政，约法令，施德惠，人人自安，难动摇，三矣。夫以吕太后之严，立诸吕为三王，擅权专制，然而太尉以一节入北军②，一呼士皆左袒③，为刘氏，叛诸吕，卒以灭之。此乃天授，非人力也。今大臣虽欲为变，百姓弗为使，其党宁能专一邪？方今内有朱虚、东牟之亲，外畏吴、楚、淮南、琅邪、齐、代之强。方今高帝子独淮南王与大王，大王又长，贤圣仁孝，闻于天下，故大臣因天下之心而欲迎立大王，大王勿疑也。"代王报太后计之，犹与未定。卜之龟，卦兆得大横④。占曰："大横庚庚，余为天王，夏启以光⑤。"代王曰："寡人固已为王矣，又何王？"卜人曰："所谓天王者乃天子。"于是代王乃遣太后弟薄昭往见绛侯，绛侯等具为昭言所以迎立王意。薄昭还报曰："信矣，毋可疑者。"代王乃笑谓宋昌曰："果如公言"。乃命宋昌参乘⑥，张武等六人乘传诣长安⑦。至高陵休止，而使宋昌先驰之长安观变。

昌至渭桥，丞相以下皆迎。宋昌还报。代王驰至渭桥，群臣拜谒称臣。代王下车拜。太尉勃进曰："愿请间言⑧"。宋昌曰："所言公，公言之。所言私，王者不受私。"太尉乃跪上天子玺符。代王谢曰："至代邸而议之。"遂驰入代邸。群臣从至。丞相陈平、太尉周勃、大将军陈武、御史大夫张苍、宗正刘郢、朱虚侯刘章、东牟侯刘兴居、典客刘揭皆再拜言曰："子弘等皆非孝惠帝子，不当奉宗庙。臣谨请阴安侯、列侯顷王后与琅邪王、宗室、大臣、列侯、吏二千石议曰⑨："大王高帝长子，宜为高帝嗣。愿大王即天子位。"代王曰："奉高帝宗庙，重事也。寡人不佞⑩，不足以称宗庙。愿请楚王计宜者⑪，寡人不敢当。"群臣皆伏固请。代王西乡让者三⑫，南乡让者再。丞相平等皆曰："臣伏计之，大王奉高帝宗庙最宜称，虽天下诸侯万民以为宜。臣等为宗庙社稷计，不敢忽。愿大王幸听臣等。臣谨奉天子玺符再拜上。"代王曰："宗室、将、相、王、列侯以为莫宜寡人，寡人不敢辞。"遂即天子位。

群臣以礼次侍⑬。乃使太仆婴与东牟侯兴居清宫，奉天子法驾迎于代邸。皇帝即日夕入未央宫。乃夜拜宋昌为卫将军，镇抚南北军。以张武为郎中令，行殿中。还坐前殿，于是夜下诏书曰："间者诸吕用事擅权，谋为大逆，欲以危刘氏宗庙，赖将相列侯宗室大臣诛之，皆伏其辜。朕初即位，其赦天下，赐民爵一级，女子百户牛酒，酺五日⑭。"

孝文皇帝元年十月庚戌，徙立故琅邪王泽为燕王。

辛亥，皇帝即阼，谒高庙。右丞相平徙为左丞相，太尉勃为右丞相，大将军灌婴为太尉。诸吕所夺齐、楚故地，皆复与之。

壬子，遣车骑将军薄昭迎皇太后于代。皇帝曰："吕产自置为相国，吕禄为上将军，擅矫遣灌将军婴将兵击齐⑮，欲代刘氏，婴留荥阳弗击，与诸侯合谋以诛吕氏。吕产欲为不善，丞相陈平与太尉周勃谋夺吕产等军。朱虚侯刘章首先捕吕产等。太尉身率襄平侯通持节承诏入北军。典客刘揭身夺赵王吕禄印。益封太尉勃万户，赐金五千斤。丞相陈平、灌将军婴邑各三千户，金二千斤。朱虚侯刘章、襄平侯通、东牟侯刘兴居邑各二千户，金千斤。封典客揭为阳信侯，赐金千斤。"

十二月，上曰："法者，治之正也⑯，所以禁暴而率善人也。今犯法已论，而使毋罪之父母妻子同产坐之⑰，及为收帑⑱，朕甚不取。其议之。"有司皆曰："民不能自治，故为法以禁之。相坐坐收，所以累其心，使重犯法，所从来远矣。如故便。"上曰："朕闻法正则民悫⑲，罪当则民从。且夫牧民而导之善者，吏也。其既不能导，又以不正之法罪之，是反害于民为暴者也。何以禁之？朕未见其便，其孰计之⑳。"有司皆曰："陛下加大惠，德甚盛，非臣等所及也。请奉诏书，除收帑诸相坐律令㉑。"

正月，有司言曰："蚤建太子，所以尊宗庙。请立太子。"上曰："朕既不德，上帝神明未歆享㉒，天下人民未有嗛志㉓。今纵不能博求天下贤圣有德之人而禅天下焉，而曰豫建太子，是重吾不德也。谓天下何㉔？其安之㉕。"有司曰："豫建太子，所以重宗庙社稷，不忘天下也。"上曰："楚王，季父也，春秋高，阅天下之义理多矣，明于国家之大体。吴王于朕，兄也，惠仁以好德。淮南王，弟也，秉德以陪朕㉖。岂为不豫哉！诸侯王、宗室昆弟有功臣，多贤及有德义者，若举有德以陪朕之不能终，是社稷之灵，天下之福也。今不选举焉，而曰必子，人其以朕为忘贤有德者而专于子，非所以忧天下也。朕甚不取也。"有司皆固请曰："古者殷、周有国，治安皆千余岁，古之有天下者莫长焉，用此道也。立嗣必子，所从来远矣。高帝亲率士大夫，始平天下，建诸侯，为帝者太祖。诸侯王及列侯始受国者皆亦为其国祖。子孙继嗣，世世弗绝，天下之大义也，故高帝设之以抚海内。今释宜建而更选于诸侯及宗室㉗，非高帝之志也。更议不宜。子某最长㉘，纯厚慈仁，请建以为太子。"上乃许之。因赐天下民当代父后者爵各一级㉙。封将军薄昭为轵侯。

三月，有司请立皇后。薄太后曰："诸侯皆同姓，立太子母为皇后。"皇妃姓窦氏。上为立后故，赐天下鳏寡孤独、穷困者及年八十已上、孤儿九岁已下布帛米肉各有数。

上从代来，初即位，施德惠天下，填抚诸侯四夷皆洽欢，乃循从代来功臣㉚。上曰："方大臣之诛诸吕迎朕，朕狐疑，皆止朕，唯中尉宋昌劝朕，朕以得保奉宗庙。已尊昌为卫将军，其封昌为壮武侯。诸从朕六人，官皆至九卿。"

上曰："列侯从高帝入蜀、汉中者六十八人皆益封各三百户，故吏二千石以上从高帝颍川守尊等十人食邑六百户㉛，淮阳守申徒嘉等十人五百户，卫尉定等十人四百户。封淮南王舅父赵兼为周阳侯，齐王舅父驷钧为清郭侯。"秋，封故常山丞相蔡兼为樊侯。

人或说右丞相曰："君本诛诸吕，迎代王，今又矜其功，受上赏，处尊位，祸且及身。"右丞相勃乃谢病免罢，左丞相平专为丞相。

二年十月，丞相平卒，复以绛侯勃为丞相。上曰："朕闻古者诸侯建国千余，各守其地，以时入贡，民不劳苦，上下欢欣，靡有遗德㉜。今列侯多居长安，邑远，吏卒给输费苦，而列侯亦无由教驯其民。其令列侯之国㉝，为吏及诏所止者㉞，遣太子㉟。"

十一月晦，日有食之。十二月望，日又食㊱。上曰："朕闻之，天生蒸民㊲，为之置君以养治之。人主不德，布政不均，则天示之以菑⑧，以诫不治。乃十一月晦，日有食之，适见于天，菑孰大焉！朕获保宗庙，以微眇之身托于兆民君王之上，天下治乱，在朕一人，唯二三执政犹吾股肱也。朕下不能理育群生⑨，上以累三光之明⑩，其不德大矣。令至，其悉思朕之过失，及知、见、思之所不及，匄以告朕⑪。及举贤良方正能直言极谏者，以匡朕之不逮⑫。因各饬其任职，务省徭费以便民。朕既不能远德，故�然念外人之有非⑬，是以设备未息。今纵不能罢边屯戍，而又饬兵厚卫，其罢卫将军军。太仆见马遗财足⑭，余皆以给传置⑮。"

正月，上曰："农，天下之本，其开籍田，朕亲率耕，以给宗庙粢盛⑯。"

三月，有司请立皇子为诸侯王。上曰："赵幽王幽死，朕甚怜之，已立其长子遂为赵王。遂弟辟强及齐悼惠王子朱虚侯章、东牟侯兴居有功，可王。"乃立赵幽王少子辟强为河间王，以齐剧郡立朱虚侯为城阳王⑰，立东牟侯为济北王，皇子武为代王，子参为太原王，子揖为梁王。

上曰："古之治天下，朝有进善之旌⑱、诽谤之木⑲，所以通治道而来谏者。今法有诽谤妖言之罪，是使众臣不敢尽情，而上无由闻过失也。将何以来远方之贤良？其除之。民或祝诅上以相约结而后相谩⑳，吏以为大逆，其有他言，而吏又以为诽谤。此细民之愚无知抵死㉑，朕甚不取。自今以来，有犯此者勿听治。"

九月，初与郡国守相为铜虎符、竹使符。

三年十月丁酉晦，日有食之。十一月，上曰："前日诏遣列侯之国，或辞未行。丞相朕之所重，其为朕率列侯之国。"绛侯勃免丞相就国，以太尉颍阴侯婴为丞相。罢太尉官，属丞相。

四月，城阳王章薨。淮南王长与从者魏敬杀辟阳侯审食其。

五月，匈奴入北地，居河南为寇。帝初幸甘泉。

六月，帝曰："汉与匈奴约为昆弟，毋使害边境，所以输遗匈奴甚厚。今右贤王离其国，将众居河南降地，非常故，往来近塞，捕杀吏卒，驱保塞蛮夷，令不得居其故，陵轹边吏，入盗，甚敖无道，非约也。其发边吏骑八万五千诣高奴，遣丞相颍阴侯灌婴击匈奴。"匈奴去，发中尉材官属卫将军军长安。

辛卯，帝自甘泉之高奴，因幸太原，见故群臣，皆赐之。举功行赏，诸民里赐牛酒。复晋阳、中都民三岁。留游太原十余日。

济北王兴居闻帝之代，欲往击胡，乃反，发兵欲击荥阳。于是诏罢丞相兵，遣棘蒲侯陈武为大将军，将十万往击之。祁侯贺为将军，军荥阳。

七月辛亥，帝自太原至长安。乃诏有司曰："济北王背德反上，诖误吏民㉒，为大逆。济北吏民兵未至先自定，及以军地邑降者，皆赦之，复官爵。与王兴居去来㉓，亦赦之。"

八月，破济北军，虏其王。赦济北诸吏民与王反者。

六年，有司言淮南王长废先帝法，不听天子诏，居处毋度㉔，出入拟于天子，擅为法令，与棘蒲侯、太子奇谋反，遣人使闽越及匈奴，发其兵，欲以危宗庙社稷。群臣议，皆曰："长当弃市。"帝不忍致法于王，赦其罪，废勿王。群臣请处王蜀严道、邛都，帝许之。长未到处所，行病死。上怜之。后十六年，追尊淮南王长谥为厉王，立其子三人为淮南王、衡山王、庐江王。

十三年夏，上曰："盖闻天道祸自怨起而福由德兴。百官之非，宜由朕躬。今秘祝之官移过于下，以彰吾之不德，朕甚不取。其除之。"

五月，齐太仓令淳于公有罪当刑，诏狱逮徙系长安。太仓公无男，有女五人。太仓公将行会逮，骂其女曰："生子不生男，有缓急非有益也！"其少女缇萦自伤泣，乃随其父至长安，上书曰："妾父为吏，齐中皆称其廉平，今坐法当刑。妾伤夫死者不可复生，刑者不可复属㉕，虽复欲改过自新，其道无由也。妾愿没入为官婢，赎父刑罪，使得自新。"书奏天子，天子怜悲其意，乃下诏曰："盖闻有虞氏之时，画衣冠异章服以为僇⑯，而民不犯。何则？至治也。今法有肉刑三⑰，而奸不止，其咎安在？非乃朕德薄而教不明欤？吾甚自愧。故夫驯道不纯而愚民陷焉。诗曰'恺悌君子⑱，民之父母'。今人有过，教未施而刑加焉，或欲改行为善而道毋由也。朕甚怜之。夫刑至断支体，刻肌肤，终身不息，何其楚痛而不德也，岂称为民父母之意哉！其除肉刑。"

上曰："农，天下之本，务莫大焉。今勤身从事而有租税之赋，是为本末者毋以异，其于劝农之道未备。其除田之租税。"

十四年冬，匈奴谋入边为寇，攻朝郍塞，杀北地都尉卬。上乃遣三将军军陇西、北地、上郡，中尉周舍为卫将军，郎中令张武为车骑将军，军渭北，车千乘，骑卒十万。帝亲自劳军，勒兵申教令⑲，赐军吏卒。帝欲自将击匈奴，群臣谏，皆不听。皇太后固要帝，帝乃止。于是以东阳侯张相如为大将军，成侯赤为内史，栾布为将军，击匈奴。匈奴遁走。

春，上曰："朕获执牺牲、珪、币以事上帝、宗庙⑳，十四年于今，历日绵长，以不敏不明而久抚临天下，朕甚自愧。其广增诸祀埠场、珪币。昔先王远施不求其报，望祀不祈其福，右贤左戚㉑，先民后己，至明之极也。今吾闻祠官祝釐㉒，皆归福朕躬，不为百姓，朕甚愧之。夫以朕不德，而躬享独美其福，百姓不与焉，是重吾不德。其令祠官致敬，毋有所祈。"

是时北平侯张苍为丞相，方明律历。鲁人公孙臣上书陈终始传五德事㉓，言方今土德时，土德应黄龙见，当改正朔服色制度。天子下其事与丞相议。丞相推以为今水德，始明正十月上黑事㉔，以为其言非是㉕，请罢之。

十五年，黄龙见成纪，天子乃复召鲁公孙臣，以为博士，申明土德事。于是上乃下诏曰："有异物之神见于成纪，无害于民，岁以有年㉖。朕亲郊祀上帝诸神。礼官议，毋讳以劳朕。"有司礼官皆曰："古者天子夏躬亲礼祀上帝于郊，故曰郊。"于是天子始幸雍，郊见五帝㉗，以孟夏四月答礼焉㉘。赵人新垣平以望气见，因说上设立渭阳五庙。欲出周鼎，当有玉英见㉙。

十六年，上亲郊见渭阳五帝庙，亦以夏答礼而尚赤㉚。

十七年，得玉杯，刻曰："人主延寿"。于是天子始更为元年，令天下大酺。其岁，新垣平事觉㉛，夷三族。

后二年，上曰："朕既不明，不能远德，是以使方外之国或不宁息。夫四荒之外不安其生，封畿之内勤劳不处，二者之咎，皆自于朕之德薄而不能远达也。间者累年㉜，匈奴并暴边境，多杀吏民，边臣兵吏又不能谕吾内志㉝，以重吾不德也。夫久结难连兵，中外之国将何以自宁？今朕夙兴夜寐，勤劳天下，忧苦万民，为之怛惕不安㉞，未尝一日忘于心，故遣使者冠盖相望㉟，结轶于道㊱，以谕朕意于单于。今单于反古之道，计社稷之安，便万民之利，亲与朕俱弃细过，偕之大道㊲，结兄弟之义，以全天下元元之民。和亲已定，始于今年。"

后六年冬，匈奴三万人入上郡，三万人入云中。以中大夫令勉为车骑将军，军飞狐；故楚相苏意为将军，军句注；将军张武屯北地；河内守周亚夫为将军，居细柳；宗正刘礼为将军，居霸上；祝兹侯军棘门：以备胡。数月，胡人去，亦罢。

天下旱，蝗。帝加惠：令诸侯毋入贡，弛山泽㊳，减诸服御狗马㊴，损郎吏员㊵，发仓庾以振贫民，民得卖爵。

孝文帝从代来，即位二十三年，宫室、苑囿、狗马、服御无所增益，有不便，辄弛以利民。尝欲作露台，召匠计之，直百金。上曰："百金中民十家之产，吾奉先帝宫室，常恐羞之，何以台为！"上常衣绨衣㊶，所幸慎夫人，令衣不得曳地，帏帐不得文绣，以示敦朴，为天下先。治霸陵皆以瓦器，不得以金银铜锡为饰，不治坟，欲为省，毋烦民。南越王尉佗自立为武帝，然上召贵尉佗兄弟，以德报之，佗遂去帝称臣。与匈奴和亲，匈奴背约入盗，然令边备守，不发兵深入，恶烦苦百姓。吴王诈病不朝，就赐几杖。群臣如袁盎等称说虽切，常假借用之。群臣如张武等受赂遗金钱，觉，上乃发御府金钱赐之，以愧其心，弗下吏②。专务以德化民，是以海内殷富，兴于礼义。

后七年六月己亥，帝崩于未央宫。遗诏曰："朕闻盖天下万物之萌生，靡不有死。死者天地之理，物之自然者，奚可甚哀。当今之时，世咸嘉生而恶死，厚葬以破业，重服以伤生③，吾甚不取。且朕既不德，无以佐百姓，今崩，又使重服久临，以离寒暑之数，哀人之父子，伤长幼之志，损其饮食，绝鬼神之祭祀，以重吾不德也，谓天下何！朕获保宗庙，以眇眇之身托于天下君王之上，二十有余年矣。赖天地之灵，社稷之福，方内安宁⑭，靡有兵革。朕既不敏，常畏过行，以羞先帝之遗德，维年之久长，惧于不终。今乃幸以天年，得复供养于高庙，朕之不明与嘉之⑮，其奚哀悲之有！其令天下吏民，令到出临三日⑯，皆释服。毋禁取妇、嫁女、祠祀、饮酒、食肉者。自当给丧事服临者，皆无践⑰。绖带无过三寸⑱，毋布车及兵器⑲，毋发民男女哭临宫殿。宫殿中当临者，皆以旦夕各十五举声⑳，礼毕罢。非旦夕临时，禁毋得擅哭。已下㉑，服大红十五日㉒，小红十四日，纤七日㉓，释服。佗不在令中者，皆以此令比率从事㉔。布告天下，使明知朕意。霸陵山川因其故，毋有所改。归夫人以下至少使㉕。"令中尉亚夫为车骑将军，属国悍为将屯将军㉖，郎中令武为复土将军㉗，发近县见卒万六千人㉘，发内史卒万五千人㉙，藏郭穿复土属将军武㉚。

乙巳，群臣皆顿首上尊号曰孝文皇帝。

太子即位于高庙。丁未，袭号曰皇帝。

孝景皇帝元年十月，制诏御史："盖闻古者祖有功而宗有德，制礼乐各有由。闻歌者，所以发德也；舞者，所以明功也。高庙酎㉛，奏《武德》、《文始》、《五行》之舞。孝惠庙酎，奏《文始》、《五行》之舞。孝文皇帝临天下，通关梁㉜，不异远方。除诽谤，去肉刑，赏赐长老，收恤孤独，以育群生。减嗜欲，不受献，不私其利也。罪人不帑㉝，不诛无罪。除肉刑，出美人，重绝人之世㉞。朕既不敏，不能识。此皆上古之所不及，而孝文皇帝亲行之。德厚侔天地，利泽施四海，靡不获福焉。明象乎日月，而庙乐不称㉟，朕甚惧焉。其为孝文皇帝庙为《昭德》之舞，以明休德㊱。然后祖宗之功德著于竹帛，施于万世，永永无穷，朕甚嘉之。其与丞相、列侯、中二千石、礼官具为礼仪奏㊲。"丞相臣嘉等言："陛下永思孝道，立《昭德》之舞以明孝文皇帝之盛德，皆臣嘉等愚所不及。臣谨议：世功莫大于高皇帝，德莫盛于孝文皇帝，高皇庙宜为帝者太祖之庙，孝文皇帝庙宜为帝者太宗之庙。天子宜世世献祖宗之庙。郡国诸侯宜各为孝文皇帝立太宗之庙。诸侯王列侯使者侍祠天子㊳，岁献祖宗之庙。请著之竹帛，宣布天下。"制曰："可。"

太史公曰：孔子言："必世然后仁。善人之治国百年，亦可以胜残去杀。"㊴诚哉是言！汉兴，至孝文四十有余载，德至盛也。廪廪乡改正服封禅矣㊵，谦让未成于今㊶。呜呼，岂不仁哉！

---

①啑血：亦作"喋血"。谓杀人流血遍地，踏血而行。

②节：指符节。

③左祖：袒露左臂。《吕太后本纪》载太尉周勃入北军除诸吕，行令曰："为吕氏右袒，为刘氏左袒。"军中皆左袒为刘氏。

④大横：龟卜卦兆名。龟纹呈横形，故名。

⑤庚庚：纹理横布。形容有成果。夏启以光：谓夏禹之子启践天子位光大父业。

⑥参乘：陪同乘车。

⑦乘传：坐驿车。诣：往，到，赴。

⑧间言：私下报告，单独谈话。
⑨阴安侯：汉高祖兄刘信之妻，即丘嫂。列侯顷王后：汉高祖次兄代顷王刘仲之妻。吏二千石：二千石以上的官吏。
⑩不佞：不才，没有才德。谦词。
⑪楚王：汉高祖之弟刘交，时在皇族中地位最尊。
⑫乡：通“向”。古时宾客礼，东为客位为尊，西为主人位；君臣礼，北为君位，南向北为臣。
⑬以礼次侍：按礼仪，各依品秩，排班随侍。
⑭酺：聚会庆宴。
⑮擅矫遣：滥用职权，假借皇帝名义发布派遣令。
⑯正：准则。
⑰同产：指同胞兄弟姐妹。共产业的人。坐：连坐。因连累而论罪。
⑱收帑：将罪犯的妻子儿女收为官奴。
⑲悫（què，音确）：诚实，朴实。
⑳孰计之：再仔细计议。
㉑除：废除。
㉒歆享：欣然接受祭享。
㉓嗛志：称心如意。嗛，满足。
㉔谓天下何：何以告白于天下。
㉕其安之：安守现状，暂且放一放，即暂不立太子。
㉖陪：辅佐。
㉗释：丢开，放弃。
㉘子某：指文帝长子刘启。
㉙当代父后者：指应继承父业的嫡长子。
㉚循：安抚。行赏。
㉛尊：指颍川郡守刘尊。
㉜靡有遗德：没有失德之处。
㉝令列侯之国：令列侯到封国去。
㉞为吏及诏所止者：谓在京任职及获诏书恩准留京的人。
㉟遣：派遣。
㊱日又食：当为“月食”之误。
㊲蒸民：众民。
㊳菑（zāi，音栽）：同“灾”。灾难。
㊴理育群生：治理保育百姓。
㊵累三光之明：连累日、月、星三光失明。指日食、月食。
㊶匄以告朕：乞求大家告诉我。
㊷不逮：不及。
㊸恫然：寝食不安。外人：外族。非：非常的行为，指侵扰行为。
㊹遗：留下来。财足：恰够使用。财，通“才”。
㊺传：驿站。
㊻粢盛：黍稷为粢，在器中为盛。指祭祀。
㊼剧郡：大郡。
㊽进善之旌：据尧设旌于路口，行人均可在旌上提写旋政善言。旌，旗子。
㊾诽谤之木：据舜在宫外桥头建有供人提不满意见的木柱。后世华表之建当源于此。
㊿祝诅：祝告鬼神，使加祸于别人。相谩：相互欺谩，此指互相揭发。
(51)抵死：触犯死罪。
(52)诖误：连累。
(53)去来：指有往来关系的人。
(54)居处毋度：生活起居无节度。

㊵复属：谓受刑砍下的肢体不可再连接。

㊶画衣冠异章服：让罪犯穿上画有犯人标记的衣冠，显示差异以代刑。僇：通"辱"。感到耻辱。

㊷肉刑三：指黥、劓、刖三种肉刑。

㊸恺悌：和乐平易。

㊹勒兵：检阅军队。

㊺获执：获行执行祭祀权，指即帝位。

㊻右贤左戚：尊贤人，卑亲戚。右为上，左为下。

㊼祝釐：祝祷求福。

㊽终始传五德：水、火、木、金、土五德相生相克，终始相传。

㊾正十月：正月当在十月。上黑：以黑色为上。

㊿其言非是：指公孙臣的意见不对。

㊷岁以有年：连年丰收。

㊸五帝：东方苍龙青帝，南方朱雀赤帝，西方白虎白帝，北方玄武黑帝，中央麒麟黄帝。

㊹答礼：谓举行祭祀以回答"岁以有年"。

㊺玉英：玉之精英。

㊻尚赤：以赤色为首。

㊼事觉：指新垣平暗中使人献玉杯欺骗皇上一事被发觉。

㊽间者累年：近来连年。

㊾谕吾内志：知晓我的内心思想。

㊿怛惕：惊恐害怕。

⑺冠盖：指使者的帽子和车盖。

⑹结轶于道：路上车辙错结。

⑺偕之大道：共同走上和睦大道。

⑺弛山泽：解除山林川泽的禁令，以利百姓樵采渔猎。

⑺减诸服御狗马：减少宫中衣服、车驾、狗马等。

⑻损郎吏员：精减郎官、官吏、官员的员额。

⑻绨衣：黑色粗丝衣。

⑻弗下吏：不下交执法官吏议罪。

⑻重服：长久服丧。

⑻方内安宁：国内外太平。方，四方，外；内，中。方内，犹中外。

⑻朕之不明与嘉之：意谓我并不贤明，却能善终，感到庆幸。

⑻临：哭吊死者。哭。

⑻无践：不要赤脚。践，同"跣"，赤足。

⑻绖带：古代丧服所用的麻布带子。

⑻毋布车及兵器：不要在车子和兵器上挂丧布。

⑼十五举声：哀哭十五声。

⑼已下：下葬后。

⑼大红：即大功。丧服名。红，音gōng。

⑼纤：即襳，缌麻衣。

⑼比率从事：比照办理。

⑼归夫人以下至少使：谓把宫中自夫人以下美人、良人、八子、七子、长使、少使七级嫔妃全部放归本家。

⑼属国：即典属国。官名。掌管蛮夷归降者。

⑼复土将军：主持葬礼封坟之事。

⑼见卒：服现役的士兵。

⑼内史卒：京师警卫士兵。

⑽藏郭穿复土：下葬棺椁、穿穴、封土的事。

⑽高庙酎：祭祀高祖庙用醇酒。

⑩　通关梁：使关卡津梁通行无阻。

⑩　罪人不帑：对犯人不坐罪其妻子儿女。

⑩　重绝人之世：重视使人绝代的事。

⑩　侔：相等。

⑩　不称：不相称，不相配。

⑩　休德：美德。

⑩　中二千石：汉代官职品级的一种。

⑩　侍祠：陪祭。

⑩　世：三十年为世。仁：仁政。胜残去杀：免除残暴，不再施行杀人的刑罚。

⑪　廪廪：庶几，渐近，犹差不多。改正服：改正朔，易服色。

⑪　于今：到现在。此指武帝之时，寓有对武帝多欲的讽刺。

史记卷十一

孝景本纪第十一

孝景皇帝者，孝文之中子也。母窦太后。孝文在代时，前后有三男，及窦太后得幸，前后死，及三子更死，故孝景得立。

元年四月乙卯，赦天下。乙巳，赐民爵一级。五月，除田半租。为孝文立太宗庙。令群臣无朝贺。匈奴入代，与约和亲。

二年春，封故相国萧何孙系为武陵侯。男子二十而得傅①。四月壬午，孝文太后崩。广川、长沙王皆之国。丞相申屠嘉卒。八月，以御史大夫开封侯陶青为丞相。彗星出东北。秋，衡山雨雹，大者五寸，深者二尺。荧惑逆行②，守北辰③。月出北辰间。岁星逆行天廷中④。置南陵及内史、祋祤为县。

三年正月乙巳，赦天下。长星出西方。天火燔雒阳东宫大殿城室。吴王濞、楚王戊、赵王遂、胶西王卬、济南王辟光、菑川王贤、胶东王雄渠反，发兵西乡。天子为诛晁错⑤，遣袁盎谕告。不止，遂西围梁。上乃遣大将军窦婴、太尉周亚夫将兵诛之。六月乙亥，赦亡军及楚元王子蓺等与谋反者。封大将军窦婴为魏其侯。立楚元王子平陆侯礼为楚王。立皇子端为胶西王，子胜为中山王。徙济北王志为菑川王，淮阳王余为鲁王，汝南王非为江都王。齐王将庐、燕王嘉皆薨。

四年夏，立太子。立皇子彻为胶东王。六月甲戌，赦天下。后九月，更以易阳为阳陵。复置津关，用传出入⑥。冬，以赵国为邯郸郡。

五年三月，作阳陵、渭桥。五月，募徙阳陵，予钱二十万。江都大暴风从西方来，坏城十二丈。丁卯，封长公主子蟜为隆虑侯。徙广川王为赵王。

六年春，封中尉绾为建陵侯，江都丞相嘉为建平侯，陇西太守浑邪为平曲侯，赵丞相嘉为江陵侯，故将军布为鄃侯。梁、楚二王皆薨。后九月，伐驰道树，殖兰池⑦。

七年冬，废栗太子为临江王。十一月晦，日有食之。

春，免徒隶作阳陵者。丞相青免。二月乙巳，以太尉条侯周亚夫为丞相。四月乙巳，立胶东王太后为皇后。丁巳，立胶东王为太子。名彻。

中元年，封故御史大夫周苟孙平为绳侯，故御史大夫周昌孙左车为安阳侯。四月乙巳，赦天下，赐爵一级。除禁锢。地动。衡山、原都雨雹，大者尺八寸。

中二年二月，匈奴入燕，遂不和亲。三月，召临江王来，即死中尉府中。夏，立皇子越为广川王，子寄为胶东王。封四侯。九月甲戌，日食。

中三年冬，罢诸侯御史中丞。春，匈奴王二人率其徒来降，皆封为列侯。立皇子方乘为清河王。三月，彗星出西北。丞相周亚夫免，以御史大夫桃侯刘舍为丞相。四月，地动。九月戊戌晦，日食。军东都门外。

中四年三月，置德阳宫。大蝗。秋，赦徒作阳陵者。

中五年夏，立皇子舜为常山王。封十侯。六月丁巳，赦天下，赐爵一级。天下大潦⑧。更命诸侯丞相曰"相"。秋，地动。

中六年二月己卯，行幸雍，郊见五帝。三月，雨雹。四月，梁孝王、城阳共王、汝南王皆薨。立梁孝王子明为济川王，子彭离为济东王，子定为山阳王，子不识为济阴王。梁分为五。封四侯。更命廷尉为大理⑨，将作少府为将作大匠，主爵中尉为都尉，长信詹事为长信少府，将行为大长秋，大行为行人，奉常为太常，典客为大行，治粟内史为大农。以大内为二千石，置左右内官，属大内。七月辛亥，日食。八月，匈奴入上郡。

后元年冬，更命中大夫令为卫尉。三月丁酉，赦天下，赐爵一级，中二千石、诸侯相爵右庶长。四月，大酺。五月丙戌，地动，其蚤食时复动。上庸地动二十二日，坏城垣。七月乙巳，日食。丞相刘舍免。八月壬辰，以御史大夫绾为丞相，封为建陵侯。

后二年正月，地一日三动。郅将军击匈奴。酺五日。令内史郡不得食马粟，没入县官。令徒隶衣七緵布⑩。止马舂⑪。为岁不登⑫，禁天下食不造岁⑬。省列侯遣之国。三月，匈奴入雁门。十月，租长陵田。大旱。衡山国、河东、云中郡民疫。

后三年十月，日月皆赤五日。十二月晦，靁⑭，日如紫。五星逆行守太微⑮。月贯天廷中。正月甲寅，皇太子冠。甲子，孝景皇帝崩。遗诏赐诸侯王以下至民为父后爵一级，天下户百钱。出宫人归其家，复无所与⑯。太子即位，是为孝武皇帝。三月，封皇太后弟蚡为武安侯，弟胜为周阳侯。置阳陵。

太史公曰：汉兴，孝文施大德，天下怀安。至孝景，不复忧异姓，而晁错刻削诸侯，遂使七国俱起，合从而西乡，以诸侯太盛，而错为之不以渐也。及主父偃言之，而诸侯以弱，卒以安。安危之机，岂不以谋哉？

---

①傅：服役为正卒。

②荧惑：火星。

③北辰：北斗七星。

④岁星：木星。

⑤为诛晁错：为安抚诸侯而杀了晁错。按，晁错建削蕃策，吴楚七国以清君侧为名而连兵造反。

⑥传：通行证件。

⑦殖：一作"填"，填塞。

⑧大潦：大水灾。

⑨更命：改官名。

⑩七缌布：古代的一种粗布。即七升布。

⑪止马舂：不准为马舂粟。

⑫不登：欠收。

⑬禁天下食不造岁：意谓禁止全国浪费粮食，因恐不够一年食用。

⑭雷（léi，音雷）：同"雷"。

⑮五星：金木水火土五星。太微：即太微星。

⑯复无所与：免除赋役。

史记卷十二

孝武本纪第十二

孝武皇帝者，孝景中子也。母曰王太后。孝景四年，以皇子为胶东王。孝景七年，栗太子废为临江王，以胶东王为太子。孝景十六年崩，太子即位，为孝武皇帝。孝武皇帝初即位，尤敬鬼神之祀。

元年，汉兴已六十余岁矣，天下乂安①，荐绅之属皆望天子封禅改正度也②。而上乡儒术，招贤良，赵绾、王臧等以文学为公卿，欲议古立明堂城南，以朝诸侯。草巡狩封禅改历服色事未就。会窦太后治黄、老言，不好儒术，使人微得赵绾等奸利事③，召案绾、臧④，绾、臧自杀，诸所兴为者皆废。

后六年，窦太后崩。其明年，上征文学之士公孙弘等。

明年，上初至雍，郊见五畤⑤。后常三岁一郊。是时上求神君，舍之上林中蹏氏观。神君者，长陵女子，以子死悲哀，故见神于先后宛若⑥。宛若祠之其室，民多往祠。平原君往祠⑦，其后子孙以尊显。及武帝即位，则厚礼置祠之内中，闻其言，不见其人云。

是时而李少君亦以祠灶、谷道、却老方见上⑧，上尊之。少君者，故深泽侯人以主方⑨。匿其年及所生长，常自谓七十，能使物，却老。其游以方遍诸侯。无妻子。人闻其能使物及不死，更馈遗之，常余金钱帛衣食。人皆以为不治产业而饶给，又不知其何所人，愈信，争事之。少君资好方，善为巧发奇中。尝从武安侯饮，坐中有年九十余老人，少君乃言与其大父游射处，老人为儿时从其大父行，识其处，一坐尽惊。少君见上，上有故铜器，问少君。少君曰："此器齐桓公十年陈于柏寝。"已而案其刻，果齐桓公器。一宫尽骇，以少君为神，数百岁人也。

少君言于上曰："祠灶则致物，致物而丹沙可化为黄金，黄金成以为饮食器则益寿，益寿而海中蓬莱仙者可见，见之以封禅则不死，黄帝是也。臣尝游海上，见安期生，食臣枣，大如瓜。安期生仙者，通蓬莱中，合则见人，不合则隐。"于是天子始亲祠灶，而遣方士入海求蓬莱安期生之属，而事化丹沙诸药齐为黄金矣⑩。

居久之，李少君病死。天子以为化去不死也，而使黄锤、史宽舒受其方。求蓬莱安期生莫能得，而海上燕、齐怪迂之方士多相效⑪，更言神事矣。

亳人薄诱忌奏祠泰一方，曰："天神贵者泰一，泰一佐曰五帝⑫。古者天子以春秋祭泰一东南郊，用太牢具⑬，七日，为坛开八通之鬼道。"于是天子令太祝立其祠长安东南郊，常奉祠如忌方。其后人有上书，言："古者天子三年一用太牢具祠神三一：天一，地一，泰一。"天子许之，令太祝领祠之忌泰一坛上，如其方。后人复有上书，言："古者天子常以春秋解祠，祠黄帝用一枭、破镜⑭，冥羊用羊⑮，祠马行用一青牡马⑯，泰一、皋山山君、地长用牛⑰，武夷君用干鱼，阴阳使者以一牛"。令祠官领之如其方，而祠于忌泰一坛旁。

其后，天子苑有白鹿，以其皮为币，以发瑞应，造白金焉。

其明年，郊雍，获一角兽，若麃然。有司曰："陛下肃祗郊祀，上帝报享⑱，锡一角兽，盖麟云。"于是以荐五畤，畤加一牛以燎。赐诸侯百金，以风符应合于天地。

于是济北王以为天子且封禅，乃上书献泰山及其旁邑。天子受之，更以他县偿之。常山王有罪，迁，天子封其弟于真定，以续先王祀，而以常山为郡。然后五岳皆在天子之郡。

其明年，齐人少翁以鬼神方见上。上有所幸王夫人，夫人卒，少翁以方术盖夜致王夫人及灶鬼之貌云，天子自帷中望见焉。于是乃拜少翁为文成将军，赏赐甚多，以客礼礼之。文成言曰："上即欲与神通，宫室、被服不象神，神物不至。"乃作画云气车，及各以胜日驾车辟恶鬼⑲。又作甘泉宫，中为台室，画天、地、泰一诸神，而置祭具以致天神。居岁余，其方益衰，神不至。乃为帛书以饭牛⑳，详弗知也㉑，言此牛腹中有奇。杀而视之，得书，书言甚怪，天子疑之。有识其手书，问之人，果伪书。于是诛文成将军而隐之。

其后则又作柏梁、铜柱、承露仙人掌之属矣㉒。

文成死明年，天子病鼎湖甚，巫医无所不致，不愈。游水发根乃言曰："上郡有巫，病而鬼下之。"上召置祠之甘泉。及病，使人问神君。神君言曰："天子毋忧病。病少愈，强与我会甘泉。"于是病愈，遂幸甘泉，病良已。大赦天下，置寿宫神君。神君最贵者太一，其佐曰大禁、司命之属，皆从之。非可得见，闻其音，与人言等。时去时来，来则风肃然也。居室帷中。时昼言，然常以夜。天子祓，然后入。因巫为主人，关饮食。所欲者言行下。又置寿宫、北宫，张羽旗，设供具，以礼神君。神君所言，上使人受书其言，命之曰："画法"。其所语，世俗之所知也，毋绝殊者，而天子独喜。其事秘，世莫知也。

其后三年，有司言：元㉓，宜以天瑞命，不宜以一二数。一元曰建元，二元以长星曰元光，三元以郊得一角兽曰元狩云。

其明年冬，天子郊雍，议曰："今上帝朕亲郊，而后土毋祀，则礼不答也。"有司与太史公、祠官宽舒等议："天地牲角茧栗。今陛下亲祀后土，后土宜于泽中圜丘为五坛，坛一黄犊太牢具，已祠尽瘗㉔，而从祠衣上黄㉕。"于是天子遂东，始立后土祠汾阴脽上㉖，如宽舒等议。上亲望拜，如上帝礼。礼毕，天子遂至荥阳而还。过雒阳，下诏曰："三代邈绝㉗，远矣难存。其以三十里地封周后为周子南君，以奉先王祀焉。"是岁，天子始巡郡县，侵寻于泰山矣㉘。

其春，乐成侯上书言栾大。栾大，胶东宫人，故尝与文成将军同师，已而为胶东王尚方㉙。而乐成侯姊为康王后，毋子。康王死，他姬子立为王。而康后有淫行，与王不相中㉚，相危以法。康后闻文成已死，而欲自媚于上，乃遣栾大因乐成侯求见言方。天子既诛文成，后悔恨其早死，惜其方不尽，及见栾大，大悦。大为人长美，言多方略，而敢为大言㉛，处之不疑。大言曰："臣尝往来海中，见安期、羡门之属。顾以为臣贱，不信臣。又以为康王诸侯耳，不足予方。臣数言康王，唐王又不用臣。臣之师曰：'黄金可成，而河决可塞，不死之药可得，仙人可致也。'臣恐效文成，则方士皆掩口，恶敢言方哉！"上曰："文成食马肝死耳。子诚能修其方，我何爱乎！"大曰："臣师非有求人，人者求之。陛下必欲致之，则贵其使者，令有亲属，以客礼待之，勿卑，使各佩其信印，乃可使通言于神人。神人尚肯邪不邪。致尊其使，然后可致也。"于是上使先验小方，斗旗㉜，旗自相触击。

　　是时上方忧河决，而黄金不就③，乃拜大为五利将军。居月余，得四金印，佩天士将军、地士将军、大通将军、天道将军印。制诏御史："昔禹疏九江，决四渎。间者河溢皋陆④，堤繇不息。朕临天下二十有八年，天若遗朕士而大通焉。《乾》称'蜚龙'，'鸿渐于般'，意庶几与焉。其以二千户封地士将军大为乐通侯。"赐列侯甲第，僮千人。乘舆斥车马帷帐器物以充其家。又以卫长公主妻之，赍金万斤，更名其邑曰当利公主。天子亲如五利之第。使者存问所给，连属于道。自大主、将相以下⑤，皆置酒其家，献遗之。于是天子又刻玉印曰："天道将军，使使衣羽衣，夜立白茅上，五利将军亦衣羽衣，立白茅上受印，以示弗臣也，而佩："天道"者，且为天子道天神也。于是五利常夜祠其家，欲以下神。神未至而百鬼集矣，然颇能使之。其后治装行，东入海，求其师云。大见数月⑥，佩六印，贵振天下，而海上燕、齐之间，莫不扼捥而自言有禁方⑦，能神仙矣。

　　其夏六月中，汾阴巫锦为民祠魏脽后土营旁，见地如钩状，掊视得鼎⑧。鼎大异于众鼎，文镂毋款识⑨，怪之，言吏。吏告河东太守胜，胜以闻。天子使使验问巫锦得鼎无奸诈，乃以礼祠，迎鼎至甘泉，从行，上荐之⑩。至中山，晏温⑪，有黄云盖焉。有麃过，上自射之，因以祭云。至长安，公卿大夫皆议请尊宝鼎。天子曰："间者河溢，岁数不登，故巡祭后土，祈为百姓育谷。今年丰庑未有报，鼎曷为出哉？"有司皆曰："闻昔大帝兴神鼎一⑫，一者一统，天地万物所系终也。黄帝作宝鼎三，象天地人也。禹收九牧之金，铸九鼎，皆尝鬺烹上帝鬼神。遭圣则兴⑬，迁于夏、商。周德衰，宋之社亡⑭，鼎乃沦伏而不见。《颂》云⑮'自堂徂基⑯，自羊徂牛；鼐鼎及鼒，不虞不骜，胡考之休'⑰。今鼎至甘泉，光润龙变，承休无疆。合兹中山，有黄白云降盖，若兽为符，路弓乘矢⑱，集获坛下，报祠大飨。惟受命而帝者心知其意而合德焉。鼎宜见于祖祢⑲，藏于帝廷，以合明应。"制曰："可。"

　　入海求蓬莱者，言蓬莱不远，而不能至者，殆不见其气。上乃遣望气佐候其气云⑳。

　　其秋，上幸雍，且郊。或曰："五帝，泰一之佐也，宜立泰一而上亲郊之。"上疑未定。齐人公孙卿曰："今年得宝鼎，其冬辛已朔旦冬至，与黄帝时等。"卿有札书曰："黄帝得宝鼎宛朐，问于鬼臾区。区对曰：'帝得宝鼎神策㉑，是岁己酉朔旦冬至，得天之纪，终而复始。'于是黄帝迎日推策㉒，后率二十岁得朔旦冬至，凡二十推，三百八十年，黄帝仙登于天。"卿因所忠欲奏之。所忠视其书不经，疑其妄书，谢曰："宝鼎事已决矣，尚何以为！"卿因嬖人奏之，上大说，召问卿。对曰："受此书申功，申功已死。"上曰："申功何人也？"卿曰："申功，齐人也。与安期生通，受黄帝言，无书，独有此鼎书。曰：'汉兴复当黄帝之时。汉之圣者在高祖之孙且曾孙也。宝鼎出而与神通，封禅。封禅七十二王，唯黄帝得上泰山封。'申功曰：'汉主亦当上封，上封则能仙登天矣。黄帝时万诸侯，而神灵之封居七千。天下名山八，而三在蛮夷，五在中国。中国华山、首山、太室、泰山、东莱，此五山黄帝之所常游，与神会。黄帝且战且学仙。患百姓非其道，乃断斩非鬼神者。百余岁然后得与神通。黄帝郊雍上帝，宿三月。鬼臾区号大鸿，死葬雍，故鸿冢是也。其后黄帝接万灵明廷。明廷者，甘泉也。所谓寒门者，谷口也。黄帝采首山铜，铸鼎于荆山下。鼎既成，有龙垂胡髯下迎黄帝㉓。黄帝上骑，群臣、后宫从上龙七十余人，龙乃上去。余小臣不得上，乃悉持龙髯，龙髯拔，堕黄帝之弓。百姓仰望黄帝既上天，乃抱其弓与龙胡髯号，故后世因名其处曰鼎湖，其弓曰乌号。'"于是天子曰："嗟乎！吾诚得如黄帝，吾视去妻子如脱蹝耳㉔。"乃拜，卿为郎，东使候神于太室。

　　上遂郊雍，至陇西，西登空桐，幸甘泉。令祠官宽舒等具泰一祠坛，坛放薄忌泰一坛，坛三垓㉕。五帝坛环居其下，各如其方，黄帝西南，除八通鬼道。泰一所用，如雍一畤物，而加醴、枣、脯之属，杀一犛牛以为俎豆牢具㉖。而五帝独有俎豆醴进。其下四方地，为馂食群神从者及北斗云⑤。已祠，胙余皆燎之。其牛色白，鹿居其中，彘在鹿中，水而洎之⑤。祭日以牛，祭月以羊彘特⑤。泰一祝宰则衣紫及绣。五帝各如其色，日赤，月白。

十一月辛巳朔旦冬至，昧爽⑥，天子始郊拜泰一。朝朝日，夕夕月，则揖，而见泰一如雍礼。其赞飨曰："天始以宝鼎神策授皇帝，朔而又朔，终而复始，皇帝敬拜见焉。"而衣上黄。其祠列火满坛，坛旁烹炊具。有司云："祠上有光焉"。公卿言"皇帝始郊见泰一云阳，有司奉瑄玉、嘉牲荐飨⑥"。是夜有美光，及昼，黄气上属天"。太史公、祠官宽舒等曰："神灵之休，祐福兆祥，宜因此地光域立泰畤坛以明应。令太祝领，秋及腊间祠。三岁天子一郊见。"

其秋，为伐南越，告祷泰一，以牡荆画幡日月北斗登龙⑥，以象天一三星，为泰一锋，名曰："灵旗"。为兵祷，则太史奉以指所伐国。而五利将军使不敢入海，之泰山祠。上使人微随验，实无所见。五利妄言见其师，其方尽，多不雠⑥。上乃诛五利。

其冬，公孙卿候神河南，见仙人迹缑氏城上，有物若雉，往来城上。天子亲幸缑氏城视迹，问卿："得毋效文成、五利乎？"卿曰："仙者非有求人主，人主求之。其道非少宽假，神不来。言神事，事如迂诞⑥，积以岁乃可致。"于是郡国各除道，缮治宫观名山神祠所，以望幸矣。

其年，既灭南越，上有嬖臣李延年以好音见。上善之，下公卿议，曰："民间祠尚有鼓舞之乐，今郊祠而无乐，岂称乎？"公卿曰："古者祀天地皆有乐，而神祇可得而礼。"或曰："泰帝使素女鼓五十弦瑟⑥，悲，帝禁不止，故破其瑟为二十五弦。"于是塞南越，祷祠泰一、后土，始用乐舞，益召歌儿，作二十五弦及箜篌瑟自此起。

其来年冬，上议曰："古者先振兵泽旅⑥，然后封禅。"乃遂北巡朔方，勒兵十余万，还祭黄帝冢桥山，泽兵须如。上曰："吾闻黄帝不死，今有冢，何也？"或对曰："黄帝已仙上天，群臣葬其衣冠。"既至甘泉，为且用事泰山，先类祠泰一。

自得宝鼎，上与公卿诸生议封禅。封禅用希旷绝，莫知其仪礼，而群儒采封禅《尚书》、《周官》、《王制》之望祀射牛事⑥。齐人丁公年九十余，曰："封者，合不死之名也。秦皇帝不得上封。陛下必欲上，稍上即无风雨，遂上封矣。"上于是乃令诸儒习射牛，草封禅仪⑥。数年，至且行。天子既闻公孙卿及方士之言，黄帝以上封禅，皆致怪物与神通，欲放黄帝以尝接神仙人蓬莱士，高世比德于九皇，而颇采儒术以文之。群儒既以不能辩明封禅事，又牵拘于《诗》、《书》古文而不敢骋⑥。上为封祠器示群儒，群儒或曰："不与古同"，徐偃又曰："太常诸生行礼不如鲁善"，周霸属图封事，于是上绌偃、霸，尽罢诸儒弗用。

三月，遂东幸缑氏，礼登中岳太室。从官在山下闻若有言："万岁"云。问上，上不言；问下，下不言。于是以三百户封太室奉祠，命曰崇高邑。东上泰山，山之草木叶未生，乃令人上石立之泰山颠。

上遂东巡海上，行礼祠八神。齐人之上疏言神怪奇方者以万数，然无验者。乃益发船，令言海中神山者数千人求蓬莱神人。公孙卿持节常先行候名山，至东莱，言夜见一人，长数丈，就之则不见，见其迹甚大，类禽兽云。群臣有言见一老父牵狗，言："吾欲见巨公"，已忽不见。上既见大迹，未信，及群臣有言老父，则大以为仙人也。宿留海上，与方士传车及间使求仙人以千数。

四月，还至奉高。上念诸儒及方士言封禅人人殊，不经，难施行。天子至梁父，礼祠地主。乙卯，令侍中儒者皮弁荐绅⑥，射牛行事。封泰山下东方，如郊祠泰一之礼。封广丈二尺，高九尺，其下则有玉牒书，书祕。礼毕，天子独与侍中奉车子侯上泰山，亦有封。其事皆禁。明日，下阴道⑥。丙辰，禅泰山下址东北肃然山，如祭后土礼。天子皆亲拜见，衣上黄而尽用乐焉。江、淮间一茅三脊为神藉⑥。五色土益杂封。纵远方奇兽蜚禽及白雉诸物，颇以加祠。兕旄牛犀象之属弗用。皆至泰山然后去。封禅祠，其夜若有光，昼有白云起封中。

天子从封禅还，坐明堂，群臣更上寿。于是制诏御史："朕以眇眇之身承至尊，兢兢焉惧弗任。维德菲薄，不明于礼乐。修祀泰一，若有象景光，屑如有望⑦，依依震于怪物，欲止不敢，遂登封泰山，至于梁父，而后禅肃然。自新，嘉与士大夫更始，赐民百户牛一酒十石，如年八十孤寡布帛二匹。复博、奉高、蛇丘、历城，毋出今年租税。其赦天下，如乙卯赦令。行所过毋有复作⑭。事在二年前⑮，皆勿听治。"又下诏曰："古者天子五载一巡狩，用事泰山，诸侯有朝宿地。其令诸侯各治邸泰山下。"

天子既已封禅泰山，无风雨灾，而方士更言蓬莱诸神山若将可得，于是上欣然庶几遇之，乃复东至海上望，冀遇蓬莱焉。奉车子侯暴病，一日死。上乃遂去，并海上，北至碣石，巡自辽西，历北边至九原。五月，返至甘泉。有司言宝鼎出为元鼎，以今年为元封元年。

其秋，有星茀于东井⑯。后十余日，有星茀于三能⑰。望气王朔言："候独见其星出如瓠，食顷复入焉⑱。"有司言曰："陛下建汉家封禅，天其报德星云。"

其来年冬，郊雍五帝，还，拜祝祠泰一。赞飨曰："德星昭衍⑲，厥维休祥。寿星仍出，渊耀光明。信星昭见，皇帝敬拜泰祝之飨。"

其春，公孙卿言见神人东莱山，若云"见天子"。天子于是幸缑氏城，拜卿为中大夫，遂至东莱，宿留之数日，毋所见，见大人迹。复遣方士求神怪采芝药以千数。是岁旱。于是天子既出毋名，乃祷万里沙，过祠泰山。还至瓠子，自临塞决河，留二日，沈祠而去⑳。使二卿将卒塞决河，河徙二渠，复禹之故迹焉。

是时既灭南越，越人勇之乃言："越人俗信鬼，而其祠皆见鬼，数有效。昔东瓯王敬鬼，寿至百六十岁。后世谩怠，故衰秏。"乃令越巫立越祝祠，安台无坛，亦祠天神、上帝、百鬼，而以鸡卜。上信之，越祠鸡卜始用焉。

公孙卿曰："仙人可见，而上往常遽㉛，以故不见。今陛下可为观㉜，如缑氏城，置脯枣，神人宜可致，且仙人好楼居。"于是上令长安则作蜚廉桂观，甘泉则作益延寿观，使卿持节设具而候神人。乃作通天台，置祠具其下，将招来神仙之属。于是甘泉更置前殿，始广诸宫室。夏，有芝生殿防内中。天子为塞河，兴通天台，若有光云，乃下诏曰："甘泉防生芝九茎，赦天下，毋有复作。"

其明年，伐朝鲜。夏，旱。公孙卿曰："黄帝时封则天旱，乾封三年。"上乃下诏曰："天旱，意乾封乎？其令天下尊祠灵星焉。"

其明年，上郊雍，通回中道，巡之。春，至鸣泽，从西河归。

其明年冬，上巡南郡，至江陵而东。登礼潜之天柱山，号曰南岳。浮江，自寻阳出枞阳，过彭蠡，祀其名山川。北至琅邪，并海上。四月中，至奉高修封焉。

初，天子封泰山，泰山东北址古时有明堂处，处险不敞。上欲治明堂奉高旁，未晓其制度。济南人公王带上黄帝时明堂图。明堂图中有一殿，四面无壁，以茅盖，通水，圜宫垣为复道，上有楼，从西南入，命曰昆仑，天子从之入，以拜祠上帝焉。于是上令奉高作明堂汶上，如带图。及五年修封，则祠泰一、五帝于明堂上坐，令高皇帝祠坐对之。祠后土于下房，以二十太牢。天子从昆仑道入，始拜明堂如郊礼。礼毕，燎堂下。而上又上泰山，有祕祠其颠。而泰山下祠五帝，各如其方，黄帝并赤帝，而有司侍祠焉。泰山上举火，下悉应之。

其后二岁，十一月甲子朔旦冬至，推历者以本统。天子亲至泰山，以十一月甲子朔旦冬至日祠上帝明堂，每修封禅。其赞飨曰："天增授皇帝泰元神策，周而复始。皇帝敬拜泰一。"东至海上，考入海及方士求神者，莫验，然益遣，冀遇之。

十一月乙酉，柏梁灾㊿。十二月甲午朔，上亲禅高里，祠后土。临渤海，将以望祠蓬莱之属，冀至殊庭焉⑭。

上还，以柏梁灾故，朝受计甘泉。公孙卿曰："黄帝就青灵台，十二日烧，黄帝乃治明庭。明庭，甘泉也。"方士多言古帝王有都甘泉者。其后，天子又朝诸侯甘泉，甘泉作诸侯邸。勇之乃曰："越俗有火灾，复起屋必以大，用胜服之。"于是作建章宫，度为千门万户。前殿度高未央。其东则凤阙，高二十余丈；其西则唐中，数十里虎圈；其北治大池，渐台高二十余丈，名曰泰液池，中有蓬莱、方丈、瀛洲、壶梁，象海中神山龟鱼之属；其南有玉堂、璧门、大鸟之属。乃立神明台、井干楼，度五十余丈，辇道相属焉。

夏，汉改历，以正月为岁首，而色上黄，官名更印章以五字，因为太初元年。是岁，西伐大宛。蝗大起。丁夫人、雒阳虞初等以方祠诅匈奴、大宛焉㊽。

其明年，有司言雍五畤无牢熟具，芬芳不备。乃命祠官进畤犊牢具，五色食所胜⑯，而以木禺马代驹焉。独五帝用驹，行亲郊用驹。及诸名山川用驹者，悉以木禺马代。行过，乃用驹。他礼如故。

其明年，东巡海上，考神仙之属，未有验者。方士有言："黄帝时为五城十二楼，以候神人于执期，命曰迎年。"上许作之如方，名曰："明年"。上亲礼祠上帝，衣上黄焉。

公王带曰："黄帝时虽封泰山，然风后、封巨、岐伯令黄帝封东泰山，禅凡山合符，然后不死焉。"天子既令设祠具，至东泰山，东泰山卑小，不称其声，乃令祠官礼之，而不封禅焉。其后令带奉祠候神物。夏，遂还泰山，修五年之礼如前，而加禅祠石闾。石闾者，在泰山下址南方，方士多言此仙人之闾也，故上亲禅焉。

其后五年，复至泰山修封，还过祭常山。

今天子所兴祠，泰一、后土，三年亲郊祠，建汉家封禅，五年一修封。薄忌泰一及三一、冥羊、马行、赤星，五⑰，宽舒之祠官以岁时致礼。凡六祠⑱，皆太祝领之。至如八神诸神，明年、凡山他名祠，行过则祀，去则已。方士所兴祠，各自主，其人终则已，祠官弗主。他祠皆如其故。今上封禅，其后十二岁而还，遍于五岳、四渎矣。而方士之候祠神人，入海求蓬莱，终无有验。而公孙卿之候神者，犹以大人迹为解，无其效。天子益怠厌方士之怪迂语矣，然终羁縻弗绝，冀遇其真。自此之后，方士言祠神者弥众，然其效可睹矣。

太史公曰：余从巡祭天地诸神名山川而封禅焉。入寿宫侍祠神语，究观方士祠官之言，于是退而论次自古以来用事于鬼神者⑱，具见其表里。后有君子，得以览焉。至若俎豆珪币之祥，献酬之礼，则有司存焉。

---

①乂安：太平，安定。

②荐绅：搢绅。古代高级官吏的装束。亦指有官职及作过官的人。

③微：暗暗伺察。奸利：奸诈谋利。

④案：查办；审理。

⑤五畤：帝王祭祀五帝的场所。在岐州雍县南。鄜畤祭白帝，密畤祭青帝，上畤祭赤帝，下畤祭黄帝，北畤祭黑帝。

⑥先后：兄弟之妻相谓"先后"，即妯娌。

⑦平原君：汉武帝外祖母。

⑧祠灶：祀灶，祭灶。谷道：古时方士求长生不老的方术。辟谷不食之道。却老：避免衰老。方：方术。

⑨入：进荐，推荐。主方：主持方药。

⑩药齐：药剂。齐，音剂。

⑪怪迂：怪异迂阔。

⑫佐：配祭。

⑬太牢：牛、羊、猪三牲。

⑭枭：食母的恶鸟。破镜：食父的恶兽。

⑮冥羊：神名。

⑯马行：神名。

⑰地长：神名。

⑱报享：谓上帝酬答祭享。

⑲胜日：金、木、土、水、火五行相克之日。

⑳饭牛：给牛吞下肚内。

㉑详：同"佯"。假装。

㉒柏梁：台名。台高二十丈，用香柏为殿，香闻十里。

㉓元：指帝王年号。武帝即位，初有年号。

㉔已祠尽瘗：谓祭毕一切牲品均须埋掉。瘗：埋葬。

㉕从祠：指陪祭者。

㉖脽（shuí，音谁）：丘。

㉗邈绝：久远。遥远。

㉘侵寻：渐进，渐次前往。

㉙方：指方术。

㉚相中：相得；中意，合意。

㉛大言：说大话。

㉜斗旗：亦作"斗棋"、"斗棊"、"斗碁"。古代方士的一种方术，使棋子自相斗击。取鸡血杂磨针铁杵，和磁石于棋头，置棋局上，棋子自相斗击不止。

㉝不就：未炼成。

㉞河溢皋陆：黄河泛滥，从水边淹到陆地。皋：水边之地。

㉟大主：指武帝姑母。

㊱大见数月：谓栾大自见武帝仅数月。

㊲扼挽：握住手腕。表示激动、振奋。

㊳掊：抱起来。

㊴款识：古代钟鼎上铸刻的文字。款，刻识，表识。

㊵荐之：谓祭荐之于天神。

㊶晏温：天气晴暖。

㊷大帝：指太昊伏羲氏。

㊸遭：逢。

㊹宋之社：指宋社，即周武王伐纣时所立的亳社。

㊺《颂》：指《周颂·丝衣》。

㊻徂：到；往。基：门槛。

㊼胡考：犹寿考。长寿。年纪大。亦指老年人。

㊽路弓：大弓。路，大也。乘矢：四矢。乘，四矢为乘。

㊾祖祢：祖庙与父庙。

㊿望气：古代方士的一种占候术，观察云气以预测凶吉。

(51)策：古代占卜用的蓍草。

(52)迎日推荚：谓经过推算而预知未来节气历数。迎日，指古时帝王于正月朔日迎祭太阳于东郊。

(53)颥（rán，音然）：亦作"䫇"、"顄"。颊上长的胡子。颊毛。

(54)蹝（xǐ，音洗）：草鞋。

(55)放：仿照。三垓：三重。

⑤俎豆：俎和豆。古代祭礼、宴飨时盛牲体或其他食物的两种礼器。

⑤馂食：同时连缀祭祀诸神。

⑤水而洎之：添水以为肉汁。洎，音冀，添水于釜中。

⑤羊彘特：或羊或彘，只有一特。特，牲。

⑥昧爽：黎明，拂晓。

⑥瑄玉：六寸大的璧。嘉牲：祭祀用的牺牲。

⑥牡荆：植物名。

⑥雠：应验。

⑥迂诞：迂阔荒诞；不会事理。

⑥泰帝：指太昊伏羲氏。

⑥振兵泽旅：振扬兵威而后解散军队。古"释"字作"泽"。

⑥望祀：古代祭名。遥望祭祀。射牛：古代帝王、诸侯祭祀天地、宗庙，必亲自射牛以示隆重。

⑥草：草拟，制定。

⑥骋：驰骋。谓指发表意见。

⑦皮弁：白鹿皮作的冠名。

⑦阴道：指泰山北坡之道。

⑦一茅三脊：一种有三棱脊的茅。神藉：祭祀时摆设供品的垫物。

⑦屑如：亦作"屑如"。倏忽貌。

⑦行所过毋有复：谓凡天子行幸过的地方不再征发赋役。

⑦事：指犯罪之事。

⑦茀：彗星。东井：即井宿。

⑦三能：即三公星。

⑦食顷：吃顿饭的工夫，即一瞬间。

⑦昭衍：光明广布；光照无际。

⑧沈祠：沈白马祭河神。

⑧遽：匆匆忙忙。

⑧观：指道观。

⑧柏梁灾：柏梁台失火。

⑧殊庭：指神仙所居的殊异洞府。

⑧以方祠诅：用方术祭咒。

⑧五色食所胜：谓按五帝方位的本色进献所能克胜的色牲。如水胜火，祭黑帝（水）则用赤色（火）牲品。火胜金，祭赤帝则用白色牲品。

⑧五：指太一、三一、冥羊、马行、赤星五者。

⑧六祠：指以上五者外，加正太一后土祠。

⑧退：指事后。论次：编述，记载。

史记卷十三

三代世表第一

太史公曰：五帝、三代之记，尚矣。自殷以前诸侯不可得而谱，周以来乃颇可著。孔子因史文次《春秋》，纪元年，正时日月，盖其详哉。至于序《尚书》则略，无年月，或颇有，然多阙，不可录，故疑则传疑，盖其慎也。

余读谍记，黄帝以来皆有年数。稽其历谱谍、终始五德之传，古文咸不同，乖异。夫子之弗论次其年月，岂虚哉！於是以《五帝系谍》、《尚书》集世纪黄帝以来讫共和为《世表》。

帝王世国号	颛顼属	偌属	尧属	舜属	夏属	殷属	周属
黄帝号有熊。	黄帝生昌意。	黄帝生玄器。	黄帝生玄器。	黄帝生昌意。	黄帝生昌意。	黄帝生玄器。	黄帝生玄器。
帝颛顼，黄帝孙。起黄帝，至颛顼三世，号高阳。	昌意生颛顼，为高阳氏。	玄器生蛴极。	玄器生蛴极。	昌意生颛顼。颛顼生穷蝉。	昌意生颛顼。	玄器生蛴极。蛴极生高辛。	玄器生蛴极。蛴极生高辛。
帝偌，黄帝曾孙。起黄帝，至帝偌四世。号高辛。		蛴极生高辛，为帝偌。	蛴极生高辛。高辛生放勋。	穷蝉生敬康。敬康生句望。		高辛生卨。	高辛生后稷，为周祖。
帝尧。起黄帝，至偌子五世。号唐。			放勋为尧。	句望生蛴牛。蛴牛生瞽叟。		卨为殷祖。	后稷生不窋。
帝舜，黄帝玄孙之玄孙，号虞。				瞽叟生重华，是为帝舜。	颛顼生鲧。鲧生文命。	卨生昭明。	不窋生鞠。
帝禹，黄帝耳孙，号夏。					文命，是为禹。	昭明生相土。	鞠生公刘。
帝启，伐有扈，作《甘誓》。						相土生昌若。	公刘生庆节。
帝太康						昌若生曹圉。曹圉生冥。	庆节生皇仆。皇仆生差弗。

帝王世国号	颛顼属	偰属	尧属	舜属	夏属	殷属	周属
帝仲康,太康弟。						冥生振。	差弗生毁渝。毁渝生公非。
帝相						振生微。微生报丁。	公非生高圉。高圉生亚圉。
帝少康						报丁生报乙。报乙生报丙。	亚圉生公祖类。
帝予						报丙生主壬。主壬生主癸。	公祖类生太王亶父。
帝槐						主癸生天乙,是为殷汤。	亶父生季历。季历生文王昌。益《易卦》。
帝芒							文王昌生武王发。
帝泄							
帝不降							
帝扃,不降弟。							
帝廑							
帝孔甲,不降子。好鬼神,淫乱不好德,二龙去。							
帝皋							
帝发							
帝履癸,是为桀。从禹至桀十七世。从黄帝至桀二十世。							
殷汤代夏氏。从黄帝至汤十七世。							

帝王世国号	颛顼属	俈属	尧属	舜属	夏属	殷属	周属
帝外丙,汤太子。太丁蚤卒,故立次弟外丙。							
帝仲壬,外丙弟。							
帝太甲,故太子太丁子。淫,伊尹放之桐宫。三年,悔过自责,伊尹乃迎之复位。							
帝沃丁。伊尹卒。							
帝太庚,沃丁弟。							
帝小甲,太庚弟。殷道衰,诸侯或不至。							
帝雍己,小甲弟。							
帝太戊,雍己弟。以桑谷生,称中宗。							
帝中丁							
帝外壬,中丁弟。							
帝河亶甲,外壬弟。							
帝祖乙							
帝祖辛							
帝沃甲,祖辛弟。							
帝祖丁,祖辛子。							
帝南庚,沃甲子。							

帝王世国号	颛顼属	偕属	尧属	舜属	夏属	殷属	周属
帝阳甲,祖丁子。							
帝盘庚,阳甲弟。徙河南。							
帝小辛,盘庚弟。							
帝小乙,小辛弟。							
帝武丁。雉升鼎耳雊。得傅说。称高宗。							
帝祖庚							
帝甲,祖庚弟。淫。							
帝廪辛							
帝庚丁,廪辛弟。殷徙河北。							
帝武乙。慢神震死。							
帝太丁							
帝乙。殷益衰。							
帝辛,是为纣。弑。从汤至纣二十九世。从黄帝至纣四十六世。							
周武王代殷。从黄帝至武王十九世。							

周	鲁	齐	晋	秦	楚	宋	卫	陈	蔡	曹	燕
成王诵	鲁周公旦，武王弟。初封。	齐太公尚，文王、武王师。初封。	晋唐叔虞，武王子。初封。	秦恶来，助纣。父飞廉，有力。	楚熊绎。绎父鬻熊，事文王。初封。	宋微子启，纣庶兄。初封。	卫康叔，武王弟。初封。	陈胡公满，舜之后。初封。	蔡叔度，武王弟。初封。	曹叔振铎，武王弟。初封。	燕召公奭，周同姓。初封。
康王钊，刑错四十余年。	鲁公伯禽	丁公吕伋	晋侯燮	女防	熊乂	微仲，启弟。	康伯	申公	蔡仲		九世至惠侯。
昭王瑕南巡不返。不赴，讳之。	考公	乙公	武侯	旁皋	熊䵣	宋公	孝伯	相公	蔡伯	太伯	
穆王满。作《甫刑》。荒服不至。	炀公，考公弟。	癸公	成侯	大几	熊胜	丁公	嗣伯	孝公	宫侯	仲君	
恭王伊扈	幽公	哀公	厉侯	大骆	熊炀	湣公，丁公弟。	疌伯	慎公	厉侯	宫伯	
懿王坚。周道衰，诗人作刺。	魏公	胡公	靖侯	非子	熊渠	炀公，湣公弟。	湣伯	幽公	武侯	孝伯	
孝王方，懿王弟。	厉公	献公弑胡公。		秦侯	熊无康	厉公	贞伯	釐公		夷伯	
夷王燮，懿王子。	献公，厉公弟。	武公		公伯	熊鸷红	釐公	顷侯		釐公		
厉王胡。以恶闻过乱，出奔，遂死于彘。	真公			秦仲	熊延，红弟。		釐侯				
共和，二伯行政。	武公，真公弟。				熊勇						

张夫子问褚先生曰："《诗》言契、后稷皆无父而生。今案诸传记咸言有父，父皆黄帝子也，得无与《诗》谬乎？"

褚先生曰："不然。《诗》言契生於卵，后稷人迹者[1]，欲见其有天命精诚之意耳。鬼神不能自成，须人而生，奈何无父而生乎！一言有父，一言无父，信以传信，疑以传疑，故两言之。尧知契、稷皆贤人，天之所生，故封之契七十里，后十余世至汤，王天下。尧知后稷子孙之后王也，故益封之百里，其后世且千岁，至文王而有天下。《诗传》曰：'汤之先为契，无父而生。契母与姊妹浴於玄丘水，有燕衔卵堕之，契母得，故含之，误吞之，即生契。契生而贤，尧立为司徒，姓之曰子氏。子者兹；兹，益大也。诗人美而颂之曰："殷社芒芒[2]，天命玄鸟，降而生商。"商者质，殷号也。文王之先为后稷，后稷亦无父而生。后稷母为姜嫄，出见大人迹而履践之，知於身，则生后稷。姜嫄以为无父，贱而弃之道中，牛羊避不践也。抱之山中，山者养之。又捐之大泽，鸟覆席食之。姜嫄怪之，於是知其天子，乃取长之。尧知其贤才，立以为大农，姓之曰姬氏。姬者，本也。诗人美而颂之曰"厥初生民"，深修益成，而道后稷之始也。'孔子曰：'昔者尧命契为子氏，为有汤也。命后稷为姬氏，为有文王也。大王命季历，明天瑞也。太伯之吴，遂生源也。'天命难言，非圣人莫能见。舜、禹、契、后稷皆黄帝子孙也。黄帝策天命而治天下，德泽深后世，故其子孙皆复立为天子，是天之报有德也。人不知，以为汜从布衣匹夫起耳。夫布衣匹夫安能无故而起王天下乎？其有天命然。"

"黄帝后世何王天下之久远邪？"

曰："《传》云天下之君王为万夫之黔首请赎民之命者帝，有福万世，黄帝是也。五政明则修礼义[3]，因天时举兵征伐而利者王，有福千世。蜀王，黄帝后世也，至今在汉西南五千里，常来朝降，输献于汉，非以其先之有德，泽流后世邪？行道德岂可以忽乎哉！人君王者举而观之。汉大将军霍子孟名光者，亦黄帝后世也。此可为博闻远见者言，固难为浅闻者说也。何以言之？古诸侯以国为姓。霍者，国名也。武王封弟叔处于霍，后世晋献公灭霍公，后世为庶民，往来居平阳。平阳在河东，河东晋地，分为卫国。以《诗》言之，亦可为周世。周起后稷，后稷无父而生。以三代世传言之，后稷有父名高辛。高辛，黄帝曾孙。《黄帝终始传》曰：'汉兴百有余年，有人不短不长，出白燕之乡，持天下之政，时有婴儿主[4]，却行车[5]。'霍将军者，本居平阳白燕。臣为郎时，与方士考功会旗亭下，为臣言。岂不伟哉！"

---

①人迹者：谓后稷是其母姜嫄踏了一巨人脚印而怀孕的。

②殷社：殷地。

③五政：指五常之政，即父义、母慈、兄友、弟恭、子孝。

④婴儿主：指汉昭帝，即位时年八岁。

⑤却行车：车倒行，不得向前。

史记卷十四

十二诸侯年表第二

太史公读《春秋历谱谍》，至周厉王，未尝不废书而叹也。曰：呜呼，师挚见之矣[1]！纣为象箸而箕子唏[2]。周道缺，诗人本之衽席[3]，《关雎》作。仁义陵迟[4]，《鹿鸣》刺焉。及至厉王，以恶闻其过，公卿惧诛而祸作，厉王遂奔于彘，乱自京师始，而共和行政焉。是后或力政[5]，强乘弱，兴师不请天子。然挟王室之义，以讨伐为会盟主，政由五伯，诸侯恣行，淫侈不轨，贼臣篡子滋起矣。齐、晋、秦、楚其在成周微甚[6]，封或百里或五十里。晋阻三河，齐负东海，楚介江、淮，秦因雍州之固，四海迭兴，更为伯主，文、武所褒大封，皆威而服焉[7]。是以孔子明王道，干七十余君[8]，莫能用，故西观周室，论史记旧闻，兴於鲁而次《春秋》，上记隐，下至哀之获麟[9]，约其辞文，去其烦重，以制义法，王道备，人事浃[10]。七十子之徒口受其传指[11]，为有所刺讥、褒讳、挹损之文辞不可以书见也。鲁君子左丘明惧弟子人人异端，各安其意，失其真，故因孔子史记具论其语，成《左氏春秋》。铎椒为楚威王傅，为王不能尽观《春秋》，采取成败，卒四十章，为《铎氏微》。赵孝成王时，其相虞卿上采《春秋》，下观近势，亦著八篇，为《虞氏春秋》。吕不韦者，秦庄襄王相，亦上观尚古，删拾《春秋》，集六国时事，以为八览、六论、十二纪，为《吕氏春秋》。及如荀卿、孟子、公孙固、韩非之徒，各往往捃摭《春秋》之文以著书[12]，不可胜纪。汉相张苍历谱五德[13]，上大夫董仲舒推《春秋》义，颇著文焉。

太史公曰：儒者断其义，驰说者骋其辞[14]，不务综其终始；历人取其年月[15]，数家隆於神运[16]，谱谍独记世谥，其辞略，欲一观诸要难。於是谱十二诸侯，自共和讫孔子，表见《春秋》、《国语》学者所讥盛衰大指著于篇，为成学治古文者要删焉。

---

①师挚：鲁太师，名挚。孔子时人。

②象箸：象牙筷子。 唏：悲叹声。

③衽席：卧具，喻夫妇之道。

④陵迟：衰微。

⑤力政：以武力相征伐。政，读"征"。

⑥成周：指周公辅成王的兴盛时代。

⑦文武所褒大封皆威而服焉：谓文王、武王时所封的几个大国都反而被原来微小而后相继兴起的五霸所威胁而降服。

⑧干：求谒。

⑨隐：指鲁隐公。 哀：指鲁哀公。

⑩浃：同"洽"。周洽，周全。

⑪传指：传授的意旨。

⑫捃摭：摘取，收集。

⑬历谱五德：指《终始五德传》。

⑭驰说者：犹游说者。此处指纵横家、杂家的著述。

⑮历人：指历谱家。

⑯数家：指阴阳术数家。 隆：注重。

公元前	周	鲁	齐	晋	秦	楚	宋	卫	陈	蔡	曹	郑	燕	吴
庚申 841	共和元年，厉王子居召公宫，是为宣王。王子少，大臣共和行政。	真公濞（索隐 真公，伯禽之玄孙也。）十五年，一云十四年	武公寿（索隐 太公五代孙，献公子也。）十年	靖侯宜臼（索隐 唐叔五代孙，厉侯之子也。）十八年	秦仲（索隐 非子曾孙之子。）四年	熊勇（索隐 楚，芈姓，粥熊之后，因氏熊。熊勇，熊延之子，熊绎十一代孙。）七年	釐公（索隐 微仲六代孙，厉公子也。）十八年	釐侯（索隐 唐叔七代孙，顷侯之子。顷侯赂周，始命为侯。）十四年	幽公宁（索隐 胡公五代孙。）十四年	武侯（索隐 蔡仲五代孙也。）二十三年	夷伯（索隐 名喜，振铎六代孙也。）二十四年		惠侯（索隐 召公奭九世孙也。）二十四年	
840	二	十六	十一	晋釐侯司徒元年	五	八	十九	十五	十五	二十四	二十五		二十五	
839	三	十七	十二	二	六	九	二十	十六	十六	二十五	二十六		二十六	
838	四	十八	十三	三	七	十	二十一	十七	十七	二十六	二十七		二十七	
甲子 837	五	十九	十四	四	八	楚熊严元年	二十二	十八	十八	蔡夷侯元年	二十八		二十八	
836	六	二十	十五	五	九	二	二十三	十九	十九	二	二十九		二十九	
835	七	二十一	十六	六	十	三	二十四	二十	二十	三	三十		三十	
834	八	二十二	十七	七	十一	四	二十五	二十一	二十一	四	曹幽伯强元年		三十一	
833	九	二十三	十八	八	十二	五	二十六	二十二	二十二	五	二		三十二	
832	十	二十四	十九	九	十三	六	二十七	二十三	二十三	六	三		三十三	
831	十一	二十五	二十	十	十四	七	二十八	二十四	陈釐公孝元年	七	四		三十四	
830	十二	二十六	二十一	十一	十五	八	宋惠公覵元年	二十五	二	八	五		三十五	
829	十三	二十七	二十二	十二	十六	九	二	二十六	三	九	六		三十六	
828	十四 宣王即位，共和罢。	二十八	二十三	十三	十七	十	三	二十七	四	十	七		三十七	

	周	鲁	齐	晋	秦	楚	宋	卫	陈	蔡	曹	郑	燕	吴
827 甲戌	宣王元年	二十九	二十四	十四	十八	楚熊霜元年	四	二十八	五	十一	八		三十八	
826	二	三十	二十五	十五	十九	二	五	二十九	六	十二	九		燕釐侯庄元年	
825	三	鲁武公敖元年	二十六	十六	二十	三	六	三十	七	十三	曹戴伯鲜元年		二	
824	四	二	齐厉公无忌元年	十七	二十一	四	七	三十一	八	十四	二		三	
823	五	三	二	十八	二十二	五	八	三十二	九	十五	三		四	
822	六	四	三	晋献侯籍元年	二十三	六	九	三十三	十	十六	四		五	
821	七	五	四	二	秦庄公其元年	楚熊徇元年	十	三十四	十一	十七	五		六	
820	八	六	五	三	二	二	十一	三十五	十二	十八	六		七	
819	九	七	六	四	三	三	十二	三十六	十三	十九	七		八	
818	十	八	七	五	四	四	十三	三十七	十四	二十	八		九	
817 甲申	十一	九	八	六	五	五	十四	三十八	十五	二十一	九		十	
816	十二	十	九	七	六	六	十五	三十九	十六	二十二	十		十一	
815	十三	鲁懿公戏元年	齐文公赤元年	八	七	七	十六	四十	十七	二十三	十一		十二	
814	十四	二	二	九	八	八	十七	四十一	十八	二十四	十二		十三	
813	十五	三	三	十	九	九	十八	四十二	十九	二十五	十三		十四	
812	十六	四	四	十一	十	十	十九	卫武公和元年	二十	二十六	十四		十五	
811	十七	五	五	穆侯弗生元年	十一	十一	二十	二	二十一	二十七	十五		十六	
810	十八	六	六	二	十二	十二	二十一	三	二十二	二十八	十六		十七	
809	十九	七	七	三	十三	十三	二十二	四	二十三	蔡釐侯所事元年	十七		十八	
808	二十	八	八	四 取齐女为夫人。	十四	十四	二十三	五	二十四	二	十八		十九	
807 甲午	二十一	九	九	五	十五	十五	二十四	六	二十五	三	十九		二十	

	周	鲁	齐	晋	秦	楚	宋	卫	陈	蔡	曹	郑	燕	吴
806	二十二	鲁孝公称元年伯御立为君，称为诸公云。伯御，武公孙。	十	六	十六	十六	二十五	七	二十六	四	二十	郑桓公友元年始封。周宣王母弟。	二十一	
805	二十三	二	十一	七以伐条生太子仇。	十七	十七	二十六	八	二十七	五	二十一	二	二十二	
804	二十四	三	十二	八	十八	十八	二十七	九	二十八	六	二十二	三	二十三	
803	二十五	四	齐成公说元年	九	十九	十九	二十八	十	二十九	七	二十三	四	二十四	
802	二十六	五	二	十以千亩战。生仇弟成师。二子名反，君子讥之。后乱。	二十	二十	二十九	十一	三十	八	二十四	五	二十五	
801	二十七	六	三	十一	二十一	二十一	三十	十二	三十一	九	二十五	六	二十六	
800	二十八	七	四	十二	二十二	二十二	三十一宋惠公薨。	十三	三十二	十	二十六	七	二十七	
799	二十九	八	五	十三	二十三	楚熊鄂元年	宋戴公立。元年	十四	三十三	十一	二十七	八	二十八	
798	三十	九	六	十四	二十四	二	二	十五	三十四	十二	二十八	九	二十九	
797甲辰	三十一	十	七	十五	二十五	三	三	十六	三十五	十三	二十九	十	三十	
796	三十二	十一周宣王诛伯御，立其弟称，是为孝公。	八	十六	二十六	四	四	十七	三十六	十四	三十	十一	三十一	
795	三十三	十二	九	十七	二十七	五	五	十八	陈武公灵元年	十五	曹惠伯雉元年	十二	三十二	

		周	鲁	齐	晋	秦	楚	宋	卫	陈	蔡	曹	郑	燕	吴
794		三十四	十三	齐庄公赎元年	十八	二十八	六	六	十九	二	十六	二	十三	三十三	
793		三十五	十四	二	十九	二十九	七	七	二十	三	十七	三	十四	三十四	
792		三十六	十五	三	二十	三十	八	八	二十一	四	十八	四	十五	三十五	
791		三十七	十六	四	二十一	三十一	九	九	二十二	五	十九	五	十六	三十六	
790		三十八	十七	五	二十二	三十二	楚若敖元年	十	二十三	六	二十	六	十七	燕顷侯元年	
789		三十九	十八	六	二十三	三十三	二	十一	二十四	七	二十一	七	十八	二	
788		四十	十九	七	二十四	三十四	三	十二	二十五	八	二十二	八	十九	三	
787	甲寅	四十一	二十	八	二十五	三十五	四	十三	二十六	九	二十三	九	二十	四	
786		四十二	二十一	九	二十六	三十六	五	十四	二十七	十	二十四	十	二十一	五	
785		四十三	二十二	十	二十七穆侯卒,弟殇叔自立,太子仇出奔。	三十七	六	十五	二十八	十一	二十五	十一	二十二	六	
784		四十四	二十三	十一	晋殇叔元年	三十八	七	十六	二十九	十二	二十六	十二	二十三	七	
783		四十五	二十四	十二	二	三十九	八	十七	三十	十三	二十七	十三	二十四	八	
782		四十六	二十五	十三	三	四十	九	十八	三十一	十四	二十八	十四	二十五	九	
781		幽王元年	二十六	十四	四仇攻杀殇叔,立为文侯。	四十一	十	十九	三十二	十五	二十九	十五	二十六	十	
780		二三川震。	二十七	十五	晋文侯仇元年	四十二	十一	二十	三十三	陈夷公说元年	三十	十六	二十七	十一	

	周	鲁	齐	晋	秦	楚	宋	卫	陈	蔡	曹	郑	燕	吴
779	三 王取褒姒。	二十八	十六	二	四十三	十二	二十一	三十四	二	三十一	十七	二十八	十二	
778	四	二十九	十七	三	四十四	十三	二十二	三十五	三	三十二	十八	二十九	十三	
777 甲子	五	三十	十八	四	秦襄公元年	十四	二十三	三十六	陈平公燮元年	三十三	十九	三十	十四	
776	六	三十一	十九	五	二	十五	二十四	三十七	二	三十四	二十	三十一	十五	
775	七	三十二	二十	六	三	十六	二十五	三十八	三	三十五	二十一	三十二	十六	
774	八	三十三	二十一	七	四	十七	二十六	三十九	四	三十六	二十二	三十三	十七	
773	九	三十四	二十二	八	五	十八	二十七	四十	五	三十七	二十三	三十四	十八	
772	十	三十五	二十三	九	六	十九	二十八	四十一	六	三十八	二十四	三十五	十九	
771	十一 幽王为犬戎所杀。	三十六	二十四	十	七 始列为诸侯。	二十	二十九	四十二	七	三十九	二十五	三十六 以幽王故,为犬戎所杀。	二十	
770	平王元年东徙雒邑。	三十七	二十五	十一	八 初立西畤,祠白帝。	二十一	三十	四十三	八	四十	二十六	郑武公滑突元年	二十一	
769	二	三十八	二十六	十二	九	二十二	三十一	四十四	九	四十一	二十七	二	二十二	
768	三	鲁惠公弗湜元年	二十七	十三	十	二十三	三十二	四十五	十	四十二	二十八	三	二十三	
767 甲戌	四	二	二十八	十四	十一	二十四	三十三	四十六	十一	四十三	二十九	四	二十四	
766	五	三	二十九	十五	十二 伐戎至岐而死。	二十五	三十四	四十七	十二	四十四	三十	五	燕哀侯元年	
765	六	四	三十	十六	秦文公元年	二十六	宋武公司空元年	四十八	十三	四十五	三十一	六	二	

	周	鲁	齐	晋	秦	楚	宋	卫	陈	蔡	曹	郑	燕	吴
764	七	五	三十一	十七	二	二十七	二	四十九	十四	四十六	三十二	七	燕郑侯元年	
763	八	六	三十二	十八	三	楚霄敖元年	三	五十	十五	四十七	三十三	八	二	
762	九	七	三十三	十九	四	二	四	五十一	十六	四十八	三十四	九	三	
761	十	八	三十四	二十	五	三	五	五十二	十七	蔡共侯兴元年	三十五	十娶申侯女武姜。	四	
760	十一	九	三十五	二十一	六	四	六	五十三	十八	二	三十六	十一	五	
759	十二	十	三十六	二十二	七	五	七	五十四	十九	蔡戴侯元年	曹穆公元年	十二	六	
758	十三	十一	三十七	二十三	八	六	八	五十五	二十	二	二	十三	七	
757 甲申	十四	十二	三十八	二十四	九	楚蚡冒元年	九	卫庄公扬元年	二十一	三	三	十四生庄公寤生。	八	
756	十五	十三	三十九	二十五	十作鄜畤。	二	十	二	二十二	四	曹桓公终生元年	十五	九	
755	十六	十四	四十	二十六	十一	三	十一	三	二十三	五	二	十六	十	
754	十七	十五	四十一	二十七	十二	四	十二	四	陈文公圉元年生桓公鲍、厉公他。他母蔡女。	六	三	十七生大叔段,母欲立段,公不听。	十一	
753	十八	十六	四十二	二十八	十三	五	十三	五	二	七	四	十八	十二	
752	十九	十七	四十三	二十九	十四	六	十四	六	三	八	五	十九	十三	
751	二十	十八	四十四	三十	十五	七	十五	七	四	九	六	二十	十四	
750	二十一	十九	四十五	三十一	十六	八	十六	八	五	十	七	二十一	十五	

	周	鲁	齐	晋	秦	楚	宋	卫	陈	蔡	曹	郑	燕	吴
749	二十二	二十	四十六	三十二	十七	九	十七	九	六	蔡宣侯楷论元年	八	二十二	十六	
748	二十三	二十一	四十七	三十三	十八	十	十八 生鲁桓公母。	十	七	二	九	二十三	十七	
747 甲午	二十四	二十二	四十八	三十四	十九 作祠陈宝。	十一	宋宣公力元年	十一	八	三	十	二十四	十八	
746	二十五	二十三	四十九	三十五	二十	十二	二	十二	九	四	十一	二十五	十九	
745	二十六	二十四	五十	晋昭侯元年封季父成师于曲沃,曲沃大於国,君子讥曰:"晋人乱自曲沃治矣。"	二十一	十三	三	十三	十 文公卒。	五	十二	二十六	二十	
744	二十七	二十五	五十一	二	二十二	十四	四	十四	陈桓公元年	六	十三	二十七	二十一	
743	二十八	二十六	五十二	三	二十三	十五	五	十五	二	七	十四	郑庄公寤生元年祭仲相。	二十二	
742	二十九	二十七	五十三	四	二十四	十六	六	十六	三	八	十五	二	二十三	
741	三十	二十八	五十四	五	二十五	十七	七	十七 爱姜子州吁,州吁好兵。	四	九	十六	三	二十四	
740	三十一	二十九	五十五	六	二十六	武王立。	八	十八	五	十	十七	四	二十五	
739	三十二	三十	三十六	潘父杀昭侯,纳成师,不克。昭侯子立,是为孝侯。	二十七	二	九	十九	六	十一	十八	五	二十六	

		周	鲁	齐	晋	秦	楚	宋	卫	陈	蔡	曹	郑	燕	吴
738		三十三	三十一	五十七	二	二十八	三	十	二十	七	十二	十九	六	二十七	
737	甲辰	三十四	三十二	五十八	三	二十九	四	十一	二十一	八	十三	二十	七	二十八	
736		三十五	三十三	五十九	四	三十	五	十二	二十二	九	十四	二十一	八	二十九	
735		三十六	三十四	六十	五	三十一	六	十三	二十三 夫人无子,桓公立。	十	十五	二十二	九	三十	
734		三十七	三十五	六十一	六	三十二	七	十四	卫桓公完元年	十一	十六	二十三	十	三十一	
733		三十八	三十六	六十二	七	三十三	八	十五	二 弟州吁骄,桓黜之,出奔。	十二	十七	二十四	十一	三十二	
732		三十九	三十七	六十三	八	三十四	九	十六	三	十三	十八	二十五	十二	三十三	
731		四十	三十八	六十四	九 曲沃桓叔成师卒,子代立,为庄伯。	三十五	十	十七	四	十四	十九	二十六	十三	三十四	
730		四十一	三十九	齐釐公禄父元年	十	三十六	十一	十八	五	十五	二十	二十七	十四	三十五	
729		四十二	四十	二 同母弟夷仲年生公孙毋知也。	十一	三十七	十二	十九 公卒,命立弟和,为穆公。	六	十六	二十一	二十八	十五	三十六	
728		四十三	四十一	三	十二	三十八	十三	宋穆公和元年	七	十七	二十二	二十九	十六	燕穆侯元年	
727	甲寅	四十四	四十二	四	十三	三十九	十四	二	八	十八	二十三	三十	十七	二	
726		四十五	四十三	五	十四	四十	十五	三	九	十九	二十四	三十一	十八	三	
725		四十六	四十四	六	十五	四十一	十六	四	十	二十	二十五	三十二	十九	四	

	周	鲁	齐	晋	秦	楚	宋	卫	陈	蔡	曹	郑	燕	吴
724	四十七	四十五	七	十六 曲沃庄伯杀孝侯，晋人立孝侯子郤为鄂侯。	四十二	十七	五	十一	二十一	二十六	三十三	二十	五	
723	四十八	四十六	八	晋鄂侯郤元年曲沃强於晋。	四十三	十八	六	十二	二十二	二十七	三十四	二十一	六	
722	四十九	鲁隐公息姑元年母声子。	九	二	四十四	十九	七	十三	二十三	二十八	三十五	二十二 段作乱，奔。	七	
721	五十	二	十	三	四十五	二十	八	十四	二十四	二十九	三十六	二十三 公悔，思母不见，穿地相见。	八	
720	五十一	三 二月，日蚀。	十一	四	四十六	二十一	九 公属孔父立殇公。冯奔郑。	十五	二十五	三十	三十七	二十四 侵周，取禾。	九	
719	桓王元年	四	十二	五	四十七	二十二	宋殇公与夷元年	十六 州吁弑公自立。	二十六 卫石碏来告，故执州吁。	三十一	三十八	二十五	十	
718	二 使虢公伐晋之曲沃。	五 公观鱼于棠，君子讥之。	十三	六 鄂侯卒。曲沃庄伯复攻晋。立鄂侯子光为哀侯。	四十八	二十三	二	卫宣公晋元年共立之。讨州吁。 郑伐我，我伐郑。	二十七	三十二	三十九	二十六	十一	
717	三 甲子	六 郑人来渝平。	十四	晋哀侯光元年	四十九	二十四	三	二	二十八	三十三	四十	二十七 始朝王，王不礼。	十二	

	周	鲁	齐	晋	秦	楚	宋	卫	陈	蔡	曹	郑	燕	吴
716	四	七	十五	二 庄伯卒，子称立，为武公。	五十	二十五	四	三	二十九	三十四	四十一	二十八	十三	
715	五	八 易许田，君子讥之。	十六	三	秦宁公元年	二十六	五	四	三十	三十五	四十二	二十九 与鲁祊，易许田。	十四	
714	六	九 三月，大雨雹，电。	十七	四	二	二十七	六	五	三十一	蔡桓侯封人元年	四十三	三十	十五	
713	七	十	十八	五	三	二十八	七 诸侯败我。我师与卫人伐郑。	六	三十二	二	四十四	三十一	十六	
712	八	十一 大夫翚请杀桓公，求为相，公不听，即杀公。	十九	六	四	二十九	八	七	三十三	三	四十五	三十二	十七	
711	九	鲁桓公允元年母宋武公女，生手文为鲁夫人。	二十	七	五	三十	九	八	三十四	四	四十六	三十三 以璧加鲁，易许田。	十八	
710	十	二 宋赂以鼎，入于太庙，君子讥之。	二十一	八	六	三十一	华督见孔父妻好，悦之。华督杀孔父，及杀殇公。宋公冯元年华督为相。	九	三十五	五	四十七	三十四	燕宣侯元年	

	周	鲁	齐	晋	秦	楚	宋	卫	陈	蔡	曹	郑	燕	吴
709	十一	三 羣迎女，齐侯送女，君子讥之。	二十二	晋小子元年	七	三十二	二	十	三十六	六	四十八	三十五	二	
708	十二	四	二十三	二	八	三十三	三	十一	三十七	七	四十九	三十六	三	
707 甲戌	十三 伐郑。	五	二十四	三	九	三十四	四	十二	三十八 弟他杀太子免。代立，国乱，再赴。	八	五十	三十七 伐周，伤王。	四	
706	十四	六	二十五 山戎伐我。	曲沃武公杀小子。伐曲沃，立晋哀侯弟缗为晋侯。晋侯缗元年	十	三十五 侵随，随为善政，得止。	五	十三	陈厉公他元年	九	五十一	三十八 太子忽救齐，齐将妻之。	五	
705	十五	七	二十六	二	十一	三十六	六	十四	二 生敬仲完。周史卜完后世王齐。	二	五十二	三十九	六	
704	十六	八	二十七	三	十二	三十七 伐随，弗拔，但盟，罢兵。	七	十五	三	十一	五十三	四十	七	
703	十七	九	二十八	四	秦出子元年	三十八	八	十六	四	十二	五十四	四十一	八	
702	十八	十	二十九	五	二	三十九	九	十七	五	十三	五十五	四十二	九	
701	十九	十一	三十	六	三	四十	十 执祭仲。	十八 太子伋弟寿争死。	六	十四	曹庄公射姑元年	四十三	十	

	周	鲁	齐	晋	秦	楚	宋	卫	陈	蔡	曹	郑	燕	吴
700	二十	十二	三十一	七	四	四十一	十一	十九	七公淫蔡，蔡杀公。	十五	二	郑厉公突元年	十一	
699	二十一	十三	三十二 釐公令毋知秩服如太子。	八	五	四十二	十二	卫惠公朔元年	陈庄公林元年桓公子。	十六	三	二	十二	
698	二十二	十四	三十三	九	六 三父杀出子，立其兄武公。	四十三	十三	二	二	十七	四	三 诸侯伐我，报宋故。	十三	
697 甲申	二十三 天王求车，非礼。	十五	齐襄公诸儿元年贬毋知秩服毋知怨。	十	秦武公元年伐彭，至华山。	四十四	十四	三 朔奔齐，立黔牟。	三	十八	五	四 祭仲立忽，公山居栎。	燕桓侯元年	
696	庄王元年生子颓。	十六公会曹，谋伐郑。	二	十一	二	四十五	十五	卫黔牟元年	四	十九	六	郑昭公忽元年忽母邓女，祭仲取之。	二	
695	二有弟克。	十七日食，不书日，官失之。	三	十二	三	四十六	十六	二	五	二十	七	二 渠弥杀昭公。	三	
694	三	十八公与夫人如齐，齐侯通焉，使彭生杀公于车上。	四杀鲁桓公，诛彭生。	十三	四	四十七	十七	三	六	蔡哀侯献舞元年	八	郑子亹元年，齐杀子亹，昭公弟。	四	
693	四周公欲杀王而立子克，王诛周公，克奔燕。	鲁庄公同元年	五	十四	五	四十八	十八	四	七	二	九	郑子婴元年，子亹之弟。	五	

中华经典藏书

	周	鲁	齐	晋	秦	楚	宋	卫	陈	蔡	曹	郑	燕	吴
692	五	二	六	十五	六	四十九	十九	五	陈宣公杵臼元年，杵白，庄公弟。	三	十	二	六	
691	六	三	七	十六	七	五十	宋湣公捷元年 六	二	四	十一	十一	三	七	
690	七	四	八 伐纪，去其都邑。	十七	八	五十一 王伐随，告夫人心动，王卒军中。	二	七	三	五	十二	四	燕庄公元年	
689	八	五 与齐伐卫，纳惠公。	九	十八	九	楚文王赀元年始都郢。	三	八	四	六	十三	五	二	
688	九	六	十	十九	十	二 伐申，过邓，邓甥曰楚可取，邓侯不许。	四	九	五	七	十四	六	三	
687	十 甲午	七 星陨如雨，与雨偕。	十一	二十	十一	三	五	十 齐立惠公，黔牟奔周。	六	八	十五	七	四	
686	十一	八 子纠来奔，与管仲俱避毋知乱。	十二 毋知杀君自立。	二十一	十二	四	六	卫惠公朔复入。十四年	七	九	十六	八	五	
685	十二	九 鲁欲与纠入，后小白，齐距鲁，使生致管仲。	齐桓公小白元年春，齐杀毋知。	二十二	十三	五	七	十五	八	十	十七	九	六	

	周	鲁	齐	晋	秦	楚	宋	卫	陈	蔡	曹	郑	燕	吴
684	十三	十 齐伐我，为纠故。	二	二十三	十四	六 息夫人，陈女，过蔡，蔡不礼，恶之。楚伐蔡，获哀侯以归。	八	十六	九	十一 楚虏我侯。	十八	十	七	
683	十四	十一 臧文仲吊宋水。	三	二十四	十五	七	九 宋大水，公自罪。鲁使臧文仲来吊。	十七	十	十二	十九	十一	八	
682	十五	十二	四	二十五	十六	八	十 万杀君，仇牧有义。	十八	十一	十三	二十	十二	九	
681	釐王元年	十三 曹沫劫桓公，反所亡地。	五 与鲁人会柯。	二十六	十七	九	宋桓公御说元年庄公子。	十九	十二	十四	二十一	十三	十	
680	二	十四	六	二十七	十八	十	二	二十	十三	十五	二十二	十四	十一	
679	三	十五	七 始霸，会诸侯于鄄。	二十八 曲沃武公灭晋侯湣，以宝献周，周命武公为晋君，并其地。	十九	十一	三	二十一	十四	十六	二十三	郑厉公元年厉公亡后十七岁复入。	十二	
678	四	十六	八	晋武公称并晋，已立三十八年不更元，因其元年。	二十 葬雍，初以人从死。	十二 伐邓，灭之。	四	二十二	十五	十七	二十四	二 诸侯伐我。	十三	

	周	鲁	齐	晋	秦	楚	宋	卫	陈	蔡	曹	郑	燕	吴
677 甲辰	五	十七	九	三十九武公卒，武子诡诸立，为献公。	秦德公元年武公弟。	十三	五	二十三	十六	十八	二十五	三	十四	
676	惠王元年取陈后。	十八	十	晋献公诡诸元年	二初作伏祠社，磔狗邑四门。	楚堵敖囏元年	六	二十四	十七	十九	二十六	四	十五	
675	二燕、卫伐王，王奔温，立子穨。	十九	十一	二	秦宣公元年	二	七取卫女。文公弟。	二十五	十八	二十	二十七	五	十六伐王，王奔温，立子穨。	
674	三	二十	十二	三	二	三	八	二十六	十九	蔡穆侯肸元年	二十八	六	十七郑执仲我父。	
673	四诛穨，入惠王。	二十一	十三	四	三	四	九	二十七	二十	二	二十九	七救周乱，入王。	十八	
672	五太子母早死。惠后生叔带。	二十二陈完自陈来奔，田常始此也。	十四	五伐骊戎，得姬。	四作密畤。	五弟恽杀堵敖自立。	十	二十八	二十一厉公子完奔齐。	三	三十	郑文公捷元年	十九	
671	六	二十三公如齐观社。	十五	六	五	楚成王恽元年	十一	二十九	二十二	四	三十一	二	二十	
670	七	二十四	十六	七	六	二	十二	三十	二十三	五	曹釐公夷元年	三	二十一	
669	八	二十五	十七	八尽杀故晋侯群公子。	七	三	十三	三十一	二十四	六	二	四	二十二	
668	九	二十六	十八	九始城绛都。	八	四	十四	卫懿公赤元年	二十五	七	三	五	二十三	
667 甲寅	十赐齐侯命。	二十七	十九	十	九	五	十五	二	二十六	八	四	六	二十四	
666	十一	二十八	二十	十一	十	六	十六	三	二十七	九	五	七	二十五	

	周	鲁	齐	晋	秦	楚	宋	卫	陈	蔡	曹	郑	燕	吴
665	十二	二十九	二十一	十二 太子申生居曲沃，重耳居蒲城，夷吾居屈。骊姬故。	十一	七	十七	四	二十八	十	六	八	二十六	
664	十三	三十	二十二	十三	十二	八	十八	五	二十九	十一	七	九	二十七	
663	十四	三十一	二十三 伐山戎，为燕也。	十四	秦成公元年九	十九	六	三十	十二	八	十	二十八		
662	十五	三十二 庄公弟叔牙鸩死。庆父弑子般。季友奔陈，立湣公。	二十四	十五	二	十	二十	七	三十一	十三	九	十一	二十九	
661	十六	鲁湣公开元年	二十五	十六 灭魏、耿、霍。始封赵夙耿，毕万魏，始此。	三	十一	二十一	八	三十二	十四 曹昭公元年	公元年	十二	三十	
660	十七	二 庆父杀湣公。季友自陈立申，为釐公。杀庆父。	二十六	十七 申生将军，君子知其废。	四	十二	二十二	翟伐我。公好鹤，士不战，灭我国。国怨，惠公乱，灭其后，更立黔牟弟。卫戴公元年	三十三	十五	二	十三	三十一	
659	十八	鲁釐公申元年哀姜丧自齐至。	二十七 杀女弟鲁庄公夫人，淫故。	十八	秦穆公任好元年	公十三	二十三	卫文公燬元年戴公弟也。	三十四	十六	三	十四	三十二	

	周	鲁	齐	晋	秦	楚	宋	卫	陈	蔡	曹	郑	燕	吴
658	十九	二	二十八 为卫筑楚丘。救戎狄伐。	十九 荀息以币假道于虞以伐虢,灭下阳。	二	十四	二十四	二 齐桓公率诸侯为我城楚丘。	三十五	十七	四	十五	三十三	
657 甲子	二十	三	二十九 与蔡姬共舟,荡公,公怒归蔡姬。	二十	三	十五	二十五	三	三十六	十八 以女故,齐伐我。	五	十六	襄公元年	
656	二十一	四	三十 率诸侯伐蔡,蔡溃,遂伐楚,责包茅贡。	二十一 申生以骊姬谗自杀。重耳奔蒲,夷吾奔屈。	四	十六 迎妇于齐伐我,至陉,使屈完盟。	二十六	四	三十七	十九	六	十七	二	
655	二十二	五	三十一	二十二 灭虞、虢。重耳奔狄。	五	十七	二十七	五	三十八	二十	七	十八	三	
654	二十三	六	三十二 率诸侯伐郑。	二十三 夷吾奔梁。	六	十八 伐许,许君肉袒谢,楚从之。	二十八	六	三十九	二十一	八	十九	四	
653	二十四	七	三十三	二十四	七	十九	二十九	七	四十	二十二	九	二十	五	
652	二十五 襄王立,畏太叔。	八	三十四	二十五 伐翟,以重耳故。	八	二十	三十 公疾,太子兹父让兄目夷贤,公不听。	八	四十一	二十三	曹共公元年	二十一	六	
651	襄王元年诸侯立王。	九 夏,会诸侯于葵丘。天子使宰孔赐胙,命无拜。	三十五 齐率我伐晋乱,至高梁还。	二十六 公卒,立奚齐,里邬丙赂,求入。	九 夷吾使	二十一	三十一 公薨,未葬,齐桓会葵丘。	九	四十二	二十四	二	二十二	七	

	周	鲁	齐	晋	秦	楚	宋	卫	陈	蔡	曹	郑	燕	吴
650	二	十	三十六 使隰朋立晋惠公。	晋惠公夷吾元年 诛里克,倍秦约。	十 丕郑子豹亡来。	二十二	宋襄公兹父元年 目夷相。	十	四十三	二十五	三	二十三	八	
649	三 戎伐我,太叔带召之。欲诛叔带,叔带奔齐。	十一	三十七	二	十一 救王伐戎,戎去。	二十三 伐黄。	二	十一	四十四	二十六	四	二十四 有妾萝天与之兰,生穆公兰。	九	
648	四	十二	三十八 使管仲平戎于周,欲以上卿礼,让,受下卿。	三	十二	二十四	三	十二	四十五	二十七	五	二十五	十	
647 甲戌	五	十三	三十九 使仲孙请王,言公叔带,王怒。	四 饥,请粟,秦与我。	十三 丕豹欲无与,公不听,输晋粟,起雍至绛。	二十五	四	十三	陈穆公款元年	二十八	六	二十六	十一	
646	六	十四	四十	五 秦饥,请粟,晋倍之。	十四	二十六 灭六、英。	五	十四	二	二十九	七	二十七	十二	
645	七	十五 五月,日有食之。不书,史官失之。	四十一	六 秦虏惠公,复立之。	十五 以盗食善马士得破晋。	二十七	六	十五	三	蔡庄侯甲午元年	八	二十八	十三	
644	八	十六	四十二 王以戎寇告齐,齐徵诸侯戍周。	七 重耳闻管仲死,去翟之齐。	十六 为河东置官司。	二十八	七 陨石五,六鹢退飞过我都。	十六	四	二	九	二十九	十四	
643	九	十七	四十三	八	十七	二十九	八	十七	五	三	十	三十	十五	
642	十	十八	齐孝公昭元年	九	十八	三十	九	十八	六	四	十一	三十一	十六	

	周	鲁	齐	晋	秦	楚	宋	卫	陈	蔡	曹	郑	燕	吴
641	十一	十九	二	十	十九 灭梁。梁好城，不居，民罢，相惊，故亡。	三十一	十	十九	七	五	十二	三十二	十七	
640	十二	二十	三	十一	二十	三十二	十一	二十	八	六	十三	三十三	十八	
639	十三	二十一	四	十二	二十一	三十三 执宋襄公，复归之。	十二 召楚盟。	二十一	九	七	十四	三十四	十九	
638	十四 叔带复归于周。	二十二	五 归王弟带。	十三 太子圉质秦亡归。	二十二	三十四	十三 泓之战，楚败公。	二十二	十	八	十五	三十五 君如楚，宋伐我。	二十	
637 甲申	十五	二十三	六 伐宋，以其不同盟。	十四 围立，为怀公。	二十三 迎重耳于楚，厚礼之，妻之女。重耳原归。	三十五 重耳过，厚礼之。	十四 公疾死泓战。	二十三 重耳从齐过，无礼。	十一	九	十六 重耳过，无礼，僖负羁私谏，善。	三十六 重耳过，无礼，叔詹谏。	二十一	
636	十六 王奔氾。氾，郑地也。	二十四	七	晋文公元年 诛子圉。魏武子为魏大夫，赵衰为原大夫。咎犯曰："求霸莫如内王。"	二十四 以兵送重耳。	三十六	宋成公王臣元年	二十四	十二	十	十七	三十七	二十二	
635	十七 晋纳王。	二十五	八	二	二十五 欲内王，军河上。	三十七	二	二十五	十三	十一	十八	三十八	二十三	
634	十八	二十六	九	三 宋服。	二十六	三十八	三 倍楚亲晋。	卫成公郑元年	十四	十二	十九	三十九	二十四	
633	十九	二十七	十 孝公薨，弟潘因卫公子耻。开方杀孝公子，立潘。	四 救宋，报曹、卫耻。	二十七	三十九 使子玉伐宋。	四 楚伐我，我告急于晋。	二	十五	十三	二十	四十	二十五	

	周	鲁	齐	晋	秦	楚	宋	卫	陈	蔡	曹	郑	燕	吴
632	二十 王狩河阳。	二十八 公如践土会朝。	齐昭潘元年 会晋败楚,朝周王。	公五侵曹伐卫,取五鹿,执曹伯。诸侯败楚而朝河阳,周命赐公土地。	二十八 会晋伐朝周。	四十 晋败子玉于城濮。	五 晋救我,楚兵去。	三 晋伐我,取五鹿。公出奔,立公子瑕。会晋朝,复归卫。	十六 会晋伐楚,朝周王。	十四 会晋伐楚,朝周王。	二十一 晋伐我,执公,复归之。	四十一	二十六	
631	二十一	二十九	二	六	二十九	四十一	六	四 晋以卫与宋。	陈共公朔元年	十五	二十二	四十二	二十七	
630	二十二	三十	三	七 听周归卫成公。与秦围郑。	三十 围郑,有言即去。	四十二	七	五 周入成公,复卫。	二	十六	二十三	四十三 秦、晋围我,以晋故。	二十八	
629	二十三	三十一	四	八	三十一	四十三	八	六	三	十七	二十四	四十四	二十九	
628	二十四	三十二	五	九 文公薨。	三十二 将袭郑,蹇叔曰不可。	四十四	九	七	四	十八	二十五	四十五 文公薨。	三十	
627 甲午	二十五	三十三 僖公薨。	六 狄侵我。	晋襄公骧元年 破秦于殽。	三十三 袭郑,晋败我殽。	四十五	十	八	五	十九	二十六	郑穆公兰元年 秦袭我,弦高诈之。	三十一	
626	二十六	鲁文公兴元年	七	二 伐卫,卫伐我。	三十四 败殽将亡归,公复其官。	四十六 王欲杀太子立职,太子恐,与傅潘崇杀王。王欲食熊蹯死,不听,自立为王。	十一	九 晋伐我,我伐晋。	六	二十	二十七	二	三十二	

	周	鲁	齐	晋	秦	楚	宋	卫	陈	蔡	曹	郑	燕	吴
625	二十七	二	八	三 秦报我殽，败于汪。	三十五 伐晋报殽，败我于汪。	楚穆王商臣元年，以其太子宅赐崇，为相。	十二	十	七	二十一	二十八	三	三十三	
624	二十八	三 公如晋。	九	四 秦伐我，取王官，我不出。	三十六 以孟明等伐晋，晋不敢出。	二 晋伐我。	十三	十一	八	二十二	二十九	四	三十四	
623	二十九	四	十	五 伐秦，围邧、新城。	三十七 晋伐我，围邧、新城。	三 灭江。	十四	十二 公如晋。	九	二十三	三十	五	三十五	
622	三十	五	十一	六 赵成子、栾贞子、霍伯、臼季皆卒。	三十八	四 灭六、蓼。	十五	十三	十	二十四	三十一	六	三十六	
621	三十一	六	十二	七 公卒。赵盾为太子少，欲更立君，恐诛，遂立太子为灵公。	三十九 缪公薨。葬殉以人，从死者百七十人，君子讥之，故不言卒。	五	十六	十四	十一	二十五	三十二	七	三十七	
620	三十二	七	十三	晋灵公夷皋元年赵盾专政。	秦康公罃元年	六	十七 公孙固杀成公。	十五	十二	二十六	三十三	八	三十八	
619	三十三 襄王崩。	八 王使卫来求金以葬，非礼。	十四	二 秦伐我，取武城，报令狐之战。	二	七	宋昭公杵臼元年襄公之子。	十六	十三	二十七	三十四	九	三十九	
618	顷王元年	九	十五	三 率诸侯救郑。	三	八 伐郑，以其服晋。	二	十七	十四	二十八	三十五	十 楚伐我。	四十	
617	甲辰 二	十	十六	四 伐秦，拔少梁。秦取我北徵。	四 晋伐我，取少梁。我伐晋，取北徵。	九	三	十八	十五	二十九	曹文公寿元年	十一	燕桓公元年	

	周	鲁	齐	晋	秦	楚	宋	卫	陈	蔡	曹	郑	燕	吴
616	三	十一 败长翟于鹹而归，得长翟。	十七	五	五	十	四 败长翟长丘。	十九	十六	三十	二	十二	二	
615	四	十二	十八	六 秦取我羁马。与秦战河曲，秦师遁。	六 伐晋，取羁马。怒，与我大战河曲。	十一	五	二十	十七	三十一	三	十三	三	
614	五	十三	十九	七 得随会。	七 晋诈得随会。	十二	六	二十一	十八	三十二	四	十四	四	
613	六 顷王崩。公卿争政，故不赴。	十四 彗星入北斗，周史曰"七年，宋、齐、晋君死。"	二十 昭公卒。弟商人杀太子，自立，是为懿公。	八 赵盾以车八百乘纳捷菑，立为乱公室。	八	楚庄王侣元年	七	二十二	陈灵公平国元年	三十三	五	十五	五	
612	匡王元年	十五 六月辛丑，日蚀，齐伐我。	齐懿公商人元年	九 我入蔡。	九	二	八	二十三	二	三十四 晋伐我。庄郛侯麇。	六	十六	六	
611	二	十六	二 不得民心。	十	十	三 灭庸。	九 襄夫人使卫伯杀昭公。弟鲍立。	二十四	三	蔡文侯申元年	七	十七	七	
610	三	十七 齐伐我。	三 伐鲁。	十一 率诸侯平宋。	十一	四	宋文公鲍元年 昭公弟。晋率诸侯平我。	二十五	四	二	八	十八	八	
609	四	十八 襄仲杀嫡，立庶子为宣公。	四 公刖邴歜父而夺阎职妻，二人共杀公，立桓公子惠公。	十二	十二	五	二	二十六	五	三	九	十九	九	

	周	鲁	齐	晋	秦	楚	宋	卫	陈	蔡	曹	郑	燕	吴
608	五	鲁宣公俀元年 鲁立宣公，不正，公室卑。	齐惠公元元年 取鲁济西之田。	十三 赵盾救陈、宋，伐郑。	秦共和元年	六 伐宋、陈，以倍我服晋故。	三 楚、郑伐我，以我倍楚故也。	二十七	六	四	十	二十 与楚侵陈，遂侵宋。晋使赵盾伐我，以倍晋故。	十	
607 甲寅	六 匡王崩。	二	二 王子成父败长翟。	十四 赵穿杀灵公，赵盾使穿迎公子黑臀于周，立之。赵氏赐公族。	二	七	四 华元以羊羹故陷于郑。	二十八	七	五	十一	二十一 与宋师战，获华元。	十一	
606	定王元年	三	三	晋成公黑臀元年 伐郑。	三	八 伐陆浑至雒，问鼎轻重。	五 华元亡归围曹。	二十九	八	六	十二 宋围我。	二十二 华元亡归。	十二	
605	二	四	四	二	四	九 若敖氏为乱，灭之。伐郑。	六	三十	九	七	十三	郑灵夷元年 公子归生以鼋故杀灵公。	十三	
604	三	五	五	三 中行桓子荀林父救郑，伐陈。	五	十	七	三十一	十 楚伐郑，与我平。晋中行桓子距楚，救郑，伐我。	八	十四	郑襄坚元年 灵公庶弟 楚伐我，来晋救。	十四	
603	四	六	六	四 与卫侵陈。	秦桓公元年	十一	八	三十二 与晋侵陈。	十一 晋、卫侵我。	九	十五	二	十五	
602	五	七	七	五	二	十二	九	三十三	十二	十	十六	三	十六	
601	六	八 七月，日蚀。	八	六 与鲁伐秦，获秦谍，杀之绛市，六日而苏。	三 伐晋伐我，获谍。	十三 伐陈，灭舒蓼。	十	三十四	十三 楚伐我。	十一	十七	四	燕宣公元年	

	周	鲁	齐	晋	秦	楚	宋	卫	陈	蔡	曹	郑	燕	吴
600	七	九	九	七 使桓子伐楚。以诸侯师伐陈救郑。成公黑臀	四	十四 伐郑，晋郤缺救郑，败我。	十一	三十五	十四	十二	十八	五 楚伐我，晋来救，败楚师。	二	
599	八	十 四月日蚀。	十 公卒。崔杼有宠，高、国逐之，奔卫。	晋景公据元年与宋伐郑。	五	十五	十二	卫穆公遫元年齐崔杼来奔。	十五 夏徵舒以其母辱，杀灵公。	十三	十九	六 晋、宋、楚伐我。	三	
598	九	十一	齐顷公无野元年	二	六	十六 率诸侯诛陈夏徵舒，立陈灵公子午。	十三	二	陈成公午元年灵公太子。	十四	二十	七	四	
597 甲子	十	十二	二	三 救郑，为楚所败河上。	七	十七 围郑，郑伯肉袒谢，释之。	十四 伐陈。	三	二	十五	二十一	八 楚围我，我卑辞以解。	五	
596	十一	十三	三	四	八	十八	十五	四	三	十六	二十二	九	六	
595	十二	十四	四	五 伐郑。	九	十九 围宋，为杀楚使者，楚围我。	十六	五	四	十七	二十三 文公薨。	十 晋伐我。	七	
594	十三	十五 初税亩。	五	六 救宋，执解扬，有使节。秦伐我。	十	二十 围宋。五月，华元告子反以诚，楚罢。	十七 华元告楚，楚去。	六	五	十八	曹宣公庐元年	十一 佐楚伐宋，执解扬。	八	
593	十四	十六	六	七 随会灭赤翟。	十一	二十一	十八	七	六	十九	二	十二	九	
592	十五	十七 日蚀。	七 晋使郤克来齐，妇人笑之，克怒归。	八 使郤克使齐，齐妇人笑之，克怒归。	十二	二十二	十九	八	七	二十 文侯薨。	三	十三	十	

	周	鲁	齐	晋	秦	楚	宋	卫	陈	蔡	曹	郑	燕	吴
591	十六	十八 宣薨。	八 公晋伐我。	九 伐齐败，质子强，兵罢。	十三	二十三 庄王薨。	二十	九	八	蔡景侯固元年	四	十四	十一	
590	十七	鲁成公黑肱元年春，齐取我隆。	九	十	十四	楚共王审元年	二十一	十	九	二	五	十五	十二	
589	十八	二 与晋伐齐，齐归我汶阳，窃与楚盟。	十 晋郤克败公于鞍，虏逢丑父。	十一 与鲁、曹败齐。	十五	二 秋，申公巫臣窃徵舒母奔晋，以为邢大夫。冬，伐卫、鲁，救齐。	二十二	十一 公与诸侯败齐反侵地。楚伐我。	十	三	六	十六	十三	
588	十九	三 会晋、宋、卫、曹伐郑。	十一 顷公如晋，欲王晋，晋不敢受。	十二 始置六卿。率诸侯伐郑。	十六	三	宋共公瑕元年	卫定公臧元年	十一	四	七	十七 晋率诸侯伐我。	十四	
587 甲戌	二十	四 公如晋，晋不敬，公欲倍晋合于楚。	十二	十三 鲁公来，不敬。	十七	四 子反救郑。	二	二	十二	五	八	十八 晋栾书取我汜。襄公薨。	十五	
586	二十一 定王崩。	五	十三	十四 梁山崩。伯宗隐其人而用其言。	十八	五 伐郑，倍我故也。郑悼公来讼。	三	三	十三	六	九	郑悼公费元年 公如楚讼。	燕昭公元年	
585	简王元年	六	十四	十五 使栾书救郑，遂侵蔡。	十九	六	四	四	十四	七 晋侵我。	十	二 悼公薨。楚伐我，晋使栾书来救。	二	吴寿梦元年

	周	鲁	齐	晋	秦	楚	宋	卫	陈	蔡	曹	郑	燕	吴
584	二	七	十五	十六 以巫臣始通于吴而谋楚。	二十	七 伐郑。	五	五	十五	八	十一	郑成公睔元年悼公弟也。楚伐我。	三	二 巫臣来，谋伐楚。
583	三	八	十六	十七 复赵武田邑。侵蔡。	二十一	八	六	六	十六	九 晋伐我。	十二	二	四	三
582	四	九 顷公薨。	十七	十八 执郑成公，伐郑。秦伐我。	二十二 伐晋。	九 救郑。冬，与晋成。	七	七	十七	十	十三	三 与楚盟。公如晋，执公伐我。	五	四
581	五	十 公如晋送葬，讳之。	齐灵公环元年	十九	二十三	十	八	八	十八	十一	十四	四 晋率诸侯伐我。	六	五
580	六	十一	二	晋厉公寿曼元年	二十四 与晋侯夹河盟，归，倍盟。	十一	九	九	十九	十二	十五	五	七	六
579	七	十二	三	二	二十五	十二	十	十	二十	十三	十六	六	八	七
578	八	十三 会晋伐秦。	四 伐秦。	三 伐秦至泾，败之，获其将成差。	二十六 晋率诸侯伐我。	十三	十一 晋率我伐秦。	十一	二十一	十四	十七 晋率我伐秦。	七 晋率我伐秦。	九	八
577 甲申	九	十四	五	四	二十七	十四	十二	十二 定公薨。	二十二	十五	曹成公负刍元年	八	十	九
576	十	十五 始与吴通，会钟离。	六	五 三郤谗伯宗，杀之，伯宗好直谏。	秦景公元年	十五 许畏郑，请徙叶。	十三 华元奔晋，复还。	卫献公衎元年	二十三	十六	二 晋执我公以归。	九	十一	十 与鲁会钟离。
575	十一	十六 宣伯告晋，欲杀季文子，文子得以义脱。	七	六 败楚鄢陵。	二	十六 救郑，不利。子反醉，军败，杀子反归。	宋平公成元年	二	二十四	十七	三	十 倍晋盟楚，晋伐我，楚来救。	十二	十一

	周	鲁	齐	晋	秦	楚	宋	卫	陈	蔡	曹	郑	燕	吴
574	十二	十七	八	七	三	十七	二	三	二十五	十八	四	十一	十三 昭公薨。	十二
573	十三	十八 成公薨。	九	八 栾书、中行偃杀厉公，立襄公曾孙，为悼公。	四	十八 为鱼石伐宋彭城。	三 楚伐彭城，封鱼石。	四	二十六	十九	五	十二 与楚伐宋。	燕武公元年	十三
572	十四 简王崩。	鲁襄公午元年 围宋彭城。使太子光质于晋。	十	晋悼公元年 围宋彭城。	五	十九 侵宋，救郑。	四 楚侵我，取犬丘。晋诛鱼石，归我彭城。	五 围宋彭城。	二十七	二十	六	十三 晋伐我，兵次洧上，楚来救。	二	十四
571	灵王元年 生有髭。	二 会晋城虎牢。	十一	二 率诸侯伐郑，城虎牢。	二十	五	六	二十八	二十一	七	十四 成公薨。晋率诸侯伐我。	三	十五
570	二	三	十二	三 魏绛辱杨干。	七	二十一 使子重伐吴，至衡山。使何忌侵陈。	六	七	二十九 倍楚盟，楚侵我。	二十二	八	郑釐公恽元年	四	十六 楚伐我。
569	三	四 公如晋。	十三	四 魏绛说和戎、狄，狄朝晋。	八	二十二 伐陈。	七	八	三十 楚伐我。成公薨。	二十三	九	二	五	十七
568	四	五 季文子卒。	十四	五	九	二十三 伐陈。	八	九	陈哀公弱元年	二十四	十	三	六	十八
567	甲午 五	六	十五	六	十	二十四	九	十	二	二十五	十一	四	七	十九
566	六	七	十六	七	十一	二十五 围陈。	十	十一	三 楚围我，为我亡，公归。	二十六	十二	五 子驷使贼夜杀釐公，诈以病卒赴诸侯。	八	二十

	周	鲁	齐	晋	秦	楚	宋	卫	陈	蔡	曹	郑	燕	吴
565	七	八 公如晋。	十七	八	十二	二十六 伐郑。	十一	十二	四	二十七 郑侵我。	十三	郑简公嘉元年，釐子。	九	二十一
564	八 与晋伐郑，会河上，问公年十二，可冠，冠于卫。	九 与晋伐郑。	十八 齐、鲁、宋、卫、曹伐郑。秦伐我。	九 率齐、鲁、宋、卫、曹伐郑。	十三 伐晋，为我援。	二十七 伐郑，师于武城为秦。	十二 晋率我伐郑。	十三 晋率我伐郑。师曹鞭公幸妾。	五	二十八	十四 晋率我伐郑。	二 诛子驷。晋率诸侯伐我，与盟。楚怒，伐我。	十	二十二
563	九 王叔奔晋。	十 楚、郑侵我西鄙。	十九 太子光、高厚会诸侯钟离。	十 率诸侯荀罃伐秦。	十四 晋伐我。	二十八 使子囊救郑。	十三 郑伐我，卫来救。	十四 救宋。	六	二十九	十五	三 晋率诸侯伐我，楚来救。子孔作乱，子产攻之。	十一	二十三
562	十	十一 三桓分为三军，各将军。	二十	十一 率诸侯伐郑，秦败我栎。公曰"吾用魏绛九合诸侯"，赐之乐。	十五 我使庶长鲍伐晋救郑，公曰败之栎。	二十九 与郑伐宋。	十四 郑伐我。	十五	七	三十	十六	四 与楚伐宋，晋率诸侯伐我，秦来救。	十二	二十四
561	十一	十二 公如晋。	二十一	十二	十六	三十	十五	十六	八	三十一	十七	五	十三	二十五 寿梦卒。
560	十二	十三	二十二	十三	十七	三十一 吴伐我，败之。共王薨。	十六	十七	九	三十二	十八	六	十四	吴诸樊元年，楚败我。
559	十三	十四 日蚀。卫献公来奔。	二十三	十四 诸大夫伐秦，败械林。	十八 晋诸大夫伐我，败械林。	楚康王昭元年，共王子。	十七	十八 孙文子攻公，公奔齐，立定公弟狄。	十	三十三	十九	七	十五	二 季子让位。楚伐我。

	周	鲁	齐	晋	秦	楚	宋	卫	陈	蔡	曹	郑	燕	吴
558	十四	十五 日蚀。齐伐我	二十四 伐鲁。	十五 悼公彪薨。	十九	二	十八	卫殇公狄元年 定公弟。	十一	三十四	二十	八	十六	三
557 甲辰	十五	十六 齐伐我。地震。齐复伐我北鄙。	二十五 伐鲁。	晋平公彪元年 我败楚于湛坂。	二十	三 晋伐我，败湛坂。	十九	二	十二	三十五	二十一	九	十七	四
556	十六	十七 齐伐我北鄙。	二十六 伐鲁。	二	二十一	四	二十 伐陈。	三 伐曹。	十三	三十六	二十二 卫伐我。	十	十八	五
555	十七	十八 与晋伐齐。	二十七 晋围临淄。晏婴。	三 率鲁、宋、郑、卫围齐，大破之。	二十二	五 伐郑。	二十一 晋率我伐齐。	四	十四	三十七	二十三 成公薨。	十一 晋率我围齐。楚伐我。	十九 武公薨	六 武公薨
554	十八	十九	二十八 废光，立子牙为太子。光与崔杼杀牙自立。晋、卫伐我。	四 与卫伐齐。	二十三	六	二十二	五 率我伐齐。	十五	三十八	曹武公胜元年	十二 子产为卿。	燕文公元年	七
553	十九	二十 日蚀。	齐庄公元年	五	二十四	七	二十三	六	十六	三十九	二	十三	二	八
552	二十	二十一 公如晋。日再蚀。	二	六 鲁襄公来。杀羊舌虎。	二十五	八	二十四	七	十七	四十	三	十四	三	九
551	二十一	二十二 孙子生。	三 晋栾逞来奔,晏婴曰"不如归之。"	七 栾逞奔齐。	二十六	九	二十五	八	十八	四十一	四	十五	四	十
550	二十二	二十三	四 欲遣栾逞入曲沃伐晋，取朝歌。	八	二十七	十	二十六	九 齐伐我。	十九	四十二	五	十六	五	十一

	周	鲁	齐	晋	秦	楚	宋	卫	陈	蔡	曹	郑	燕	吴
549	二十三	二十四 侵齐日再蚀。	五 畏晋通楚,晏子谋。	九	二十八	十一 与齐通。率陈、蔡伐郑救齐。	二十七	十	二十 楚率我伐郑。	四十三 楚率我伐郑。	六	十七 范宣子为政。我请伐陈。	六	十二
548	二十四	二十五 齐伐我北鄙,以报孝伯之师。	六 晋伐我,报朝歌。崔杼以庄公通其妻,杀之,立其弟,为景公。	十 伐齐至高唐,报太行之役。	二十九 公如晋盟不结。	十二 吴伐我,以报舟师之役,射杀吴王。	二十八	十一	二十一 郑伐我。	四十四	七	十八 伐陈,入陈。	懿公元年	十三 诸樊伐楚,迫巢门,伤以射薨。
547 甲寅	二十五	二十六	齐景公杵臼元年 如晋,请归卫献公。	十一 诛卫殇公,复入献公。	三十	十三 率陈、蔡伐郑。	二十九	十二 齐、晋杀殇公,复献内公。	二十二 楚率我伐郑。	四十五	八	十九 楚率陈、蔡伐我。	二	余祭元年
546	二十六	二十七 日蚀。	二 庆封欲专,诛崔氏,杼自杀。	十二	三十一	十四	三十	卫献公衎后元年	二十三	四十六	九	二十	三	二
545	二十七	二十八 公如楚。葬康王。	三 公如楚。鲍、高、栾氏谋庆封,发兵攻庆封,庆封奔吴。	十三	三十二	十五 康王麋薨。	三十一	二	二十四	四十七	十	二十一	四 懿公薨。	三 齐庆封来奔。
544	景王元年	二十九 吴季札来观周乐,尽知乐所为。	四 季札来使,与晏婴欢。	十四 吴季札来,曰:"晋政卒归韩、魏、赵。"	三十三	楚熊郏敖元年	三十二	三	二十五	四十八	十一	二十二 吴季札谓子产曰:"政将归子,子以礼,幸脱于厄矣。"	燕惠公元年 齐止奔。来	四 门阍杀余祭。季札使诸侯。
543	二	三十	五	十五	三十四	二	三十三	卫襄公恶元年	二十六	四十九 为太子取楚女,公通焉,太子杀公自立。	十二	二十三 诸公子争宠相杀,又欲杀子产,子产止之。	二	五

	周	鲁	齐	晋	秦	楚	宋	卫	陈	蔡	曹	郑	燕	吴
542	三	三十一襄公薨。	六	十六	三十五	三王季父围为令尹。	三十四	二	二十七	蔡灵侯班元年	十三	二十四	三	六
541	四	鲁昭公稠元年昭公十九，有童心。	七	十七秦后子来奔。	三十六公弟后子奔晋，车千乘。	四令尹围杀郏敖，自立为灵王。	三十五	三	二十八	二	十四	二十五	四	七
540	五	二公如晋至河，晋谢还之。	八田无宇送女。	十八齐田无宇来送女。	三十七	楚灵王围元年共王子，肘玉。	三十六	四	二十九	三	十五	二十六	五	八
539	六	三	九晏婴使晋，见叔向，曰："齐政归田氏。"叔向曰："晋公室卑。"	十九	三十八	二	三十七	五	三十	四	十六	二十七夏，如晋。冬，如楚。	六公欲杀公卿幸臣，公卿诛幸臣，公恐，出奔齐。	九
538	七	四称病不会楚。	十	二十	三十九	三夏，合诸侯宋地，盟。伐吴朱方，诛庆封。冬，报我，取三城。	三十八	六称病不会楚。	三十一	五	十七称病不会楚。	二十八子产曰："三国不会。"	七	十楚诛庆封。
537	甲子 八	五	十一	二十一秦后子归秦。	四十公卒。后子自晋归。	四率诸侯伐吴。	三十九	七	三十二	六	十八	二十九	八	十一楚率诸侯伐我。
536	九	六	十二公如晋，请伐燕，入其君。	二十二齐景公来，请伐燕，入其君。	秦哀公元年	五伐吴，次乾谿。	四十	八	三十三	七	十九	三十齐伐我。	十二	十二楚伐我，次乾谿
535	十	七季武子卒。日蚀。	十三入燕君。	二十三入燕君。	二	六执芋尹亡人入章华。	四十一	九夫人姜氏无子。	三十四	八	二十	三十一	燕悼公元年惠公归至卒。	十三

	周	鲁	齐	晋	秦	楚	宋	卫	陈	蔡	曹	郑	燕	吴
534	十一	八 公如楚,楚留之。贺章华台。	十四	二十四	三	七 就章华台,内亡人实之。灭陈。	四十二	卫灵公元年	三十五 弟招作乱,哀公自杀。	九	二十一	三十二	二	十四
533	十二	九	十五	二十五	四	八 弟弃疾将兵定陈。	四十三	二	陈惠公吴哀公孙也。来我。	公十年楚定	二十二	三十三	三	十五
532	十三	十	十六	二十六 春,有星出婺女。七月,公薨。	五	九	四十四 平公薨	三	二	十一	二十三	三十四	四	十六
531	十四	十一	十七	晋昭公夷元年	六	十 醉杀蔡侯,使弃疾围之。弃疾居之,为蔡侯。	宋元公佐元年	四	三	十二 灵侯如楚,楚杀之,使弃疾居之,为蔡侯。	二十四	三十五	五	十七
530	十五	十二 朝晋至河,晋谢之归。	十八 公如晋。	二	七	十一 王伐徐以恐吴,次乾谿。民罢于役,怨王。	二	五 公如晋,朝嗣君。	四	蔡侯庐元年 景侯	二十五	三十六 公如晋。	六	吴余昧元年
529	十六	十三	十九	三	八	十二 弃疾作乱自立,灵王自杀。复陈、蔡。	三	六	五 楚平王复陈,立惠公。	二 楚平王复我,立景侯子庐。	二十六	郑定公宁元年	七	二
528	十七	十四	二十	四	九	楚平王居元年 共王子,抱玉。	四	七	六	三	二十七	二	燕共公元年	三
527	甲戌 十八 后太子卒。	十五 日蚀。公如晋,晋留之葬,公耻之。	二十一	五	十	二 王为太子取秦女,好,自取之。	五	八	七	四	曹平公须元年	三	二	四

	周	鲁	齐	晋	秦	楚	宋	卫	陈	蔡	曹	郑	燕	吴
526	十九	十六	二十二	六 公卒。六卿强，公室卑矣。	十一	三	六	九	八	五	二	四	三	吴僚元年
525	二十	十七 五月朔，日蚀。彗星见辰。	二十三	晋顷公去疾元年	十二	四 与吴战。	七	十	九	六	三	五 火，欲禳之，子产曰："不如修德。"	四	二 与楚战。
524	二十一	十八	二十四	二	十三	五 火。	八 火。	十一 火。	十	七	四 平公薨。	六 公火。	五 共公薨。	三
523	二十二	十九 地震。	二十五	三	十四	六	九	十二	十一	八	曹悼公午元年	七	燕平公元年	四
522	二十三	二十 齐景公与晏子狩，入鲁问礼。	二十六 猎鲁界，因入鲁。	四	十五	七 诛伍奢、尚，太子建奔宋，伍胥奔吴。	十 公毋信，诈杀诸公子。楚太子建来奔，见乱之郑。	十三	十二	九 平侯薨。灵侯孙东国杀平侯子而自立。	二	八 楚太子建从宋来奔。	二	五 伍员来奔。
521	二十四 公如晋至河，晋谢之，归。日蚀。	二十一	二十七	五	十六	八 蔡侯来奔。	十一	十四	十三	蔡悼侯东国元年奔楚。	三	九	三	六
520	二十五 日蚀。	二十二	二十八	六 周室乱，公平乱，立敬王。	十七	九	十二	十五	十四	二	四	十	四	七
519	敬王元年	二十三 地震。	二十九	七	十八	十 吴伐败我。	十三	十六	十五 吴败我兵，取胡、沈。	三	五	十一 楚建作乱，杀之。	五	八 公子光败楚。
518	二	二十四 鹳鹆来巢。	三十	八	十九	十一 吴卑梁人争桑，伐取我锺离。	十四	十七	十六	蔡昭侯申元年 悼侯弟。	六	十二 公如晋，请内王。	六	九

	周	鲁	齐	晋	秦	楚	宋	卫	陈	蔡	曹	郑	燕	吴
517 甲申	二十五	三十一 公欲诛季氏,三桓氏攻公,公出居郓。	九	二十	十二	十五	十八	十七	二	七	十三	七	十	
516	四	二十六 齐取我郓以处公。	三十二 彗星见。晏子曰:"田氏有德于齐,可畏。"	十 知栎、赵鞅内王于王城。	二十一	十三 楚欲立子西,子西不肯。秦女子立,为昭王。	宋景公头曼元年	十九	十八	三	八	十四	八	十一
515	五	二十七	三十三	十一	二十二	楚昭王珍元年诛无忌以说众。	二	二十	十九	四	九	十五	九	十二 公子光使专诸杀僚,自立。
514	六	二十八 公如晋,求入,晋弗听,处之乾侯。	三十四	十二 六卿诛公族,分其邑。各使其子为大夫。	二十三	二	三	二十一	二十	五	曹襄公元年	十六	十	吴阖闾元年。
513	七	二十九 公自乾侯如郓。齐侯曰主君,公耻之,复之乾侯。	三十五	十三	二十四	三	四	二十二	二十一	六	二	郑献公虿元年	十一	二
512	八	三十	三十六	十四 顷公麑。	二十五	四 吴三公子来奔,封以扞吴。	五	二十三	二十二	七	三	二	十二	三 公子三奔楚。
511	九	三十一 日蚀。	三十七	晋定公午元年	二十六	五 吴伐我六、潜。	六	二十四	二十三	八	四	三	十三	四 伐楚六、潜。

中华经典藏书

	周	鲁	齐	晋	秦	楚	宋	卫	陈	蔡	曹	郑	燕	吴
510	十 晋使诸侯为我筑城。	三十二 公卒乾侯。	三十八	二 率诸侯为周筑城。	二十七	六	七	二十五	二十四	九	五 平公弟通杀襄公自立。	四	十四	五
509	十一	鲁定公宋元年 昭公丧自乾侯至。	三十九	三	二十八	七 襄瓦伐吴,败我豫章。蔡侯来朝。	八	二十六	二十五	十 朝楚,以裘故留。	曹隐公元年	五	十五	六 楚伐我,迎击,败之,取楚之居巢。
508	十二	二	四十	四	二十九	八	九	二十七	二十六	十一	二	六	十六	七
507 甲午	十三	三	四十一	五	三十	九 蔡昭侯留三岁,得裘,故归。	十	二十八	二十七	十二 与子常裘,得归,如晋,请伐楚。	三	七	十七	八
506	十四 与晋率诸侯侵楚。	四	四十二	六 周与我率诸侯侵楚。	三十一	十 吴、蔡伐我,入郢,昭王亡。伍子胥鞭平王墓。	十一	二十九 与蔡争长。	二十八	十三 与卫争长。楚侵我,吴与我伐楚,入郢。	四	八	十八	九 与蔡伐楚,入郢。
505	十五	五 阳虎执季子,与盟,释之。日蚀。	四十三	七	三十二	十一 秦救至,吴去,昭王复入。	十二	三十	陈怀公柳元年	十四	曹靖公路元年	九	十九	十
504	十六 王子朝之徒作乱故,王奔晋。	六	四十四	八	三十三	十二 吴伐我番,楚恐,徙郢。	十三	三十一	二	十五	二	十 鲁侵我。	燕简公元年	十一 伐楚取番。
503	十七 刘子迎王,晋入王。	七 齐伐我。	四十五 侵卫,伐鲁。	九 入周敬王。	三十四	十三	十四	三十二 齐侵我。	三	十六	三	十一	二	十二

	周	鲁	齐	晋	秦	楚	宋	卫	陈	蔡	曹	郑	燕	吴
502	十八	八 阳虎欲 伐 三 桓, 三 桓攻阳 虎, 虎 奔 阳 关。	四十六 鲁伐我 我伐鲁。	十 伐卫。	三十五	十四 子西为 民泣,民 亦泣,蔡 昭侯恐。	十五	三十三 晋、鲁 侵 伐 我。	四 公 如 吴, 吴 留 之, 因 死 吴。	十七	四 靖 公 薨。	十二	三	十三 陈怀 公来, 留之, 死于 吴。
501	十九	九 伐 阳 虎,虎 奔齐。	四十七 囚阳虎, 虎奔晋。	十一 阳虎来 奔。	三十六 哀公薨。	十五	十六 阳虎来 奔。	三十四	陈湣公 越元年	十八	曹伯阳 元年	十三 献 公 薨。	四	十四
500	二十	十 公会齐 侯于夹 谷。孔 子 相。 齐归我 地。	四十八	十二	秦惠公 元年 彗星见。	十六	十七	三十五	二	十九	二	郑声公 胜元年 郑 益 弱。	五	十五
499	二十一	十一	四十九	十三	二 生躁公、 怀公、简 公。	十七	十八	三十六	三	二十	三 国人有 梦众君 子立社 宫,谋 亡曹, 振铎请 待公孙 强,许 之。	二	六	十六
498	二十二	十二 齐来归 女乐。 季桓子 受之, 孔 子 行。	五十 遗鲁女 乐。	十四	三	十八	十九	三十七 伐曹。	四	二十一	四 卫 伐 我。	三	七	十七
497 甲辰	二十三	十三	五十一	十五 赵鞅伐 范、中 行。	四	十九	二十	三十八 孔 子 来,禄 之 如 鲁。	五	二十二	五	四	八	十八
496	二十四	十四	五十二	十六	五	二十	二十一	三十九 太子蒯 聩出 奔。	六 孔 子 来。	二十三	六 公孙强 好射, 献雁, 君使为 司城, 梦者子 行。	子 产 卒。	九	十九 伐越, 败我, 伤阖 闾指, 以死。

	周	鲁	齐	晋	秦	楚	宋	卫	陈	蔡	曹	郑	燕	吴
495	二十五	十五 定公薨。日蚀。	五十三	十七	六	二十一 灭胡以吴败我倍之。	二十二 郑伐我。	四十	七	二十四	七	六 伐宋。	十	吴王夫差元年
494	二十六	鲁哀公将元年 伐晋。	五十四	十八 赵鞅围范、中行朝歌。齐、卫伐我。	七	二十二 率诸侯围蔡。	二十三	四十一 伐晋。	八 吴伐我。	二十五 楚伐我,以吴怨故。	八	七	十一	二 伐越。
493	二十七	二	五十五 输范、中行氏粟。	十九 赵鞅围范、中行,郑来救,我败之。	八	二十三	二十四	四十二 灵公薨。蒯聩子立。晋纳太子蒯聩于戚。	九	二十六 畏楚,私召吴人,乞迁于州来,州来近吴。	九	八 救范、中行氏,与赵鞅战于铁,败我师。	十二	三
492	二十八	三 地震。	五十六	二十	九	二十四	二十五 孔子过宋,桓魋恶之。	卫出公辄元年	十	二十七	十 宋伐我。	九	燕献公元年	四
491	二十九	四	五十七 乞救范氏。	二十一 赵鞅拔邯郸、柏人,有之。	十 惠公薨。	二十五	二十六	二	十一	二十八 大夫共诛昭侯。	十一	十	二	五
490	三十	五	五十八 景公薨。立嬖姬子为太子。	二十二 赵鞅败范、中行,中行奔齐。伐卫。	秦悼公元年	二十六	二十七	三 晋伐我,救范氏故。	十二	蔡成侯朔元年	十二	十一	三	六
489	三十一	六	齐晏孺子元年 田乞诈立阳生,杀孺子。	二十三	二	二十七 救陈,王死城父。	二十八 伐曹。	四	十三 吴伐我,楚来救。	二	十三 宋伐我。	十二	四	七 伐陈。
488	三十二	七 公会吴王于缯。吴徵百牢,季康子使子贡谢之。	齐悼公阳生元年	二十四 侵卫。	三	楚惠王章元年	二十九 侵郑,围曹。	五 晋侵我。	十四	三	十四 宋围我,郑救我。	十三	五	八 鲁会我缯。

	周	鲁	齐	晋	秦	楚	宋	卫	陈	蔡	曹	郑	燕	吴
487 甲寅	三十三	八 吴为邾伐我。至城下，盟而去。齐取我三邑。	二 伐鲁，取三邑。	二十五	四	二 子西召建子胜于吴，为白公。	三十 曹倍我，我灭之。	六	十五	四	十五 宋灭曹，房伯阳。	十四	六	九 伐鲁。
486	三十四	九	三	二十六	五	三 伐陈，陈与吴故。	三十一 郑围我，败之于雍丘。	七	十六 倍楚，与吴成。	五		十五 围宋，败我师雍丘，伐我。	七	十
485	三十五	十 与吴伐齐。	四 吴、鲁伐我。鲍子杀悼公，齐人立其子壬为简公。	二十七 使赵鞅伐齐。	六	四 伐陈。	三十二 伐郑。	八 孔子自陈来。	十七	六		十六	八	十一 与鲁伐齐救陈。诛伍员。
484	三十六	十一 齐伐我。冉有言，故迎孔子，孔子归。	齐简公元年 鲁与吴败我。	二十八	七	五	三十三	九 孔子归鲁。	十八	七		十七	九	十二 与鲁败齐。
483	三十七	十二 与吴会橐皋。用田赋。	二	二十九	八	六 白公胜数请子西伐郑，以父怨故。	三十四	十 公如晋，与吴会橐皋。	十九	八		十八 宋伐我。	十	十三 与鲁会橐皋。
482	三十八	十三 与吴会黄池。	三	三十 与吴会黄池，争长。	九	七 伐陈。	三十五 郑败我师。	十一	二十	九		十九 败宋师。	十一	十四 与晋会黄池。
481	三十九	十四 西狩获麟。卫出公来奔。	四 田常杀简公，立其弟骜，为平公，常相之，专国权。	三十一	十	八	三十六	十二 父蒯聩入，辄出亡。	二十一	十		二十	十二	十五

	周	鲁	齐	晋	秦	楚	宋	卫	陈	蔡	曹	郑	燕	吴
480	四十	十五 子服景伯使齐，子贡为介，齐归我侵地。	齐平公元年。骜，景公孙也。齐自是称田氏。	三十二	十一	九	三十七 荧惑守心，子韦曰"善。"	卫庄公蒯聩元年	二十二	十一		二十一	十三	十六
479	四十一	十六 孔子卒。	二	三十三	十二	十 白公胜杀令尹子西攻惠王。叶公攻白公，白公自杀。惠王复国。	三十八	二	二十三 楚灭陈，杀湣公。	十二		二十二	十四	十七
478	四十二	十七	三	三十四	十三	十一	三十九	三 庄公辱戎州人，戎州人与赵简子攻庄公，公出奔。		十三		二十三	十五	十八 越败我。
477	甲子 四十三 敬王崩。	十八 二十七卒。	四 二十五卒。	三十五 三十七卒。	十四 卒，子厉共公立。	十二 五十七卒。	四十 六十四卒。	卫君起元年 石傅逐起出，辄复入。		十四 十九卒。		二十四 三十八卒。	十六 二十八卒。	十九 二十三卒。

史记卷十五

六国年表第三

太史公读《秦记》，至犬戎败幽王，周东徙洛邑，秦襄公始封为诸侯，作西畤用事上帝①，僭端见矣②。《礼》曰："天子祭天地，诸侯祭其域内名山大川。"今秦杂戎、翟之俗，先暴戾，后仁义，位在藩臣而胪于郊祀③，君子惧焉。及文公逾陇，攘夷狄，尊陈宝④，营岐、雍之间，而穆公修政，东竟至河，则与齐桓、晋文中国侯伯侔矣⑤。是后陪臣执政⑥，大夫世禄⑦，六卿擅晋权，征伐会盟，威重于诸侯。及田常杀简公而相齐国，诸侯晏然弗讨，海内争于战功矣。三国终之卒分晋⑧，田和亦灭齐而有之，六国之盛自此始。务在强兵并敌，谋诈用而从衡短长之说起⑨。矫称蜂出⑩，誓盟不信，虽置质剖符犹不能约束也⑪。秦始小国僻远，诸夏宾之⑫，比於戎、翟，至献公之后常雄诸侯。论秦之德义不如鲁、卫之暴戾者，量秦之兵不如三晋之强也，然卒并天下，非必险固便形埶利也⑬，盖若天所助焉。

或曰："东方物所始生，西方物之成孰。"夫作事者必于东南，收功实者常于西北。故禹兴于西羌，汤起于亳，周之王也以丰、镐伐殷，秦之帝用雍州兴，汉之兴自蜀汉。

秦既得意，烧天下《诗》《书》，诸侯史记尤甚，为其有所刺讥也。《诗》《书》所以复见者，多藏人家，而史记独藏周室，以故灭。惜哉，惜哉！独有《秦记》，又不载日月，其文略不具。然战国之权变亦有可颇采者，何必上古。秦取天下多暴，然世异变，成功大。传曰"法后王"⑭，何也？以其近己而俗变相类，议卑而易行也⑮。学者牵於所闻⑯，见秦在帝位日浅，不察其终始，因举而笑之，不敢道，此与以耳食无异⑰。悲夫！

余于是因《秦记》，踵《春秋》之后，起周元王，表六国时事，讫二世，凡二百七十年，著诸所闻兴坏之端⑱。后有君子，以览观焉。

①西畤：祭祀白帝的神祠。畤，神灵栖止之处，建于西垂邑，故名。

②僭端：僭礼越分的端倪。

③胪于郊祀：陈列天子郊祀的典礼。

④陈宝：神雉名。据传一神雉化成宝石，为秦文公所得，遂于陈仓北坂建置宝鸡神祠。宝鸡地名由此而来。

⑤侔：相等，齐等，相当。侔名，即齐名。

⑥陪臣：诸侯的家臣。

⑦世禄：禄位世袭。

⑧三国：指韩、赵、魏三家分晋。

⑨从衡短长之说：史称纵横家之说为长短之术。从，同"纵"。从衡，即纵横。

⑩矫称蜂出：假传命令之事不断产生。

⑪置质：诸侯之间交换人质以示信守。被质的太子称质子，大臣称质臣。　　剖符：古代帝王分封诸侯、功臣时剖竹符为二，君臣各执其一，以为信证。

⑫诸夏：指中原诸国。　　宾：同"摈"，排斥。

⑬埶：同"势"。

⑭法后王：效法后王。

⑮议卑：议论平易浅近。

⑯牵：局限。

⑰耳食：喻用耳朵吃饭不知味。

⑱兴坏之端：兴亡的头绪。

	周	秦	魏	韩	赵	楚	燕	齐
公元前476	周元王元年	秦厉共公元年	魏献子卫出公辄后元年。	韩宣子	赵简子	楚惠王章十三年吴伐我。	燕献公十七年	齐平公骜五年
475	二	二蜀人来赂。	晋定公卒。		四十三	十越围吴，吴怨。	十八	六

	周	秦	魏	韩	赵	楚	燕	齐
474	三	三	晋出公错元年。		四十四	十五	十九	七 越人始来。
473	四	四			四十五	十六 越灭吴。	二十	八
472	五	五 楚人来赂。			四十六	十七 蔡景侯卒。	二十一	九 晋知伯瑶来代我。
471	六	六 义渠来赂。绵诸乞援。			四十七	十八 蔡声侯元年	二十二	十
470	七	七 彗星见。	卫出公饮,大夫不解袜,公怒,即攻公,公奔宋。		四十八	十九 王子英奔秦。	二十三	十一
469	八	八			四十九	二十	二十四	十二
468	定王元年	九			五十	二十一	二十五	十三
467	二	十 庶长将兵拔魏城。慧星见。			五十一	二十二 鲁哀公卒。	二十六	十四
466	三	十一			五十二	二十三 鲁悼公元年。三桓胜,鲁如小侯。	二十七	十五
465	四	十二			五十三	二十四	二十八	十六
464	五	十三 知伯伐郑,驷桓子如齐求救。		知伯谓简子,欲废太子襄子,襄子怨知伯。	五十四	二十五	燕孝公元年	十七 救郑,晋师去。中行文子谓田常:"乃今知所以亡。"
463	六	十四 晋人、楚人来赂		郑声公卒。	五十五	二十六	二	十八
462	七	十五		郑哀公元年	五十六	二十七	三	十九
461	八	十六 堑阿旁。伐大荔。补庞戏城。			五十七	二十八	四	二十
460	九	十七			五十八	二十九	五	二十一
459	十	十八			五十九	三十	六	二十二
458	十一	十九			六十	三十一	七	二十三

	周	秦	魏	韩	赵	楚	燕	齐
457	十二	二十公将师与绵诸战。			襄子元年未除服,登夏屋,诱代王,以金斗杀代王。封伯鲁子周为代成君。	三十二蔡声侯卒	八	二十四
456	十三	二十一	晋哀公忌元年		二	三十三蔡元侯元年。	九	二十五
455	十四	二十二	卫悼公黔元年。		三	三十四	十	齐宣公就匜元年
454	十五	二十三			四与智伯分范、中行地。	三十五	十一	二
453	十六	二十四	魏桓子败智伯于晋阳。	韩康子败智伯于晋阳。	五襄子败智伯晋阳,与魏、韩三分其地。	三十六	十二	三
452	十七	二十五晋大夫智开率其邑来奔。			六	三十七	十三	四
451	十八	二十六左庶长城南郑。			七	三十八	十四	五宋景公卒。
450	十九	二十七	卫敬公元年。		八	三十九蔡侯齐元年。	十五	六宋昭公元年。
449	二十	二十八越人来迎女。			九	四十	燕成公元年	七
448	二十一	二十九晋大夫智宽率其邑人来奔。			十	四十一	二	八
447	二十二	三十			十一	四十二楚灭蔡。	三	九
446	二十三	三十一			十二	四十三	四	十
445	二十四	三十二			十三	四十四灭杞。杞,夏之后。	五	十一
444	二十五	三十三伐义渠,虏其王。			十四	四十五	六	十二
443	二十六	三十四日蚀,昼晦。星见。			十五	四十六	七	十三
442	二十七	秦躁公元年			十六	四十七	八	十四

	周	秦	魏	韩	赵	楚	燕	齐
441	二十八	二 南郑反。			十七	四十八	九	十五
440	考王元年	三			十八	四十九	十	十六
439	二	四			十九	五十	十一	十七
438	三	五			二十	五十一	十二	十八
437	四	六		晋幽公柳元年。服韩、魏。	二十一	五十三	十三	十九
436	五	七			二十二	五十三	十四	二十
435	六	八 六月，雨雪。日、月蚀。			二十三	五十四	十五	二十一
434	七	九			二十四	五十五	十六	二十二
433	八	十			二十五	五十六	燕滑公元年	二十三
432	九	十一			二十六	五十七	二	二十四
431	十	十二		卫昭公元年。	二十七	楚简王仲元年。灭莒。	三	二十五
430	十一	十三 义渠伐秦，侵至渭阳。			二十八	二	四	二十六
429	十二	十四			二十九	三 鲁悼公卒。	五	二十七
428	十三	秦怀公元年生灵公。			三十	四 鲁元公元年。	六	二十八
427	十四	二			三十一	五	七	二十九
426	十五	三			三十二	六	八	三十
425	威烈王元年	四 庶长晁杀怀公。太子蚤死，大臣立太子之子，为灵公。	卫悼公亹元年。		三十三 襄子卒。	七	九	三十一
424	二	秦灵公元年生献公。	魏文侯斯元年	韩武子元年	赵桓子元年	八	十	三十二
423	三	二	二	二 郑幽公元年韩杀之。	赵献侯元年	九	十一	三十三
422	四	三 作上、下畤。	三	三 郑立幽公子，为缪公，元年。	二	十	十二	三十四
421	五	四	四	四	三	十一	十三	三十五

	周	秦	魏	韩	赵	楚	燕	齐
420	六	五	五 魏诛晋幽公，立其弟止。	五	四	十二	十四	三十六
419	七	六	六 晋烈公止元年。魏城少梁。	六	五	十三	十五	三十七
418	八	七 与魏战少梁。	七	七	六	十四	十六	三十八
417	九	八 城堑河濒。初复城少梁。以君主妻河。	八	八	七	十五	十七	三十九
416	十	九	九	九	八	十六	十八	四十
415	十一	十 补庞，城籍姑。灵公卒，立其季父悼子，是为简公。	十	十	九	十七	十九	四十一
414	十二	秦简公元年	十一 卫慎公元年。	十一	十 中山武公初立。	十八	二十	四十二
413	十三	二 与晋战，败郑下。	十二	十二	十一	十九	二十一	四十三 伐晋，毁黄城，围阳狐。
412	十四	三	十三 公子击围繁庞，出其民。	十三	十二	二十	二十三	四十四 伐鲁、莒及安阳。
411	十五	四	十四	十四	十三 城平邑。	二十一	二十三	四十五 伐鲁，取都。
410	十六	五 日蚀。	十五	十五	十四	二十二	二十四	四十六
409	十七	六 初令吏带剑。	十六 伐秦，筑临晋、元里。	十六	十五	二十三	二十五	四十七
408	十八	七 堑洛，城重泉。初租禾。	十七 击守中山。伐秦至郑，还筑洛阴、合阳。	韩景侯虔元年 伐郑，取雍丘。	赵烈侯籍元年 魏使太子伐中山。	二十四 简王卒。	二十六	四十八 取鲁郕。

	周	秦	魏	韩	赵	楚	燕	齐
407	十九	八	十八 文侯受经子夏。过段干木之间常式。	二 郑败韩于负黍。	二	楚声王当元年 鲁穆公元年。	二十七年	四十九 与郑会于西城。伐卫，取毌。
406	二十	九	十九	三	三	二	二十八	五十
405	二十一	十	十二 卜相，李克、翟璜争。	四	四	三	二十九	五十一 田会以廪丘反。
404	二十二	十一	二十一	五	五	四	三十	齐康公贷元年。
403	二十三 九鼎震。	十二	二十二 初为侯。	六 初为侯。	六 初为侯。	五 魏、韩、赵始列为诸侯。	三十一	二 宋悼公元年。
402	二十四	十三	二十三	七	七 烈侯好音，欲盗杀声王。赐歌者田，徐越侍以仁义，乃止。	六	燕釐公元年	三
401	安王元年 伐魏，至阳狐。	十四 秦伐我，至阳狐。	二十四	八	八	楚悼王类元年	二	四
400	二	十五	二十五 太子罃生。	九 郑围阳翟。	九	二 三晋来伐我，至乘丘。	三	五
399	三 王子定奔晋。	秦惠公元年	二十六 虢山崩，壅河。	韩烈侯元年	赵武公元年	三 归榆关于郑。	四	六
398	四	二	二十七	二 郑杀其相驷子阳。	二	四 败郑师，围郑。郑人杀子阳。	五	七
397	五	三 日蚀。	二十八	三 三月，盗杀韩相侠累。	三	五	六	八
396	六	四	二十九	四 郑相子阳之徒杀其君繻公。	四	六	七	九
395	七	五 伐绵诸。	三十	五 郑康公元年。	五	七	八	十 宋休公元年。
394	八	六	三十一	六 救鲁。郑负黍反。	六	八	九	十一 伐鲁，取最。

	周	秦	魏	韩	赵	楚	燕	齐
393	九	七	三十二 伐郑,城酸枣。	七	七	九 伐韩,取负黍。	十	十二
392	十	八	三十三 晋孝公倾元年。	八	八	十	十一	十三
391	十一	九 伐韩宜阳,取六邑。	三十四	九 秦伐宜阳,取六邑。	九	十一	十二	十四
390	十二	十 与晋战武城。县陕。	三十五 齐伐取襄陵。	十	十	十二	十三	十五 鲁败我平陆。
389	十三	十一 太子生。	三十六 秦侵阴晋。	十一	十一	十三	十四	十六 与晋、卫会浊泽。
388	十四	十二	三十七	十二	十二	十四	十五	十七
387	十五	十三 蜀取我南郑。	三十八	十三	十三	十五	十六	十八
386	十六	秦出公元年 袭邯郸,败焉。	魏武侯元年	韩文侯元年	赵敬侯元年武公子朝作乱,奔魏。	十六	十七	十九 田常曾孙田和始列为诸侯。迁康公海上,食一城。
385	十七	二 庶长改迎灵公太子,立为献公。诛出公。	二 城安邑、王垣。	二 伐郑,取阳城。伐宋,到彭城,执宋君。	二	十七	十八	二十 伐鲁,破之。田和卒。
384	十八	秦献公元年	三	三	三	十八	十九	二十一 田和子桓公午立。
383	十九	二 城栎阳。	四	四	四 魏败我兔台。	十九	二十	二十二
382	二十	三 日蚀,昼晦。	五	五	五	二十	二十一	二十三
381	二十一	四 孝公生。	六	六	六	十二一	二十二	二十四

	周	秦	魏	韩	赵	楚	燕	齐
380	二十二	五	七 伐齐,至桑丘。	七 伐齐,至桑丘。郑败晋。	七 伐齐,至桑丘。	楚肃王臧元年	二十三	二十五 伐燕,取桑丘。
379	二十三	六 初县蒲、蓝田、善明氏。	八	八	八 袭卫,不克。	二	二十四	二十六 康公卒,田氏遂并齐而有之。太公望之后绝祀。
378	二十四	七	九 翟败我浍。伐齐,至灵丘。	九 伐齐,至灵丘。	九 伐齐,至灵丘。	三	二十五	齐威王因元年自田常至威王,威王始以齐强天下。
377	二十五	八	十 晋静公俱酒元年。	十	十	四 蜀伐我兹方。	二十六	二
376	二十六	九	十一 魏、韩、赵 灭晋,绝无后。	韩哀侯元年分晋国。	十一 分晋国。	五 鲁共公元年。	二十七	三 三晋灭其君。
375	烈王元年 日蚀。	十	十二	二 灭郑。康公二十年灭,无后。	十二	六	二十八	四
374	二	十一 县栎阳。	十三	三	赵成侯元年	七	二十九	五
373	三	十二	十四	四	二	八	三十 败齐林孤。	六 鲁伐入阳关。晋伐到鱄陵。
372	四	十三	十五 卫声公元年。败赵北蔺。	五	三 伐卫,取都鄙七十三。魏败我蔺。	九	燕桓公元年	七 宋辟公元年。
371	五	十四	十六 伐楚,取鲁阳。	六 韩严杀其君。	四	十 魏取我鲁阳。	二	八
370	六	十五	惠王元年	庄侯元年	五 伐齐于甄。魏败我怀。	十一	三	九 赵伐我甄。
369	七 民大疫。日蚀。	十六	二 败韩马陵。	二 魏败我马陵。	六 败魏涿泽,围惠王。	楚宣王良夫元年	四	十 宋剔成元年。

	周	秦	魏	韩	赵	楚	燕	齐
368	显王元年	十七 栎阳雨金,四月至八月。	三 齐伐我观。	三	七 侵齐,至长城。	二	五	十一 伐魏,取观。赵侵我长城。
367	二	十八	四	四	八	三	六	十二
366	三	十九 败韩、魏洛阴。	五 与韩会宅阳。城武都。	五	九	四	七	十三
365	四	二十	六 伐宋,取仪台。	六	十	五	八	十四
364	五 贺秦。	二十一 章蟜与晋战石门,斩首六万,天子贺。	七	七	十一	六	九	十五
363	六	二十二	八	八	十二	七	十	十六
362	七	二十三 与魏战少梁,虏其太子。	九 与秦战少梁,虏我太子。	九 魏败我于浍。大雨三月。	十三 魏败于我浍。	八	十一	十七
361	八	秦孝公元年彗星见西方。	十 取赵皮牢。卫成侯元年。	十	十四	九	燕文公元年	十八
360	九 致胙于秦。	二 天子致胙。	十一	十一	十五	十	二	十九
359	十	三	十二 星昼堕,有声。	十二	十六	十一	三	二十
358	十一	四	十三	韩昭侯元年秦败我西山。	十七	十二	四	二十一 邹忌以鼓琴见威王。
357	十二	五	十四 与赵会鄗。	二 宋取我黄池。魏取我朱。	十八 赵孟如齐。	十三 君尹黑迎女秦。	五	二十二 封邹忌为成侯
356	十三	六	十五 鲁、卫、宋、郑侯来。	三	十九 与燕会阿。与齐、宋会平陆。	十四	六	二十三 与赵会平陆。

	周	秦	魏	韩	赵	楚	燕	齐
355	十四	七 与魏王会杜平。	十六 与秦孝公会杜平。侵宋黄池，宋复取之。	四	二十	十五	七	二十四 与魏会田于郊。
354	十五	八 与魏战元里，斩首七千，取少梁。	十七 与秦战元里，秦取我少梁。	五	二十一 魏围我邯郸。	十六	八	二十五
353	十六	九	十八 邯郸降。齐败我桂陵。	六 伐东周，取陵观、廪丘。	二十二 魏拔邯郸。	十七	九	二十六 败魏桂陵。
352	十七	十 卫公孙鞅为大良造，伐安邑，降之。	十九 诸侯围我襄陵。筑长城，塞固阳。	七	二十三	十八 鲁康公元年。	十	二十七
351	十八	十一 城商塞。围固阳，降之。	二十 卫鞅归赵邯郸。	八 申不害相。	二十四 魏归邯郸，与魏盟漳水上。	十九	十一	二十八
350	十九	十二 初聚小邑为三十一县，令为田开阡陌。	二十一 与秦遇彤。	九	二十五	二十	十二	二十九
349	二十	十三 初为县，有秩史。	二十二	十 韩姬弑其君悼公。	赵肃侯元年。	二十一	十三	三十
348	二十一	十四 初为赋。	二十三	十一 昭侯如秦。	二	二十二	十四	三十一
347	二十二	十五	二十四	十二	三 公子范袭邯郸，不胜，死。	二十三	十五	三十二
346	二十三	十六	二十五	十三	四	二十四	十六	三十三 杀其大夫牟辛。
345	二十四	十七	二十六	十四	五	二十五	十七	三十四
344	二十五 诸侯会。	十八	二十七 丹封名会。丹，魏大臣。	十五	六	二十六	十八	三十五 田忌袭齐，不胜。

	周	秦	魏	韩	赵	楚	燕	齐
343	二十六 致伯秦。	十九 城武城,从东方牡丘来归。天子致伯。	二十八	十六	七	二十七 鲁景公偃元年。	十九	三十六
342	二十七	二十 诸侯毕贺。会诸侯于泽。朝天子。	二十九 中山君为相。	十七	八	二十八	二十	齐宣王辟强元年
341	二十八	二十一 马生人。	三十 齐虏我太子申,杀将军庞涓。	十八	九	二十九	二十一	二 败魏马陵。田忌、田婴、田盼将,孙子为师。
340	二十九	二十二 封大良造商鞅。	三十一 秦商君伐我,虏我公子卬。	十九	十	三十	二十二	三 与赵会,伐魏。
339	三十	二十三 与晋战岸门。	三十二 公子赫为太子。	二十	十一	楚威王熊商元年	二十三	四
338	三十一	二十四 大荔围合阳,孝公薨。商君我恐,弗内。反,死彤地。	三十三 卫鞅亡归我,	二十一	十二	二	二十四	五
337	三十二	秦惠文王元年 楚、韩、赵、蜀人来。	三十四	二十二 申不害卒。	十三	三	二十五	六
336	三十三 贺秦。	二 天子贺。行钱。宋太丘社亡。	三十五 行孟子来,王问利国,对曰:"君不可言利。"	二十三	十四	四	二十六	七 与魏会平阿南。
335	三十四	三 王冠。拔韩宜阳。	二十六	二十四 秦拔我宜阳。	十五	五	二十七	八 与魏会于甄。
334	三十五 天子致文、武胙。魏夫人来。	四	魏襄王元年与诸侯会徐州,以相王。	二十五 旱。作高门,屈宜曰曰:"昭侯不出此门。"	十六	六	二十八 苏秦说燕。	九 与魏会徐州,诸侯相王。
333	三十六	五 徐晋人犀首为大良造。	二 秦败我彫阴。	二十六 高门成,昭侯卒,不出此门。	十七	七 围齐于徐州。	二十九	十 楚围我徐州。

	周	秦	魏	韩	赵	楚	燕	齐
332	三十七	六 魏以阴晋为和,命曰宁秦。	三 伐赵。卫平侯元年。	韩宣惠王元年	十八 齐、魏伐我,我决河水浸之。	八	燕易王元年	十一 与魏伐赵。
331	三十八	七 义渠内乱,庶长操将兵定之。	四	二	十九	九	二	十二
330	三十九	八 魏入河西地于秦。	五 与秦河西地少梁。秦围我焦、曲沃。	三	二十	十	三	十三
329	四十	九 度河,取汾阴、皮氏。围焦,降之。与魏会应。	六 与秦会应。秦取汾阴、皮氏。	四	二十一	十一 魏败我陉山。	四	十四
328	四十一	十 张仪相。公子桑围蒲阳,降之。魏纳上郡。	七 入上郡于秦。	五	二十二	楚怀王槐元年	五	十五 宋君偃元年。
327	四十二	十一 义渠君为臣。归魏焦、曲沃。	八 秦归我焦、曲沃。	六	二十三	二	六	十六
326	四十三	十二 初腊。会龙门。	九	七	二十四	三	七	十七
325	四十四	十三 四月戊午,君为王。	十	八 魏败我韩举。	赵武灵王元年 魏败我赵护。	四 、	八	十八
324	四十五	相张仪将兵取陕。初更元年	十一 卫嗣君元年。	九	二 城鄗。	五	九	十九
323	四十六	二 相张仪与齐、楚会啮桑。	十二	十 君为王。	三	六 败魏襄陵。	十 君为王。	齐湣王地元年
322	四十七	三 张仪免相,相魏。	十三 秦取曲沃。平周女化为丈夫。	十一	四 与韩会区鼠。	七	十一	二
321	四十八	四	十四	十二	五 取韩女为夫人。	八	十二	三 封田婴于薛。

	周	秦	魏	韩	赵	楚	燕	齐
320	慎靓王元年	五 王北游戎地，至河上。	十五	十三	六	九	燕王哙元年	四 迎妇于秦。
319	二	六	十六	十四 秦来击我，取鄢。	七	十 城广陵。	二	五
318	三	七 五国共击秦，不胜而还。	魏哀王元年 击秦不胜。	十五 击秦不胜。	八 击秦不胜。	十一 击秦不胜。	三 击秦不胜。	六 宋自立为王。
317	四	八 与韩、赵战，斩首八万。张仪复相。	二 齐败我观泽。	十六 秦败我脩鱼，得将军申差。	九 与韩、魏击秦，齐败我观泽。	十二	四	七 败魏、赵观泽。
316	五	九 击蜀，灭之。取赵中都、西阳。	三	十七	十 秦取我中都、西阳。	十三	五 君让其臣子之国，顾为臣。	八
315	六	十	四	十八	十一 秦败我将军英。	十四	六	九
314	周赧王元年	十一 侵义渠，得二十五城。	五 秦拔我曲沃，归其人。走犀首岸门。	十九	十二	十五 鲁平公元年	七 君哙及太子相子之皆死。	十
313	二	十二 樗里子击蔺阳，虏赵将。与秦公子繇通封蜀。	六 秦来立公子政为太子。与秦王会临晋。	二十	十三 秦拔我蔺，虏将赵庄。	十六 虏张仪来相。	八	十一
312	三	十三 庶长章击楚，斩首八万。	七 击齐，虏声子于濮。与秦击燕。	二十一 我助秦攻楚，围景座。	十四	十七 秦败我将屈匄。	九 燕人共立公子平。	十二
311	四	十四 蜀相杀蜀侯。	八 围卫。	韩襄王元年	十五	十六	燕昭王元年	十三
310	五	秦武王元年诛蜀相壮。张仪、魏章皆出之魏。	九 与秦会临晋。	二	十六 吴广入女，生子何，立为惠王后。	十九	二	十四
309	六	二 初置丞相，樗里子、甘茂为丞相。	十 张仪死。	三	十七	二十	三	十五

	周	秦	魏	韩	赵	楚	燕	齐
308	七	三	十一 与秦会应。	四 与秦会临晋。秦击我宜阳。	十八	二十一	四	十六
307	八	四 拔宜阳城,斩首六万。涉河,城武遂。	十二 太子往朝秦。	五 秦拔我宜阳,斩首六万。	十九 初胡服。	二十二	五	十七
306	九	秦昭襄王元年	十三 秦击皮氏,未拔而解。	六 秦复与我武遂。	二十	二十三	六	十八
305	十	二 彗星见。桑君为乱,诛。	十四 秦武王后来归。	七	二十一	二十四 秦来迎妇。	七	十九
304	十一	三	十五	八	二十二	二十五 与秦王会黄棘,秦复归我上庸。	八	二十
303	十二	四 彗星见。	十六 秦拔我蒲坂、晋阳、封陵。	九 秦取武遂。	二十三	二十六 太子质秦。	九	二十一
302	十三	五 魏王来朝。	十七 与秦会临晋,复归我蒲坂。	十 太子婴与秦王会临晋,因至咸阳而归。	二十四	二十七	十	二十二
301	十四	六 蜀反,司马错往诛蜀守辉,定蜀。日蚀,昼晦。伐楚。	十八 与秦击楚。	十一 秦取我穰。与秦击楚。	二十五 后卒。	二十八 惠秦、韩、魏、齐败我将军唐昧于重丘。	十一	二十三 与秦击楚,使公子将,大有功。
300	十五	七 樗里疾卒。击楚,斩首三万。魏冉为相。	十九	十二	二十六	二十九 秦取我襄城,杀景缺。	十二	二十四 秦使泾阳君来为质。
299	十六	八 楚王来,因留之。	二十 与齐王会于韩。	十三 齐、魏王来。立咎为太子。	二十七	三十 王入秦。秦取我八城。	十三	二十五 泾阳君复归秦。薛文入相秦。
298	十七	九	二十一 与齐、韩共击秦于函谷,河、渭绝一日。	十四 与齐、魏共击秦。	赵惠文王元年 以公子胜为相,封平原君。	楚顷襄王元年 秦取我十六城。	十四	二十六 与魏、韩共击秦。孟尝君归相齐。

	周	秦	魏	韩	赵	楚	燕	齐
297	十八	十 楚怀王亡之赵,赵弗内。	二十二	十五	二 楚怀王亡来,弗内。	二	十五	二十七
296	十九	十一 彗星见。复与魏封陵。	二十三	十六 秦与我武遂和。	三	三 怀王卒于秦,来归葬。	十六	二十八
295	二千	十二 楼缓免。穰侯魏冉为丞相。	魏昭王元年秦尉错来击我襄。	韩釐王咎元年	四 围杀主父。与齐、燕共灭中山。	四 与鲁文公元年。	十七	二十九 佐赵灭中山。
294	二十一	十三 任鄙为汉中守。	二 与秦战,我不利。	二	五	五	十八	三十 田甲劫王,相薛文走。
293	二十二	十四 白起击伊阙,斩首二十四万。	三 佐韩击秦,秦败我兵伊阙。	三 秦败我伊阙,斩首二十四万,虏将喜。	六	六	十九	三十一
292	二十三	十五 魏冉免相。	四	四	七	苯 迎妇秦。	二十	三十二
291	二十四	十六	五	五 秦拔我宛城。	八	八	二十一	三十三
290	二十五	十七 魏入河东四百里。	六 芒卯以诈见重。	六 与秦武遂地方二百里。	九	九	二十二	三十四
289	二十六	十八 客卿错击魏,取城至轵,取城大小六十一。	七 秦击我。取城大小六十一。	七	十	十	二十三	三十五
288	二十七	十九 十月为帝,十二月复为王。任鄙卒。	八	八	十一 秦拔我桂阳。	十一	二十四	三十六 为东帝二月,复为王。
287	二十八	二十	九 秦拔我新垣、曲阳之城。	九	十二	十二	二十五	三十七
286	二十九	二十一 魏纳安邑及河内。	十 宋王死我温。	十 秦败我兵夏山。	十三	十三	二十六	三十八 齐灭宋。

中华经典藏书

	周	秦	魏	韩	赵	楚	燕	齐
285	三十	二十二 蒙武击齐。	十一	十一	十四 与秦会中阳。	十四 与秦会宛。	二十七	三十九 秦拔我列城九。
284	三十一	二十三 尉斯离与韩、魏、燕、赵共击齐，破之。	十二 与秦击齐济西。与秦王会西周。	十二 与秦击齐济西。与秦王会西周。	十五 取齐昔阳。	十五 取齐淮北。	二十八 与秦、三晋击齐，燕独入至临菑，取其宝器。	四十 五国共击湣齐，燕独入至王，王走莒。
283	三十二	二十四 与楚会穰。	十三 秦拔我安城，兵至大梁而还。	十三	十六	十六 与秦王会穰。	二十九	齐襄王法章元年
282	三十三	二十五	十 大水。卫怀君元年。	十四 与秦会两周间。	十七 秦拔我两城。	十七	三十	二
281	三十四	二十六 魏冉复为丞相。	十五	十五	十八 秦拔我石城。	十八	三十一	三
280	三十五	二十七 击赵，斩首三万。地动，坏城。	十六	十六	十九 秦败我军，斩首三万。	十九 秦击我，与秦汉北及上庸地。	三十二	四
279	三十六	二十八	十七	十七	二十 与秦会黾池，蔺相如从。	二十 秦拔鄢、西陵。	三十三	五 杀燕骑劫。
278	三十七	二十九 白起击楚，拔郢，更东至竟陵，以为南郡。	十八	十八	二十一	二十一 秦拔我郢，烧夷陵，王亡走陈。	燕惠王元年	六
277	三十八	三十 白起封为武安君。	十九	十九	二十二	二十三 秦拔我巫、黔中。	二	七
276	三十九	三十一	魏安釐王元年 秦拔我两城。封弟公子无忌为信陵君。	二十	二十三	二十三 秦所拔我江旁反秦。	三	八
275	四十	三十二	二 秦拔我两城，暴鸢救魏，为军大梁下，韩秦所败，走开	二十一 来救，与秦温封。以和。	二十四	二十四	四	九

	周	秦	魏	韩	赵	楚	燕	齐
274	四十一	三十三	三 秦拔我四城，斩首四万。	二十二	二十五	二十五	五	十
273	四十二	三十四 白起击魏华阳军，芒卯走，得和。三晋将，斩首十五万。	四 与秦南阳以和。	二十三	二十六	二十六	六	十一
272	四十三	三十五	五 击燕。	韩桓惠王元年	二十七	二十七 击燕。鲁顷公元年。	七	十二
271	四十四	三十六	六	二	二十八 蔺相如攻齐，至平邑。	二十八	燕武成王元年	十三
270	四十五	三十七	七	三 秦击我阏与城，不拔。	二十九 秦攻韩阏与。赵奢将击秦，大败之，赐号曰马服。	二十九	二	十四 秦、楚击我刚寿。
269	四十六	三十八	八	四	三十	三十	三	十五
268	四十七	三十九	九 秦拔我怀城。	五	三十一	三十一	四	十六
267	四十八	四十 太子质于魏者死，归葬芷阳。	十	六	三十二	三十二	五	十七
266	四十九	四十一	十一 秦拔我廪丘。	七	三十三	三十三	六	十八
265	五十	四十二 宣太后薨。国君为太子。	十二	八	赵孝成王元年 秦拔我三城。平原君相。	三十四	七 齐田单拔中阳。	十九
264	五十一	四十三	十三	九 秦拔我陉。城汾旁。	二	三十五	八	齐王建元年
263	五十二	四十四 攻韩，取南阳。	十四	十 秦击我太行。	三 三十六		九	二

	周	秦	魏	韩	赵	楚	燕	齐
262	五十三	四十五 攻韩,取十城。	十五	十一	四	楚考烈王元年 秦取我州。黄歇为相。	十	三
261	五十四	四十六 王之南郑。	十六	十二	五 使廉颇拒秦于长平。	二	十一	四
260	五十五	四十七 白起破赵长平,杀卒四十五万	十七	十三	六 使赵括代廉颇将。白起破括四十五万。	三	十二	五
259	五十六	四十八	十八	十四	七	四	十三	六
258	五十七	四十九	十九	十五	八	五	十四	七
257	五十八	五十 王龁、郑安平围邯郸,及龁还军,拔新中。	二十 公子无忌救邯郸,秦兵解去。	十六	九 秦围我邯郸。楚、魏救我。	六 春申君救赵。	燕孝王元年	八
256	五十九 赧王卒。	五十一 韩、魏、楚救赵新中,秦兵罢。	二十一	十七 秦击我阳城,救赵新中。	十	七 救赵新中。	二	九
255		五十二 取西周。王稽弃市。	二十二	十八	十一	八 取鲁,鲁君封于莒。	三	十
254		五十三	二十三	十九	十二	九	燕王喜元年	十一
253		五十四	二十四	二十	十三	十 徙于钜阳。	二	十二
252		五十五	二十五 卫元君元年。	二十一	十四	十一	三	十三
251		五十六	二十六	二十二	十五 平原君卒。	十二 柱国景伯死。	四 伐赵,赵破我军,杀栗腹。	十四
250		秦孝文王元年	二十七	二十三	十六	十三	五	十五
249		秦庄襄王楚元年 蒙骜取成皋、荥阳。初置三川郡。吕不韦相。取东周。	二十八	二十四 秦拔我成皋、荥阳。	十七	十四 楚灭鲁,顷公迁卞,为家人,绝祀。	六	十六

	周	秦	魏	韩	赵	楚	燕	齐
248		二 蒙骜击赵榆次、新城、狼孟，得三十七城。日蚀。	二十九	二十五	十八	十五 春申君徙封于吴	七	十七
247		三 王龁击上党初置太原郡魏公子无忌率五国却我军河外，蒙骜解去。	三十 无忌率五国兵败秦军河外。	二十六 秦拔我上党。	十九	十六	八	十八

	秦	魏	韩	赵	楚	燕	齐
246	始皇帝元年 击取晋阳，作郑国渠。	三十一	二十七	二十 秦拔我晋阳。	十七	九	十九
245	二	三十二	二十八	二十一	十八	十	二十
244	三 蒙骜击韩，取十三城。王齮死。	三十三	二十九 秦拔我十三城。	赵悼襄王偃元年	十九	十一	二十一
243	四 七月，蝗蔽天下。百姓纳粟千石，拜爵一级。	三十四 信陵君死。	三十	二 太子从质秦归。	二十	十二 赵拔我武遂、方城。	二十二
242	五 蒙骜取魏酸枣二十城。初置东郡。	魏景湣王元年 秦拔我二十城。	三十一	三 赵相、魏相会柯，盟。	二十一	十三 剧辛死于赵。	二十三
241	六 五国共击秦。	二 秦拔我朝歌。卫从濮阳徙野王。	三十二	四	二十二 王东徙寿春，命曰郢。	十四	二十四
240	七 彗星见北方西方。夏太后薨。蒙骜死。	三 秦拔我汲。	三十三	五	二十三	十五	二十五
239	八 嫪毐封长信侯。	四	三十四	六	二十四	十六	二十六
238	九 彗星见，竟天。嫪毐为乱，迁其舍人于蜀。彗星复见。	五 秦拔我垣、蒲阳、衍。	韩王安元年	七	二十五 李园杀春申君。	十七	二十七
237	十 相国吕不韦免。齐、赵来，置酒。太后入咸阳大索。	六	二	八 入秦，置酒。	楚幽王悍元年。	十八	二十八 入秦，置酒。

	秦	魏	韩	赵	楚	燕	齐
236	十一 吕不韦之河南。王翦击邺、阏与,取九城。	七	三	九 秦拔我阏与、邺,取九城。	二	十九	二十九
235	十二 发四郡兵助魏击楚。吕不韦卒。复嫪毐舍人迁蜀者。	八 秦助我击楚。	四	赵王迁元年	三 秦、魏击我。	二十	三十
234	十三 桓齮击平阳,杀赵扈辄,斩首十万,因东击赵。王之河南。彗星见。	九	五	二 秦拔我平阳,败扈辄,斩首十万	四	二十一	三十一
233	十四 桓齮定平阳、武城、宜安。韩使非来,我杀非。韩王请为臣。	十	六	三 秦拔我宜安。	五	二十二	三十二
232	十五 兴军至邺。军至太原,取狼孟。	十一	七	四 秦拔我狼孟、鄱吾,军邺。	六	二十三 太子丹质于秦,亡来归。	三十三
231	十六 置丽邑。发卒受韩南阳。	十二 献城秦。	八 秦来受地。	五 地大动。	七	二十四	三十四
230	十七 内史腾击得韩王安,尽取其地,置颍川郡。华阳太后薨。	十三	九 秦虏王安,秦灭韩。	六	八	二十五	三十五
229	十八	十四 卫君角元年。		七	九	二十六	三十六
228	十九 王翦拔赵,虏王迁邯郸。帝太后薨。	十五		八 秦王翦虏王迁邯郸。公子嘉自立为代王。	十 幽王卒,弟郝立,为哀王。三月,负刍杀哀王。	二十七	三十七
227	二十 燕太子使荆轲刺王,觉之。王翦将击燕。	魏王假元年		代王嘉元年	梦王负刍元年 负刍,哀王庶兄。	二十八 太子丹使荆轲刺秦王,秦伐我。	三十八
226	二十一 王贲击楚。	二		二	二 秦大破我,取十城。	二十九 秦拔我蓟,得太子丹。王徙辽东。	三十九
225	二十二 王贲击魏,得其王假,尽秦虏王假。取其地。	三		三	三	三十	四十

	秦	魏	韩	赵	楚	燕	齐
224	二十三 王翦、蒙武击破楚军,杀其将项燕。			四	四 秦破我将项燕。	三十一	四十一
223	二十四 王翦、蒙武破楚,虏其王负刍。			五	五 秦虏王负刍。 秦灭楚。	三十二	四十二
222	二十五 王贲击燕,虏王喜。又击得代王嘉。五月,天下大酺。			六 秦将王贲虏王嘉,秦灭赵。		三十三 秦虏王喜,拔辽东,秦灭燕。	四十三
221	二十六 王贲击齐,虏王建。初并天下,立为皇帝。						四十四 秦虏王建。秦灭齐。
220	二十七 更命河为"德水"。为金人十二。命民曰"黔首"。同天下书。分为三十六郡。						
219	二十八 为阿房宫。之衡山。治驰道。帝之琅邪,道南郡入。为太极庙。赐户三十,爵一级。						
218	二十九 郡县大索十日。帝之琅邪,道上党入。						
217	三十						
216	三十一 更命腊曰"嘉平"。赐黔首里六石米二羊,以嘉平。大索二十日。						
215	三十二 帝之碣石,道上郡入。						
214	三十三 遣诸通亡及贾人赘壻略取陆梁,为桂林、南海、象郡,以适戍。西北取戎为三十四县。筑长城河上,蒙恬将三十万。						
213	三十四 适治狱不直者筑长城。取南方越地。覆狱故失。						
212	三十五 为直道,道九原,通甘泉。						
211	三十六 徙民于北河、榆中,耐徙三处,拜爵一级。石昼下东郡,有文言"地分"。						
210	三十七 十月,帝之会稽、琅邪,还至沙丘崩。子胡亥立,为二世皇帝。杀蒙恬。道九原入。复行钱。						
209	二世元年 十月戊寅,大赦罪人。十一月,为兔园。十二月,就阿房宫。其九月,郡县皆反。楚兵至戏,章邯击却之。出卫君角为庶人。						
208	二 将军章邯、长史司马欣、都尉董翳追楚兵至河。诛丞相斯、去疾,将军冯劫。						
207	三 赵高反,二世自杀,高立二世兄子婴。子婴立,刺杀高,夷三族。诸侯入秦,婴降,为项羽所杀。寻诛羽,天下属汉。						

史记卷十六

秦楚之际月表第四

太史公读秦楚之际①，曰：初作难，发于陈涉；虐戾灭秦②，自项氏；拨乱诛暴，平定海内，卒践帝祚③，成于汉家。五年之间，号令三嬗④，自生民以来，未始有受命若斯之亟也⑤。

昔虞、夏之兴，积善累功数十年，德洽百姓，摄行政事，考之于天，然后在位。汤、武之王，乃由契、后稷修仁行义十余世⑥，不期而会孟津八百诸侯，犹以为未可，其后乃放弑⑦。秦起襄公，章于文、缪，献、孝之后，稍以蚕食六国⑧，百有余载，至始皇乃能并冠带之伦⑨。以德若彼，用力如此，盖一统若斯之难也。

秦既称帝，患兵革不休，以有诸侯也，于是无尺土之封，堕坏名城，销锋镝⑩，锄豪桀⑪，维万世之安。然王迹之兴，起于闾巷⑫，合从讨伐，轶于三代⑬，乡秦之禁⑭，适足以资贤者为驱除难耳⑮。故愤发其所为天下雄，安在无土不王，此乃传之所谓大圣乎？岂非天哉，岂非天哉！非大圣孰能当此受命而帝者乎？

---

①秦楚之际：指秦与楚王陈涉起义到西楚霸王项羽灭亡，即公元前209至公元前202年之间。

②虐戾灭秦：以残暴手段灭秦。

③卒践帝祚：终于登上帝位。

④三嬗：三度改易，指陈涉、项氏到汉高祖。嬗，音善。

⑤亟：急迫。

⑥契：商的祖先，传十三世至汤。　　后稷：周的祖先，传十五世至周武王。

⑦放弑：指汤放桀、武王讨纣事。

⑧稍：逐渐。

⑨并冠带之伦：指统一六国。冠带，帽子和腰带。

⑩销锋镝：销毁兵刃和箭镞。

⑪锄：古"锄"字。铲除。　　豪桀：豪强。

⑫闾巷：指民间。

⑬轶：超过。

⑭乡：通"向"。原来，昔时，从前。

⑮贤者：指汉高祖。

	秦	楚	项	赵	齐	汉	燕	魏	韩
公元前209	二世元年								
	七月	楚隐王陈涉起兵入秦。							
	八月	二 葛婴为涉徇九江,立襄强为楚王。		武臣始至邯郸,自立为赵王,始。					
	九月 楚兵至戏。	三 周文兵至戏,败。而葛婴闻涉王,即杀强。	项梁号武信君。	二	齐王田儋始。儋,狄人。诸田宗强。从弟荣,荣弟横。	沛公初起。	韩广为赵略地至蓟,自立为燕王始。	魏王咎始。咎在陈,不得归国。	
208	二年 十月	四 诛葛婴。	二	三	二 儋之起,杀狄令自王。	二 击胡陵、方与,破秦监军。			
	十一月	五 周文死。	三	四 李良杀武臣,张耳、陈余走。	三	三 杀泗水守。拔薛西。周市东略地丰、沛间。	三	三 齐、赵共立周市,市不肯,曰"必立魏咎"云。	
	十二月	六 陈涉死。	四		四	四 雍齿叛沛公,以丰降魏。沛公还攻丰,不能下。	四	四 咎自陈归,立。	
	端月	楚王景驹始,秦嘉立之。	五 涉将召平矫拜项梁为楚柱国,急西击秦。	赵王歇始,张耳、陈余立之。	五 让景驹以擅自王不请我。	五 沛公闻景驹王在留,往从,与击秦军砀西。	五	五 章邯已破涉,围咎临济。	
	二月	二 嘉为上将军。	六 梁渡江,陈婴、黥布皆属。	二	六 景驹使公孙庆让齐,诛庆。	六 攻下砀,收得兵六千,与故凡九千人。	六	六	

三月	三	七	三	七	七 攻拔下邑，遂击丰，丰不拔。闻项梁兵众，往请击丰。	七	七	
四月	四	八 梁击杀景驹、秦嘉，遂入薛，兵十余万众。	四	八	八 沛公如薛见项梁，梁益沛公卒五千，击丰，拔之。雍齿奔魏。	八	八 临济急，周市如齐、楚请救。	
五月		九	五	九	九	九	九	
六月	楚怀王始，都盱台，故怀王孙，梁立之。	十 梁求楚怀王孙，得之民间，立为楚王。	六	十 儋救临济，章邯杀田儋。荣走东阿。	十 沛公如薛，共立楚怀王。	十	十 咎自杀，临济降秦。	韩王成始。
七月	二 陈婴为柱国。	十一 天大雨，三月不见星。	七	齐立田假为王，秦急围东阿。	十一 沛公与项羽北救东阿，破秦军濮阳，东屠城阳。	十一	咎弟豹走东阿。	二
八月	三	十二 救东阿，破秦军，乘胜至定陶，项梁有骄色。	八	楚救荣，得解归，逐田假，立儋子市为齐王，始。	十二 沛公与项羽西略地，斩三川守李由于雍丘。	十二		三
九月	四 徙都彭城。	十三 章邯破杀项梁于定陶，项羽恐，还军彭城。	九	二 田假走楚，楚趋齐救赵。田荣以假故，不肯，谓"楚杀假乃出兵。"项羽怒田荣。	十三 沛公闻项梁死，还军，从怀王，军于砀。	十三	魏豹自立为魏王，都平阳，始。	四
后九月	五 拜宋义为上将军。	怀王封项羽于鲁，为次将，属宋义，北救赵。	十 秦军围歇钜鹿，陈余出收兵。	三	十四 怀王封沛公为武安侯，将砀郡兵西，约先至咸阳王之。	十四	二	五
207 三年十月	六	二	十一 章邯破邯郸，徙其民于河内。	四 齐将田都叛荣，往助项羽救赵。	十五 攻破东郡尉及王离军于成武南。	十五 使将臧荼救赵。	三	六

十一月	七 拜籍上将军。	三 羽矫杀宋义,将其兵渡河救钜鹿。	十二	五	十六	十六	四	七
十二月	八	四 大破秦军钜鹿下,诸侯将皆属项羽,	十三 楚救至,秦围解。	六 故齐王建孙田安下济北,从项羽救赵。	十七 至栗得皇䜣、武蒲军。与秦军战,破之。	十七	五 豹救赵。	八
端月	九	五 房秦将王离。	十四 张耳怒陈余,弃将印去。	七	十八	十八	六	九
二月	十	六 攻破章邯,章邯军却。	十五	八	十九 得彭越军昌邑,袭陈留。用郦食其策,军得积粟。	十九	七	十
三月	十一	七	十六	九	二十 攻开封,破秦将杨熊,熊走荥阳,秦斩熊以徇。	二十	八	十一
四月	十二	八 楚急攻章邯,章邯恐,使长史欣归秦请兵,赵高让之。	十七	十	二十一 攻颍阳,略韩地,北绝河津。	二十一	九	十二
五月	二年一月	九 赵高欲诛欣,欣恐,亡走,告章邯谋叛秦。	十八	十一	二十二	二十二	十	十三
六月	二	十 章邯与楚约降,未定,项羽许而击之。	十九	十二	二十三 攻南阳守齮,破之阳城郭东。	二十三	十一	十四

七月	三	十一 项羽与章邯期殷虚，章邯等已降，与盟，以邯为雍王。	二十	十三	二十四 降下南阳，封其守龁	二十四	十二	十五 申阳下河南，降楚。
八月赵高杀二世	四	十二 以秦降都尉翳、长史欣为上将，将秦降军。	二十一 赵王歇留国。陈余亡居南皮。	十四	二十五 攻武关，破之。	二十五	十三	十六
九月子婴为王。	五	十三	二十二	十五	二十六 攻下峣及蓝田。以留侯策，不战皆降。	二十六	十四	十七
206 十月	六	十四 项羽将诸侯兵四十余万，行略地，西至于河南。	二十三 张耳从楚西入秦。	十六	二十七 汉元年，秦王子婴降。沛公入破咸阳，平秦，还军霸上，待诸侯约。	二十七	十五 从项羽略地，遂入关。	十八
十一月	七	十五 羽诈坑杀秦降卒二十万人于新安。	二十四	十七	二十八 沛公出令三章，秦民大悦。	二十八	十六	十九
十二月	八 分楚为四。	十六 至关中，诛秦王子婴，屠烧咸阳。分天下，立诸侯。	二十五 分赵为代国。	十八 项羽怨荣，分齐为三国。	二十九 与项羽有郄，见之戏下，讲解。羽倍约，分关中为四国。	二十九 臧荼从入，分燕为二国。	十七 分魏为殷国。	二十 分韩为河南国。
九 义帝元年诸侯尊怀王为义帝。	十七 项籍自立为西楚霸王。 分为衡山。 分为临江。 分为九江。	二十六 更名为常山。 十九 更名为代。	分为临菑。 分为济北。 分为胶东。	正月 分关中为汉。 分关中为雍。 分关中为塞。 分关中为翟。	三十 燕 分为辽东。	十八 更为西魏。 分为殷。	二十一 分为韩。 分为河南。		

二 徙都江南郴。	西楚伯，项籍始为天下主命，立十八王。	王吴芮始，故番君。	王共敖始，故楚柱国。	王英布始，故楚将。	王张耳始，故楚将。	二十七 王赵歇始，故赵王。	王田都始，故齐将。	王田安始，故齐将。	二十 王田市始，故齐王。	二月 汉王始，故沛公。	王章邯始，故秦将。	王司马欣始，故秦将。	王董翳始，故秦将。	王臧荼始，故燕将。	三十一 王韩广始，故燕王。	十九 王魏豹始，故魏王。	王司马卬始，故赵将。	二十二 王韩成始，故韩将。	王申阳始，故楚将。
三	二 都彭城。	二 都邾。	二 都江陵。	二 都六。	二 都襄国。	二十八 都代。	二 都临菑。	二 都博阳。	二十一 都即墨。	三月 都南郑。	二 都废丘。	二 都栎阳。	二 都高奴。	二 都蓟。	三十二 都无终。	二十 都平阳。	二 都朝歌。	二十三 都阳翟。	二 都洛阳。
四 诸侯罢戏下兵，皆之国。	三	三	三	三	三	二十九	三	三	二十二	四月	三	三	三	三	三十三	二十一	三	二十四	三
五	四	四	四	四	四	三十	四 田荣击都，都降楚。	四	二十三	五月	四	四	四	四	三十四	二十二	四	二十五	四
六	五	五	五	五	五	三十一	齐王田荣始，故齐相。	五	二十四 田荣击杀市。	六月	五	五	五	五	三十五	二十三	五	二十六	五
七	六	六	六	六	六	三十二	二	六 田荣击杀安。	属齐。	七月	六	六	六	六	三十六	二十四	六	二十七 项羽诛成。	六
八	七	七	七	七	七	三十三	三	属齐。	属齐。	八月	七 邯守废丘，汉围之。	七 欣降汉，国除。	七 翳降汉，国除。	七	三十七 臧荼击广无终，灭之。	二十五	七	韩王郑昌始，项羽立之。	七

205

九	八	八	八	八	八	三十四	四		九月	八 属汉，为渭南、河上郡。	八 属汉，为上郡。	八 属燕。	二十六	二	八
十 项羽灭义帝。	九	九	九	九	九 耳降汉。	三十五 歇复王赵。	五		十月 王至陕。	九			二十七	三	九
	十	十	十	十	十	三十六	六		十一月	十 汉拔我陇西。			二十八	韩王信始，汉立之。	属汉，为河南郡。
	十一	十一	十一	十一	十一 以余代，故安君。歇陈为王，成君。	三十七	七		十二月	十一			二十九	二	二
	十二	十二	十二	十二	二	三十八	八 项籍击走荣，荣平原平民杀之。		正月	十二 汉拔我北地。			三十	三	三
	二年一月	二年一月	十三	二年一月	三	三十九	籍故立齐王假齐，项立齐田为王。		二月	二年一月			三十一	四	四

二	二	十四	二	四	四十	二　田弟反城阳，荣横城击走，楚杀假。	三月王击殷。	二		二	三十二降汉	十四降汉，印废。	五
三	三　羽以三万兵破汉兵五六十万。项	十五	三	五	四十一	三　齐王田广始。广，荣子，横立之。	四月王伐楚至彭城，坏走。	三		三	三十三从汉伐楚	为河内郡属汉。	六　从汉伐楚。
四	四	十六	四	六	四十二	二	五月王走荥阳。	四		四	三十四　豹归，叛汉。		七
五	五	十七	五	七	四十三	三	六月王入关，立太子。复如荥阳。	五	汉杀邯，废丘。	五	三十五		八
六	六	十八	六	八	四十四	四	七月	六	属汉，为陇西、北地、中地郡。	六	三十六		九
七	七	十九	七	九	四十五	五	八月	七		七	三十七		十
八	八	二十	八	十	四十六	六	九月	八		八	三十八　汉将信虏豹。		十一

204

九	九	二十一	九	十一	四十七	七		后九月			九		属汉，为河东、上党郡。	十二
十	十	二十二	十	十二 汉将韩信斩陈余。	四十八 汉灭歇。	八		三年十月			十			二年一月
十一	十一	二十三	十一	属汉，为太原郡。	属汉，为郡。	九		十一月			十一			二
十二	十二	二十四	十二 布身降汉，地属项籍。			十		十二月			十二			三
三年一月	三年一月	二十五				十一		正月			三年一月			四
二	二	二十六				十二		二月			二			五
三	三	二十七				十三		三月			三			六
四	四	二十八				十四		四月 楚围王荥阳。			四			七
五	五	二十九				十五		五月			五			八
六	六	三十				十六		六月			六			九
七	七	三十一 王敖薨。				十七		七月 王出荥阳。			七			十
八	八	临江王骧始，敖子。				十八		八月 周苛、枞公杀魏豹。			八			十一
九	九	二				十九		九月			九			十二

203

十	十	三			二十	四年十月		十			三年一月
十一 汉将韩信破龙且。	十一	四	赵王张耳始,汉立之。		二十一 汉将韩信杀广。	十一月		十一			二
十二	十二	五	二		属汉,为郡。	十二月		十二			三
四年一月	四年一月	六	三			正月		四年一月			四
二	二	七	四		齐王韩信始,汉立之。	二月 立信王齐。		二			五
三 汉御史周苛楚死。	三	八	五		二	三月 周苛人楚。		三			六
四	四	九	六		三	四月 王出荥阳。豹死。		四			七
五	五	十	七		四	五月		五			八
六	六	十一	八		五	六月		六			九
七	七	十二	九	淮南王英布始,汉立之。	六	七月 立布为淮南王。		七			十
八	八	十三	十	二	七	八月		八			十一

202（左栏纪年）

九	九	十四	三	十一	八	九月太公、吕后归自楚。	九			十二
十	十	十五	四	十二	九	五年十月	十			四年一月
十一	十一	十六	五	二年一月	十	十一月	十一			二
十二诛籍。	十二	十七汉虏驩。	六	二	十一	十二月	十二			三
齐王韩信徙楚王。	十三徙王长沙。	属汉,为南郡。	七淮南国	三赵国	十二徙王楚,属汉,为四郡。	正月杀项籍,天下平,诸侯臣属汉。	五年一月燕国	复置梁国。	四韩王信徙王代,都马邑。	分临江为长沙国。
二	属淮南国。		八	四		二月甲午,王更号,即皇帝位于定陶。	二	王彭越,梁始。	五	衡山王吴芮为长沙王。
三			九	五		三月	三	二	六	二
四			十	六		四月	四	三	七	三
五			十一	七		五月	五	四	八	四
六			十二	八		六月帝入关。	六	五	九	五
七			二年一月	九薨,谥景王。		七月	七	六	十	六薨,谥文王。

八	二	王敖 赵张耳始 子。		八月 帝自将诛燕。	八	七	十一	长沙成王臣始，芮子。
九王故羽钟昧之闻。得项将离斩以	三	二		九月	九反汉，虏荼。	八	十二	
十	四	三		后九月	王绾燕卢始，汉太尉。	九	五年一月	三

史记卷十七

汉兴以来诸侯王年表第五

太史公曰：殷以前尚矣。周封五等：公，侯，伯，子，男。然封伯禽、康叔於鲁、卫，地各四百里，亲亲之义，襃有德也；太公於齐，兼五侯地，尊勤劳也。武王、成、康所封数百，而同姓五十五，地上不过百里，下三十里，以辅卫王室。管、蔡、康叔、曹、郑，或过或损①。厉、幽之后，王室缺，侯伯强国兴焉，天子微，弗能正。非德不纯②，形势弱也。

汉兴，序二等③。高祖末年，非刘氏而王者，若无功上所不置而侯者④，天下共诛之。高祖子弟同姓为王者九国⑤，唯独长沙异姓⑥，而功臣侯者百有余人。自雁门、太原以东至辽阳，为燕、代国；常山以南，大行左转，度河、济、阿、甄以东薄海⑦，为齐、赵国；自陈以西，南至九疑，东带江、淮、谷、泗，薄会稽，为梁、楚、淮南、长沙国。皆外接於胡、越。而内地北距山以东尽诸侯地⑧，大者或五六郡，连城数十，置百官宫观，僭於天子。汉独有三河、东郡、颍川、南阳⑨，自江陵以西至蜀，北自云中至陇西，与内史凡十五郡⑩，而公主列侯颇食邑其中。何者？天下初定，骨肉同姓少，故广强庶孽⑪，以镇抚四海，用承卫天子也。

汉定百年之间，亲属益疏，诸侯或骄奢，忕邪臣计谋为淫乱⑫，大者叛逆，小者不轨于法，以危其命，殒身亡国。天子观於上古，然后加惠，使诸侯得推恩分子弟国邑，故齐分为七，赵分为六，梁分为五，淮南分三，及天子支庶子为王，王子支庶为侯，百有余焉。吴、楚时，前后诸侯或以适削地⑬，是以燕、代无北边郡，吴、淮南、长沙无南边郡，齐、赵、梁、楚支郡名山陂海咸纳于汉。诸侯稍微，大国不过十余城，小侯不过数十里，上足以奉贡职，下足以供养祭祀，以蕃辅京师。而汉郡八九十，形错诸侯间⑭，犬牙相临，秉其厄塞地利⑮，强本干，弱枝叶之势，尊卑明而万事各得其所矣。

臣迁谨记高祖以来至太初诸侯，谱其下益损之时，令后世得览。形势虽强，要之以仁义为本。

---

①或过或损：指封地有的超过有的不及。

②纯：善，纯一。

③序二等：汉封功臣为王、侯二等。

④上所不置：谓天子没有封的人。

⑤九国：弟刘交楚王，侄刘濞吴王，子刘肥齐王，子刘长淮南王，子刘建燕王，子刘如意赵王，子刘恒代王，子刘恢梁王，子刘友淮阳王。

⑥长沙异姓：既长沙王吴芮。

⑦薄：靠近，逼近。

⑧山：指太行山。

⑨三河：河东、河西、河南三郡的合称。

⑩内史：即京兆。

⑪庶孽：指宗室子弟。

⑫忕（shì，音誓）：染习。

⑬适：同"谪"。

⑭形错：交错。

⑮秉：控制。　　厄塞：险要之地；要塞。

公元前	高祖元年	楚		齐				荆	淮南	燕	赵			梁		淮阳	代	长沙
206																		
205	二	都彭城。		都临菑。				都吴。	都寿春。	都蓟。	都邯郸。			都淮阳。		都陈。	十一月，初王韩信元年。都马邑。	
204	三																	二
203	四			初王信元年。故相国。					十月乙丑，初王英布元年。		初王张耳元年。薨。							三

年	高祖	楚	齐			荆（吴）	淮南	燕	赵			梁	淮阳	代	长沙
202	五	齐王信徙为楚王元年。反，废。	二徙楚。				二	后九月壬子，初王卢绾元年。	王敖元年。敖，耳子。			初王彭越元年		四降匈奴，国除为郡。	二月乙未，初王文王吴芮元年。薨。
201	六	正月丙午，初王交元年。交，高祖弟。	正月甲子，初王悼惠王肥元年。肥，高祖子。			正月丙午，初王刘贾元年。	三	二	二			二			成臣元年。
200	七	二	二			二	四	三	三			三			二
199	八	三	三			三	五	四	四废。			四			三
198	九	四来朝。	四来朝。			四	六来朝。	五	初王隐王意如元年。如意，高祖子。			五来朝。			四
197	十	五来朝。	五来朝。			五来朝。	七来朝。反，诛。	六	二			六来朝。反，诛。		复置代，都中都。	五来朝。
196	十一	六	六			六为英布所杀，国除为郡。	十二月庚午，厉王长元年。长，高祖子。	七	三			二月丙午，初王恢元年。恢，高祖子。	三月丙寅，初王友元年。友，高祖子。	正月丙子，初王元年。	六

195	十二	七		七	更为吴国。十月辛丑，初王濞元年。濞，高祖兄仲子，故沛侯。	二	二月甲午，初王建元年。建，高祖子。	四死。		二		二	二	七
194	孝惠元年	八		八	二	三	二	淮阳徙于赵，名友，元年。是为幽王。		三		为郡。	三	八
193	二	九来朝。		九来朝。	三	四	三	二		四			四	哀王回元年。
192	三	十		十	四	五	四	三		五			五	二
191	四	十一来朝。		十一来朝。	五	六来朝。	五	四来朝。		六			六	三
190	五	十二		十二	六来朝。	七	六来朝。	五		七			七	四
189	六	十三		十三薨。	七	八	七	六		八			八	五
188	七	十四来朝。	初置鲁国。	哀王襄元年。	八来朝。	九来朝。	八来朝。	七来朝。	初置常山国。	九来朝。	初置吕国。	复置淮阳国。	九来朝。	六
187	高后元年	十五	四月初王张偃元年。偃，高后外孙，故赵王敖子。	二	九	十	九	八	四月辛卯，哀王不疑元年。薨。	十	四月辛卯，吕王台元年。薨。	四月辛卯，初王怀强元年。强，惠帝子。	十	七

	楚	鲁	齐				吴	淮南	燕	赵				常山	梁			吕	淮阳	代	长沙
186	二	十六	二	三			十	十一	十	九				七月癸巳，初王义元年。哀王弟义，孝惠子，故襄城侯，后立为帝。	十一			十月癸亥，王吕嘉元年。嘉，肃王子。	二·	十一	恭王右元年
185	三	十七	三	四来朝。			十一	十二	十一	十				二	十二			二	三	十二	二来朝。
184	四	十八	四	五			十二	十三	十二	十一				五月丙辰，初王朝元年。朝，惠帝子，故轵侯。	十三			三	四	十三	三
183	五	十九	五	六			十三	十四来朝。	十三	十二				二	十四			四	五无嗣。	十四	四
182	六	二十	六	七	初置琅邪国。		十四	十五	十四	十三				三	十五			嘉庆。七月丙辰，吕产元年。产，肃王弟，故洨侯。	初王武元年。武，孝惠帝子，故壶关侯。	十五	五
	楚	鲁	齐		琅琊		吴	淮南	燕	赵				常山	梁			吕	淮阳	代	长沙

公元前	汉	楚	鲁	齐	城阳	济北	琅琊			吴	淮南	燕	赵	河间			太原	梁			代	长沙
181	七	二十一	七	八			王泽元年。故营陵侯。			十五	十六	十五绝。					四 徙赵,自杀。王吕产元年。	吕产徙梁。二月丁巳,王太元年。惠帝子。	二		十六	六
180	八	二十二	八	九			二			十六	十七	十月辛丑,初王吕通元年,肃王子,故东平侯。九月诛,国除。	吕禄元年。王吕后兄子,胡陵侯。				五 非子,诛,国除为郡。	二 有罪,诛,国除为郡。	二	三 武诛,国除。	十七	七
179	孝文元年	二十三	九废为侯。	十麃。	初置城阳郡。	初置济北。	三徙燕。			十七	十八	十月庚戌,琅邪王泽徙燕元年,是为敬王。	十月庚戌,赵王遂元年。幽王子。	分为河间,都乐成。			初置太原,都晋阳。	复置梁国。			十八为文帝。	八

年		楚	齐	城阳	济北		吴	淮南	燕	赵	河间		太原	梁		淮阳	代	长沙
178	二	夷王郢元年。	文王则元年	二月乙卯，景王章元年。章，悼惠王子，故朱虚侯。	二月乙卯，王兴居元年。兴居，悼惠王子，故东牟侯。	国除为郡。	十八	十九	二薨。	二	二月乙卯，初王文辟强元年。辟强，赵幽王子。		二月乙卯，初王参元年。参，文帝子。	二月乙卯，初王胜元年。胜，文帝子。			二月乙卯，初王武元年。武，文帝子。	九
177	三	二	二	二	为郡。		十九来朝	二十来朝	康王嘉元年	三	二		二	二		复置淮阳国。	二徙淮阳。	靖王著元年。
176	四	三	三	共王喜元年			二十	二十一	二	四	三		三更为代王。	三		代武王徙淮阳三年。	王太原参号为代王三年，实居太原，是为孝王。	二
175	五	四薨。	四	二			二十一	二十二	三	五	四			四		四	四	三
174	六	王戊元年。	五	三			二十二	二十三王无道迁蜀，死雍，为郡。	四	六	五			五		五	五	四
173	七	二	六	四			二十三		五	七来朝	六			六		六来朝	六来朝	五
172	八	三	七来朝	五			二十四		六来朝	八来朝	七			七		七	七	六
		楚	齐	城阳	济北		吴	淮南	燕	赵	河间		太原梁			淮阳	代	长沙

		楚	衡山	齐	城阳	济北	济南	菑川	膠西	膠东	吴	淮南	燕	赵	河间		庐江	梁			代	长沙
171	九	四		八	六来朝。						二十五		七	九	八			八	八来朝。		八	七
170	十	五		九	七						二十六		八	十	九			九			九	八来朝。
169	十一	六		十	八徙淮南为郡，属齐。						二十七		九	十一	十			十来朝。薨，无后。	十来朝。徙梁为郡。		十来朝。	九
168	十二	七		十一来朝。							二十八	城阳王喜徙淮南元年	十	十二来朝。	十一来朝。			淮阳武王徙梁年，是为孝王。			十一	十
167	十三	八来朝。		十二							二十九	二	十一	十三	十二			十二			十二	十一
166	十四	九		十三							三十	三	十二	十四	十三			十三			十三	十二
165	十五	十	初置衡山。	十四薨，无後。	复置城阳国。	复置济北国。	分为济南国。	分为菑川，都剧。	分为膠西，都宛。	分为膠东，都即墨。	三十一	四徙城阳。	十三来朝。	十五	哀王福元年。薨，无後，国除为郡。		初置庐江国。	十四来朝。			十四	十三
		楚	衡山	齐	城阳	济北	济南	菑川	膠西	膠东	吴	淮南	燕	赵	河间		庐江	梁			代	长沙

公元前	汉	楚	鲁	衡山	齐	城阳	济北	济南	菑川	膠西	膠东	吴	淮南	燕	赵	河间	广川	庐江	梁	临江	汝南	淮阳	代	长沙
164	十六	十一		四月丙寅，王勃元年。淮南厉王子，故安阳侯。	四月丙寅，王将闾元年。齐悼惠王子，故阳虚侯。	淮南王喜徙城阳十三年。	四月丙寅，初王志元年。齐悼惠王子，故安都侯。	四月丙寅，初王辟光元年。齐悼惠王子，故扐侯。	四月丙寅，初王贤元年。齐悼惠王子，故武城侯。	四月丙寅，初王卬元年。齐悼惠王子，故平昌侯。	四月丙寅，初王雄渠元年。齐悼惠王子，故白石侯。	三十二	四月丙寅，王安元年。淮南厉王子，故阜陵侯。	十四	十六			四月丙寅，王赐元年。淮南厉王子，故阳周侯。	十五				十五	十四
163	后元年	十二		二	二	十四	二	二	二	二	二	三十三	二	十五	十七			二	十六				十六	十五
162	二	十三		三	三	十五	三	三	三	三	三	三十四	三	十六	十八			三	十七				十七薨。	十六
161	三	十四		四	四来朝。	十六	四来朝。	四来朝。	四	四	四	三十五	四	十七	十九			四	十八来朝。				恭王登元年	十七
160	四	十五		五	五	十七	五来朝。	五	五	五	五	三十六	五	十八来朝。	二十来朝。			五	十九				二	十八
159	五	十六来朝。		六	六	十八来朝。	六	六来朝。	六来朝。	六	六	三十七	六	十九	二十一			六	二十				三	十九
158	六	十七		七	七	十九	七	七	七	七	七	三十八	七来朝。	二十	二十二			七	二十一来朝。				四	二十来朝。
157	七	十八		八	八	二十	八	八	八	八	八	三十九	八	二十一	二十三			八	二十二				五	二十一来朝。薨，无后，国除。
156	孝景元年	十九		九	九	二十一	九	九	九	九	九	四十	九	二十二	二十四	复置河间国。	初置广川，都信都。	九	二十三	初置临江，都江陵。	初置汝南国。	复置淮阳国。	六	复置长沙国。

公元前	景帝年	楚	鲁	衡山	齐	城阳	济北	菑川	胶西	胶东	江都	淮南	燕	赵	河间	广川	中山		梁	临江			代	长沙
155	二	二十来朝。	分楚复置鲁国。	十	十	二十二	十来朝。	十	十	十	四十一	十	二十三	二十五来朝。	三月甲寅，初王献德元年。景帝子。	三月甲寅，初王彭祖元年。景帝子。	初置中山，王胜都卢奴。	十	二十四来朝。	三月甲寅，初王阏于元年。景帝子。	三月甲寅，初王非元年。景帝子。	三月甲寅，初王余元年。景帝子。	七	三月甲寅，定王发元年。景帝子。
154	三	二十一反诛。	六月乙亥，淮阳王徙鲁元年。是为恭王。	十一	十一	二十三	十一徙菑川。	十一反诛。济北王志徙菑川十一年。是为懿王。	十一反诛。六月乙亥，于端王元年。景帝子。	十一反诛。	四十二反诛。为郡。	十一	二十四	二十六反诛。为郡。	二来朝。	二	六月乙亥，靖王胜元年。景帝子。	十一	二十五来朝。	二	二	二徙鲁，国除为郡。	八	二
153	四月己巳立太子	文王礼元年。王戊弟，故平陆侯。	二来朝。	庐江王赐徙衡山元年。	懿王寿元年。	二十四	衡山王勃徙济北十二年。是为贞王。	十二	二	二	初置江都。六月乙亥，汝南王非为江都王元年。是为易王。	十二	二十五		三	三	二	十二徙衡山，国除为郡。	二十六	三薨，无后，国除为郡。	三徙江都。		九	三
152	五	二	三	二	二来朝。	二十五	十三薨。	十三	三	二	二	十三来朝。	二十六薨。	广川王彭祖徙赵四年。是为敬肃王。	四	四徙赵，国除为信都郡。	三		二十七				十	四

年	（汉）	楚	鲁	衡山	齐	城阳	济北	菑川	胶西	胶东	江都	淮南	燕	赵	河间	广川	中山	清河	常山	梁	济川	济东	山阳	济阴	代	长沙
151	六	三来朝。薨。	四	三	三	二十六	十四	武王胡元年。		三	三	十四	王定国元年	五	五	五	四			二十八	复置临江国。				十一	五来朝。
150	七。十一月乙丑，太子废。	安王道元年。	五	四	四	二十七	十五	二		四。四月丁巳；为太子。	四	十五	二	六	五来朝。	二十九来朝。	五			二十九来朝。	十一月乙丑，初王荣元年。景帝太子，废。				十二	六来朝。
149	中元年。	二来朝。	六来朝。	五	五	二十八	十六来朝。	三	复置胶东国。	五	六	十六	三	七	七	复置广川国。	六			三十	二				十三	七。
148	二	三	七	六	六	二十九来朝。	十七来朝。	四	四月乙巳，初王寄元年。景帝子。	六	十七	四	八来朝。	八来朝。	四月乙巳，惠王越元年。景帝子。	初置清河，都清阳。	三十一来朝。	三			十四	八				十四
147	三	四	八	七来朝。	三十	五	十八	五	九	九	二	八	三月丁巳，哀王乘元年。景帝子。	三十二	四，坐侵庙壖垣为宫，自杀。国除为南郡。	十五来朝。	九来朝。								十五来朝。	九来朝。
146	四	五	九	八	八	三十一	十九	六	二	三	八	十九来朝。	六	十	十一	三	九来朝	二	九来朝	二	复置常山国。	三十三			十六来朝。	十来朝。

（表底栏国名自左至右：楚　鲁　衡山　齐　城阳　济北　菑川　胶西　胶东　江都　淮南　燕　赵　河间　广川　中山　清河　常山　梁　济川　济东　山阳　济阴　代　长沙）

（前）	年	楚	鲁	衡山	齐	城阳	济北	菑川	胶西	胶东	江都	淮南	燕	赵	河间	广川	中山	清河	常山	梁	济川	济东	山阳	济阴	代	长沙
145	五	六来朝。	十	九	九	三十二	七	二十	四来朝。	九	十	二十	十一	十一	十一	四	十	三	四月丁巳,初王宪舜元年。孝景子。	三十四	分为济川国。	分为济东国。	分为山阳国。	分为济阴国。	十七	十一来朝。
144	六	七	十一	十	十	三十三薨。	八	二十一	五	十	十一	二十一	十二	十二	十二	五	十一	四	二	三十五来朝。薨。	五月丙戌,初王明元年。梁孝王子。	五月丙戌,初王彭离元年。梁孝王子。	五月丙戌,初王定元年。梁孝王子。	五月丙戌,初王不识元年。梁孝王子。	十八	十二
143	后元年	八	十二	十一	十一	顷王延元年。	九	二十二来朝。	六	十一	十二	二十二	十三来朝。	十三	十三	六	十二	五	三	恭王买元年。孝王子。	二	二	二	二薨,无后,国除。	十九	十三
142	二	九	十三	十二	十二	二	十	二十三	七	十二	十三	二十三	十四	十四	十四	七	十三	六	四	二	三	三	三		二十	十四
141	三	十	十四	十三	十三	三	十一	二十四	八来朝。	十三	十四	二十四	十五	十五	十五	八	十四	七	五	三	四	四	四		二十一	十五
140	孝武建元元年	十一	十五	十四	十四	四	十二	二十五	九	十四	十五	二十五	十六	十六	十六	九	十五	八	六	四	五	五	五		二十二	十六
139	二	十二来朝。	十六来朝。	十五	十五	五	十三	二十六	十	十五	十六	二十六	十七	十七	十七	十	十六	九	七	五	六	六	六		二十三	十七
138	三	十三	十七	十六	十六	六	十四	二十七	十一	十六	十七	二十七	十八来朝。	十八	十八	十一	十七	十	八	六	明杀中傅。废迁房陵。	七	七		二十四来朝。	十八来朝。
137	四	十四	十八	十七	十七	七	十五	二十八	十二	十七来朝。	十八	二十八	十九	十九	十九	十二	十八	十一	九	七薨。	为郡。	八	八		二十五	十九

年	汉	楚	鲁	衡山	齐	城阳	济北	菑川	胶西	胶东	江都	淮南	燕	赵	河间	广川	中山	常山	梁	济东	代	长沙
136	五	十五	十九	十八	十八	八	十六	二十九	十九	十三	十八	二十九	十六	二十	二十	缪王元年	十九	十二薨，无后，国除为郡。	十	平王襄元年 九	九薨，无后，国除为郡。 二十六	二十
135	六	十六	二十	十九	十九	九	十七	三十	二十来朝	十四	十九	三十	十七	二十一	二十一	二十二	二十	十一	二	十	二十七	二十一
134	元光元年	十七	二十一	二十	二十	十来朝	十八	三十一	二十一	十五来朝	二十	三十一	十八来朝	二十二	二十二	二十三	二十一	十二	三	十一	二十八	二十二
133	二来朝	十八来朝	二十二	二十一	二十一	十一	十九	三十二	二十二	十六	二十一	三十二	十九	二十三	二十三	四	二十二来朝	十三	四	十二	二十九	二十三来朝
132	三	十九来朝	二十三	二十二卒	二十二	十二	二十	三十三	二十三	十七	二十二	三十三	二十	二十四	二十四来朝	五	二十三	十四	五	十三	王义元年来朝	二十四来朝
131	四	二十	二十四	二十三	厉王次昌元年	十二	二十一	三十四	二十四	十八	二十二	三十四	二十一	二十五	二十五	六	二十四	十五	六	十四来朝	二	二十五
130	五	二十一	二十五	二十四	二	十四来朝	二十二	三十五	二十五	十九	二十四	三十五	二十二	二十六	二十六	七来朝	二十五	十六	七	十五	三	二十六
129	六	二十二薨	二十六薨	二十五	三	十五	靖王建元年	二十六	二十	二十五	三十六	二十三	二十七来朝	恭王不害元年	八	二十六	十七	八	十六	四	二十七	
128	元朔元年（注）	襄王注元年	安王光元年	二十六	四	十六	二十四来朝	二	二十七	二十一	二	十三	十七	二十四坐禽兽行，自杀。国除为郡。	二十八	二	九	二十七	十八	九	十七 五	康王庸元年
127	二	二	二	二十七	五薨，无后，国除为郡。	十七	二十五	三	二十八来朝	二十二	王建元年	三十八	二十九	三	十	二十八	十九	十来朝	十八	六	二	
126	三	三	三	二十八	十八	二十六	四	二十九	二十三	二	三十九	三十	四薨	十一	二十九来朝	三十	四薨 十一来朝	二十九来朝	二十一	十一	十九	七 三
		楚	鲁	衡山	齐	城阳	济北	菑川	胶西	胶东	江都	淮南	燕	赵	河间	广川	中山	常山 梁	济东		代 长沙	

		楚	鲁	衡山	齐	城阳	济北	菑川	胶西	胶东	广陵		六安	燕	赵	河间	广川	中山	常山	梁	济东		代	长沙
125	四	四来朝。	四	二十九		十九	二十七	五	三十	二十四	三	四十			三十一	刚王堪元年	十二	三十	二十一	十二	二十来朝。		八	四
124	五	五	五	三十		二十	二十八	六	三十一	二十五来朝	四	四十一安有罪，削国二县。			三十二	十三	十三	三十一	二十二来朝	十三	二十一		九	五
123	六	六	六	三十一		二十一来朝	二十九	七	三十二	二十六	五	四十二			三十三	三	十四	三十二	二十三	十四	二十二		十	六
122	元狩元年	七	七	三十二反，自杀，国除。		二十二	三十	八	三十三	二十七	六	四十三反，自杀。			三十四来朝	四	十五	三十三	二十四	十五	二十三		十一	七
121	二	八	八来朝			二十三	三十一	九	三十四	二十八	七，反，自杀，国除为广陵郡。		置六安国，以故陈为都。七月丙子，初王恭庆元年。胶东王子。		三十五	五	十六	三十四	二十五	十六	二十四		十二来朝	八来朝
120	三	九	九			二十四	三十二来朝	十	三十五	哀王贤元年			二		三十六	六	十七	三十五来朝	二十六	十七	二十五		十三	九
119	四	十来朝	十			二十五	三十三	十一	三十六	二			三		三十七	七	十八	三十六	二十七	十八	二十六来朝		十四	十
118	五	十一	十一		复置齐国。	二十六来朝，薨。	三十四	十二来朝	三十七	三	更为广陵国。		四	复置燕国。	三十八	八	十九	三十七	二十八	十九	二十七		十五	十一

	汉	楚	鲁	泗水	齐	城阳	济北	菑川	胶西	胶东	广陵	六安	燕	赵	河间	广川	中山	清河	真定	梁	济东	代	长沙
117	六	十二	十二		四月乙巳，初怀王闳元年。武帝子。	敬王义元年	三十五	十三	三十八	四	四月乙巳，初王胥元年。武帝子。	五	四月乙巳，初王旦元年。武帝子。	三十九	九来朝。	二十	三十八		二十九来朝。	二十	二十八		十六	十二
116	元鼎元年	十三	十三		二	二	三十六	十四	三十九	五	二	六	二	四十	十	二十一来朝。	三十九		三十	二十一		二十九剟攻杀人，迁上庸，国为大河郡。	十七	十三
115	二	十四薨。	十四来朝。		三	三	三十七	十五	四十	六	三	七	三	四十一	十一	二十二	四十		三十一	二十二			十八来朝。	十四
114	三	节王纯元年	十五	初置泗水，都郯。	四	四	三十八	十六	四十一	七	四	八	四	四十二	十二	二十三	四十一	复置清河国。	三十二薨，子为王。	二十三		十九徙清河。为太原郡。		十五来朝。
113	四	二	十六	思王商元年。商，常山宪王子。	五	五	三十九	十七	四十二	八	五	九	五	四十三	顷王授元年	二十四	四十二薨，子为王。	代王义徙清河。是为刚王。	更为真定国。顷王平元年。常山宪王子。	二十四			十六
112	五	三	十七	二	六	六	四十	十八	四十三	九	六	十	六	四十四	二	二十五来朝	哀王昌元年。即年薨。	二十一	二	二十五			十七
111	六	四	十八	三	七	七	四十一来朝	十九	四十四	十	七	十一来朝	七	四十五	三	二十六	康王昆侈元年	二十二	三	二十六			十八
		楚	鲁	泗水	齐	城阳	济北	菑川	胶西	胶东	广陵	六安	燕	赵	河间	广川	中山	清河	真定	梁	济东	代	长沙

110	元封元年	五	十九	四	八薨，无后，国除为郡。	八来朝。	四十二	二十	四十五	十一	八	十二	八	四十六	四	二十七	二	二十三	四来朝。	二十七				十九
109	二	六	二十	五		九薨。	四十三	顷王遗元年	四十六	十二	九	十三	九	四十七	五	二十八	三	二十四	五	二十八				二十
108	三	七	二十一来朝。	六	慧王武元年		四十四	二	四十七	十三	十	十四	十	四十八	六	二十九	四	二十五	六来朝。	二十九				二十一
107	四	八	二十二	七	二		四十五	三	十四	十一	十五	十一	四十九	七	三十	五	二十六	七	三十					二十二
106	五	九	二十三朝泰山。	八	三		四十六朝泰山	四	戴王通平元年	十二	十六	十二	五十	八	三十一	六	二十七	八	三十一					二十三
105	六	十	二十四	九	四	四十七	五	二	十三	十七	十三	五十一	九	三十二	七	二十八九来朝。	三十二						二十四
104	太初元年	十一	二十五	十薨。	五	四十八	六	三	十四	十八来朝。	十四	五十二	十	三十三	八	二十九	十	三十三					二十五
103	二	十二	二十六哀安元年即王元年安世子。	王世戴贺元年	六	四十九	七	四	十五	十九	十五	五十三	十一	三十四	九来朝。	三十一	十一	三十四					二十六
102	三	十三	二十七	二	七	五十	八	五	十六	二十	十六	五十四	十二	三十五	十	三十一	十二	三十五					二十七
101	四	十四	二十八	三		五十一	九	六	十七	二十一	十七	五十五	十三	三十六	十一	三十二	十三	三十六来朝。					二十八来朝。